MACHADO DE ASSIS
O CRONISTA DAS CLASSES OCIOSAS

JORNALISMO, ARTES, TRABALHO E ESCRAVIDÃO

(FRAGMENTOS COMENTADOS)

Conselho Editorial

Alessandra Teixeira Primo – UFRGS
Álvaro Nunes Larangeira – UFES
André Lemos – UFBA
André Parente – UFRJ
Carla Rodrigues – UFRJ
Cíntia Sanmartin Fernandes – UERJ
Cristiane Finger – PUCRS
Cristiane Freitas Gutfreind – PUCRS
Erick Felinto – UERJ
Francisco Rüdiger – UFRGS
Giovana Scareli – UFSJ
Jaqueline Moll – UFRGS
João Freire Filho – UFRJ
Juremir Machado da Silva – PUCRS
Luiz Mauricio Azevedo – USP
Maria Immacolata Vassallo de Lopes – USP
Maura Penna – UFPB
Micael Herschmann – UFRJ
Michel Maffesoli – Paris V
Moisés de Lemos Martins – Universidade do Minho
Muniz Sodré – UFRJ
Philippe Joron – Montpellier III
Renato Janine Ribeiro – USP
Rose de Melo Rocha – ESPM
Simone Mainieri Paulon – UFRGS
Vicente Molina Neto – UFRGS

Apoio:

MACHADO DE ASSIS
O CRONISTA DAS CLASSES OCIOSAS

JORNALISMO, ARTES, TRABALHO E ESCRAVIDÃO

(FRAGMENTOS COMENTADOS)

JUREMIR MACHADO DA SILVA

ORGANIZAÇÃO, SELEÇÃO, INTRODUÇÃO E COMENTÁRIOS

Editora Sulina

Copyright © Juremir Machado da Silva (Org.), 2022
Copyright © Editora Meridional, 2022

Capa: Humberto Nunes
Projeto gráfico e editoração: Niura Fernanda Souza
Revisão: Simone Ceré

Editor: Luis Antônio Paim Gomes

Dados Internacionais de Catalogação na Publicação (CIP)
Bibliotecária Responsável: Denise Mari de Andrade Souza – CRB 10/960

M149

Machado de Assis, o cronista das classes ociosas: jornalismo, artes, trabalho e escravidão / Organização, seleção, introdução e comentários por Juremir Machado da Silva. – Porto Alegre: Sulina, 2022.
694 p. ; 16x23 cm.

ISBN: 978-65-5759-078-2

1. Literatura Brasileira – Crítica. 2. Assis, Machado de – Crítica e Interpretação. I. Silva, Juremir Machado da.

CDU: 821.134.3(81).09
CDD: B869

Todos os direitos desta edição reservados à
EDITORA MERIDIONAL LTDA.

Rua Leopoldo Bier, 644, 4º andar – Santana
CEP: 90620-100 – Porto Alegre/RS
Fone: (0xx51) 3110.9801
www.editorasulina.com.br
e-mail: sulina@editorasulina.com.br

Outubro/2022
IMPRESSO NO BRASIL/PRINTED IN BRAZIL

Aos sessenta anos já não cria em nada,
fosse do céu ou da terra, exceto a loteria.

Do conto "O Escrivão Coimbra".

SUMÁRIO

Pistas de leitura | 9

Proposta | 11

Livro a livro – Volume 1 – *Ressurreição* | 21

Volume 2 – *A mão e a luva* | 25

Volume 3 – *Helena* | 31

Volume 4 – *Iaiá Garcia* | 42

Volume 5 – *Memórias póstumas de Brás Cubas* | 51

Volume 6 – *Quincas Borba* | 74

Volume 7 – *Dom Casmurro* | 86

Volume 8 – *Esaú e Jacó* | 101

Volume 9 – *Memorial de Aires* | 111

Volume 10 – *Histórias da Meia-Noite* | 126

Volume 11 – *Histórias românticas* | 135

Volume 12 – *Papéis avulsos* | 155

Volume 13 – *Histórias sem data* | 168

Volume 14 – *Várias histórias* | 182

Volume 15 – *Páginas recolhidas* | 186

Volume 16 – *Relíquias da casa velha* | 199

Volume 17 – *Relíquias de casa velha 2* | **228**

Volume 18 – *Poesias* | **251**

Volume 19 – *Teatro* | **264**

Volume 20 – *Contos fluminenses I* | **279**

Volume 21 – *Contos fluminenses II* | **285**

Volume 22 – *Crônicas* | **307**

Volume 23 – *Crônicas* | **342**

Volume 24 – *Crônicas* | **384**

Volume 25 – *Crônicas* | **414**

Volume 26 – *A Semana* | **452**

Volume 27 – *A Semana* | **493**

Volume 28 – *A Semana* | **536**

Volume 29 – *Crítica literária* | **573**

Volume 30 – *Crítica teatral* | **615**

Volume 31 – *Correspondências* | **647**

Fora da caixa: *Casa velha* | **689**

Referências | **693**

PISTAS DE LEITURA

Onde estão os negros?

Trabalho e ociosidade em *Contos Fluminenses*

Trabalho na ordem escravocrata: primeira fase romanesca

Protagonistas ociosos nos romances realistas

Viúvas, malandros, parasitas e janotas

Escravidão em *Quincas Borba*: uma execução, enumeração de objetos (inclusive escravos)

Escravidão em *Brás Cubas*: negro compra escravo

Crônicas de 11 e 19 de maio de 1888 em *Bons dias!*: liberdade e propriedade

Crônica de 14 de maio de 1893 em *A Semana*

Conto "Pai contra Mãe", de 1906, em *Relíquias da Casa Velha*

Escravidão em *Memorial de Aires*: doação por interesse

Escravidão em *Esaú e Jacó*: emancipar branco e língua de preto

Negros invisíveis, mudos ou tatibitates

Machado, Aires e seus alteregos: concordar para não se incomodar

Estilo: do prófugo dardânio ao inimigo da ênfase

Tecnologias da comunicação e do imaginário: jornais, cartas e teatro

Traição conjugal na sala de jantar

Sobre as mulheres

Entre José de Alencar e Joaquim Nabuco

Burocrata influente: atendendo pedidos

Crítico pedagogicamente implacável

Romantismo e realismo em descompasso

Eça de Queirós atacado por realismo inverossímil

Prefácios nada convencionais

O necrológio crítico de João Caetano

PROPOSTA

O autor está morto. Vejamos o que diz a sua obra. Com uma condição: sem ajuda de intermediários. Diálogo entre leitor e autor. Metodologia com nome e sobrenome originais: desencobrimento dialógico ou dialógica do descobrimento. Trazer à tona o que o texto guarda diante dos olhos de todo mundo. Machado de Assis criou a modernidade literária brasileira e inventou a pós-modernidade e a hipermodernidade? Quase. Em alguns aspectos, sim. Em outros, faltou pouco. Tudo ele fez ou esboçou antes dos outros. Até hoje ninguém foi tão genial quanto ele em literatura no Brasil. Uma única coisa ele não teria feito: interessar-se profundamente nos seus textos de qualquer ordem – crônicas, romances, poemas, contos, cartas e dramas – pela vida dos negros escravizados que povoavam o mundo no qual ele viveu e escreveu. Só os brancos, especialmente os brancos ricos, seriam realmente protagonistas nas tramas do escritor. Quase nenhuma vida negra teria chamado a sua atenção na sua singularidade a ponto de ser destaque em sua vasta e complexa obra. Há casos, contudo, em que o negro irrompe para logo desaparecer. Em raríssimas histórias um negro ocupa um espaço um pouco mais generoso. Como se explica isso?

Diz-se que gênio é quem vê à frente do seu tempo. Em relação às mulheres e aos escravizados, por exemplo, Machado de Assis não viu, ou não conseguiu ver, muito mais à frente dos seus contemporâneos. Pode ser perdoado pelo contexto? Se viu alguma coisa, no que se refere à escravidão, como mostram algumas poucas manifestações suas, não abraçou a questão de peito aberto, de pena em riste, como fizeram seu amigo abolicionista Joaquim Nabuco e o incansável José do Patrocínio. Até o seu ídolo literário, o escravista José de Alencar, em obras comentadas pelo próprio Machado de Assis, explorou o tema da escravidão com algum sentimento, num padrão de condescendência, o que não fez como político e intelectual. Alencar votou contra a Lei do Ventre Livre (1871).

Em carta ao imperador D. Pedro II, José de Alencar dizia: "Toda a lei é justa, útil, moral, quando realiza um melhoramento na sociedade e apresenta uma nova situação, embora imperfeita da humanidade. Neste caso está a escravidão" (apud Silva, 2017, p. 57). Mais do que isso, face à luta abolicionista: "A liberdade e a propriedade, essas duas fibras sociais, cairiam desde já em desprezo ante os sonhos do comunismo" (apud Silva, 2017, p. 57). Para Alencar, não havia escravidão: "Pode-se afirmar que não temos já a verdadeira escravidão, porém um simples usufruto da liberdade". Ou, ponderava, "uma locação de serviços contratados implicitamente entre o senhor e o Estado como tutor do incapaz" (apud Silva, 2017, p. 63). Como Machado de Assis lidou com tudo isso nos seus textos complexos e densos, leves e divertidos, originais e inventivos, realistas, irônicos e fortes?

O intrépido e contundente Joaquim Nabuco, em seu genial panfleto *O Abolicionismo*, de 1883, usava toda a força da sua retórica luminosa para denunciar a escravidão como infame e abominável (2000, p. 15):

> Tudo o que significa luta do homem com a natureza, conquista do solo para a habitação e cultura, estradas e edifícios, canaviais e cafezais, a casa do senhor e a senzala dos escravos, igrejas e escolas, alfândegas e correios, telégrafos e caminhos de ferro, academias e hospitais, tudo, absolutamente tudo que existe no país, como resultado do trabalho manual, como emprego de capital, como acumulação de riqueza, não passa de uma doação gratuita da raça que trabalha à que faz trabalhar.

Machado de Assis dizia, com seu melhor tom irônico, não acreditar em "verdades manuscritas".[1] Este olhar aqui se ampara em algumas das suas "verdades impressas". Ele foi um homem de Gutenberg: jornais e livros. Viveu para escrever e imprimir as suas visões de mundo. Da mão para a oficina gráfica. Tudo nele se entrelaça

---

[1] Este livro tem por fonte os 31 volumes da edição Jackson (W. M. Jackson Inc. Editores, 1957). Mas também alguns textos que não integram essa coleção. Esta primeira citação é do Volume 26, p. 85. Crônica publicada em 31 de julho de 1892.

com a palavra publicada. Teve opiniões muito firmes sobre literatura, política internacional e arte. Não aliviava para os amigos. Em tempos políticos, especialmente de política externa, expressava convicções robustas e um nacionalismo cristalino e recorrente. Por que não foi combativo em relação à escravidão? A tese central aqui é que Machado de Assis foi o cronista das classes ociosas, revelando seus costumes e satirizando seus modos. Muitos temas serão focados em citações para acentuar o seu perfil e o seu percurso de modo a tentar compreender a sua discrição quanto ao escravismo. Ele era contra a escravidão, mas sem arroubos, sem ativismo, sem paixão, sem manifestos e sem lutas em campo aberto. Por quê? O que o levava a ser tão cauteloso, precavido, quase alheio ao problema?

A obra (in)completa de Machado de Assis aparece em coleções. Uma delas é da editora Jackson. Os seus textos estão disponíveis na internet. As polêmicas sobre qualidades e defeitos dessas edições não serão analisadas aqui, embora seja sabido que a Jackson cometeu erros de fixação. Tampouco se entrará em detalhes relativos a textos assinados com pseudônimos (Manassés, Job, Dr. Semana, Platão, Victor de Paulo, Malvólio, João das Regras, Eleazar, Lara, Sileno, etc.). Pense o leitor o seguinte: o autor deste livro viu-se desterrado numa ilha tendo como única distração a edição Jackson das obras de Machado de Assis e mais alguns livros e anotações sobre figuras como Joaquim Nabuco e Sílvio Romero. Além de, por milagre, os quatro volumes de *Guerra e Paz*. Para os fins que norteiam esta proposta bem particular, de análise de conteúdos escolhidos, a ideia permanece sustentável dentro dos seus limites.

Machado de Assis não fala da cor da sua pele, não se refere aos seus pais, não se diz branco nem negro. Seria uma estratégia de sobrevivência? Uma maneira de evitar problemas? Ou apenas uma questão de personalidade? Numa crônica 26 de janeiro de 1896, comentando um assunto do momento, ele escreveu: "Três vezes escrevi o nome do Dr. Abel Parente, três vezes o risquei, tal é a minha aversão às questões pessoais"[2]. O fato de ser mestiço, filho de pardo ("mulato", conforme o termo da época), neto de escravos alforriados, nascido no Morro do Livramento (21 de junho de 1839), provocaria

---

[2] Vol. 28, p. 92-93.

nele um bloqueio? Em dez romances, dez peças de teatro, 200 contos, mais de 600 crônicas, cinco coletâneas de poemas e cartas, o negro é secundário, silencioso ou, quando fala, mostra-se quase tatibitate.[3] Retrato cruel do que o autor via? Exposição máxima pelo mínimo. Não há negros heroicos, resistentes, divergentes, vivendo grandes histórias de amor ou de ódio, com direito a subjetividade, pensando sobre a própria condição, nada disso. O que esse silêncio diz ainda hoje?

Pode ser que Machado de Assis tenha, por intuição e necessidade, antecipado o conceito de campo do francês Pierre Bourdieu (1997, p. 57):

> Um campo é um espaço social estruturado, um campo de forças – há dominantes e dominados, há relações constantes, permanentes, de desigualdade, que se exercem no interior desse espaço – que é também um campo de lutas para transformar ou conservar esse campo de forças. Cada um, no interior desse universo, empenha em sua concorrência com os outros a força (relativa) que detém e que define sua posição no campo e, em consequência, suas estratégias.

Em que campo entrou o pardo Machado de Assis? No da literatura? Mais do que isso: no campo da elite cultural do seu tempo. Talvez isso o tenha obrigado a definir suas estratégias para passar de dominado a dominante andando em diagonal. Quem poderia condená-lo por isso? E se a vingança de Machado de Assis tivesse sido exatamente esta: descrever o silenciamento dos negros pelos brancos

---

[3] Não se trata de restrições de fala impostas aos escravizados, mas de conversas entre os próprios negros. Faustino Novais, irmão daquela que seria a esposa de Machado de Assis, dizia, porém, em carta a Camilo Castelo Branco, de 7 de agosto de 1858, que no Brasil "o homem de letras e o negro escravo não se distinguem falando".
Conceição Evaristo, em entrevista a este autor para o seu canal no YouTube, refere-se à mesma limitação de linguagem em personagens do romance São Bernardo, de Graciliano Ramos, e de Jorge Amado. Ela destaca a infantilização do negro pela extrema redução da sua linguagem.

enquanto trazia à tona a podridão desses ociosos donos do poder, inclusive dos corpos dos seus escravos.

Lucia Miguel Pereira, em *Machado de Assis – estudo crítico e biográfico* (1936), faz o homem derivar da obra e a obra dissimular o homem. Dessa forma, o autor falaria muito de si, sempre protegido por seus personagens. Ela tenta combater os estereótipos que se grudaram à biografia do escritor: "o 'absenteísta' que nunca se quis preocupar com política, que viu a Abolição e a Republica como quem assiste a espetáculos sem maior interesse" (1936, p. 10). Mesmo apaixonada pela obra do seu biografado, não deixava de fazer observações que hoje podem parecer heréticas: "Lembremo-nos depois dos seus livros – dos seus livros por vezes monótonos, mas de um sabor inconfundível, a principio insosso, depois acre e persistente" (1936, p. 11). O homem oficial esconderia outro. Em todo caso, "não gostava de ouvir alusões à sua cor" (1936, p. 235). Ela entrevistou pessoas que conviveram com Machado de Assis, inclusive Sara, a sobrinha de Carolina, que seria a sua herdeira.

Disposta a mostrar esse outro, a autora, na época, podia ser de uma sinceridade desconcertante (1936, p. 12): "Um espírito banal – e são de uma banalidade desoladora as atitudes mais conhecidas do grande escritor, e até a sua correspondência – não poderia ter criado a Capitu, ou o Brás Cubas". Para Lucia Miguel Pereira (1936, p. 14), a obra de Machado de Assis "foi uma evasão, permitindo a esse tímido dizer o que não ousava fazer", o outro lado, não oposto, complementar ao que podia ser visto.

A hipótese da estudiosa para explicar esse modo de ser de Machado de Assis é problemática por se assentar num psicologismo duvidoso, hoje datado, e em torno de elementos racialistas ou racistas:

> Tendo de lutar contra a inferioridade da educação, de sopitar impulsos de nevropata [sic], de desmentir o proverbial espevitamento do mestiço, querendo impor-se aos brancos, aos bem-nascidos, Machado de Assis, num movimento instintivo de defesa, tratou de se esconder dentro de um tipo, não era bem o seu, mas que representava o seu ideal: o do homem frio, indiferente, impassível. Meteu-se na pele dessa personagem, crendo sem duvida que

se elevava, na realidade amesquinhando-se, esquecido de que seus livros o traiam – ou o salvavam (1936, p. 16).

Segundo ela (1936, p. 18), que mergulhou na sua vida, "para compreendê-lo, é preciso não esquecer precisamente daquilo que procurou ocultar: da sua origem obscura, da sua mulatice, da sua feiura, da sua doença – do seu drama". Estaria o olhar de Lucia Miguel Pereira afetado pelos preconceitos do seu tempo? Na sua apresentação, se o personagem prefere "dar-se como nascido em casa modesta porem independente [em São Cristóvão, não no Morro do Livramento], não seria para esconder a condição servil dos pais, talvez crias do cônego, por ele libertadas, certamente seus empregados?". E mais: "Tantas vezes lançou mão desses subterfúgios para encobrir fatos de que se envergonhava..." (p. 25).

Lucia Miguel Pereira não tinha dúvidas: Machado de Assis procurava fugir do seu passado. A prova disso estaria em ter abandonado a madrasta, Maria Inês, a "mulata" que o criara com todo o carinho e atenção:

> A madrasta, tão boa e tão humilde, era um testemunho vivo, insofismável, desse passado à que Joaquim Maria queria fugir... Era a prisão á condição modesta... E na alma do jovem escritor um conflito se há de ter travado, um doloroso drama íntimo, entre a gratidão e a ambição... Deixou-se afinal levar pela segunda, mas não sem lutas (1936, p. 73).

Para ela, Machado de Assis talvez até ajudasse a madrasta a viver, indo, vez ou outra, a São Cristóvão, mas não deixando os amigos "sequer suspeitar dos motivos da viagem", pois, pelos seus triunfos presentes, gostaria de enterrar o passado humilde "como um cadáver" (1936, p. 117). O momento da rejeição teria sido o do casamento.[4]

---

[4] "Estava definitivamente aceito na burguesia, cavaleiro, desde 67, da Ordem da Rosa, casado com uma senhora fina, de boa educação, morando em sua casa, tendo os seus moveis, os seus livros, vivendo no meio que era o do seu espírito. E, então, cortou violentamente as amarras com o passado. Temendo talvez pôr Carolina em contato com Maria Inês, não querendo, ele proprio, ter constantemente deante dos olhos esse espectro de uma infancia

Por fim, teria ido discretamente ao velório da madrasta, levando junto o escritor Coelho Neto, a quem teria confessado: "Era minha mãe" (apud Pereira, 1936, p. 136). A biógrafa escorava-se, porém, em teses de um determinismo constrangedor. O leitor encontrará os adjetivos adequados para uma passagem como esta sobre a admiração do biografado por Quintino Bocaiúva e seu ar um tanto *blasé*:

> Esse ar distante, esse temperamento aristocrata enquadravam-se inteiramente no ideal de Machado, que, consciente ou inconscientemente, lutava contra os impulsos nevropatas [sic] e os espevitamentos dos mestiços – dois perigos que o ameaçavam.

Para Lucia Miguel Pereira, Machado de Assis só não se acomodou totalmente por ser movido por um vulcão interior, o do artista. Mas, ganhando quase como um desembargador[5], procuraria não se meter em confusão. Ela dá um exemplo dessa atitude possivelmente estratégica:

> Depois do Diário é que mudou fazendo-se timorato e prudente ao ponto de, em 1884, instado por Ferreira de Araújo para colaborar no numero da Gazeta dedicado á libertação dos escravos da província do Ceará, só haver conseguido produzir esta frase minguada e cho-

---

penosa, abandonou a pobre mulata" (Pereira, 1936, p. 134).

[5] "É de 31 de Dezembro de 73 o decreto de nomeação, e a 6 de Janeiro de 74 deixa o lugar do Diário Oficial. O sossego material estava assegurado, entrava para um cargo estável, e de acesso; ganhava então Machado de Assis 4:000$000 anuais, o que representava bons vencimentos para a época" (Pereira, 1936, p. 132). A situação ainda melhoraria: "Assim na literatura, assim na Secretaria, onde se revelou logo funcionário exemplar e de tal modo se distinguiu, que, ainda não decorridos inteiramente três anos da sua entrada, já seria, por decreto da Princesa Imperial, datado de 7 de Dezembro de 1876, promovido a chefe de seção, com 5:400$000 anuais, quase os vencimentos dos desembargadores, que, nos últimos anos do Império, recebiam 6:000$000" (1936, p. 160). Em 1889, ao alcançar o último degrau da carreira de funcionário, ganhava "oito contos anuais", que "representavam para esse casal sem filhos era quase a riqueza" (1936, p. 212). No auge, receberia também direitos autorais (seiscentos mil réis pela primeira edição de mil exemplares de *Quincas Borba*) e remuneração adequada por suas colaborações em jornais. Na *Gazeta de Notícias*, em 1893, ganhava 150 mil réis mensais. A partir de 1899, ganharia da Garnier um conto e quinhentos por livro de prosa (Pereira, 1936, p. 251).

cha: "O Ceará é uma estrela; é mister que o Brasil seja um sol" (1936, p. 86).

Funcionário, procuraria não opinar sobre assunto que ferisse os interesses do governo, adotando uma "prudência burocrática" (1936, p. 88), primeiro "fazendo liberalismo sem ser liberal", depois "conformista sem ser conformado" (1936, p. 88). Um camaleão discreto. Em nome da arte?

Resta uma hipótese radical, a contrapelo, como uma espada na manga: e se Machado de Assis não se envergonhava dos seus, da sua cor, da sua origem, mas do país em que vivia? E se, em função disso, soube se proteger numa formalidade gélida para poder dissecar as classes brancas ociosas? E se, na solidão da sua rotina, repetisse que aquela sociedade cruel e egoísta não aceitaria como igual um negro gago e epilético?

A mesma Lucia Miguel Pereira (1936, p. 222-223) veria na famosa cena do moleque Prudêncio, em *Memórias Póstumas de Brás Cubas*, a "crítica da organização servil e familiar de então" e a mostra do "mal que fez a escravidão a brancos e negros". O escritor preferia andar em diagonal. Não era militante, não queria ser, falava por meio da arte. Já consagrado, teria um desentendimento com um subordinado, que o chamaria de "negro escravocrata" (apud Pereira, 1936, p. 305). Não era escravocrata. Era sinuoso, precavido, cioso de preservar as suas conquistas. A biógrafa submeteu o biografado às teses de Alfredo Adler – que trabalhou com Sigmund Freud e dele se afastou –, para quem cada indivíduo se organiza em termos de suas expectativas para o futuro, com vistas a um sentimento de completude e de estabilidade. Machado de Assis seria um neurótico em busca de um estilo de vida tranquilizador.

Cada época com seus teóricos. Cada um com suas referências. Sílvio Romero, despeitado por ter sido criticado por Machado de Assis, reagiu com vinte anos de atraso, disparando comentários que erraram o alvo. Apostou no sergipano Tobias Barreto contra o carioca e perdeu feio. Poderá ter tido razão em um ponto: "O culto da arte sufocou-lhe n'alma qualquer paixão deprimente, qualquer partidarismo incômodo e perturbador" (1897, p. 2). Para Romero, isso era grave, pois acreditava ser importante não só "refletir a sociedade", mas "agir sobre ela" (p. 32).

Romero confessaria (1897, p. 272) não gostar de ironia ("um insulto rebuscado"), nem de humor ("galhofa do triste") e menos ainda de pessimismo ("lacuna da generosidade"). Ele considerava seres "completamente desequilibrados" (p. 257) Baudelaire, Poe e, "em parte", Flaubert e "o próprio Schopenhauer". Via como uma "vaidade de mestiços levianos" da parte dos brasileiros imaginar que pertenciam de fato às "raças arianas" (p. 256). Romero seria triturado sem a menor comiseração por um pseudônimo, Labieno, atrás do qual se protegia Lafayette Rodrigues Pereira, em *Vindicae, o Sr. Sylvio Romero, crítico e philosopho* (1899).

Por que o horror da escravidão não foi o principal tema do sensível Machado de Assis? Estava ele anestesiado pelos valores do seu tempo, imerso na normalização do abuso, condicionado pelos costumes da sua época? Já em 1823, no seu projeto de abolição gradual da escravidão, José Bonifácio, que não era um primor de radicalismo libertário, escreveu:

> A sociedade civil tem por base primeira a justiça, e por fim principal a felicidade dos homens; mas que justiça tem um homem para roubar a liberdade de outro homem, e o que é pior, dos filhos deste homem, e dos filhos destes filhos? Mas dirão que se favorecerdes a liberdade dos escravos será atacar a propriedade. Não vos iludais, senhores, a propriedade foi sancionada para bem de todos, e qual é o bem que tira o escravo de perder todos os seus direitos naturais, e se tornar de pessoa a coisa, na frase dos jurisconsultos? Não é pois o direito de propriedade que querem defender, é o direito da força, pois que o homem, não podendo ser coisa, não pode ser objeto de propriedade. Se a lei deve defender a propriedade, muito mais deve defender a liberdade pessoal dos homens, que não pode ser propriedade de ninguém, sem atacar os direitos da providência, que fez os homens livres, e não escravos (apud Silva, 2017, p. 72).

Machado de Assis esteve submetido ou ao seu tempo ou, sob certo aspecto, quase o ignorou? A resposta não afeta o seu valor literário.

Este livro tratará Machado de Assis aos pedaços, comentando citações escolhidas da sua imensa e extraordinária obra. Homenagem a um autor genial, não evita temas sensíveis nem polêmicas. No começo da sua carreira, Machado de Assis foi obrigado a expor-se. Com o passar do tempo, adotou atitudes mais contemplativas, como se quisesse blindar-se contra as contingências do correr da existência. Num país em que ídolo não pode ter falhas, defeitos, omissões, o perfil do maior escritor da nação não poderia sofrer retoques. No caso de Machado de Assis, nada pode tirá-lo do primeiro lugar em talento. Restam as perguntas: o que o levou a agir como agiu e não de outro modo? Ele poderia ter sido diferente em relação a temas como abolição? De que forma? Trata ele o escravizado como pessoa, ocupando-se plenamente da sua subjetividade, dissecando os seus dramas, mergulhando no seu espírito? Compreender exige correr riscos. Em relação ao escritor Machado de Assis só se pode figurar no rodapé.

LIVRO A LIVRO[6]

Volume 1
Ressurreição, 1872[7]

13-14

Félix entrava então nos seus trinta e seis anos, idade em que muitos já são pais de família, e alguns homens de Estado. Aquele era apenas um rapaz vadio e desambicioso.[8] A sua vida tinha sido uma singular mistura de elegia e melodrama; passara os primeiros anos da mocidade a suspirar por coisas fugitivas, e na ocasião em que parecia esquecido de Deus e dos homens, caiu-lhe nas mãos uma inesperada herança, que o levantou da pobreza. Só a Providência possui o segredo de não aborrecer com esses lances tão estafados no teatro. Félix conhecera o trabalho no tempo em que precisava dele para viver; mas desde que alcançou os meios de não pensar no dia seguinte, entregou-se corpo e alma à serenidade do repouso. Mas entenda-se que não era esse repouso aquela existência apática e vegetativa dos ânimos indolentes; era, se assim me posso exprimir, um repouso ativo, composto de toda a espécie de ocupações elegantes e intelectuais que um homem na posição dele podia ter.[9]

29

A carta de Meneses era cavalheiresca: descobria o estado da alma de Cecília e não hesitava em chamar ingrato ao prófugo dardânio.[10]

---

[6] Todos os fragmentos são de Machado de Assis. Não foram colocadas aspas para deixar o texto mais limpo. A grafia foi atualizada, exceto quando se fez necessário mostrar alguma particularidade especial da época. Assim, a acentuação é a agora vigente. O número no alto de cada citação corresponde à página no volume referido das edições Jackson (W. M. Jackson Inc. Editores, 1957).

[7] O amor de Félix, um janota, por uma viúva, Lívia, cujo casamento é cancelado por causa de uma carta anônima. Mote: ciúme excessivo do protagonista. Tudo está já aí nesse primeiro romance: cartas, viúvas, ricos ociosos, parasitas, belas mulheres, escravos silenciosos. Um mundo que seria aprofundado livro a livro.

[8] Começa a longa sequência de protagonistas ociosos.

[9] Um homem de posição vivia no "repouso ativo". É esse mundo que o escritor vai abordar, esmiuçar, dissecar e expor as vísceras. Denúncia sutil ou descrição?

[10] O romancista evoluiria muito em direção ao coloquial.

Félix sorriu lendo ambas as missivas; depois atirou-as a uma cesta e nunca mais as viu.

33

Félix, apenas se achou livre, foi buscar a filha do coronel, interessante criança de dezessete anos, figura delgada, rosto angélico, formas graciosas, toda languidez e eflúvios. Era uma dessas mulheres que fazem o mesmo efeito que um vaso de porcelana fina: toca-se-lhes com medo de as quebrar. Raquel era o seu nome; tinha grandes pretensões a mulher, que lhe não ficavam mal naquela idade de transição; mas o que Félix lhe achava melhor era justamente o seu aspecto de criança, mal disfarçado pela formação do seio. Como caráter, fazia-lhe a mãe grandes elogios, e eram fundados, posto fossem de mãe.[11]

52

Quando Lívia voltou para casa soube da visita de Félix pelo cartão que a mucama[12] lhe deu.

68

Félix ia enfim lançar a sorte, quando um escravo apareceu no terraço, a anunciar a visita do Dr. Batista.

– Não quero falar a ninguém, João, disse a moça; estou incomodada.

– Que resposta é essa? Perguntou Félix, baixinho, quando o escravo voltou as costas.

– João! Disse a moça.

O escravo voltou.

– Eu hoje só posso receber as pessoas mais íntimas de casa, os amigos de meu irmão. Às outras dize que estou incomodada.

O escravo saiu.[13]

71

– Mamãe! Mamãe! Gritava o pequeno, correndo a abraçar-se com a mãe e fugindo à mucama que vinha atrás dele.

---

[11] Retratos de uma época de sexualização precoce.
[12] Personagens silenciosos recorrentes, meramente funcionais.
[13] Assim os escravizados entrarão e sairão, em geral, nas histórias de Machado de Assis, como peças vivas sem expressão de sentimentos e desejos.

73

Luís deitou a correr seguido pela mucama.[14]

77-78

Félix voltou a Catumbi naquele mesmo dia. A viúva[15] estava radiante de felicidade, trêmula de alegria. Estendeu-lhe a mão, que ele apertou, não palpitante como ela, mas cheio de delicadeza e graça. A presença de Viana, além disso, impedia qualquer outra manifestação exterior. O parasita,[16] que parecia empenhado em preparar uma aliança de família com o médico, dispôs-se a não ser cruel para os dois namorados; fechou os olhos, cerrou os ouvidos, e, se em todo o caso foi importuno, não o deveu à vontade, mas à situação, porque em tais circunstâncias nem todo o engenho de Voltaire pode fazer um homem interessante.

96

Escreveu uma carta[17] longa e violenta, em que acusava a moça de perfídia e dissimulação. Havia amargura na carta, mas havia também ódio e desprezo, tudo quanto podia ferir para sempre um coração que até ali soubera amar e sofrer, mas que enfim podia cansar e desprezar

98

Daí a pouco entrou um escravo dizendo que uma pessoa insistia em falar-lhe: era uma senhora.

99

– A sociedade está tomando chá, atalhou a viúva procurando sorrir. Era preciso que eu viesse e vim.

Félix fez um movimento.

– Sim, era preciso, insistiu Lívia. Uma carta seria já inútil; entre nós as cartas perderam a virtude, Félix. Eu já não sei, já não tenho palavras com que lhe restitua a confiança ao coração. Esta ousadia talvez...

---

[14] Nenhuma subjetividade vaza dessas figuras funcionais.
[15] Muitas serão as viúvas radiantes dos seus enredos.
[16] A viúva e o parasita formarão um par recorrente como sintomas de um imaginário centrado num encontro desigual de sentimento e interesse.
[17] Quase tudo que for sensível ou delicado se resolverá por carta.

101

Dizendo estas palavras, a moça voltou o rosto para esconder a sua comoção. Félix sentiu pungir-lhe um remorso, e teve ímpeto de cair aos pés da bela viúva.[18] Murmurou algumas palavras, que ela não percebeu ou não ouviu, até que o menino chamou a atenção de ambos, dizendo

– Vamos, mamãe?

128

Por esse tempo começou Meneses a frequentar a casa de Viana, com quem travara relações alguns meses antes. Félix fez a respeito dele um elogio sincero e merecido. O parasita[19] acompanhou a boa opinião do médico com um entusiasmo que cheirava a bons jantares. O advogado correspondeu à expectação da viúva e não tardou que se tornasse familiar na casa.

138

Longas cartas trocaram ambos, amargas as dela, as dele friamente cruéis e chocarreiras.

147

Foi numa dessas ocasiões que lhe chegou uma carta dela. Félix abriu-a sofregamente e leu-a duas vezes. Era longa.

151

– Faço anos hoje, disse o parasita, e quisera ter à mesa alguns amigos, poucos. O senhor é dos primeiros, não pode faltar.

161

Raquel retraiu o corpo sem ousar dizer uma só palavra. Félix estendeu-lhe a mão convidando-a a descer. A moça entrou para dentro.[20]

180

Félix prestou-se às expansões do parasita. Lívia contemplava o noivo com adoração. Para ambos eles o mundo inteiro havia desaparecido.

---

[18] As cartas identificam um modo de comunicação. A adjetivação constante das viúvas como belas remete a uma questão de época: a viuvez prematura.

[19] A figura do parasita atravessará as páginas do ficcionista.

[20] O estilo ainda claudicava.

182

Apenas pensou consigo que, se o acaso ou a providência houvesse disposto as coisas de outro modo, ambos eles podiam ser felizes.

201

Um escravo, a que ele deu algumas ordens, reparou no estado do senhor, e perguntou-lhe se estava doente. Félix respondeu secamente que não. O escravo abanou a cabeça e saiu.[21]

203

Era já sobre tarde quando a carta chegou às mãos da viúva.

211

O tom decidido do rapaz abalou o escravo, cujo espírito, acostumado à obediência, não sabia quase distingui-la do dever. Seguiram ambos por um corredor, chegaram diante de outra porta, e aí o moleque, antes de a abrir, recomendou a Meneses que esperasse fora. Perdida recomendação, porque, apenas o moleque abriu a porta, Meneses entrou afoitamente atrás dele.

212

Enfim, o médico disse ao escravo que se retirasse, e os dois ficaram sós.[22]

Volume 2
A mão e a luva, 1874[23]

20

A natureza tem suas leis imperiosas; e o homem, ser complexo, vive não só do que ama, mas também (força é dizê-lo) do que come.[24]

20

– O amor é uma carta, mais ou menos longa, escrita em papel velino, corte dourado, muito cheiroso e catita; carta de parabéns quan-

---

[21] A pergunta é narrada indiretamente, acentuando o distanciamento.

[22] Temas e personagens que se repetirão. O amadurecimento formal levará o escritor do duvidoso a obras-primas. O DNA já se revela neste primeiro exercício.

[23] Um perfil de mulher, folhetim de 20 capítulos publicado em *O Globo*. Três homens (Estevão, Jorge e Luís Alves) disputam o amor de Guiomar.

[24] A arte da fórmula seria sempre um dos trunfos do escritor.

do se lê, carta de pêsames quando se acabou de ler. Tu que chegaste ao fim, põe a epístola no fundo da gaveta, e não te lembres de ir ver se ela tem um post-scriptum...[25]

26
Eram os tempos homéricos do teatro lírico.[26]

29
Estêvão não compreenderia nunca este axioma de lorde Macaulay – que mais aproveita digerir uma lauda que devorar um volume. Não digeria nada; e daí vinha o seu nenhum apego às ciências que estudara.

30
Uma noite assistira à representação de 0telo, palmeando até romper as luvas, aclamando até cansar-lhe a voz, mas acabando a noite satisfeito dos seus e de si. Terminado o espetáculo, foi ele, segundo costumava, assistir à saída das senhoras, uma procissão de rendas, e sedas, e leques, e véus, e diamantes, e olhos de todas as cores e linguagens.[27]

30-31
Tinha agora os olhos pregados em outros olhos, não pardos como os dele, mas azuis, de um azul-ferrete, infelizmente uns olhos casados, quando sentiu alguém bater-lhe no ombro, e dizer-lhe baixinho estas palavras:

– Larga o pinto, que é das almas.[28]

37-38
Estêvão, da distância e na posição em que se achava, não podia ver todas estas minúcias que aqui lhes aponto, em desempenho deste meu dever de contador de histórias.[29]

---

[25] A carta é instrumento e metáfora. Ela exprime pensamentos e faz pensar.

[26] Referência genérica que ganhará concretude recorrente.

[27] Cronista das classes ociosas, o escritor prestará mais atenção nas mulheres ricas, com seus ornamentos, desejos, traições, costumes e culpas.

[28] O efeito surpresa aparece como uma chave narrativa.

[29] Pretensa neutralidade narrativa. De fora, o autor escolhe o que será narrado. Mas busca se apresentar como um elemento isento, não atingido pelo narrado.

39

A chácara não era em demasia grande; e por mais lento que fosse o passo da madrugadora, não gastaria ela imenso tempo em percorrer até o fim aquela porção da rua em que entrara. Mas ali, ao pé daquele coração juvenil e impaciente, cada minuto parecia, não direi um século, – seria abusar dos direitos do estilo, – mas uma hora, uma hora lhe parecia, com certeza.

41

[...] meia estátua, meia mulher.[30]

50

Latet anguis[31]

52-53

– São nove horas! Disse de longe a inglesa; pensei que hoje não queriam voltar para casa. O calor está forte; e a senhora baronesa sabe que não é conveniente expor-se aos ardores do sol, sobretudo neste tempo de epidemias.[32]

71

Não convinha reler a carta, sob pena de lhe achar um post-scriptum. Estêvão era curioso de epístolas; não pôde ter-se que não abrisse aquela. O post-scriptum lá estava no fim.[33]

73

Não perdia teatro; mas só duas vezes teve o gosto de a ver: uma no Lírico, onde se cantava *Sonâmbula*, outra no Ginásio, onde se representavam os *Parisienses*, sem que ele ouvisse uma nota da ópera, nem uma palavra da comédia. Todo ele, olhos e pensamento, estava no camarote de Guiomar. No Lírico foi baldada essa contemplação; a moça não deu por ele. No Ginásio, sim; o teatro era pequeno; contudo, antes não fora visto, tão tenazmente desviou ela os olhos do lugar em que ele ficara.[34]

---

[30] Comum nos textos de Machado de Assis na Jackson.

[31] Machado de Assis usava e abusava do latim. Presume-se um leitor capaz de entender o que é dito ou uma indiferença pela recepção. No caso, "a serpente está escondida no capim".

[32] As doenças e suas curas prováveis ou improváveis fazem parte dos temas de conversação e dos contextos das histórias.

[33] Ironia precoce ou descuido de estilo?

[34] O Ginásio será o teatro de estimação do escritor.

88

Tais eram os defeitos aparentes de Jorge[35]. Outros havia, e desses, o maior era um pecado mortal, o sétimo. O nome que lhe deixara o pai, e a influência da tia podiam servir-lhe nas mãos para fazer carreira em alguma coisa pública; ele, porém, preferia vegetar à toa, vivendo do pecúlio que dos pais herdara e das esperanças que tinha na afeição da baronesa. Não se lhe conhecia outra ocupação.

93

Um dia de manhã acordou Estêvão com a resolução feita de dar o golpe decisivo. Os corações frouxos têm destas energias súbitas, e é próprio da pusilanimidade iludir-se a si mesma [...] A resolução estava assentada; restava o meio de a tornar efetiva. Estêvão hesitou largo tempo entre dizer de viva voz o que sentia ou transmiti-lo por via do papel. Qualquer dos modos tinha para ele mais perigos que vantagens. Ele receava ser frio na declaração escrita ou incompleto na confusão oral.[36]

106

A entrevista não pôde ser logo nesse dia; as visitas ficaram ali até tarde, e a noite foi a mais agradável e distraída de todas as noites; Guiomar, sobretudo, esteve como nunca, jovial e interessante. A serenidade parecia morar-lhe na alma e refletir-se-lhe no rosto, – tantas vezes pensativo, mas agora tão frio e tão nu. Não será preciso dizer a um leitor arguto[37] e de boa vontade... Oh! Sobretudo de boa vontade, porque é mister havê-la, e muita, para vir até aqui, e seguir até o fim, uma história, como esta, em que o autor mais se ocupa de desenhar um ou dois caracteres, e de expor alguns sentimentos humanos, que de outra qualquer coisa, porque outra coisa não se animaria a fazer; – não será preciso declarar ao leitor, dizia eu, que toda aquela jovialidade de Guiomar eram punhais que se lhe cravavam no peito ao nosso Estêvão.

115

[...] o certo é que o livro foi enfim entregue a Guiomar, tendo a página marcada, não com a fita que lá estava pendente, mas com um pedacinho de papel.

---

[35] Jorge é um nome recorrente entre os personagens ociosos de Machado de Assis.
[36] A carta é um instrumento constante dos golpistas parasitas e ociosos.
[37] Machado conversa com o leitor desde o começo da sua obra.

O pedacinho de papel era a carta; apenas uns poucos centímetros de altura; mas por mais exíguas que tivesse as dimensões, bem podia ser que levasse ali dentro nada menos que uma tempestade próxima.[38]

119

Meia hora depois, indo a abrir o livro para continuar a leitura, viu Guiomar a cartinha de Jorge. Não tinha sobrecarta; era um simples papelinho dobrado, recendendo a amores.

137

Mas não fora essa crua e malfadada crise, e é quase certo que ele meteria uma lança na África daqueles dias, que era um ponto muito sério e grave, a questão magna da rua do Ouvidor e da casa do José Tomás, a ponderosa, crespa e complicada questão de saber se a Stephanoni[39] estrearia no *Ernani*. Esta questão, de que o leitor se ri hoje, como se hão de rir os seus sobrinhos de outras análogas puerilidades, esta pretensão a que se opunha a Lagrua, alegando que o *Ernani* era seu, pretensão que fazia gemer as almas e os prelos daquele tempo, era coisa muito própria a espertar os brios do nosso Estêvão, tão marechal nas coisas mínimas, como recruta nas coisas máximas.

151-152

De noite foi Luís Alves à casa da baronesa, onde poucas pessoas havia, todas de intimidade. A dona da casa, sentada na poltrona do costume, tinha ao pé de si uma senhora da mesma idade que ela, igualmente viúva, e defronte as suíças brancas e aposentadas de um ex-funcionário público. Num sofá, viam-se Mrs. Oswald e Jorge a conversarem em voz, ora muito baixa, ora um pouco mais elevada. Adiante, dois moços contavam a duas senhoras o enredo da última peça do Ginásio.[40]

154

Guiomar havia já alguns minutos que não atendia à interlocutora; tinha o ouvido afiado e assestado sobre o grupo da madrinha. Ninguém a observava; mas é privilégio do romancista e do leitor ver

---

[38] Os galãs tinham medo do oral. A carta era o recurso das declarações, uma "tecnologia" que servia às mais diversas confissões, denúncias e revelações.

[39] As divas povoam a obra de Machado de Assis.

[40] Teatro, como foi dito, de todos os afetos de Machado de Assis.

no rosto de uma personagem aquilo que as outras não veem ou não podem ver.[41]

155

[...] a leitora, que ainda lembrará da confissão por ele mesmo feita a Estêvão, suporá talvez que eram de amor.

156

[...] meia voltada para fora e meia guardada pela sombra que ali fazia a cortina.

174

O sacrifício da parte dele era compensado pela probabilidade da vitória, a qual não consistia só em haver por esposa uma moça bela e querida, mas ainda em tornar muito mais sumárias as partilhas do que a baronesa deixaria por sua morte a ambos. Esta consideração, que não era a principal, tinha ainda assim seu peso no espírito de Jorge, e, sejamos justos, devia tê-lo: possuir era o seu único ofício.[42]

178

– Tudo é aliado do homem que sabe querer, respondeu o advogado dando a esta frase um tanto enfática[43] o maior tom de simplicidade que lhe podia sair dos lábios.

209

Não era preciso reler o papel para entendê-lo; mas olhos amantes deliciam-se com letras namoradas. O papel continha uma palavra única: – *Peça-me,* – escrita no centro da folha, com uma letra fina, elegante, feminina. Luís Alves olhou algum tempo para o bilhete, primeiramente como namorado, depois como simples observador. A letra não era trêmula, mas parecia ter sido lançada ao papel em hora de comoção.[44]

214

A moça entretanto, apenas lançara a carta, arrependeu-se; a dignidade teve remorsos; a consciência quase a acusava de uma ação vil. Era tarde, a carta chegara a seu destino.[45]

---

[41] Pós-moderno desde antes da sua modernidade.

[42] A ambição material tira a inocência de muitos personagens machadianos.

[43] Já no seu segundo romance Machado de Assis declarava guerra à ênfase.

[44] As apaixonadas não se mantinham passivas. Adotavam suas estratégias amorosas.

[45] Tramas frágeis, recursos fáceis, pistas, no entanto, do imaginário do autor. Por trás das

Volume 3
Helena, 1876[46]

7

O Conselheiro Vale morreu às 7 horas da noite de 25 de abril de 1859.

8

Sem embargo do ardor político do tempo, não estava ligado a nenhum dos dois partidos, conservando em ambos preciosas amizades, que ali se acharam na ocasião de o dar à sepultura. Tinha, entretanto, tais ou quais ideias políticas, colhidas nas fronteiras conservadoras e liberais, justamente no ponto em que os dois domínios podem confundir-se. Se nenhuma saudade partidária lhe deitou a última pá de terra, matrona houve, e não só uma, que viu ir a enterrar com ele a melhor página da sua mocidade.

13

Era difícil saber se Camargo professava algumas opiniões políticas ou nutria sentimentos religiosos.[47] Das primeiras, se as tinha, nunca deu manifestação prática; e no meio das lutas de que fora cheio o decênio anterior, conservara-se indiferente e neutral. Quanto aos sentimentos religiosos, a aferi-los pelas ações, ninguém os possuía mais puros. Era pontual no cumprimento dos deveres de bom católico. Mas só pontual; interiormente, era incrédulo.

41

Dos próprios escravos não obteve Helena desde logo a simpatia e boa vontade; esses pautavam os sentimentos pelos de D. Úrsula. Servos de uma família, viam com desafeto e ciúme a parenta nova, ali trazida por um ato de generosidade. Mas também a esses venceu o tempo. Um só de tantos pareceu vê-la desde princípio com olhos amigos; era um rapaz de 16 anos, chamado Vicente, cria da casa e particularmente estimado do conselheiro. Talvez esta última circunstância o ligou desde logo à filha do seu senhor. Despida de interesse,

---

articulações simplistas já se percebe o observador da complexidade humana.

[46] Um amor incestuoso, ou quase, entre dois irmãos que não eram irmãos.

[47] O homem pragmático e sem opiniões é outro tema recorrente em Machado de Assis.

porque a esperança da liberdade, se a podia haver, era precária e remota, a afeição de Vicente não era menos viva e sincera; faltando-lhe os gozos próprios do afeto[48], – a familiaridade e o contacto, – condenado a viver da contemplação e da memória, a não beijar sequer a mão que o abençoava, limitado e distanciado pelos costumes, pelo respeito e pelos instintos, Vicente foi, não obstante, um fiel servidor de Helena, seu advogado convicto nos julgamentos da senzala.

43

Alheio às paixões da política, se abria a boca em tal assunto era para criticar igualmente de liberais e conservadores, – os quais todos lhe pareciam abaixo do país. O jogo e a comida achavam-no menos céptico; e nada lhe avivava tanto a fisionomia como um bom gamão depois de um bom jantar. Estas prendas faziam do Dr. Matos um conviva interessante nas noites que o não eram. Posto soubesse efetivamente alguma coisa dos assuntos que lhe eram mais prezados, não ganhou o pecúlio que possuía, professando a botânica ou a meteorologia, mas aplicando as regras do direito, que ignorou até à morte.[49]

56

Chegando à casa, achou Estácio remédio ao mau humor. Era uma carta de Luís Mendonça, que dois anos antes partira para a Europa, donde agora regressava. Escrevia-lhe de Pernambuco, anunciando-lhe que dentro de poucas semanas estaria no Rio de Janeiro.[50]

62

Um escravo, que ali estava, trouxe um tamborete. Estácio aproximou-se de Helena, que afagava com a mão alva e fina as crinas da égua.

66

Valem muito os bens da fortuna, dizia Estácio; eles dão a maior felicidade da terra, que é a independência absoluta. Nunca experimentei a necessidade; mas imagino que o pior que há nela não é a privação de alguns apetites ou desejos, de sua natureza transitórios,

---

[48] Os afetos dos escravos não encontram espaço na literatura machadiana. A pouca subjetividade de Vicente expressa nesta história é uma exceção.

[49] O enganador zeloso é outra figura com a qual o leitor de Machado de Assis se defronta com frequência.

[50] A carta pode servir também de passagem narrativa.

mas sim essa escravidão moral que submete o homem aos outros homens. A riqueza compra até o tempo, que é o mais precioso e fugitivo bem que nos coube. Vê aquele preto que ali está? Para fazer o mesmo trajeto que nós, terá de gastar, a pé, mais uma hora ou quase.

67

O preto de quem Estácio falara, estava sentado no capim, descascando uma laranja, enquanto a primeira das duas mulas que conduzia, olhava filosoficamente para ele. O preto não atendia aos dois cavaleiros que se aproximavam. Ia esburgando a fruta e deitando os pedaços de casca ao focinho do animal, que fazia apenas um movimento de cabeça, com o que parecia alegrá-lo infinitamente. Era homem de cerca de quarenta anos; ao parecer, escravo. As roupas eram rafadas; o chapéu que lhe cobria a cabeça, tinha já uma cor inverossímil. No entanto, o rosto exprimia a plenitude da satisfação; em todo o caso, a serenidade do espírito. Helena relanceou os olhos ao quadro que o irmão lhe mostrara. Ao passarem por ele, o preto tirou respeitosamente o chapéu e continuou na mesma posição e ocupação que dantes.

68

[Helena sobre ser escravo]: O essencial não é fazer muita coisa no menor prazo; é fazer muita coisa aprazível ou útil. Para aquele preto o mais aprazível é, talvez, esse mesmo caminhar a pé, que lhe alongará a jornada, e lhe fará esquecer o cativeiro, se é cativo. É uma hora de pura liberdade.

Estácio soltou uma risada

– Você devia ter nascido...

– Homem?

– Homem e advogado. Sabe defender com habilidade as causas mais melindrosas. Nem estou longe de crer que o próprio cativeiro lhe parecerá uma bem-aventurança, se eu disser que é o pior estado do homem.

– Sim? Retorquiu Helena sorrindo; estou quase a fazer-lhe a vontade. Não faço; prefiro admirar a cabeça de Moema. Veja, veja como se vai faceirando. Esta não maldiz o cativeiro; pelo contrário, parece que lhe dá glória. Pudera! Se não a tivéssemos cativa, receberia ela o gosto de me sustentar e conduzir? Mas não é só faceirice, é também impaciência.[51]

72

– Que tem você? Perguntou ele.

– Nada, disse ela; ia... ia embebida naquela toada. Não ouve? Ouvia-se, efetivamente, a algumas braças adiante, uma cantiga da roça, meio alegre, meio plangente. O cantor apareceu, logo que os cavaleiros dobraram a curva que a estrada fazia naquele lugar. Era o preto, que pouco antes tinham visto sentado no chão.

– Que lhe dizia eu? Observou a irmã de Estácio. Ali vai o infeliz de há pouco. Uma laranja chupada no capim e três ou quatro quadras, é o bastante para lhe encurtar o caminho. Creia que vai feliz, sem precisar comprar o tempo. Nós poderíamos dizer o mesmo?[52]

78-79

D. Úrsula retirou-se para casa; os dois ficaram sós. Uma vez sós, Camargo pousou a mão no ombro de Estácio, fitou-o paternalmente, enfim perguntou-lhe se queria ser deputado. Estácio não pôde reprimir um gesto de surpresa.

– Era isso? Disse ele.

– Creio que não se trata de um suplício. Uma cadeira na Câmara! Não é a mesma coisa que um quarto no Aljube[1] ...

– Mas a que propósito.

– Esta ideia apoquentava-me há algumas semanas. Doía-me vê--lo vegetar os seus mais belos anos numa obscuridade relativa. A política é a melhor carreira para um homem em suas condições; tem instrução, caráter, riqueza; pode subir a posições invejáveis. Vendo isso, determinei metê-lo na Cadeia... Velha[53]

80

– Duvido que sejam mais vantajosos do que este. A ciência é árdua e seus resultados fazem menos ruído. Não tem vocação comercial nem industrial. Medita alguma ponte pênsil entre a Corte e Niterói, uma estrada até Mato Grosso ou uma linha de navegação para a China? É duvidoso. Seu futuro tem por ora dois limites únicos,

---

[51] Quando a escravidão é tema, nesta fase de Machado de Assis, acaba relativizada.

[52] A comparação indica uma idealização ingênua ou uma justificação irrefletida.

[53] A política não aparece como vocação, mas como privilégio e ocupação honrosa.

alguns estudos de ciência e os aluguéis das casas que possui. Ora, a eleição nem lhe tira os aluguéis nem obsta a que continue os estudos; a eleição completa-o, dando-lhe a vida pública, que lhe falta. A única objeção seria a falta de opinião política; mas esta objeção não o pode ser. Há de ter, sem dúvida, meditado alguma vez nas necessidades públicas, e...

– Suponha, – é mera hipótese, – que tenho alguns compromissos com a oposição.

– Nesse caso, dir-lhe-ei que ainda assim deve entrar na Câmara – embora pela porta dos fundos. Se tem ideias especiais e partidárias, a primeira necessidade é obter o meio de as expor e defender. O partido que lhe der a mão, – se não for o seu, – ficará consolado com a ideia de ter ajudado um adversário talentoso e honesto. Mas a verdade é que não escolheu ainda entre os dois partidos; não tem opiniões feitas. Que importa?[54]

88

Era a primeira vez que Helena aludia ao amor de Estácio, e fazia-o por modo encoberto e oblíquo. Estácio escapou dessa vez à regra de todos os corações amantes; resvalou pela alusão e discutiu gravemente o assunto da candidatura. Era pesado demais para cabeça feminina[55]; Helena intercalou uma observação sobre dois passarinhos que bailavam no ar, e Estácio aceitou a diversão, deixando em paz os eleitores.

94

D. Úrsula não estava de todo boa, mas pode almoçar à mesa comum. O sobrinho apareceu aborrecido, a sobrinha triste; o diálogo foi mastigado como o almoço. No fim deste, recebeu Estácio uma carta de Eugênia. Era uma tagarelice meio frívola, meio sentimental, mistura de risos e suspiros, sem objeto definido a não ser pedir-lhe que escrevesse se não pudesse ir vê-la.[56]

---

[54] A falta de opiniões próprias não era empecilho para entrar na política. Podia ser, na ironia machadiana que já se insinua, uma vantagem.

[55] Machado de Assis admirou atrizes e cantoras líricas, mas seus narradores, personagens e ele mesmo, como cronista, não estiveram muito à frente da época em se tratando da questão da mulher, ainda que louvem o seu "feminismo".

[56] Nem toda carta trazia novidades ou revelações. Era instrumento de conversação.

105

Vicente era o escravo que, como sabemos, se afeiçoara, primeiro que todos, a Helena; Estácio designara-o para servi-la.[57]

116

O pior que lhe acontecia era a disparidade entre os desejos e os meios. Filho de um comerciante, apenas remediado, não teria ele podido realizar a viagem à Europa, nas proporções largas em que o fez, a não ser a intervenção benéfica de uma parenta velha, que se incumbira de lhe ministrar os recursos de que ele carecesse durante aquela longa ausência. Nem a parenta continuaria a abrir-lhe a bolsa, nem o pai queria criar-lhe hábitos de ociosidade. Tratava este, portanto, de obter-lhe um emprego público. Mendonça estava longe de recusar; pedia somente que o emprego o não deslocasse da Corte.[58]

134

Helena enfiou um olhar por entre elas como procurando o caminho da felicidade. Esteve à janela cerca de meia hora; depois entrou, sentou-se e escreveu uma carta. A carta era longa, escrita a golfadas, sem nexo nem ordem; continha muitas queixas e imprecações, ternura expansiva de mistura com um desespero profundo; falava daqueles que, tendo nascido sob a influência de má estrela, só têm felicidades intermitentes e mutáveis; dizia que para ela a própria felicidade era um gérmen de morte e dissolução, – ideia que repetia três vezes, como se tal observação fosse o transunto de suas experiências certas.

142

Transposto o Rubicão, não havia mais que caminhar direito à cidade eterna do matrimônio. Estácio escreveu no dia seguinte uma carta ao Dr. Camargo, pedindo-lhe a mão de Eugênia, carta seca e digna, como as circunstâncias a pediam. Antes de a remeter, mostrou-a a Helena, que recusou lê-la. Não a leu, nem lhe pegou. Ele teve-a alguns instantes na mão, sem se atrever a dá-la ao escravo que esperava por ela. Por fim, deitou-a sobre a secretária. – Amanhã, disse ele sorrindo para Helena. Helena lançou mão da carta e deu-a ao escravo. – Leva à casa do Sr. Dr. Camargo, ordenou a moça.[59]

---

[57] O afeto do escravizado não encontra problematização. Não entra em foco.

[58] O emprego público era a saída honrosa para os que não possuíam fortuna nem meios para entrar na política.

[59] A carta, reduto da palavra escrita, formalizava as grandes demandas.

157

A égua, a passo vagaroso, não sentia o esforço da cavaleira, que a deixava ir, frouxa a rédea, inútil o chicote. O pajem levava os olhos na moça com um ar de adoração visível; mas, ao mesmo tempo, com a liberdade que dá a confiança e a cumplicidade fumava um grosso charuto havanês, tirado às caixas do senhor.[60]

159

As primeiras cartas de Estácio chegaram uma tarde em que as duas senhoras e Mendonça se achavam na varanda, acabado o jantar, bebendo as últimas gotas de café. D. Úrsula, depois de pôr em atividade três mucamas para lhe irem procurar os óculos, levantou-se e foi ela própria à cata deles, com a sua carta na mão. Helena ficou com a que lhe era dirigida.[61]

161

[...] De manhã, dou o meu passeio equestre, como lá; mas que diferença! Quem vai a meu lado é o tenente-coronel, excelente homem, coração de pomba, com o defeito único e enorme de se não chamar D. Helena do Vale, a minha boa Helena, que lá está na Corte, a divertir-se sem seu irmão. Ele fala de tudo e muito: do café, do governo, das eleições, dos escravos, dos impostos.[62]

185

Estácio deu volta aos fundos da chácara, e entrou pela varanda. Os escravos que o viram chegar, deram sinal de novidade, com vozes de alegria, que, aliás, não chegaram até às pessoas da sala. Estas só souberam do recém-chegado quando ele assomou à porta.[63]

187

O silêncio prolongou-se alguns minutos, durante os quais Mendonça tornou a abrir o livro, examinou uma espingarda de caça, preparou um cigarro e fumou. O escravo ajudava o senhor a mudar de roupa. Estácio continuava mortalmente calado; Mendonça falou algumas vezes, sobre coisas indiferentes, e o tempo não correu, andou com a lentidão que lhe é natural, quando trata com impacientes.

---

[60] O escravizado é, volta e meia, apresentado como aquele que surrupia bens do Senhor.
[61] E cada uma podia mergulhar na mensagem que lhe era dirigida.
[62] Assuntos que se equivalem agendados pelos jornais da época.
[63] Constantemente é "atestada" a vinculação afetiva dos escravizados com seus senhores. Manifestações de descontentamento não aparecem.

Logo que Estácio se deu por pronto, e o escravo saiu, Mendonça voltou diretamente ao assunto que o preocupava.

205

– Mendonça é já o fruto proibido, concluiu a moça; começo a amá-lo. Se ainda assim me obrigar a desistir do casamento, adorá-lo-ei.

– Chegamos ao capricho! Exclamou ele; é o fundo do coração de todas as mulheres.[64]

222

Ao mesmo tempo, ouviu-se um rumor na parte da casa que ficava além da sala; Estácio voltou a cabeça com um gesto de desconfiança. A porta abriu-se e apareceu uma preta velha trazendo nas mãos uma bandeja. A criada estacou a meio caminho.

227

Chegou enfim à casa. Ao portão estava um escravo, a quem deu a espingarda.[65]

229-230

Quase à hora do jantar, Estácio, que não saíra uma só vez do gabinete, chegou a uma das janelas, e viu atravessar a chácara a mais humilde figura daquele enigma, humilde e importante ao mesmo tempo: o pajem. O pajem apareceu-lhe como uma ideia nova; até aquele instante não cogitara nele uma só vez. Era o confidente e o cúmplice.[66] Ao vê-lo, recordou-se de que Helena lhe pedira uma vez a liberdade daquele escravo. A ameaça rugiu-lhe no coração; mas a cólera cedeu à angústia, e ele sentiu na face alguma coisa semelhante a uma lágrima. Nesse momento duas mãos lhe taparam os olhos.

234-235

– Vamos para a mesa, disse ele, não convém que os escravos saibam de tais crises... D. Úrsula referiu o estado em que achara Helena e as palavras que trocara com ela. Estácio ouviu-a sem nenhuma expressão de simpatia. O jantar foi um simulacro; era um meio de iludir a perspicácia dos escravos, que aliás não caíam naquele embuste. Eles conheceram perfeitamente que algum acontecimento oculto tra-

---

[64] No imaginário da época, aceito pelo autor, a mulher é coração; o homem, cabeça.
[65] Cenas que se repetem com participação funcional dos escravizados. Esse é o lugar objetivo do cativo? E o seu espaço subjetivo não existe?
[66] Mas sem focalização dessa cumplicidade.

zia suspensos e concentrados os espíritos. As iguarias voltavam quase intactas; as palavras eram trocadas com esforço entre a sinhá velha e o senhor moço. A causa daquilo era, com certeza, nhanhã Helena.[67]

243

Melchior inclinou-se e encarou o moço. Os olhos, fitos nele, eram como um espelho polido e frio, destinado a reproduzir a imagem do que lhe ia dizer.

– Estácio, disse Melchior pausadamente, tu amas tua irmã.[68]

253

Neste ponto chegava ao portão. Aí deteve-se um instante. O passo cauteloso e tímido de alguém fê-lo voltar a cabeça. Um vulto, cujo rosto não via, tão escuro como a noite, ali estava e lhe tocava respeitosamente as abas da sobrecasaca. Era o pajem de Helena.

– Seu padre, disse este, diga-me por favor o que aconteceu em casa. Vejo todos tristes; nhanhã Helena não aparece; fechou-se no quarto... Me perdoe a confiança. O que foi que aconteceu?

– Nada, respondeu Melchior.

– Oh! É impossível! Alguma coisa há por força. Seu padre não tem confiança em seu escravo. Nhanhã Helena está doente?

– Sossega; não há nada.

– Hum! Gemeu incredulamente o pajem. Há alguma coisa que o escravo não pode saber; mas também o escravo pode saber alguma coisa que os brancos tenham vontade de ouvir...[69]

Melchior reprimiu uma exclamação. A noite não lhe permitia examinar o rosto do escravo, mas a voz era dolente e sincera. A ideia de interrogá-lo passou pela mente do padre, mas não fez mais do que passar; ele a rejeitou logo, como a rejeitara algumas horas antes. Melchior preferia a linha reta; não quisera empregar um meio tortuoso. Iria pedir a Helena a solução das dificuldades.[70]

254

Melchior ia recusar, mas um incidente interrompeu a palavra do pajem, contra a vontade deste, e talvez contra o desejo de Melchior. Ouviram-se passos; era um escravo que vinha fechar o portão.

---

[67] Sofrem os escravizados, nessa perspectiva, as dores dos senhores.
[68] Formulação ousada que teria de ser desmentida pela história.
[69] Manifestação rara de insatisfação que aponta a falta de escuta dos brancos.
[70] A ideia de ouvir o que o escravo tinha a dizer não se consumou.

– Vem gente, disse Vicente; amanhã...

O pajem tateou nas trevas em procura da mão do padre; achou-a, enfim, beijou-a e afastou-se. Melchior seguiu para casa, abalado com a meia revelação que acabava de ouvir. Outro qualquer podia duvidar um instante da sinceridade do escravo; podia supor que o ato dele era menos espontâneo do que parecia; enfim, que a própria Helena sugerira aquele meio de transviar a expectação e congraçar os sentimentos. A interpretação era verossímil; mas o padre não cogitou de tal coisa. A ele era principalmente aplicável a máxima apostólica: para os corações limpos, todas as coisas são limpas.

257

– Orei a Deus, disse ela, descendo as mãos, porque infundiu aí no corpo vil do escravo tão nobre espírito de dedicação. Delatou-me para restituir-me a estima da família. Aquilo que ninguém lhe arrancaria do coração, tirou-o ele mesmo no dia em que viu em perigo o meu nome e a paz de meu espírito. Infelizmente, mentiu.[71]

258

– Não hesito, replicou Helena; em tais situações, uma criatura, como eu, caminha direto a um rochedo ou a um abismo; despedaça-se ou some-se. Não há escolha. Este papel, – continuou, tirando da algibeira uma carta, – este papel lhe dirá tudo; leia e refira tudo a Estácio e a D. Úrsula. Não tenho ânimo de os encarar nesta ocasião.

264

– Confessa a autoria desta carta?

Salvador estremeceu; depois respondeu com um gesto afirmativo.

266

– A mãe de Helena, disse Salvador, cuja beleza foi a causa, a um tempo, da sua má e boa fortuna, era filha de um nobre lavrador do Rio Grande do Sul, onde também nasci.

282

– Uma escrava do colégio servia de intermediária entre nós.[72]

---

[71] O sentimento no "corpo vil" só pode se traduzir em sacrifício.
[72] Sem amores próprios enfocados, o escravizado pode ser ponte para interesses alheios, intermediário da subjetividade dos protagonistas.

Então como hoje, achei uma alma compassiva que me ajudou a ser feliz com mistério; a diferença é que naquele tempo era precisa [sic] a intervenção pecuniária. Eu tinha pouco, mas dava o jantar de um dia para ler as cartas de Helena. Conservo-as todas, tanto as de outrora como as destes últimos meses; estão fechadas aqui.

285

Urgindo responder-lhe, fi-lo sacrificando-me. Não a convenci. Procurei ter uma entrevista com ela. Não era fácil; mas o interesse venceu tudo; a escrava intermediária aumentou o preço da complacência. O que se passou entre nós não o poderei repetir agora.

293

De noite, recebeu Estácio uma carta de Salvador, acompanhada de um pacote. "Refleti muito durante estas duas horas, dizia ele, e cheguei a uma conclusão única. Elimino-me. É o meio de conservar a Helena a consideração e o futuro que lhe não posso dar. Quando esta carta lhe chegar às mãos, terei desaparecido para sempre. Não me procure, que é inútil. Irei abençoá-lo de longe. Recaia, entretanto, sobre mim todo o ressentimento; eu só o mereço, porque só eu o provoquei. Vão as cartas de Helena; guardo três apenas, como recordação da felicidade que perdi".[73]

296

O Padre Melchior incumbiu-se de lhe fazer essa delicada comunicação.

– Seu pai, disse ele, praticou em seu favor um ato heroico; fugiu para lhe não fazer perder a consideração e o futuro. Leia esta carta, e veja se ela lhe dá a força necessária para resistir.

Helena pegou na carta com sofreguidão, leu-a de um lance d'olhos. O gemido que lhe rompeu do coração mostrou bem a ferida que acabava de receber.

307

Um escravo veio chamar Estácio à pressa.[74]

---

[73] A carta pode ser prova, acusação, confissão ou meio de solução narrativa.

[74] Cartas e escravos silenciosos compõem o instrumental narrativo e o cenário onde brancos protagonizam histórias.

Volume 4
Iaiá Garcia, 1878[75]

5

Luís Garcia transpunha a soleira da porta, para sair, quando apareceu um criado e lhe entregou esta carta: 5 de Outubro de 1866.

"Sr. Luís Garcia – Peço-lhe o favor de vir falar-me hoje, de uma a duas horas da tarde. Preciso de seus conselhos, e talvez de seus obséquios. – Valéria."

7

A vida de Luís Garcia era como a pessoa dele, – taciturna e retraída [...] Erguia-se com o Sol, tomava do regador, dava de beber às flores e à hortaliça; depois recolhia-se e ia trabalhar antes do almoço, que era às oito horas.[76]

8

Ao chegar a casa, já o preto Raimundo lhe havia preparado a mesa, – uma mesa de quatro a cinco palmos, – sobre a qual punha o jantar, parco em número, medíocre na espécie, mas farto e saboroso para um estômago sem aspirações nem saudades

[...] Raimundo parecia feito expressamente para servir Luís Garcia. Era um preto de cinquenta anos, estatura mediana, forte, apesar de seus largos dias, um tipo de africano, submisso e dedicado. Era escravo e feliz.[77] Quando Luís Garcia o herdou de seu pai, – não avultou mais o espólio, – deu-lhe logo carta de liberdade. Raimundo, nove anos mais velho que o senhor, carregara-o ao colo, e amava-o como se fora seu filho. Vendo-se livre, pareceu-lhe que era um modo de o expelir de casa, e sentiu um impulso atrevido e generoso. Fez um gesto para dilacerar a carta de alforria, mas arrependeu-se a tem-

---

[75] Folhetim sobre hierarquia social publicado originalmente em *O Cruzeiro*, tendo a Guerra do Paraguai como pano de fundo e o triângulo Jorge, Estela e Iaiá. Lucia Miguel Pereira sustenta que em vários romances Machado de Assis exorciza o abandono da madrasta: "Se quisesse subir de classe teria de sacrificar a madrasta, e ele o fez porque era ambicioso" (1936, p. 175). Mulheres diferentes, livros diversos, núcleos semelhantes: "Guiomar e Yâyá Garcia, que sacrifica a madrasta – as ousadas, as calculistas, triunfaram; Helena e Estela, as delicadas, as altivas, fracassaram" (1936, p. 180).

[76] Como se verá, costumes e designações da época.

[77] Ideia que ressurge, como em *Helena*, sem que o oposto seja explorado.

po. Luís Garcia viu só a generosidade, não o atrevimento;[78] palpou o afeto do escravo, sentiu-lhe o coração todo. Entre um e outro houve um pacto que para sempre os uniu.

– És livre, disse Luís Garcia; viverás comigo até quando quiseres.

9-10

Raimundo foi dali em diante um como espírito externo de seu senhor; pensava por este e refletia-lhe o pensamento interior, em todas as suas ações, não menos silenciosas que pontuais. Luís Garcia não dava ordem nenhuma; tinha tudo à hora e no lugar competente. Raimundo, posto fosse o único servidor da casa, sobrava-lhe tempo, à tarde, para conversar com o antigo senhor, no jardinete, enquanto a noite vinha caindo. Ali falavam de seu pequeno mundo, das raras ocorrências domésticas, do tempo que devia fazer no dia seguinte, de uma ou outra circunstância exterior. Quando a noite caía de todo e a cidade abria os seus olhos de gás, recolhiam-se eles a casa, a passo lento, à ilharga um do outro.

– Raimundo hoje vai tocar, não é? Dizia às vezes o preto.

– Quando quiseres, meu velho.[79]

10

O canto do preto não era de saudade; nenhuma de suas cantilenas vinha afinada na clave pesarosa. Alegres eram, guerreiras, entusiastas, fragmentos épicos, resíduo do passado, que ele não queria perder de todo, não porque lastimasse a sorte presente, mas por uma espécie de fidelidade ao que já foi. Por fim calava-se.

[...] Quaisquer que fossem as diferenças civis e naturais entre os dous[80], as relações domésticas os tinham feito amigos.

12

[...] Iaiá ia ter com o preto.

– Raimundo, o que é que você me guardou?

---

[78] Rasgar a carta de alforria para se manter a serviço do amo seria atrevimento, podendo ofender, gesto só desculpado pela "generosidade" expressa na fidelidade ao ex-dono.

[79] Raimundo é um dos poucos personagens negros de Machado de Assis com falas diretas, embora limitadas, caricaturais ou infantilizadas, dispostas na história. A relação entre ele e seu senhor é francamente idealizada numa espécie de utopia doméstica: o bom senhor e o bom escravo se amam e completam.

[80] Grafia preferida do autor. A formulação escolhida no trecho parece considerar um canto de pesar como ressentimento. O ex-escravizado é aplaudido por não lamentar.

[...] Raimundo negaceava ainda um pouco; mas afinal entregava a lembrança guardada. Era às vezes um confeito, outras uma fruta, um inseto esquisito, um molho de flores. Iaiá festejava a lembrança do escravo, dando saltos de alegria e de agradecimento. Raimundo olhava para ela, bebendo a felicidade que se lhe entornava dos olhos, como um jorro de água virgem e pura. Quando o presente era uma fruta ou um doce, a menina trincava-o logo, a olhar e a rir para o preto, a gesticular, e a interromper-se de quando em quando:

– Muito bom! Raimundo é amigo de Iaiá... Viva Raimundo![81]

14

Raimundo vivia da alegria dos dois. Era domingo para todos três, e tanto o senhor como o antigo escravo não ficavam menos colegiais que a menina.

– Raimundo, dizia esta, você gosta de santo de comer?

Raimundo empertigava o corpo, abria um riso, e dando aos quadris e ao tronco o movimento de suas danças africanas, respondia cantarolando:

– Bonito santo! Santo gostoso!

– E santo de trabalhar?

Raimundo, que já esperava o reverso, estacava subitamente, punha a cabeça entre as mãos, e afastava-se murmurando com terror:

– Eh... eh... não fala nesse santo, Iaiá! Não fala nesse santo!

– E santo de comer?

– Bonito santo! Santo gostoso!

E o preto repetia o primeiro jogo, depois o segundo, até que Iaiá, aborrecida, passava a outra coisa.[82]

17

Passou! Bem depressa os sons do piano vieram casar-se ao gorjeio de Iaiá e ao riso do escravo e do senhor. Era mais uma festa aos domingos.

20

Valéria Gomes era viúva de um desembargador honorário.

---

[81] A criança infantilizava o adulto na sua condição servil.

[82] A subjetividade de Raimundo não encontra expressão, salvo como brinquedo da menina branca, expressão mínima de um imaginário obliterado.

28-29

[Jorge] Possuindo muitos bens, que lhe davam para viver à farta, empregava uma partícula do tempo em advogar o menos que podia – apenas o bastante para ter o nome no portal do escritório e no almanaque de Laemmert.[83]

60

Desamparada desse lado, a viúva cogitou então a viagem à Europa; e, quando ele lha recusou, recorreu à guerra do Paraguai. Não sem custo lançou mão desse meio, violento para ambos; mas, uma vez adotado, luziu-lhe mais a vantagem do que lhe negrejou o perigo. Assim foi que de um incidente, comparativamente mínimo, resultara aquele desfecho grave; e de um caso doméstico saía uma ação patriótica.[84]

106

Três meses depois da chegada ao Rio de Janeiro, tinha Jorge liquidado todos os negócios de família. Os haveres herdados podiam dispensá-lo de advogar ou de seguir qualquer outra profissão, uma vez que não fosse ambicioso e regesse com critério o uso de suas rendas.[85]

106

O espetáculo da guerra, que não raro engendra o orgulho, produziu em Jorge uma ação contrária, porque ele viu, ao lado da justa glória de seu país, o irremediável conflito das coisas humanas.

116

Jorge conheceu Procópio Dias no Paraguai, onde este fora negociar e triplicar os capitais, o que lhe permitiu colocar-se acima das viravoltas da fortuna.[86]

118

[Procópio a Jorge]
– ...Nos teatros... nunca vai aos teatros?[87]

---

[83] A viúva e o jovem ocioso entram em cena como mãe e filho.
[84] A mãe manda o filho à guerra para que não se case abaixo da sua condição social.
[85] O ideal da vida ociosa se apresenta quase sempre como herança.
[86] A guerra era também oportunidade de negócios.
[87] O teatro é o espaço da socialização honrada.

123

[Raimundo a Jorge]

– Meu senhor[88] vai ficar muito contente, dizia ele fazendo-o entrar.

130

Jorge desandou o caminho e foi direito a um teatro, com o fim de aturdir-se e esquecer mais depressa. Eram nove horas e meia; assistiu a um resto de drama, que lhe pareceu jovial, e a uma comédia inteira, que lhe pareceu lúgubre. Não obstante, arejou o espírito dos cuidados da noite, e caminhou para casa mais leve e desassombrado. Era uma hora quando chegou; o criado entregou-lhe uma carta.

– A pessoa que trouxe esta carta disse que era urgente.

140

A noite caiu de todo, e a alma de Estela[89] mergulharia também na vaga e pérfida escuridão do futuro, se a rude voz do escravo não a viesse acordar.

– Nhanhã está apanhando sereno, disse Raimundo.

158

Era isso; era o coração que mordia impaciente o freio da necessidade e do orgulho, e vinha pedir ainda uma vez o seu quinhão de vida, e pedia-o em nome daquela carta, expressão remota de um amor desenganado e impassível.[90]

168

Nem Luís Garcia nem Jorge poderiam supor que sobre a cabeça da madrasta e da enteada a carta de 1867 agitava as suas letras de fogo. Era carta importuna, poupada da destruição imediata, era a centelha subitamente lançada no amor adormecido de uma e no ódio nascente de outra; Jorge estava longe de o ler no rosto afável de Iaiá, e no olhar fugidio de Estela.

171

Procópio Dias fumava com volúpia e falava com precaução, usando a voz pausada e avara de um homem para quem o digerir é medi-

---

[88] Condição introjetada, condição permanente.
[89] Estela, não tendo podido casar com Jorge, por oposição de Valéria, torna-se mulher de Luís Garcia e, portanto, madrasta de Iaiá.
[90] A carta é meio pelo qual a rotina se vê violentamente alterada.

tar. Se alguma ideia lhe avoaçava lá dentro, era difícil percebê-lo através do olhar exausto e mórbido. Entretanto, a curiosidade de Jorge não lhe permitiu mais longa dilação e Procópio Dias foi compelido a satisfazê-la, quando o moço, parando diante dele, francamente lho pediu.

– Parecia-me mais fácil do que é, disse ele, sobretudo porque apesar de nos conhecermos há algum tempo, não estou certo da opinião que o senhor forma de mim. Boa?

– Boa.

– Dê-me sua mão. Promete-me ser franco?

– Prometo.

– Qual das duas o leva à casa de Luís Garcia? Sobressaltado, Jorge retirou vivamente a mão.

– Bem vê, tornou Procópio Dias; é uma delas.[91]

173

– Perdão, interrompeu Jorge; eu já lhe disse o que devia, e não posso consentir que voltemos ao mesmo ponto. Uma de suas suspeitas é injuriosa para mim.

– Tem razão; eu devia tê-lo pensado, assentiu Procópio Dias. Mas que quer? Nada se deve imputar aos dementes e aos namorados. Perdoa-me? Em todo caso, pode crer que a minha índole não é tão tolerante com o vício que me fizesse desejar haver dado em balda certa. Não sou rigoroso; sei que as paixões governam os homens, e que a força de as reger não é vulgar. Por isso mesmo é que se estima a virtude. No dia em que a natureza se fizer comunista[92] e distribuir igualmente as boas qualidades morais, a virtude deixa de ser uma riqueza; fica sendo coisa nenhuma.

181

Chegando ao escritório, ao meio-dia, Jorge encontrou o Sr. Antunes consternado. Tinha dormido até onze horas, chegara tarde à

---

[91] O tema, por assim dizer, do adultério na sala de jantar do traído é talvez o mais frequente e cruel na obra de Machado de Assis. Pode-se supor que seja uma maneira de mostrar a hipocrisia dominante. Jorge se verá entre Estela e Iaiá. Mas também entre Estela e Luís Garcia.

[92] O fantasma do comunismo ronda várias passagens de Machado de Assis. Esta passagem, mais do que tudo, pode servir de justificativa à fixação na temática do adultério frontal, na sala de jantar do traído, como algo compreensível: o ser humano não seria movido pela razão e pela moralidade, mas pelas paixões. O cínico Procópio dá uma lição de interpretação das condutas humanas em sua complexidade. Mas, no caso, a suspeita se revelará infundada.

casa em que trabalhava, o patrão convidara-o a fazer as contas.[93] Era uma pequena casa de comércio, onde o Sr. Antunes, que entendia de escrituração mercantil, trabalhava desde algum tempo, graças ao obséquio de Jorge:

– Mas já foi despedido? Perguntou este.

– Devo fazer as minhas contas e retirar-me no fim do mês.

206

A lição isolou-os, e foi também o pretexto mais favorável para lhe mostrar a carta de Procópio Dias. Iaiá viu-a selada e compreendeu tudo; arrebatou-a às mãos de Jorge.[94]

223

– Oh! Custa pouco, acudiu Jorge. Escrevi o esboço da carta por me parecer que podia ser-lhe agradável [...] A carta era um meio de dizer ao pretendente que seus suspiros podiam não ser inúteis. Era isso.

239

Na noite desse dia, quando Jorge entrou em casa, um pouco inebriado da entrevista, achou uma carta de Procópio Dias, que o encheu de contentamento. Procópio Dias tinha necessidade de se demorar ainda uns dois meses. Dois meses! Era a eternidade. Jorge sentiu-se conformado com a notícia de tão longa ausência. Que importava a presença, se ela o não amava?

268

Aos pés da cama, com o gesto dolorido, Jorge via a aflição das duas mulheres, sem lhes poder nem querer valer. Quanto a Raimundo, não pôde ver expirar o senhor; correu ao jardim, onde ficou longo tempo sentado no chão, com a cabeça encanecida entre os joelhos, sacudido pela violência dos soluços.[95]

274

No dia seguinte, acabado o almoço, apareceu-lhe o pai de Estela.

– Iaiá manda-lhe isto, disse ele sacando da algibeira uma carta.

---

[93] O desprezo ao trabalho é uma constante, marca de uma sociedade escravista.

[94] O leitor não perderá a ocasião de mergulhar nas paixões de *Iaiá Garcia* para compreender o que essas cartas abalam, revelam e determinam.

[95] Sem o amo, o ex-escravo pressente que sua vida não terá sentido. Essa fusão é apresentada sem problematização, como uma fidelidade canina.

[...] O inexplicável da carta podia justificar até certo ponto essa suspeita sem fundamento nem verossimilhança, que afinal acabou por não achar nenhuma repulsa na consciência dele. Que há então perdurável no homem, se a paixão que o leva ao sacrifício e à beira da morte, pode rastejar um dia na calúnia? Duas horas depois Jorge escrevia estas poucas palavras à viúva de Luís Garcia:

"Iaiá mandou-me há pouco o incluso bilhete. Peço-lhe o favor de uma explicação."

A carta de Iaiá fora escrita naquela manhã, depois de uma noite de agitação e luta. Nem foi a única. Iaiá escrevera outra, menos lacônica, a Procópio Dias. Morto o pai, esse homem fora ali três vezes, sem trocar com a moça uma só palavra relativa à estranha confidência que lhe fizera antes.

278-279

Raimundo, chamado para levar essa carta, recebeu-a depois de alguma hesitação. Olhou para o papel e para a sinhá-moça. Depois sacudiu a cabeça com um ar de dúvida. Iaiá simulou não ver nada, mas o gesto do preto impressionou-a. Ia afastar-se, Raimundo reteve-a dizendo:

– Iaiá me desculpe... esta carta... Raimundo não gosta de falar àquele homem.

– Não lhe fales; basta deixar a carta em casa dele.[96]

[...] O coração do preto dizia que aquela carta era alguma coisa mais do que um recado sem consequência. Quis levá-la a Estela; mas rejeitou o expediente, por lhe parecer infidelidade. Dez minutos depois saiu em direção à casa de Procópio Dias.

288

Estela abriu duas ou três gavetinhas da secretária, e depois de alguma busca entre os maços de cartas que aí encontrou, tirou uma, abriu-a e deu-a à enteada. Iaiá recebeu-a com as mãos trêmulas de curiosidade; leu-a toda; devia ser a mesma que o pai mostrara à madrasta.

291

– Já vês quem eu era e sou; uma espécie de animal feroz, que prefere a charneca ao jardim. Não me senti lisonjeada com a paixão que

---

[96] Não lhe cabe pensar ou falar. Tem uma tarefa a cumprir.

inspirei; rejeitei, talvez, um marido digno das ambições de qualquer mulher. Era isto o que querias saber? Pois aí tens a minha história, a história dessa carta, que já agora podemos rasgar... Estela pegou na carta e rasgou-a lentamente, em pedaços miúdos, enquanto a enteada refletia nas revelações que acabava de ouvir. A madrasta deitou os fragmentos do papel à cesta. Talvez a mão lhe tremia um pouco; o rosto, porém, era de granito.

294-295

Iaiá foi ter com Raimundo.

– Entregaste?

– Não entreguei, disse o preto.

Iaiá ficou alguns instantes imóvel. Raimundo tirou a carta do bolso, e esteve com ela nas mãos, sem atrever-se a levantar os olhos; levantou-os enfim e disse resolutamente:

– Raimundo não achou bonito que Iaiá escrevesse àquele homem, que não é seu pai nem seu noivo, e voltou para falar a nhãnhã Estela.

– Dê cá, disse a moça secamente; não é preciso.

Raimundo entregou-lhe a carta, e sacudiu a cabeça encanecida, como se quisera repelir os anos que sobre ela pesavam, e retroceder ao tempo em que Iaiá era uma simples criança, travessa e nada mais. Tinha-lhe custado a resolução; três vezes investira a porta de Procópio Dias para obedecer à filha do seu antigo senhor, e três vezes recuara, até que venceu nele o pressentimento, – uma coisa que lhe martelava no coração, dizia ele daí a pouco a Estela, quando lhe referiu tudo.[97]

---

[97] O negro fiel ao dono ou ex-dono aparece mais de uma vez na vasta obra do escritor. Iaiá casa-se com Jorge. Estela abdica do seu amor em favor da enteada. O intrigante Procópio é tirado do jogo pela ação do fiel Raimundo. E assim uma trama insossa deixa rastros sobre o lugar do negro na história.

Volume 5
Memórias póstumas de Brás Cuba, 1881[98]

[Prólogo à terceira edição]:

Capistrano de Abreu, noticiando a publicação do livro, perguntava: "*As Memórias Póstumas de Brás Cubas* são um romance?" Macedo Soares, em carta que me escreveu por esse tempo, recordava amigamente as *Viagens na minha terra*. Ao primeiro respondia já o defunto Brás Cubas (como o leitor viu e verá no prólogo dele que vai adiante) que sim e que não, que era romance para uns e não o era para outros. Quanto ao segundo, assim se explicou o finado: "Trata-se de uma obra difusa, na qual eu, Brás Cubas, se adotei a forma livre de um Sterne ou de um Xavier de Maistre, não sei se lhe meti algumas rabugens de pessimismo."[99]

9

Que Stendhal confessasse haver escrito um de seus livros para cem leitores, coisa é que admira e consterna. O que não admira, nem provavelmente consternará é se este outro livro não tiver os cem leitores de Stendhal, nem cinquenta, nem vinte e, quando muito, dez. Dez? Talvez cinco.

[...] Acresce que a gente grave achará no livro umas aparências de puro romance, ao passo que a gente frívola não achará nele o seu romance usual; ei-lo aí fica privado da estima dos graves e do amor dos frívolos, que são as duas colunas máximas da opinião.[100]

11

Dito isto, expirei às duas horas da tarde de uma sexta-feira do mês de agosto de 1869, na minha bela chácara de Catumbi. Tinha uns sessenta e quatro anos, rijos e prósperos, era solteiro, possuía cerca de trezentos contos e fui acompanhado ao cemitério por onze amigos.[101]

---

[98] Publicado inicialmente em folhetim na *Revista Brasileira*, 1880.
[99] Machado de Assis mais de uma vez ironizou a obsessão classificatória em gêneros claramente definidos.
[100] Definição que parece se manter muito atual.
[101] Balanço machadiano dos capitais de uma vida: dinheiro e amizades.

15

Essa ideia era nada menos que a invenção de um medicamento sublime, um emplasto anti-hipocondríaco, destinado a aliviar a nossa melancólica humanidade. Na petição de privilégio que então redigi, chamei a atenção do governo para esse resultado, verdadeiramente cristão. Todavia, não neguei aos amigos as vantagens pecuniárias que deviam resultar da distribuição de um produto de tamanhos e tão profundos efeitos.[102]

16

Eu tinha a paixão do arruído, do cartaz, do foguete de lágrimas. Talvez os modestos me arguam esse defeito; fio, porém, que esse talento me hão de reconhecer os hábeis. Assim, a minha ideia trazia duas faces, como as medalhas, uma virada para o público, outra para

mim. De um lado, filantropia e lucro; de outro lado, sede de nomeada. Digamos: – amor da glória.[103]

20

Veja o leitor a comparação que melhor lhe quadrar, veja-a e não esteja daí a torcer-me o nariz, só porque ainda não chegamos à parte narrativa destas memórias. Lá iremos. Creio que prefere a anedota à reflexão, como os outros leitores, seus confrades, e acho que faz muito bem.[104]

42

E vejam agora com que destreza; com que arte faço eu a maior transição deste livro. Vejam: o meu delírio começou em presença de Virgília; Virgília foi o meu grão pecado da juventude; não há juventude sem meninice; meninice supõe nascimento; e eis aqui como chegamos nós, sem esforço, ao dia 20 de outubro de 1805, em que nasci. Viram? Nenhuma juntura aparente, nada que divirta a atenção pausada do leitor: nada. De modo que o livro fica assim com todas as vantagens do método, sem a rigidez do método.[105]

---

[102] Sobre sua ideia de inventar um emplasto capaz de dar-lhe fama e fortuna.
[103] Definição por excelência do brasileiro como tipo-ideal ou caricatura.
[104] Como os jornalistas de modo geral.
[105] Uma boa dica para os que ainda pedem muitas "costuras".

46

Por exemplo, um dia quebrei a cabeça de uma escrava, porque me negara uma colher do doce de coco que estava fazendo, e, não contente com o malefício, deitei um punhado de cinza ao tacho, e, não satisfeito da travessura, fui dizer à minha mãe que a escrava é que estragara o doce "por pirraça"; e eu tinha apenas seis anos.[106]

47

Prudêncio, um moleque de casa, era o meu cavalo de todos os dias; punha as mãos no chão, recebia um cordel nos queixos, à guisa de freio, eu trepava-lhe ao dorso, com uma varinha na mão, fustiga-va-o, dava mil voltas a um e outro lado, e ele obedecia, – algumas vezes gemendo, – mas obedecia sem dizer palavra, ou, quando muito, um – "ai, nhonhô!" – ao que eu retorquia: – "Cala a boca, besta!"[107]

48

De manhã, antes do mingau, e de noite, antes da cama, pedia a Deus que me perdoasse, assim como eu perdoava aos meus devedores; mas entre a manhã e a noite fazia uma grande maldade, e meu pai, passado o alvoroço, dava-me pancadinhas na cara, e exclamava a rir: Ah! Brejeiro! Ah! Brejeiro![108]

49-50

Em casa, quando lá ia passar alguns dias, não poucas vezes me aconteceu achá-lo, no fundo da chácara, no lavadouro, a palestrar com as escravas que batiam roupa; aí é que era um desfiar de anedotas, de ditos, de perguntas, e um estalar de risadas, que ninguém podia ouvir, porque o lavadouro ficava muito longe de casa. As pretas, com uma tanga no ventre, a arregaçar-lhes um palmo dos vestidos, umas dentro do tanque, outras fora, inclinadas sobre as peças de roupa, a batê-las, a ensaboá-las, a torcê-las, iam ouvindo e redarguindo às pilhérias do tio João, e a comentá-las de quando em quando com esta palavra:

---

[106] Inclinação típica de um branco escravista ou, como se diz popularmente, questão de DNA.

[107] Essa passagem mostra a crueldade dos meninos brancos com seus escravos, mas não pode ser tomada automaticamente como uma condenação total da escravidão. Certamente traduz a apropriação pela criança dos costumes familiares.

[108] Dialógica tropical do pecado e do perdão para a "casa-grande".

– Cruz, diabo!... Esse sinhô João é o diabo![109]

50

Bem diferente era o tio cônego. Esse tinha muita austeridade e pureza; tais dotes, contudo, não realçavam um espírito superior, apenas compensavam um espírito medíocre.[110]

51

O que importa é a expressão geral do meio doméstico, e essa aí fica indicada, – vulgaridade de caracteres, amor das aparências rutilantes, do arruído, frouxidão da vontade, domínio do capricho, e o mais. Dessa terra e desse estrume é que nasceu esta flor.[111]

52

Napoleão, quando eu nasci, estava já em todo o esplendor da glória e do poder; era imperador e granjeara inteiramente a admiração dos homens. Meu pai, que à força de persuadir os outros da nossa nobreza, acabara persuadindo-se a si próprio, nutria contra ele um ódio puramente mental.[112]

56

Um sujeito, ao pé de mim, dava a outra notícia recente dos negros novos, que estavam a vir, segundo cartas que recebera de Loanda, uma carta em que o sobrinho lhe dizia ter já negociado cerca de quarenta cabeças, e outra carta em que... Trazia-as justamente na algibeira, mas não as podia ler naquela ocasião. O que afiançava é que podíamos contar, só nessa viagem, uns cento e vinte negros, pelo menos.[113]

57

Meu pai, que seria capaz de me dar o sol, se eu lho exigisse, chamou um escravo para me servir o doce; mas era tarde. A tia Emerenciana arrancara-me da cadeira e entregara-me a uma escrava, não obstante os meus gritos e repelões.[114]

---

[109] Essas intimidades, relatadas de passagem, não abrem espaço para a exploração profunda dos mundos subjetivos dos escravizados, sempre figurativos.
[110] Jogo de oposições complementares típico da sagacidade do autor.
[111] E o Brasil patriarcal e escravista.
[112] No jogo das aparências, a ilusão é um instrumento poderoso que o autor desvela.
[113] O tom, nessas passagens, é de neutralidade.
[114] O autor enfatiza a formação da personalidade dominante do herdeiro.

60

Tinha amarguras esse tempo; tinha os ralhos, os castigos, as lições árduas e longas, e pouco mais, muito pouco e muito leve. Só era pesada, a palmatória, e ainda assim... Ó palmatória, terror dos meus dias pueris, tu que foste o *compelle intrare* com que um velho mestre, ossudo e calvo, me incutiu no cérebro o alfabeto, a prosódia, a sintaxe, è o mais que ele sabia, benta palmatória, tão praguejada dos modernos, quem me dera ter ficado sob o teu jugo, com a minha alma imberbe, as minhas ignorâncias, e o meu espadim, aquele espadim de 1814, tão superior à espada de Napoleão![115]

61

E fizeste isto durante vinte e três anos, calado, obscuro, pontual, metido numa casinha da Rua do Piolho, sem enfadar o mundo com a tua mediocridade, até que um dia deste o grande mergulho nas trevas, e ninguém te chorou, salvo um preto velho, – ninguém, nem eu, que te devo os rudimentos da escrita.

Chamava-se Ludgero o mestre.

62

Uma flor, o Quincas Borba. Nunca em minha infância, nunca em toda a minha vida, achei um menino mais gracioso, inventivo e travesso.[116]

64

Éramos dois rapazes, o povo e eu; vínhamos da infância, com todos os arrebatamentos da juventude.[117]

67

Gastei trinta dias para ir do Rocio Grande ao coração de Marcela, não já cavalgando o corcel do cego desejo, mas o asno da paciência, a um tempo manhoso e teimoso.

69

Gostava muito das nossas antigas dobras de ouro, e eu levava--lhe quantas podia obter; Marcela juntava-as todas dentro de uma

---

[115] Se o castigo físico podia valer para o herdeiro branco, o que dizer para os escravizados. O personagem narrador, como acontece com muitos ainda hoje, revelava a nostalgia dessa pedagogia da violência.

[116] Personagens, em Machado de Assis, saltam de um livro para outro.

[117] Aproximação que situa a abordagem em termos de analogia.

caixinha de ferro, cuja chave ninguém nunca jamais soube onde ficava; escondia-a por medo dos escravos.[118]

74

...Marcela amou-me durante quinze meses e onze contos de réis; nada menos. Meu pai, logo que teve aragem dos onze contos, sobres saltou-se deveras; achou que o caso excedia as raias de um capricho juvenil.[119]

75

Marcela franziu a testa, cantarolou uma seguidilha, entre dentes; depois queixou-se do calor, e mandou vir um copo de aluá. Trouxe-lho a mucama, numa salva de prata, que fazia parte dos meus onze contos. Marcela ofereceu-me polidamente o refresco; minha resposta foi dar com a mão no copo e na salva; entornou-se-lhe o líquido no regaço, a preta deu um grito, eu bradei-lhe que se fosse embora.[120]

90

Tinha eu conquistado em Coimbra uma grande nomeada de folião; era um acadêmico estroina, superficial, tumultuário e petulante, dado às aventuras, fazendo romantismo prático e liberalismo teórico, vivendo na pura fé dos olhos pretos e das constituições escritas.[121]

96

Vim... Mas não; não alonguemos este capítulo. Às vezes, esqueço-me a escrever, e a pena vai comendo papel, com grave prejuízo meu, que sou autor. Capítulos compridos quadram melhor a leitores pesadões; e nós não somos um público *in-folio*, mas *in-12*, pouco texto, larga margem, tipo elegante, corte dourado e vinhetas... Não, não alonguemos o capítulo.[122]

97

Vim. Não nego que, ao avistar a cidade natal, tive uma sensação nova. Não era efeito da minha pátria política; era-o do lugar da infân-

---

[118] Em vários momentos escravos aparecem nessa condição potencial de ladrões.

[119] As relações medidas pelo dinheiro indicam a imagem que o autor tinha da sua época. É esse mundo cínico, hipócrita e podre que ele descreve.

[120] A violência aparece como um elemento masculino naturalizado.

[121] Acadêmicos, bacharéis e doutores desfilam como enganadores.

[122] Machado de Assis antecipou o gosto do leitor apressado por capítulos curtos. Nesse sentido, foi um precursor da pós-modernidade, mais que da modernidade.

cia, a rua, a torre, o chafariz da esquina, a mulher de mantilha, o preto do ganho, as coisas e cenas da meninice, buriladas na memória.[123]

100

Para lhes dizer a verdade toda, eu refletia as opiniões de um cabeleireiro, que achei em Módena, e que se distinguia por não as ter absolutamente[124] [...] Não tinha outra filosofia. Nem eu. Não digo que a Universidade me não tivesse ensinado alguma; mas eu decorei-lhe só as fórmulas, o vocabulário, o esqueleto. Tratei-a como tratei o latim; embolsei três versos de Virgílio, dois de Horácio, uma dúzia de locuções morais e políticas, para as despesas da conversação. Tratei-os como tratei a história e a jurisprudência. Colhi de todas as coisas a fraseologia, a casca, a ornamentação...[125]

101

Talvez espante ao leitor a franqueza com que lhe exponho e realço a minha mediocridade [...] Mas, na morte, que diferença! Que desabafo! Que liberdade! Como a gente pode sacudir fora a capa, deitar ao fosso as lantejoulas, despregar-se, despintar-se, desafeitar-se, confessar lisamente o que foi e o que deixou de ser! Porque, em suma, já não há vizinhos, nem amigos, nem inimigos, nem conhecidos, nem estranhos; não há plateia.[126]

103

Às vezes, caçava, outras dormia, outras lia, – lia muito, – outras enfim não fazia nada; deixava-me atoar de ideia em ideia, de imaginação em imaginação, como uma borboleta vadia ou faminta.[127]

106

– Nhonhô não vai visitar sinhá D. Eusébia? Perguntou-me o Prudêncio. Foi ela quem vestiu o corpo da minha defunta senhora.[128]

108

Riu-se meu pai, e depois de rir, tornou a falar sério. Era-me necessária a carreira política, dizia ele, por vinte e tantas razões, que

---

[123] A memória afetiva, mostra o autor, conta mais do que a inclinação intelectual.
[124] Mote recorrente. Reaparece, por exemplo, em crônica de 11 de maio de 1888.
[125] O homem oco, repetidor de ideias alheias, é o personagem machadiano dominante.
[126] Só a morte libertaria o brasileiro do desejo de distinção.
[127] A ociosidade é a principal ocupação dos protagonistas de Machado de Assis.
[128] A fala dos escravos é reduzida ao grau mínimo da comunicação.

deduziu com singular volubilidade, ilustrando-as com exemplos de pessoas do nosso conhecimento. Quanto à noiva, bastava que eu a visse; se a visse, iria logo pedi-la ao pai, logo, sem demora de um dia.[129]

110

Não digo que já lhe coubesse a primazia da beleza, entre as mocinhas do tempo, porque isto não é romance[130], em que o autor sobredoura a realidade e fecha os olhos às sardas e espinhas.

114

Meu pai torceu o nariz, mas não disse nada; despediu-se e desceu. Eu, na tarde desse mesmo dia, fui visitar D. Eusébia. Achei-a a repreender um preto jardineiro[131], mas deixou tudo para vir falar-me, com um alvoroço, um prazer tão sincero, que me desacanhou logo. Creio que chegou a cingir-me com o seu par de braços robustos.

120

– Também por que diabo não era ela azul? Disse comigo.

E esta reflexão, – uma das mais profundas que se tem feito, desde a invenção das borboletas, – me consolou do malefício, e me reconciliou comigo mesmo.[132]

122

Desço imediatamente; desço, ainda que algum leitor circunspecto me detenha para perguntar se o capítulo passado é apenas uma sensaboria ou se chega a empulhação...[133]

124

Saímos à varanda, dali à chácara, e foi então que notei uma circunstância. Eugênia coxeava um pouco, tão pouco, que eu cheguei a perguntar-lhe se machucara o pé. A mãe calou-se; a filha respondeu sem titubear:

– Não, senhor, sou coxa de nascença.[134]

---

[129] Ser político para não trabalhar, mote que desvela um imaginário.

[130] Ironia autorreferente. Antecipação da pós-modernidade? Apenas um recurso intemporal.

[131] Não há necessidade de apresentar motivações. Trata-se de um efeito de realismo.

[132] Efeito de leveza.

[133] Efeito de provocação legitimadora.

[134] Brutal descrição do imaginário da época.

127

Não desci, e acrescentei um versículo ao Evangelho: – Bem-aventurados os que não descem, porque deles é o primeiro beijo das moças.[135]

133

Enquanto esta ideia me trabalhava no famoso trapézio, lançava eu os olhos para a Tijuca, e via a aleijadinha[136] perder-se no horizonte do pretérito, e sentia que o meu coração não tardaria também a descalçar as suas botas. E descalçou-as o lascivo.

134

Tu, minha Eugênia, é que não as descalçaste nunca; foste aí pela estrada da vida, manquejando da perna e do amor, triste como os enterros pobres, solitária, calada, laboriosa, até que vieste também para esta outra margem... O que eu não sei é se a tua existência era muito necessária ao século.[137] Quem sabe? Talvez um comparsa de menos fizesse patear a tragédia humana.

135

Enfim! Eis aqui Virgília. Antes de ir à casa do Conselheiro Dutra, perguntei a meu pai se havia algum ajuste prévio de casamento.

– Nenhum ajuste. Há tempos, conversando com ele a teu respeito, confessei-lhe o desejo que tinha de te ver deputado; e de tal modo falei, que ele prometeu fazer alguma coisa, e creio que o fará. Quanto à noiva, é o nome que dou a uma criaturinha, que é uma joia, uma flor, uma estrela, uma coisa rara... é a filha dele; imaginei que, se casasses com ela, mais depressa serias deputado.[138]

137-138

Ao fundo, por trás do balcão, estava sentada uma mulher, cujo rosto amarelo e bexiguento não se destacava logo, à primeira vista; mas logo que se destacava era um espetáculo curioso. Não podia ter sido feia; ao contrário, via-se que fora bonita, e não pouco bonita; mas a doença e uma velhice precoce, destruíam-lhe a flor das graças. As bexigas tinham sido terríveis; os sinais, grandes e muitos, faziam sa-

---

[135] Depois da violência, a leveza apaziguadora.
[136] Fragmentos de uma sensibilidade social multissecular.
[137] Reflexo de um imaginário brutal marcado pela violência física e simbólica.
[138] Assim se ia ao coração da pátria.

liências e encarnas, declives e aclives, e davam uma sensação de lixa grossa, enormemente grossa. Eram os olhos a melhor parte do vulto, e aliás tinham uma expressão singular e repugnante, que mudou, entretanto, logo que eu comecei a falar. Quanto ao cabelo, estava ruço e quase tão poento como os portais da loja. Num dos dedos da mão esquerda fulgia-lhe um diamante. Crê-lo-eis, pósteros? Essa mulher era Marcela.[139]

139

Vendera tudo, quase tudo; um homem, que a amara outrora, e lhe morreu nos braços, deixara-lhe aquela loja de ourivesaria, mas, para que a desgraça fosse completa, era agora pouco buscada a loja – talvez pela singularidade de a dirigir uma mulher.[140]

140

Entrei a desconfiar que não padecera nenhum desastre (salvo a moléstia), que tinha o dinheiro a bom recado, e que negociava com o único fim de acudir à paixão do lucro, que era o verme roedor daquela existência; foi isso mesmo que me disseram depois.[141]

156

– Ora, mano, deixe-se dessas coisas, disse Sabina, erguendo-se do sofá; podemos arranjar tudo em boa amizade, e com lisura. Por exemplo, Cotrim não aceita os pretos, quer só o boleeiro de papai e o Paulo...

– O boleeiro não, acudi eu; fico com a sege e não hei de ir comprar outro.

– Bem; fico com o Paulo e o Prudêncio.

– O Prudêncio está livre.

– Livre?

– Há dois anos.

– Livre? Como seu pai arranjava estas coisas cá por casa, sem dar parte a ninguém! Está direito. Quanto à prata... creio que não libertou a prata?[142]

---

[139] Vingança do macho enganado?
[140] Retrato de uma sociedade patriarcal e machista.
[141] Um olhar impiedoso sobre a mulher como uma suposta condição de gênero.
[142] Inventários de homens e coisas como objetos em disputas de família.

158

Entretanto, Sabina fora até a janela que dava para a chácara, – e depois de um instante, voltou, e propôs ceder o Paulo e outro preto, com a condição de ficar com a prata; eu ia dizer que não me convinha, mas Cotrim adiantou-se e disse a mesma coisa.

– Isso nunca! Não faço esmolas! Disse ele.[143]

159

Pena de maus costumes, ata uma gravata ao estilo, veste-lhe um colete menos sórdido; e depois sim, depois vem comigo, entra nessa casa, estira-te nessa rede que me embalou a melhor parte dos anos que decorreram desde o inventário de meu pai até 1842.

159-160

Vivi meio recluso, indo de longe em longe a algum baile, ou teatro, ou palestra, mas a maior parte do tempo passei-a comigo mesmo. Vivia; deixava-me ir ao curso e recurso dos sucessos e dos dias, ora buliçoso, ora apático, entre a ambição e o desânimo. Escrevia política e fazia literatura. Mandava artigos e versos para as folhas públicas, e cheguei a alcançar certa reputação de polemista e de poeta. Quando me lembrava do Lobo Neves, que era já deputado, e de Virgília, futura marquesa, perguntava a mim mesmo por que não seria melhor deputado e melhor marquês do que o Lobo Neves, – eu, que valia mais, muito mais do que ele, – e dizia isto a olhar para a ponta do nariz...[144]

184

Sim, senhor, amávamos. Agora, que todas as leis sociais no-lo impediam, agora é que nos amávamos deveras. Achávamo-nos jungidos um ao outro, como as duas almas que o poeta encontrou no Purgatório:

Di pari, come buoi, che vanno a giogo;

e digo mal, comparando-nos a bois, porque nós éramos outra espécie de animal menos tardo, mais velhaco e lascivo.[145]

---

[143] Não há enfática condenação dessa redução do humano a objeto e patrimônio. Qualquer indignação, porém, deve derivar dessa relação incongruente apresentada.

[144] Mentir para si mesmo não elimina a percepção da mentira. Fina psicologia do autor.

[145] A ociosidade e o adultério são os grandes temas de Machado de Assis. Não há julgamento moral ou punição. Quase não há tragédia ou desfecho sangrento, apesar dos supostos

185

E esta palavra não vinha à toa; Virgília era um pouco religiosa. Não ouvia missa aos domingos, é verdade, e creio até que só ia às igrejas em dia de festa, e quando havia lugar vago em alguma tribuna. Mas rezava todas as noites, com fervor, ou, pelo menos, com sono. Tinha medo às trovoadas; nessas ocasiões, tapava os ouvidos, e resmoneava todas as orações do catecismo. Na alcova dela havia um oratoriozinho de jacarandá, obra de talha, de três palmos de altura, com três imagens dentro; mas não falava dele às amigas; ao contrário, tachava de beatas as que eram só religiosas. Algum tempo desconfiei que havia nela certo vexame de crer, e que a sua religião era uma espécie de camisa de flanela, preservativa e clandestina; mas evidentemente era engano meu.[146]

204

[...] Não olhei uma só vez para ela durante o jantar; falei de política, da imprensa, do ministério, creio que falaria de teologia, se a soubesse, ou se me lembrasse. Lobo Neves acompanhava-me com muita placidez e dignidade, e até com certa benevolência superior; e tudo aquilo me irritava também, e me tornava mais amargo e longo o jantar. Despedi-me apenas nos levantamos da mesa.

– Até logo, não? Perguntou Lobo Neves.

– Pode ser.

E saí.[147]

209

Interrompeu-nos o rumor de um carro na chácara. Veio um escravo dizer que era a baronesa X. Virgília consultou-me com os olhos.

– Se a senhora está assim com dor de cabeça, disse eu, parece que o melhor é não receber.

– Já se apeou? Perguntou Virgília ao escravo.

---

valores dominantes. Ao fim e ao cabo, apesar dos códigos de honra da época, tudo parecia se arranjar.

[146] Humor pela incongruência e pelo desvelamento da hipocrisia.

[147] A traição na sala de jantar é talvez a forma mais severa e cínica de crítica implícita que Machado de Assis faz a uma sociedade supostamente moralista e religiosa, como Virgília. O traído é exposto ao vexame da sua ignorância. Caricatura de uma elite egoísta, hipócrita e hedonista ao extremo.

– Já se apeou; diz que precisa muito de falar com sinhá!

– Que entre![148]

214

Jantei e fui a casa. Lá achei uma caixa de charutos, que me mandara o Lobo Neves, embrulhada em papel de seda, e ornada de fitinhas cor-de-rosa. Entendi, abri-a, e tirei este bilhete:

"Meu B...

Desconfiam de nós; tudo está perdido; esqueça-me para sempre. Não nos veremos mais. Adeus; esqueça- se da infeliz

V...a".[149]

215-216

Para mim era aquilo uma situação nova do nosso amor, uma aparência de posse exclusiva, de domínio absoluto, alguma coisa que me faria adormecer a consciência e resguardar o decoro. Já estava cansado das cortinas do outro, das cadeiras, do tapete, do canapé, de todas essas coisas, que me traziam aos olhos constantemente a nossa duplicidade.[150]

217-218

Tais eram as reflexões que eu vinha fazendo, por aquele Valongo fora, logo depois de ver e ajustar a casa. Interrompeu-mas um ajuntamento; era um preto que vergalhava outro na praça. O outro não se atrevia a fugir; gemia somente estas únicas palavras: – "Não, perdão, meu senhor; meu senhor, perdão!" Mas o primeiro não fazia caso, e, a cada súplica, respondia com uma vergalhada nova.

– Toma, diabo! Dizia ele; toma mais perdão, bêbado!

– Meu senhor! Gemia o outro.

– Cala a boca, besta! Replicava o vergalho.

Parei, olhei... Justos céus! Quem havia de ser o do vergalho? Nada menos que o meu moleque Prudêncio, – o que meu pai libertara alguns anos antes. Cheguei-me; ele deteve-se logo e pediu-me a bênção; perguntei-lhe se aquele preto era escravo dele.

– É, sim, nhonhô.

---

[148] A funcionalidade das falas dos escravos é seguida à risca nos diálogos.

[149] O desfecho se anuncia por bilhete e culminará com uma denúncia por carta anônima.

[150] Não há culpa? Resultado de casamentos arranjados e de homens insensíveis? O amante mostra-se amoral. O que dizer da esposa? É somente a força da paixão?

– Fez-te alguma coisa?

– É um vadio e um bêbado muito grande. Ainda hoje deixei ele na quitanda, enquanto eu ia lá embaixo na cidade, e ele deixou a quitanda para ir na venda beber.

– Está bom, perdoa-lhe, disse eu.

– Pois não, nhonhô. Nhonhô manda, não pede. Entra para casa, bêbado!

Saí do grupo, que me olhava espantado e cochichava as suas conjeturas. Segui caminho, a desfiar uma infinidade de reflexões, que sinto haver inteiramente perdido; aliás, seria matéria para um bom capítulo, e talvez alegre. Eu gosto dos capítulos alegres; é o meu fraco. Exteriormente, era torvo o episódio do Valongo; mas só exteriormente. Logo que meti mais dentro a faca do raciocínio achei-lhe um miolo gaiato, fino, e até profundo. Era um modo que o Prudêncio tinha de se desfazer das pancadas recebidas, – transmitindo-as a outro. Eu, em criança, montava-o, punha-lhe um freio na boca, e desancava-o sem compaixão; ele gemia e sofria. Agora, porém, que era livre, dispunha de si mesmo, dos braços, das pernas, podia trabalhar, folgar, dormir, desagrilhoado da antiga condição, agora é que ele se desbancava: comprou um escravo, e ia-lhe pagando, com alto juro, as quantias que de mim recebera.[151] Vejam as sutilezas do maroto![152]

---

[151] Essa cena é das mais famosas. O que dizer dela? Prudêncio, o escravo que na infância era maltratado pelo menino branco, vinga-se como pode da vida, assumindo, num efeito de contaminação, o comportamento tradicional do branco senhor de escravos. Numa postura, porém, que pode ser chamada de conservadora, alguém pode interpretar que Machado de Assis sugere que brancos e negros queriam ter escravos e, podendo fazê-lo, agiam da mesma forma, dizendo que a questão não era racial, mas típica da perversidade do ser humano de qualquer cor. O texto, porém, firma nestas duas frases o argumento da revanche do maltratado: "Era um modo que o Prudêncio tinha de se desfazer das pancadas recebidas" e "ia-lhe pagando, com alto juro, as quantias que de mim recebera". No popular, o cachimbo entorta a boca ou a instituição infame faz a infâmia.

[152] O tema do ex-escravo com escravos reaparece em crônica de 20-21 de maio de 1888, em que Machado de Assis refere-se à Missa Campal de 17 de maio em homenagem à abolição: "Vendo isto, disse um sisudo da Babilônia, por outro nome Carioca. Ah! Se estivessem no Maranhão alguns ex-escravos, que depois de livres compraram também escravos, quão menor seria a melancolia desses que são agora duas coisas ao mesmo tempo, ex-escravos e ex-senhores. Bem diz o *Eclesiastes*: Algumas vezes tem o homem domínio sobre outro homem para desgraça sua. O melhor de tudo, acrescento eu, é possuir-se a gente a si mesmo" (In Gledson, 1990, p. 69). Essa era uma condição restrita a poucos brancos ricos.

221

Custou-lhe muito a aceitar a casa; farejara a intenção e doía-lhe o ofício; mas afinal cedeu. Creio que chorava, a princípio: tinha nojo de si mesma [...] Não fui ingrato; fiz-lhe um pecúlio de cinco contos, – os cinco contos achados em Botafogo, – como um pão para a velhice. D. Plácida agradeceu-me com lágrimas nos olhos, e nunca mais deixou de rezar por mim, todas as noites, diante de uma imagem da Virgem, que tinha no quarto. Foi assim que lhe acabou o nojo.[153]

222

Começo a arrepender-me deste livro. Não que ele me canse; eu não tenho que fazer; e, realmente, expedir alguns magros capítulos para esse mundo sempre é tarefa que distrai um pouco da eternidade. Mas o livro é enfadonho, cheira a sepulcro, traz certa contração cadavérica; vício grave, e aliás ínfimo, porque o maior defeito deste livro és tu, leitor. Tu tens pressa de envelhecer, e o livro anda devagar; tu amas a narração direta e nutrida, o estilo regular e fluente, e este livro e o meu estilo são como os ébrios, guinam à direita e à esquerda, andam e param, resmungam, urram, gargalham, ameaçam o céu, escorregam e caem...[154]

223

Olhai: daqui a setenta anos, um sujeito magro, amarelo, grisalho, que não ama nenhuma outra coisa além dos livros, inclina-se sobre a página anterior, a ver se lhe descobre o despropósito; lê, relê, treslê, desengonça as palavras, saca uma sílaba, depois outra, mais outra e as restantes, examina-as por dentro e por fora, por todos os lados, contra a luz, espaneja-as, esfrega-as no joelho, lava-as, e nada; não acha o despropósito.[155]

233

[...] aleguei que a velhice de D. Plácida estava agora ao abrigo da mendicidade: era uma compensação. Se não fossem os meus amores, provavelmente D. Plácida acabaria como tantas outras criaturas humanas; donde se poderia deduzir que o vício é muitas vezes o es-

---

[153] O nojo sentido por dar cobertura aos amores adúlteros dos brancos termina com uma boa quantia. Moral provável da história: todos têm o seu preço. Uma sociedade à venda.
[154] Expediente que denuncia o leitor médio e cativa o leitor que se tem por mais exigente.
[155] Por exemplo, alguém como o organizador deste volume.

trume da virtude. O que não impede que a virtude seja uma flor cheirosa e sã. A consciência concordou, e eu fui abrir a porta a Virgília.[156]

239

Virgília ficou desorientada. No dia seguinte achei-a triste, na casa da Gamboa, à minha espera; tinha dito tudo a D. Plácida, que buscava consolá-la como podia. Não fiquei menos abatido.

– Você há de ir conosco, disse-me Virgília.

– Está doida? Seria uma insensatez.

243

Na noite seguinte fui efetivamente à casa do Lobo Neves; estavam ambos, Virgília muito triste, ele muito jovial. Juro que ela sentiu certo alívio, quando os nossos olhos se encontraram, cheios de curiosidade e ternura. Lobo Neves contou-me os planos que levava para a presidência, as dificuldades locais, as esperanças, as resoluções; estava tão contente! Tão esperançado! Virgília, ao pé da mesa, fingia ler um livro, mas por cima da página olhava-me de quando em quando, interrogativa e ansiosa.

– O pior, disse-me de repente o Lobo Neves, é que ainda não achei secretário.

– Não?

– [...] Uma ideia... Quer você dar um passeio ao Norte?

Não sei o que lhe disse.

– Você é rico, continuou ele, não precisa de um magro ordenado; mas se quisesse obsequiar-me, ia de secretário comigo.

Meu espírito deu um salto para trás, como se descobrisse uma serpente diante de si. Encarei o Lobo Neves, fixamente, imperiosamente a ver se lhe apanhava algum pensamento oculto... Nem sombra disso; o olhar vinha direito e franco, a placidez do rosto era natural, não violenta, uma placidez salpicada de alegria. Respirei, e não tive ânimo de olhar para Virgília; senti por cima da página o olhar dela, que me pedia também a mesma coisa, e disse que sim, que iria[157]. Na verdade, um presidente, uma presidenta, um secretário, era resolver as coisas de um modo administrativo.

---

[156] Para José de Alencar, por exemplo, a viciosa escravidão tinha a virtude de trazer africanos para a civilização e o cristianismo.

[157] Levar o amante para a nova cidade do marido: o adultério sem julgamento moral, como fato objetivo, a exemplo da escravidão. Retrato de uma época?

245

Contudo, ao sair de lá, tive umas sombras de dúvida; cogitei se não ia expor insanamente a reputação de Virgília, se não haveria outro meio razoável de combinar o Estado e a Gamboa. Não achei nada. No dia seguinte, ao levantar-me da cama, trazia o espírito feito e resoluto a aceitar a nomeação.[158]

248

Cotrim reprimiu-a com um gesto, que não entendi bem. Não importa; a reconciliação de uma família vale bem um gesto enigmático.[159]

249

Digam o que quiserem dizer os hipocondríacos: a vida é uma coisa doce. Foi o que eu pensei comigo, ao ver Sabina, o marido e a filha descerem de tropel as escadas, dizendo muitas palavras afetuosas para cima, onde eu ficava – no patamar, – a dizer-lhes outras tantas para baixo. Continuei a pensar que, na verdade, era feliz. Amava-me uma mulher, tinha a confiança do marido, ia por secretário de ambos, reconciliava-me com os meus. Que podia desejar mais, em vinte e quatro horas?[160]

[...] Alguns, ligando a minha nomeação à do Lobo Neves, que já andava em boatos, sorriam maliciosamente, outros batiam-me no ombro. No teatro disse-me uma senhora que era levar muito longe o amor da escultura. Referia-se às belas formas de Virgília.

262

Se o leitor ainda se lembra do capítulo XXIII, observará que é agora a segunda vez que eu comparo a vida a um enxurro; mas também há de reparar que desta vez acrescento-lhe um adjetivo – perpétuo. E Deus sabe a força de um adjetivo, principalmente em países novos e cálidos.[161]

---

[158] Não parece haver empatia nos personagens. O outro, o marido, é uma abstração. Machado de Assis, como se verá mais adiante, antes de ser realista irônico, criticou a falta de perspectiva moral nas personagens de *Primo Basílio*, de Eça de Queirós.

[159] O fecho de capítulo como pirueta cria um efeito de inteligência e divertimento.

[160] Genialmente, Machado de Assis forjou um dos personagens mais cínicos da literatura.

[161] Nem sempre a crítica percebe, mas a magia de Machado de Assis está nessas tiradas.

271

O sujeito magro aproximou-se da cama, pegou-lhe na mão, e sentiu-a fria. Eu acheguei-me ao doente, perguntei-lhe se sentia alguma coisa, se queria tomar um cálice de vinho.

– Não... não... quar... quaren... quar... quar...

Teve um acesso de tosse, e foi o último; daí a pouco expirava ele, com grande consternação do sujeito magro, que me confessou depois a disposição em que estava de oferecer os quarenta contos; mas era tarde.[162]

273-274

[Damasceno] Opinava por várias coisas, entre outras, o desenvolvimento do tráfico dos africanos e a expulsão dos ingleses. Gostava muito de teatro; logo que chegou foi ao Teatro de São Pedro, onde viu um drama soberbo, a *Maria Joana*, e uma comédia muito interessante, *Kettly, ou a volta à Suíça*. Também gostara muito da Deperini, na *Safo*, ou na *Ana Bolena*, não se lembrava bem. Mas a Candiani! Sim, senhor, era papa-fina. Agora queria ouvir o *Ernani*, que a filha dele cantava em casa, ao piano: *Ernani, Ernani, involami*... – E dizia isto levantando-se e cantarolando a meia voz.[163]

281

– Muito simpática, não é? Acudiu ela; falta-lhe um pouco mais de corte. Mas que coração! É uma pérola. Bem boa noiva para você.

– Não gosto de pérolas.

– Casmurro![164] Para quando é que você se guarda? Para quando estiver a cair de maduro, já sei. Pois, meu rico, quer você queira quer não, há de casar com Nhã-loló.

283

Nunca Virgília me parecera mais expansiva, mais sem reservas, menos preocupada dos outros e do marido. Não eram remorsos. Imaginei também que a concepção seria um puro invento, um modo de prender-me a ela, recurso sem longa eficácia, que talvez começava

---

[162] Dificilmente se encontrará uma sociedade mais materialista.
[163] Uma agenda de assuntos banal, do tráfico de escravos aos sucessos da ópera.
[164] Nada se perde...

de oprimi-la. Não era absurda esta hipótese; a minha doce Virgília mentia às vezes, com tanta graça![165]

285

Onde estão elas, as flores de antanho? Uma tarde, após algumas semanas de gestação, esboroou-se todo o edifício das minhas quimeras paternais. Foi-se o embrião, naquele ponto em que se não distingue Laplace de uma tartaruga. Tive a notícia por boca do Lobo Neves, que me deixou na sala e acompanhou o médico à alcova da frustrada mãe. Eu encostei-me à janela, a olhar para a chácara, onde verdejavam as laranjeiras sem flores. Onde iam elas as flores de antanho?[166]

287

O marido respirou; mas, tornando à carta, parece que cada palavra dela lhe fazia com o dedo um sinal negativo, cada letra bradava contra a indignação da mulher. Esse homem, aliás intrépido, era agora a mais frágil das criaturas. Talvez a imaginação lhe mostrou, ao longe, o famoso olho da opinião, a fitá-lo sarcasticamente, com um ar de pulha; talvez uma boca invisível lhe repetiu ao ouvido as chufas que ele escutara ou dissera outrora. Instou com a mulher que lhe confessasse tudo, porque tudo lhe perdoaria. Virgília compreendeu que estava salva; mostrou-se irritada com a insistência, jurou que da minha parte só ouvira palavras de gracejo e cortesia.

Ouvi tudo isto um pouco turbado, não pelo acréscimo de dissimulação que era preciso empregar de ora em diante, até afastar-me inteiramente da casa do Lobo Neves, mas pela tranquilidade moral de Virgília, pela falta de comoção, de susto, de saudades, e até de remorsos.

– Você não merece os sacrifícios que lhe faço.

Não lhe disse nada; era ocioso ponderar-lhe que um pouco de desespero e terror daria à nossa situação o sabor cáustico dos primeiros dias; mas se lho dissesse, não é impossível que ela chegasse lenta e artificiosamente até esse pouco de desespero e terror. Não lhe disse nada. Ela batia nervosamente com a ponta do pé no chão;

---

[165] Sem contar o que não dizia ao marido.
[166] A sofisticação da engrenagem revela o cinismo dos adúlteros e a capacidade de absorção da trama pelos leitores da época do lançamento. *Madame Bovary* parou na justiça.

aproximei-me e beijei-a na testa. Virgília recuou, como se fosse um beijo de defunto.[167]

290

Separamo-nos alegremente. Jantei reconciliado com a situação. A carta anônima restituía à nossa aventura o sal do mistério e a pimenta do perigo; e afinal foi bem bom que Virgília não perdesse naquela crise a posse de si mesma. De noite fui ao teatro de São Pedro; representava-se uma grande peça, em que a Estela arrancava lágrimas. Entro; corro os olhos pelos camarotes; vejo em um deles Damasceno e a família. Trajava a filha com outra elegância e certo apuro, coisa difícil de explicar, porque o pai ganhava apenas o necessário para endividar-se; e daí, talvez fosse por isso mesmo.

292

Na plateia achei Lobo Neves, de conversa com alguns amigos, falamos por alto, a frio, constrangidos um e outro. Mas no intervalo seguinte, prestes a levantar o pano, encontramo-nos num dos corredores, em que não havia ninguém. Ele veio a mim, com muita afabilidade e riso, puxou-me a um dos óculos do teatro, e falamos muito, principalmente ele, que parecia o mais tranquilo dos homens. Cheguei a perguntar-lhe pela mulher[168]; respondeu que estava boa, mas torceu logo a conversação para assuntos gerais, expansivo, quase risonho.

293

Ao demais, eu galgara os quarenta anos, e não era nada, nem simples eleitor de paróquia. Urgia fazer alguma coisa, ainda por amor de Virgília, que havia de ufanar-se quando visse luzir o meu nome... Creio que nessa ocasião houve grandes aplausos, mas não juro; eu pensava em outra coisa.[169]

316

Cuido que não nasci para situações complexas. Esse puxar e empuxar de coisas opostas desequilibrava-me; tinha vontade de embru-

---

[167] Virgília e Brás Cubas foram um casal disposto a tudo pelo amor ou apenas dois cínicos contumazes? Ou seriam dois hedonistas contra o moralismo da época?
[168] Civilizadamente.
[169] O ocioso em tamanho natural.

lhar o Quincas Borba e Lobo Neves e o bilhete de Virgília na mesma filosofia, e mandá-los de presente a Aristóteles.[170]

319

Não sendo meu costume dissimular ou esconder nada, contarei nesta página o caso do muro. Eles estavam prestes a embarcar. Entrando em casa de D. Plácida, vi um papelinho dobrado sobre a mesa; era um bilhete de Virgília; dizia que me esperava à noite, na chácara, sem falta. E concluía: "O muro é baixo do lado do beco".

327

Ai dor! Era-me preciso enterrar magnificamente os meus amores. Eles lá iam, mar em fora, no espaço e no tempo, e eu ficava-me ali numa ponta de mesa, com os meus quarenta e tantos anos, tão vadios e tão vazios;[171] ficava-me para os não ver nunca mais, porque ela poderia tornar e tornou, mas o eflúvio da manhã quem é que o pediu ao crepúsculo da tarde?

332

Há só uma desgraça: é não nascer.[172]

333

Uma admiração que luta [...] Daí vem que a inveja é uma virtude.

– [...] Para entender bem o meu sistema, concluiu ele, importa não esquecer nunca o princípio universal, repartido e resumido em cada homem. Olha: a guerra, que parece uma calamidade, é uma operação conveniente, como se disséssemos o estalar dos dedos de Humanitas; a fome (e ele chupava filosoficamente a asa do frango), a fome é uma prova a que Humanitas submete a própria víscera. Mas eu não quero outro documento da sublimidade do meu sistema, senão este mesmo frango. Nutriu-se de milho, que foi plantado por um africano, suponhamos, importado de Angola. Nasceu esse africano, cresceu, foi vendido; um navio o trouxe, um navio construído de madeira cortada no mato por dez ou doze homens, levado por velas, que oito ou dez homens teceram, sem contar a cordoalha e outras partes do aparelho náutico. Assim, este frango, que eu almocei agora mes-

---

[170] Não seria melhor enviar a Antístenes?
[171] Eis o homem.
[172] Filosofia de Quincas Borba, o anti-Cioran antes do nascimento de Cioran.

mo, é o resultado de uma multidão de esforços e lutas, executados com o único fim de dar mate ao meu apetite.[173]

349

Talvez pareça excessivo o escrúpulo do Cotrim, a quem não souber que ele possuía um caráter ferozmente honrado. Eu mesmo fui injusto com ele durante os anos que se seguiram ao inventário de meu pai. Reconheço que era um modelo. Arguiam-no de avareza, e cuide que tinham razão; mas a avareza é apenas a exageração de uma virtude e as virtudes devem ser como os orçamentos: melhor é o saldo que o *deficit* Como era muito seco de maneiras tinha inimigos, que chegavam a acusa-lo de bárbaro. O único fato alegado neste particular era o de mandar com frequência escravos ao calabouço, donde eles desciam a escorrer sangue; mas, além de que ele só mandava os perversos e os fujões, ocorre que, tendo longamente contrabandeado em escravos, habituara-se de certo modo ao trato um pouco mais duro que esse gênero de negócio requeria, e não se pode honestamente atribuir à índole original de um homem o que é puro efeito de relações sociais.[174] A prova de que o Cotrim tinha sentimentos pios encontrava-se no seu amor aos filhos, e na dor que padeceu quando lhe morreu Sara, dali a alguns meses; prova irrefutável, acho eu, e não única. Era tesoureiro de uma confraria, e irmão de várias irmandades, e até irmão remido de uma destas, o que não se coaduna muito com a reputação da avareza.

353

Quincas Borba, porém, explicou-me que epidemias[175] eram úteis à espécie, embora desastrosas para uma certa porção de indivíduos; fez-me notar que, por mais horrendo que fosse o espetáculo, havia uma vantagem de muito peso: a sobrevivência do maior número. Chegou a perguntar-me se, no meio do luto geral, não sentia eu algum secreto

---

[173] Pode-se ver o humanitismo de Quincas Borba, por essa passagem, como uma justificação inclusive da escravidão, o que, numa hipótese otimista, estaria sendo sutilmente denunciado por Machado de Assis.

[174] Em outras obras personagens ou narradores relativizarão os castigos e efeitos da escravidão como parte do sistema. Veremos isso no conto "Pai contra mãe". A ideia de que os castigos poderiam atingir apenas os merecedores, fujões ou ladrões, também aparece em outros textos, por exemplo, em *Quincas Borba*.

[175] O tema das epidemias é uma constante na obra de Machado de Assis.

encanto em ter escapado às garras da peste; mas esta pergunta era tão insensata, que ficou sem resposta.[176]

359

Mas eu não tenho aparelhos químicos, como não tinha remorsos; tinha vontade de ser ministro de Estado.[177]

373

[...] decretando um uniforme leve e maneiro.[178]

375

Valha-me, Deus! É preciso explicar tudo.[179]

403

Virgília traíra o marido, com sinceridade, e agora chorava-o com sinceridade. Eis uma combinação difícil que não pude fazer em todo o trajeto; em casa, porém, apeando-me do carro, suspeitei que a combinação era possível, e até fácil. Meiga Natura! A taxa da dor é como a moeda de Vespasiano; não cheira à origem, e tanto se colhe do mal como do bem. A moral repreenderá, porventura, a minha cúmplice; é o que te não importa, implacável amiga, uma vez que lhe recebeste pontualmente as lágrimas. Meiga, três vezes Meiga Natura.[180]

407-408

De fato, era um dos meus criados que batia os tapetes, enquanto nós falávamos no jardim, ao lado. O alienista notou então que ele escancarara as janelas todas deste longo tempo, que alçara as cortinas, que devassara o mais possível a sala, ricamente alfaiada, para que a vissem de fora, e concluiu:

– Este seu criado tem a mania do ateniense: crê que os navios são dele; uma hora de ilusão que lhe dá a maior felicidade da Terra.[181]

410

Quincas Borba divergiu do alienista em relação ao meu criado.
– Pode-se, por imagem, disse ele, atribuir ao teu criado a mania do

---

[176] Um precursor da imunidade de rebanho.
[177] Nesse tipo de fórmula, Machado de Assis superou muitos escritores europeus.
[178] Há palavras mais velhas do que se imagina.
[179] Ironia que se tornou padrão: o bom texto não pode explicar muito.
[180] Assim tudo se explica: o corpo contra as convenções sociais. Mas, afinal, Machado de Assis faz uma crítica da hipocrisia da sua época ou uma defesa dos instintos contra a moralidade?
[181] Orgulho de ser escravo do seu amo. Surge o alienista.

ateniense; mas imagens não são ideias nem observações tomadas à natureza. O que o teu criado tem é um sentimento nobre e perfeitamente regido pelas leis do Humanitismo: é o orgulho da servilidade. A intenção dele é mostrar que não é criado de *qualquer*.[182]

411

Foi por esse tempo que eu me reconciliei outra vez com o Cotrim, sem chegar a saber a causa do dissentimento. Reconciliação oportuna, porque a solidão pesava-me, e a vida era para mim a pior das fadigas, que é a fadiga sem trabalho.

418

Este último capítulo é todo de negativas. Não alcancei a celebridade do emplasto, não fui ministro, não fui califa, não conheci o casamento. Verdade é que, ao lado dessas faltas, coube-me a boa fortuna de não comprar o pão com o suor do meu rosto.[183]

419

– Não tive filhos, não transmiti a nenhuma criatura o legado da nossa miséria.

Volume 6
Quincas Borba, 1891[184]

9

O criado esperava teso e sério. Era espanhol; e não foi sem resistência que Rubião o aceitou das mãos de Cristiano; por mais que lhe dissesse que estava acostumado aos seus crioulos de Minas, e não queria línguas estrangeiras em casa, o amigo Palha insistiu, demonstrando-lhe a necessidade de ter criados brancos. Rubião cedeu com pena. O seu bom pajem, que ele queria pôr na sala, como um pedaço

---

[182] A distinção pelo jugo.
[183] Elogio supremo da ociosidade, marca das classes abastadas da época.
[184] Publicado inicialmente como folhetim em *A Estação*, 1886-1891. Escrito em terceira pessoa. História de Rubião, herdeiro da fortuna de Quincas Borba.

da província, nem o pôde deixar na cozinha, onde reinava um francês, foi degradado a outros serviços.[185]

17

Se em vez de um rato ou de um cão, fosse um poeta, Byron ou Gonçalves Dias[186], diferia o caso no sentido de dar matéria a muitos necrológios; mas o fundo subsistia.

20

– [...] Ao vencido, ódio ou compaixão; ao vencedor, as batatas.[187]

– Mas a opinião do exterminado?

– Não há exterminado. Desaparece o fenômeno; a substância é a mesma. Nunca viste ferver água? Hás de lembrar-te que as bolhas fazem-se e desfazem-se de contínuo, e tudo fica na mesma água. Os indivíduos são essas bolhas transitórias.

– Bem; a opinião da bolha...

– Bolha não tem opinião. Aparentemente, há nada mais contristador que uma dessas terríveis pestes que devastam um ponto do globo? E, todavia, esse suposto mal é um benefício, não só porque elimina os organismos fracos, incapazes de resistência, como porque dá lugar à observação, à descoberta da droga curativa.[188]

32

Rubião ordenou a um escravo que levasse o cachorro de presente à comadre Angélica, dizendo-lhe que, como gostava de bichos, lá ia mais um; que o tratasse bem, porque ele estava acostumado a isso; finalmente que o nome do cachorro era o mesmo que o do dono, agora morto, Quincas Borba.[189]

33

Quando o testamento foi aberto, Rubião quase caiu para trás. Adivinhais por quê. Era nomeado herdeiro universal do testador.

---

[185] A branquitude era um sistema de hierarquia social generalizado.

[186] Gonçalves Dias foi um dos escritores brasileiros mais citados e admirados por Machado de Assis como parte de uma literatura nacional de qualidade.

[187] O ganhador leva tudo. A divisão pacífica não seria útil às partes em luta.

[188] Tese de *Quincas Borba*, em sua primeira parte, inaceitável em tempos de coronavírus. Típica do contexto darwinista da época. Tópico presente também em *Memórias póstumas de Brás Cubas*.

[189] Uma filosofia cínica tropical não se faz no Cinosargo, o mausoléu do cão, mas tem um cão que perpetua o nome do dono pensador.

Não cinco, nem dez, nem vinte contos, mas tudo, o capital inteiro, especificados os bens, casas na Corte, uma em Barbacena, escravos, apólices, ações do Banco do Brasil e de outras instituições, joias, dinheiro amoedado, livros, – tudo finalmente passava às mãos do Rubião, sem desvios, sem deixas a nenhuma pessoa, nem esmolas, nem dívidas. Uma só condição havia no testamento, a de guardar o herdeiro consigo o seu pobre cachorro Quincas Borba, nome que lhe deu por motivo da grande afeição que lhe tinha.[190]

34

Herdeiro já era muito; mas universal... Esta palavra inchava as bochechas à herança. Herdeiro de tudo, nem uma colherinha menos. E quanto seria tudo? Ia ele pensando. Casas, apólices, ações, escravos, roupa, louça, alguns quadros, que ele teria na Corte, porque era homem de muito gosto, tratava de cousas de arte com grande saber. E livros? Devia ter muitos livros, citava muitos deles. Mas em quanto andaria tudo? Cem contos? Talvez duzentos.[191]

43-44

Da lavoura passaram ao gado, à escravatura e à política. Cristiano Palha maldisse o governo, que introduzira na fala do trono uma palavra relativa à propriedade servil; mas, com grande espanto seu Rubião não acudiu à indignação. Era plano deste vender os escravos que o testador lhe deixara, exceto um pajem; se alguma cousa perdesse, o resto da herança cobriria o desfalque. Demais, a fala do trono, que ele também lera, mandava respeitar a propriedade atual. Que lhe importavam escravos futuros, se os não compraria?[192]

55-56

Rubião passou o resto da manhã alegremente. Era domingo; dous amigos vieram almoçar com ele, um rapaz de vinte e quatro anos, que roía as primeiras aparas dos bens da mãe, e um homem de quarenta e quatro ou quarenta e seis, que não tinha que roer. Carlos Maria chamava-se o primeiro, Freitas o segundo. Rubião gostava de

---

[190] Escravos entram nas enumerações de inventário com bens objetivados.
[191] O humanismo não era abolicionista.
[192] Agitadores abolicionistas não costumam frequentar as páginas de Machado de Assis. De qualquer maneira, pode-se ler essa passagem, numa interpretação generosa, como uma crítica aos escravistas empedernidos.

ambos, mas diferentemente; não era só a idade que o ligava mais ao Freitas, era também a índole deste homem. Freitas elogiava tudo, saudava cada prato e cada vinho com uma frase particular, delicada, e saía de lá com as algibeiras cheias de charutos, provando assim que os preferia a quaisquer outros. Tinha-lhe sido apresentado em certo armazém da Rua Municipal, onde jantaram uma vez juntos.[193]

71

[Palha] Ia muita vez ao teatro sem gostar dele, e a bailes, em que se divertia um pouco, – mas ia menos por si que para aparecer com os olhos da mulher, os olhos e os seios. Tinha essa vaidade singular, decotava a mulher sempre que podia, e até onde não podia, para mostrar aos outros as suas venturas particulares.[194]

71

Para as despesas da vaidade [de Sofia], bastavam-lhe os olhos, que eram ridentes, inquietos, convidativos, e só convidativos: podemos compará-los à lanterna de uma hospedaria em que não houvesse cômodos para hóspedes.[195]

77

Os dous ficaram calados algum tempo. Pelas janelas abertas viam-se as outras pessoas conversando, e até os homens, que tinham acabado o voltarete.[196] O jardim era pequeno; mas a voz humana tem todas as notas, e os dous podiam dizer poemas sem ser ouvidos.

77

Loquaz, destemido, Rubião parecia totalmente outro. Não parou ali; falou ainda muito, mas não deixou o mesmo círculo de ideias. Tinha poucas; e a situação, apesar da repentina mudança do homem,

---

[193] Os "parasitas sociais" são objeto de interesse de Machado de Assis desde que ele tinha 20 anos de idade, como se verá mais adiante em seus primeiros escritos.

[194] A mulher é exibida como troféu.

[195] Machado de Assis fala em despesas da vaidade como, em *Brás Cubas*, de despesas de conversação. O termo expressa gasto, investimento e cálculo. Lucia Miguel Pereira (1936, p. 230) absolve Sofia: "Todo o convencionalismo e toda a sinuosidade do sexo se resumem nessa mulher que espalha pelo livro um ambiente de pecado – sem nunca ter pecado". Para Pereira (1936, 232), "Virgília seria amoral e Sofia faceira".

[196] Jogo mais citado nas obras de Machado de Assis. Por outro lado, retorna o tema da sedução da mulher casada na sua própria casa, com o marido por perto. O escritor, presume-se, desmascara constantemente a podridão da sociedade através desse procedimento sem precisar recorrer a qualquer ênfase moral ou moralizadora.

tendia antes a cerceá-las, que a inspirar-lhe novas. Sofia é que não sabia que fizesse.[197]

95-96-97

Na esquina da Rua dos Ourives deteve-o um ajuntamento de pessoas, e um préstito singular. Um homem, judicialmente trajado, lia em voz alta um papel, a sentença. Havia mais o juiz, um padre, soldados, curiosos. Mas, as principais figuras eram dous pretos. Um deles, mediano, magro, tinha as mãos atadas, os olhos baixos, a cor fula, e levava uma corda enlaçada no pescoço; as pontas do baraço iam nas mãos de outro preto. Este outro olhava para a frente e tinha a cor fixa e retinta. Sustentava com galhardia a curiosidade pública. Lido o papel, o préstito seguiu pela Rua dos Ourives adiante; vinha do Aljube e ia para o Largo do Moura.

Rubião naturalmente ficou impressionado. Durante alguns segundos esteve como agora à escolha de um tílburi. Forças íntimas ofereciam-lhe o seu cavalo, umas que voltasse para trás ou descesse para ir aos seus negócios, – outras que fosse ver enforcar o preto. Era tão raro ver um enforcado! Senhor, em vinte minutos está tudo findo! – Senhor, vamos tratar de outros negócios! E o nosso homem fechou os olhos, e deixou-se ir ao acaso. O acaso, em vez de levá-lo pela Rua do Ouvidor abaixo até a da Quitanda, torceu-lhe o caminho pela dos Ourives, atrás do préstito. Não iria ver a execução, pensou ele; era só ver a marcha do réu, a cara do carrasco, as cerimônias... Não queria ver a execução. De quando em quando, parava tudo, chegava gente às portas e janelas, e o oficial de justiça relia a sentença. Depois, o préstito continuava a andar com a mesma solenidade. Os curiosos iam narrando o crime, – um assassinato em Mataporcos. O assassino era dado como homem frio e feroz. A notícia dessas qualidades fez bem a Rubião; deu-lhe força para encarar o réu sem delíquios de piedade. Não era já a cara do crime; o terror dissimulava a perversidade. Sem reparar, deu consigo no largo da execução. Já ali havia bastante gente. Com a que vinha formou-se multidão compacta.

– "Voltemos", disse ele consigo.

Verdade é que o réu ainda não subira à forca, não o matariam de relance; sempre era tempo de fugir. E, dado que ficasse, por que não

---

[197] Homens de muitas ambições e poucas ideias são o núcleo da ironia machadiana.

fecharia os olhos, como fez certo Alípio[198] diante do espetáculo das feras? Note-se bem que Rubião nada sabia desse tal rapaz antigo; ignorava, não só que fechara os olhos, mas também que os abrira logo depois, devagarinho e curioso...

Eis o réu que sobe à força. Passou pela turba um frêmito. O carrasco pôs mãos à obra. Foi aqui que o pé direito de Rubião descreveu uma curva na direção exterior, obedecendo a um sentimento de regresso; mas o esquerdo, tomado de sentimento contrário, deixou-se estar, lutaram alguns instantes... – Olhe o meu cavalo! – Veja, é um rico animal! – Não seja mau! – Não seja medroso! Rubião esteve assim alguns segundos, os que bastaram para que chegasse o momento fatal. Todos os olhos fixaram-se no mesmo ponto, como os dele. Rubião não podia entender que bicho era que lhe mordia as entranhas, nem que mãos de ferro lhe pegavam da alma e retinham ali. O instante fatal foi realmente um instante; o réu esperneou, contraiu-se, o algoz cavalgou-o de um modo airoso e destro; passou pela multidão um rumor grande, Rubião deu um grito, e não viu mais nada.[199]

105-106

Mordendo o beiço inferior, Palha ficou a olhar para ela a modo de estúpido. Sentou-se no canapé calado. Considerava o negócio. Achava natural que as gentilezas da esposa chegassem a cativar um homem, – e Rubião podia ser esse homem; mas confiava tanto no Rubião, que o bilhete que Sofia mandara a este acompanhando os morangos, foi redigido por ele mesmo; a mulher limitou-se a copiá-lo, assiná-lo e mandá-lo. Nunca, entretanto, lhe passou pela cabeça que o amigo chegasse a declarar amor a alguém, menos ainda a Sofia, se é que era amor deveras; podia ser gracejo de intimidade. Rubião olhava para ela muita vez, é certo; parece também que Sofia, em algumas ocasiões, pagava os olhares com outros... Concessões de moça

---

[198] Alípio de Tagaste, amigo de Agostinho, que prometeu não ceder à tentação de ver os combates de gladiadores com feras em anfiteatros de Roma.

[199] Essa é a cena clássica de Machado de Assis da execução de um negro. A descrição é objetiva, factual, descritiva. Não há indignação ou comentário. A morte acaba justificada pelo crime atribuído ao réu. A única nota sensível vem do grito e do possível desmaio de Rubião. De resto, tudo figura como parte de uma rotina administrativa jurídico-policial. O acontecimento não resulta em uma crítica à escravidão. O executado é negro, mas criminoso. A narração não se comove ou mobiliza. Não há qualquer especulação sobre alguma injustiça ou uma questão de raça. Trata-se de um quadro pitoresco do cotidiano da Corte.

bonita! Mas, enfim, contanto que lhe ficassem os olhos, podiam ir alguns raios deles. Não havia de ter ciúmes do nervo óptico, ia pensando o marido.[200]

106-107

– Então o Diabo também é matuto, porque ele pareceu-me nada menos que o Diabo. E pedir-me que a certa hora olhasse para o Cruzeiro, a fim de que as nossas almas se encontrassem?

– Isso, sim, isso já cheira a namoro, concordou Palha; mas bem vês que é um pedido de alma cândida. É assim que as moças falam aos quinze anos; é assim que falam os tolos em todos os tempos, e os poetas também; mas ele nem é moça nem poeta.[201]

114

A culpa eram as atenções especiais com o homem, carinhos, lembranças, obséquios famílias, e na véspera, aqueles olhos tão longamente pregados nele. Se não fosse isso... Ia-se assim perdendo em reflexões multiplicadas. Tudo a aborrecia, plantas, móveis, uma cigarra que cantava, um rumor de vozes, na rua, outro de pratos, em casa o andar das escravas, e até um pobre preto velho que, em frente à casa dela, trepava com dificuldade um pedaço de morro. As cautelas do preto buliam-lhe com os nervos.[202]

123

Camacho era homem político. Formado em direito em 1844, pela Faculdade do Recife, voltara para a província natal, onde começou a advogar; mas a advocacia era um pretexto. Já na academia, escrevera um jornal político, sem partido definido, mas com muitas ideias colhidas aqui e ali, e expostas em estilo meio magro e meio inchado.[203]

124

Nefasto, esbanjador, vergonhoso, perverso, foram os termos obrigados, enquanto atacou o governo; mas, logo que, por uma mudança de presidente, passou a defendê-lo, as qualificações mudaram

---

[200] Palha exemplifica a elite ambiciosa e pragmática. Controla o ciúme por interesse econômico. A sua ética corresponde ao maior benefício financeiro possível.

[201] O jogo de sedução, porém, acontecia no território daquele que poderia ser enganado.

[202] Essa indisposição com o assédio de Rubião não faz de Sofia uma esposa devotada. Ela simplesmente tem outros sonhos e desejos.

[203] Mote recorrente: a advocacia como cobertura para uma ambição política ou para a fuga ao trabalho.

também: enérgico, ilustrado, justiceiro, fiel aos princípios, verdadeira glória da administração, etc., etc. Esse tiroteio durou três anos. No fim deles, a paixão política dominava a alma do jovem bacharel.[204]

124-125

Deputado da conciliação dos partidos viu governar o Marquês de Paraná, e instou por algumas nomeações em que foi atendido; mas, se é certo que o marquês lhe pedia conselhos, e usava confiar--lhe os planos que trazia, ninguém podia afirmá-lo, porque ele, em se tratando da própria consideração, mentia sem dificuldade.[205]

138-139

Sofia deu-lhe a mão gentilmente, sem sombra de rancor. As duas senhoras do passeio estavam com ela, em trajes caseiros, apresentou--as. A moça era prima, a velha era tia, – aquela tia da roça, autora da carta que Sofia recebeu no jardim das mãos do carteiro que logo depois deu uma queda. A tia chamava-se D. Maria Augusta; tinha uma fazendola, alguns escravos e dívidas, que lhe deixara o marido, além das saudades. A filha era Maria Benedita, – nome que a vexava, por ser de velha, dizia ela; mas a mãe retorquia-lhe que as velhas foram algum dia moças e meninas, e que os nomes adequados às pessoas eram imaginações de poetas e contadores de histórias.[206]

151

[...] pensava na escravaria, nos móveis antigos, nas bonitas chinelas[207] que lhe mandara o padrinho, um fazendeiro rico de São João d'El-Rey – e que lá ficaram em casa.

157-158

Os dous sentimentos não se contradiziam; fundiam-se ambos na adoração que este moço tinha de si mesmo. Assim, o contato de Sofia era para ele como a prosternação de uma devota. Não se admirava de

---

[204] O político é apresentado como, em geral, volúvel, oportunista e malandro.

[205] Machado de Assis pinta os políticos implacavelmente como pragmáticos, mentirosos, sem opinião consolidada, vira-casacas, interesseiros.

[206] Na descrição leve a parte que pesa diz respeito ao lastro econômico.

[207] Essas enumerações consistem em meio eficaz de desvelamento da ordem imaginária constituída na sociedade escravista. O estatuto de objeto do escravo se realiza em cada situação banal.

nada. Se um dia acordasse imperador, só se admiraria da demora do ministério em vir cumprimentá-lo.[208]

178

O gato, que nunca leu Kant, é talvez um animal metafísico.[209]

199

Oh! Precaução sublime e piedosa da natureza, que põe uma cigarra viva ao pé de vinte formigas mortas, para compensá-las. Essa reflexão é do leitor. Do Rubião não pode ser. Nem era capaz de aproximar as cousas, e concluir delas – nem o faria agora que está a chegar ao último botão do colete, todo ouvidos, todo cigarra.[210]

237

Nessa noite, Rubião sonhou com Sofia e Maria Benedita. Viu-as num grande terreiro, apenas vestidas de saia, costas inteiramente despidas; o marido de Sofia, armado de um azorrague de cinco pontas de couro, rematando em bicos de ferro, castigava-as despiedadamente. Elas gritavam, pediam misericórdia, torciam-se, alagadas em sangue, as carnes caíam-lhes aos bocados. Agora, por que razão Sofia era a imperatriz Eugênia, e Maria Benedita uma aia sua, é o que na sei dizer com exatidão. "São sonhos, sonhos, Penseroso!" exclamava um personagem do nosso Alvares de Azevedo. Mas eu prefiro a reflexão do velho Polonius, acabando de ouvir uma fala tresloucada de Hamlet: "Desvario embora, lá tem seu método". Também há método aqui, nessa mistura de Sofia e Eugênia; e ainda há método no que se lhe seguiu, e que parece mais extravagante.[211]

244-45

Se tal fosse o método deste livro, eis aqui um título que explicaria tudo: "De como Rubião, satisfeito da emenda feita no artigo, tantas

---

[208] Esse poder de produzir fórmulas inusitadas traduz o melhor do escritor: os efeitos de inteligência.

[209] Outro bom exemplo desses efeitos leves de inteligência a peso de ouro.

[210] O homem, cigarra, reina sobre negras formigas escravas mortas de tanto trabalhar.

[211] Psicanalítico antes da psicanálise, o narrador pontua o que parecia provável de acontecer, mas que, na verdade, não ocorre, revelando uma sociedade muito mais permeável do que poderia se imaginar. Machado de Assis mostra que a sexualidade era vivida intensamente, apesar dos códigos morais e punições. O desejo impunha-se. Na elite, o jogo era outro, dependendo dos investimentos libidinais financeiros e de poder.

frases compôs e ruminou, que acabou por escrever todos os livros que lera". Lá haverá leitor a quem só isso não bastasse.[212]

260

– Você tem raça de judeu; cale-se, interrompeu ela. Recusa então a minha guasca?[213] Continuou indo pôr o álbum no seu lugar.

261-262

Carlos Maria sorriu e olhou para as borlas caídas do cordão de seda que ela trazia à cintura, atado por um laço frouxo; ou para ver as borlas, ou para notar a gentileza do corpo. Viu bem, ainda uma vez, que a prima era uma bela criatura. A plástica levou-lhe os olhos – o respeito os desviou; mas, não foi só a amizade que o fez demorar ainda ali, e o trouxe novamente àquela casa. Carlos Maria amava a conversação das mulheres, tanto quanto, em geral, aborrecia a dos homens. Achava os homens declamadores, grosseiros, cansativos, pesados, frívolos, chulos, triviais. As mulheres, ao contrário, não eram grosseiras, nem declamadoras, nem pesadas. A vaidade nelas ficava bem, e alguns defeitos não lhes iam mal; tinham, ao demais, a graça e a meiguice do sexo. Das mais insignificantes, pensava ele, há sempre alguma cousa que extrair. Quando as achava insípidas ou estúpidas, tinha para si que eram homens mal acabados.[214]

280

A alma de D. Fernanda debruçou-se-lhe dos olhos, fresca, ingênua, cantando um trecho italiano, – porque a soberba guasca preferia a música italiana, – talvez esta ária da *Lucia: Ó bell'alma innamorata*.[215]

282

"Ele merece ser amado", leu Sofia na página aberta do romance, quando ia continuar a leitura; fechou o livro, fechou os olhos, e per-

---

[212] Machado de Assis antecipa, sem executar, uma ideia em tom borgiano.
[213] O autor recorre frequentemente a expressões típicas regionais para caracterizar facilmente um personagem. Não deixa de apoiar-se em estereótipos. No caso, Carlos Maria é tentado a interessar-se por uma "guasca de primeira ordem", uma moça de Pelotas, no Rio Grande do Sul.
[214] O elogio a mulheres nunca as iguala aos homens. Há sempre um essencialismo negativo. O feminino teria a sua "natureza", como a "meiguice do sexo". Vale lembrar que os valores da época não podem servir de álibi para uma pessoa vista como à frente do seu tempo. Resta que a opinião seja do narrador, não do autor.
[215] Justaposição de níveis diversos de cultura num jogo de referências.

deu-se em si mesma. A escrava que entrou daí a pouco, trazendo-lhe um caldo, supôs que a senhora dormia e retirou-se pé ante pé.[216]

301

Palha era então as duas cousas; casmurro, a princípio frio, quase desdenhoso; mas, ou a reflexão, ou o impulso inconsciente, restituía ao nosso homem a animação habitual, e com ela, segundo o momento, a demasia e o estrépito. Sofia é que, em verdade, corrigia tudo [...] Foi assim que a nossa amiga, pouco a pouco, espanou a atmosfera. Cortou as relações antigas, familiares, algumas tão íntimas que dificilmente se poderiam dissolver; mas a arte de receber sem calor, ouvir sem interesse e despedir-se sem pesar, não era das suas menores prendas; e uma por uma, se foram indo as pobres criaturas modestas, sem maneiras, nem vestidos, amizades de pequena monta, de pagodes caseiros, de hábitos singelos e sem elevação. Com os homens fazia exatamente o que o major contara, quando eles a viam passar de carruagem, – que era sua.[217]

306

– Que homem aborrecido!

Dali foi encostar-se à janela, que dava para o jardim mofino, onde iam murchando as duas rosas vulgares. Rosas, quando recentes, importam-se pouco ou nada com as cóleras dos outros; mas, se definham, tudo lhes serve para vexar a alma humana.[218]

324

– Deve estar no céu, confirmou Rubião. Era uma santa senhora! As mães são sempre boas; mas daquela, ninguém que a conheceu poderá dizer outra cousa senão que era uma santa. E prendada, como pousas. Que dona de casa! Hóspedes, para ela, tanto fazia cinco como cinquenta, era a mesma cousa, cuidava de tudo a tempo e a hora, e criou fama. Os escravos davam-lhe o nome de Sinhá Mãe, porque era realmente, mãe para todos.[219] Deve estar no céu!

---

[216] Se houvesse um diálogo, dificilmente ele seria transcrito amplamente.

[217] Não raras vezes Machado de Assis mostra como mulheres realizam uma espécie de pedagogia da ascensão social para sobreviver num campo de lutas.

[218] O assédio sofrido por mulheres é constante em narrativas de Machado de Assis. Sofia não sabe o que fazer para se livrar de Rubião. O marido fecha os olhos por interesse, o que se mostrará oportuno para seus golpes.

[219] A afetividade entre escravos e seus danos aparece com frequência. Conflitos são rara-

343-344

Não estava lendo, nem conhecia a Revista; mas, no dia seguinte pediu ao marido que a assinasse; leu o romance, leu os que saíram depois, e falava de todos os que lera ou ia lendo. Abertas as folhas daquele número, e acabada uma novela, Sofia recolheu-se ao quarto e atirou-se à cama. Passara mal a noite, não lhe custou pegar no sono – profundo, largo e sem sonhos, – exceto para o fim, em que teve um pesadelo. Estava diante da mesma parede de cerração daquele dia, mas no mar, à proa de uma lancha, deitada de bruços, escrevendo com o dedo na água um nome – *Carlos Maria*. E as letras ficavam gravadas, e para maior nitidez, tinham os sulcos de espuma. Até aqui nada havia que atordoasse, a não ser o mistério; mas é sabido que os mistérios dos sonhos parecem fatos naturais. Eis que a parede da cerração se rasga, e nada menos que o próprio dono do nome aparece aos olhos de Sofia, caminha para ela, toma-a nos braços e diz-lhe muitas palavras de ternura, análogas às que ela, alguns meses antes, ouvira ao Rubião. E não a afligiram, como as deste; ao contrário, escutou-as com prazer, meia caída para trás, como se desmaiasse. Já não era lancha, mas carruagem, onde ela se ia com o primo, mãos presas, namorada de uma linguagem de ouro e sândalo.[220]

349

Não sucedeu assim aos amigos da casa, que receberam a notícia da mudança como um decreto de exílio. Tudo na antiga habitação fazia parte deles, o jardim, a grade, os canteiros, os degraus de pedra, a enseada. Traziam tudo de cor. Era entrar, pendurar o chapéu, e ir esperar na sala. Tinham perdido a noção da casa alheia e do obséquio recebido. Depois a vizinhança. Cada um daqueles amigos do Rubião estava afeito a ver as pessoas do lugar, as caras da manhã, e as da tarde, alguns chegavam a cumprimentá-los, como aos seus próprios

---

mente abordados. A subjetividade dos escravizados não é tratada.

[220] Desejos femininos materializam-se. Num tempo de enquadramento de moral religiosa, mulheres sonham e, muitas vezes, concretizam suas fantasias. Machado de Assis explora essa margem sem julgamentos morais e sem considerações sociológicas, dando aos sonhos dimensão de fatos naturais.

vizinhos. Paciência! Iriam agora para Babilônia, como os desterrados de Sião.[221]

372

De que vale tudo isto? Perguntou Teófilo à mulher, após alguns instantes de contemplação triste. Horas cansadas, longas horas da noite até madrugada, às vezes... Não se dirá que este gabinete é de homem vadio; aqui trabalha-se. Você testemunha que eu trabalho. Tudo para quê?[222]

Volume 7
Dom Casmurro - 1989/1900[223]

9

Em verdade, pouco apareço e menos falo. Distrações raras. O mais do tempo é gasto em hortar, jardinar e ler; como bem e não durmo mal [...] Ora, como tudo cansa, esta monotonia acabou por exaurir-me também. Quis variar, e lembrou-me escrever um livro. Jurisprudência, filosofia e política acudiram-me, mas não me acudiram as forças necessárias. Depois, pensei em fazer uma *História dos Subúrbios*,[224] menos seca que as memórias do Padre Luís Gonçalves dos Santos relativas à cidade; era obra modesta, mas exigia documentos e datas como preliminares, tudo árido e longo.

---

[221] O interesse de Machado de Assis pela figura do parasita é mais antigo. Já em 18 de setembro de 1859, como se verá adiante, quando não passava de um rapaz de vinte anos de idade, em textos para *O Espelho*, abordava o assunto como se fosse um entomologista.

[222] Na sociedade aristocrática e escravocrata o trabalho não compensa. *Quincas Borba* é o romance da herança inesperada, da loucura, do assédio, da cobiça, dos parasitas que ocupam a mesa do anfitrião mesmo quando ele não está lá, das falsas amizades, dos golpes baixos e da podridão social como princípio.

[223] A questão, como se sabe, é esta: Capitu traiu ou não? Quem narra é o suposto traído, Bentinho, um velho retrancado no seu mundo de nostalgia e ciúme. Dom Casmurro é o apelido dado a Bentinho por um mau poeta aborrecido com o desinteresse do outro por seus versos. A má poesia e o mau poeta são objetos constantes da ironia de Machado de Assis. Lucia Miguel Pereira (1936, p. 269), com seu cientificismo determinista, entende que a questão do romance é saber se Capitu foi culpada ou se "obedeceu a impulsos e hereditariedades ingovernáveis?" Seria o adultério uma "tara" herdada? Obviamente que não.

[224] O personagem de Machado de Assis mostra o mesmo interesse que teria o genial escritor argentino Jorge Luís Borges décadas depois.

15

Um dever amaríssimo.[225]

17

Um dia apareceu ali vendendo-se por médico homeopata; levava um Manual e uma botica. Havia então um andaço de febres; José Dias curou o feitor e uma escrava, e não quis receber nenhuma remuneração. Então meu pai propôs-lhe ficar ali vivendo, com pequeno ordenado. José Dias recusou, dizendo que era justo levar a saúde à casa de sapé do pobre.

18

Quando meu pai foi eleito deputado e veio para o Rio de Janeiro com a família, ele veio também, e teve o seu quarto ao fundo da chácara. Um dia, reinando outra vez febres em Itaguaí, disse-lhe meu pai que fosse ver a nossa escravatura. José Dias deixou-se estar calado, suspirou e acabou confessando que não era médico. Tomara este título para ajudar a propaganda da nova escola, e não o fez sem estudar muito e muito; mas a consciência não lhe permitia aceitar mais doentes.[226]

22

Era gordo e pesado, tinha a respiração curta e os olhos dorminhocos. Uma das minhas recordações mais antigas era vê-lo montar todas as manhãs a besta que minha mãe lhe deu e que o levava ao escritório. O preto que a tinha ido buscar à cocheira segurava o freio, enquanto ele erguia o pé e pousava no estribo – a isto seguia-se um minuto de descanso ou reflexão.[227]

24

Minha Mãe era boa criatura. Quando lhe morreu o marido, Pedro de Albuquerque Santiago, contava trinta e um anos de idade,

---

[225] O título do capítulo põe em cena o agregado da família de Bentinho, José Dias, ocioso, fofoqueiro, que havia praticado a medicina ilegalmente. Machado de Assis faz dele um usuário de superlativos. A linguagem e os seus usos é um dos seus temas favoritos. Ele faz profissão de fé no substantivo. Abomina adjetivos.

[226] José Dias cristaliza o Brasil "relacional". Presta lealdade em troca de proteção.

[227] Cosme, tio de Bentinho, trabalhava. A descrição do personagem, viúvo, advogado, contador de piadas, jogador de voltarete – o jogo mais praticado pelas criaturas de Machado de Assis –, não o credenciava como laborioso. De fato, não era. O trabalho era uma corveia que praticava sem exaltação.

e podia voltar para Itaguaí. Não quis; preferiu ficar perto da igreja em que meu pai fora sepultado. Vendeu a fazendola e os escravos, comprou alguns que pôs ao ganho ou alugou, uma dúzia de prédios, certo número de apólices, e deixou-se estar na casa de Mata-cavalos, onde vivera os dous últimos anos de casada. Era filha de uma senhora mineira, descendente de outra paulista, a família Fernandes.[228]

56

– Justamente; havia já seis meses que eu administrava... Tal é o sabor póstumo das glórias interinas. José Dias bradava que era a vaidade sobrevivente; mas o Padre Cabral, que levava tudo para a Escritura, dizia que com o vizinho Pádua se dava a lição de Elifás a Jó: "Não desprezes a correção do Senhor; Ele fere e cura".[229]

62-63

Um preto, que, desde algum tempo, vinha apregoando cocadas, parou em frente e perguntou:
– Sinhazinha, qué cocada hoje?
– Não, respondeu Capitu.
– Cocadinha tá boa
– Vá-se embora, replicou ela sem rispidez.
– Dê cá! Disse eu descendo o braço para receber duas.

63

[...] Ao contrário, o pregão que o preto foi cantando, o pregão das velhas tardes, tão sabido do bairro e da nossa infância:
Chora, menina, chora
Chora, porque não tem
Vintém.[230]

71

Mandar dizer cem missas, ou subir de joelhos a ladeira da Glória para ouvir uma, ir à Terra Santa, tudo o que as velhas escravas me

---

[228] As famílias de bem praticavam o parasitismo legal que era a escravidão.
[229] Pádua, pai de Capitu, trabalhava. Era pobre. Dava expediente como "empregado em repartição dependente do Ministério da Guerra". Era infeliz. Um coitado. Vivia de uma glória "póstuma" ou quase, o exercício temporário de uma função de chefia. O trabalho não lhe dava as compensações exigidas pelo ego.
[230] A fala dos negros é quase sempre funcional. Essa toada é um raro momento de expressão da subjetividade dos escravizados.

contavam[231] de promessas célebres, tudo me acudia sem se fixar de vez no espírito.

81

José Dias tratava-me com extremos de mãe e atenções de servo. A primeira cousa que consegui logo que comecei a andar fora, foi dispensar-me o pajem; fez-se pajem, ia comigo à rua.

84

– Quando era mais jovem; em criança, era natural, ele podia passar por criado. Mas você está ficando moço e ele vai tomando confiança. D. Glória, afinal, não pode gostar disso. A gente Pádua não é de todo má. Capitu, apesar daqueles olhos que o Diabo lhe deu... Você já reparou nos olhos dela? São assim de cigana oblíqua e dissimulada.[232]

104

Capitu era Capitu, isto é, uma criatura mui particular, mais mulher do que eu era homem. Se ainda o não disse, aí fica. Se disse, fica também. Há conceitos que se devem incutir na alma do leitor, à força de repetição.[233]

110

Olhos de ressaca? Vá, de ressaca. É o que me dá ideia daquela feição nova. Traziam não sei que fluido misterioso e enérgico, uma força que arrastava para dentro, como a vaga que se retira da praia, nos dias de ressaca.[234]

119-120

[...] O Padre Cabral explicou que não era propriamente o cargo da cúria, mas as honras dele. Tio Cosme viu exalçar-se no parceiro de voltarete, e repetia:

– Protonotário apostólico![235]

---

[231] Aquilo que é dito ou foi dito por escravos quase sempre aparece de forma indireta.

[232] Efeito supostamente descritivo, mas que realiza uma leitura psicológica.

[233] O leitor não deve ser encarado como entidade totalmente autônoma.

[234] A descrição de Capitu por José Dias e Bentinho vai da misoginia de um à adoração do outro. A mulher é inscrita num imaginário da ameaça.

[235] Machado de Assis não perde ocasião de ironizar as honrarias pomposas, inclusive, ou especialmente, as da igreja católica.

136

Falava baixinho; pegou-me na mão, e pôs o dedo na mão. Uma preta, que veio de dentro acender o lampião do corredor, vendo-nos naquela atitude, quase às escuras, riu de simpatia e murmurou em tom que ouvíssemos alguma cousa que não entendi bem nem mal[236]. Capitu segredou-me que a escrava desconfiara, e ia talvez contar às outras. Novamente me intimou que ficasse, e retirou-se; eu deixei-me estar parado, pregado, agarrado ao chão.

156

Abane a cabeça leitor; faça todos os gestos de incredulidade. Chegue a deitar fora este livro, se o tédio já o não obrigou a isso antes tudo é possível. Mas, se o não fez antes e só agora, fio que torne a pegar do livro e que o abra na mesma página, sem crer por isso na veracidade do autor. Todavia, não há nada mais exato.[237]

170

Juramos novamente que havíamos de casar um com outro, e não foi só o aperto de mão que selou o contrato, como no quintal, foi a conjunção das nossas bocas amorosas... Talvez risque isto na impressão, se até lá não pensar de outra maneira; se pensar, fica. E desde já fica, porque, em verdade, é a nossa defesa.[238]

177-178

Quando minha mãe me deu o último beijo: "Quadro amantíssimo!" suspirou ele. Era manhã de um lindo dia. Os moleques cochichavam; as escravas tomavam a bênção: "Bênção, nhô Bentinho! Não se esqueça de sua Joana! Sua Miquelina fica rezando por vosmecê!" Na rua José Dias insistiu nas esperanças:

– Aguente um ano; até lá tudo estará arranjado.[239]

---

[236] A escrava, que não tem identidade, é apenas uma preta, participa dos segredos da família, mas sua voz não se faz entender. A sua função é de testemunho.

[237] O narrador conversa com o leitor, hábito que Machado de Assis desenvolveu desde as suas primeiras crônicas e artigos, como se verá mais adiante; reconhece que sua narração pode ser posta em dúvida pelo leitor, mas reafirma a exatidão do que diz num jogo entre verdade, ficção e verossimilhança.

[238] O autor simula uma espécie de "obra aberta", em construção, em progresso, cuja finalização seria feita ao longo do processo, até a hora da impressão.

[239] O agregado serve de ponte entre o dever e sua flexibilização ou anulação.

178

Esta sarna de escrever, quando pega aos cinquenta anos, não despega mais. Na mocidade é possível curar-se um homem dela; e, sem ir mais longe, aqui mesmo no seminário tive um companheiro que compôs versos, à maneira dos de Junqueira Freire, cujo livro de frade-poeta era recente.[240]

210

Outra ideia, não, – um sentimento cruel e desconhecido, o puro ciúme, leitor das minhas entranhas. Tal foi o que me mordeu, ao repetir comigo as palavras de José Dias: "Algum peralta da vizinhança". Em verdade, nunca pensara em tal desastre.[241]

234

No fim, lembrou-me que a Igreja estabeleceu no confessionário um cartório seguro, e na confissão o mais autêntico dos instrumentos para o ajuste de contas morais entre o homem e Deus. Mas a minha incorrigível timidez me fechou essa porta certa; receei não achar palavras com que dizer ao confessor o meu segredo. Como o homem muda! Hoje chego a publicá-lo.[242]

236

Gurgel era homem de quarenta anos ou pouco mais, com propensão a engrossar o ventre; era muito obsequioso; chegando à porta da casa, quis por força que eu fosse almoçar com ele.

– Obrigado; mamãe espera-me.

– Manda-se lá um preto[243] dizer que o senhor fica almoçando, e ira mais tarde.

– Venho outro dia.

---

[240] Como um precursor da pós-modernidade, que já existia na pré-modernidade, Machado de Assis faz seu narrador escrever e refletir sobre o seu ato.

[241] O ciúme é destacado como uma pista a ser considerada para a solução do enigma proposto no cerne da narrativa.

[242] O grande salto na literatura de Machado de Assis, como se sabe, consistiu em dar vazão ao seu lado irônico, perceptível em doses homeopáticas no começo, mesmo antes do realismo, em fórmulas, tiradas, *boutades* de grande poder humorístico ou desvelador, ou seja, capaz de fazer sentidos encobertos emergirem.

[243] Há sempre essa substituição da função (criado) pela cor (preto). Evidentemente que não se designa um branco pela cor da sua pele.

269

Deles, só o canapé pareceu haver compreendido a nossa situação moral, visto que nos ofereceu os serviços da sua palhinha, com tal insistência que os aceitamos e nos sentamos. Data daí a opinião particular que tenho do canapé. Ele faz aliar a intimidade e o decoro, e mostra a casa toda sem sair da sala. Dous homens sentados nele podem debater o destino de um império, e duas mulheres a graça de um vestido[244] – mas, um homem e uma mulher só por aberração das leis naturais dirão outra cousa que não seja de si mesmos. Foi o que fizemos, Capitu e eu.

275

Toda hora é apropriada ao óbito; morre-se muito bem às seis ou sete horas da tarde.[245]

279-280

O cocheiro, que era nosso escravo, tão velho como a sege, quando me via à porta, vestido, esperando minha mãe, dizia-me rindo:

– Pai João vai levar nhonhô![246]

E era raro que eu não lhe recomendasse:

– João, demora muito as bestas, vai devagar.

– Nhã Glória não gosta.

– Mas demora!

296-297

Contei-lhe o que sabia da vida dela e de meu pai. Escobar escutava atento, perguntando mais, pedindo explicação das passagens omissas ou só escuras. Quando eu lhe disse que não me lembrava nada da roça, tão pequenino viera, contou-me duas ou três reminiscências dos seus três anos de idade, ainda agora frescas. E não contávamos voltar à roça?

– Não, agora não voltamos mais. Olhe, aquele preto que ali vai passando, é de lá. Tomás!

---

[244] Os papéis atribuídos a homens e mulheres aparecem definidos. Homens discutem o destino do império; mulheres, a graça de um vestido. Nem todos pensavam assim já no século XIX. Nesse quesito, o autor foi profundamente um homem médio do seu tempo.

[245] Outra fórmula simples e despretensiosa que se transfigura em efeito de inteligência.

[246] A fala dos escravos obedece sempre a esse padrão infantilizado. Machado de Assis buscava certamente ser realista traduzindo o que seu ouvido bem conhecia. Mas esse universo não apresenta um só escravo capaz de alguma articulação diversa?

– Nhonhô!

Estávamos na horta da minha casa, e o preto andava em serviço; chegou-se a nós e esperou.

– É casado, disse eu para Escobar. Maria onde está?

– Está socando milho, sim, senhor.

– Você ainda se lembra da roça, Tomás?

– Alembra, sim, senhor.

– Bem, vá-se embora.[247]

297

Mostrei outro, mais outro, e ainda outro, este Pedro, aquele José, aquele outro Damião...

– Todas as letras do alfabeto, interrompeu Escobar. Com efeito, eram diferentes letras, e só então reparei nisto; apontei ainda outros escravos, alguns com os mesmos nomes, distinguindo-se por um apelido, ou da pessoa, como João Fulo, Maria Gorda ou de nação como Pedro Benguela, Antônio Moçambique...

– E estão todos aqui em casa? Perguntou ele.

– Não, alguns andam ganhando na rua, outros estão alugados. Não era possível ter todos em casa. Nem são todos os da roça: a maior parte ficou lá.

– O que me admira é que D. Glória se acostumasse logo a viver, em casa da cidade, onde tudo é apertado; a de lá é naturalmente grande.

– Não sei, mas parece. Mamãe tem outras casas maiores que esta; diz porém que há de morrer aqui. As outras estão alugadas. Algumas são bem grandes, como a da Rua da Quitanda...

– Conheço essa, é bonita.

– Tem também no Rio Comprido, na Cidade-Nova, uma no Catete...

– Não lhe hão de faltar tetos, concluiu ele sorrindo com simpatia.[248]

---

[247] Há um adestramento perceptível no tratamento, "sim, senhor", e um interesse superficial pelo que o outro diria, breve contato encerrado com uma ordem. Por uma vez, o nome do escravizado, é citado, assim como um dado da sua vida. Nada, porém, que entabule uma conversação mais profunda e exploradora de subjetividades.

[248] O sistema de utilização da escravaria aparece inteiro em poucas linhas. A banalidade da escravidão é um dado objetivo. Não há indignação ou protesto. Tudo se apresenta absolutamente normalizado para todos os envolvidos.

345

Ezequiel, quando começou o capítulo anterior, não era ainda gerado; quando acabou era cristão e católico. Este outro é destinado a fazer chegar o meu Ezequiel aos cinco anos, um rapagão bonito, com os seus olhos claros, já inquietos, como se quisessem namorar todas as moças da vizinhança, ou quase todas. Agora, se considerares que ele foi único, que nenhum outro veio, certo nem incerto, morto nem vivo, um só e único, imaginarás os cuidados que nos deu, os sonos que nos tirou, e que sustos nos meteram as crises dos dentes e outras, a menor febrícula, toda a existência comum das crianças. A tudo acudíamos, segundo cumpria e urgia, cousa que não era necessário dizer, mas há leitores tão obtusos, que nada entendem, se lhes não relata tudo e o resto.[249]

347

Gostava de música, não menos que de doce, e eu disse a Capitu que lhe tirasse ao piano o pregão do preto das cocadas de Matacavalos...

– Não me lembra.

– Não diga isso; você não se lembra daquele preto que vendia doce, às tardes...

– Lembra-me de um preto que vendia doce, mas não sei mais da toada.

– Nem das palavras?

– Nem das palavras.

A leitora, que ainda se lembrará das palavras, dado que me tenha lido com atenção, ficará espantada de tamanho esquecimento, tanto mais que lhe lembrarão ainda as vozes da sua infância e adolescência; haverá olvidado algumas, mas nem tudo fica na cabeça. Assim me replicou Capitu, e não achei tréplica.[250]

353

– Já lhe achei até um jeito dos pés de Escobar e dos olhos...

355

Cheguei a ter ciúmes de tudo e de todos. Um vizinho, um par

---

[249] Machado de Assis leva a brincadeira de interagir com o leitor ao ponto máximo, permitindo que o narrador julgue esse destinatário imaginário. E ralhe com ele.
[250] Efeito de verossimilhança.

de valsa, qualquer homem, moço ou maduro, me enchia de terror ou desconfiança.[251]

356

Capitu era tudo e mais que tudo. Não vivia nem trabalhava[252] que não fosse pensando nela. Ao teatro íamos juntos; só me lembra que fosse duas vezes sem ela, um benefício de ator, e uma estreia de ópera, a que ela não foi por ter adoecido, mas quis por força que eu fosse. Era tarde para mandar o camarote a Escobar, saí, mas voltei no fim do primeiro ato. Encontrei Escobar à porta do corredor.

– Vinha falar-te, disse-me ele.[253]

361

Palavra puxa palavra, falei de outras dúvidas. Eu era então um poço delas; coaxavam dentro de mim, como verdadeiras rãs, a ponto de me tirarem o sono algumas vezes. Disse-lhe que começava a achar minha mãe um tanto fria e arredia com ela. Pois aqui mesmo valeu a arte fina de Capitu.

– Já disse a você o que é; cousas de sogra. Mamãezinha tem ciúmes de você; logo que eles passem e as saudades aumentem, ela torna a ser o que era. Em lhe faltando o neto...

– Mas eu tenho notado que já é fria também com Ezequiel Quando ele vai comigo, mamãe não lhe faz as mesmas graças.

– Quem sabe se não anda doente?

– Vamos nós jantar com ela amanhã?

– Vamos... Não... Pois vamos.[254]

365

Alguns dos gestos já lhe iam ficando mais repetidos, como os das mãos e pés de Escobar, ultimamente, até apanhara o modo de voltar a cabeça deste, quando falava, e o de deixá-la cair, quando ria. Capitu ralhava. Mas o menino era travesso, como o diabo; apenas começamos a falar de outra cousa, saltou ao meio da sala, dizendo a José Dias:

---

[251] O ciúme obsessivo do narrador absolveu Capitu?
[252] Jovem, Bentinho havia trabalhado. Era advogado.
[253] O jogo de pistas num e noutro sentidos se avoluma. O leitor é o juiz.
[254] Um olhar externo para retirar do olho do marido ciumento a exclusividade da desconfiança.

– O senhor anda assim.[255]

368

As nossas mulheres viviam na casa uma da outra, nós passávamos as noites cá ou lá conversando, jogando ou mirando o mar. Os dous pequenos passavam dias, ora no Flamengo, ora na Glória. Como eu observasse que podia acontecer com eles o que se dera entre mim e Capitu, acharam todos que sim, e Sancha acrescentou que até já se iam parecendo. Eu expliquei:

– Não; é porque Ezequiel imita os gestos dos outros.

Escobar concordou comigo, e insinuou que alguma vez as crianças que se frequentam muito acabam parecendo-se umas com as outras.[256] Opinei de cabeça, como me sucedia nas matérias que eu não sabia bem nem mal. Tudo podia ser. O certo é que eles se queriam muito, e podiam acabar casados, mas não acabaram casados.

372

Quando saímos, tornei a falar com os olhos à dona da casa. A mão dela apertou muito a minha, e demorou-se mais que de costume. A modéstia pedia então, como agora, que eu visse naquele gesto de Sancha uma sanção ao projeto do marido e um agradecimento.

373

[...] Não havia meio de esquecer inteiramente a mão de Sancha nem os olhos que trocamos [...] Combati sinceramente os impulsos que trazia do Flamengo, rejeitei a figura da mulher do meu amigo, e chamei-me desleal.[257]

378

No melhor deles, ouvi passos precipitados na escada, a campainha soou, soaram palmas, golpes na cancela, vozes, acudiram todos, acudi eu mesmo. Era um escravo da casa de Sancha que me chamava.

---

[255] Um pretexto para a observação dos pés do menino.

[256] Relativização das semelhanças.

[257] Toda a história desse romance genial está aí. Bentinho, roído pelo ciúme, acha o filho cada vez mais parecido com o amigo Escobar. Em determinado momento, sente-se flertando com a mulher do amigo. Ninguém parece confiável. Como ele é quem narra, só se conhece o seu ponto de vista. O leitor é convidado a pender ora para um lado ora para outro quanto à possível traição de Capitu. Há indício, não provas. Ou o filho é a prova viva, cara de um, focinho do outro? Mesmo essa semelhança no ápice não terá um avaliador "imparcial".

– Para ir lá... sinhô nadando, sinhô morrendo.[258]

379-380

José Dias ouviu também falar dos negócios do finado, divergindo alguns na avaliação dos bens, mas havendo acordo em que o passivo devia ser pequeno. Elogiavam as qualidades de Escobar, um ou outro discutia o recente gabinete Rio Branco – estávamos em março de 1871. Nunca me esqueceu o mês nem o ano.[259]

381

As minhas cessaram logo. Fiquei a ver as dela; Capitu enxugou-as depressa, olhando a furto para a gente que estava na sala. Redobrou de carícias para a amiga, e quis levá-la; mas o cadáver parece que a retinha também. Momento houve em que os olhos de Capitu fitaram o defunto, quais os da viúva, sem o pranto nem palavras desta, mas grandes e abertos, como a vaga do mar lá fora, como se quisesse tragar também o nadador da manhã.[260]

385

Príamo julga-se o mais infeliz dos homens, por beijar a mão daquele que lhe matou o filho. Homero é que relata isto, e é um bom autor, não obstante conta-lo em verso, mas há narrações exatas em verso, e até mau verso. Compara tu a situação de Príamo com a minha; eu acabava de louvar as virtudes do homem que recebera, defunto, aqueles olhos...[261]

387

Tinha já comparado o gesto de Sancha na véspera e o desespero daquele dia; eram inconciliáveis. A viúva era realmente amantíssima. Assim se desvaneceu de todo a ilusão da minha vaidade. Não seria o mesmo caso de Capitu.[262]

397

– Você já reparou que Ezequiel tem nos olhos uma expressão es-

---

[258] As falas dos escravos são repetidas de ouvido. As dos brancos não.

[259] Mas esse importante acontecimento político e social, que culminaria na Lei do Ventre Livre, não ganhará corpo no livro. Temeria o autor que o episódio datado tirasse a universalidade da história?

[260] Impressões de um momento de comoção?

[261] Mesmo num momento duramente prosaico, o autor ironiza a má poesia.

[262] Machado de Assis semeia um indício da falibilidade do julgamento de Bentinho. Mas é só mais um julgamento, uma leitura, não uma prova concreta de algo.

quisita? Perguntou-me Capitu. Só vi duas pessoas assim, um amigo de papai e o defunto Escobar. Olha, Ezequiel; olha firme, assim, vira para o lado de papai, não precisa revirar os olhos, assim, assim...[263]

400

Li a carta, mal a princípio e não toda, depois fui lendo melhor. Fugia-lhe, é certo, metia o papel no bolso, corria a casa, fechava-me, não abria as vidraças, chegava a fechar os olhos. Quando novamente abria os olhos e a carta, a letra era clara e a notícia claríssima. Escobar vinha assim surgindo da sepultura, do seminário e do Flamengo para se sentar comigo à mesa, receber-me na escada, beijar-me no gabinete de manhã, ou pedir-me à noite a bênção do costume.[264]

403

Não podendo encobrir inteiramente esta disposição moral, cuidava de me não fazer encontradiço com ele, ou só o menos que pudesse; ora tinha trabalho que me obrigava a fechar o gabinete, ora saía ao domingo para ir passear pela cidade e arrabaldes o meu mal secreto.[265]

407

Jantei fora. De noite fui ao teatro. Representava-se justamente Otelo, que eu não vira nem lera nunca[266]; sabia apenas o assunto, e estimei a coincidência. Vi as grandes raivas do mouro, por causa de um lenço. – um simples lenço! – e aqui dou matéria à meditação dos psicólogos deste e de outros continentes, pois não me pude furtar à observação de que um lenço bastou a acender os ciúmes de Otelo e compor a mais sublime tragédia deste mundo. Os lenços perderam-se, hoje são precisos os próprios lençóis.[267]

416

Quando levantei a cabeça, dei com a figura de Capitu diante de mim. Eis aí outro lance, que parecerá de teatro, e é tão natural como o

---

[263] Uma mulher que trai faria essa pergunta ao marido?
[264] Eterno retorno das cartas, expediente usado desde o começo da carreira do escritor e repetido em todas as suas fases literárias.
[265] Vale repetir, em favor de Bentinho, que, mesmo herdeiro, ele trabalhara na vida.
[266] Bentinho tenta afastar a ideia de que seja vítima do ciúme doentio. E Machado de Assis brinca com a ideia de ter sofrido influência de Shakespeare.
[267] Dificuldade de provar o que é insinuado.

primeiro, uma vez que a mãe e o filho iam à missa, e Capitu não saía sem falar-me. Era já um falar seco e breve; a maior parte das vezes, eu nem olhava para ela. Ela olhava sempre, esperando. Desta vez, ao dar com ela, não sei se era dos meus olhos, mas Capitu pareceu-me lívida. Seguiu-se um daqueles silêncios, a que, sem mentir, se pode chamar de um século, tal é a extensão do tempo nas grandes crises. Capitu recompôs-se; disse ao filho que se fosse embora, e pediu-me que lhe explicasse...

– Não há que explicar, disse eu.

– Há tudo, não entendo as tuas lágrimas nem as de Ezequiel. Que houve entre vocês?

– Não ouviu o que lhe disse?

Capitu respondeu que ouvira choro e rumor de palavras. Eu creio que ouvira tudo claramente, mas confessá-lo seria perder a esperança do silêncio e da reconciliação por isso negou a audiência e confirmou unicamente a vista. Sem lhe contar o episódio do café, repeti-lhe as palavras do final do capítulo.

– O quê? Perguntou ela como se ouvira mal.

– Que não é meu filho.

Grande foi a estupefação de Capitu, e não menor a indignação que lhe sucedeu, tão naturais ambas que fariam duvidar as primeiras testemunhas de vista do nosso foro.[268]

418

Não disse tudo; mas pude aludir aos amores de Escobar sem proferir-lhe o nome. Capitu não pôde deixar de rir, de um riso que eu sinto não poder transcrever aqui; depois, em um tom juntamente irônico e melancólico:

– Pois até os defuntos! Nem os mortos escapam aos seus ciúmes!

– Sei a razão disto; é a casualidade da semelhança... A vontade de Deus explicará tudo... Ri-se? É natural; apesar do seminário não acredita em Deus; eu creio... Mas não falemos nisto; não nos fica bem dizer mais nada.[269]

---

[268] Vale refletir sobre esta frase: "Desta vez, ao dar com ela, não sei se era dos meus olhos, mas Capitu pareceu-me lívida".

[269] Se ela negou categoricamente, Bentinho não lhe dá a palavra para que mostre ao leitor que termos usou. Fica faltando essa negação formal. Ponto para a dúvida. Mas aquilo que ela diz parece suficiente como refutação do que lhe é imputado. Ela reconhece a semelhan-

419

Capitu e eu, involuntariamente, olhamos para a fotografia de Escobar, e depois um para o outro. Desta vez a confusão dela fez-se confissão pura. Este era aquele; havia por força alguma fotografia de Escobar pequeno que seria o nosso pequeno Ezequiel.[270]

423

Aqui está o que fizemos. Pegamos em nós e fomos para a Europa, não passear, nem ver nada, novo nem velho; paramos na Suíça. Uma professora do Rio Grande, que foi conosco, ficou de companhia a Capitu, ensinando a língua materna a Ezequiel, que aprenderia o resto nas escolas do país. Assim regulada a vida, tornei ao Brasil.[271]

428

[José Dias] Correspondia-se com Capitu, a que pedia que lhe mandasse o retrato de Ezequiel; mas Capitu ia adiando a remessa de correio a correio, até que ele não pediu mais nada, a não ser o coração do jovem estudante.[272]

433

Conhece-me pelos retratos e correu para mim.[273] Não me mexi; era nem mais nem menos o meu antigo e jovem companheiro do seminário de José, um pouco mais baixo, menos cheio de corpo e, salvo as cores que eram vivas, o mesmo rosto do meu amigo.

435

Ezequiel cria em mim como na mãe. Se fosse vivo José Dias, acharia nele a minha própria pessoa.[274] Prima Justina quis vê-lo, mas

---

ça do menino com o amigo falecido, mas caracteriza isso como "casualidade" e sugere que só um descrente em Deus pode fazer tal insinuação. Tem ou não o peso de uma negativa formal e direta?

[270] Neste ponto, nenhuma refutação. Pode a imagem mentir? Ou foi imaginação de Bentinho? Viu ele uma confissão onde pode ter havido apenas a percepção do que ele imaginava? Estatisticamente seria razoável tamanha semelhança casual?

[271] Bentinho já era mais um ocioso vivendo das suas rendas.

[272] A foto negada como afirmação da traição.

[273] O artifício é genialmente engenhoso: se o filho podia reconhecê-lo por retratos, por que ele não poderia ver no filho o retrato do amigo morto?

[274] Machado de Assis reintroduz a dúvida sobre a objetividade do seu olhar. Além disso, José Dias não está mais vivo para conferir tamanha semelhança. Restava a prima Justina, doente, mas Bentinho, desconfiado que ela poderia querer justamente fazer a verificação, protelou o encontro de Ezequiel com ela. A morte levou Justina e evitou a prova dos nove. Prova de que Bentinho tinha medo de ser desmascarado ou de que a prima veria no rapaz a imagem do falecido Escobar?

estando enferma, pediu-me que o levasse lá. Conhecia aquela parenta. Creio que o desejo de ver Ezequiel era para o fim de verificar no moço o debuxo que porventura houvesse achado no menino. Seria um regalo último; atalhei-o a tempo.

– Está muito mal, disse eu a Ezequiel que queria ir vê-la, qualquer emoção pode trazer-lhe a morte. Iremos vê-la, quando ficar melhor. Não fomos; a morte levou-a dentro de poucos dias.

442

[...] Vamos à *História dos subúrbios*.[275]

Volume 8
Esaú e Jacó, 1904[276]

5

Quando o Conselheiro Aires[277] faleceu, acharam-se-lhe na secretária sete cadernos manuscritos, rijamente encapados em papelão. Cada um dos primeiros seis tinha o seu número de ordem, por algarismos romanos, I, II, III, IV, V, VI, escritos a tinta encarnada. O sétimo trazia este título: Último.

25

Pois o cupê[278] era este mesmo. A missa foi mandada dizer por aquele senhor, cujo nome é Santos, e o defunto era seu parente, ain-

---

[275] O ciumento no seu labirinto de memórias que bifurcam. Lucia Miguel Pereira (1936, p. 334) flagrou o pendor de Machado de Assis pelas cenas dos subúrbios: "Quantas vezes, passando por alguma rua de arrabalde, daquelas que ainda têm chalets com jasmineiros nas varandas, ou ouvindo o grito de um vendedor ambulante, o leitor que tem o habito de Machado de Assis sente uma impressão de já ter visto aquela rua, de já ter ouvido aquela voz". Será uma resposta adequada a uma crítica de Sílvio Romero (1897, p. 80): "Machado de Assis, em quase toda a sua obra, para com o povo brasileiro tem sido um desdenhoso". Ou o ressentido Romero acertou nisso?

[276] Monarquia e república em confronto por meio de dois gêmeos. Lucia Miguel Pereira (1936, p. 236) salienta que Eça de Queirós perguntou o que Machado de Assis pensava da abolição e da república: "Não pensava nada".

[277] Aires frequentou títulos diferentes de Machado de Assis, possivelmente por ser a melhor representação do autor nas suas páginas.

[278] Machado de Assis refere-se até com entusiasmo aos diferentes tipos de carroças e carruagens. O mesmo não acontece com os animais que as puxam. Em determinada passagem, como se verá, menciona uma aversão a cavalos. A lógica subjacente em *Esaú e Jacó* é a aquela que caracteriza o autor: explicitação das entrelinhas da vida dos ricos com suas ambições, egoísmos e estratégias de ascensão social.

da que pobre. Também ele foi pobre; também ele nasceu em Maricá. Vindo para o Rio de Janeiro, por ocasião da febre das ações (1855), dizem que revelou grandes qualidades para ganhar dinheiro depressa. Ganhou logo muito, e fê-lo perder a outros. Casou em 1859 com esta Natividade, que ia então nos vinte anos e não tinha dinheiro, mas era bela e amava apaixonadamente. A Fortuna os abençoou com a riqueza. Anos depois tinham eles uma casa nobre, carruagem, cavalos e relações novas e distintas. Dos dois parentes pobres de Natividade morreu o pai em 1866; restava-lhe uma irmã. Santos tinha alguns em Maricá, a quem nunca mandou dinheiro, fosse mesquinhez, fosse habilidade. Mesquinhez não creio; ele gastava largo e dava muitas esmolas. Habilidade seria; tirava-lhes o gosto de vir cá pedir-lhe mais.

25-26

Não lhe valeu isto com João de Melo, que um dia apareceu aqui, a pedir-lhe emprego. Queria ser, como ele, diretor de banco.[279] Santos arranjou-lhe depressa um lugar de escrivão no cível em Maricá, e despachou-o com os melhores conselhos deste mundo.

28

Não me peças a causa de tanto encolhimento no anúncio e na missa, e tanta publicidade na carruagem, lacaio e libré. Há contradições explicáveis. Um bom autor, que inventasse a sua história, ou prezasse a lógica aparente dos acontecimentos, levaria o casal Santos a pé ou em caleça de praça ou de aluguel; mas eu, amigo, eu sei como as coisas se passaram, e refiro-as tais quais. Quando muito, explico-as, com a condição de que tal costume não pegue. Explicações comem tempo e papel, demoram a ação e acabam por enfadar. O melhor é ler com atenção.[280]

31

Leitor, não é muito que percebas a causa daquela expressão e desses dedos abotoados.[281]

---

[279] Não se pode dizer literalmente que Santos não trabalhava. Exercia altas funções no mercado financeiro.

[280] Com humor o autor explica o seu credo credo literário: não explicar demais.

[281] Da arte das boas fórmulas.

32-33

Natividade andava já na alta roda do tempo; acabou de entrar por ela, com tal arte que parecia haver ali nascido. Carteava-se com grandes damas, era familiar de muitas, tuteava algumas. Nem tinha só esta casa de Botafogo, mas também outra em Petrópolis; nem só carro, mas também camarote no Teatro Lírico, não contando os bailes do Cassino Fluminense, os das amigas e os seus; todo o repertório, em suma, da vida elegante. Era nomeada nas gazetas, pertencia àquela dúzia de nomes planetários que figuram no meio da plebe de estrelas. O marido era capitalista e diretor de um banco.[282]

44

A outra ama confirmou as notícias e acrescentou novas. Conhecia pessoas que tinham perdido e achado joias e escravos. A polícia mesma, quando não acabava de apanhar um criminoso, ia ao Castelo falar à cabocla e descia sabendo; por isso é que não a botava para fora, como os invejosos andavam a pedir. Muita gente não embarcava sem subir primeiro ao morro. A cabocla explicava sonhos e pensamentos, curava de quebranto...[283]

47

Era o marido de Natividade, que ia agora para o escritório, um pouco mais tarde que de costume, por haver esperado a volta da mulher. Ia pensando nela e nos negócios da praça, nos meninos e na Lei Rio Branco, então discutida na Câmara dos Deputados; o banco era credor da lavoura.[284] Também pensava na cabocla do Castelo e no que teria dito à mulher...

47

No Catete, o cupê e uma vitória cruzaram-se e pararam a um tempo. Um homem saltou da vitória e caminhou para o cupê.[285]

---

[282] Preocupações não lhe faltavam. Por exemplo, como logo se verá, as leis gradualistas emancipatórias.

[283] Nesse mundo codificado e hierárquico, senhoras brancas e ricas recorriam a uma vidente "cabocla" quando perdiam escravos e joias. A maior joia era ter prestígio, títulos de nobreza e escravos.

[284] O maior perigo, que mais tarde abalaria estruturas, contido na república, que dividiria os gêmeos, o monarquista e o republicano, era o desmoronamento dessa estrutura rodada nos fatos e nos anos. A elite, quando trabalhava, explorava quatro campos: direito, política, finanças e medicina.

[285] É a paixão do homem moderno por veículos e pelo "progresso".

56

Esse Aires que aí aparece conserva ainda agora algumas das virtudes daquele tempo, e quase nenhum vício. Não atribuas tal estado a qualquer propósito. Nem creias que vai nisto um pouco de homenagem à modéstia da pessoa. Não, senhor, é verdade pura e natural efeito. Apesar dos quarenta anos, ou quarenta e dois, e talvez por isso mesmo, era um belo tipo de homem. Diplomata de carreira, chegara dias antes do Pacífico, com uma licença de seis meses.[286]

57

Coincidência interessante: foi por esse tempo que Santos pensou em casá-lo com a cunhada, recentemente viúva.[287] Esta parece que queria. Natividade opôs-se, nunca se soube por quê. Não eram ciúmes; invejas não creio que fossem.

74

Os gêmeos, não tendo que fazer, iam mamando. Nesse ofício portavam-se sem rivalidade, a não ser quando as amas estavam às boas, e eles mamavam ao pé um do outro; cada qual então parecia querer mostrar que mamava mais e melhor, passeando os dedos pelo seio amigo, e chupando com alma. Elas, à sua parte, tinham glória dos peitos e os comparavam entre si; os pequenos, fartos, soltavam afinal os bicos e riam para elas.[288]

88

Não entenderam logo. Natividade não sabia que fizesse; dava a mão aos filhos, ao marido, e tornava ao jornal para ler e reler que no despacho imperial da véspera o Sr. Agostinho José dos Santos fora agraciado com o título de Barão de Santos. Compreendeu tudo. O presente do dia era aquele; o ourives desta vez foi o imperador.

89

E os rapazes saíram a espalhar a notícia pela casa. Os criados ficaram felizes com a mudança dos amos. Os próprios escravos pa-

---

[286] Entrar nas histórias narradas por Machado de Assis parecia exigir, ao menos, uma interrupção no trabalho.

[287] O permanente charme das viúvas.

[288] Entre viúvas e ociosos um mundo se organiza. Sob o pano de fundo da transição da monarquia para a república, o livro explora as diferenças entre dois rebentos do mesmo sangue e da mesma educação, formados nos mesmos seios: "Os gêmeos, não tendo que fazer, iam mamando". A imagem não pode ser mais explícita, uma pedagogia da teta. Todo o espírito da época parece estar plasmado neste quadro: seios fartos, boquinhas privilegiadas.

reciam receber uma parcela de liberdade e condecoravam-se com ela: "Nhã Baronesa!" exclamavam saltando. E João puxava Maria, batendo castanholas com os dedos: "Gente, quem é esta crioula? Sou escrava de Nhã Baronesa![289]

111-112

Eis aqui entra uma reflexão da leitora: "mas se duas velhas gravuras os levam a murro e sangue, contentar-se-ão eles com a sua esposa? Não quererão a mesma e única mulher?"

[...] Francamente, eu não gosto de gente que venha adivinhando e compondo um livro que está sendo escrito com método. A insistência da leitora em falar de uma só mulher chega a ser impertinente. Suponha que eles deveras gostem de uma só pessoa; não parecerá que eu conto o que a leitora me lembrou, quando a verdade é que eu apenas escrevo o que sucedeu e pode ser confirmado por dezenas de testemunhas? Não, senhora minha, não pus a pena na mão, à espreita do que me vissem sugerindo. Se quer compor o livro, aqui tem a pena, aqui tem papel, aqui tem um admirador; mas, se quer ler somente, deixe-se estar quieta, vá de linha em linha; dou-lhe que boceje entre dois capítulos, mas espere o resto, tenha confiança no relator destas aventuras.[290]

124

Era um convite ao voltarete. Aires não teve ânimo de aceitar, tão inquieta lhe pareceu Flora, com os olhos nele, interrogativos, curiosos de saber por que é que ela era ou viria a ser inexplicável. Além disso, preferia a conversação das mulheres. É dele esta frase do Memorial: "Na mulher, o sexo corrige a banalidade; no homem, agrava".[291]

126

Já então este ex-ministro estava aposentado.[292] Regressou ao Rio de Janeiro, depois de um último olhar às coisas vistas, para aqui viver

---

[289] Todo mundo queria ser barão. O escravizado fiel tomaria a glória do dono por sua. Passa a imagem de um cotidiano de interação e de admiração do subjugado ao que subjuga.

[290] Mais uma vez Machado de Assis faz seu narrador conversar com o leitor (leitora), ralhar com ele (ela) e expor seu jogo de verossimilhança: enquanto diz que o livro está feito na hora mesma, enfatiza o pretenso compromisso com uma verdade a ser descrita.

[291] Ideia sobre o comportamento feminino, ou "natureza" da mulher, como se viu, já explorada em *Quincas Borba*. Já o voltarete é onipresente.

[292] Homem idoso, aposentado, retirado de tudo ou morto, condição de alguns dos grandes, ou dos maiores, personagens do autor.

o resto dos seus dias. Podia fazê-lo em qualquer cidade, era homem de todos os climas, mas tinha particular amor à sua terra, e porventura estava cansado de outras. Não atribuía a estas tantas calamidades. A febre amarela, por exemplo, à força de a desmentir lá fora, perdeu-lhe a fé, e cá dentro, quando via publicados alguns casos, estava já corrompido por aquele credo que atribui todas as moléstias a uma variedade de nomes. Talvez porque era homem sadio.[293]

128

– Lembra-me, a Confeitaria do Império.

– Há quarenta anos que a estabeleceu; era ainda no tempo em que os carros pagavam imposto de passagem.[294] Pois o diabo está velho, mas não acaba; ainda me há de enterrar. Parece rapaz; aparece-me lá todas as semanas.

144

Não esqueça dizer que, em 1888, uma questão grave e gravíssima os fez concordar também, ainda que por diversa razão. A data explica o fato: foi a emancipação dos escravos. Estavam então longe um do outro, mas a opinião uniu-os. A diferença única entre eles dizia respeito à significação da reforma, que para Pedro era um ato de justiça, e para Paulo era o início da revolução. Ele mesmo o disse, concluindo um discurso em São Paulo, no dia 20 de maio: "A abolição é a aurora da liberdade; esperemos o sol; emancipado o preto, resta emancipar o branco".[295]

145

Natividade não acabava de entender os sentimentos do filho, ela que sacrificara as opiniões aos princípios, como no caso de Aires, e continuou a viver sem mácula. Como então não sacrificar?... Não achava explicação. Relia a frase da carta e a do discurso; tinha medo de o ver perder a carreira política, se era a política que o faria grande homem. "Emancipado o preto, resta emancipar o branco", era uma

---

[293] O negacionismo assumiu diferentes formas ao longo do tempo.

[294] Há progressos que podem ser alcançados andando para trás.

[295] Assim como na cena de *Brás Cubas* em que o negro Prudêncio castiga o seu escravo, aqui há margem para interpretação dúbia. A indicação, porém, é cristalina: haveria também uma escravização do branco. Admirador de D. Pedro II, Machado de Assis temia que a abolição derrubasse a monarquia. Foi o que aconteceu. A escravidão do negro e a "escravidão" do branco, porém, eram obviamente incomparáveis.

ameaça ao imperador e ao império. Não atinou... Nem sempre as mães atinam. Não atinou que a frase do discurso não era propriamente do filho; não era de ninguém. Alguém a proferiu um dia, em discurso ou conversa, em gazeta ou em viagem de terra ou de mar. Outrem a repetiu, até que muita gente a fez sua. Era nova, era enérgica, era expressiva, ficou sendo patrimônio comum.

Há frases assim felizes.[296]

156

– Não furtei nada! – bradava o preso detendo o passo. É falso! Larguem-me! Sou um cidadão livre![297] Protesto! Protesto!

157

Mas então?... perguntarás tu. Aires não perguntou nada. Ao cabo havia um fundo de justiça naquela manifestação dupla e contraditória; foi o que ele pensou. Depois, imaginou que a grita da multidão protestante era filha de um velho instinto de resistência à autoridade. Advertiu que o homem, uma vez criado, desobedeceu logo ao Criador, que aliás lhe dera um paraíso para viver; mas não há paraíso que valha o gosto da oposição. Que o homem se acostume às leis, vá; que incline o colo à força e ao bel-prazer, vá também; é o que se dá com a planta, quando sopra o vento. Mas que abençoe a força e cumpra as leis sempre, sempre, sempre, é violar a liberdade primitiva, a liberdade do velho Adão. Ia assim cogitando o conselheiro Aires.[298]

163

Nos olhos redondos do animal viu Aires uma expressão profunda de ironia e paciência. Pareceu-lhe o gesto largo de espírito invencível. Depois leu neles este monólogo: "Anda, patrão, atulha a carroça de carga para ganhar o capim de que me alimentas. Vive de pé no chão para comprar as minhas ferraduras. Nem por isso me impedirás que te chame um nome feio, mas eu não te chamo nada; ficas sendo sempre o meu querido patrão. Enquanto te esfalfas em ganhar a vida, eu vou pensando que o teu domínio não vale muito, uma vez que me não tiras a liberdade de teimar..."[299]

---

[296] Qual a felicidade dessa frase? Forjar uma equivalência impossível?
[297] O roubo é constantemente associado aos escravizados.
[298] O liberal conservador Machado de Assis faz seu narrador desconfiar do braço legal do Estado e considerar como "natural" uma espécie de anarquia.
[299] Machado de Assis elogia mais o burro do que o cavalo. O homem comum é o burro que

179

Se há muito riso quando um partido sobe, também há muita lágrima do outro que desce, e do riso e da lágrima se faz o primeiro dia da situação, como no Gênesis. Venhamos ao evangelista que serve de título ao capítulo. Os liberais foram chamados ao poder, que os conservadores tiveram de deixar.[300]

181-182

– Batista, você nunca foi conservador!

O marido empalideceu e recuou, como se ouvira a própria ingratidão de um partido. Nunca fora conservador? Mas que era ele então, que podia ser neste mundo? Que é que lhe dava a estima dos seus chefes? Não lhe faltava mais nada... D. Cláudia não atendeu a explicações, repetiu-lhe as palavras, e acrescentou:

– Você estava com eles, como a gente está num baile, onde não é preciso ter as mesmas ideias para dançar a mesma quadrilha.

Batista sorriu leve e rápido; amava as imagens graciosas e aquela pareceu-lhe graciosíssima, tanto que concordou logo; mas a sua estrela inspirou-lhe uma refutação pronta.

– Sim, mas a gente não dança com ideias, dança com pernas.

– Dance com que for, a verdade é que todas as suas ideias iam para os liberais; lembre-se que os dissidentes na província acusavam a você de apoiar os liberais...

– Era falso; o governo é que me recomendava moderação. Posso mostrar cartas.

– Qual moderação! Você é liberal.

– Eu liberal?

– Um liberalão, nunca foi outra coisa.

– Pense no que diz, Cláudia. Se alguém a ouvir é capaz de crer, e daí a espalhar.[301]

---

se vira como pode contra a dominação do dono enquanto finge admirá-lo.

[300] As diferenças entre eles, porém, não se davam no atacado.

[301] Machado de Assis diz várias vezes nas suas crônicas, como se verá, que não se interessa por política e não entende do assunto. Mas a sua visão é contundente: o político é o oportunista, sem ideias próprias, que só pensa em cargos, podendo trocar lado, sem crise de consciência, para se dar bem. A alma do político, comparando com o Brasil do século XXI, estaria no Centrão, o fisiologismo puro e duro.

192

Salve, Batista, ex-presidente de província!" – "Salve, Batista, próximo presidente de província!" – "Salve, Batista, tu serás ministro um dia!" A linguagem dessas profecias era liberal, sem sombra de solecismo. Verdade é que ele se arrependia de as escutar, e forcejava por traduzi-las no velho idioma conservador, mas já lhe iam faltando dicionários. A primeira palavra ainda trazia o sotaque antigo: "Salve, Batista, ex-presidente de província!" mas a segunda e a última eram ambas daquela outra língua liberal, que sempre lhe pareceu língua de preto.[302]

217-218

Batista não perdeu um instante, correu imediato ao assunto, com medo de o ver pegar em outro livro.

– Confesso-lhe que tenho o temperamento conservador.

– Também eu guardo presentes antigos.

– Não é isso; refiro-me ao temperamento político. Verdadeiramente há opiniões e temperamentos. Um homem pode muito bem ter o temperamento oposto às suas ideias. As minhas ideias, se as cotejarmos com os programas políticos do mundo, são antes liberais e algumas libérrimas. O sufrágio universal, por exemplo, é para mim a pedra angular de um bom regime representativo. Ao contrário, os liberais pediram e fizeram o voto censitário.[303] Hoje estou mais adiantado que eles; aceito o que está, por ora, mas antes do fim do século é preciso rever alguns artigos da Constituição, dois ou três.

335-336

Aquela citação do velho Aires faz-me lembrar um ponto em que ele e a moça Flora divergiam ainda mais que na idade. Já contei que ela, antes da comissão do pai, defendia Pedro e Paulo, conforme estes diziam mal um do outro. Naturalmente fazia agora a mesma coisa, mas a mudança do regime trouxe ocasião de defender também monarquistas e republicanos, segundo ouvia as opiniões de Paulo ou de Pedro. Espírito de conciliação ou de justiça, aplacava a ira ou o desdém do interlocutor: "Não diga isso... São patriotas também... Convém desculpar algum excesso..." Eram só frases, sem ímpeto de

---

[302] Nascia cedo o que mais tarde seria chamado de "pretoguês".
[303] Havia liberais elitistas assim como havia republicanos escravistas.

paixão nem estímulo de princípios; e o interlocutor concluía sempre:

– A senhora é boa.

Ora, o costume de Aires era o oposto dessa contradição benigna. Hás de lembrar-te que ele usava sempre concordar com o interlocutor, não por desdém da pessoa, mas para não dissentir nem brigar. Tinha observado que as convicções, quando contrariadas, descompõem o rosto à gente, e não queria ver a cara dos outros assim, nem dar à sua um aspecto abominável. Se lucrasse alguma coisa, vá; mas, não lucrando nada, preferia ficar em paz com Deus e os homens. Daí o arranjo de gestos e frases afirmativas que deixavam os partidos quietos, e mais quieto a si mesmo.[304]

425

Meses depois, Pedro abria consultório médico, aonde iam pessoas doentes, Paulo banca de advogado, que procuravam os carecidos de justiça. Um prometia saúde, outro ganho de causa, e acertavam muita vez, porque não lhes faltava talento nem fortuna. Demais, não trabalhavam sós, mas cada qual com um colega de nomeada e prático.[305]

449

Tinham acabado o almoço. O deputado subiu ao quarto para se compor de todo. Aires foi esperá-lo à porta da rua. Quando o deputado desceu, vinha com um achado nos olhos.

– Ora, espere, não será... Quem sabe se não será a herança da mãe que os mudou? Pode ter sido a herança, questões de inventário...

Aires sabia que não era a herança, mas não quis repetir que eles eram os mesmos, desde o útero. Preferiu aceitar a hipótese, para evitar debate[306], e saiu apalpando a botoeira, onde viçava a mesma flor eterna.

---

[304] Possivelmente uma boa descrição do próprio Machado de Assis em matéria de política. Por isso teria sido discreto na defesa da abolição? Teria a ver com sua condição de funcionário público, tendo sido até mesmo, como se verá, posto em disponibilidade em determinado momento, temeria retaliações por opiniões? Em literatura, por outro lado, ele seria assertivo e duro. Na verdade, Machado de Assis atuou no jornalismo político por vários anos, no liberal *Diário do Rio de Janeiro*, ainda quando Saldanha Marinho assumira o governo de Minas Gerais. Tantas eram as recomendações vindas por carta a serem cumpridas prontamente que Machado pediu ajuda a Quintino Bocaiúva para obter um emprego público. Queria estabilidade para escrever sem funcionar como pena de aluguel.
[305] Certamente uma maneira de dividir o fardo do trabalho.
[306] Terá sido essa a estratégia de Machado de Assis em relação à abolição?

Volume 9
Memorial de Aires, 1908[307]

11

1888

9 de JANEIRO

Durante os meus trinta e tantos anos de diplomacia algumas vezes vim ao Brasil, com licença. O mais do tempo vivi fora, em várias partes, e não foi pouco. Cuidei que não acabaria de me habituar novamente a esta outra vida de cá. Pois acabei. Certamente ainda me lembram coisas e pessoas de longe, diversões, paisagens, costumes, mas não morro de saudades por nada. Aqui estou, aqui vivo, aqui morrerei.[308]

54

20 de MARÇO

Ao Desembargador Campos parece que alguma coisa se fará no sentido da emancipação dos escravos, – um passo adiante, ao menos. Aguiar, que estava presente, disse que nada corre na praça nem lhe chegou ao Banco do Sul.[309]

54

27 de MARÇO

Santa-Pia chegou da fazenda, e não foi para a casa do irmão; foi para o Hotel da América. É claro que não quer ver a filha. Não há nada mais tenaz que um bom ódio. Parece que ele veio por causa do boato que corre na Paraíba do Sul acerca da emancipação dos escravos.[310]

58

10 de ABRIL

Grande novidade! O motivo da vinda do barão é consultar o desembargador sobre a alforria coletiva e imediata dos escravos de

---

[307] Balanço de uma vida e da abolição sob a forma de diário. Aires, o protagonista narrador, tem tudo de *alter ego* de Machado de Assis. Vinte anos depois da abolição, o escritor decidiu encarar o tema. Foi seu último livro.
[308] Machado de Assis, porém, não foi um viajante.
[309] Bancos davam empréstimos tendo escravizados como garantia.
[310] O ponto de vista da narrativa nunca será o dos escravizados.

Santa-Pia. Acabo de sabê-lo, e mais isto, que a principal razão da consulta é apenas a redação do ato. Não parecendo ao irmão que este seja acertado, perguntou-lhe o que é que o impelia a isso, uma vez que condenava a ideia atribuída ao governo de decretar a abolição, e obteve esta resposta, não sei se sutil, se profunda, se ambas as coisas ou nada:

– Quero deixar provado que julgo o ato do governo uma espoliação, por intervir no exercício de um direito que só pertence ao pro prietário, e do qual uso com perda minha, porque assim o quero e posso.[311]

---

[311] A defesa da legitimidade do princípio da propriedade aparecerá, como se verá, em crônica de Machado de Assis publicada na *Gazeta de Notícias*, em 11 de maio de 1888, dois dias antes da abolição, na série "Bons Dias"!, assinada com pseudônimo. Essas crônicas só serão incorporadas, por José Galente de Sousa, à lavra machadiana nos anos 1950. Eis a crônica:

"Toda a gente contempla a procissão na rua, as bandas e bandeiras, o alvoroço, o tumulto, e aplaude ou censura, segundo é abolicionista ou outra coisa; mas ninguém dá a razão desta coisa ou daquela coisa; ninguém arrancou aos fatos uma significação, e, depois, uma opinião. Creio que fiz um verso. Eu, pela minha parte, não tinha parecer. Não era por indiferença; é que me custava a achar uma opinião. Alguém me disse que isto vinha de que certas pessoas tinham duas e três, e que naturalmente esta injusta acumulação trazia a miséria de muitos; pelo que, era preciso fazer uma grande revolução econômica, etc. Compreendi que era um socialista que me falava, e mandei-o à fava. Foi outro verso, mas vi-me livre de um amolador. Quantas vezes me não acontece o contrário!

Não foi o ato das alforrias em massa dos últimos dias, essas alforrias *incondicionais*, que vêm cair como estrelas no meio da discussão da lei da abolição. Não foi; porque esses atos são de pura vontade, sem a menor explicação. Lá que eu gosto da liberdade, é certo; mas o princípio da propriedade não é menos legítimo. Qual deles escolheria? Vivia assim, como uma peteca (salvo seja), entre as duas opiniões, até que a sagacidade e profundeza de espírito com que Deus quis compensar a minha humildade, me indicou a opinião racional e os seus fundamentos".

Não é novidade para ninguém que os escravos fugidos em Campos, eram alugados. Em Ouro Preto fez-se a mesma cousa, mas por um modo mais particular. Estavam ali muitos escravos fugidos. Escravos, isto é, indivíduos que, pela legislação em vigor eram obrigados a servir a uma pessoa; e fugidos, isto é, que se haviam subtraído ao poder do senhor, contra as disposições legais. Esses escravos fugidos não tinham ocupação; lá veio, porém, um dia em que acharam salário, e parece que bom salário.

Quem os contratou? Quem é que foi a Ouro Preto contratar com esses escravos fugidos aos fazendeiros A, B, C? Foram os fazendeiros D, E, F. Estes é que saíram a contratar com aqueles escravos de outros colegas, e os levaram consigo para as suas roças.

Não quis saber mais nada; desde que os interessados rompiam assim a solidariedade do direito comum, é que a questão passava a ser de simples luta pela vida, e eu, em todas as lutas, estou sempre do lado do vencedor. Não digo que este procedimento seja original, mas é lucrativo. Alguns não me compreenderam (porque há muito burro neste mundo); alguém chegou a dizer-me que aqueles fazendeiros fizeram aquilo, não porque não vissem que trabalhavam contra a própria causa, mas para pegar uma peça ao Clapp.

Imagina-se bem se arregalei os olhos.

– Sim, senhor. Saiba que o Clapp tinha o plano feito de ir a Ouro Preto pegar os tais escravos e restituí-los aos senhores, dando-lhes ainda uma pequena indenização do seu bolsi-

Será a certeza da abolição que impele Santa-Pia a praticar esse ato, anterior de algumas semanas ou meses ao outro? A alguém que lhe fez tal pergunta respondeu Campos que não. "Não, disse ele, meu irmão crê na tentativa do governo, mas não no resultado, a não ser o desmantelo que vai lançar às fazendas. O ato que ele resolveu fazer exprime apenas a sinceridade das suas convicções e o seu gênio violento. Ele é capaz de propor a todos os senhores a alforria dos escravos já, e no dia seguinte propor a queda do governo que tentar fazê-lo por lei".

Campos teve uma ideia. Lembrou ao irmão que, com a alforria imediata, ele prejudica a filha, herdeira sua. Santa-Pia franziu o sobrolho. Não era a ideia de negar o direito eventual da filha aos escravos; podia ser o desgosto de ver que, ainda em tal situação, e com todo o poder que tinha de dispor dos seus bens, vinha Fidélia perturbar-lhe a ação. Depois de alguns instantes respirou largo, e respondeu que, antes de morto, o que era seu era somente seu. Não podendo dissuadi-lo o desembargador cedeu ao pedido do irmão, e redigiram ambos a carta de alforria. Retendo o papel, Santa-Pia disse:

---

nho, e pagando ele mesmo a sua passagem da estrada de ferro. Foi por isso que...
– Mas então quem é que está aqui doido?
– É o senhor; o senhor é que perdeu o pouco juízo que tinha. Aposto que não vê que anda alguma cousa no ar.
– Vejo, creio que é um papagaio.
– Não, senhor; é uma república. Querem ver que também não acredita que esta mudança é indispensável?
– Homem, eu a respeito de governo, estou com Aristóteles, no capítulo dos chapéus. O melhor chapéu é o que vai bem à cabeça. Este, por ora, não vai mal.
– Vai pessimamente. Está saindo dos eixos; é preciso que isto seja, senão com a monarquia, ao menos com a república, aquilo que dizia o Rio-Post de 21 de junho do ano passado. Você sabe alemão?
– Não.
– Não sabe alemão?
E dizendo-lhe eu outra vez que não sabia, ele imitando o médico de Molière. dispara-me na cara esta algaravia do diabo:
– Es dürft leicht zu erweisen sein, dass Brasilien weniger eine kontitutionelle Monarchie als eine absolute Oligarchie ist.
–Mas que quer isto dizer?
– Que é deste último tronco que deve brotar a flor.
– Que flor? As
Boas noites."
Vale destacar a frase: "Lá que eu gosto da liberdade, é certo; mas o princípio da propriedade não é menos legítimo". (In Gledson, 1990, 56-59).

– Estou certo que poucos deles deixarão a fazenda; a maior parte ficará comigo, ganhando o salário que lhes vou marcar, e alguns até sem nada, – pelo gosto de morrer onde nasceram.[312]

---

[312] Em 19 de maio de 1888, Machado de Assis comentou a recém-aprovada abolição. O tom é de profunda descrença nos efeitos da medida, não havendo espaço para qualquer consideração sobre a formalização de uma condição civilizatória: a liberdade do ser humano como condição incontornável da ideia de humanidade.
"BONS DIAS!
Eu pertenço a uma família de profetas *après coup, post-factum*, depois do gato morto, ou como melhor nome tenha em holandês. Por isso digo, e juro se necessário for, que toda a história desta lei de 13 de maio estava por mim prevista, tanto que na segunda-feira, antes mesmo dos debates, tratei de alforriar um molecote que tinha, pessoa de seus dezoito anos, mais ou menos. Alforriá-lo era nada; entendi que, perdido por mil, perdido por mil e quinhentos, e dei um jantar.
Neste jantar, a que meus amigos deram o nome de banquete, em falta de outro melhor, reuni umas cinco pessoas, conquanto as notícias dissessem trinta e três (anos de Cristo), no intuito de lhe dar um aspecto simbólico. No golpe do meio (*coup du milieu*, mas eu prefiro falar a minha língua), levantei-me eu com a taça de champanha e declarei que, acompanhando as ideias pregadas por Cristo, há dezoito séculos, restituía a liberdade ao meu escravo Pancrácio; que entendia que a nação inteira devia acompanhar as mesmas ideias e imitar o meu exemplo; finalmente, que a liberdade era um dom de Deus, que os homens não podiam roubar sem pecado. Pancrácio, que estava à espreita, entrou na sala, como um furacão, e veio abraçar-me os pés. Um dos meus amigos (creio que é ainda meu sobrinho) pegou de outra taça, e pediu à ilustre assembleia que correspondesse ao ato que acabava de publicar, brindando ao primeiro dos cariocas. Ouvi cabisbaixo; fiz outro discurso agradecendo, e entreguei a carta ao molecote. Todos os lenços comovidos apanharam as lágrimas de admiração. Caí na cadeira e não vi mais nada. De noite, recebi muitos cartões. Creio que estão pintando o meu retrato, e suponho que a óleo. No dia seguinte, chamei o Pancrácio e disse-lhe com rara franqueza:
– Tu és livre, podes ir para onde quiseres. Aqui tens casa amiga, já conhecida e tens mais um ordenado, um ordenado que...
– Oh! meu senhô! fico.
– ... Um ordenado pequeno, mas que há de crescer. Tudo cresce neste mundo; tu cresceste imensamente. Quando nasceste, eras um pirralho deste tamanho; hoje estás mais alto que eu. Deixa ver; olha, és mais alto quatro dedos...
– Artura não qué dizê nada, não, senhô...
– Pequeno ordenado, repito, uns seis mil-réis; mas é de grão em grão que a galinha enche o seu papo. Tu vales muito mais que uma galinha.
– Justamente. Pois seis mil-réis. No fim de um ano, se andares bem, conta com oito. Oito ou sete.
Pancrácio aceitou tudo; aceitou até um peteleco que lhe dei no dia seguinte, por me não escovar bem as botas; efeitos da liberdade. Mas eu expliquei-lhe que o peteleco, sendo um impulso natural, não podia anular o direito civil adquirido por um título que lhe dei. Ele continuava livre, eu de mau humor; eram dois estados naturais, quase divinos. Tudo compreendeu o meu bom Pancrácio; daí para cá, tenho-lhe despedido alguns pontapés, um ou outro puxão de orelhas, e chamo-lhe besta quando lhe não chamo filho do diabo; coisas todas que ele recebe humildemente, e (Deus me perdoe!) creio que até alegre. O meu plano está feito; quero ser deputado, e, na circular que mandarei aos meus eleitores, direi que, antes, muito antes de abolição legal, já eu, em casa, na modéstia da família, libertava um escravo, ato que comoveu a toda a gente que dele teve notícia; que esse escravo tendo aprendido a ler, escrever e contar (simples suposição) é então professor de filosofia no Rio das Cobras; que os homens puros, grandes e verdadeiramente políticos, não são os que

58-59

11 de ABRIL

Fidélia, quando soube do ato do pai, teve vontade de ir ter com ele, não para invectivá-lo, mas para abraçá-lo; não lhe importam perdas futuras. O tio é que a dissuadiu dizendo-lhe que o barão ainda está muito zangado com ela.[313]

61

13 de ABRIL

Ontem com o pai, hoje com a filha. Com esta tive vontade de dizer mal do pai, tanto foi o bem que ela disse dele, a propósito da alforria dos escravos. Vontade sem ação, veleidade pura; antes me vi obrigado a louvá-lo também, o que lhe deu azo a estender o panegírico. Disse-me que ele é bom senhor, eles bons escravos, contou-me anedotas de seu tempo de menina e moça, com tal desinteresse e calor que me deu vontade de lhe pegar na mão, e, em sinal de aplauso, beijar-lha. Vontade sem ação.[314]

62

19 de ABRIL

Lá se foi o barão com a alforria dos escravos na mala. Talvez tenha ouvido alguma coisa da resolução do governo; dizem que, abertas as câmaras, aparecerá um projeto de lei. Venha, que é tempo. Ainda me lembra do que lia lá fora, a nosso respeito, por ocasião da famosa proclamação de Lincoln: "Eu, Abraão Lincoln, Presidente dos Estados Unidos da América..." Mais de um jornal fez alusão nominal ao Brasil, dizendo que restava agora que um povo cristão e último imitasse aquele e acabasse também com os seus escravos. Espero que

---

obedecem à lei, mas os que se antecipam a ela, dizendo ao escravo: és livre, antes que o digam os poderes públicos, sempre retardatários, trôpegos e incapazes de restaurar a justiça na terra, para satisfação do céu.

BOAS NOITES" (In Gledson, 1990, p. 62-64).

É uma sátira do ponto de vista do senhor de escravos empedernido? Essa é uma boa hipótese, capaz de indicar a força da estrutura. Por que, contudo, não destacar a grandeza da conquista da liberdade, ainda que formal, no momento em que finalmente a instituição mais infame da história chegava ao fim? A liberdade não era um passaporte ao paraíso. A vida concreta impunha condições: para onde ir? Como ganhar a vida? O que comer? Se Machado de Assis vibrou com a abolição, a sua persona de cronista manteve o ceticismo, a ironia e certo cinismo.

[313] Conflito de gerações. No caso, a filha encarna relativa modernização dos costumes.

[314] Mais uma vez, na obra de Machado de Assis, aparece, em tom descrito, ou seja, supostamente neutro, a relação cordial entre "bom senhor" e "bons escravos".

hoje nos louvem. Ainda que tardiamente, é a liberdade, como queriam a sua os conjurados de Tiradentes.[315]

62
7 DE MAIO

O ministério apresentou hoje à Câmara o projeto de abolição. É a abolição pura e simples. Dizem que em poucos dias será lei.

63
13 DE MAIO [de 1888]

Enfim, lei. Nunca fui, nem o cargo me consentia ser propagandista da abolição, mas confesso que senti grande prazer quando soube da votação final do Senado e da sanção da Regente.[316] Estava na Rua do Ouvidor, onde a agitação era grande e a alegria geral.

[...] Ainda bem que acabamos com isto. Era tempo. Embora queimemos todas as leis, decretos e avisos, não poderemos acabar com os atos particulares, escrituras e inventários, nem apagar a instituição da História, ou até da Poesia.[317] A Poesia falará dela, particularmente naqueles versos de Heine, em que o nosso nome está perpétuo. Neles conta o capitão do navio negreiro haver deixado trezentos negros no Rio de Janeiro, onde "a Casa Gonçalves Pereira" lhe pagou cem ducados por peça. Não importa que o poeta corrompa o nome do comprador e lhe chame Gonzales Perreiro; foi a rima ou a sua má pronúncia que o levou a isso. Também não temos ducados, mas aí foi o vendedor que trocou na sua língua o dinheiro do comprador.

65
14 DE MAIO

– Tristão está em Lisboa, concluiu Aguiar, tendo voltado há pouco da Itália; está bem, muito bem.

Compreendi. Eis aí como, no meio do prazer geral, pode aparecer um particular, e dominá-lo. Não me enfadei com isso; ao contrário, achei-lhes razão, e gostei de os ver sinceros. Por fim, estimei que a carta do filho postiço viesse após anos de silêncio pagar-lhes a tristeza que cá deixou. Era devida a carta; como a liberdade dos es-

---

[315] Machado de Assis admira Tiradentes e fala dele em vários textos como se verá. Aires mostra-se abolicionista, porém, sem arroubos nem militância.
[316] Machado de Assis justifica-se por meio do seu *alter ego*?
[317] Rui Barbosa mandaria queimar documentos para liquidar a vontade de muitos empedernidos de obter leis tardias de indenização pela perda de seus escravos.

cravos, ainda que tardia, chegava bem. Novamente os felicitei, com ar de quem sabia tudo.[318]

66

16 DE MAIO

– Não é dessas afeições chamadas fogo de palha; nela, como neles, tudo tem sido lento e radicado. São capazes de me roubarem a sobrinha, e ela de se deixar roubar por eles. Também se não forem eles, será o pai. Creio que meu irmão já vai amansando. A última vez que me escreveu, depois de falar muito mal do imperador e da princesa[319], não lhe esqueceu dizer que "agradecia as lembranças mandadas".

73

– Não zombe, conselheiro.

– Não zombo, minha senhora. Viúva não lhe convém, assim tão verde; casada, sim, mas com quem, a não ser comigo?[320]

82

9 DE JUNHO

– A separação que se deu entre nós era impossível impedi-la. Conselheiro, o senhor que viveu lá fora a maior parte da vida não calcula o que são aqui esses ódios políticos locais. Papai é o melhor dos homens, mas não perdoa a adversário. Hoje creio que está tudo acabado; a abolição fê-lo desgostoso da vida política. Já mandou dizer aos chefes conservadores daqui que não contem mais com ele para nada. Foram os ódios locais que trouxeram a nossa separação, mas pode crer que ele padeceu tanto como eu e meu marido.[321]

85

15 DE JUNHO

Há na vida simetrias inesperadas.[322] A moléstia do pai de Osório chamou o filho ao Recife, a do pai de Fidélia chama a filha à Paraíba

---

[318] Fica reafirmada a satisfação do protagonista com a abolição.

[319] O setor escravista mais conservador culpou a Coroa pela abolição. A consequência disso seria o golpe de morte na monarquia, com a República.

[320] Uma viúva jovem e bonita representava tal capital na cena competitiva da sociedade que não se podia conceber que não se casasse novamente. Tal se verá em "O caso do Romualdo" como questionamento sobre a situação de uma viúva solteira.

[321] A abolição derrubaria, de fato, a monarquia.

[322] Mais uma aproximação entre Machado de Assis e o argentino Borges, que, no conto "El Sur", diz: "A la realidad le gustan las simetrias y los leves anacronismos" (Borges, 1974, p. 526).

do Sul. Se isto fosse novela algum crítico tacharia de inverossímil o acordo de fatos, mas já lá dizia o poeta que a verdade pode ser às vezes inverossímil. Vou hoje à casa do Aguiar para ver se a filha postiça deixou saudades aos dois; deve tê-las deixado.[323]

86
16 DE JUNHO

Eu, para espanar a melancolia da sala, perguntei se os negócios do barão iam bem, e se os libertos... Aguiar volveu a ser gerente de banco e expôs-me algumas coisas sobre o plantio do café e os títulos de renda. Nessa ocasião entrou um íntimo da casa e conversou também do fazendeiro. Disse que os negócios dele, apesar do desfalque, não iam mal; deve ter uns trezentos contos. Aguiar não sabe exatamente, mas aceitou o cálculo.

– Tem só aquela filha, concluiu a visita, e é provável que ela case outra vez. Eu, para ser agradável aos donos da casa, quis dizer que me parecia que não, mas este bom costume de calar me fez engolir a emenda, e agora me confesso arrependido. Ao cabo eu já me vou conformando com a viuvez perpétua da bela dama, se não é ciúme ou inveja de a ver casada com outro. Já me parece que realmente Fidélia acaba sem casar. Não é só a piedade conjugal que lhe perdura, é a tendência a coisas de ordem intelectual e artística, e pouco mais ou mais nada. Fique isto confiado a ti somente, papel amigo, a quem digo tudo o que penso e tudo o que não penso.[324]

96-97
30 DE JUNHO

Ora bem, a viúva Noronha mandou uma carta a D. Carmo, documento psicológico, verdadeira página da alma. Como eles tiveram a bondade de mostrar-ma, dispus-me a achá-la interessante, antes mesmo de a ler, mas a leitura dispensou a intenção; achei-a interessante deveras, disse-o, reli alguns trechos. Não tem frases feitas, nem frases rebuscadas; é simplesmente simples, se tal advérbio vai com tal adjetivo; creio que vai, ao menos para mim. Quatro páginas apenas, não deste papel de cartas que empregamos, mas do antigo papel

---

[323] No manuscrito, Machado de Assis confundiu 167 vezes os nomes de Carmo (personagem inspirada em Carolina) e Fidélia (1936, p. 309). Carmo é Carolina na velhice. Fidélia, a Carolina dos primeiros tempos do grande amor do escritor.
[324] O conselheiro errava a previsão por falta de distanciamento.

chamado de peso, marca Bath, que havia na fazenda, a uso do pai. Trata longamente dele e das saudades que ela foi achar lá, das lembranças que lhe acordaram as paredes dos quartos e das salas, as colunas da varanda, as pedras da cisterna, as janelas antigas, a capela rústica. Mucamas e moleques deixados pequenos e encontrados crescidos, livres com a mesma afeição de escravos[325], têm algumas linhas naquelas memórias de passagem. Entre os fantasmas do passado, o perfil da mãe, ao pé o do pai, e ao longe como ao perto, nas salas como no fundo do coração, o perfil do marido, tão fixo que cheguei a vê-lo e me pareceu eterno.

99-100

2 DE JULHO

O que ouvi dizer ontem a Aguiar foi no Banco do Sul, aonde tinha ido depositar umas apólices. Esqueceu-me escrever que, à saída, perto da igreja da Candelária, encontrei o Desembargador Campos; tinha chegado de Santa-Pia anteontem, à noite, e ia ao Banco levar recados da sobrinha para o Aguiar e para a mulher. Perguntei-lhe se Fidélia ficava lá de vez; respondeu-me que não.

– Ficar de vez, não fica; demora-se algumas semanas, depois virá e provavelmente transfere a fazenda; acho que não faz mal. Ficaria, segundo me disse, se fosse útil, mas parece-lhe que a lavoura decai, e não se sente com forças para sustê-la. Daí a ideia de vender tudo, e vir morar comigo. Se ficasse tinha jeito. Ela mesma tomou contas a todos, e ordenou o serviço. Tem ação, tem vontade, tem espírito de ordem. Os libertos estão bem no trabalho. Conversamos um pouco dos efeitos da abolição, e despedimo-nos.[326]

106

28 DE JULHO

Eu nunca esqueci coisas que só vi em menino. Ainda agora vejo dois sujeitos barbados que jogavam o entrudo[327], teria eu cinco anos;

---

[325] Não há revolta nem ressentimento plasmados. Por um lado, pode-se imaginar o triunfo de uma ideologia que faz o dominado aceitar e admirar o dominador. Por outro lado, fica sugerida uma afeição que "animaliza" o escravizado, como um bicho de estimação apegado ao dono obrigado a libertá-lo. Esse é o único conflito realmente focalizado. Se há confronto é entre escravista e governo.

[326] A ordem permanece inalterada por força de elos sentimentais indissolúveis pela lei. Eis o que parece dizer o subtexto.

[327] Nas suas crônicas Machado de Assis mostra grande interesse pelo entrudo e pelo surgi-

era com bacias de madeira ou de metal, ficaram inteiramente molhados e foram pingando para as suas casas. Só não me acode onde elas eram. Outra coisa que igualmente me lembra, apesar de tantos anos passados, é o namoro de uma vizinha e de um rapaz. Ela morava defronte, era magrinha e chamava-se Flor. Ele também era magro e não tinha nome conhecido; só lhe sabia a cara e a figura. Vinha às tardes e passava três, quatro, cinco e mais vezes de uma ponta à outra da rua. Uma noite ouvimos gritos. Na manhã seguinte ouvi dizer que o pai da moça mandara dar por escravos uma sova de pau no namorado. Dias depois foi este recrutado para o exército, dizem que por empenho do pai da moça; alguns creram que a sova fora um simples desforço eleitoral. Tudo é um; amor ou eleições, não falta matéria às discórdias humanas.

111
3 DE AGOSTO

Hoje fazia anos o ministério Ferraz, e quem já pensa nele nem nos homens que o compunham e lá vão, uns na morte, outros na velhice ou na inação? Foi ele que me promoveu a secretário de legação, sem que eu lho pedisse e até com espanto meu. Dizendo isto ao Aguiar, ouvi-lhe anedotas políticas daquele tempo (1859-1861), contadas com animação, mas saudade.[328]

115-116
4 DE AGOSTO

Não me soube grandemente essa aliança de gerente de banco e pai de cachorro. É verdade que o próprio Tristão dá a maior parte à madrinha, que é mulher. Com a prática dos dias anteriores e estas duas viagens de barca, sinto-me meio habilitado a possuir bem aquele moço. Só lhe ouvi meia dúzia de palavras algo parecidas com louvor próprio, e ainda assim moderado. "Dizem que não escrevo inteiramente mal" encobrirá a convicção de que escreve bem, mas não o disse, e pode ser verdade.[329]

---

mento do carnaval. A violência em função das eleições também é tema constante nos seus textos.

[328] Diário de velhice, o texto faz da nostalgia um efeito de verossimilhança.

[329] O autor estimava a modéstia literária como atributo superior.

117
10 DE AGOSTO

Fidélia chega da Paraíba do Sul no dia 15 ou 16. Parece que os libertos vão ficar tristes; sabendo que ela transfere a fazenda pediram-lhe que não, que a não vendesse, ou que os trouxesse a todos consigo. Eis aí o que é ser formosa e ter o dom de cativar. Desse outro cativeiro não há cartas nem leis que libertem; são vínculos perpétuos e divinos. Tinha graça vê-la chegar à Corte com os libertos atrás de si, e para quê, e como sustentá-los? Custou-lhe muito fazer entender aos pobres sujeitos que eles precisam trabalhar, e aqui não teria onde os empregar logo.[330] Prometeu-lhes, sim, não os esquecer, e, caso não torne à roça, recomendá-los ao novo dono da propriedade.

122
21 DE AGOSTO

Naturalmente conversamos do defunto. Fidélia narrou tudo o que viu e sentiu nos últimos dias do pai, e foi muito. Não falou da separação trazida pelo casamento, era assunto velho e acabado. A culpa, se houve então culpa, foi de ambos, ela por amar a outro, ele por querer mal ao escolhido. Eu é que digo isso, não ela, que em sua tristeza de filha conserva a de viúva, e se houvesse de escolher outra vez entre o pai e o marido, iria para o marido. Também falou da fazenda e dos libertos, mas vendo que o assunto era já demasiado pessoal, mudou de conversa, e cuidamos da cidade e das ocorrências do dia.[331]

162-163
3 DE OUTUBRO

Logo depois contou-me Campos que a sobrinha queria ir passar algum tempo à fazenda.

---

[330] Essa forma de abordar a questão da ocupação dos libertos pode ser lida como parte do conservadorismo do personagem ou como uma crítica de Machado de Assis à falta de previsão na legislação aprovada de modos de integração dos ex-escravos. Esse olhar aparece na crônica de 19 de maio de 1888. Os libertos aparecem como dependentes dos seus senhores, ou ex-senhores, e desarvorados com a liberdade. Eles que, como dizia Joaquim Nabuco, produziram toda a riqueza da nação com o trabalho realizado, são levados a entender a muito custo que "precisam trabalhar". A viúva não teria como "sustentá-lo". A ideia de que ela era sustentada pelos escravos fica apenas subjacente. Por esse olhar, a liberdade desampara. Parece emergir uma crítica ao formalismo da liberdade como utopia quando cotejado com a realidade cotidiana da sobrevivência. Não aparece, contudo, uma crítica explícita à falta de um programa governamental de inserção dos libertos no mercado de trabalho livre. A liberdade soa como presente grego.

[331] A situação da fazenda e dos libertos não é vista como um assunto social.

– Os libertos, apesar da amizade que lhe têm ou dizem ter, começaram a deixar o trabalho, e ela quer ver como está aquilo antes de concluir a venda de tudo.

Não entendi bem, mas não me cabia pedir explicação. Campos incumbiu-se de me dizer que também ele não entendia bem a ideia da sobrinha, e acrescentou que, por gosto, ela partiria já. A doença de D. Carmo é que a fez aceitar o que lhe propôs o tio, a saber, que adiassem a viagem para as férias.

– Iremos pelas férias, concluiu ele; provavelmente já o trabalho estará parado de todo; o administrador, que não tem tido força para deter a saída dos libertos até hoje, não a terá até então. Fidélia cuida que a presença dela bastará para suspender o abandono.

– Logo, se for mais depressa... aventurei eu, querendo sorrir.

– Foi o argumento dela; eu creio que não será tanto assim, e, como tenho de a acompanhar, prefiro dezembro a outubro. Quer-me parecer que ela teme menos a fuga dos libertos que outra coisa...[332]

[...] Para lhe mostrar que convalescia, fui ao patamar pisando rijo. Agradeci-lhe o obséquio da visita, e tornei à sala, com a viúva diante dos olhos, caminho da fazenda. Mas que terá que a faça ir meter-se na fazenda, com meia dúzia de libertos, se ainda achar alguns? Pouco depois, outra visita, o Aguiar, que me trazia lembranças da mulher. Estimou ver-me de pé, no meio da sala.[333]

166-167

6 DE OUTUBRO

– Então você não sabe nada do projeto de ir à fazenda? perguntei-lhe.

– Projeto de quem?

– Da viúva Noronha.

– Ir à fazenda?

– Sim, ir a Santa-Pia, para ver como andam lá as coisas; parece que os libertos estão abandonando a roça. Foi o que me disse o tio da viúva.

---

[332] O subtexto sugere um magnetismo da ex-proprietária dos escravos capaz de manter coesa uma malha esgarçada pela libertação e pela falta de um projeto viável de produção na fazenda em foco.

[333] Realista, irônico ou nostálgico, Machado de Assis seria sempre um romântico, colando a relação amorosa no centro da narrativa.

– [...] Ainda não sabe da viagem à fazenda?

– Sabe, e parece que nem esperam as férias; é daqui a dias. Sabe da viagem e do motivo, e aprova; diz que a viúva tem muito prestígio entre os libertos. Se pudesse iria também, mas Aguiar não ficaria só, e ele não pode deixar agora o banco.[334]

177
17 DE OUTUBRO

– Tristão não disse nada?

– Que eu ouvisse, nada. Passei lá uma boa meia hora de conversa, e o principal assunto foi a visita de Tristão a Santa-Pia, que ele achou interessante como documento de costumes. Gostou de ver a varanda, a senzala antiga, a cisterna, a plantação, o sino. Chegou a desenhar algumas coisas. Fidélia ouvia tudo com muito interesse, e perguntava também, e ele lhe respondia.[335]

213
20 DE DEZEMBRO

Sucedeu como eu cuidava. Tristão achou todas as passagens de 24 vendidas. Vai no dia 9. O pior é que, sendo natural comprar bilhete desde logo, para lhe não acontecer o mesmo, não comprou coisa nenhuma. Sei disto por ele, a quem perguntei se se não aparelhava já; respondeu que não, que há tempo. Agora imagino que, se houver tempo e achar bilhete, ele pode converter a necessidade de amar a moça no desejo de ceder aos velhos, e ficará mais duas ou três semanas. Os velhos não serão a causa verdadeira, mas não há só filhos de empréstimo, há também causas de empréstimo.[336]

177
22 DE DEZEMBRO

Observando a moça e os seus gestos, pensei no que me disseram há uma semana, a ideia que ela teve de ir passar o verão em Santa-

---

[334] A ideia de carisma flutua acima de qualquer projeto de exploração, o que finalmente se apresentará sob a forma de benfeitoria da bela herdeira.

[335] Nas conversas com a irmã, Rita, Aires pontua a evolução dos fatos sem se comprometer com opiniões mais profundas ou categóricas.

[336] Os vaivéns do amor entre Tristão e Fidélia, entremeados pelas ambições políticas do rapaz, são o verdadeiro tema do último romance de Machado de Assis. Ao mesmo tempo, Tristão, o bom moço, precisa conciliar a atenção aos pais com o amor pela moça e os seus interesses políticos na Europa.

-Pia, que ainda não vendeu. Não lhe importaria lá ficar com os seus libertos; faltou-lhe pessoa que a acompanhasse. Ultimamente pensou em ir para Petrópolis, mas aí é provável que fosse também Tristão, e a intenção dela era fugir-lhe, creio eu. Creio também que ela foi sincera em ambos os projetos. Fidélia ouviu à porta do coração aquele outro coração que lhe bate, e sentiu tais ou quais veleidades de trancar o seu. Digo veleidades, que não obrigam nem arrastam a pessoa. A pessoa quer coisa diversa e oposta, e o sentimento, se não é já dominante, para lá caminha.[337]

221

1989

13 de JANEIRO

Quis ponderar à dama que isto que me dizia agora estava em contradição com o que uma vez lhe ouvi. Ouvi-lhe então (e creio que o escrevi neste Memorial) que Tristão preferia a política à viúva, e por isso a deixava. Não lho lembrei por duas razões, a primeira é que seria inútil, e até prejudicial às nossas relações; a segunda é que ofenderia a própria natureza. D. Cesária pensa realmente o mal que diz.[338]

240

26 de FEVEREIRO

[...] Está ainda com a morte do cunhado na garganta, mas tudo passa, até os cunhados.[339]

253

4 de ABRIL

– Sabe o que D. Fidélia me escreveu agora? perguntou-me Aguiar. Que o Banco tome a si vender Santa-Pia.

– Creio que já ouvi falar nisso...

– Sim, há tempos, mas era ideia que podia passar; vejo agora que não passou.

– Os libertos têm continuado no trabalho?

– Têm, mas dizem que é por ela.

---

[337] O psicológico, não o social, do qual desconfia, ocupa o autor em sua vasta obra.

[338] A fofoqueira maledicente e invejosa é personagem recorrente na obra de Machado de Assis, quase como caracterização de um tipo social.

[339] As tiradas ou fórmulas que povoam a obra realista de Machado de Assis são efeitos de inteligência que temperam a narrativa e conduzem o leitor a outro patamar de fruição, saltando do julgamento do conteúdo para a alegria da forma.

Não me lembra se fiz alguma reflexão acerca da liberdade e da escravidão, mas é possível, não me interessando em nada que Santa-Pia seja ou não vendida. O que me interessa particularmente é a fazendeira[340], – esta fazendeira da cidade, que vai casar na cidade. Já se fala no casamento com alguma insistência, bastante admiração, e provavelmente inveja.

255
15 de ABRIL

O que ouvi depois é que Tristão, sabendo da resolução da viúva, formulou um plano e foi comunicar-lho. Não o fez nos próprios termos claros e diretos, mas por insinuação. Uma vez que os libertos conservam a enxada por amor da sinhá-moça, que impedia que ela pegasse da fazenda e a desse aos seus cativos antigos? Eles que a trabalhem para si. Não foi bem assim que lhe falou; pôs-lhe uma nota voluntariamente seca, em maneira que lhe apagasse a cor generosa da lembrança. Assim o interpretou a própria Fidélia, que o referiu a D. Carmo, que mo contou, acrescentando:

– Tristão é capaz da intenção e do disfarce, mas eu também acho possível que o principal motivo fosse arredar qualquer suspeita de interesse no casamento. Seja o que for, parece que assim se fará.[341]

256

– E andam críticos a contender sobre romantismos e naturalismos!

Parece que D. Carmo não me achou graça à exclamação, e eu mesmo não lhe acho graça nem sentido. Aplaudi a mudança do plano, e aliás o novo me parece bem. Se eles não têm de ir viver na roça, e não precisam do valor da fazenda, melhor é dá-la aos libertos.[342] Poderão estes fazer a obra comum e corresponder à boa vontade da sinhá-moça? É outra questão, mas não se me dá de a ver ou não resolvida; há muita outra coisa neste mundo mais interessante.

---

[340] Nos romances de Machado de Assis o social, vale dizer novamente, mesmo quando se trata da escravidão e da abolição da escravatura, é mero pano de fundo. O central é sempre o indivíduo com seus amores e projetos pessoais.

[341] Tudo por amor.

[342] A doação da fazenda mostra a generosidade dos doadores, mas representa um gesto individual de proprietários beneméritos e livres para dispor do que lhes pertence. Nesse sentido, triunfa o princípio da propriedade privada. O próprio conselheiro Aires tem uma visão patrimonialista da questão da escravatura.

257
28 de ABRIL

Lá se foi Santa-Pia para os libertos que a receberão provavelmente com danças e com lágrimas; mas também pode ser que esta responsabilidade nova ou primeira...[343]

263
26 DE MAIO

No fim da carta, Fidélia insinua a ideia de irem todos quatro à Europa, ou os três, se Aguiar não puder deixar o Banco. A velha vai dizer que não pode ser por ora.

– Nem por ora, nem jamais, concluiu dobrando a carta; estou cansada e fraca, conselheiro, e meio doente. Não dou para folias de viagens.

– Viagens dão saúde e força, opinei.

– Pode ser, mas em outra idade; na minha é já impossível.[344]

Volume 10
Histórias da meia-noite, 1873

"A parasita azul"
9

Há cerca de dezesseis anos, desembarcava no Rio de Janeiro, vindo da Europa, o Sr. Camilo Seabra, goiano de nascimento, que ali fora estudar medicina e voltava agora com o diploma na algibeira e umas saudades no coração. Voltava depois de uma ausência de oito anos, tendo visto e admirado as principais coisas que um homem pode ver e admirar por lá, quando não lhe falta gosto nem meios. Ambas as coisas possuía, e se tivesse também, não digo muito, mas um pouco mais de juízo, houvera gozado melhor do que gozou, e com justiça poderia dizer que vivera.[345]

---

[343] Fica insinuada a possível incapacidade dos libertos para cuidar da fazenda.

[344] Machado de Assis teve também seu *alter ego* feminino.

[345] Parte da longa série de personagens ociosos nos contos de Machado de Assis. Ociosidade pode não significar falta de formação. Mas implica, em geral, uma condição de vida abastada, especialmente na condição de filho ou herdeiro. Lucia Miguel Pereira (1936, p.

66

Não há mistérios para um autor que sabe investigar todos os recantos do coração. Enquanto o povo de Santa Luzia faz mil conjecturas a respeito da causa verdadeira da isenção que até agora tem mostrado a formosa Isabel, estou habilitado para dizer ao leitor impaciente que ela ama.

– E a quem ama? pergunta vivamente o leitor.

Ama... uma parasita. Uma parasita? É verdade, uma parasita.[346]

69

Apenas ficou restabelecido foi o seu primeiro cuidado ir à fazenda do Dr. Matos; o comendador quis acompanhá-lo. Não o acharam em casa; estavam apenas a irmã e a filha. A irmã era uma pobre velha, que além desse achaque, tinha mais dois: era surda e gostava de política.[347]

72

Camilo olhou para a porta da cabana e viu uma mulatinha[348] alta e elegante, que olhava para ele com curiosidade.

74-75

No dia seguinte escreveu-lhe Camilo uma extensa carta apaixonada, invocando o amor que ela conservara no coração, e pedindo-lhe que o fizesse feliz. Dois dias esperou Camilo a resposta da moça. Veio no terceiro dia. Era breve e seca. Confessava que o amara durante aquele longo tempo, e jurava não amar nunca a outro. Apenas isso, concluía Isabel. Quanto a ser sua esposa, nunca. Eu quisera entregar a minha vida a quem tivesse um amor igual ao meu. O seu amor é de ontem; o meu é de nove anos; a diferença de idade é grande demais;

---

149) não dava grande valor aos romances românticos e aos primeiros contos de Machado de Assis: "Os contos conservados nos livros não se avantajam em nada aos que estão num justo esquecimento na coleção do Jornal das Famílias na Biblioteca Nacional". Fascinada pelos romances realistas do autor, não o poupou no que se refere à sua primeira fase, na qual faltaria senso de observação: "Sempre com a sua mania de se elevar socialmente, quis escrever para damas da sociedade" (1936, p. 149). Em contrapartida, afirma que "depois de Papéis Avulsos se revelou um mestre no gênero", fazendo dos contos "a parte mais perfeita da sua obra" (1936, p. 255).

[346] Camilo, parasita de classe, resseca corações e flores. Figura como ápice de uma espécie estudada por Machado de Assis desde os seus primeiros escritos.

[347] Machado de Assis já praticava o humor pela enumeração incongruente.

[348] Termo descritivo de cor de pele, comum na época, não foi usado por Machado de Assis para se autodescrever ao longo de todos os textos analisados.

não pode ser bom consórcio. Esqueça-me e adeus. Dizer que esta carta não fez mais do que aumentar o amor de Camilo, é escrever no papel aquilo que o leitor já adivinhou. O coração de Camilo só esperava uma confissão escrita da moça para transpor o limite que o separava da loucura. A carta transtornou-o completamente.[349]

77

Alguma leitora menos exigente há de achar singular a resolução de Isabel, ainda depois de saber que era amada. Também eu penso assim; mas não quero alterar o caráter da heroína, porque ela era tal qual a apresento nestas páginas.[350]

"As bodas de Luís Duarte"

94

D. Beatriz, com as chaves na mão, mas sem a melena desgrenhada do soneto do Tolentino, andava literalmente da sala para a cozinha, dando ordens, apressando as escravas, tirando toalhas e guardanapos lavados e mandando fazer compras, em suma, ocupada nas mil coisas que estão a cargo de uma dona de casa, máxime num dia de tanta magnitude.[351]

96

O almoço correu sem novidade. José Lemos era homem que comia calado; Rodrigo contou o enredo da comédia que vira na noite antecedente no Ginásio;[352] e não se falou em outra coisa durante o almoço. Quando este acabou, Rodrigo levantou-se para ir fumar; e José Lemos encostando os braços na mesa perguntou se o tempo ameaçava chuva. Efetivamente o céu estava sombrio, e a Tijuca não apresentava bom aspecto.

---

[349] A parasita azul no caso era "um cadáver de flor, seco, mirrado, uma flor que devia ter sido lindíssima há muito tempo, no pé, mas que hoje na cestinha em que ela a traz, nenhum sentimento inspira, a não ser de curiosidade" (vol. 10, p. 66). Quem a traz é a "formosa Isabel". Fica o leitor convidado a lançar pontes, fazer interpretações, formular hipóteses. O parasitismo encontra sua expressão máxima. Machado de Assis realiza uma crítica cruel da elite de então.

[350] O autor antecipa sua opção pelo estudo realista dos "caracteres".

[351] Escravas são tangidas como um rebanho operoso e dócil.

[352] As marcas de familiaridade do autor espraiam-se pelos diferentes gêneros que praticou.

101

Além do ordenado com que foi aposentado, tinha Justiniano Vilela uma casa e dois molecotes, e com isso ia vivendo menos mal. Não gostava de política; mas tinha opiniões assentadas a respeito dos negócios públicos. Jogava o solo e o gamão todos os dias, alternadamente; gabava as coisas do seu tempo; e tomava rapé com o dedo polegar e o dedo médio.[353]

102

Era ele homem de seus cinquenta anos, nem gordo nem magro, mas dotado de um largo peito e um largo abdômen que lhe davam maior gravidade ao rosto e às maneiras. O abdome é a expressão mais positiva da gravidade humana.[354]

107

A menina Luísa, que era alegre por natureza, alegrou a situação, conversando com as outras moças, uma das quais, a convite seu, foi tocar alguma coisa ao piano. Calisto Valadares suspeitava que houvesse uma omissão nas Escrituras, e vinha a ser que entre as pragas do Egito devia ter figurado o piano. Imagine o leitor com que cara viu ele sair uma das moças do seu lugar e dirigir-se ao fatal instrumento. Soltou um longo suspiro e começou a contemplar as duas gravuras compradas na véspera.[355]

109

No entanto D. Mariquinhas fazia maravilhas ao piano; Eduardo encostado à janela parecia meditar um suicídio, ao passo que o irmão brincando com a corrente do relógio ouvia umas confidências de D. Margarida a respeito do mau serviço dos escravos.[356]

110

As escravas da casa, que espreitavam do corredor a entrada dos noivos, causaram uma verdadeira surpresa à sinhá moça deitando-

---

[353] A política, implícita ou explicitamente, aparece como perigosa.
[354] A fórmula, como já se viu, responde pelos melhores efeitos de inteligência do escritor Machado de Assis, influenciado pelas suas leituras de autores europeus.
[355] O humor praticamente nunca esteve ausente da obra de Machado de Assis.
[356] Queixas de escravos, porém, não são registradas.

-lhe sobre a cabeça um dilúvio de folhas de rosa. Cumprimentos e beijos, houve tudo quanto se faz em tais ocasiões.[357]

"Ernesto de Tal"

126

Quem o visse fazer estas subidas e descidas, bater na perna, acender e apagar charutos, e não tivesse outra explicação, suporia plausivelmente que o homem estava doido ou perto disso. Não, senhor; Ernesto de Tal (não estou autorizado para dizer o nome todo) anda simplesmente apaixonado por uma moça que mora naquela rua; está colérico porque ainda não conseguiu receber resposta da carta que lhe mandou nessa manhã. Convém dizer que dois dias antes tinha havido um pequeno arrufo. Ernesto quebrara o protesto de namorado que lhe fizera, de nunca mais escrever-lhe, mandando nessa manhã uma epístola de quatro laudas incendiárias, com muitos sinais admirativos e várias liberdades de pontuação. A carta foi, mas a resposta não veio.[358]

129

Ernesto não compreendia a causa do silêncio; muitos arrufos tivera com a moça, mas nenhum deles resistia à primeira carta nem durava mais de quarenta e oito horas.[359]

140

Desta vez porém o arrufo era sério. Ernesto vira positivamente a moça receber uma cartinha, às furtadelas, da mão de uma espécie de primo que frequentava a casa de Vieira.

[...] A resposta veio no dia seguinte. O rapaz que morava com ele foi acordá-lo às oito horas da manhã, para lhe entregar uma cartinha de Rosina.

141

– Ela explica tudo; a carta que eu pensei ser de amores era um bilhete do primo pedindo algum dinheiro ao tio. Diz que eu sou mui-

---

[357] Predomina o imaginário da escravidão afetuosa, com os escravizados encantados com seus donos e dispostos a dar-lhes demonstrações de afeto.

[358] No jogo amoroso de então o momento de escrever ou responder era calculado como estratégia de guerra.

[359] A carta funcionava como um dispositivo com poder superior ao da oralidade.

to mau em obrigá-la a falar nestas fraquezas de família, e conclui jurando que me ama como nunca seria capaz de amar ninguém. Lê.

Jorge recebeu a carta e leu, enquanto Ernesto passeava de um para outro lado, gesticulando e monossilabando consigo mesmo, como se redigisse mentalmente um ato de contrição.

– Então? que tal? disse ele quando Jorge lhe entregou a carta.

142

Quem não tem cão, caça com gato, diz o provérbio. Ernesto era pois, moral e conjugalmente falando, o gato possível de Rosina, uma espécie de *pis-aller*, – como dizem os franceses, – que convinha ter à mão.

156

O que porém decidiu tudo foi a apresentação de uma carta que cada um deles tinha casualmente no bolso. O texto de ambas mostrava que eram recentes; a expressão de ternura não era a mesma nas duas epístolas, porque Rosina, como sabemos, ia afrouxando o tom em relação a Ernesto; mas era quanto bastava para dar ao rapaz de nariz comprido o golpe de misericórdia.

– Desprezemo-la, disse este, quando acabou de ler a carta do rival.

157

– Mandemos-lhe uma carta de rompimento, mas uma carta de igual teor.

A ideia sorriu logo ao espírito de Ernesto, que parecia ainda mais humilhado que o outro, e ambos foram dali redigir a carta fatal.[360]

168

Três meses depois, dia por dia, foi celebrado na igreja de S. Ana, que era então no Campo d'Aclamação, o consórcio dos dois namorados. A noiva estava radiante de ventura; o noivo parecia respirar os ares do paraíso celeste. O tio de Rosina deu um sarau a que compareceram os amigos de Ernesto, exceto o rapaz de nariz comprido. Não

---

[360] A carta como "tecnologia" de contato amoroso é levada ao extremo nesse conto, como se vê nessa sequência de citações, figurando com o eixo estrutural das relações. Cada época com suas ferramentas. A vida dos personagens de Machado de Assis, cronista da Corte, passa-se em saraus, teatros, restaurantes de hotel, carruagens e fazendas. Ouve-se ópera. Tudo se resolve por carta.

quer isto dizer que a amizade dos dois viesse a esfriar. Pelo contrário, o rival de Ernesto revelou certa magnanimidade, apertando ainda mais os laços que o prendiam desde a singular circunstância que os aproximou. Houve mais: dois anos depois do casamento de Ernesto, vemos os dois associados num armarinho, reinando entre ambos a mais serena intimidade. O rapaz de nariz comprido é padrinho de um filho de Ernesto.[361]

– Por que não te casas? pergunta Ernesto às vezes ao seu sócio, amigo e compadre.

– Nada, meu amigo, responde o outro, eu já agora morro solteiro.

"Aurora sem dia"[362]

171

Luís Tinoco possuía a convicção de que estava fadado para grandes destinos, e foi esse durante muito tempo o maior obstáculo da sua existência. No tempo em que o Dr. Lemos o conheceu começava a arder-lhe a chama poética. Não se sabe como começou aquilo. Naturalmente os louros alheios entraram a tirar-lhe o sono. O certo é que um dia de manhã acordou Luís Tinoco escritor e poeta; a inspiração, flor abotoada ainda na véspera, amanheceu pomposa e viçosa. O rapaz atirou-se ao papel com ardor e perseverança, e entre as seis horas e as nove, quando o foram chamar para almoçar, tinha produzido um soneto, cujo principal defeito era ter cinco versos com sílabas de mais e outros cinco com sílabas de menos.[363]

204

O Dr. Lemos estava efetivamente pasmado a olhar para a figura de Luís Tinoco. Era aquele o poeta dos *Goivos e Camélias*, o eloquente deputado, o fogoso publicista? O que ele tinha diante de si era um honrado e pacato lavrador, ar e maneiras rústicas, sem o menor vestígio das atitudes melancólicas do poeta, do gesto arrebatado do tribuno, – uma transformação, uma criatura muito outra e muito melhor.

– [...] Não; descobri que não era fadado para grandes destinos. Um dia leram-me na assembleia alguns versos meus. Reconheci en-

---

[361] Tipo de relação que se repetirá em *Dom Casmurro*.
[362] Machado de Assis leva ao paroxismo sua obsessão contra poetas medíocres.
[363] A poesia era uma espécie de matemática.

tão quanto eram pífios os tais versos; e podendo vir mais tarde a olhar com a mesma lástima e igual arrependimento para as minhas obras políticas, arrepiei carreira e deixei a vida pública. Uma noite de reflexão e nada mais.

– Pois teve ânimo?...

– Tive, meu amigo, tive ânimo de pisar terreno sólido, em vez de patinhar nas ilusões dos primeiros dias. Eu era um ridículo poeta e talvez ainda mais ridículo orador. Minha vocação era esta. Com poucos anos mais estou rico. Ande agora beber o café que nos espera e feche a boca, que as moscas andam no ar.[364]

"O relógio de ouro"

212

Clarinha saiu da sala. Pouco depois veio um escravo dizer que o jantar estava na mesa.

– Onde está a senhora?

– Não sei, não, senhor.[365]

221-222

Luís Negreiros recuou.

– Mata-me, disse ela, mas lê isto primeiro. Quando esta carta foi ao teu escritório já te não achou lá: foi o que o portador me disse.

Luís Negreiros recebeu a carta, chegou-se à lamparina e leu estupefato estas linhas:

"Meu nhonhô. Sei que amanhã fazes anos; mando-te esta lembrança. – Tua Iaiá."

Assim acabou a história do relógio de ouro.[366]

"Ponto de vista"

225

Não me dirá a quem entregou você as encomendas que lhe pedi? Na sua carta vem mal escrito o nome do portador, e até hoje nem sombra dele, quem quer que seja. Será o Luís?

---

[364] Melhor cultivar batatas do que maus poemas.

[365] Nos contos de Machado de Assis as falas dos escravos também são funcionais.

[366] Qual a intriga? Qual a história? Não interessa aqui. Basta assinalar o procedimento: a solução pela carta. Funcionava? Até se tornar caricatural.

228

Papai aprovou muito a escolha dela; faz-lhe muitos elogios como pessoa de juízo, e chegou a dizer que eu devia fazer o mesmo. Que lhe parece? Eu, se tivesse de seguir algum exemplo, seguia o da minha Luísa; essa sim, é que teve dedo para escolher... Não mostre esta carta a seu marido; é capaz de arrebentar de vaidade [...]

Corte, 17 de outubro

Escrevi-lhe anteontem uma carta, e acrescento hoje um bilhetinho (sem exemplo) para dizer que o velho noivo da Mariquinhas inspirou paixão a outra moça, que adoeceu de desespero. É uma história complicada. Compreende isto? Se fosse o filho vá; mas o pai!

RAQUEL

231

Corte, 15 de novembro

Estive doente estes dois dias; foi uma constipação forte que apanhei saindo do Ginásio, onde fui ver uma peça nova, muito falada e muito insípida.

RAQUEL[367]

---

[367] Esses contos não suscitaram outras reflexões? São histórias envolventes. Mas chama a atenção o constante recurso a cartas, a quase invisibilidade dos escravizados e o teatro como lugar cotidiano de acontecimento. Na Advertência inicial o autor avisou que eram narrativas "escritas ao correr da pena, sem outra pretensão que não seja a de ocupar alguma sobra do precioso tempo do leitor". Aproveitou para agradecer "à crítica e ao público" a "generosidade com que receberam" seu primeiro romance. Justificou: "Trabalhos de gênero diverso me impediram até agora de concluir outro, que aparecerá a seu tempo". Machado de Assis seria a vida toda funcionário público, burocrata. Trabalhou até quatro meses antes de morrer. Em alguns momentos, não tinha tempo para os amigos, que reclamavam sua presença. Como se verá, brincava, usando uma expressão da burocracia, para explicar quando era engolfado por suas ocupações prosaicas: "Repita comigo: última quinzena do trimestre adicional". Talvez sirva de reflexão para quem não escreve por falta de tempo ou para quem crê no mito moderno do autor de obra única ou que precisa de uma vida para realizá-la.

Volume 11
Histórias românticas[368]

"Questão de vaidade", 1864

7

Suponha o leitor que somos conhecidos velhos.

10

"Sabes do meu amor por Maria Luiza, a interessante viuvinha que eu encontrei há dois meses e a quem parece que inspirei algum amor. Pouco falta para que este amor seja coroado de um feliz sucesso, substituindo eu o finado marido, que, seja dito neste papel, parece que era suficientemente prosaico.

"Quando te comuniquei esta paixão mandaste-me bons conselhos de prudência que eu li com a maior veneração. Dizias que me não fosse enganar e tomar por amor aquilo que não passava de capricho. Acrescentavas que a tua dúvida nascia dos termos de minha carta."[369]

11

"Mas vamos ao fenômeno. Antes de entrar em outros pormenores, insisto em dizer que amava e amo a viúva. Já te disse qual a força deste amor e o que me havia inspirado. Não quero fazer repetições inúteis, mas insisto nesta observação."[370]

1

A resposta desta carta, escrita dois dias depois, é assim concebida:

PEDRO ELOY AO SEU AMIGO EDUARDO[371]

22

A humanidade é feita deste modo. Dispensa a verdade, uma vez que lhe preguem uma mentira lisonjeira.[372]

---

[368] Os editores selecionaram histórias originalmente publicadas no *Jornal das Famílias*, de 1864 a 1876.

[369] A conversa com o leitor, a viuvinha e carta. Pacote completo.

[370] A moldura está dada.

[371] Se ressurgem os dois recursos mais usados pelo autor em suas construções, a carta e a conversa com o leitor, reaparece também a figura recorrente da viúva. O desdobramento das ações, porém, sempre entrega novidades.

[372] O autor já mostra o seu talento para o epigrama.

27

Almeida, na época em que se passam estes acontecimentos, vivia do que ganhara durante uma vida laboriosa de longos anos. Não vivia com parcimônia, mas também não era pródigo. Tinha a ciência da economia doméstica, mediante a qual sabia despender utilmente, sem faltas nem sobras.

Era viúvo. No fim de oito anos de casado, morrera-lhe a mulher, deixando dois filhos, um rapaz e uma menina.[373]

29

O tio de Sara tinha por nome Silvério. Era um aposentado da atividade. Em moço, e até certa idade madura, fora incansável trabalhador. Agora descansava à sombra da fortuna e da amizade fraterna do pai de Sara. Tinha sido solicitador de causas, e deste emprego, exercido por longos anos, trouxera até à velhice um espírito chicaneiro e discutidor. Era, além disso, uma inteligência acanhadíssima, frívola, tola, rasteira. Dava-se à apreciação de quantas anedotas e dictérios ouvia ou lia. Fazia a autópsia das necessidades escritas em jornais com o mesmo espírito com que outrora redigia um embargo ou uma assinação de dez dias.[374]

29

Um espírito daquela natureza não podia fugir às seduções do jogo do xadrez, do qual dizia, creio eu a divina Staël, que para jogo era demasiado sério, e para negócio demasiado frívolo. Cito de memória.

30

Era, com efeito, um grande jogador de xadrez o tio Silvério. Por desgraça, Eduardo não o era menos, de modo que mal se anunciou a visita deste, correu Silvério para a porta com os braços abertos.[375]

37

Nas cenas que até aqui tenho esboçado, tentei mostrar a leviandade e a vaidade de um homem que fazia jogo com as paixões e os

---

[373] Depois da dura vida de poupador, o gasto parcimonioso na ociosidade.

[374] O homem que se retirou das atividades laborais e o aposentado são figuras constantes no imaginário machadiano. Se trabalharam muito, já não o fazem. Estão ociosos, no caso, por força da idade.

[375] Autor sofisticado e intelectual, Machado de Assis rende homenagem ao xadrez, jogo fetiche da inteligência, mas não deixa de socorrer-se de uma rápida ironia.

sentimentos ingênuos de duas criaturas. Não há inverossimilhança nos fatos, todos concordarão, mas também não há inverossimilhança nos sentimentos de Eduardo, atendendo-se a que era um espírito para o qual nada havia fora do culto da própria personalidade.[376]

67

Eduardo entrou em casa disposto a escrever três cartas. Uma à mãe da viúva, endereçando-lhe outra para a filha, de cujo amor ela estava ciente. A terceira carta era a Pedro Eloy, contando-lhe a ocorrência e pedindo-lhe um conselho. Ao mesmo tempo respondia à carta anterior.[377]

88

A obra de Pedro Eloy teve feliz resultado. Eduardo converteu-se ao dever, depois de um longo suplício.

Maria Luiza, cuja alma também morrera, refugiou-se no mais completo isolamento.

89

Quanto à família de Sara, nunca mais teve um momento das alegrias puras que a presença da querida menina lhe dava.

Eduardo, inteiramente outro do homem que fora antes, pôde desligar-se da companhia do amigo Pedro Eloy sem perigo para si.

De oito em oito dias fazia uma peregrinação ao cemitério de Maruí, onde repousavam os restos daquela que o amara até à morte.

Impôs-se esta visita, não só como dever, mas até para ter sempre à memória a tragédia doméstica em que fora protagonista.

De quando em quando, os dois amigos visitavam-se, mas comunicavam-se sempre por cartas, em que um mostrava toda a sua satisfação em ter convertido um homem e o outro a maior saudade do bem que pudera ter e a esperança de que a sua conversão teria em paga na eternidade a vista eterna da alma bem-aventurada de Sara.[378]

---

[376] O autor é exímio estudioso das vaidades.

[377] A repetição do dispositivo é feita sem constrangimentos.

[378] Leitor dos grandes moralistas, Machado de Assis tem predileção pelo cruzamento do tema da vaidade com o da moralidade, da virtude e dos deveres. Tudo, no caso, bem empacotado em cartas envelopadas com filosofia moral.

"Almas agradecidas", 1871

91

Havia representação no Ginásio.[379] A peça da moda era então a célebre *Dama das camélias*. A casa estava cheia. No fim do quarto ato começou a chover um pouco; do meio do quinto ato em diante, a chuva redobrou de violência.

98

Longa foi a conversa, que durou até às 4 horas da tarde. As 5 jantava Oliveira; mas o outro jantava às 3[380], e se o não disse, era talvez por deferência, se não fosse por cálculo. Um jantar copioso e escolhido não era melhor que o ramerrão culinário de Magalhães? Fosse uma ou outra coisa, Magalhães suportou a fome com admirável denodo. Eram 4 horas da tarde, quando Oliveira deu acordo de si.

113

Salvante a barriga, Vasconcelos era ainda um belo velho, uma ruína magnífica. Não tinha paixões políticas: votara alternadamente com os conservadores e os liberais para contentar os amigos que tinha em ambos os partidos. Conciliava as opiniões sem arriscar as amizades. Quando o acusavam deste ceticismo político, respondia com uma frase que, se não discriminava as suas opiniões, abonava o seu patriotismo:

– Somos todos brasileiros.[381]

121

Magalhães animou o rapaz, que o convidou a cear, não porque o amor lhe deixasse largo campo às exigências do estômago, senão porque havia jantado pouco. Eu peço perdão aos meus leitores, se entro nestas explicações a respeito da comida. Quer-se um herói romântico, acima das necessidades vulgares da vida humana; mas não posso

---

[379] A relação de Machado de Assis com o teatro Ginásio será explicitada por ele mesmo em outros textos.

[380] Essa é uma curiosidade sobre costumes e termos da época.

[381] A desconfiança em relação à política permeia as páginas de Machado de Assis. São muitos, como se está vendo, os personagens sem opiniões políticas firmes ou que oscilam entre os partidos. O autor parecia adotar a ideia de que ter partido divide negativamente. Ao final do século XX essa percepção, enfeixada na frase "somos todos brasileiros", viraria um mote do conservadorismo pretensamente patriótico, cívico e unificador em oposição a um esquerdismo fragmentador.

deixar de as mencionar, não por sistema, mas por ser fiel à história que estou contando.[382]

123

E assim era. Magalhães não cessava de dizer que vinha ou ia para casa de Oliveira, cuja doença ia tomando um aspecto grave.

125

Quando entrou a semana seguinte, já na véspera do dia em que Oliveira se dispunha a sair e visitar o comendador, recebeu uma carta de Magalhães.

127

– Salvar-me a vida? Murmurou Magalhães; quem te disse que eu?...

– Tu, na tua carta[383], respondeu Oliveira. Veneno! Continuou ele, vendo o copo. Oh! Nunca!

E despejou o copo na escarradeira.

Magalhães parecia atônito.

"O caminho de damasco", 1871

133

Justamente no momento em que ia despedir-se, entrou na Rua do Ouvidor, vindo da Rua da Quitanda, uma vitória puxada por um cavalo castanho e governada por cocheiro ainda rapaz, *bianco vestito*.[384]

134

Quando ela viu os três amigos de que há pouco falamos, sorriu e inclinou levemente a cabeça, enquanto o das suíças pretas parecia fazer um sinal convencionado. A dama respondeu com um gesto; tudo isto sem que o carro parasse.

– Bem; a Candinha está avisada, disse o das suíças; é inútil mandar lá.

E depois de uma nova promessa, cada um dos amigos tomou a direção em que ia.

---

[382] A fidelidade ao contado é um ardil comum na engenharia de Machado de Assis.

[383] A doença e a carta, verdadeiras ou não, fazem parte de um arsenal narrativo usado sem parcimônia. Em certos casos, a doença súbita e fatal resolve tramas e libera personagens para suas ambições e paixões. Mais do que um truque narrativo fácil, indica também os limites sanitários de uma época sem antibióticos.

[384] Rara vez em que o cavalo é minimamente descrito.

Dos três, é Aguiar o que mais nos interessa acompanhar. Vai de tílburi[385], mas não importa; chegaremos a tempo de entrar com ele em casa.

135

Jorge Aguiar, no tempo em que se passa esta narrativa, contava os seus vinte e três anos de idade. No ano anterior, voltara de S. Paulo com um diploma de bacharel na algibeira e uns amores no coração.[386]

136

A família de Jorge tinha de sobra com que lhe manter a existência e satisfazer os caprichos. Desta maneira podia ele dormir tranquilamente e acordar em paz.

Nem tudo, porém, eram rosas na existência de Aguiar. Havia um ponto negro na limpidez do céu azul. Não era o pai. O pai de Jorge tinha-lhe aquele amor cego que não vê senões no objeto querido e era a seu respeito um tanto doutor Pangloss: achava uma tal ou qual necessidade nos desvarios do rapaz. Além disso, acariciava o sonho, aliás plausível, de o ver Ministro de Estado.[387] Para isso, disse ele, era necessário dar alguns meses à vida livre; depois do que, chamá-lo-ia à razão e buscaria encartá-lo na primeira Assembleia Provincial que lhe ficasse a jeito.

140

Com esses e outros pretextos, que em circunstâncias especiais lhe ocorriam, conseguira o nosso Jorge Aguiar iludir a vigilância e as ordens da velha. Quem se não enganava era o pai, que o via sair muitas vezes, e enxergava a verdadeira razão dos seus numerosos

---

[385] Vitórias, tílburis, cupês, os carros fascinam Machado de Assis. Neste caso, o "cavalo castanho" é citado. Em geral, os animais não ganham destaque. Os veículos certamente produzem um efeito de modernidade. Lucia Miguel Pereira (1936, p. 79) conta que o presidente do Senado ignorou um cumprimento de Machado de Assis na rua. Depois, na câmara alta, foi simpático beliscando a orelha do jovem jornalista. Explicou-se: não podia ser visto num tílburi. Mas o seu cupê sofrera uma avaria. Da dignidade do cargo a partir do veículo usado.

[386] O autor quase repete a fórmula empregada em "A parasita azul". Camilo Seabra, o estudante goiano, voltara de oito anos na Europa "com o diploma na algibeira e umas saudades no coração".

[387] Ser ministro de Estado é ambição máxima dos membros das classes abastadas. É o que um pai mais quer para um filho. Jorge é o nome que Machado de Assis mais usa para personagens ociosos, "parasitas sociais" de alguma envergadura.

convites; mas o bom Silvestre aplaudia os escrúpulos do filho e tirava deles um bom agouro para a vida política do rapaz.[388]

148

Clarinha parecia reunir as qualidades necessárias para o papel de sua companheira, e o médico, que tinha intimidade com Jorge, confiou-lhe tudo. Jorge aconselhou-lhe a arma epistolar e Marques, com a docilidade de quem está disposto a tudo, arriscou logo a primeira carta à moça.

A esta carta é que aludia. Já sabemos que a moça, não só não lhe respondera, mas até parecia fugir ao pretendente.[389]

151

O pai dava-lhe algum dinheiro; Jorge não se detinha em o gastar às mãos largas. Nos primeiros dias, ainda o dinheiro podia ocorrer às necessidades, mas não tardou que a receita ficasse muito abaixo da despesa. Quando este fenômeno se dá, quer nas finanças de um indivíduo, quer nas de um Estado, surge uma coisa que se chama *deficit*. Jorge achou-se senhor de um *deficit*. Tinha dois recursos: o trabalho, ou o crédito. O crédito tinha a grande vantagem de dispensar o trabalho. Jorge consertou as suas finanças deixando algumas dívidas em aberto ou recorrendo à bolsa de alguns usurários.[390]

152

Na sociedade em que ele ocupava um dos primeiros lugares, havia também uma casta de homens, cujas doutrinas comunistas[391] tinham o único defeito de só se aplicarem às algibeiras alheias. A de Jorge era uma algibeira fácil e pronta; além disso, o filho do comendador tinha certo amor-próprio, e por nenhum preço queria que lhe chamassem pinga.

160

Alguma coisa havia conseguido Aguiar; conseguira dar-lhe um emprego, a ver se ele contraía hábitos de trabalhar. O rapaz viu no

---

[388] A ociosidade na juventude não era obstáculo para a entrada em política.

[389] O leitor de jornais estava acostumado com esses recursos narrativos.

[390] Jorge amava o dinheiro, mas detestava o trabalho.

[391] Machado de Assis não perdia oportunidade de revelar o seu anticomunismo por meio dos seus narradores. Os parasitas, contudo, nada tinham de comunistas. Eram apenas aristocratas dispostos a não ceder ao imperativo plebeu do trabalho.

emprego mais uma fonte de renda e apenas lhe concedia algumas horas vagas. Assinava o ponto às 9 horas (o que já era uma correção) e retirava-se da repartição às onze. Não faria isso sempre, para não acostumar mal o Estado; deixava de lá ir muitas vezes. Não constava, porém, que nessas folgas estivesse incluído o dia primeiro do mês.[392]

174

Com o tempo, foi renovando a situação anterior. Um dia, escreveu uma carta à moça, e deixou-lha sobre o piano na ocasião em que ela tocava. Clarinha debalde chamou por ele.

– Há de abrir a carta, disse Jorge.

Não a abriu. Quando ele lá foi entregou-lha intacta:

– Primo, disse ela; reconheça na minha bondade uma prova do afeto de parente que lhe tenho; porque é bondade ter ouvido da sua boca palavras insultantes e de eu não ter, como devera, comunicado a meu marido. Se alguma coisa, entretanto, pode reparar o seu erro é esquecer-se de que eu existo e não voltar à minha casa.[393]

177

Não é bom brincar com fogo. Jorge conheceu dentro de pouco tempo esta verdade comezinha; ardeu na chama de que tão pouco caso fizera.

Mas esse fogo, bom é que se saiba, não era o que purifica; o amor de Jorge não fora aceso no céu. Era fogo da terra ou do inferno; paixão ardente, voluptuosa, insensata – mistura de capricho, sensualidade e loucura.

A situação, porém, tinha mudado. Jorge percebeu que o médico o tratava com extrema frieza.

– Ela contou-lhe tudo, disse ele consigo.

Procurou indagar a verdade, mas como?[394]

---

[392] Salário, sim; trabalho, não.

[393] Mais um capítulo da "sedução na sala de jantar" do que deve ser enganado.

[394] A sedução na casa do outro, no habitat da vítima, o que se pode chamar também de traição na sala de jantar, como se tem visto, faz parte das histórias contadas por Machado de Assis. Uma recusa não significa necessariamente uma desistência. Muitas vezes, como é o caso em *Memórias Póstumas de Brás Cubas*, o jogo se dá entre os amantes diante dos olhos do marido traído.

"Quem não quer ser lobo", 1872

197

Coelho era o nome do mancebo que festejara tão lautamente o carnaval na última noite, que saíra por último do hotel, que encontrara a carteira na Rua de S. José e ficara logrado nas suas esperanças.[395]

198

Coelho tinha mais ambições que dinheiro, e não há pior situação que a de um homem cujo espírito está acima das algibeiras. Ter a algibeira acima do espírito, dizem os poetas que não é coisa de todo desejável: estou que falam teoricamente.

Em todas as loterias, comprava um meio bilhete que lhe saía invariavelmente branco. Um dia, conseguiu tirar quarenta mil-réis, fato que coincidiu com a queda do ministério de Caxias e a morte de um parente chegado. Gastou os vinte mil-réis recebidos no aluguel do carro, na compra de luvas para ir ao enterro, e deu o resto a um pobre.

Casamento rico era uma das suas ambições, mas em vão alongava os olhos pela cidade; não aparecia noiva que lhe ficasse à mão.[396]

211

Era a voz de um cão que se ouvira, e a voz de alguém que animava o cão.

– Há alguém?

– Há, disse Coelho mais morto que vivo.

– Há de ser o preto.

E olhou na direção do latido.

Coelho não queria saber se era ou não o preto[397]; a sua ideia definitiva era dirigir-se à porta e pôr-se ao fresco.

218-219

O moleque começou a experimentar a feliz mudança operada no ânimo do senhor. Não recebeu o pontapé matinal de costume[398], e teve o gosto de assobiar uma ária sem medo de interrupção.

---

[395] Uma fábula que deveria ser moral.

[396] A ascensão social pelo casamento, não pelo trabalho, é projeto de vida.

[397] A cor assume valor descritivo e funcional, menos para os brancos, valendo como sinônimo de homem, pessoa, indivíduo, escravo, etc.

[398] Informação sem alarde sobre elementos óbvios das relações entre senhor e escravo.

223

Coelho abençoou o acaso e o carnaval, autores do achado da carteira anônima e da misteriosa carta que o levou à fortuna.[399]

235

E metendo a mão no bolso tirou um papel.

– Sabe o que é isto?

– Não.

– É uma carta.

Coelho levantou os ombros.

– Uma carta de sua noiva.

– Ah!

– Se o senhor me não der o dinheiro, publico-a.

– Mas isto é uma...

– É uma defesa. Quer ler a carta?

Coelho fez um gesto de recusa.[400]

"Qual dos dois?", 1872

241

Daniel é formado em direito, mas até a idade em que o vemos aparecer não pleiteou um só processo, e, a julgar pelo gênero de vida que leva, não promete ser coisa que preste em ordem judicial.[401]

242

Falemos a verdade: o grande obstáculo que havia em Daniel, não só para a vida forense como para qualquer outra vida ativa, era a preguiça.

[...] A preguiça quebrava-lhe os arrojos, como lhe arrancava as paixões; e como felizmente ele possuía bens de fortuna, podia afoitamente dispensar-se de tentar qualquer carreira trabalhosa, ou que simplesmente lhe exigisse atenção.

---

[399] A sorte e a carta, dois elementos que podem andar juntos.

[400] Mais uma vez uma carta está no centro de uma história: fortuna, chantagem, intriga. Numa sociedade de analfabetos há um fascínio pela escrita. Também por aí a maioria está excluída do epicentro narrativo. De certo modo, protagonistas são aqueles que escrevem, leem e fazem parte de um mundo letrado.

[401] A advocacia como fachada para a ociosidade e a malandragem.

243-244

Era elegante por indiferença; vestia o que lhe davam os alfaiates. Ia ao teatro por matar o tempo; entrava sem curiosidades e saia sem comoções.

Não havia memória de que se houvesse zangado alguma vez, nem com os escravos, nem com os amigos, que ele aliás confundia até o ponto de dizer que via um amigo em cada escravo e um escravo em cada amigo.

[...] Vivia com o pai [...] O velho Marcos era negociante desde longa data; ganhara no comércio todos os seus cabedais; agora trabalhava para não vadiar.[402]

273

A doença de Marcos foi mortal.[403]

278

O casamento foi para ele uma espécie de passeio ao Corcovado.

287

– Formalmente, porque o não amo.[404]

305

Valadares ficou contrariadíssimo com a notícia.

– Parece, disse o criado, que eu tenho aqui uma carta para o senhor.

308

Ouvira dizer que as viagens são excelentes para o reumatismo do coração.[405]

315

– Uma carta?

– Sim, Senhor; está em seu gabinete.

– Deixa-me ir descalçar as botas.

---

[402] Mais uma história que tem por protagonista um jovem ocioso. A estrutura social não parecia estimular a paixão pelo trabalho. O velho Marcos trabalhava "para não vadiar". Era de outra cepa. O filho vadiava para não trabalhar.

[403] Situação comentada anteriormente em que a doença irrompe como solução narrativa.

[404] Na frase anterior, comparando o casamento a um passeio ao Corcovado, uma prévia da força que irromperia em Machado de Assis como criador de fórmulas. No segundo caso, o leitor pergunta: em que momento o pronome mudou de lugar, de "o não amo" para "não o amo". Conclusão: tudo muda. Menos, talvez, a vaidade humana.

[405] Mais um efeito de inteligência para ser citado pelos leitores.

Noutro tempo Daniel teria ido ver a carta primeiro; agora preferia descalçar as botas. Sirva isso de termômetro; quando um homem procura antes de tudo ler uma carta, ama; quando descalça as botas antes, já não ama.[406]

317

O caráter é como a gravata; uns usam por gravata uma fitinha preta, são os frívolos; outros um lenço de dois palmos de altura, são os graves. A primeira constipa, a segunda sufoca; eu uso gravata regular.[407]

327

Daniel ao entrar em casa recebeu uma carta que lá deixara Valadares.[408]

"Uma águia sem asas", 1872

349-350

Jorge foi obrigado a acompanhar a moça, que se aproximou da família.

Os outros dois pretendentes viram o ar alegre de Jorge, e concluíram que ele estava no caminho da felicidade. Sara, entretanto, não mostrava a confusão própria de uma moça que acaba de ouvir uma confissão de amor. Olhava muitas vezes para Jorge, mas era com uns longes de ironia, e em todo caso perfeitamente tranquila.

– Não tem que ver, dizia Jorge consigo, acertei-lhe com a corda; a rapariga é romanesca; tem vocação literária; gosta de exaltações poéticas...

Não se deteve o jovem advogado; a essa descoberta seguiu-se logo uma carta ardente, poética, nebulosa, carta que nem um filósofo alemão chegaria a entender.

Poupo aos leitores a íntegra desse documento; mas não resisto à intenção de lhes transcrever aqui um período, que bem o merece:

---

[406] Não procurava o leitor surpresas narrativas todo tempo. O autor sabia operar dentro dos parâmetros das expectativas. Escrevia para distrair.

[407] A personalidade pela gravata.

[408] Entre cartas e ociosos, o escritor burilava belas fórmulas sobre viagens, boas para "reumatismo do coração", botas, amor e gravatas. Amadurecia o gênio.

"... Sim, minha loura[409] estrela da noite, a vida é uma aspiração constante para a região serena dos espíritos, um desejo, uma ambição, uma sede de poesia! Quando duas almas da mesma índole se encontram, como as nossas, já isto não é terra, é céu, céu puríssimo e diáfano, céu que os serafins povoam de encantadas estrofes!... Vem, meu anjo, passemos uma vida assim! Inspira-me, e eu serei maior que Petrarca e Dante, porque tu vales mais que Laura e Beatriz!..."

355

Notou ele que Sara ouvira a notícia com atenção profunda demais para o seu sexo[410], e depois ficara algum tanto pensativa.

Por quê?

Tomou nota do incidente.

Noutra ocasião foi surpreendê-la a ler um livro.

– Que livro será esse? perguntou ele sorrindo.

– Veja, respondeu ela apresentando-lhe o livro.

Era uma história de Catarina de Médicis.

Isto seria insignificante para outro; para o nosso candidato era um vestígio preciosíssimo.

[...] Um dia mandou uma cartinha a James Hope...

356

A peça era o *Pedro*.

No dia aprazado, lá estava Andrade no Ginásio. Hope não faltou, com a família, ao espetáculo anunciado.

357

Adivinhara tudo.

Tudo o quê?

Adivinhara que Miss Hope era ambiciosa.[411]

---

[409] Não há na obra de Machado de Assis arroubos por qualquer negra, salvo no poema, como se verá, em que Sabina é seduzida e abandonada pelo sinhozinho. Não aparecem paixões retumbantes por negras nem qualquer delas descrita como bela.

[410] Tipo de observação que revela o profundo machismo essencialista da época e que não encontra relativização ao longo da narrativa.

[411] Outra característica frequentemente atribuída a mulheres.

"Miloca", 1874

368

Insistiu a velha; e o cunhado não hesitou em lhe contar a conversa e o pedido do rapaz, acrescentando que, na sua opinião Adolfo era um palerma.

– E por quê? disse D. Pulquéria.

– Porque a um rapaz como ele não faltam meios de se fazer conhecido da dama de seus pensamentos. Eu vendo muito papel bordado e muita tinta azul, e onde a palavra não chega, chega uma carta.[412]

– Não faltava mais nada! exclamou D. Pulquéria. Mandar cartas à rapariga e transtornar-lhe a cabeça... Seu irmão nunca se atreveu a tanto comigo...

370

Rodrigo era um dos mais extremos partidários da escola romântico-estragada.[413] Ia ver algum drama de senso comum só por comprazer à família. Mas sempre que podia assistir a um daqueles matadouros literários tão em moda há vinte anos, – e ainda hoje –, vingava-se da condescendência a que o obrigava às vezes o amor dos seus. Estava então fazendo bulha um drama em seis ou oito quadros e outras tantas mortes, obra que o público aplaudia com delírio. Rodrigo tinha ido ver o drama, e viera para casa entusiasmadíssimo, a tal ponto que D. Pulquéria também se entusiasmou e ficou assentado que iriam no dia seguinte ao teatro.

382

Um dia, em frente da casa, caiu uma preta velha ao chão, abalroada por um tílburi[414]; Adolfo, que ia a entrar, correu à infeliz, levantou-a nos braços e levou-a à botica da esquina, onde a deixou curada. Agradeceu ao céu o ter-lhe proporcionado o ensejo de uma bela ação diante de Miloca que estava à janela com a família, e subiu alegremente as escadas. D. Pulquéria abraçou o herói; Miloca mal lhe estendeu a ponta dos dedos.

---

[412] O autor justifica o uso da carta como ferramenta de declarações amorosas.

[413] Começava o lento afastamento do romantismo.

[414] Machado de Assis é sempre preciso quanto ao tipo de veículo.

389

Não tinha muito que escolher. Só uma carreira lhe estava aberta: a do professorado.[415] A moça resolveu-se a ir ensinar em algum colégio. Custava-lhe isto ao orgulho, e era com certeza a morte de suas esperanças aristocráticas. Mas segundo ela disse a si mesma, era isso menos humilhante do que comer as sopas alheias. Verdade é que as sopas eram servidas em pratos modestos...

395

Uma noite, estando no teatro, viu em um camarote fronteiro duas moças e dois rapazes; um dos rapazes era Adolfo. Miloca estremeceu; involuntariamente, não de amor, não de saudade, mas de inveja. Seria uma daquelas moças esposa dele? Ambas eram distintas, elegantes; ambas formosas. Miloca perguntou a Leopoldina se conhecia os dois rapazes; o marido da amiga foi quem lhe respondeu:

– Só conheço um deles; o mais alto.

O mais alto era Adolfo.[416]

– [...] Parece-me que também o conheço, disse Miloca, e foi por isso que lho perguntei. Não é um empregado do Tesouro?

– Talvez fosse, respondeu o deputado; agora é um amável vadio.[417]

– Como assim?

– Herdou do padrinho, explicou o deputado.

399

Não tardou que começasse o período epistolar. Seria coisa fastidiosa reproduzir aqui as cartas que os dois namorados trocaram durante um mês. Qualquer das minhas leitoras (sem ofensa de ninguém) conhece mais ou menos o que se diz nesse gênero de literatura. Copiarei todavia dois trechos interessantes de ambos.[418]

---

[415] Um dos raros trabalhos dignos para uma mulher na época. O casamento era a via feminina principal de ascensão social e o "destino" de toda mulher.

[416] Encontros casuais e coincidências são verossímeis num círculo social restrito.

[417] O trabalho como terapia ocupacional não parecia estar em voga.

[418] Ascensão social, ociosidade e intrigas epistolares. O esquema continua a funcionar.

"Encher tempo", 1876

404

A trovoada daquela tarde não durou muito; trinta e cinco minutos apenas. Logo que acabou, cessou dentro a reza, e o rapaz bateu à porta de mansinho. Havia escrava para abrir a porta, mas a dona da casa veio em pessoa; – não queria saber quem era, porque adivinhava bem quem podia ser, mas abraçar o moço e "passar-lhe uma repreensão".

405

– Entra, maluco! exclamou a senhora D. Emiliana da Purificação Mendes. Olhem em que estado vem isto?... Deixar-se ficar na rua com semelhante tempo!... E as constipações e as tísicas... Deus me perdoe! Mas cá está a mãe para cuidar da doença... e o dinheiro para a botica... e os incômodos... tudo para que este senhorzinho ande por fora a trocar as pernas, como um vadio que é... Deixa estar! eu não hei de durar sempre, hás de ver depois o que são elas!... Por ora é muito bom cama e mesa...[419]

408

No meio deste quadro caseiro, bateram à porta, e um escravo veio dizer que estava ali o Padre Sá! Leitura e costura foram interrompidas; D. Emiliana tirou os óculos de prata e levantou-se à pressa tanto quanto permitia o anafado das formas, e saiu a receber a visita. Pedro acompanhou-a com igual solicitude.

– Seja muito bem aparecido, reverendo! disse D. Emiliana, beijando a mão ao padre e convidando-o a entrar na sala. Há mais de dois meses que não nos dá o prazer e a honra de vir abençoar as suas devotas.

– Deus as há de ter abençoado como merecem, respondeu o Padre Sá.

409

Já a este tempo tinha o escravo[420] acendido as arandelas da sala de visitas, onde o padre entrou logo depois, encostando a bengala a

---

[419] Só se pode atribuir à escravidão esse desprezo visceral pelo trabalho.

[420] O escravo é testemunha ocular que se movimenta, realiza tarefa e fala por narrador interposto. O padre é um mediador social que age, faz agir ou legitima ações. No caso, duas vocações encaminhadas para o lugar errado, o rapaz apaixonado destinado a ser padre e o fadado ao casamento que quer vestir a batina.

um canto e pondo o chapéu sobre uma cadeira. As meninas vieram beijar a mão ao sacerdote; D. Emiliana conduziu-o para o sofá; toda a família o rodeou.

414

O Padre Sá subiu as escadas da casa em que morava, depois de fechar a porta da rua, recebeu uma vela das mãos de um preto, seu criado, e foi direito ao gabinete, onde tinha os livros, a escrivaninha, uma rede e alguns móveis mais. Não tirou a batina; era o seu trajo usual, dentro ou fora de casa; considerava-a parte integrante da pessoa eclesiástica.[421]

432-433

Pedro soube que a moça estava enferma, e empalideceu quando o padre lhe deu esta triste notícia.

– Doença de perigo? perguntou o futuro seminarista.

– Grave, respondeu o padre.

– Mas ainda ontem...[422]

– Ontem estava de perfeita saúde. Era impossível contar com semelhante acontecimento. Entretanto, que há mais natural? Seja feita a vontade de Deus. Estou que ele há de ouvir as minhas orações.

O Padre Sá, dizendo isto, sentiu uma lágrima borbulhar-lhe nos olhos, enxugou-a disfarçadamente. Contudo, Pedro viu-lhe o gesto e abraçou-o.

– Descanse, não há de ser nada, disse ele.

– Deus te ouça, filho!

433

A tia Mônica, de quem se falou em um dos capítulos anteriores, era uma preta velha[423], que havia criado a sobrinha do padre e a amava como se fora sua mãe. Era liberta; o padre deu-lhe a liberdade logo que morrera a mãe de Lulu, e Mônica ficou servindo de companheira e protetora da menina, que não tinha outro parente, além do padre e do primo. Lulu nunca adoecera gravemente; ao vê-la naquele estado, a tia Mônica ficou desatinada. Passado o primeiro momento, foi um

---

[421] Brincadeira com o ditado: o hábito faz o monge.

[422] A doença súbita que faz a história acontecer.

[423] Tia Mônica tem um papel importante na história e chega a dizer algumas frases, mas sempre diminutas, funcionais e sem densidade narrativa.

modelo de paciência, dedicação e amor. Velava as noites junto da cabeceira da doente, e apesar de estar toda entregue aos cuidados de enfermeira ainda lhe sobrava tempo para tratar da direção da casa.

435

No dia em que a moça foi declarada sem perigo, Pedro chegara à Gamboa, não estando o padre em casa. A tia Mônica deu-lhe a agradável notícia. O rosto do moço expandiu-se; sua alegria fê-lo corar.

– Livre! exclamou ele.

– Livre.

– Quem o disse?

– O doutor...

– Ela está mais animada?

– Muito animada.

– Oh! diga-lhe de minha parte que dou graças a Deus pelo seu restabelecimento.[424]

436

Lulu não podia ler; e nem sempre a entretinham as histórias da tia Mônica. Pedro lia para ela ouvir alguns livros morais que achava na estante do padre, ou algum menos austero, ainda que honesto, que de casa levava para aquele fim. Sua conversa, além disso, era extremamente agradável; a dedicação sem limites. Lulu via nele uma criatura boa e santa; e o hábito de todos os dias veio a torná-lo necessário.

451

Os tais discursos não eram agradáveis de ouvir. Pedro não saíra ostensivamente de casa na noite sacrificada ao capricho de Lulu; deitou-se à hora de costume e meia hora depois, quando sentiu a família acomodada, levantou-se e, graças à cumplicidade de um escravo, saiu à rua. De manhã voltou, dizendo que saíra cedo. Mas os olhos com que vinha, e o longo sono que dormira em toda a manhã até às horas do jantar, descobriram toda a verdade aos olhos perspicazes de D. Emiliana.

– Padre! dizia ela; e um mariola destes quer ser padre!

---

[424] Tema forte na época, entre vocação e amor.

453

Teve outra ideia. Saiu repentinamente da sala e foi direto a tia Mônica.

– Tia Mônica, disse a moça; venho pedir-lhe um grande favor.

– Um favor, nhanhã! Sua preta velha obedecerá ao que lhe mandar.[425]

454

A moça não saiu da janela salvo duas ou três vezes para vir de novo ajoelhar-se diante da imagem. Meia-noite bateu e começou a primeira hora do dia seguinte sem que o vulto da boa preta aparecesse ou o som de seus passos interrompesse o silêncio da noite.

455

A moça respirou, mas à primeira incerteza sucedia uma segunda. Era muito ver a preta de volta; restava saber o que acontecera.

Tia Mônica subiu as escadas, e já achou no patamar a sinhá moça, que a fora esperar ali.

– Então? perguntou esta.

A resposta da preta foi nenhuma; travou-lhe da mão e encaminhou-se para o quarto da moça.

– Ah! sinhá Lulu, que noite! exclamou tia Mônica.

– Mas diga, diga, que aconteceu?

A preta sentou-se com a liberdade de uma pessoa cansada, e velha, e quase mãe daquela filha.[426] Lulu pediu-lhe que dissesse tudo e depressa. Depressa, era exigir muito da pobre Mônica, que além da idade, tinha o sestro de narrar pelo miúdo os incidentes todos de um caso ou de uma aventura, sem excluir as suas próprias reflexões e as circunstâncias mais alheias ao assunto da conversação. Gastou, portanto, a tia Mônica dez compridíssimos minutos[427] em dizer que nada ouvira aos dois rapazes desde que dali saíra; que os acompanhara até ao Largo da Imperatriz e subira com eles até a um terço da ladeira do Livramento, onde morava Alexandre, em cuja casa ambos entraram e

---

[425] A hierarquia introjetada encontra a velha escravizada vigilante.

[426] Apesar da intimidade entre as duas, a preta só se atreve a sentar "com a liberdade de uma pessoa cansada". A relação quase filial não garantia tal privilégio.

[427] Mesmo sendo essa narrativa crucial, a personagem não a diz diretamente. O seu relato de parcos dez minutos é considerado compridíssimo.

se fecharam por dentro. Ali ficou, do lado de fora, cerca de meia hora; mas não os vendo sair, perdeu as esperanças e voltou para a Gamboa.

457

— Já sei mais ou menos o que é, disse a preta; negócio de paixãozinha de moça. Não faz mal; eu adivinhei tudo...

— Tudo? perguntou maquinalmente a sobrinha do Padre Sá.

— Há muito tempo; continuou tia Mônica; há seis meses.

— Ah!

— Seu primo de vosmecê...

— Oh! cale-se!

— Está bom, não digo mais nada. Só lhe digo que espere em Nossa Senhora, que é boa mãe e há de fazê-la feliz.

— Deus a ouça!

— Agora sua preta velha vai dormir...

458

Preferiu repreender a tia Mônica, depois de a interrogar acerca dos sucessos da véspera. A preta negou tudo, e mostrou-se singularmente admirada com a notícia de que ela havia saído de noite; o padre, porém, soube fazê-la confessar tudo, só com lhe mostrar o mal que havia em mentir. Nem por isso ficou sabendo muito; repreendeu a preta, e foi dali escrever uma cartinha ao sobrinho.

A carta foi escrita, mas não foi mandada. Daí a meia hora, anunciava-se nada menos que a rotunda pessoa da senhora D. Emiliana, que veio até à Gamboa arrastando a sua paciência e a idade, com grande espanto do Padre Sá que nunca a vira ali; D. Emiliana pediu muitas desculpas ao padre da visita importuna que lhe fazia, pediu notícias da sua obrigação, queixou-se do calor, beijou três ou quatro vezes a face de Lulu, deitando-lhe duas figas para a livrar do quebranto, e só depois destes prólogos expôs o motivo do passo que acabava de dar.[428]

---

[428] Intrincada trama para resultar em algo simples: triunfos do amor e da vocação.

461

Segredo de vocação.

Mas que tem com esta história o título que lhe pus? Tudo; são umas vinte páginas para encher tempo. Em falta de coisa melhor, lê-se isto, e dorme-se.[429]

Volume 12
Papéis avulsos, 1882

ADVERTÊNCIA

5

Quanto ao gênero deles, não sei que diga que não seja inútil. O livro está nas mãos do leitor. Direi somente, que se há aqui páginas que parecem meros contos e outras que o não são, defendo-me das segundas com dizer que os leitores das outras podem achar nelas algum interesse, e das primeiras defendo-me com São João e Diderot.[430] O evangelista, descrevendo a famosa besta apocalíptica, acrescentava (XVII, 9): "E aqui há sentido, que tem sabedoria". Menos a sabedoria, cubro-me com aquela palavra. Quanto a Diderot, ninguém ignora que ele, não só escrevia contos, e alguns deliciosos, mas até aconselhava a um amigo que os escrevesse também. E eis a razão do enciclopedista: é que quando se faz um conto, o espírito fica alegre, o tempo escoa-se, e o conto da vida acaba, sem a gente dar por isso.

"O Alienista"

10

Dito isso, meteu-se em Itaguaí, e entregou-se de corpo e alma ao estudo da ciência, alternando as curas com as leituras, e demonstrando os teoremas com cataplasmas. Aos quarenta anos casou com D. Evarista da Costa e Mascarenhas, senhora de vinte e cinco anos, viúva de um juiz-de-fora, e não bonita nem simpática.[431]

---

[429] Machado de Assis ressalta o caráter de distração de suas histórias.
[430] Mais uma vez o autor se antecipa aos obcecados por classificações de gênero.
[431] Até o alienista encontrou a sua viúva.

26

E partiu a comitiva. Crispim Soares, ao tornar a casa, trazia os olhos entre as duas orelhas da besta ruana em que vinha montado; Simão Bacamarte alongava os seus pelo horizonte adiante, deixando ao cavalo a responsabilidade do regresso. Imagem vivaz do gênio e do vulgo! Um fita o presente, com todas as suas lágrimas e saudades, outro devassa o futuro com todas as suas auroras.[432]

36

– Não, senhor. Eu lhe digo como o negócio se passou. O defunto meu tio não era mau homem; mas quando estava furioso era capaz de nem tirar o chapéu ao Santíssimo. Ora, um dia, pouco tempo antes de morrer, descobriu que um escravo lhe roubara um boi; imagine como ficou.[433]

"Teoria do medalhão"

101-102

– Papai...

– Não te ponhas com denguices, e falemos como dois amigos sérios. Fecha aquela porta; vou dizer-te coisas importantes. Senta-te e conversemos. Vinte e um anos, algumas apólices, um diploma, podes entrar no parlamento, na magistratura, na imprensa, na lavoura, na indústria, no comércio, nas letras ou nas artes. Há infinitas carreiras diante de ti. Vinte e um anos, meu rapaz, formam apenas a primeira sílaba do nosso destino. Os mesmos Pitt e Napoleão, apesar de precoces, não foram tudo aos vinte e um anos. Mas, qualquer que seja a profissão da tua escolha, o meu desejo é que te faças grande e ilustre, ou pelo menos notável, que te levantes acima da obscuridade comum. A vida, Janjão, é uma enorme loteria; os prêmios são poucos, os malogrados inúmeros, e com os suspiros de uma geração é que se amassam as esperanças de outra.[434]

– [...] Entretanto, assim como é de boa economia guardar um pão para a velhice, assim também é de boa prática social acautelar um ofício para a hipótese de que os outros falhem, ou não indenizem

---

[432] O real e o hiper-real.

[433] Essa é uma das narrativas mais famosas de Machado de Assis. Um aspecto merece atenção aqui: nenhum negro foi recolhido ao manicômio?

[434] A ideia de que a vida é loteria faz do autor um discreto herege no seu tempo.

suficientemente o esforço da nossa ambição. É isto o que te aconselho hoje, dia da tua maioridade.

– Creia que lhe agradeço; mas que ofício, não me dirá?

– Nenhum me parece mais útil e cabido que o de medalhão. Ser medalhão foi o sonho da minha mocidade; faltaram-me, porém, as instruções de um pai, e acabo como vês, sem outra consolação e relevo moral, além das esperanças que deposito em ti. Ouve-me bem, meu querido filho, ouve-me e entende. És moço, tens naturalmente o ardor, a exuberância, os improvisos da idade; não os rejeites, mas modera-os de modo que aos quarenta e cinco anos possas entrar francamente no regímen do aprumo e do compasso. O sábio que disse: "a gravidade é um mistério do corpo", definiu a compostura do medalhão. Não confundas essa gravidade com aquela outra que, embora resida no aspecto, é um puro reflexo ou emanação do espírito; essa é do corpo, tão-somente do corpo, um sinal da natureza ou um jeito da vida. Quanto à idade de quarenta e cinco anos...[435]

104

– Tu, meu filho, se me não engano, pareces dotado da perfeita inópia mental, conveniente ao uso deste nobre ofício. Não me refiro tanto à fidelidade com que repetes numa sala as opiniões ouvidas numa esquina, e vice-versa, porque esse fato, posto indique certa carência de ideias, ainda assim pode não passar de uma traição da memória. Não; refiro-me ao gesto correto e perfilado com que usas expender francamente as tuas simpatias ou antipatias acerca do corte de um colete, das dimensões de um chapéu, do ranger ou calar das botas novas. Eis aí um sintoma eloquente, eis aí uma esperança. No entanto, podendo acontecer que, com a idade, venhas a ser afligido de algumas ideias próprias, urge aparelhar fortemente o espírito. As ideias são de sua natureza espontâneas e súbitas; por mais que as sofremos, elas irrompem e precipitam-se.[436] Daí a certeza com que

---

[435] Numa das suas críticas mais acerbas e geniais, Machado de Assis mostra um pai ensinando o filho a ser ocioso com glória, dinheiro e honrarias. De certo modo, fala da educação para o jeitinho, o que passaria a ser visto como a própria brasilidade. A embalagem acima do conteúdo.

[436] Machado de Assis volta ao tema das ideias. Fica sugerido que para vencer na vida como medalhão, ocioso bem-sucedido, é melhor não ter muitas nem próprias.

o vulgo, cujo faro é extremamente delicado, distingue o medalhão completo do medalhão incompleto.

105

– Não digo que não, mas há coisas em que a observação desmente a teoria. Se te aconselho excepcionalmente o bilhar é porque as estatísticas mais escrupulosas mostram que três quartas partes dos habituados do taco partilham as opiniões do mesmo taco. O passeio nas ruas, mormente nas de recreio e parada é utilíssimo, com a condição de não andares desacompanhado, porque a solidão é oficina de ideias, e o espírito deixado a si mesmo, embora no meio da multidão, pode adquirir uma tal ou qual atividade.[437]

106

– Com este regímen, durante oito, dez, dezoito meses – suponhamos dois anos, – reduzes o intelecto, por mais pródigo que seja, à sobriedade, à disciplina, ao equilíbrio comum. Não trato do vocabulário, porque ele está subentendido no uso das ideias; há de ser naturalmente simples, tíbio, apoucado, sem notas vermelhas, sem cores de clarim...[438]

108

– [...] Tu poupas aos teus semelhantes todo esse imenso aranzel, tu dizes simplesmente: Antes das leis, reformemos os costumes! – E esta frase sintética, transparente, límpida, tirada ao pecúlio comum, resolve mais depressa o problema, entra pelos espíritos como um jorro súbito de sol.

– Vejo por aí que vosmecê condena toda e qualquer aplicação de processos modernos.

– Entendamo-nos. Condeno a aplicação, louvo a denominação. O mesmo direi de toda a recente terminologia científica; deves decorá-la. Conquanto o rasgo peculiar do medalhão seja uma certa atitude de deus Término, e as ciências sejam obra do movimento humano, como tens de ser medalhão mais tarde, convém tomar as armas do teu tempo.[439]

---

[437] Andar só é perigoso: dá ideias próprias.
[438] A mediocridade compensa. A inteligência vistosa provoca rancores.
[439] Antecipação de uma estratégia de comunicação e cuidado da imagem. O pai zeloso recomenda, valha o anacronismo, atualização e marketing pessoal. O importante são os efeitos

110-111

– [...] Se caíres de um carro, sem outro dano, além do susto, é útil mandá-lo dizer aos quatro ventos, não pelo fato em si, que é insignificante, mas pelo efeito de recordar um nome caro às afeições gerais. Percebeste?

– Percebi.

– Essa é publicidade constante, barata, fácil, de todos os dias; mas há outra. Qualquer que seja a teoria das artes, é fora de dúvida que o sentimento da família, a amizade pessoal e a estima pública instigam à reprodução das feições de um homem amado ou benemérito. Nada obsta a que sejas objeto de uma tal distinção, principalmente se a sagacidade dos amigos não achar em ti repugnância. Em semelhante caso, não só as regras da mais vulgar polidez mandam aceitar o retrato ou o busto, como seria desazado impedir que os amigos o expusessem em qualquer casa pública. Dessa maneira o nome fica ligado à pessoa; os que houverem lido o teu recente discurso (suponhamos) na sessão inaugural da União dos Cabeleireiros, reconhecerão na compostura das feições o autor dessa obra grave, em que a "alavanca do progresso" e o "suor do trabalho" vencem as "fauces hiantes" da miséria. No caso de que uma comissão te leve à casa o retrato, deves agradecer-lhe o obséquio com um discurso cheio de gratidão e um copo d'água: é uso antigo, razoável e honesto. Convidarás então os melhores amigos, os parentes, e, se for possível, uma ou duas pessoas de representação. Mais. Se esse dia é um dia de glória ou regozijo, não vejo que possas, decentemente, recusar um lugar à mesa aos repórteres dos jornais. Em todo o caso, se as obrigações desses cidadãos os retiverem noutra parte, podes ajudá-los de certa maneira, redigindo tu mesmo a notícia da festa; e, dado que por um tal ou qual escrúpulo, aliás desculpável, não queiras com a própria mão anexar ao teu nome os qualificativos dignos dele, incumbe a notícia a algum amigo ou parente.[440]

---

de época, como o de modernidade, para não se estar na contramão do espírito dominante, especialmente se ele estiver errado.

[440] Como se vê, o personagem ensina todos os caminhos da promoção pessoal, inclusive com o bom uso da mídia como instrumento de criação de uma imagem de marca. Se for preciso, recorrer a um "assessor" de imprensa e a um "release".

112

– E ser isso é o principal, porque o adjetivo é a alma do idioma, a sua porção idealista e metafísica. O substantivo é a realidade nua e crua, é o naturalismo do vocabulário.

– [...] Nem política?

– Nem política. Toda a questão é não infringir as regras e obrigações capitais. Podes pertencer a qualquer partido, liberal ou conservador, republicano ou ultramontano, com a cláusula única de não ligar nenhuma ideia especial a esses vocábulos, e reconhecer-lhe somente a utilidade do *scibboleth* bíblico.[441]

114

– [...] "Filosofia da história", por exemplo, é uma locução que deves empregar com frequência, mas proíbo-te que chegues a outras conclusões que não sejam as já achadas por outros. Foge a tudo que possa cheirar a reflexão, originalidade, etc., etc.[442]

"A chinela turca"

119

Vede o bacharel Duarte. Acaba de compor o mais teso e correto laço de gravata que apareceu naquele ano de 1850, e anunciam-lhe a visita do Major Lopo Alves.

[...] Três dias depois, estava a caminho a primeira carta, e pelo jeito que levavam as coisas não era de admirar que, antes do fim do ano, estivessem ambos a caminho da igreja.[443]

123

O drama dividia-se em sete quadros. Esta indicação produziu um calafrio no ouvinte. Nada havia de novo naquelas cento e oitenta páginas, senão a letra do autor. O mais eram os lances, os caracteres,

---

[441] Sátira da volubilidade do político brasileiro e da sua tendência ao pragmatismo e ao carguismo. "Xibolete" é um termo do Velho Testamento, traduzido, às vezes, como espiga de milho ou torrente de água. Remete a duas tribos em confronto. Para vencer na vida é preciso ser político, ou seja, não se prender a ideologias ou partidos.

[442] Poucas vezes se mostrou com tanta acuidade a propensão da elite nacional ao jeitinho, à fatuidade, à mediocridade e à canalhice pomposa. Umberto Eco lembrou, em texto famoso, que o "estudioso medieval finge sempre não ter inventado nada e cita continuamente uma autoridade precedente" (1984, p. 91). O medalhão brasileiro seria um estudioso medieval sem os estudos.

[443] A carta casava mais do que Santo Antônio.

as *ficelles* e até o estilo dos mais acabados tipos do romantismo desgrenhado.[444]

125

O suspiro mal teve tempo de abrir as asas e sair pela janela fora, em demanda do Rio Comprido, quando o moleque do bacharel veio anunciar-lhe a visita de um homem baixo e gordo.

"Na arca"

159

D. Benedita levantou-se, no dia seguinte, com a ideia de escrever uma carta ao marido, uma longa carta em que lhe narrasse a festa da véspera, nomeasse os convivas e os pratos, descrevesse a recepção noturna, e, principalmente, desse notícia das novas relações com D. Maria dos Anjos. A mala fechava-se às duas horas da tarde, D. Benedita acordara às nove, e, não morando longe (morava no Campo da Aclamação), um escravo levaria a carta ao correio muito a tempo. Demais, chovia; D. Benedita arredou a cortina da janela, deu com os vidros molhados; era uma chuvinha teimosa, o céu estava todo brochado de uma cor pardo-escura, malhada de grossas nuvens negras. Ao longe, viu flutuar e voar o pano que cobria o balaio que uma preta levava à cabeça: concluiu que ventava. Magnífico dia para não sair, e, portanto, escrever uma carta, duas cartas, todas as cartas de uma esposa ao marido ausente.[445]

164

Eram onze horas menos um quarto. D. Benedita conversou com a filha até depois do meio-dia, para ter tempo de descansar o almoço e escrever a carta. Sabem que a mala fecha às duas horas. De fato, alguns minutos, poucos, depois do meio-dia, D. Benedita disse à filha que fosse estudar piano, porque ela ia acabar a carta. Saiu da sala; Eulália foi à janela, relanceou a vista pelo Campo, e, se lhes disser que com uma pontazinha de tristeza nos olhos, podem crer que é a pura verdade. Não era, todavia, a tristeza dos débeis ou dos indeci-

---

[444] Fique o leitor convidado a ler o conto. Este leitor aqui se contenta em sublinhar a crítica ao "romantismo desgrenhado" e o moleque sem voz própria. Claro que se pode ver essa constante como um exemplo de economia narrativa.

[445] Pelo jeito, as pessoas do século XIX eram tão loucas por cartas quanto somos por mensagens de WhatsApp.

sos; era a tristeza dos resolutos, a quem dói de antemão um ato pela mortificação que há de trazer a outros, e que, não obstante, juram a si mesmos praticá-lo, e praticam. Convenho que nem todas essas particularidades podiam estar nos olhos de Eulália, mas por isso mesmo é que as histórias são contadas por alguém, que se incumbe de preencher as lacunas e divulgar o escondido.[446]

168

Acabou e fechou a carta; Eulália entrou nessa ocasião, ela deu-lha para mandar, sem demora, ao correio; e a filha saiu com a carta sem saber que tratava dela e do seu futuro. D. Benedita deixou-se cair no sofá, cansada, exausta. A carta era muito comprida apesar de não dizer tudo; e era-lhe tão enfadonho escrever cartas compridas![447]

178

Eulália ainda tentou arredá-la da ideia, propondo a transferência da viagem; mas D. Benedita declarou peremptoriamente que não. No escritório da Companhia de Paquetes disseram-lhe que o do Norte saía na sexta-feira da outra semana. Ela pediu as quatro passagens; abriu a carteirinha, tirou uma nota, depois duas, refletiu um instante.[448]

181

[...] A nova amizade era uma família do Andaraí; a festa não se sabe a que propósito foi, mas deve ter sido esplêndida, porque D. Benedita ainda falava dela três dias depois. Três dias! Realmente, era demais. Quanto à família, era impossível ser mais amável; ao menos, a impressão que deixou na alma de D. Benedita foi intensíssima. Uso este superlativo, porque ela mesma o empregou: é um documento humano.

– Aquela gente? Oh! deixou-me uma impressão intensíssima.[449]

183

Matava as saudades por meio de cartas, que eram contínuas, longas e secretas, como no tempo do namoro. D. Benedita não podia explicar uma tal esquivança, quando ela morria por ele; e então vin-

---

[446] Escrever é fazer emergir o que se intui por empatia.
[447] A carta comprida seria hoje rechaçada como textão.
[448] A narração suspende o ato.
[449] Tradicional ironia em relação ao superlativo, que se imortalizaria com José Dias.

gava-se da esquisitice, morrendo ainda mais, e dizendo dele por toda a parte as mais belas coisas do mundo.

[...] A mesma coisa repetia ao marido nas cartas que lhe mandava, antes e depois de receber a resposta da primeira.[450]

"O segredo do Bonzo"

194

No dia seguinte, ao modo concertado, fomos às casas do dito bonzo, por nome Pomada, um ancião de cento e oito anos, muito lido e sabido nas letras divinas e humanas, e grandemente aceito a toda aquela gentilidade, e por isso mesmo mal visto de outros bonzos, que se finavam de puro ciúme.[451]

196

Considerei o caso, e entendi que, se uma coisa pode existir na opinião, sem existir na realidade, e existir na realidade, sem existir na opinião, a conclusão é que das duas existências paralelas a única necessária é a da opinião, não a da realidade, que é apenas conveniente.[452]

197

[...] Patimau e Languru, varões astutos, com tal arte souberam meter estas duas ideias no ânimo da multidão, que hoje desfrutam a nomeada de grandes físicos e maiores filósofos, e têm consigo pessoas capazes de dar a vida por eles.[453]

199

E, pois, fez inserir no dito papel que acabavam de chegar notícias frescas de toda a costa de Malabar e da China, conforme as quais não havia outro cuidado que não fossem as famosas alparcas dele Titané; que estas alparcas eram chamadas as primeiras do mundo, por serem mui sólidas e graciosas; que nada menos de vinte e dois mandarins iam requerer ao imperador para que, em vista do esplendor das famosas alparcas de Titané, as primeiras do universo, fosse criado o

---

[450] Amor, ciúme e cartas: uma estrutura incontornável e eficaz.
[451] O autor exercita-se em todos os registros possíveis.
[452] A narrativa é que vence.
[453] Num conto fantástico o autor parece antecipar questões como a da pós-verdade, das realidades paralelas e da manipulação das massas por gurus iluminados.

título honorífico de "alparca do Estado", para recompensa dos que se distinguissem em qualquer disciplina do entendimento.[454]

200

– Não me parece, atalhei, que tenhais cumprido a doutrina em seu rigor e substância, pois não nos cabe inculcar aos outros uma opinião que não temos, e sim a opinião de uma qualidade que não possuímos; este é, ao certo, o essencial dela.[455]

201

Mas, como digo, a mais engenhosa de todas as nossas experiências, foi a de Diogo Meireles. Lavrava então na cidade uma singular doença, que consistia em fazer inchar os narizes, tanto e tanto, que tomavam metade e mais da cara ao paciente, e não só a punham horrenda, senão que era molesto carregar tamanho peso. Conquanto os físicos da terra propusessem extrair os narizes inchados, para alívio e melhoria dos enfermos, nenhum destes consentia em prestar-se ao curativo, preferindo o excesso à lacuna, e tendo por mais aborrecível que nenhuma outra coisa a ausência daquele órgão.[456]

202

Então ocorreu-lhe uma graciosa invenção. Assim foi que, reunindo muitos físicos, filósofos, bonzos, autoridades e povo, comunicou-lhes que tinha um segredo para eliminar o órgão; e esse segredo era nada menos que substituir o nariz achacado por um nariz são, mas de pura natureza metafísica, isto é, inacessível aos sentidos humanos, e contudo tão verdadeiro ou ainda mais do que o cortado; cura esta praticada por ele em várias partes, e muito aceita aos físicos de Malabar. O assombro da assembleia foi imenso, e não menor a incredulidade de alguns, não digo de todos, sendo que a maioria não sabia que acreditasse, pois se lhe repugnava a metafísica do nariz, cedia entretanto à energia das palavras de Diogo Meireles, ao tom alto e convencido com que ele expôs e definiu o seu remédio.[457]

---

[454] Tudo é questão de marca, distinção e apelação controlada.
[455] Formar opiniões não é opinar, mas consolidar uma opinião vitoriosa.
[456] Pragmatismo *versus* conhecimentos especializados.
[457] A cura pela sugestão.

203

A assembleia aclamou a Diogo Meireles; e os doentes começaram de buscá-lo, em tanta cópia, que ele não tinha mãos a medir. Diogo Meireles desnarigava-os com muitíssima arte; depois estendia delicadamente os dedos a uma caixa, onde fingia ter os narizes substitutos, colhia um e aplicava-o ao lugar vazio. Os enfermos, assim curados e supridos, olhavam uns para os outros, e não viam nada no lugar do órgão cortado; mas, certos e certíssimos de que ali estava o órgão substituto, e que este era inacessível aos sentidos humanos, não se davam por defraudados, e tornavam aos seus ofícios. Nenhuma outra prova quero da eficácia da doutrina e do fruto dessa experiência, senão o fato de que todos os desnarigados de Diogo Meireles continuaram a prover-se dos mesmos lenços de assoar. O que tudo deixo relatado para glória do bonzo e benefício do mundo.[458]

"O empréstimo"

226

Tudo isso que se passou em trinta anos, pode algum Balzac metê-lo em trezentas páginas; por que não há de a vida, que foi a mestra de Balzac[459], apertá-lo em trinta ou sessenta minutos?

[..] Este honesto tabelião era um dos homens mais perspicazes do século. Está morto: podemos elogiá-lo à vontade.

228

Esse Custódio nascera com a vocação da riqueza, sem a vocação do trabalho.[460] Tinha o instinto das elegâncias, o amor do supérfluo, da boa chira, das belas damas, dos tapetes finos, dos móveis raros, um voluptuoso, e, até certo ponto, um artista, capaz de reger a vila Torloni ou a galeria Hamilton. Mas não tinha dinheiro; nem dinheiro, nem aptidão ou pachorra de o ganhar; por outro lado, precisava viver. *Il faut bien que je vive*, dizia um pretendente ao ministro Tal-

---

[458] O conto explora a credulidade das pessoas e os artifícios capazes de dominar uma população inculcando-lhe o absurdo como razoável. Machado de Assis também nesse registro esteve à frente do seu tempo brasileiro como crítico do charlatanismo.

[459] As referências a Balzac, embora admirativas, são breves. Victor Hugo, Renan e Dumas parecem povoar mais intensamente o imaginário de Machado de Assis.

[460] Olha o ocioso aí outra vez. E, em seguida, frases em francês. Escrevia-se para a elite, que sabia francês ou não lia. Era um mundo no qual o analfabeto só podia ser figurante calado e servil.

leyrand. *Je n'en vois pas la nécessité*, redarguiu friamente o ministro. Ninguém dava essa resposta ao Custódio; davam-lhe dinheiro, um dez, outro cinco, outro vinte mil-réis, e de tais espórtulas é que ele principalmente tirava o albergue e a comida.

233

– Olhe; dou-lhe coisa melhor do que quinhentos mil-réis; falarei ao Ministro da Justiça, tenho relações com ele, e...

Custódio interrompeu-o, batendo uma palmada no joelho. Se foi um movimento natural, ou uma diversão astuciosa para não conversar do emprego, é o que totalmente ignoro.[461]

"O espelho"

265

Mas o certo é que fiquei só, com os poucos escravos da casa. Confesso-lhes que desde logo senti uma grande opressão, alguma coisa semelhante ao efeito de quatro paredes de um cárcere, subitamente levantadas em torno de mim. Era a alma exterior que se reduzia; estava agora limitada a alguns espíritos boçais. O alferes continuava a dominar em mim, embora a vida fosse menos intensa, e a consciência mais débil. Os escravos punham uma nota de humildade nas suas cortesias, que de certa maneira compensava a afeição dos parentes e a intimidade doméstica interrompida. Notei mesmo, naquela noite, que eles redobravam de respeito, de alegria, de protestos. Nhô alferes, de minuto a minuto. Nhô alferes é muito bonito; nhô alferes há de ser coronel; nhô alferes há de casar com moça bonita, filha de general; um concerto de louvores e profecias, que me deixou extático. Ah! pérfidos! mal podia eu suspeitar a intenção secreta dos malvados.

– Matá-lo?

– Antes assim fosse.

– Coisa pior?

– Ouçam-me. Na manhã seguinte achei-me só. Os velhacos, seduzidos por outros, ou de movimento próprio, tinham resolvido fugir durante a noite; e assim fizeram. Achei-me só, sem mais ninguém, entre quatro paredes, diante do terreiro deserto e da roça abandonada. Nenhum fôlego humano. Corri a casa toda, a senzala, tudo, nada,

---

[461] Definitivamente a figura do ocioso fascinava Machado de Assis.

ninguém, um molequinho que fosse. Galos e galinhas tão-somente, um par de mulas, que filosofavam a vida, sacudindo as moscas, e três bois. Os mesmos cães foram levados pelos escravos.[462]

271

– Estava a olhar para o vidro, com uma persistência de desesperado, contemplando as próprias feições derramadas e inacabadas, uma nuvem de linhas soltas, informes, quando tive o pensamento... Não, não são capazes de adivinhar.

– Mas, diga, diga.

– Lembrou-me vestir a farda de alferes. Vesti-a, aprontei-me de todo; e, como estava defronte do espelho, levantei os olhos, e... não lhes digo nada; o vidro reproduziu então a figura integral; nenhuma linha de menos, nenhum contorno diverso; era eu mesmo, o alferes, que achava, enfim, a alma exterior. Essa alma ausente com a dona do sítio, dispersa e fugida com os escravos, ei-la recolhida no espelho.[463]

"Uma visita de Alcibíades"
Carta do desembargador X... Ao chefe de polícia da corte

275

Desculpe V. Ex.ª o tremido da letra e o desgrenhado do estilo; entendê-los-á daqui a pouco.[464]

"Verba testamentária"

290

Sim, leitor amado, vamos entrar em plena patologia. Esse menino que aí vês, nos fins do século passado (em 1855, quando morreu, tinha o Nicolau sessenta e oito anos), esse menino não é um produto são, não é um organismo perfeito.

---

[462] Uma das poucas narrativas em que os escravos assumem um papel ativo.

[463] O teor psicanalítico das análises de Machado de Assis reflete um quadro social complexo no qual o indivíduo se dissocia da sua consciência por efração.

[464] Toda a estrutura machadiana está assentada numa dialógica pela qual o estilo se apresenta como um abrandamento do conteúdo em consonância com a vontade do leitor. De certo modo, o autor fixa um contrato com um leitor imaginário pelo qual ele deve entregar um produto criativo e compreensível. Os maiores escritores latino-americanos, Machado de Assis e Borges, rejeitam qualquer barroquismo. Machado de Assis não faz descrições de paisagens nem adensamento do texto pelo obscurecimento da linguagem. Usa a ironia como descobrimento.

295

Nicolau ficava então ríspido; em casa achava tudo mau, tudo incômodo, tudo nauseabundo; feria a cabeça aos escravos com os pratos, que iam partir-se também, e perseguia os cães, a pontapés; não sossegava dez minutos, não comia, ou comia mal. Enfim dormia; e ainda bem que dormia. O sono reparava tudo. Acordava lhano e meigo, alma de patriarca, beijando os cães entre as orelhas, deixando-se lamber por eles, dando-lhes do melhor que tinha, chamando aos escravos as coisas mais familiares e ternas. E tudo, cães e escravos[465], esqueciam as pancadas da véspera, e acudiam às vozes dele obedientes, namorados, como se este fosse o verdadeiro senhor, e não o outro.

Volume 13
Histórias sem data, 1884

"Último Capítulo"

47-48

E, para principiar, a carta de bacharel não me encheu sozinha as algibeiras. Não, senhor; tinha ao lado dela umas outras, dez ou quinze, fruto de um namoro travado no Rio de Janeiro, pela semana santa de 1842, com uma viúva mais velha do que eu sete ou oito anos, mas ardente, lépida e abastada. Morava com um irmão cego, na rua do Conde; não posso dar outras indicações. Nenhum dos meus amigos ignorava este namoro; dois deles até liam as cartas, que eu lhes mostrava, com o pretexto de admirar o estilo elegante da viúva, mas realmente para que vissem as finas coisas que ela me dizia. Na opinião de todos, o nosso casamento era certo, mais que certo; a viúva não esperava senão que eu concluísse os estudos. Um desses amigos, quando eu voltei graduado, deu-me os parabéns, acentuando a sua convicção com esta frase definitiva:

– O teu casamento é um dogma.

---

[465] A enumeração cães e escravos, repetida no parágrafo, descortina um estado das coisas. A violência do dono é que os unifica. O esquecimento das agressões sofridas marca uma redução ao fatalismo. Um cão não se rebela contra o dono.

E, rindo, perguntou-me se por conta do dogma, poderia arranjar-lhe cinquenta mil-réis; era para uma urgente precisão. Não tinha comigo os cinquenta mil-réis; mas o dogma repercutia ainda tão docemente no meu coração, que não descansei em todo esse dia, até arranjar-lhos; fui levá-los eu mesmo, entusiasmado; ele recebeu-os cheio de gratidão. Seis meses depois foi ele quem casou com a viúva.

Não digo tudo o que então padeci; digo só que o meu primeiro impulso foi dar um tiro em ambos; e, mentalmente, cheguei a fazê-lo; cheguei a vê-los, moribundos, arquejantes, pedirem-me perdão. Vingança hipotética; na realidade, não fiz nada. Eles casaram-se, e foram ver do alto da Tijuca a ascensão da lua de mel. Eu fiquei relendo as cartas da viúva. "Deus, que me ouve (dizia uma delas), sabe que o meu amor é eterno, e que eu sou tua, eternamente tua..." E, no meu atordoamento, blasfemava comigo: – Deus é um grande invejoso; não quer outra eternidade ao pé dele, e por isso desmentiu a viúva; – nem outro dogma além do católico, e por isso desmentiu o meu amigo. Era assim que eu explicava a perda da namorada e dos cinquenta mil-réis.[466]

50

D. Rufina, moça de dezenove anos, bem bonita, embora um pouco acanhada e meia [sic] morta.

54

Dei ao diabo a minha indiscrição, e não falei mais nisso; nem ele. Cinco meses depois... A transição é rápida; mas não há meio de a fazer longa. Cinco meses depois, adoeceu Rufina, gravemente, e não resistiu oito dias; morreu de uma febre perniciosa.[467]

55

Um dia, porém, convalescendo de uma febre, deu-me na cabeça inventariar uns objetos da finada e comecei por uma caixinha, que

---

[466] Catalogar todas as vezes que Machado de Assis fala em cartas e viúvas não pode se reduzir a um item de coleção. Identifica, por assim dizer, uma tecnologia do imaginário e um imaginário da sexualidade. Vale insistir: casar com uma viúva podia ser o passaporte para a vida sem trabalho. Possivelmente era também o acesso mais rápido ao sexo. No caso, não deu certo. O amigo é que ficou com a viúva. Tudo se entrelaça: escravismo, horror ao trabalho, pendores aristocráticos, busca desesperada por fortunas sem se rebaixar a ganhar o pão com o suor do rosto, em geral, em empregos públicos. Uma dialógica da preguiça.

[467] Sintoma de uma época e, mais uma vez, artifício narrativo.

não fora aberta, desde que ela morreu, cinco meses antes. Achei uma multidão de coisas minúsculas, agulhas, linhas, entremeios, um dedal, uma tesoura, uma oração de São Cipriano, um rol de roupa, outras quinquilharias, e um maço de cartas, atado por uma fita azul. Deslacei a fita e abri as cartas: eram do Gonçalves...[468]

"Cantiga de Esponsais"

61

Imagine a leitora[469] que está em 1813, na igreja do Carmo, ouvindo uma daquelas boas festas antigas, que eram todo o recreio público e toda a arte musical. Sabem o que é uma missa cantada; podem imaginar o que seria uma missa cantada daqueles anos remotos. Não lhe chamo a atenção para os padres e os sacristães, nem para o sermão, nem para os olhos das moças cariocas, que já eram bonitos nesse tempo, nem para as mantilhas das senhoras graves, os calções, as cabeleiras, as sanefas, as luzes, os incensos, nada. Não falo sequer da orquestra, que é excelente; limito-me a mostrar-lhes uma cabeça branca, a cabeça desse velho que rege a orquestra, com alma e devoção.[470]

62

Acabou a festa; é como se acabasse um clarão intenso, e deixasse o rosto apenas alumiado da luz ordinária. Ei-lo que desce do coro, apoiado na bengala; vai à sacristia beijar a mão aos padres e aceita um lugar à mesa do jantar. Tudo isso indiferente e calado. Jantou, saiu, caminhou para a rua da Mãe dos Homens, onde reside, com um preto velho, pai José, que é a sua verdadeira mãe, e que neste momento conversa com uma vizinha.

– Mestre Romão lá vem, pai José, disse a vizinha.[471]

65

– Pai José, disse ele ao entrar, sinto-me hoje adoentado.

---

[468] Esse é o terceiro conto da coletânea. Alguns não suscitaram apontamentos. O esquema narrativo retoma a sua engrenagem, que encontra o ponto de alavancagem nas cartas. A doença rápida e fatal aparece, outra vez, como mecanismo de aceleração. Ao mesmo tempo, diz alguma coisa sobre a época: febre perniciosa. Um universo cotidiano se descortina constantemente nesses termos.

[469] Mais uma vez, o público feminino é alvo do autor, numa clara indicação de quem mais lia ficção naquele tempo, independentemente das publicações.

[470] De certo modo, sempre se esteve na sociedade do espetáculo. Ou foi o catolicismo que a inaugurou na contrarreforma.

[471] O branco não sabia o mínimo para sobreviver no cotidiano.

– Sinhô comeu alguma coisa que fez mal...

– Não; já de manhã não estava bom. Vai à botica...[472]

66

Um dia de manhã, cinco depois da festa, o médico achou-o realmente mal; e foi isso o que ele lhe viu na fisionomia por trás das palavras enganadoras:

– Isto não é nada; é preciso não pensar em músicas...

Em músicas! justamente esta palavra do médico deu ao mestre um pensamento. Logo que ficou só, com o escravo, abriu a gaveta onde guardava desde 1779 o canto esponsalício começado. Releu essas notas arrancadas a custo e não concluídas. E então teve uma ideia singular: – rematar a obra agora, fosse como fosse; qualquer coisa servia, uma vez que deixasse um pouco de alma na terra.[473]

"Singular Ocorrência"

73

– Como eu estou.

– Nada mais simples: Marocas não sabia ler. Ele não chegou a suspeitá-lo. Viu-a atravessar o Rocio, que ainda não tinha estátua nem jardim, e ir à casa que buscava, ainda assim perguntando em outras. De noite foi ao Ginásio; dava-se a *Dama das Camélias*; Marocas estava lá, e, no último ato, chorou como uma criança. Não lhe digo nada; no fim de quinze dias amavam-se loucamente. Marocas despediu todos os seus namorados, e creio que não perdeu pouco; tinha alguns capitalistas bem bons. Ficou só, sozinha, vivendo para o Andrade, não querendo outra afeição, não cogitando de nenhum outro interesse.[474]

74

Marocas, ao despedir-se, recordou a comédia que ouvira algumas semanas antes no Ginásio – *Janto com minha mãe* – e disse-me que,

---

[472] Com sua fala minimalista, o preto mostra a infantilidade do amo.

[473] A individualidade subjetiva do escravo, mais uma vez, não supera a condição funcional do homem. Pai José tem a dimensão de uma planta. Não se trata, antes de tudo, de uma crítica ao autor, mas de uma constatação sobre o cotidiano da época. Mesmo assim, algo escapa ou não é conscientemente abordado. A subjetividade do amo pode ficar para a posteridade numa obra mal-acabada.

[474] Uma singularidade, por assim dizer, generalizada.

não tendo família para passar a festa de São João, ia fazer como a Sofia Arnoult da comédia, ia jantar com um retrato; mas não seria o da mãe, porque não tinha, e sim do Andrade. Este dito ia-lhe rendendo um beijo; o Andrade chegou a inclinar-se; ela, porém, vendo que eu estava ali, afastou-o delicadamente com a mão.[475]

80

– Há uma frase de teatro que pode explicar a aventura, uma frase de Augier, creio eu: "a nostalgia da lama".

– Acho que não; mas vá ouvindo. Às dez horas apareceu-nos em casa uma criada de Marocas, uma preta forra, muito amiga da ama. Andava aflita em procura do Andrade, porque a Marocas, depois de chorar muito, trancada no quarto, saiu de casa sem jantar, e não voltara mais. Contive o Andrade, cujo primeiro gesto foi para sair logo. A preta pedia-nos por tudo que fôssemos descobrir a ama. "Não é costume dela sair?" perguntou o Andrade com sarcasmo. Mas a preta disse que não era costume. "Está ouvindo?" bradou ele para mim. Era a esperança que de novo empolgara o coração do pobre diabo. "E ontem?..." disse eu. A preta respondeu que na véspera sim; mas não lhe perguntei mais nada, tive compaixão do Andrade, cuja aflição crescia, e cujo pundonor ia cedendo diante do perigo. Saímos em busca da Marocas; fomos a todas as casas em que era possível encontrá-la; fomos à polícia; mas a noite passou-se sem outro resultado.[476]

"Galeria Póstuma"

87

Joaquim Fidélis protestou sorrindo; mas obedeceu e dançou. Eram duas horas quando saiu, embrulhando os seus sessenta anos numa capa grossa, – estávamos em junho de 1879 – metendo a calva na carapuça, acendendo um charuto, e entrando lepidamente no carro.

88

No carro é possível que cochilasse; mas, em casa, mau grado a hora e o grande peso das pálpebras, ainda foi à secretária, abriu uma

---

[475] Do teatro como representação da vida que chama a atenção.
[476] Fica explícita a complexidade das relações estabelecidas no cotidiano. Nada está garantido pelos elementos formais. A afetividade é uma margem num sistema de hierarquias recorrente. A fala passa por um filtro de cor e legitimação.

gaveta, tirou um de muitos folhetos manuscritos, – e escreveu durante três ou quatro minutos umas dez ou onze linhas. As últimas palavras eram estas: "Em suma, baile chinfrim; uma velha gaiteira obrigou-me a dançar uma quadrilha; à porta um crioulo pediu-me as festas. Chinfrim!" Guardou o folheto, despiu-se, meteu-se na cama, dormiu e morreu.[477]

89

Era rico e letrado. Formara-se em direito no ano de 1842. Agora não fazia nada e lia muito. Não tinha mulheres em casa. Viúvo desde a primeira invasão da febre amarela, recusou contrair segundas núpcias, com grande mágoa de três ou quatro damas, que nutriram essa esperança durante algum tempo.[478]

96-97

[...] Um caso de 1865 caracteriza bem a astúcia deste homem. Tendo dado alguns libertos para a guerra do Paraguai[479], ia receber uma comenda. Não precisava de mim; mas veio pedir a minha intercessão, duas ou três vezes, com um ar consternado e súplice. Falei ao ministro, que me disse: – "O Elias já sabe que o decreto está lavrado; falta só a assinatura do Imperador." Compreendi então que era um estratagema para poder confessar-me essa obrigação. Bom parceiro de voltarete; um pouco brigão, mas entendido.

"Capítulo dos Chapéus"

107

Isto posto, como explicar o caso do chapéu? Na véspera, à noite, enquanto o marido fora a uma sessão do Instituto da Ordem dos Advogados, o pai de Mariana veio à casa deles. Era um bom velho, magro, pausado, ex-funcionário público, ralado de saudades do tempo em que os empregados iam de casaca para as suas repartições. Casaca era o que ele, ainda agora, levava aos enterros, não pela razão que o leitor suspeita, a solenidade da morte ou a gravidade da despedida última, mas por esta menos filosófica: por ser um costume antigo. Não dava outra, nem da casaca nos enterros, nem do jantar às

---

[477] Do inusitado como atração narrativa.
[478] Ociosidade, viuvez e epidemia, os males da época são.
[479] Voluntários da pátria. Honrarias com preço e voltarete: retrato de época.

duas horas, nem de vinte usos mais. E tão aferrado aos hábitos, que no aniversário do casamento da filha, ia para lá às seis horas da tarde, jantado e digerido, via comer, e no fim aceitava um pouco de doce, um cálice de vinho e café.[480]

110

– Ninguém advertiu que há uma metafísica do chapéu.[481] Talvez eu escreva uma memória a este respeito. São nove horas e três quartos; não tenho tempo de dizer mais nada; mas você reflita consigo, e verá... Quem sabe? pode ser até que nem mesmo o chapéu seja complemento do homem, mas o homem do chapéu...

"Primas de Sapucaia"

163

– Seis meses depois, encontrei-o aflito e desvairado. Adriana deixara-o para ir estudar geometria com um estudante da antiga Escola Central. Tanto melhor, disse-lhe eu. Oliveira olhou para o chão envergonhado; despediu-se, e correu em procura dela. Achou-a daí a algumas semanas, disseram as últimas um ao outro, e no fim reconciliaram-se. Comecei então a visitá-los, com a ideia de os separar um do outro. Ela estava ainda bonita e fascinante; as maneiras eram finas e meigas, mas evidentemente de empréstimo, acompanhadas de umas atitudes e gestos, cujo intuito latente era atrair-me e arrastar-me.[482]

---

[480] No século XIX, a primeira refeição, ao sair da cama, era chamada de almoço; jantava-se entre meio-dia e duas horas da tarde; merendava-se no meio da tarde; a ceia era servida por volta das nove horas da noite.

[481] As fórmulas – sacadas – de Machado Assis, como nos grandes moralistas franceses, produzem efeitos de inteligência, que colorem as suas narrativas despojadas de artifícios retóricos de embelezamento formal da frase. Para Romero (1897, p. XIII), eram imitação de autores ingleses.

[482] O leitor vê que mulheres do século XIX podiam abandonar seus parceiros e ir viver com outros. Se alguém imaginava uma moralidade sem brechas, Machado de Assis está aí para provar que não era assim. Neste conto, mais uma vez, entra em cena o mecanismo da sedução ou traição na sala de jantar. A conquista não espera ambiente mais favorável ou secreto. O traído pode ser o último a saber, mas é o primeiro a ver. Ou deveria ter sido o primeiro a perceber o que lhe é mostrado.

"Uma Senhora"

179

Um dia, encontrei-a ao lado de uma preta, que levava ao colo uma criança de cinco a seis meses. D. Camila segurava na mão o chapelinho de sol aberto para cobrir a criança. Encontrei-a oito dias depois, com a mesma criança, a mesma preta e o mesmo chapéu de sol. Vinte dias depois, e trinta dias mais tarde, tornei a vê-la, entrando para o bonde com a preta e a criança. – Você já deu de mamar?[483] dizia ela à preta. Olhe o sol. Não vá cair. Não aperte muito o menino. Acordou? Não mexa com ele. Cubra a carinha, etc., etc.

"Anedota Pecuniária"

189

Chegou a casa irritado e aterrado. A sobrinha afagou-o tanto para saber o que era, que ele acabou contando tudo, e chamando-lhe esquecida e ingrata. Jacinta empalideceu; amava os dois, e via-os tão dados, que não imaginou nunca esse contraste de afeições. No quarto chorou à larga; depois escreveu uma carta ao Chico Borges, pedindo-lhe pelas cinco chagas de Nosso Senhor Jesus Cristo, que não fizesse barulho nem brigasse com o tio; dizia-lhe que esperasse, e jurava-lhe um amor eterno.

[...] Não brigaram os dois parceiros; mas as visitas foram naturalmente mais escassas e frias. Jacinta não vinha à sala, ou retirava-se logo. O terror do Falcão era enorme. Ele amava a sobrinha com um amor de cão, que persegue e morde aos estranhos. Queria-a para si, não como homem, mas como pai. A paternidade natural dá forças para o sacrifício da separação; a paternidade dele era de empréstimo, e, talvez, por isso mesmo, mais egoísta. Nunca pensara em perdê-la; agora, porém, eram trinta mil cuidados, janelas fechadas, advertências à preta, uma vigilância perpétua, um espiar os gestos e os ditos, uma campanha de D. Bartolo.[484]

192

Não era fácil. Virgínia tinha dezoito anos, feições lindas e originais; era grande e vistosa. Para evitar que lha levassem, Falcão come-

---

[483] Flagrante de uma época em que até o seio branco era ocioso.
[484] Da psicologia dos afetos primários.

çou por onde acabara da primeira vez: – janelas cerradas, advertências à preta, raros passeios, só com ele e de olhos baixos. Virgínia não se mostrou enfadada.

193

No fim de três meses, Falcão adoeceu. A moléstia não foi grave nem longa; mas o terror da morte apoderou-se-lhe do espírito, e foi então que se pôde ver toda a afeição que ele tinha à moça. Cada visita que se lhe chegava, era recebida com rispidez, ou pelo menos com sequidão. Os mais íntimos padeciam mais, porque ele dizia-lhes brutalmente que ainda não era cadáver, que a carniça ainda estava viva, que os urubus enganavam-se de cheiro, etc. Mas nunca Virgínia achou nele um só instante de mau humor. Falcão obedecia-lhe em tudo, com uma passividade de criança, e, quando ria, é porque ela o fazia rir.[485]

195

Conquanto estivesse na rua, ele parou, apertou-lhe muito as mãos, agradecido, não achando que dizer. Se tivesse a faculdade de chorar, ficaria provavelmente com os olhos úmidos. Chegando à casa, Virgínia correu ao quarto para reler uma carta que lhe entregara na véspera uma D. Bernarda, amiga de sua mãe. Era datada de New York, e trazia por única assinatura este nome: Reginaldo. Um dos trechos dizia assim: "Vou daqui no paquete de 25. Espera-me sem falta. Não sei ainda se irei ver-te logo ou não. Teu tio deve lembrar-se de mim; viu-me em casa de meu tio Chico Borges, no dia do casamento de tua prima..."[486]

"Fulano"

205

É tarde, temos de ir ouvir o testamento, não posso estar a contar-lhe tudo. Digo-lhe sumariamente que as injustiças da rua começaram a ter nele um vingador ativo e discursivo; que as misérias, principalmente as misérias dramáticas, filhas de um incêndio ou inundação,

---

[485] Efeitos de inteligência em fórmulas espirituosas e dissecação da complexa psicologia das pessoas simples, eis Machado de Assis de espírito inteiro.

[486] Psicanalítico, se Machado de Assis examina a complexidade dos afetos, o artifício narrativo, porém, segue, mais uma vez, a tecnologia do imaginário da época: a carta. Em alguns casos, motivada pela distância. Em outros, pelo medo.

acharam no meu amigo a iniciativa dos socorros que, em tais casos, devem ser prontos e públicos. Ninguém como ele para um desses movimentos. Assim também com as alforrias de escravos. Antes da lei de 28 de setembro de 1871, era muito comum aparecerem na praça do Comércio crianças escravas, para cuja liberdade se pedia o favor dos negociantes. Fulano Beltrão iniciava três quartas partes das subscrições, com tal êxito, que em poucos minutos ficava o preço coberto.[487]

208

No ano de 1868 deu entrada na política. Sei do ano porque coincidiu com a queda dos liberais e a subida dos conservadores. Foi em março ou abril de 1868 que ele declarou aderir à situação, não à socapa, mas estrepitosamente. Este foi, talvez, o ponto mais fraco da vida do meu amigo. Não tinha ideias políticas; quando muito, dispunha de um desses temperamentos que substituem as ideias, e fazem crer que um homem pensa, quando simplesmente transpira.[488] Cedeu, porém, a uma alucinação de momento. Viu-se na câmara vibrando um aparte, ou inclinado sobre a balaustrada, em conversa com o presidente do conselho, que sorria para ele, numa intimidade grave de governo.

"A Segunda Vida"[489]

215

Monsenhor Caldas interrompeu a narração do desconhecido:

– Dá licença? é só um instante. Levantou-se, foi ao interior da casa, chamou o preto velho que o servia, e disse-lhe em voz baixa:

– João, vai ali à estação de urbanos, fala da minha parte ao comandante, e pede-lhe que venha cá com um ou dois homens, para livrar-me de um sujeito doido. Anda, vai depressa. E, voltando à sala:

– Pronto, disse ele; podemos continuar.

– Como ia dizendo a Vossa Reverendíssima, morri no dia vinte de março de 1860, às cinco horas e quarenta e três minutos da manhã. Tinha então sessenta e oito anos de idade. Minha alma voou pelo espaço, até perder a terra de vista, deixando muito abaixo a lua, as estrelas e o sol; penetrou finalmente num espaço em que não havia

---

[487] Machado de Assis trata mais de uma vez da filantropia discreta.

[488] Retorna o tema da falta de ideias na política ou nos políticos.

[489] Publicado na *Gazeta Literária*, em 1884, faz pensar em Brás Cubas.

mais nada, e era clareado tão-somente por uma luz difusa. Continuei a subir, e comecei a ver um pontinho mais luminoso ao longe, muito longe. O ponto cresceu, fez-se sol. Fui por ali dentro, sem arder, porque as almas são incombustíveis. A sua pegou fogo alguma vez?[490]

218

Que podiam fazer ele e o preto, ambos velhos, contra qualquer agressão de um homem forte e louco?

219

– Renasci em cinco de janeiro de 1861.[491] Não lhe digo nada da nova meninice, porque aí a experiência teve só uma forma instintiva. Mamava pouco; chorava o menos que podia para não apanhar pancada.

221

– Não lhe digo mais nada; Vossa Reverendíssima adivinhará o resto. A minha segunda vida é assim uma mocidade expansiva e impetuosa, enfreada por uma experiência virtual e tradicional. Vivo como Eurico[492], atado ao próprio cadáver... Não, a comparação não é boa. Como lhe parece que vivo?

225

– Como não? Sou um monstro. Clemência veio para minha casa, e não imagina as festas com que a recebi. "Deixo tudo, disse-me ela; você é para mim o universo." Eu beijei-lhe os pés, beijei-lhe os tacões dos sapatos. Não imagina o meu contentamento. No dia seguinte, recebi uma carta tarjada de preto; era a notícia da morte de um tio meu, em Santana do Livramento, deixando-me vinte mil contos.[493]

"Ex Cathedra"

262

Com o tempo chegou, não já à superstição, mas à alucinação da teoria.[494]

---

[490] Um morto que narra sua vida de corpo presente.

[491] Se Brás Cubas é um narrador morto, este é um narrador que renasceu.

[492] Referência constante nos textos de Machado de Assis.

[493] A herança inesperada é outro assunto do imaginário da época explorado pelo autor com volúpia. Faz parte da loteria da vida e da morte.

[494] Uma fórmula sempre atual para explicar as obsessões acadêmicas.

263

Digam-me se, em tais condições, a vida de Caetaninha podia ser alegre. Não lhe faltava nada, é verdade, porque o padrinho era rico. Foi ele mesmo que a educou, desde os sete anos, quando perdeu a mulher; ensinou-lhe a ler e escrever, francês, um pouco de história e geografia, para não dizer quase nada, e incumbiu uma das mucamas de lhe ensinar crivo, renda e costura. Tudo isso é verdade. Mas Caetaninha fizera quatorze anos; e, se nos primeiros tempos bastavam os brinquedos e as escravas para diverti-la, era chegada a idade em que os brinquedos perdem de moda e as escravas de interesse, em que não há leituras nem escrituras que façam de uma casa solitária na Tijuca um paraíso.[495]

264

Parece que até aqui nada há que destoe de uma história ingenuamente romanesca: temos um velho lunático, uma mocinha solitária e suspirosa, e vemos despontar inopinadamente um sobrinho. Para não descer da região poética em que nos achamos, deixo de dizer que a mula em que o Raimundo veio montado, foi reconduzida por um preto ao alugador.[496]

265

Creio que ainda não disse a idade do hóspede; tem quinze anos e um ameaço de buço; é quase uma criança. Logo, se a nossa Caetaninha ficou alvoroçada, e as mucamas andam de um lado para outro espiando e falando do "sobrinho de sinhô velho que chegou de fora", é porque a vida ali não tem outros episódios, não porque ele seja homem feito.[497]

270

Fulgêncio iniciou uma demonstração em regra, profundamente cartesiana. A seguinte lição foi na chácara. Chovera muito nos dias anteriores; mas o sol agora alagava tudo de luz, e a chácara parecia uma linda viúva[498], que troca o véu do luto pelo do noivado. Raimundo, como se quisesse copiar o sol (copiam-se naturalmente os

---

[495] A força do vitalismo.
[496] Machado de Assis fazia e pensava o seu fazer, muitas vezes na obra feita.
[497] Atalhos do vitalismo sempre à espreita.
[498] A viuvez feminina serve até mesmo de metáfora para o belo natural.

grandes), despedia das pupilas um olhar vasto e longo, que Caetaninha recebia, palpitando, como a chácara. Fusão, transfusão, difusão, confusão e profusão de seres e de coisas.

"A Senhora do Galvão"

277

Começaram a rosnar dos amores deste advogado com a viúva do brigadeiro, quando eles não tinham ainda passado dos primeiros obséquios. Assim vai o mundo.[499]

278

Há dessas ironias do acaso, que dão vontade de destruir o universo. Afinal meteu o bilhete no bolso do vestido, e encarou a mucama, que esperava por ela, e que lhe perguntou:

– Nhanhã não quer mais ver o xale?

Maria Olímpia pegou no xale que a mucama lhe dava e foi pô-lo aos ombros, defronte do espelho. Achou que lhe ficava bem, muito melhor que à viúva.[500]

279

– Este parece melhor que o outro, aventurou a mucama.

– Não sei... disse a senhora, chegando-se mais para a janela, com os dois nas mãos.

– Bota o outro, nhanhã.[501]

A nhanhã obedeceu. Experimentou cinco xales dos dez que ali estavam, em caixas, vindos de uma loja da rua da Ajuda.

280

Magra devoção, que escasseou ainda mais com o primeiro espetáculo e o primeiro baile. Não alcançou a Candiani[502], mas ouviu a Ida Edelvira, dançou à larga, e ganhou fama de elegante.

---

[499] Uma viúva e um advogado: Machado de Assis e o seu tempo.
[500] De rivalidades é feita a vida e a literatura.
[501] A mucama expressa a sua opinião e o seu gosto. Mas não o seu desejo.
[502] Verdadeira devoção tinha Machado de Assis pelas divas do canto. Candiani foi certamente a sua predileta.

281

No fim do jantar, Galvão explicou a demora; tinha ido, a pé, ao teatro Provisório, comprar um camarote para essa noite: davam os *Lombardos*. De lá, na volta, foi encomendar um carro...

282

Como ele acompanhasse o dito com um gesto, ela recuou a cabeça; depois acabou de tomar o café. Tenhamos pena da alma desta moça. Os primeiros acordes dos *Lombardos* ecoavam nela, enquanto a carta anônima lhe trazia uma nota lúgubre, espécie de Réquiem. E por que é que a carta não seria uma calúnia? Naturalmente não era outra coisa: alguma invenção de inimigas, ou para afligi-la, ou para fazê-los brigar. Era isto mesmo. Entretanto, uma vez que estava avisada, não os perderia de vista. Aqui acudiu-lhe uma ideia: consultou o marido se mandaria convidar a viúva.

284

Uma semana depois, recebeu Maria Olímpia outra carta anônima.[503] Era mais longa e explícita. Vieram outras, uma por semana, durante três meses.

285

Tudo era verdade. E, contudo, ela continuava a não crer nas cartas.

288

Galvão abriu a carta e deitou-lhe os olhos ávidos. Ela enterrou a cabeça na cintura, para ver de perto a franja do vestido. Não o viu empalidecer. Quando ele, depois de alguns minutos, proferiu duas ou três palavras, tinha já a fisionomia composta e um esboço de sorriso. Mas a mulher, que o não adivinhava, respondeu ainda de cabeça baixa; só a levantou daí a três ou quatro minutos, e não para fitá-lo de uma vez, mas aos pedaços, como se temesse descobrir-lhe nos olhos a confirmação do anônimo. Vendo-lhe, ao contrário, um sorriso, achou que era o da inocência, e falou de outra coisa. Redobraram as cautelas do marido; parece também que ele não pôde esquivar-se a um tal ou qual sentimento de admiração para com a mulher. Pela sua parte, a

---

[503] O leitor está convidado a tecer algumas reflexões sobre mais essas cartas. Este autor já se fartou mostrando o quanto cartas funcionam como muletas narrativas.

viúva, tendo notícia das cartas, sentiu-se envergonhada; mas reagiu depressa, e requintou de maneiras afetuosas com a amiga.[504]

"As Academias de Sião"

294

Deu lugar a essa enorme ascensão de pensamentos o fato de quererem as quatro academias de Sião resolver este singular problema: – por que é que há homens femininos e mulheres masculinas?[505] E o que as induziu a isso foi a índole do jovem rei. Kalaphangko era virtualmente uma dama. Tudo nele respirava a mais esquisita feminidade: tinha os olhos doces, a voz argentina, atitudes moles e obedientes e um cordial horror às armas. Os guerreiros siameses gemiam, mas a nação vivia alegre, tudo eram danças, comédias e cantigas, à maneira do rei que não cuidava de outra coisa. Daí a ilusão das estrelas.

299

Um e outro estavam bem, como pessoas que acham finalmente uma casa adequada. Kalaphangko espreguiçava-se todo nas curvas femininas de Kinnara.[506] Esta inteiriçava-se no tronco rijo de Kalaphangko. Sião tinha, finalmente, um rei.

Volume 14
Várias histórias, 1896[507]

"A cartomante" (1884)

13

Palavras vulgares; mas há vulgaridades sublimes, ou, pelo menos, deleitosas.

---

[504] Raramente as cartas mentem na obra de Machado de Assis. Já maridos e mulheres...
[505] Machado de Assis mostra ousadia na exploração de um tema improvável para a época. Talvez seja um dos primeiros textos brasileiros sobre a questão.
[506] Note-se que se trata de estar no corpo certo como em "uma casa".
[507] Publicados originalmente em *Gazeta de Notícias*, 1884-1891.

"Uns braços" (1885)[508]

54

D. Severina tratava-o desde alguns dias com benignidade. A rudeza da voz parecia acabada, e havia mais do que brandura, havia desvelo e carinho. Um dia recomendava-lhe que não apanhasse ar, outro que não bebesse água fria depois do café quente, conselhos, lembranças, cuidados de amiga e mãe, que lhe lançaram na alma ainda maior inquietação e confusão. Inácio chegou ao extremo de confiança de rir um dia à mesa, cousa que jamais fizera; e o solicitador não o tratou mal dessa vez, porque era ele que contava um caso engraçado, e ninguém pune a outro pelo aplauso que recebe. Foi então que D. Severina viu que a boca do mocinho, graciosa estando calada, não o era menos quando ria.

"A causa secreta" (1885)

106

O pobre-diabo saiu de lá mortificado, humilhado, mastigando a custo o desdém, forcejando por esquecê-lo, explicá-lo ou perdoá-lo, para que no coração só ficasse a memória do benefício; mas o esforço era vão. O ressentimento, hóspede novo e exclusivo, entrou e pôs fora o benefício, de tal modo que o desgraçado não teve mais que trepar à cabeça e refugiar-se ali como uma simples ideia. Foi assim que o próprio benfeitor insinuou a este homem o sentimento da ingratidão.[509]

"Trio em lá menor" (1886)

123

Quem conhece a técnica do destino[510] adivinha logo que a pessoa que salvou o pequeno foi um dos dous homens da outra noite; foi o Maciel.

---

[508] Antecipação de "A missa do Galo"? Atração entre uma mulher casada e um jovem.

[509] O benfeitor suscita ódio no seu devedor. Tema cara aos cultores dos paradoxos morais.

[510] Expressão engenhosa que faz do acaso uma técnica.

"O enfermeiro" (1884)

149

Olhe, eu podia mesmo contar-lhe a minha vida inteira, em que há outras cousas interessantes, mas para isso era preciso tempo, ânimo e papel, e eu só tenho papel; o ânimo é frouxo, e o tempo assemelha-se à lamparina de madrugada.[511]

164

Adeus, meu caro senhor. Se achar que esses apontamentos valem alguma coisa, pague-me também com um túmulo de mármore, ao qual dará por epitáfio esta emenda que faço aqui ao divino sermão da montanha: "Bem-aventurados os que possuem[512], porque eles serão consolados."

"O Diplomático" (1884)

167

A preta entrou na sala de jantar, chegou-se à mesa rodeada de gente, e falou baixinho à senhora.[513] Parece que lhe pedia alguma cousa urgente, porque a senhora levantou-se logo.

"Marianna" (1891)

187

Era em 1890. Evaristo voltara da Europa, dias antes, após dezoito anos de ausência. Tinha saído do Rio de Janeiro em 1872, e contava demorar-se até 1874 ou 1875, depois de ver algumas cidades célebres ou curiosas, mas o viajante põe e Paris dispõe.[514]

189

Emquanto [sic] esperava circulou os olhos e ficou impressionado.[515]

---

[511] O tempo aparece como um personagem cruel.

[512] Realismo materialista irônico.

[513] Essa voz funcional duplamente silenciada: sussurrada e citada indiretamente.

[514] Capital do século XIX.

[515] Um texto impresso é uma constelação de possibilidades que vão dos diferentes momentos da língua (egreja ou igreja), aos erros de redação, revisão, composição. Machado de Assis dominava e domava a língua. A língua era ele.

"Um apólogo" (1885)

226

– Anda, aprende, tola. Cansas-te em abrir caminho para ela e ela é que vai gozar da vida, enquanto aí ficas na caixinha de costura. Faze como eu, que não abro caminho para ninguém. Onde me espetam, fico. Contei esta história a um professor de melancolia, que me disse, abanando a cabeça:

– Também eu tenho servido de agulha a muita linha ordinária![516]

"D. Paula" (1884)

231

– Titia vai lá?

– [...] Vou lá; espera por mim, que as escravas não te vejam.[517]

"O Cônego ou Metafísica do Estilo" (1885)

265

Nesse dia, – cuido que por volta de 2222[518], – o paradoxo despirá as asas para vestir a japona de uma verdade comum. Então esta página merecerá, mais que favor, apoteose. Hão de traduzi-la em todas as línguas. As academias e institutos farão dela um pequeno livro, para uso dos séculos, papel de bronze, corte-dourado, letras de opala embutidas, e capa de prata fosca. Os governos decretarão que ela seja ensinada nos ginásios e liceus. As filosofias queimarão todas as doutrinas anteriores, ainda as mais definitivas, e abraçarão esta psicologia nova, única verdadeira, e tudo estará acabado. Até lá passarei por tonto, como se vai ver.[519]

267-268

Upa! Cá estamos. Custou-te, não, leitor amigo? É para que não acredites nas pessoas que vão ao Corcovado, e dizem que ali a impressão da altura é tal, que o homem fica sendo cousa nenhuma. Opi-

---

[516] Impossível criticar o autor por falta de diversificação de pontos de vista.

[517] O olhar dos escravos podia transformar-se numa voz não ouvida diretamente, mas comprometedora.

[518] Se fosse 2022, teria chegado a hora de conferir a previsão.

[519] O autor não poderia imaginar que o já distante ano de 2022 chegaria sob o peso de dois anteriores de pandemia, de negacionismo e de rejeição da ciência. Resta esperar que 2222 seja muito melhor e mais afirmativo.

nião pânica e falsa, falsa como Judas e outros diamantes. Não creias tu nisso, leitor amado. Nem Corcovados, nem Himalaias valem muita cousa ao pé da tua cabeça, que os mede. Cá estamos. Olha bem que é a cabeça do cônego. Temos à escolha um ou outro dos hemisférios cerebrais; mas vamos por este, que é onde nascem os substantivos. Os adjetivos nascem no da esquerda. Descoberta minha, que ainda assim não é a principal, mas a base dela, como se vai ver. Sim, meu senhor, os adjetivos nascem de um lado, e os substantivos de outro, e toda a sorte de vocábulos está assim dividida por motivo da diferença sexual...[520]

– Sexual?

Sim, minha senhora, sexual. As palavras têm sexo. Estou acabando a minha grande memória psico-léxico-lógica, em que exponho e demonstro esta descoberta. Palavra tem sexo.

– Mas, então, amam-se umas às outras?

Amam-se umas às outras. E casam-se. O casamento delas é o que chamamos estilo. Senhora minha, confesse que não entendeu nada.

272

Cambaleias, leitor?[521] Não é o mundo que desaba; é o cônego que se sentou agora mesmo. Espaireceu à vontade, tornou à mesa do trabalho, e relê o que escreveu, para continuar; pega da pena, molha-a, desce-a ao papel, a ver que adjetivo há de anexar ao substantivo.

Volume 15
Páginas recolhidas, 1899

"Quelque diversité d'herbes qu'il y ayt, tout s'enveloppe sous le nom de salade." MONTAIGNE, Essais, liv. I, cap. XLVI.[522]

---

[520] Machado de Assis antecipou-se à popularização das diferenças entre os hemisférios cerebrais. Em tempos de neutralização da linguagem, contribuiu para a discussão sobre a sexualidade das palavras.

[521] Cambaleias, mas te cabe fazer notas para alguns dos trechos selecionados.

[522] O autor era fã de Montaigne e implacável nas citações sem tradução.

"O caso da vara"[523]

15

– Lucrécia, olha a vara!

A pequena abaixou a cabeça, aparando o golpe, mas o golpe não veio. Era uma advertência; se à noitinha a tarefa não estivesse pronta, Lucrécia receberia o castigo do costume. Damião olhou para a pequena; era uma negrinha, magricela, um frangalho de nada, com uma cicatriz na testa e uma queimadura na mão esquerda. Contava onze anos. Damião reparou que tossia, mas para dentro, surdamente, a fim de não interromper a conversação. Teve pena da negrinha[524], e resolveu apadrinhá-la, se não acabasse a tarefa.

21

Afinal, à boca da noite, apareceu um escravo do padrinho, com uma carta para Sinhá Rita. O negócio ainda não estava composto; o pai ficou furioso e quis quebrar tudo; bradou que não, senhor, que o peralta havia de ir para o seminário, ou então metia-o no Aljube ou na presiganga. João Carneiro lutou muito para conseguir que o compadre não resolvesse logo, que dormisse a noite, e meditasse bem se era conveniente dar à religião um sujeito tão rebelde e vicioso. Explicava na carta que falou assim para melhor ganhar a causa. Não a tinha por ganha, mas no dia seguinte lá iria ver o homem, e teimar de novo. Concluía dizendo que o moço fosse para a casa dele.

Damião acabou de ler a carta e olhou para Sinhá Rita. Não tenho outra tábua de salvação, pensou ele. Sinhá Rita mandou vir um tinteiro de chifre, e na meia folha da própria carta escreveu esta resposta: "Joãozinho, ou você salva o moço, ou nunca mais nos vemos". Fechou a carta com obreia, e deu-a ao escravo, para que a levasse depressa.[525]

---

[523] Lucia Miguel Pereira (1936, p. 257) diz: "Sem duvida, muitos são casos esporadicos, sem repercussão, em que o autor se encerra dentro dos limites do episodio, como nos dois contos em que trata da escravidão, Pae contra Mãe e o Caso da Vara. Aí Machado parece ter querido isolar o caso da mulata Arminda ou da negrinha Lucrecia do problema da escravidão".

[524] Uma das poucas histórias de Machado de Assis em que o sofrimento de uma pessoa negra figura como aspecto central da narrativa.

[525] O tempo da carta acelerava ou paralisava as ações.

22

Era a hora de recolher os trabalhos. Sinhá Rita examinou-os, todas as discípulas tinham concluído a tarefa. Só Lucrécia estava ainda à almofada, meneando os bilros, já sem ver; Sinhá Rita chegou-se a ela, viu que a tarefa não estava acabada, ficou furiosa, e agarrou-a por uma orelha.

– Ah! malandra!

– Nhanhã, nhanhã! pelo amor de Deus! por Nossa Senhora que está no céu.

– Malandra! Nossa Senhora não protege vadias! Lucrécia fez um esforço, soltou-se das mãos da senhora, e fugiu para dentro; a senhora foi atrás e agarrou-a.

– Anda cá!

– Minha senhora, me perdoe!

– Não perdoo, não.[526]

23

Damião ficou frio... Cruel instante! Uma nuvem passou-lhe pelos olhos. Sim, tinha Jurado apadrinhar a pequena, que por causa dele, atrasara o trabalho...

– Dê-me a vara, Sr. Damião!

Damião chegou a caminhar na direção da marquesa. A negrinha pediu-lhe então por tudo o que houvesse mais sagrado, pela mãe, pelo pai, por Nosso Senhor...

– Me acuda, meu sinhô moço!

Sinhá Rita, com a cara em fogo e os olhos esbugalhados, instava pela vara, sem largar a negrinha, agora presa de um acesso de tosse. Damião sentiu-se compungido; mas ele precisava tanto sair do seminário! Chegou à marquesa, pegou na vara e entregou-a a Sinhá Rita.[527]

"Um erradio"

37

– Já e bem, respondeu Elisiário, jantei numa casa de comércio. Mas vocês por que é que não vendem o Chico?[528] é um bonito criou-

---

[526] O castigo pelo não cumprimento do dever é invocado por alguns ainda hoje como pedagogia eficaz e salutar.

[527] A vara como medida de caráter e do tamanho dos interesses pessoais.

[528] O que não se fazia por um jornal?

lo. É livre, não há dúvida, mas por isso mesmo compreenderá que, deixando-se vender como escravo, terão vocês com que pagar-lhe os ordenados... Dous mil-réis chegam? Romeu, vê ali no bolso da sobre-casaca. Há de haver uns dous mil-réis.

Havia só mil e quinhentos, mas não foram precisos. Cinco minutos depois voltava o Chico, trazendo um tabuleiro com o jantar e o resto da assinatura de um semestre.

– Não é possível! bradou Elisiário. Uma assinatura! Vem cá Chico. Quem foi que pagou? Que figura tinha o homem? Baixo? Não é possível que fosse baixo; a ação é tão sublime que nenhum homem baixo podia praticá-la. Confessa que era alto. Confessa ao menos que era de meia altura. Confessas? Ainda bem! Como se chama? Guimarães? Rapazes, vamos perpetuar este nome em uma placa de bronze. Acredito que não lhe deste recibo, Chico.

– Dei, sim, senhor.[529]

44-45

– Adeus, Ioiô! Era uma quitandeira de doces, uma crioula baiana, segundo me pareceu pelos bordados e crivos da saia e da camisa. Vinha da Cidade Nova e atravessava o campo. Elisiário respondeu à saudação:

– Adeus, Zeferina.

Estacou e olhou para mim, rindo sem riso, e, depois de alguns segundos:

– Não se espante, menino. Há muitas espécies de Vênus. O que ninguém dirá é que a esta lhe faltem braços, continuou olhando para os braços da quitandeira, mais negros ainda pelo contraste da manga curta e alva da camisa.[530]

Eu, de vexado, não achei resposta.

"Eterno!"

69

– Não me expliques nada, disse eu entrando no quarto; é o negócio da baronesa.

---

[529] O capitalismo não deixa de ser o regime no qual o trabalhador fica na obrigação de fornecer ao patrão os recursos que pagarão o seu salário de homem livre.

[530] Raro deslumbramento diante do corpo de uma negra.

Norberto enxugou os olhos e sentou-se na cama, com as pernas pendentes. Eu, cavalgando uma cadeira, pousei a barba no dorso, e proferi este breve discurso:

– Mas, meu pateta, quantas vezes queres que te diga que acabes com essa paixão ridícula e humilhante? Sim, senhor, humilhante e ridícula, porque ela não faz caso de ti; e demais, é arriscado. Não? Verás se o é, quando o barão desconfiar que lhe arrastas a asa à mulher. Olha que ele tem cara de maus bofes.[531]

70

Norberto vivia com os pais; não me cabendo igual fortuna, por havê-los perdido, vivia de uma mesada que me dava um tio da Bahia, e das dívidas que o bom velho pagava semestralmente.[532]

[...] Falei de um golpe recebido. Era uma carta do tio, vinda com a do Norberto, naquela mesma manhã. Abri-a antes da outra, e li-a com pasmo. Já me não tuteava; dizia cerimoniosamente: "Sr. Simeão Antônio de Barros, estou farto de gastar à toa o meu dinheiro com o senhor. Se quiser concluir os estudos, venha matricular-se aqui, e morar comigo. Se não, procure por si mesmo recursos; não lhe dou mais nada."[533]

78-79

Não insisti para não atropelar os acontecimentos... Que o leitor me não condene sem remissão nem agravo. Sei que o papel que eu fazia não era bonito; mas já lá vão vinte e sete anos. Confio do Tempo, que é um insigne alquimista. Dá-se-lhe um punhado de lodo, ele o restitui em diamantes; quando menos, em cascalho.[534]

81

Beirávamos o abismo, ambos teimando que era um reflexo da cúpula celeste, – incongruência para os que não andam namorados. A morte resolveu o problema, levando consigo o barão, por meio de um ataque de apoplexia, no dia vinte e três de março de 1861, às seis horas da tarde. Era um excelente homem, a quem a viúva pagou em

---

[531] Como já se verá retornam a "sedução na sala de jantar", o personagem ocioso e o dispositivo das cartas.

[532] Ser jovem significava, em geral, dilapidar o recebido de algum parente velho.

[533] A pedagogia do castigo passava pela etapa da ameaça de ruptura.

[534] Poucos autores devem ter feito uma tão completa história da ociosidade.

preces o que lhe não dera em amor. Quando eu lhe pedi, três meses depois, que, acabado o luto, casasse comigo, Iaiá Lindinha não estranhou nem me despediu. Ao contrário, respondeu que sim, mas não tão cedo; punha uma condição: que concluísse primeiro os estudos, que me formasse. E disse isto com os mesmos lábios, que pareciam ser o único livro do mundo, o livro universal, a melhor das academias, a escola das escolas. Apelei dela para ela; escutou-me inflexível. A razão que me deu foi que meu tio podia recear que, uma vez casado, interromperia a carreira.[535]

83

No fim de quatro dias, soube que Norberto morava para os lados do Rio Comprido, estava casado. Tanto melhor. Corri a casa dele. Vi no jardim uma preta amamentando uma criança, outra criança de ano e meio, que recolhia umas pedrinhas do chão, acocorada.

– Nhô Bertinho, vai dizer a mamãe que está aqui um moço procurando papai.[536]

"Missa do galo"

91

[...] A família era pequena, o escrivão, a mulher, a sogra e duas escravas. Costumes velhos. Às dez horas da noite toda a gente estava nos quartos; às dez e meia a casa dormia. Nunca tinha ido ao teatro, e mais de uma vez, ouvindo dizer ao Meneses que ia ao teatro, pedi-lhe que me levasse consigo. Nessas ocasiões, a sogra fazia uma careta, e as escravas riam à socapa; ele não respondia, vestia-se, saía e só tornava na manhã seguinte. Mais tarde é que eu soube que o teatro era um eufemismo em ação. Meneses trazia amores com uma senhora, separada do marido, e dormia fora de casa uma vez por semana. Conceição padecera, a princípio, com a existência da comborça; mas afinal, resignara-se, acostumara-se, e acabou achando que era muito direito.[537]

---

[535] Caso o leitor distraído não tenha percebido, quem sabe olhando o celular, a narrativa traz o diálogo com o leitor, uma morte que o próprio narrador ironiza como tendo resolvido o problema, uma viúva disponível e cobiçada e um parasita que ainda não terminou os estudos, mas quer se dar bem casando.
[536] E assim a vida se repetia.
[537] Um dos mais belos e célebres contos de Machado de Assis. Nele, sinuosamente aparece a relação cotidiana com as escravas num clima de amistosa intimidade. Mais do que tudo,

"Lágrimas de Xerxes"

124

Romeu – Comparação falsa. O maior déspota do universo é um miserável escravo[538], se não governa os mais belos olhos femininos de Verona. E a prova é que, a despeito do poder, chorou.

"Papéis velhos"[539]

133

Brotero é deputado. Entrou agora mesmo em casa, às duas horas da noite, agitado, sombrio, respondendo mal ao moleque, que lhe pergunta se quer isto ou aquilo, e ordenando-lhe, finalmente, que o deixe só.

134

Dito isso, foi à secretária, pegou da pena e de uma folha de papel, e escreveu esta carta ao presidente do conselho de ministros.

136

"A opinião enganou-se, eu enganei-me; o ministério está organizado sem mim. Considero esta exclusão um desdouro irreparável, e determinei deixar a cadeira de deputado a algum mais capaz, e, principalmente, mais dócil. Não será difícil a V. Ex.a achá-lo entre os seus numerosos admiradores. Sou, com elevada estima e consideração.
De V. Ex.a desobrigado amigo,
BROTERO."

Os verdadeiros políticos dirão que esta carta é só verossímil no despeito, e inverossímil na resolução. Mas os verdadeiros políticos ignoram duas cousas, penso eu. Ignoram Boileau, que nos adverte da

---

porém, insinua-se a sedução na sala de jantar. No caso, em contraposição sugerida à traição explícita do dono da casa, com suas idas semanais ao "teatro". A esposa traída parece encantar-se com o jovem, quase um menino, hóspede da casa. Salvo se tudo não passou de uma ilusão do rapaz. Pode-se, por um lado, pensar num conflito entre desejo e valores morais; por outro lado, acentua-se o lugar da mulher na sociedade patriarcal. Por fim, sobressai o quanto esses valores aparentes são constantemente questionados no próprio "palco" em que se atualizam. Ninguém é completamente de ninguém. O equilíbrio é instável. O autor parece dizer que todos estão sempre prestes a trair: por vingança ou simples desejo de novidade.

[538] Como metáfora a condição do escravizado é sempre indigna, o que joga sobre ele a culpa pela sua condição.

[539] Vale observar uma sequência antes de um comentário.

possível inverosimilhança da verdade, em matérias de arte[540], e a política, segundo a definiu um padre da nossa língua, é a arte das artes; e ignoram que um outro golpe feria a alma do Brotero naquela ocasião.

137

Tudo isso iria menos mal, se o Brotero não cobiçasse ambas as fortunas, a pasta e a viúva[541]; mas, cobiçá-las, cortejá-las e perdê-las, sem que ao menos uma viesse consolá-lo, da perda da outra, digam-me francamente se não era bastante a explicar a renúncia do nosso amigo? Brotero releu a carta, dobrou-a, encapou-a, sobrescritou-a; depois atirou-a a um lado, para remetê-la no dia seguinte. O destino lançara os dados.

138-139

Abriu a gaveta; tirou dois ou três maços e desatou-os. Muitas das cartas estavam encardidas do tempo. Posto nem todos os signatários houvessem morrido, o aspecto geral era de cemitério; donde se pode inferir que, em certo sentido, estavam mortos e enterrados. E ele começou a relê-las, uma a uma, as de dez páginas e os simples bilhetes, mergulhando nesse mar morto de recordações apagadas, negócios pessoais ou públicos, um espetáculo, um baile, dinheiro emprestado, uma intriga, um livro novo, um discurso, uma tolice, uma confidência amorosa. Uma das cartas, assinada Vasconcelos, fê-lo estremecer:

"A L..., dizia a carta, chegou a S. Paulo, anteontem. Custou-me muito e muito obter as tuas cartas, mas alcancei-as, e daqui a uma semana estarão contigo; levo-as eu mesmo. Quanto ao que me dizes na tua de H... estimo que tenhas perdido a tal ideia fúnebre; era um despropósito. Conversaremos à vista.

139

Esse simples trecho trouxe-lhe uma penca de lembranças. Brotero atirou-se a ler todas as cartas do Vasconcelos. Era um companheiro dos primeiros anos, que naquele tempo cursava a academia, e agora estava de presidente no Piauí. Uma das cartas, muito anterior àquela, dizia-lhe:

---

[540] A arte não copia a realidade: transfigura-a.
[541] Cada autor tem as suas obsessões. No caso, cartas, cargos e viúvas. Obsessões da época. Aspectos de um imaginário social capturado pela ficção.

"Com que então a L ... agarrou-te deveras? Não faz mal; é boa moça e sossegada. E bonita, maganão! Quanto ao que me dizes do Chico Sousa, não acho que devas ter nenhum escrúpulo; vocês não são amigos; dão-se. E depois, não há adultério. Ele devia saber que quem edifica em terreno devoluto..."[542]

142

As cartas de Vasconcelos neste período eram de consolação e filosofia. Brotero lembrou-se de tudo o que padeceu, das imprudências que praticou, dos desvarios, que lhe trouxe aquela evasão de uma mulher, que realmente o tinha nas mãos. Tudo empregara para reavê-la e tudo falhara. Quis ver as cartas que lhe escreveu por este tempo, e que o Vasconcelos, mais tarde, pôde alcançar dela em S. Paulo e foi à gaveta onde as guardara com as outras. Era um maço atado com fita preta. Brotero sorriu da fita preta; deslaçou o maço e abriu as cartas.[543]

"O velho Senado"

169

[...] *todos os cemitérios se parecem.*[544]

"Um cão de lata ao rabo"

174

1º Estilo antitético e asmático.
2º Estilo *ab ovo*.
3º Estilo largo e clássico.[545]

176

O cão ia. A lata saltava como os guizos do arlequim.[546] De caminho envolveu-se nas pernas de um homem. O homem parou; o cão parou: pararam diante um do outro. Contemplação única! *Homo, canis*. Um parecia dizer: – Liberta-me! O outro parecia dizer: – Afas-

---

[542] Quão moral era a supostamente moralista sociedade da época?

[543] Se tudo se fazia, tudo se escrevia. A carta era o confessionário mais espontâneo.

[544] Machado de Assis no melhor de sua capacidade de produzir fórmulas. O texto, de grande sabor nostálgico, remete ao autor como jovem jornalista.

[545] Sátira genial sobre o estilo em literatura. Permanece atual. O estilo asmático parece ter vencido sob a forma "barroca" na literatura brasileira do final do século XX e das primeiras décadas do século XXI. O estilo "ab ovo" domina nas genealogias acadêmicas.

[546] Síntese perfeita do estilo floreado no qual a forma conta mais do que o conteúdo.

ta-te! Após alguns instantes, recuaram ambos; o quadrúpede desla-
çou-se do bípede. *Canis* levou a sua lata; *homo* levou a sua vergonha.
Divisão equitativa. A vergonha é a lata ao rabo do caráter.

"Filosofia de um par de botas"

191

BOTA ESQUERDA

Pois então. Ele gastava mais sapatos do que a Bolívia gasta constituições.[547]

BOTA DIREITA

Deixemo-nos de política.

BOTA ESQUERDA

Apoiado.

"Uma noite"

257

Semanas antes, tinham estado no teatro do acampamento. Este
era agora uma espécie de vila improvisada, com espetáculos, bailes,
bilhares, um periódico e muita casa de comércio. A comédia representada trouxe à memória do alferes uma aventura amorosa que lhe
sucedera nas Alagoas, onde nascera.[548]

259-260

Mal dizia isto, entrou na loja uma senhora, moça, vestida de luto,
com um menino pela mão; dirigiu-se ao comerciante e entregou-lhe
um papel; era a carta de fiança. Meu cunhado viu que não podia fazer nada, cumprimentou e saiu. No dia seguinte, começaram a vir os
trastes; dois dias depois estavam os novos moradores em casa. Eram
três pessoas; a tal moça de luto, o pequeno que a acompanhou à Rua
do Hospício, e a mãe dela, D. Leonor, senhora velha e doente. Com
pouco, soubemos que a moça, D. Camila, tinha vinte e cinco anos de
idade, era viúva de um ano, tendo perdido o marido ao fim de cinco

---

[547] Machado de Assis tem posições firmes e cáusticas sobre política internacional. Várias
vezes ironiza a instabilidade da Bolívia.
[548] As aventuras amorosas é que povoam o imaginário do autor.

meses de casamento. Não apareciam muito. Tinham duas escravas velhas. Iam à missa ao domingo. Uma vez, minha irmã e a viúva encontraram-se ao pé da pia, cumprimentaram-se com afabilidade. A moça levava a mãe pelo braço. Vestiam com decência, sem luxo.[549]

267

Um dia, ao almoço, ouvimos rumor na escada, vozes confusas, choro; mandei ver o que era. Uma das escravas da casa fronteira vinha dar notícia... Cuidei que era a morte da velha, e tive uma sensação de prazer. Ai, meu amigo! a verdade era outra e terrível.

– Nhã Camila está douda!

Não sei o que fiz, nem por onde saí, mas instantes depois entrava pela casa delas. Nunca pude ter memória clara dos primeiros instantes. Vi a pobre velha, caída num sofá da sala; vinham de dentro os gritos de Camila. Se acudi ou não à velha, não sei; mas é provável que corresse logo para o interior, onde dei com a moça furiosa, torcendo-se para escapar às mãos de dois calceteiros que trabalhavam na rua e acudiram ao pedido de socorro de uma das escravas.[550]

274

Quando falei do casamento de minha irmã, senti que me apertou os dedos; imaginei que era a recordação do malogro do nosso. Enfim, chegamos. Fi-la descer, ela entrou depressa no corredor, onde uma preta a esperava.

276

Camila não hesitou em tocar. Tocou uma peça que acertou de ser a primeira que executara em nossa casa, quatro anos antes. Acaso ou propósito? Custava-me a crer que fosse propósito, e o acaso vinha cheio de mistérios. O destino ligava-nos outra vez, por qualquer vínculo, legítimo ou espúrio? Tudo me parecia assim; o noivo antigo dava de si apenas um amante de arribação. Tive ímpeto de aproximar-me dela, derrear-lhe a cabeça e beijá-la muito. Não teria tempo; a preta veio dizer que o chá estava na mesa.

– Desculpe a pobreza da casa, disse ela entrando na sala de jantar. Sabe que nunca fui rica.

---

[549] A morte prematura era a grande inimiga dos casamentos para alegria dos parasitas.
[550] A doença mental ainda era bem pouco compreendida.

Sentamo-nos defronte um do outro. A preta serviu o chá e saiu.[551]

"Discursos"

"A estátua de José de Alencar"

281

Tenho ainda presente a essa em que, por algumas horas últimas, pousou o corpo de José de Alencar. Creio que jamais o espetáculo da morte me fez tão singular impressão. Quando entrei na adolescência, fulgiam os primeiros raios daquele grande engenho; vi-os depois em tanta cópia e com tal esplendor que eram já um sol, quando entrei na mocidade. Gonçalves Dias e os homens do seu tempo estavam feitos; Álvares de Azevedo, cujo livro era a boa-nova dos poetas, falecera antes de revelado ao mundo. Todos eles influíam profundamente no ânimo juvenil que apenas balbuciava alguma coisa; mas a ação crescente de Alencar dominava as outras. A sensação que recebi no primeiro encontro pessoal com ele foi extraordinária; creio ainda agora que não lhe disse nada, contentando-me de fitá-lo com os olhos assombrados do menino Heine ao ver passar Napoleão. A fascinação não diminuiu com o trato do homem e do artista.[552] Daí o espanto da morte. Não podia crer que o autor de tanta vida estivesse ali, dentro de um féretro, mudo e inábil por todos os tempos dos tempos. Mas o mistério e a realidade impunham-se; não havia mais que enterrá-lo e ir conversá-lo em seus livros.

283

Nenhum escritor teve em mais alto grau a alma brasileira. E não é só porque houvesse tratado assuntos nossos. Há um modo de ver e de sentir, que dá a nota íntima da nacionalidade, independente da face externa das coisas. O mais francês dos trágicos franceses é Racine, que só fez falar a antigos. Schiller é sempre alemão, quando recompõe Filipe II e Joana d'Arc. O nosso Alencar juntava a esse dom a natureza dos assuntos tirados da vida ambiente e da história local. Outros o fizeram também; mas a expressão do seu gênio era mais

---

[551] Deixo ao leitor as conclusões depois da leitura do conto.
[552] José de Alencar foi o maior ídolo literário brasileiro de Machado de Assis, que o escolheu para patrono da sua cadeira na ABL. O escravismo militante de Alencar não o chocava nem parecia tirá-lo do sério. Aceitou-o tranquilamente.

vigorosa e mais íntima. A imaginação que sobrepujava nele o espírito de análise, dava a tudo o calor dos trópicos e as galas viçosas de nossa terra. O talento descritivo, a riqueza, o mimo e a originalidade do estilo completavam a sua fisionomia literária. Não lembro aqui as letras políticas, os dias de governo e de tribuna. Toda essa parte de Alencar fica para a biografia.[553] A glória contenta-se da outra parte. A política era incompatível com ele, alma solitária. A disciplina dos partidos e a natural sujeição dos homens às necessidades e interesses comuns não podiam ser aceitas a um espírito que em outra esfera dispunha da soberania e da liberdade.

"O busto de Gonçalves Dias"[554], 1901

289

Aqui fica entregue o monumento a V. Ex.ª, Sr. Prefeito, aqui onde ele deve estar, como outro exemplo da nossa unidade, ligando a pátria inteira no mesmo ponto em que a história, melhor que leis, pôs a cabeça da nação perto daquele gigante de pedras que o grande poeta cantou em versos másculos.

"Na Academia Brasileira"

Discurso Inaugural[555]

294

[...] Cabe-vos fazer com que ele perdure. Passai aos vossos sucessores o pensamento e a vontade iniciais, para que eles os transmitam também aos seus, e a vossa obra seja contada entre as sólidas e brilhantes páginas da nossa vida brasileira. Está aberta a sessão.[556]

"Sessão de encerramento"[557]

294

Um artigo do nosso regimento interno impõe-nos a obrigação de adotar no fim de cada ano o programa dos trabalhos do ano vindou-

---

[553] Essa separação entre o escritor e o político encobre o pior de Alencar.
[554] Gonçalves Dias foi o outro grande ídolo nacional de Machado de Assis.
[555] Dois de julho de 1897.
[556] O espírito inicial sofreu modificações, mas a instituição perdurou.
[557] Sete de dezembro de 1897.

ro. Outro artigo atribui ao presidente a exposição justificativa deste programa.

295

Dentro do país achamos boa vontade e animação, a imprensa tem-nos agasalhado com palavras amigas. Apesar de tudo, a vida desta primeira hora foi modesta, quase obscura. Nascida entre graves cuidados de ordem pública, a Academia Brasileira de Letras tem de ser o que são as associações análogas: uma torre de marfim, onde se acolham espíritos literários, com a única preocupação literária, e de onde, estendendo os olhos para todos os lados, vejam claro e quieto. Homens daqui podem escrever páginas de história, mas a história faz-se lá fora.[558]

Volume 16
Relíquias da Casa Velha, 1906

"Pai contra mãe"[559]

9-10-11

A escravidão levou consigo ofícios e aparelhos, como terá sucedido a outras instituições sociais. Não cito alguns aparelhos senão por se ligarem a certo ofício. Um deles era o ferro ao pescoço, outro o ferro ao pé; havia também a máscara de folha-de-flandres. A máscara fazia perder o vício da embriaguez aos escravos, por lhes tapar a boca. Tinha só três buracos, dois para ver, um para respirar, e era fechada atrás da cabeça por um cadeado. Com o vício de beber, perdiam a tentação de furtar, porque geralmente era dos vinténs do senhor que eles tiravam com que matar a sede, e aí ficavam dois pecados extintos, e a sobriedade e a honestidade certas. Era grotesca tal máscara, mas a ordem social e humana nem sempre se alcança sem o

---

[558] Como se verá mais adiante, Machado de Assis trabalhou muito e usou todo o seu prestígio de alto funcionário de ministério para fazer a Academia Brasileira de Letras existir e ter um espaço físico para chamar de seu. A visão de Joaquim Nabuco, porém, venceu: uma academia de notáveis, não só de letras.
[559] Conto central para a discussão do olhar do autor em relação à escravidão.

grotesco, e alguma vez o cruel.[560] Os funileiros as tinham penduradas, à venda, na porta das lojas. Mas não cuidemos de máscaras. O ferro ao pescoço era aplicado aos escravos fujões. Imaginai uma coleira grossa, com a haste grossa também à direita ou à esquerda, até ao alto da cabeça e fechada atrás com chave. Pesava, naturalmente, mas era menos castigo que sinal.[561] Escravo que fugia assim, onde quer que andasse, mostrava um reincidente, e com pouco era pegado. Há meio século, os escravos fugiam com frequência. Eram muitos, e nem todos gostavam da escravidão. Sucedia ocasionalmente apanharem pancada, e nem todos gostavam de apanhar pancada. Grande parte era apenas repreendida; havia alguém de casa que servia de padrinho, e o mesmo dono não era mau; além disso, o sentimento da propriedade moderava a ação, porque dinheiro também dói.[562] A fuga repetia-se, entretanto. Casos houve, ainda que raros, em que o escravo de contrabando, apenas comprado no Valongo, deitava a correr, sem conhecer as ruas da cidade. Dos que seguiam para casa, não raro, apenas ladinos, pediam ao senhor que lhes marcasse aluguel, e iam ganhá-lo fora, quitandando. Quem perdia um escravo por fuga dava algum dinheiro a quem lho levasse. Punha anúncios nas folhas públicas, com os sinais do fugido, o nome, a roupa, o defeito físico, se o tinha, o bairro por onde andava e a quantia de gratificação. Quando não vinha a quantia, vinha promessa: "gratificar-se-á generosamente", – ou "receberá uma boa gratificação". Muita vez o anúncio trazia em cima ou ao lado uma vinheta, figura de preto, descalço, correndo, vara ao ombro, e na ponta uma trouxa. Protestava-se com todo o rigor da lei contra quem o acoitasse. Ora, pegar escravos fugidios era um ofício do tempo. Não seria nobre, mas por ser instrumento da força com que se mantêm a lei e a propriedade[563], trazia esta outra

---

[560] Essa maneira de apresentar a questão sugere certa relativização da violência e do "grotesco" da máscara em benefício da "ordem social". Ao mesmo tempo, atrela o recurso aos "vícios" dos escravizados, embriaguez e pequenos furtos.

[561] Mais uma explícita relativização da real violência do instrumento de castigo. Ponto de vista do narrador ou do escritor?

[562] Outros elementos de relativização indicando, nessa perspectiva, que havia modulação dos conflitos entre senhor e escravo graças a relações intermediárias afetivas e aos interesses dos escravistas. Numa interpretação crua, parece dizer: dava para suportar. Outro ponto de vista do narrador (não necessariamente do escritor)? Difícil de aceitar como mero artifício narrativo realista.

[563] O cumprimento da lei e o respeito à propriedade dão "nobreza" ao iníquo.

nobreza implícita das ações reivindicadoras. Ninguém se metia em tal ofício por desfastio ou estudo; a pobreza, a necessidade de uma achega, a inaptidão para outros trabalhos, o acaso, e alguma vez o gosto de servir também, ainda que por outra via, davam o impulso ao homem que se sentia bastante rijo para pôr ordem à desordem.

15-16

– Sim, mas lá vem uma noite que compensa tudo, até de sobra. Deus não me abandona, e preto fugido sabe que comigo não brinca; quase nenhum resiste, muitos entregam-se logo.[564]

16

Cândido Neves perdera já o ofício de entalhador, como abrira mão de outros muitos, melhores ou piores. Pegar escravos fugidos trouxe-lhe um encanto novo. Não obrigava a estar longas horas sentado. Só exigia força, olho vivo, paciência, coragem e um pedaço de corda. Cândido Neves lia os anúncios, copiava-os, metia-os no bolso e saía às pesquisas. Tinha boa memória. Fixados os sinais e os costumes de um escravo fugido, gastava pouco tempo em achá-lo, segurá-lo, amarrá-lo e levá-lo. A força era muita, a agilidade também. Mais de uma vez, a uma esquina, conversando de coisas remotas, via passar um escravo como os outros, e descobria logo que ia fugido, quem era, o nome, o dono, a casa deste e a gratificação; interrompia a conversa e ia atrás do vicioso. Não o apanhava logo, espreitava lugar azado, e de um salto tinha a gratificação nas mãos. Nem sempre saía sem sangue, as unhas e os dentes do outro trabalhavam, mas geralmente ele os vencia sem o menor arranhão. Um dia os lucros entraram a escassear. Os escravos fugidos não vinham já, como dantes, meter-se nas mãos de Cândido Neves. Havia mãos novas e hábeis. Como o negócio crescesse, mais de um desempregado pegou em si e numa corda, foi aos jornais, copiou anúncios e deitou-se à caçada. No próprio bairro havia mais de um competidor. Quer dizer que as dívidas de Cândido Neves começaram de subir, sem aqueles pagamentos prontos ou quase prontos dos primeiros tempos. A vida fez-se difícil e dura. Comia-se fiado e mal; comia-se tarde. O senhorio mandava pelos aluguéis. Clara não tinha sequer tempo de remendar a roupa ao

---

[564] Longo era o braço do caçador de escravos fugidos.

marido, tanta era a necessidade de coser para fora. Tia Mônica ajudava a sobrinha, naturalmente. Quando ele chegava à tarde, via-se-lhe pela cara que não trazia vintém. Jantava e saía outra vez, à cata de algum fugido. Já lhe sucedia, ainda que raro, enganar-se de pessoa, e pegar em escravo fiel que ia a serviço de seu senhor; tal era a cegueira da necessidade.[565] Certa vez capturou um preto livre; desfez-se em desculpas, mas recebeu grande soma de murros que lhe deram os parentes do homem.

21-22

Naquela reviu todas as suas notas de escravos fugidos. As gratificações pela maior parte eram promessas; algumas traziam a soma escrita e escassa. Uma, porém, subia a cem mil-réis. Tratava-se de uma mulata; vinham indicações de gesto e de vestido. Cândido Neves andara a pesquisá-la sem melhor fortuna, e abrira mão do negócio; imaginou que algum amante da escrava a houvesse recolhido. Agora, porém, a vista nova da quantia e a necessidade dela animaram Cândido Neves a fazer um grande esforço derradeiro. Saiu de manhã a ver e indagar pela Rua e Largo da Carioca, Rua do Parto e da Ajuda, onde ela parecia andar, segundo o anúncio. Não a achou; apenas um farmacêutico da Rua da Ajuda se lembrava de ter vendido uma onça de qualquer droga, três dias antes, à pessoa que tinha os sinais indicados. Cândido Neves parecia falar como dono da escrava, e agradeceu cortesmente a notícia. Não foi mais feliz com outros fugidos de gratificação incerta ou barata.[566]

23

Chegou ao fim do beco e, indo a dobrar à direita, na direção do Largo da Ajuda, viu do lado oposto um vulto de mulher; era a mulata fugida. Não dou aqui a comoção de Cândido Neves por não podê-lo fazer com a intensidade real. Um adjetivo basta; digamos enorme. Descendo a mulher, desceu ele também; a poucos passos estava a farmácia onde obtivera a informação, que referi acima. Entrou, achou

---

[565] A necessidade justifica o ofício. O regime era de livre concorrência na caça ao escravizado.
[566] Não há mecanismo de questionamento da escravidão, mas de justificação do trabalho do capitão do mato.

o farmacêutico, pediu-lhe a fineza de guardar a criança por um instante; viria buscá-la sem falta.

24

Arminda voltou-se sem cuidar malícia. Foi só quando ele, tendo tirado o pedaço de corda da algibeira, pegou dos braços da escrava, que ela compreendeu e quis fugir. Era já impossível. Cândido Neves, com as mãos robustas, atava-lhe os pulsos e dizia que andasse. A escrava quis gritar, parece que chegou a soltar alguma voz mais alta que de costume, mas entendeu logo que ninguém viria libertá-la, ao contrário. Pediu então que a soltasse pelo amor de Deus.

– Estou grávida, meu senhor! exclamou. Se Vossa Senhoria tem algum filho, peço-lhe por amor dele que me solte; eu serei tua escrava, vou servi-lo pelo tempo que quiser. Me solte, meu senhor moço!

25-26

– Você é que tem culpa. Quem lhe manda fazer filhos e fugir depois? perguntou Cândido Neves.

Não estava em maré de riso, por causa do filho que lá ficara na farmácia, à espera dele. Também é certo que não costumava dizer grandes coisas. Foi arrastando a escrava pela Rua dos Ourives, em direção à da Alfândega, onde residia o senhor. Na esquina desta a luta cresceu; a escrava pôs os pés à parede, recuou com grande esforço, inutilmente. O que alcançou foi, apesar de ser a casa próxima, gastar mais tempo em lá chegar do que devera. Chegou, enfim, arrastada, desesperada, arquejando. Ainda ali ajoelhou-se, mas em vão. O senhor estava em casa, acudiu ao chamado e ao rumor.

– Aqui está a fujona, disse Cândido Neves.

– É ela mesma.

– Meu senhor!

– Anda, entra... Arminda caiu no corredor. Ali mesmo o senhor da escrava abriu a carteira e tirou os cem mil-réis de gratificação. Cândido Neves guardou as duas notas de cinquenta mil-réis, enquanto o senhor novamente dizia à escrava que entrasse. No chão, onde jazia, levada do medo e da dor, e após algum tempo de luta a escrava abortou.

O fruto de algum tempo entrou sem vida neste mundo, entre os gemidos da mãe e os gestos de desespero do dono. Cândido Neves viu todo esse espetáculo. Não sabia que horas eram. Quaisquer que fossem, urgia correr à Rua da Ajuda, e foi o que ele fez sem querer conhecer as consequências do desastre. Quando lá chegou, viu o farmacêutico sozinho, sem o filho que lhe entregara. Quis esganá-lo. Felizmente, o farmacêutico explicou tudo a tempo; o menino estava lá dentro com a família, e ambos entraram. O pai recebeu o filho com a mesma fúria com que pegara a escrava fujona de há pouco, fúria diversa, naturalmente, fúria de amor. Agradeceu depressa e mal, e saiu às carreiras, não para a Roda dos enjeitados, mas para a casa de empréstimo com o filho e os em mil-réis de gratificação. Tia Mônica, ouvida a explicação, perdoou a volta do pequeno, uma vez que trazia os cem mil-réis. Disse, é verdade, algumas palavras duras contra a escrava, por causa do aborto, além da fuga. Cândido Neves, beijando o filho, entre lágrimas, verdadeiras, abençoava a fuga e não se lhe dava do aborto.

– Nem todas as crianças vingam, bateu-lhe o coração.[567]

"Maria Cora"

28

Talvez por isso dei alguma atenção à senhora que vi em casa do comendador, na véspera. Era uma criatura morena, robusta, vinte e oito a trinta anos, vestida de escuro; entrou às dez horas, acompanhada de uma tia velha. A recepção que lhe fizeram foi mais cerimoniosa que as outras; era a primeira vez que ali ia. Eu era a terceira. Perguntei se era viúva.

– Não; é casada.
– Com quem?
– Com um estancieiro do Rio Grande.
– Chama-se?
– Ele? Fonseca, ela Maria Cora.
– O marido não veio com ela?

---

[567] Todo texto permite várias interpretações, mas não todas. Candinho tem sua ação justificada pela necessidade de não entregar o próprio filho para a roda dos enjeitados. De certo modo, é cada um por si, cada um pelo seu filho. A sua ação ganha supostamente um aspecto moral e humanitário. Pode-se elogiar o olhar complexo sobre a realidade, capturando as motivações de cada um numa estrutura cruel. Por outro lado, desde a abertura do conto há relativização das condições da escravidão e dos seus castigos. O caçador de escravos fugidos não agia por maldade, mas por necessidade, parece ser a moral da história. Além disso, fica expressa a moral do sistema: se a escrava não tivesse fugido não seria perseguida. Qual a crítica ao escravismo aí? Algo como a culpa é da estrutura?

– Está no Rio Grande.[568]

29

Não soube mais nada; mas a figura da dama interessou-me pelas graças físicas, que eram o oposto do que poderiam sonhar poetas românticos e artistas seráficos. Conversei com ela alguns minutos, sobre coisas indiferentes, – mas suficientes para escutar-lhe a voz, que era musical, e saber que tinha opiniões republicanas. Vexou-me confessar que não as professava de espécie alguma; declarei-me vagamente pelo futuro do país.[569] Quando ela falava, tinha um modo de umedecer os beiços, não sei se casual, mas gracioso e picante. Creio que, vistas assim ao pé, as feições não eram tão corretas como pareciam a distância, mas eram mais suas, mais originais.

41

Pouco depois daquela noite escrevi-lhe uma carta[570] e fui ao Engenho Velho. Achei-a um pouco retraída; a tia explicou-me que recebera notícias do Rio Grande que a afligiram.

42

Minutos depois, veio a mim, e estendeu-me a mão com tanta galhardia, que li nela a resposta, e estive quase a dar-lhe um agradecimento. Passaram-se alguns minutos, quinze ou vinte. Ao fim desse tempo, ela pretextou um livro, que estava em cima das músicas, e pediu-me para dizer se o conhecia; fomos ali ambos, e ela abriu-mo; entre as duas folhas estava um papel.

– Na outra noite, quando aqui esteve, deu-me esta carta; não podia dizer-me o que tem dentro?

– Não adivinha?

– Posso errar na adivinhação.

45

Na cidade do Rio Grande encontrei um amigo, a quem eu por carta do Rio de Janeiro dissera muito reservadamente que ia lá por motivos políticos. Quis saber quais.

---

[568] É frequente o gosto de Machado de Assis em criar personagens do Rio Grande do Sul, província muito em voga em função de conflitos de fronteira e militarização.

[569] Mais uma passagem sobre a falta de opinião. Machado de Assis, contudo, era monarquista e tinha posição muito firme sobre determinados assuntos políticos.

[570] Relações não evoluíam sem cartas.

– Naturalmente são reservados, respondi tentando sorrir.

49

Naquele combate achei-me um tanto como o herói de Stendhal[571] na batalha de Waterloo; a diferença é que o espaço foi menor.

51

É claro que não deixei logo as forças, bati-me ainda algumas vezes, mas a razão principal dominou, e abri mão das armas. Durante o tempo em que estive alistado, só escrevi duas cartas a Maria Cora, uma pouco depois de encetar aquela vida nova, – outra depois do combate da Encruzilhada; nesta não lhe contei nada do marido, nem da morte, nem sequer que o vira.[572]

"Marcha fúnebre"

66

Cordovil desceu com as pernas e a alma vivas, e entrou pela porta lateral, onde o aguardava com um castiçal e vela acesa o escravo Florindo. Subiu a escada, e os pés sentiam que os degraus eram deste mundo; se fossem do outro, desceriam naturalmente. Em cima, ao entrar no quarto, olhou para a cama; era a mesma dos sonos quietos e demorados.

– Veio alguém?

– Não, senhor, respondeu o escravo distraído, mas corrigiu logo: Veio, sim, senhor; veio aquele doutor que almoçou com meu senhor domingo passado.

– Queria alguma coisa?

– Disse que vinha dar a meu senhor uma boa notícia, e deixou este bilhete – que eu botei ao pé da cama.

O bilhete referia a morte do inimigo.[573]

---

[571] Uma das poucas referências de Machado de Assis ao nome de Stendhal.

[572] Se não é viúva, que se torne ou creia ser. No jogo do amor, a desonestidade faz a diferença.

[573] A grandeza de espírito não era um valor muito disseminado.

"Um capitão de voluntários"

71

Indo a embarcar para a Europa, logo depois da proclamação da República, Simão de Castro fez inventário das cartas e apontamentos; rasgou tudo. Só lhe ficou a narração que ides ler; entregou-a a um amigo para imprimi-la quando ele estivesse barra fora. O amigo não cumpriu a recomendação por achar na história alguma coisa que podia ser penosa, e assim lho disse em carta. Simão respondeu que estava por tudo o que quisesse; não tendo vaidades literárias, pouco se lhe dava de vir ou não a público. Agora que os dois faleceram, e não há igual escrúpulo, dá-se o manuscrito ao prelo.

Éramos dois, elas duas. Os dois íamos ali por visita, costume, desfastio, e finalmente por amizade. Fiquei amigo do dono da casa, ele meu amigo. Às tardes, sobre o jantar, – jantava-se cedo em 1866, – ia ali fumar um charuto.[574]

74

A estas festas não ia Barreto, que só mais tarde começou a frequentar a casa. Entretanto, era bom companheiro, alegre e rumoroso. Uma noite, como saíssemos de lá, encaminhou a conversa para as duas mulheres, e convidou-me a namorá-las.

– Tu escolhes uma, Simão, eu outra.

Estremeci e parei.

– Ou antes, eu já escolhi, continuou ele; escolhi a Raimunda. Gosto muito da Raimunda. Tu, escolhe a outra.

– A Maria?

– Pois que outra há de ser?

O alvoroço que me deu este tentador foi tal que não achei palavra de recusa, nem palavra nem gesto. Tudo me pareceu natural e necessário. Sim, concordei em escolher Maria; era mais velha que eu três anos, mas tinha a idade conveniente para ensinar-me a amar. Está dito, Maria. Deitamo-nos às duas conquistas com ardor e tenacidade. Barreto não tinha que vencer muito; a eleita dele não trazia amores, mas até pouco antes padecera de uns que rompera contra a vontade, indo o amante casar com uma moça de Minas. Depressa se

---

[574] O leitor já pode imaginar o que virá.

deixou consolar. Barreto um dia, estando eu a almoçar, veio anunciar-me que recebera uma carta dela, e mostrou-ma.[575]

75

Naquele dia fiquei meio vexado. Com efeito, apesar da melhor vontade deste mundo, não me atrevia a dizer a Maria os meus sentimentos. Não suponhas que era nenhuma paixão. Não tinha paixão, mas curiosidade. Quando a via esbelta e fresca, toda calor e vida, sentia-me tomado de uma força nova e misteriosa; mas, por um lado, não amara nunca, e, por outro, Maria era a companheira de meu amigo. Digo isto, não para explicar escrúpulos, mas unicamente para fazer compreender o meu acanhamento. Viviam juntos desde alguns anos, um para o outro. X... tinha confiança em mim, confiança absoluta, comunicava-me os seus negócios, contava-me coisas da vida passada. Apesar da desproporção da idade, éramos como estudantes do mesmo ano.[576]

76

– Vim trazer a carta para mamãe, apressou-se ela em dizer.

– [...] Já agora não me caso; vivo maritalmente com ela, morrerei com ela. Tenho uma só pena; é ser obrigado a viver separado de minha mãe.

77

Em casa escrevi-lhe uma carta longa e difusa, que rasguei meia hora depois, e fui jantar. Sobre o jantar fui à casa de X...

80

Jogamos cerca de uma hora. Maria, para o fim, cochilava literalmente, e foi o próprio X... que lhe disse que era melhor ir descansar. Despedi-me e passei ao corredor, onde tinha o chapéu e a bengala. Maria, à porta da sala, esperava que eu saísse e acompanhou-me até à cancela, para fechá-la. Antes que eu descesse, lançou-me um dos braços ao pescoço, chegou-me a si, colou-me os lábios nos lábios, onde eles me depositaram um beijo grande, rápido e surdo. Na mão senti alguma coisa.[577]

---

[575] Adultério, cartas e desafios.

[576] Um projeto explícito de traição ao amigo na sua casa. O narrador desculpa-se do acanhamento garantindo que não era por escrúpulos.

[577] Comprovação de uma hipótese: a traição sem culpa na sala de jantar. Vale lembrar, como

81

O mar acolheu-nos bem. A hora era de poucos passageiros. Havia movimento de lanchas, de aves, e o céu luminoso parecia cantar a nossa primeira entrevista. O que dissemos foi tão de atropelo e confusão que não me ficou mais de meia dúzia de palavras, e delas nenhuma foi o nome de X... ou qualquer referência a ele. Sentíamos ambos que traíamos, eu o meu amigo, ela o seu amigo e protetor. Mas, ainda que o não sentíssemos, não é provável que falássemos dele, tão pouco era o tempo para o nosso infinito.[578]

82

Pelo menos foi a sensação com que me separei dela, após a viagem redonda a Niterói e S. Domingos. Convidei-a a desembarcar em ambos os pontos, mas recusou; na volta, lembrei-lhe que nos metêssemos numa caleça fechada: "Que ideia faria de mim?" perguntou-me com gesto de pudor que a transfigurou. E despedimo-nos com prazo dado, jurando-lhe que eu não deixaria de ir vê-los, à noite, como de costume.[579]

83

...no Teatro Provisório, dançando ao som de um pandeiro, disse-me que era verdade, fora ali vestida à castelhana e de máscara; e, como eu lhe pedisse a mesma coisa, menos a máscara, ou um simples lundu nosso, respondeu-me como quem recusa um perigo:

[...] Quando cansei, escrevi-lhe uma longa carta; esperei que me escrevesse também, explicando a falta. Não mandei a carta, e à noite fui à casa deles.

84

X... recebeu-me com o seu grande riso infante, os olhos puros, a mão forte e sincera; perguntou a razão da minha ausência. Aleguei uma febrezinha, e, para explicar o enfadamento que eu não podia vencer, disse que ainda me doía a cabeça. Maria compreendeu tudo;

---

se verá, que Machado de Assis criticou a falta de valores morais da personagem de Eça de Queirós em *Primo Basílio* como uma inverossimilhança.

[578] Liberdade total das amarras morais ou falta de empatia?

[579] O núcleo de todas essas histórias é a necessidade de ir à casa do traído, de viver a traição diante dos olhos do enganado. Uma técnica da traição.

nem por isso se mostrou meiga ou compassiva, e, à minha saída, não foi até ao corredor, como de costume.

88-89

Fiquei aturdido com a notícia, que confirmava a minha impressão. Nem por isso deixei de ir lá jantar no dia seguinte. Barreto quis ir também; percebi que era com o fim único de estar comigo, e recusei. X... não dissera nada a Maria; achei-os na sala, e não me lembro de outra situação na vida em que me sentisse mais estranho a mim mesmo. Apertei-lhes a mão, sem olhar para ela. Creio que ela também desviou os olhos. Ele é que, com certeza, não nos observou; riscava um fósforo e acendia um cigarro. Ao jantar falou o mais naturalmente que pôde, ainda que frio. O rosto exprimia maior esforço que na véspera. Para explicar a possível alteração, disse-me que embarcaria no fim da semana, e que, à proporção que a hora ia chegando, sentia dificuldade em sair.[580]

90

Preferi o seu último retrato, fotografado a pedido da mãe, com a farda de capitão de voluntários. Por dissimulação, quis que assinasse; ele prontamente escreveu: "Ao seu leal amigo Simão de Castro oferece o capitão de voluntários da pátria X..." O mármore do rosto era mais duro, o olhar mais torvo; passou os dedos pelo bigode, com um gesto convulso, e despedimo-nos.

91

Eu cá fiquei entre os meus remorsos e saudades; depois, só remorsos; agora admiração apenas, uma admiração particular, que não é grande senão por me fazer sentir pequeno. Sim, eu não era capaz de praticar o que ele praticou. Nem efetivamente conheci ninguém que se parecesse com X... E por que teimar nesta letra? Chamemo-lo pelo nome que lhe deram na pia, Emílio, o meigo, o forte, o simples Emílio.[581]

---

[580] Ou se tratava de uma sociedade livre de amarras morais ou tal era o moralismo que desafiá-lo se tornava um jogo de libertação.

[581] O traído. O leitor é convidado a lembrar-se de Virgília e Brás Cubas diante de Lobo Neves. E todas as seduções e traições na sala de jantar citadas antes.

"Suje-se gordo!"

93

Uma noite, há muitos anos, passeava eu com um amigo no terraço do Teatro de S. Pedro de Alcântara.[582]

"Umas férias"

101

Vieram dizer ao mestre-escola que alguém lhe queria falar.
– Quem é?
– Diz que meu senhor não o conhece, respondeu o preto.
– Que entre.

104

Tinha ido uma vez ao teatro, e voltei dormindo, mas no dia seguinte estava tão contente que morria por lá tornar, posto não houvesse entendido nada do que ouvira. Vira muita coisa, isto sim, cadeiras ricas, tronos, lanças compridas, cenas que mudavam à vista, passando de uma sala a um bosque, e do bosque a uma rua.[583]

111

Minha mãe sufocou este sonho pouco depois dele nascer. Mal chegara ao balcão, mandou-me buscar pela escrava; lá fui para o interior da casa e para o estudo. Arrepelei-me, apertei os dedos à guisa de quem quer dar murro; não me lembra se chorei de raiva.

"Evolução"

116

Chegamos a Vassouras; eu fui para a casa do juiz municipal, camarada antigo; ele demorou-se um dia e seguiu para o interior. Oito dias depois voltei ao Rio de Janeiro, mas sozinho. Uma semana mais tarde, voltou ele; encontramo-nos no teatro, conversamos muito e trocamos notícias; Benedito acabou convidando-me a ir almoçar com ele no dia seguinte.

---

[582] Os teatros povoam as páginas de Machado de Assis.
[583] Este o mundo abordado pelo autor: pretos silentes, ricos ociosos, fantasias.

118

Saí encantado. Encontramo-nos algumas vezes, na rua, no teatro, em casa de amigos comuns, tive ocasião de apreciá-lo. Quatro meses depois fui à Europa, negócio que me obrigava a ausência de um ano; ele ficou cuidando da eleição; queria ser deputado. Fui eu mesmo que o induzi a isso, sem a menor intenção política, mas com o único fim de lhe ser agradável; mal comparando, era como se lhe elogiasse o corte do colete.[584] Ele pegou da ideia, e apresentou-se. Um dia, atravessando uma rua de Paris, dei subitamente com o Benedito.

119

Benedito não contava com esta palavra, o rosto iluminou-se-lhe; mas disfarçou depressa.

– Não digo isso, respondeu. Quando, porém, seja ministro, creia que serei tão-somente ministro industrial. Estamos fartos de partidos[585]: precisamos desenvolver as forças vivas do país, os seus grandes recursos. Lembra-se do que nós dizíamos na diligência de Vassouras? O Brasil está engatinhando; só andará com estradas de ferro.

"Pílades e Orestes"

123-124

Tinham estudado juntos, morado juntos, e eram bacharéis do mesmo ano. Quintanilha não seguiu advocacia nem magistratura, meteu-se na política; mas, eleito deputado provincial em 187... cumpriu o prazo da legislatura e abandonou a carreira. Herdara os bens de um tio, que lhe davam de renda cerca de trinta contos de réis.[586] Veio para o seu Gonçalves, que advogava no Rio de Janeiro.

Posto que abastado, moço, amigo do seu único amigo, não se pode dizer que Quintanilha fosse inteiramente feliz, como vais ver. Ponho de lado o desgosto que lhe trouxe a herança com o ódio dos parentes; tal ódio foi que ele esteve prestes a abrir mão dela, e não o fez porque o amigo Gonçalves, que lhe dava ideias e conselhos, o convenceu de que semelhante ato seria rematada loucura.[587]

---

[584] Num país de maioria excluída, a política era um capricho de ricos.
[585] O tema do esvaziamento dos partidos já era forte na mentalidade do autor. Como se posicionaria Machado de Assis na política brasileira em 2022?
[586] Olha o ocioso na página outra vez.
[587] Amizades não rimam com heranças.

124

– Que culpa tem você que merecesse mais a seu tio que os outros parentes? Não foi você que fez o testamento nem andou a bajular o defunto, como os outros. Se ele deixou tudo a você, é que o achou melhor que eles; fique-se com a fortuna, que é a vontade do morto, e não seja tolo.

125

A vida que viviam os dois era a mais unida deste mundo. Quintanilha acordava, pensava no outro, almoçava e ia ter com ele. Jantavam juntos, faziam alguma visita, passeavam ou acabavam a noite no teatro.

128

Teve que concordar. A união dos dois era tal que uma senhora chamava-lhes os "casadinhos de fresco"[588], e um letrado, Pílades e Orestes.

130

– Você por que não se casa? perguntou-lhe um dia; um advogado precisa casar.

Gonçalves respondia rindo. Tinha uma tia, única parenta, a quem ele queria muito, e que lhe morreu, quando eles iam em trinta anos. Dias depois, dizia ao amigo:

– Agora só me resta você.

Quintanilha sentiu os olhos molhados, e não achou que lhe respondesse. Quando se lembrou de dizer que "iria até à morte" era tarde. Redobrou então de carinhos, e um dia acordou com a ideia de fazer testamento. Sem revelar nada ao outro, nomeou-ó testamenteiro e herdeiro universal.

137

Gonçalves redigia umas razões de embargo.[589] Interrompeu-as para fitá-lo um instante, erguer-se, abrir o armário de ferro, onde guardava os papéis graves, tirar de lá o testamento de Quintanilha, e entregá-lo ao testador.[590]

---

[588] Sugestão de um afeto homoafetivo?
[589] Um advogado em ação. Mas desejando escapar desse fardo.
[590] Quintanilha desistiu também do amor da prima Camila em favor de Gonçalves. Foi assassinado com um tiro. Definitivamente Machado de Assis mostra os desvãos humanos.

"Anedota do cabriolet"

139

A geração de hoje não viu a entrada e a saída do cabriolet no Rio de Janeiro. Também não saberá do tempo em que o *cab* e o tilbury vieram para o rol dos nossos veículos de praça ou particulares. O *cab* durou pouco. O tilbury, anterior aos dois, promete ir à destruição da cidade. Quando esta acabar e entrarem os cavadores de ruínas, achar-se-á um parado, com o cavalo e o cocheiro em ossos, esperando o freguês do costume. A paciência será a mesma de hoje, por mais que chova, a melancolia maior, como quer que brilhe o sol, porque juntará a própria atual à do espectro dos tempos. O arqueólogo dirá coisas raras sobre os três esqueletos. O cabriolet[591] não teve história; deixou apenas a anedota que vou dizer.

139-140

– Sim, senhor, dois; nhã Anunciada e nhô Pedrinho. Coitado de nhô Pedrinho! E nhã Anunciada, coitada! continuou o preto a gemer, andando de um lado para outro, aflito, fora de si.[592]

140

Alguém que leia isto com a alma turva de dúvidas, é natural que pergunte se o preto sentia deveras[593], ou se queria picar a curiosidade do coadjutor e do sacristão. Eu estou que tudo se pode combinar neste mundo, como no outro. Creio que ele sentia deveras; não descreio que ansiasse por dizer alguma história terrível. Em todo caso, nem o coadjutor nem o sacristão lhe perguntavam nada.

141

O preto desandou o caminho a passo largo.

[...] O próprio cabriolet, que era novo na terra, e substituía neste caso a sege, esse mesmo veículo não ocupava o cérebro todo de João das Mercês, a não ser na parte que pegava com nhô Pedrinho e nhã Anunciada.

---

[591] Machado de Assis é fascinado pelos veículos da época. Como se disse, pouco atenção dá aos animais que os puxam, salvo a alguns burros "filosóficos".

[592] Considerando a obra de Machado de Assis, nenhum preto conseguiu, na condição de escravizado, desenvolver uma capacidade de expressão acima dessa funcionalidade.

[593] Os negros em geral sentem, nas páginas do autor, as dores dos seus donos.

141-142

"Há de ser gente nova, ia pensando o sacristão, mas hóspede em alguma casa, decerto, porque não há casa vazia na praia, e o número é da do Comendador Brito. Parentes, serão? Que parentes, se nunca ouvi...? Amigos, não sei; conhecidos, talvez, simples conhecidos. Mas então mandariam cabriolet? Este mesmo preto é novo na casa; há de ser escravo de um dos moribundos, ou de ambos."

150

– ... Dado logo o alarma, alcançamos pegar o cabriolet em caminho da Cidade Nova, e eles ficaram tão pungidos e vexados da captura que adoeceram de febre e acabam de morrer.[594]

"Identidade", 1887

151

Convenhamos que o fenômeno da semelhança completa entre dois indivíduos não parentes é coisa mui rara, – talvez ainda mais rara que um mau poeta calado.[595] Pela minha parte não achei nenhum. Tenho visto parecenças curiosas, mas nunca ao ponto de estabelecer identidade entre duas pessoas estranhas.

Na família as semelhanças são naturais; e isso que fazia pasmar ao bom Montaigne, não traz o menor espanto ao mais soez dos homens. Os Ausos, povo antigo, cujas mulheres eram comuns, tinham um processo sumário para restituir os filhos aos pais: era a semelhança que, ao cabo de três meses, apresentasse o menino com algum dos cidadãos. Vá por conta de Heródoto. A natureza era assim um tabelião muito mais seguro. Mas que entre dois indivíduos de família e casta diferentes (a não serem os Drômios e os Menecmas dos poetas) a igualdade das feições, da estatura, da fala, de tudo, seja tal que se não possam distinguir um do outro, é caso para ser posto em letra de forma[596], depois de ter vivido três mil anos em um papiro, achado em Tebas. Vá por conta do papiro.

---

[594] O artifício da morte rápida sempre retorna.
[595] O mau poeta é o inimigo maior de Machado de Assis. A questão da semelhança entre dois indivíduos seria nuclear em *Dom Casmurro*.
[596] O tema seria posto em letra de forma doze anos depois em *Dom Casmurro*.

"Jogo do bicho", 1904

169-170

Nenhum tinha nada; ele, apenas o emprego, ela as mãos e as pernas para cuidar da casa toda, que era pequena, e ajudar a preta velha que a criou e a acompanhou sem ordenado. Foi esta preta que os fez casar mais depressa. Não que lhes desse tal conselho; a rigor, parecia-lhe melhor que ela ficasse com a tia viúva, sem obrigações, nem filhos. Mas ninguém lhe pediu opinião. Como, porém, dissesse um dia que, se sua filha de criação casasse, iria servi-la de graça, esta frase foi contada a Camilo, e Camilo resolveu casar dois meses depois. Se pensasse um pouco, talvez não casasse logo; a preta era velha, eles eram moços, etc. A ideia de que a preta os servia de graça, entrou por uma verba eterna no orçamento.

Germana, a preta, cumpriu a palavra dada.

– Um caco de gente sempre pode fazer uma panela de comida, disse ela.[597]

175

– Pois veja, e há de descobrir que todo o seu mal está em não teimar algum tempo no mesmo bicho. Olhe, um preto, que há três meses joga na borboleta ganhou hoje e levou uma bolada...

[...] Ao chegar à casa achou a mulher dividida entre a cozinha e a costura. Germana adoecera e ela fazia o jantar, ao mesmo tempo que acabava o vestido de uma freguesa. Cosia para fora, a fim de ajudar as despesas da casa e comprar algum vestido para si. O marido não ocultou o desgosto da situação. Correu a ver a preta; já a achou melhor da febre com o quinino que a mulher tinha em casa e lhe dera "por sua imaginação"; e a preta acrescentou sorrindo:

– Imaginação de nhã Joaninha é boa.[598]

176

Afinal não pôde, e somou lentamente, com cuidado para não errar; tinha gasto setecentos e sete mil-réis, e tinha ganho oitenta e quatro mil-réis, um *deficit* de seiscentos e vinte e três mil-réis. Ficou assombrado.[599]

---

[597] Não há qualquer tensão nessa apresentação dos fatos.

[598] Não havia atestado médico para pretos.

[599] Do carnaval ao jogo do bicho, Machado de Assis mapeou os costumes populares do seu

"Viagem à roda de mim mesmo"[600]

192

– Sim, disse a mim mesmo; ela há de pagar-me o que me fez fazer ao Veiga".

Veiga era um deputado que morava com outros três na casa de pensão[601], e de todos os da legislatura foi o que se me mostrou particularmente amigo. Estava na oposição, mas prometia que, tão depressa caísse o ministério, faria por mim alguma coisa. Um dia prestou-me generosamente um grande obséquio. Sabendo que eu andava atrapalhado com certa dívida, mandou-a pagar por portas travessas. Fui ter com ele, logo que descobri a origem do favor, agradeci-lho com lágrimas nos olhos, ele meteu o caso à bulha e acabou dizendo que não me afadigasse em arranjar-lhe o dinheiro; bastava pagar quando ele tivesse de voltar à província, fechadas as câmaras, ou em maio que fosse.[602]

197

Tive ideia de escrever uma carta, longa ou breve, pedindo-lhe a mão. Cheguei a pôr a pena no papel e a começar alguns rascunhos. Vi que era fraqueza e determinei ir em pessoa; pode ser também que esta resolução fosse um sofisma, para escapar às lacunas da carta.[603] Era de noite; marquei o dia seguinte. Saí de casa e andei muito, pensando e imaginando, voltei com as pernas moídas e dormi como um ambicioso.

198

Sobre o jantar, peguei casualmente nos *Três Mosqueteiros*, li cinco ou seis capítulos que me fizeram bem[604], e me abarrotaram de ideias petulantes, como outras tantas pedras preciosas em torno deste medalhão central: as mulheres pertencem ao mais atrevido. Respirei afoito, e marchei.

---

tempo. O jogador de então já perdia mais do que ganhava. E se iludia.

[600] Publicado originalmente na *Gazeta de Notícias*, de 4/10/1885.

[601] Deputado morando em pensão é um costume que se perdeu no tempo.

[602] Quem faz um favor, ganha um devedor.

[603] O que podia ser mais difícil: falar pessoalmente ou escrever uma boa carta?

[604] Uma das paixões de Machado de Assis.

"Só!"

201

Um grande escritor, Edgar Poe,[605] relata, em um de seus admiráveis contos, a corrida noturna de um desconhecido pelas ruas de Londres, à medida que se despovoam, com o visível intento de nunca ficar só.

202

Costumava ele desaparecer da cidade durante um ou dous meses; metia-se em casa, com o único preto que possuía, e a quem dava ordem de lhe não dizer nada.

– [...] Ora, um escravo, que nem sequer lhe pode tomar a bênção![606]

206-207

Reclinado na cadeira, contemplava os cabelos, como se fossem a própria pessoa; releu o bilhete, depois fechou os olhos, para recordar melhor. Pode-se dizer que ficou um pouco triste, mas de uma tristeza que a fatuidade tingia de alguns tons alegres. Reviveu o amor e a carruagem – a carruagem dela –, os ombros soberbos e as joias magníficas – os dedos e os anéis, a ternura da amada e a admiração pública.[607]

"O escrivão Coimbra"[608]

215

Aparentemente há poucos espetáculos tão melancólicos como um ancião comprando um bilhete de loteria. Bem considerado, é alegre; essa persistência em crer, quando tudo se ajusta ao descrer, mostra que a pessoa é ainda forte e moça. Que os dias passem e com eles os bilhetes brancos, pouco importa; o ancião estende os dedos para escolher o número que há de dar a sorte grande amanhã – ou depois – um dia enfim, porque todas as coisas podem falhar neste mundo, menos a sorte grande a quem compra um bilhete com fé.

[...] Não era a fé que faltava ao escrivão Coimbra. Também não era a esperança. Uma coisa não vai sem outra. Não confundas a fé

---

[605] Machado de Assis foi um leitor contumaz e atualizado.
[606] Dispositivo que contribuía para a inculcação ideológica da obediência.
[607] Um imaginário da opulência.
[608] Publicado originalmente em *Almanaque Brasileiro Garnier*, 1906.

na Fortuna com a fé religiosa. Também tivera esta em anos verdes e maduros, chegando a fundar uma irmandade, a irmandade de S. Bernardo, que era o santo de seu nome; mas aos cinquenta, por efeito do tempo ou de leituras, achou-se incrédulo. Não deixou logo a irmandade; a esposa pôde contê-lo no exercício do cargo de mesário e levava-o às festas do santo; ela, porém, morreu, e o viúvo rompeu de vez com o santo e o culto. Resignou o cargo da mesa e fez-se irmão remido para não tornar lá. Não buscou arrastar outros nem obstruir o caminho da oração; ele é que já não rezava por si nem por ninguém. Com amigos, se eram do mesmo estado de alma, confessava o mal que sentia da religião. Com familiares, gostava de dizer pilhérias sobre devotas e padres.[609]

216

Aos sessenta anos já não cria em nada, fosse do céu ou da terra, exceto a loteria. A loteria, sim, tinha toda a sua fé e esperança. Poucos bilhetes comprava a princípio, mas a idade, e depois a solidão, vieram apurando aquele costume e o levaram a não deixar passar loteria sem bilhete.

230

A preta acabou beijando a cruz do rosário, persignou-se, levantou-se e saiu.[610]

"O caso do Romualdo"

239

D. Carlota entrou. Ao pé uma da outra pareciam irmãs; a dona da casa era, talvez, um pouco mais alta, e tinha os olhos de outra cor; eram castanhos, os de D. Carlota pretos. Outra diferença: esta era casada, D. Maria Soares, viúva: – ambas possuíam alguma coisa, e não chegavam a trinta anos; parece que a viúva contava apenas vinte e nove, posto confessasse vinte e sete, e a casada andava nos vinte e oito. Agora, como é que uma viúva de tal idade, bonita e abastada, não contraía segundas núpcias é o que toda a gente ignorou sem-

---

[609] A loteria como metáfora da vida.
[610] Cada um com seu crença e com sua necessidade de crer. Ou há uma idade para crer e outra para apostar na sorte, essa loteria do destino.

pre.[611] Não se pode supor que fosse fidelidade ao morto, pois é sabido que ela não o amava muito nem pouco; foi um casamento de arranjo. Talvez não se pode crer que lhe faltassem pretendentes; tinha-os às dúzias.

240

Na verdade, a cara de Carlota trazia impressa uma tempestade interior; os olhos faiscavam, e as narinas moviam-se deixando passar uma respiração violenta e colérica. A viúva insistiu na pergunta, mas a outra não lhe disse nada; atirou-se a um sofá, e só no fim de uns dez segundos, proferiu algumas palavras que explicaram a agitação. Tratava-se de um arrufo, não briga com o marido, por causa de um homem.[612] Ciúmes? Não, não, nada de ciúmes. Era um homem, com que ela antipatizava profundamente, e que ele queria fazer amigo da casa. Nada menos, nada mais, e antes assim. Mas por que é que ele queria relacioná-lo com a mulher?

241

– Bem, mas não podes sacrificar-me alguma coisa? Que diabo é uma ou duas horas de constrangimento, em benefício meu? E mesmo teu, porque, eu na Câmara, tu ficas sendo mulher de deputado, e pode ser... quem sabe? Pode ser até que de ministro[613], um dia. Desta massa é que eles se fazem.

249

Corria que ele gostava de Carlota, e mal se compreende um tal boato, pois a ninguém confiou nada, nem mesmo a ela, por palavras ou obras. Pouco ia lá; e quando ia procedia de modo que não desse azo a nenhuma suspeita. É certo, porém, que ele gostava dela, e muito, e se nunca lho declarou, menos o faria agora. Evitava até ir lá; mas Carlota convidou-o algumas vezes a jantar, com outras pessoas; D. Maria Soares, que o viu ali, também o convidou, e foi assim que ele achou-se mais vezes do que pretendia em contato com a senhora do outro.[614]

---

[611] A viúva jovem, rica e bonita tinha um capital que não casava com o celibato.
[612] Um marido atento? Não. Um marido com ideias.
[613] As mais recorrentes ambições das criaturas machadianas.
[614] Seria o adultério um remédio contra a ansiedade e o tédio?

252

Eram então passados dois meses depois da saída do Vieira, e chegou uma carta dele com a notícia de estar de cama. A letra pareceu tão trêmula, e a carta era tão curta, que lançou o espírito de Carlota na maior perturbação. No primeiro instante, a sua ideia foi embarcar e ir ter com o marido; mas o advogado e a viúva procuravam aquietá-la, dizendo-lhe que não era caso disso, e que provavelmente já estaria bom; em todo caso, era melhor esperar outra carta.[615]

Veio outra carta, mas do Romualdo, dizendo que o estado do Vieira era grave, não desesperado; os médicos aconselhavam que tornasse para o Rio de Janeiro; eles viriam na primeira ocasião.

Carlota ficou desesperada. Começou por não crer na carta. "Meu marido morreu, soluçava ela; estão me enganando". Entretanto, veio terceira carta do Romualdo, mais esperançada. O doente já podia embarcar, e viria no vapor que dali sairia dois dias depois; ele o acompanharia com todas as cautelas, e a mulher podia não ter cuidado nenhum. A carta era simples, verdadeira, dedicada e pôs um calmante no espírito da moça.

253

– Diga à minha mulher que a última prova de amor que lhe peço é que não se case...

– Sim... sim...

– Mas, se ela, a todo o transe entender que se deve casar, peça-lhe que a escolha do marido recaia no Andrade, meu amigo e companheiro, e...

255

Passados três meses, Romualdo tratou de desempenhar-se da incumbência que o Vieira lhe dera, à última hora, e nada mais difícil para ele, não porque amasse a viúva do amigo, – realmente, tinha sido uma coisa passageira, – mas pela natureza mesmo da incumbência. Entretanto, era forçoso fazê-lo. Escreveu-lhe uma carta, dizendo que tinha de dizer-lhe, em particular, coisas graves que ouvira ao marido, poucas horas antes de morrer.

---

[615] Cartas e seduções cotidianas.

266

Para quem se lembra das primeiras impressões das duas viúvas, há de ser difícil ver na observação do nosso Andrade; mas eu sou historiador fiel, e a verdade antes de tudo. A verdade é que ambas as viúvas começavam a cercá-lo de especiais atenções.[616]

"Pobre cardeal", 1886

275

José Leandro, criado a mimos, teimava em querer ir, ainda que com um escravo; mas a mãe vendo que um escravo não poderia arranjar ao filho algum bom lugar na igreja, pediu a João da Cruz o obséquio de o levar a Santo Antônio.[617]

"O caso Barreto"

284

[...] Não pôde dar crédito aos olhos; foi preciso que o pai confirmasse a notícia.

— Entras de amanuense, porque houve reforma na Secretaria, com aumento de pessoal. Se houvesse concurso, é provável que fugisses. Agora a carreira depende de ti. Sabes que perdi o que possuía; tua mãe está por pouco, eu não vou longe, os outros parentes conservam a posição que tinham, mas não creio que estejam dispostos a sustentar malandros. Aguenta-te.

Morreu a mãe, morreu o pai, o Barreto ficou só; ainda assim achou uma tia que lhe dava dinheiro e jantar. Mas as tias também morrem; a dele desapareceu deste mundo dez meses antes daquela cópia que o chefe de seção lhe confiou, e que ele ficou de concluir no dia seguinte, cedo.[618]

292-293

A questão era aproximar-se dela, ir à casa, frequentá-la; parece que eles tinham assinatura no Teatro Lírico. Vagamente lembrava-se de lhe haver ouvido isso, na véspera; e pode ser até que com inten-

---

[616] Viúvas sedutoras e prontas a tomar iniciativas. Lucia Miguel Pereira (1936, p. 101) observou sobre as viúvas de Machado de Assis: "Avultam elas na sua obra, em regra mais tentadoras, mais femininas do que as moças solteiras".

[617] Um simples registro da importância das relações e da hierarquia social.

[618] Definitivamente o trabalho não atraía.

ção. Foi, foi intencional. Os olhares que ela lhe lançou traziam muita vida. Ermelinda! Bem pensado, o nome não era feio. Ermelinda! Ermelinda! Não podia ser feio um nome que acabava pela palavra linda. Ermelinda! Barreto deu por si a dizer alto:

– Ermelinda!

293

A ideia de casar fincou-se-lhe de vez no cérebro. De envolta com ela vinha a de figurar na sociedade por seus próprios méritos. Era preciso deixar a crisálida de amanuense, abrir as asas de chefe. Que é que lhe faltava? Tinha inteligência, prática, era limpo, não nascera das ervas. Bastava energia e disposição. Pois ia tê-las. Ah! porque não obedecera aos desejos do pai, formando-se, entrando na Câmara dos Deputados? Talvez fosse agora ministro.[619]

"Um sonho e outro sonho"[620]

301

Crês em sonhos? Há pessoas que os aceitam como a palavra do destino e da verdade. Outros há que os desprezam. Uma terceira classe explica-os, atribuindo-os a causas naturais. Entre tantas opiniões não quero saber da tua, leitora, que me lês, principalmente se és viúva, porque a pessoa a quem aconteceu o que vou dizer era viúva, e o assunto pode interessar mais particularmente às que perderam os maridos. Não te peço opinião, mas atenção.

Genoveva, vinte e quatro anos, bonita e rica, tal era a minha viúva.[621]

302

O retrato do marido, bacharel Marcondes, ou Nhonhô, pelo nome familiar, vivia no quarto dela, pendente da parede, moldura de ouro, coberta de crepe.

[...] Rica? Não, não era rica, mas tinha alguma coisa; tinha o bastante para viver com a mãe, à larga. Era, conseguintemente, um bom negócio para qualquer moço ativo, ainda que não tivesse nada de seu; melhor ainda para quem possuísse alguma coisa, porque as duas

---

[619] Isso o teria salvado do trabalho como funcionário público.
[620] Publicado originalmente em *A Estação*, 31 de maio de 1892.
[621] Eis a viúva padrão. No diálogo com a leitora, era hora de perguntar se ela era viúva?

bolsas fariam uma grande bolsa, e a beleza da viúva seria a mais valiosa moeda do pecúlio.[622] Não lhe faltavam pretendentes de toda a espécie, mas todos perdiam o tempo e o trabalho.

304

– Muito. Imagine uma união que apenas durou três anos. Nhonhô, quando morreu, quase que a levou consigo. Viveram como dois noivos; o casamento foi até romanesco. Tinham lido não sei que romance, e aconteceu que a mesma linha da mesma página os impressionou igualmente; ele soube disso lendo uma carta que ela escrevera a uma amiga. A amiga atestou a verdade, porque ouvira a confissão de Nhonhô, antes de lhe mostrar a carta. Não sei que palavras foram, nem que romance era. Nunca me dei a essas leituras. Mas naturalmente eram palavras ternas. Fosse o que fosse, apaixonaram-se um pelo outro, como raras vezes vi, e casaram-se para ser felizes por longos anos. Nhonhô morreu de uma febre perniciosa.[623] Não pode imaginar como Genoveva sofreu. Quis ir com o cadáver, agarrou-se ao caixão, perdeu os sentidos, e esteve fora de si quase uma semana. O tempo e os meus cuidados, além do médico, é que puderam vencer a crise. Não chegou a ir à missa; mandamos dizer uma, três meses depois.

306

Quis ainda falar, mas não achava palavras, e saiu convencida de que era chegado o reino de Deus. Entretanto, querendo fazer uma fineza ao generoso advogado, resolveu dar-lhe um jantar, para o qual convidou algumas famílias íntimas. Oliveira recebeu o convite com alacridade. Não gostava de perfumes nem adornos; mas nesse dia borrifou o lenço com Jockey Club e pôs ao peito uma rosa amarela.[624]

309

Um dia, disse-lhe que, em pequeno, tivera desejo de ser frade; mas levado ao teatro, e assistindo à comédia do Pena, *O Noviço*, o espetáculo do menino, vestido de frade, e correndo pela sala, a bradar: eu quero ser frade! eu quero ser frade! fez-lhe perder todo o gosto da profissão.[625]

---

[622] Explicitação dos termos dos investimentos mais valorizados.
[623] A doença rápida e fatal era o fantasma da época.
[624] Há sempre uma liturgia da expectativa.
[625] Há também uma pedagogia da representação.

310

– Estou com dor de cabeça, respondeu à mãe, para explicar as suas poucas palavras.

– Toma antipirina.

– Não, isto passa.[626]

314

Parece que, antes do grito final, soltara outros de angústia, porque quando acordou, viu já ao pé da cama uma preta da casa.

– Que foi, Nhanhã?

– Um pesadelo. Eu disse alguma coisa? falei? gritei?

– Nhanhã gritou duas vezes, e agora outra vez,

– Mas foram palavras?

– Não, senhora; gritou só.[627]

318

Passaram-se dias, uma, duas, três semanas, sem incidente maior. Oliveira parecia deixar a estratégia de Fabio Cunctator.[628]

"Um quarto de século"[629]

323

Eram quatro horas da tarde. Oliveira e Tomás conversavam à porta da casa do Desmarais, Rua do Ouvidor, ano de 1868, quando passou do lado oposto uma senhora, vestida de preto. Oliveira disse a Tomás:

– É a viúva Sales; espera.

E atravessando a rua, foi falar à viúva Sales, cinco a seis minutos apenas. As últimas palavras foram estas:

– Mas não posso contar com a senhora?[630]

---

[626] Uma obra literária é também um compêndio farmacêutico.

[627] Valeria um exame da estrutura dos sonhos na obra machadiana.

[628] General Romano que derrotou o cartaginês Aníbal pelo cansaço.

[629] Publicado originalmente em *A Estação*, 15 de agosto de 1893. Todos os motes de Machado de Assis estão neste conto: a viúva, o rico ocioso vivendo de suas rendas, o desejo de ser ministro, a carta, os teatros, o projeto político sem ideias e a doença infecciosa rápida e fatal.

[630] Narrar é suspender.

326

Não tomes isto ao pé da letra, para me não acusares de romantismo.[631]

327

Solidão fácil, aliás, composta de prazeres, viagens, distrações amorosas e outras. Quando se afastou da Europa, tornou para o Rio de Janeiro, onde assistiu à morte do pai, que lhe deixou todos os seus bens. Tomás era filho único. Já então Raquel, tendo casado com um negociante de Pelotas, havia partido para o Sul. Tomás começou a advogar; parece que defendeu algumas causas, perdeu-as todas, ou quase todas. Não fechou a banca; mas achava meio de não se meter em muito trabalho[632]; este foi naturalmente fugindo, de maneira que, em pouco tempo, acabaram os clientes. A banca era pretexto para ter um lugar de descanso e conversação, e dar emprego a um servente.

Assim se passaram três a quatro anos. A Europa entrou a fazer cócegas ao advogado sem causas; mas o amigo Oliveira, já então casado, deu-lhe de conselho que entrasse na política. A ideia de ser ministro[633] foi talvez o único motivo de aceitação deste conselho por um homem que não tinha partido nem inclinações políticas. Na Faculdade escrevera e falara nas liberdades públicas, no futuro dos povos, nas instituições democráticas, tudo isso, porém, sem convicção profunda nem superficial, um simples uso, uma espécie de oração necessária. Concluindo o curso, não pensou em libertar nem oprimir os povos. Agora a perspectiva ministerial fez alguma coisa; podia ser até que ele desse um bom orador, tendo sido dos melhores de seu tempo em S. Paulo.

328

Não foi ministro, proferiu dois discursos, aborreceu-se ao fim de algum tempo; cinco anos depois fazia outra viagem à Europa. Lá esteve, tornou a ir e regressou agora, há quatro meses, sem carreira, sem ambições, sem família. Conservava a riqueza, isso sim, não era gastador, vivia das rendas.[634]

---

[631] O autor já estava longe do romantismo dos seus verdes anos.
[632] Havia mais o que fazer: dedicar-se ao ócio na Corte.
[633] Ser ministro sem partido e sem convicções políticas.
[634] O que mais querer da vida numa época de horror ao trabalho?

330

Sales, negociante de Pelotas e doutor em medicina, liquidou a casa no fim de poucos anos e veio para o Rio de Janeiro. A ideia dele era viver uma vida elegante, participar de todos os prazeres da alta roda da capital.[635]

331

Em poucas semanas, em três meses, o nome de Raquel andava em todas as bocas, e a pessoa em todos os bailes e teatros. Toda a gente a conhecia na rua. Sales comprou uma carruagem e uma parelha de cavalos ingleses.

[...] Gostava mais do teatro, e particularmente do teatro lírico; mas, se a primeira e segunda estação o encantaram, a terceira entrou a aborrecê-lo. Em casa, recebia bem e estava mais a gosto; mas tudo somado, a realidade da vida elegante não correspondia à expectação. Além do mais, para um homem afeito às lidas do comércio, a vida ociosa era pesada e vazia.[636] Não sabendo que fazer do tempo, Sales lembrou-se de exercer a medicina. Curava de graça; não lhe faltavam doentes, e atrás deles a reputação. Assim passou alguns anos, até que ele próprio adoeceu, e, mais infeliz que os seus enfermos, sucumbiu.

333

Ele supôs, e qualquer pessoa o suporia, que o longo celibato e a diferença dos tempos o teriam armado contra essa senhora, e foi contrário. Já não falo dos termos da separação de outrora, que eram um atrativo mais, não diminuído pela viuvez. A viuvez era antes um pico.[637]

335

Tomás foi acabar a noite em um teatro.

338

Escreveu-lhe uma carta, que rasgou, por achá-la extensa; escreveu outra, mais extensa, e mandou-lha.[638]

---

[635] Um projeto de vida realizável.
[636] O único inimigo poderoso do ócio: o tédio.
[637] O estatuto da viuvez reconhecido.
[638] Ser breve sempre foi cansativo.

346

Raquel sacrificou os seus bailes; passou a fazer reuniões em casa, dava jantares, cercava-se de amigas. Conseguia prendê-lo; lia até o fim, com os olhos abertos, todos os livros que ele lhe dava. Entrou a censurá-lo, quando ele se demorava fora; e, em vez de ir dormir, como a princípio, deixava-se estar até uma e duas horas, quando ele voltava do teatro, nas noites em que ia só ou com algum amigo. A solicitude teve o mesmo efeito da indiferença; tudo acabou no mesmo tédio.

347

Raquel não se opôs à alteração nem a sentiu. Viviam em boa paz, uma santa paz bocejada e ininterrupta. Os anos vieram vindo. Um dia, Raquel caiu doente, uma febre perniciosa[639] que a levou em poucos dias. Tomás foi dedicado, não poupou esforços de toda a espécie para salvá-la; ela morreu-lhe nos braços, ele quis acompanhá-la ao enterro.[640]

Volume 17
Relíquias da Casa Velha 2[641]

"Valério"[642]

9

Valério contentou-se com a tipografia e o cartório. Dividia o tempo entre esses dois empregos, e o pouco que lhe restava mal chegava para dormir. Ocupava um aposento numa casa da Rua das Flores e facilmente se imaginará que o aposento não primava pelo luxo. O mesmo espaço servia de sala e alcova; a mobília era escassa e pobre.[643]

---

[639] Com antibióticos a história seria certamente outra.

[640] A morte faz amar?

[641] Reunião de contos publicados no *Jornal das Famílias*, de 1874 a 1878, e em *A Estação*, de 1882 a 1884; mais os contos "O país das quimeras", extraído de *O Futuro* (1862), e "O incêndio", tirado do *Almanaque Garnier* (1906).

[642] Publicado originalmente em *Jornal das Famílias*, 1874.

[643] O mundo dos pobres irrompe como um ano bissexto.

16

Valério foi simples espectador do baile; não sabia dançar, nem que soubesse não dançaria logo da primeira vez que se achava em sociedade. Encostou-se a uma porta que dava para a sala e contemplou os movimentos de toda aquela gente alegre. A única pessoa, que, apesar de tudo, estava um tanto inquieta, era o dono da casa. Esperava um convidado que não viera. Um convidado que era a verdadeira cúpula do edifício festival, o coronel Borges, militar reformado, ex-deputado, ex-quase-ministro[644], figura que devia impor à reunião e levantá-lo muito alto no ânimo dos convidados.

17

O escrivão recebeu o coronel com vivas demonstrações de amizade e respeito, às quais o coronel respondeu com esse ar solene e grave das capacidades e das nulidades.[645]

19

Era uma dessas belezas capazes de vender o patrimônio do amor por um prato de admirações.

25

Aplicava muitas vezes esta resposta de Sólon a Periandro: Não sabes tu que é impossível ao tolo calar-se durante um festim?[646]

34

O pai replicou que, se Joana era nome de velha, Rita era nome de preta. Discutido este gravíssimo ponto, e não chegando os dois a um acordo, foi consultado o padrinho, que serviu de moderador entre as duas opiniões, recusando-as ambas.

– O verdadeiro nome que se lhe há de dar, há de ser Hélvia, disse ele.[647]

41

– Por que não me escreveu?

– Não podia, e, ainda que pudesse, não tinha certeza de convencê-lo com algumas palavras frias escritas num papel.[648]

---

[644] Posições incontornáveis do imaginário social da época e do autor.

[645] É costumeira a crítica do autor ao formalismo e à pompa.

[646] O autor nessas três fórmulas mostra-se no ápice da síntese irônica.

[647] Em mais de um momento Machado de Assis ironiza o modismo dos nomes.

[648] A relação da comunicação com a palavra escrita perpassa as reflexões do autor.

"A mágoa do infeliz Cosme"[649]

49

Imensa e profunda foi a mágoa do infeliz Cosme. Depois de três anos de não interrompida ventura, faleceu-lhe a mulher, ainda na flor da idade, e no esplendor das graças com que a dotara a natureza. Uma rápida moléstia a arrebatou aos carinhos do esposo e à admiração de quantos tiveram a honra e o prazer de praticar com ela. Quinze dias apenas esteve de cama; mas foram quinze séculos para o infeliz Cosme. Por cúmulo de desgraças, expirou longe dos olhos dele; Cosme saíra para ir buscar a solução de um negócio; quando chegou a casa achou um cadáver.[650]

52

Desgraçadamente era moço e Carlota era bela. Oliveira, ao cabo de alguns meses, sentiu-se loucamente apaixonado. Era honrado e viu a gravidade da situação. Quis evitar o desastre; deixou de frequentar a casa de Cosme. Cerca de cinquenta dias deixou de lá ir, até que o amigo o encontrou e à viva força o levou a jantar.[651]

53

Não tardou, porém, que a reflexão e o sentimento da honra lhe mostrassem todo o perigo daquela situação. Carlota mostrou-se severa com ele, e este recurso fez ainda mais aumentar as disposições respeitosas em que se achava Oliveira.

58

Os dois amigos foram interrompidos por um escravo que trazia uma carta. Cosme leu a carta e perguntou:
— Esse homem está aí?
— Está na sala.
— Lá vou.
O escravo saiu.[652]

---

[649] Publicado originalmente em *Jornal das Famílias*, 1875.
[650] Doença rápida e fatal; viuvez masculina, mais rara.
[651] Uma rara hesitação no esquema recorrente de sedução sem escrúpulos.
[652] Apenas mais um exemplo de fala funcional de um escravo quase invisível.

"O astrólogo"[653]

75

Abençoada a filha, e comido o jantar, foi Custódio Marques cochilar a sesta durante meia hora.[654] A tarde gastou-a ao gamão, na botica vizinha, cujo dono, mais insigne naquele jogo que no preparo das drogas, estatelava igualmente os parceiros e os fregueses.

79

O juiz de fora refletiu um instante, e recusou. O almotacé não teve outro remédio senão deixar a companhia de seu amigo e protetor. Eram nove horas dadas. O juiz de fora preparou-se para acudir ao chamado do vice-rei; dois escravos, com lanternas, o precederam na rua, enquanto Custódio Marques volvia para casa, sem lanterna, apesar das instâncias do magistrado para que aceitasse uma.[655]

82

A palidez do juiz de fora não saiu, talvez, da cabeça do leitor; e, tanto como o almotacé, está ele curioso de saber a causa do fenômeno. A carta do vice-rei dizia respeito a negócio do Estado. Era lacônica; mas terminava com uma frase mortal para o magistrado: "Se o juiz de fora fosse obrigado ao serviço extraordinário de que lhe falava o conde de Azambuja, interrompia-se um romance, começado cerca de dois meses antes, em que era protagonista uma interessante viuvinha de vinte e seis estios. Esta viuvinha[656] era da província de Minas Gerais; descera da terra natal para entregar em mão do vice-rei uns papéis que queria submeter a Sua Majestade, e ficou presa nas maneiras obsequiosas do juiz de fora.

84

A eleição de vereador ou um presente de quatrocentos africanos[657], não o contentaria mais.

[...] Auxiliou-o nisso a indiscrição de alguns escravos. Uma vez sabedor da aventura, deu-se pressa em correr à casa do juiz de fora.

---

[653] Publicado originalmente em *Jornal das Famílias* 1876.
[654] Outro exemplo dos nomes e horários das refeições da época. O jantar antes da sesta.
[655] Um contexto descrito com precisão em pinceladas certeiras.
[656] A viuvinha fazia parte do imaginário erótico.
[657] Imagem que traduz os valores mais importantes e as ambições dominantes.

"Sem olhos"[658]

89-90

–... a vida do homem é uma série de infâncias, umas menos graciosas que as outras.[659]

91

Maria do Céu era uma mulher bela, ainda que baixinha, ou talvez por isso mesmo, porquanto as feições eram consoantes à estatura: tinha uns olhos miúdos e redondos, uma boquinha que o bacharel comparava a um botão de rosa, e um nariz que o poeta bíblico só por hipérbole poderia comparar à torre de Galaad.[660]

111

– Era no interior da Bahia. Lucinda casara-se na capital com o Dr. Adr... Não importa o nome; era médico como eu, mas rico e dado a estudos de botânica e mineralogia. Andava por Jeremoabo naquele tempo. Eu encontrei-o num engenho e travei relações com ele. A mulher era linda como o senhor viu aí. Ele era sábio, taciturno e ciumento. Havia nela tanta modéstia e recato – talvez medo – que o ciúme dele podia dormir com as portas abertas. Mas não era assim; o marido era cauteloso e suspeitoso; ameaçava-a e fazia-a padecer. Eu percebi isso, e a compaixão apoderou-se de mim. A compaixão é um sentimento pérfido; abstenha-se dele ou combata-o. Quem sabe se o que sente agora por mim não lhe dará mau resultado?[661]

112

– Lucinda não me olhava nunca. Era medo, era talvez intimação do marido. Se me falava alguma vez era secamente e por monossílabos. Meu coração deixou-se ir da compaixão ao amor pelo mais natural dos declives, amor silencioso, cauto, sem esperança nem repercussão. Um dia, em que a vi mais triste que de costume, atrevi-me a perguntar-lhe se padecia. Não sei que tom havia em minha voz, o certo é que Lucinda estremeceu, e levantou os olhos para mim. Cruzaram-se com os meus, mas disseram nesse único minuto – que digo? nesse único instante, toda a devastação de nossas almas; corando, ela abaixou os seus,

---

[658] Publicado originalmente em *Jornal das Famílias*, dezembro, 1876.
[659] Fórmula que faz pensar em Schopenhauer, de quem Machado de Assis foi leitor.
[660] A cultura bíblica do autor é inquestionável.
[661] Machado de Assis podia construir um cenário de pura imaginação.

gesto de modéstia, que era a confirmação de seu crime; eu deixei-me estar a contemplá-la silenciosamente. No meio dessa sonolência moral em que nos achávamos, uma voz atroou e nos chamou à realidade da vida. Ao mesmo tempo achou-se defronte de nós a figura do marido. Nunca vi mais terrível expressão em rosto humano! A cólera fazia dele uma Medusa. Lucinda caiu prostrada e sem sentidos. Eu, confuso, não me atrevia a explicar nem a pedir explicações. Ele olhou para mim e para ela. Sucedera à primeira manifestação silenciosa da cólera uma coisa mais apagada e mais terrível, uma resolução fria e quieta. Com um gesto despediu-me; quis falar, ele impôs silêncio com os olhos. Quase a sair voltei e, apesar da oposição, expus-lhe toda a singularidade de seu procedimento. Ouviu-me calado. Vendo que nada alcançava e não querendo que sobre a infeliz pairasse a menor suspeita, nem que ela padecesse sem outro motivo, mais grave, expus-lhe francamente os meus sentimentos em relação a ele e a ela, a afeição que Lucinda me inspirara, protestando com todas as forças pela inteira dignidade da infeliz. Riu-se, e não me disse nada. Despedi-me e saí...[662]

115

–... os olhos da pobre moça tinham desaparecido; ele os vazara, na véspera, com um ferro em brasa... Recuei espavorido. O médico apertou-me os pulsos clamando com toda a raiva concentrada em seu coração: "Os olhos delinquiram, os olhos pagaram!"[663]

"Um almoço"[664]

137

Os meses correram com a velocidade que só se sente de certa idade em diante, quando a velhice nos acena de mais perto e as cãs começam a povoar a cabeça e a barba.

Correram os meses, e mais depressa correu Madureira para a sepultura, aonde baixou em certa manhã de setembro, depois de três dias de moléstias.[665] Já então Seixas era seu sócio. Aberto o testamen-

---

[662] Numa sociedade de casamentos arranjados e, em princípio, indissolúveis, a traição é o grande tema de Machado de Assis. Ela se mostra corriqueira.
[663] Cena de vingança e castigo pouco comum nas histórias de Machado de Assis. Possível, talvez, por não se passar na Corte, mas num ambiente mais brutal.
[664] *Jornal das Famílias*, 1877.
[665] A morte rápida como acelerador das intrigas.

to, viu-se que o defunto, não tendo parente, dispunha alguns legados e instituía seu herdeiro universal o feliz pai de Elvira. Este e José Marques eram nomeados testamenteiros.

147

No dia seguinte recebeu uma carta atenciosa e quase amigável de Seixas, pedindo-lhe desculpa de não poder consentir no que ele pedira, pelo motivo já exposto, acrescendo que Elvira não aceitara o casamento com ele; protestavam, no entanto, a sua eterna amizade, esperando que o incidente não romperia as relações que entre ambos existiam. A carta era inspirada pela mulher de Seixas que não desejava magoar o pobre velho. José Marques leu-a e enterneceu-se. Escreveu logo uma resposta longa e amistosa; mas resolveu afastar-se da casa de Seixas durante algum tempo.[666]

"Um ambicioso"[667]

151-152

José Cândido andava já perto dos trinta anos; faltavam-lhe um ou dois meses. Era um rapaz de feições irregulares e de uma expressão alvar, sobretudo estando quieto. Não era magro nem gordo, alto nem baixo; mediano em tudo, exceto na inteligência, que era ínfima. Tinha uma particularidade José Cândido; gostava de gravatas amarelas. Em compensação detestava o trabalho.[668] Vivia do que lhe dava o pai, que possuía a casa de louças, e uns cinco prédios: trinta contos ao todo.

154

A Sra. D. Inácia, quarentona rechonchuda, pesada, mourejava no trabalho desde manhã até à noite, por culpa do Sr. Mateus, que, se quisesse, podia ter – ainda mesmo agora – o coração da prima.[669]

---

[666] A carta como artifício narrativo não requer mais demonstração.

[667] *Jornal das Famílias*, 1877.

[668] Enquanto o leitor se abisma com mais uma carta, o autor descreve mais um personagem comum: "nem magro nem gordo, alto nem baixo"; comum em tudo, até no horror ao trabalho.

[669] Uma mulher que trabalha até se estafar.

163

José Cândido parou.

– Há cousas – disse ele –, superiores ao entendimento de uma senhora.[670] Em geral, as senhoras não pensam nos negócios públicos... Eu penso nos negócios públicos.

A Sra. Inácia não entendeu; ficou a olhar para ele, alguns instantes. Depois, disse:

– Mas você anda distraído.

165

A Sra. Inácia era pouco mais inteligente do que os seus sapatos.[671] Para entender as cousas era preciso que lhas dissessem com todas as letras, palavras, verbos e advérbios, tudo explicadinho, repetido, claro, transparente. As palavras de José Cândido não tinham para ela nem ligação nem explicação.

166

– A senhora não entende de negócios públicos – disse José Cândido com certa bonomia e magnanimidade -. Não me peça explicações; aceite o que lhe digo e ajude-me, ajude-me, que é ajudar os seus, é a glória da família.

– Lá isso é! – concordou a Sra. Inácia para fazer crer que entendia uma cousa tão difícil que José Cândido dizia ser superior ao entendimento das mulheres.[672]

184

Uma só pessoa faltava: o Sr. Mateus; mas a ausência era compensada pela herança.[673]

---

[670] Essa ideia é constantemente naturalizada.

[671] Dificilmente se encontra uma descrição tão cruel em relação a personagens masculinos na vasta obra do autor.

[672] O machismo é do personagem, mas o autor não o questiona mais densamente. O leitor atual pode recorrer aos valores da época para desculpar o escritor. Neste caso, a escravidão também seria desculpada e o passado estaria blindado.

[673] Uma das melhores ironias de Machado de Assis no período.

"A herança"[674]

187

Era um rapaz tranquilo, medido, geralmente silencioso, pacato, avesso a mulheres, indiferente a teatros, a saraus.[675]

188

Não tinham pai nem mãe; Marcos era advogado; Emílio formara-se em medicina. Por um alto sentimento de humanidade, Emílio não exercia a profissão[676]; o obituário conservava o termo médio usual. Mas, tendo um e outro herdado alguma coisa dos pais, Emílio mordia razoavelmente a parte da herança, que aliás o irmão administrava com muito zelo.

"Folha rota"[677]

203-204

Luísa Marques tinha dezoito anos. Não era um prodígio de beleza, mas não era feia; pelo contrário, as feições eram regulares, as maneiras gentis. O olhar meigo e cândido. Mediana de estatura, delgada, naturalmente elegante, tinha proporções para vestir bem e primar pelos adornos. Infelizmente, não tinha adornos nem os vestidos eram bem cortados. Pobres, já se vê que deviam ser. Que outras coisas seriam os vestidos de uma filha de operário, órfã de pai e mãe, condenada a coser para ajudar a sustentar a casa da tia! Era um vestido de chita grossa, cortado por ela mesma, sem arte nem inspiração.

Penteada com certo desleixo, parece que isso mesmo lhe dobrava a graça da fronte. Encostada à mesa velha de trabalho[678], com a cabeça inclinada sobre a costura, os dedos a correrem pela fazenda, com a agulha fina e ágil não excitava a admiração, mas despertava a simpatia.

213

– Luísa, tu és inocente, nada sabes deste mundo; mas é bom que aprendas alguma coisa. Aquele homem, depois de fazer morrer mi-

---

[674] *Jornal das Famílias*, 1878.
[675] Para a época, um extraterrestre.
[676] Advogados espertalhões e médicos ociosos pululam nas páginas de Machado de Assis. Talvez por serem os filhos da elite, formados por interesses políticos ou de viagens à Europa e deformados por heranças e golpes em viúvas.
[677] *Jornal das Famílias*, 1878.
[678] Uma das poucas personagens apresentadas na cena do trabalho.

nha irmã, lembrou-se de gostar de mim, e teve o atrevimento de vir declará-lo na minha casa. Eu então era outra mulher que não sou hoje; tinha cabelinho na venta. Não lhe respondi palavra; levantei a mão e castiguei-o no rosto. Vinguei-me e perdi-me. Ele recebeu o castigo calado; mas tratou de vingar-se também. Não te contarei o que disse e trabalhou contra mim; é longo e triste; basta saber que cinco meses depois, meu marido me pôs pela porta fora. Estava difamada; perdida; sem futuro nem reputação. Foi ele a causa de tudo. Meu marido era homem de boa-fé. Queria-me muito e morreu pouco depois de paixão.[679]

215

Luísa estremeceu, voltou-se e dando com o primo fechou o postigo com tanta pressa que um pedaço de manga do vestido ficou preso. Cego de dor, Caetaninho tentou empurrar o postigo, mas a moça havia-o fechado com o ferrolho. A manga do vestido foi puxada violentamente e rasgada. Caetano afastou-se com o inferno no coração; Luísa foi dali atirar-se ao leito lavada em lágrimas.

As semanas, os meses, os anos passaram. Caetaninho não foi esquecido; mas nunca mais se encontraram os olhos dos dois namorados. Oito anos depois morreu D. Ana. A sobrinha aceitou a proteção de uma vizinha e foi para casa dela, onde trabalhava dia e noite.[680] No fim de catorze meses adoeceu de tubérculos pulmonares; arrastou uma vida aparente de dois anos. Tinha quase trinta quando morreu; enterrou-se por esmolas.

"O imortal"[681]

230-231

Que o amor, força é dizê-lo, foi uma das causas da vida agitada e turbulenta do nosso herói. Ele era pessoalmente um homem galhardo, insinuante, dotado de um olhar cheio de força e magia. Segundo ele mesmo contou ao filho, deixou muito longe o algarismo dom-jua-

---

[679] Uma suspeita de traição que terminou mal. Muitas traições terminaram bem. É o caso de Virgília e Brás Cubas. Morria-se de "paixão" e de tristeza. Nesse quesito, Machado de Assis nem sempre procurava algo mais consistente. Aqui, porém, é o ponto de vista da personagem que resume o acontecido.

[680] Talvez a mais trabalhadora e infeliz personagem de Machado de Assis.

[681] *A Estação*, 1882.

nesco das *mille e tre*. Não podia dizer o número exato das mulheres a quem amara, em todas as latitudes e línguas, desde a selvagem Maracujá de Pernambuco, até à bela cipriota ou à fidalga dos salões de Paris e Londres; mas calculava em não menos de cinco mil mulheres. Imagina-se facilmente que uma tal multidão devia conter todos os gêneros possíveis da beleza feminil: louras, morenas, pálidas, coradas, altas, meãs, baixinhas, magras ou cheias, ardentes ou lânguidas, ambiciosas, devotas, lascivas, poéticas, prosaicas, inteligentes, estúpidas; – sim, também estúpidas, e era opinião dele que a estupidez das mulheres tinha o sexo feminino[682], era graciosa, ao contrário da dos homens, que participava da aspereza viril.

237-238

– Com os dez mil cruzados, e pouco mais que apurou. Teve então ideia de meter-se no negócio de escravos; obteve privilégio, armou um navio, e transportou africanos para o Brasil. Foi a parte da vida que mais lhe custou; mas afinal acostumou-se às tristes obrigações de um navio negreiro. Acostumou-se, e enfarou-se, que era outro fenômeno na vida dele. Enfarava-se dos ofícios. As longas solidões[683] do mar alargaram-lhe o vazio interior.

240

– Justamente... Casou com D. Helena, bela como o sol[684], dizia ele. Um ano depois morria em Olinda a viúva, e o Damião vinha à Bahia trazer a meu pai uma madeixa dos cabelos da mãe, e um colar que a moribunda pedia para ser usado pela mulher dele.

244-245

– Ouça-me. Saiu dali para Madri, onde esteve de amores com duas fidalgas, uma delas viúva e bonita como o sol, a outra casada, menos bela, porém amorosa e terna como uma pomba-rola. O marido desta chegou a descobrir o caso, e não quis bater-se com meu pai, que

---

[682] A estupidez feminina com um traço natural e gracioso, essencialista, na fala atribuída indiretamente ao personagem, mas não problematizada ou ironizada. A lista de mulheres amadas pelo personagem tem louras, morenas, tudo, nenhuma negra. A elite branca das histórias de Machado de Assis nunca se apaixonava desesperadamente por alguma escrava ou por alguma negra liberta?

[683] As obrigações em um navio negreiro são tristes, mas o que fere o personagem é a solidão em alto-mar. Não seria realista um traficante ter pena das vítimas.

[684] Eis a beleza cantada.

não era nobre; mas a paixão do ciúme e da honra levou esse homem ofendido à prática de uma aleivosia, igual à outra: mandou assassinar meu pai; os esbirros deram-lhe três punhaladas e quinze dias de cama. Restabelecido, deram-lhe um tiro; foi o mesmo que nada. Então, o marido achou um meio de eliminar meu pai; tinha visto com ele alguns objetos, notas, e desenhos de cousas religiosas da Índia, e denunciou-o ao Santo Ofício, como dado a práticas supersticiosas. O Santo Ofício, que não era omisso nem frouxo nos seus deveres, tomou conta dele, e condenou-o a cárcere perpétuo. Meu pai ficou aterrado. Na verdade, a prisão perpétua para ele devia ser a cousa mais horrorosa do mundo. Prometeu, o mesmo Prometeu foi desencadeado... Não me interrompa, sr. Linhares, depois direi quem foi esse Prometeu. Mas, repito: ele foi desencadeado, enquanto que meu pai estava nas mãos do Santo Ofício, sem esperança. Por outro lado, ele refletiu consigo que, se era eterno, não o era o Santo Ofício. O Santo Ofício há de acabar um dia, e os seus cárceres, e então ficarei livre.[685]

"Letra vencida"[686]

255

Tinha batido uma hora em alguns relógios da vizinhança, e esse golpe seco, soturno, pingando de pêndula em pêndula[687], advertiu ao moço de que era tempo de sair; podiam ser descobertos. Mas ficou; ela pediu-lhe que não fosse logo, e ele deixou-se estar, cosido à parede, com os pés num canteiro de murta e os olhos no peitoril da janela. Foi então que ela lhe desceu uma carta; era a resposta de outra, em que ele lhe dava certas indicações necessárias à correspondência secreta, que iam continuar através do oceano.

261

Beatriz voltou aos hábitos anteriores, aos passeios, saraus e teatros do costume. A tristeza, de aguda que era e manifesta, tornou-se escondida e crônica. No rosto era a mesma Beatriz, e tanto bastava à sociedade. Naturalmente não tinha a mesma paixão da dança, nem a mesma vivacidade de maneiras; mas a idade explicava a atenuação.

---

[685] Maridos furiosos não anulavam desejos. Tampouco a Inquisição.
[686] *A Estação*, de 31/10/1882.
[687] Palavras mudam de gênero? Pêndula é relógio de pêndulo.

Os dezoito anos estavam feitos; a mulher completara-se.

271

– Então infelizes?

– Também não. Vivem, respeitam-se; não são infelizes, nem podemos dizer que são felizes. Vivem, respeitam-se, vão ao teatro...[688]

"O programa"[689]

275

Era tempo de mandar embora esse resto da escola, que tinha de jantar para voltar às duas horas. Os meninos saíram pulando, alegres, esquecidos até da fome que os devorava, pela ideia de ficar livres de um discurso que podia ir muito mais longe. Com efeito, o mestre fazia isso algumas vezes; retinha os discípulos mais velhos para ingerir-lhes uma reflexão moral ou uma narrativa ligeira e sã. Em certas ocasiões só dava por si muito depois da hora do jantar. Desta vez não a excedera, e ainda bem.[690]

289

Romualdo consolou-se do vagar dos meses, da tirania dos professores e do fastio dos livros, carteando-se com o Fernandes e falando ao Josino, só e unicamente a respeito da gentil paulista. Josino contou-lhe muita reminiscência caseira, episódios da infância de Lucinda, que o Romualdo escutava cheio de um sentimento religioso, mesclado de um certo desvanecimento de marido. E tudo era mandado depois ao Fernandes, em cartas que não acabavam mais[691], de cinco em cinco dias, pela mala daquele tempo. Eis o que dizia a última das cartas, escrita ao entrar das férias:

"Vou agora a Guaratinguetá. Conto pedi-la daqui a pouco; e, em breve, estarei casado na corte; e daqui a algum tempo mar em fora. Prepara as malas, patife; anda, tratante, prepara as malas. Velhaco! É com o fim de viajar que me animaste no namoro? Pois agora aguenta-te..."

---

[688] Uma filosofia de vida pragmática.

[689] *A Estação*, 31/12/1882.

[690] Cenas da vida cotidiana.

[691] Nunca acabavam. Eram a rede social de então.

291

Romualdo veio pouco depois para a corte, e abriu escritório de advocacia. Simples pretexto. Afetação pura. Comédia. O escritório era um ponto no globo, onde ele podia, tranquilamente, fumar um charuto e prometer ao Fernandes uma viagem ou uma inspetoria de alfândega, se não preferisse seguir a política.[692]

292

[...] O vasto programa do amigo, companheiro de infância, um programa em que os diamantes de uma senhora reluziam ao pé da farda de um ministro, no fundo de um cupê,[693] com ordenanças atrás, era dos que arrastam consigo todas as ambições adjacentes. O Fernandes fez esse raciocínio: – "Eu, por mim, nunca hei de ser nada; o Romualdo não esquecerá que fomos meninos".

293

– Qual pequena! Grande, uma mulher alta, muito alta. Coisa de truz. Viúva e fresca: vinte e seis anos. Conheceste o B...? é a viúva.

– A viúva do B...? Mas é realmente um primor! Também eu a vi, ontem, no Largo de São Francisco de Paula; ia entrar no carro... Sabes que é um cobrinho bem bom? Dizem que duzentos...

– Duzentos? Põe-lhe mais cem.

– Trezentos, hein? Sim, senhor; é papa-fina![694]

308

Mas achou os filhos à porta da casa; viu-os correr a abraçá-lo e à mãe, sentiu os olhos úmidos, e contentou-se com o que lhe coubera. E, então, comparando ainda uma vez os sonhos e a realidade, lembrou-lhe Schiller, que lera vinte e cinco anos antes, e repetiu com ele: "Também eu nasci na Arcádia..." A mulher, não entendendo a frase, perguntou-lhe se queria alguma coisa. Ele respondeu-lhe: – A tua alegria e uma xícara de café.[695]

---

[692] Mais um advogado ocioso.

[693] Quatro rodas, coberto, puxado por cavalos, um banco para dois passageiros.

[694] Viúvas tinham valor conforme a herança e a idade.

[695] O poeta com os pés no chão ou melhor agricultura do que a poesia ruim.

"História comum"[696]

311

– Felicidade, diziam as moças, à noite, no quarto, dá cá o vestido. Felicidade, aperta o vestido. Felicidade, onde estão as outras meias?

– Que meias, nhanhã?

– As que estavam na cadeira...

– Uê! nhanhã! Estão aqui mesmo.

[...] E foram, uma a uma, primeiro a mais velha, depois a mais moça, depois a do meio. Esta, por nome Clarinha, ficou arranjando uma rosa no peito, uma linda rosa; pregou-a e sorriu para a mucama.

– Hum! hum! resmungou esta. Seu Florêncio hoje fica de queixo caído...[697]

313

Clarinha apertou-lhe a mão; ele levou-a à boca e beijou-a; ela olhou assustada para dentro.

– Ninguém vê, continuou o Dr. Florêncio; amanhã mesmo escreverei a seu pai.[698]

"O destinado"[699]

320

Delfina sentiu bater-lhe o coração. Se fosse o Antunes! Era cedo, é verdade, nove horas apenas; mas podia ser ele que viesse buscar o outro para almoçar. Imaginou logo um acordo feito na véspera, entre duas quadrilhas, e atribuiu ao Antunes o plano luminoso de ter assim entrada na família...[700]

"Troca de datas"[701]

335

Dolores acabou. O que é que não acaba? Acabou Dolores poucos meses depois da carta de Eusébio à mulher, não morrendo, mas fugindo para Buenos Aires com um patrício. Eusébio padeceu muito,

---

[696] *A Estação*, 15/4/1883.

[697] Raro momento em que uma escrava expressa diretamente uma opinião.

[698] O pedido por escrito oficializava situações. Sagrado poder da escrita.

[699] *A Estação*, 30/4/1883.

[700] Compreende-se o todo pela parte.

[701] *A Estação*, 31/4/1883.

e resolveu matar os dous, – ou, pelo menos, arrebatar a amante ao rival. Um incidente obstou a esse desastre.[702]

336

Eusébio vinha do escritório da companhia de paquetes, onde fora tratar da passagem, quando sucedeu um desastre na Rua do Rosário perto do Beco das Cancelas: – um carro foi de encontro a uma carroça, e quebrou-a. Eusébio, apesar das preocupações de outra espécie, não pôde conter o movimento que tinha sempre em tais ocasiões para ir saber o que era, a extensão do desastre, a culpa do cocheiro, para chamar a polícia, etc. Correu ao lugar; achou dentro do carro uma senhora, moça e bonita. Ajudou-a a sair, levou-a para uma casa, e não a deixou sem lhe prestar outros pequenos serviços; finalmente, deu-se como testemunha nas indagações policiais. Este último obséquio foi já um pouco interesseiro; a senhora deixara-lhe n'alma uma deliciosa impressão. Soube que era viúva, fez-se encontradiço, e amaram-se.[703] Quando ele confessou que era casado, D. Jesuína, que este era o nome dela, não pôde reter um dilúvio de lágrimas... Mas amavam-se, e amaram-se. A paixão durou um ano e mais, e não acabou por culpa dela, mas dele, cuja violência não raras vezes trazia atrás de si o fastio. D. Jesuína chorou muito, arrependeu-se; mas o fastio de Eusébio era completo.

337

Eusébio frequentava assiduamente os teatros, era doudo por francesas e italianas, fazia verdadeiros desatinos, mas como era também feliz, os desatinos ficavam largamente compensados. As paixões eram enérgicas e infrenes; ele não podia resistir-lhes, não chegava mesmo a tentá-lo.

337-338

E, de fato, não esperava nada. Mas escrevia-lhe sempre, – brandamente afetuosa, sem lágrimas, nem queixumes, nem pedido para voltar; não havia sequer saudades, dessas saudades de fórmula, nada. E era isto justamente o que quadrava ao espírito de Eusébio; eram essas cartas sem instância, que o não perseguiam nem exorta-

---

[702] Tragédias que não se concretizam.
[703] Alguma novidade? A viuvez dava, pelo jeito, acesso mais rápido ao sexo.

vam nem acusavam, como as do tio João; e era por isso que ele mantinha constante e regular a correspondência com a mulher.[704]

339

Rita foi outra paixão de igual gênero, com iguais episódios, e não foi a última. Outras vieram, com outros nomes. Uma dessas deu lugar a um ato de delicadeza, realmente inesperado da parte de um

homem como aquele. Era uma linda mineira, de nome Rosária, que ele encontrou no Passeio Público, um sábado, à noite.

– Cirila! exclamou ele.

Com efeito, Rosária era a cara de Cirila, a mesma figura, os mesmos ombros; a diferença única era que a mulher dele tinha naturalmente os modos acanhados e modestos, ao passo que Rosária adquirira outras maneiras soltas. Eusébio não tardou em reconhecer isso mesmo. A paixão que esta mulher lhe inspirou foi grande; mas não menor foi o esforço que ele empregou para esquecê-la.[705]

339-340

Não iam passando só as aventuras, mas os anos também, os anos que não perdoam nada. O coração de Eusébio tinha-se fartado de amor; a vida oferecera-lhe a taça cheia, e ele embriagara-se depressa. Estava cansado, e tinham passado oito anos. Pensou em voltar para casa, mas como? A vergonha dominou-o. Escreveu uma carta à mulher, pedindo-lhe perdão de tudo, mas rasgou-a logo, e ficou.

[...] O mês de outubro de 1879, recebeu uma carta do tio João. Era a primeira depois de algum tempo; receou alguma notícia má, abriu-a, e preparou-se logo para seguir. Com efeito, Cirila estava doente, muito doente. No dia seguinte partiu.

[...] Cirila adoecera de uma febre perniciosa[706], e o médico disse que o estado era gravíssimo, e a morte muito provável; felizmente, naquele dia de manhã, a febre cedera.

---

[704] Rigorosamente no roteiro: viuvez, impulsos e cartas.
[705] A sedução da conquista pela conquista.
[706] Totalmente verossímil para a época. Mais uma febre perniciosa.

"Três consequências"[707]

343

D. Mariana Vaz está no derradeiro mês do primeiro ano de viúva. São 15 de dezembro de 1880, e o marido faleceu no dia 2 de janeiro, de madrugada, depois de uma bela festa do ano-bom, em que tudo dançou na fazenda, até os escravos.[708] Não me peçam grandes notícias do finado Vaz; ou, se insistem por elas, ponham os olhos na viúva. A tristeza do primeiro dia é a de hoje. O luto é o mesmo. Nunca mais a alegria sorriu sequer na casa que vira a felicidade e a desgraça de D. Mariana.

Vinte e cinco anos, realmente, e vinte e cinco anos bonitos, não deviam andar de preto, mas cor-de-rosa ou azul, verde ou granada. Preto é que não. E, todavia, é a cor dos vestidos da jovem Mariana, uma cor tão pouco ajustada aos olhos dela, não porque estes também não sejam pretos, mas por serem *moralmente* azuis. Não sei se me fiz entender. Olhos lindos, rasgados, eloquentes;[709] mas, por agora quietos e mudos. Não menos eloquente, e não menos calado é o rosto da pessoa.

344

Está a findar o ano da viuvez. Poucos dias faltam. Mais de um cavalheiro pretende a mão dela. Recentemente, chegou formado o filho de um fazendeiro importante da localidade; e é crença geral que ele restituirá ao mundo a bela viúva. O juiz municipal, que reúne à mocidade a viuvez, propõe-se a uma troca de consolações. Há um médico e um tenente-coronel indigitados como possíveis candidatos. Tudo vão trabalho! D. Mariana deixa-os andar, e continua fiel à memória do morto. Nenhum deles possui a força capaz de o fazer esquecer; – não, esquecer seria impossível; ponhamos substituir.[710]

346

Enquanto esperava, como a temperatura ainda permitia ficar na corte, Mariana andou de um lado para outro, vendo uma infinidade de coisas que não via desde os dezessete anos. Achou a corte anima-

---

[707] *A Estação*, em 31/7/1883.
[708] A dança não era livre. Mais uma viúva na praça.
[709] Uma psicologia da cor.
[710] Uma temporalidade singular.

díssima. A prima quis levá-la ao teatro, e só o conseguiu depois de muita teima; Mariana gostou muito.

[...] Ia frequentes vezes à Rua do Ouvidor, já porque lhe era necessário provar os vestidos, já porque queria despedir-se por alguns anos de tanta coisa bonita. São as suas palavras. Na Rua do Ouvidor, onde a sua beleza era notada, correu logo que era uma viúva recente e rica.[711] Cerca de vinte corações palpitaram logo, com a veemência própria do caso. Mas, que poderiam eles alcançar, eles da rua, se os da própria roda da prima não alcançavam nada? Com efeito, dois amigos do marido desta, rapazes da moda, fizeram a sua roda à viúva, sem maior proveito. Na opinião da prima, se fosse um só talvez domasse a fera; mas eram dois, e fizeram-na fugir.

348

Entretanto, o juiz municipal não lhe disse nada, nem com a boca nem com os olhos. Conversaram da corte, dos esplendores da vida, dos teatros, etc.; depois, por iniciativa dele, falaram do café e dos escravos.[712] Mariana notou que ele não tinha as finezas dos dois rapazes da casa da prima, nem mesmo o tom elegante dos outros da Rua do Ouvidor; mas achou-lhe em troca, muita distinção e gravidade.

"Questões de maridos"[713]

351

– O subjetivo... o subjetivo... Tudo através do subjetivo, – costumava dizer o velho professor Morais Pancada.

Era um sestro. Outro sestro era sacar de uma gaveta dois maços de cartas para demonstrar a proposição.[714] Cada maço pertencia a uma de duas sobrinhas, já falecidas. A destinatária das cartas era a tia delas, mulher do professor, senhora de sessenta e tantos anos, e asmática. Esta circunstância da asma é perfeitamente ociosa para o nosso caso; mas isto mesmo lhes mostrará que o caso é verídico.

---

[711] Par que mais seduzia: viúva e rica.
[712] Temas correlatos.
[713] *A Estação*, em 15/7/1883.
[714] Gramática epistolar.

353

Casaram-se. O professor visitou-as no fim de oito dias, e achou-as felizes. Felizes, ou mais ou menos, se passaram os primeiros meses. Um dia, o professor teve de ir viver em Nova Friburgo, e as sobrinhas ficaram na corte, onde os maridos eram empregados. No fim de algumas semanas de estada em Nova Friburgo, eis a carta que a mulher do professor recebeu de Luísa:

[...] "Eu continuo feliz; Candinho é um anjo, um anjo do céu. Fomos domingo ao teatro da Fênix, e ri-me muito com a peça. Muito engraçada! Quando descerem, se a peça ainda estiver em cena, hão de vê-la também."

357

A outra carta era longa; mas eis aqui o trecho final. Depois de contar um espetáculo no Teatro Lírico...

[...] "Adeus, e até breve, para irmos ao teatro juntas."[715]

"Cantiga velha"[716]

364

– Era uma costureira, retorquiu o Veríssimo. Nesse tempo era eu estudante. Tinha chegado do Sul poucos meses antes. Pouco depois de chegado... Olhem, vou contar-lhes uma coisa muito particular. Minha mulher sabe do caso, contei-lhe tudo, menos que a tal Henriqueta foi a maior paixão da minha vida... Mas foi; digo-lhe que foi uma grande paixão. A coisa passou-se assim...

– [...] A coisa passou-se assim. Vim do Sul, e fui alojar-me em casa de uma viúva Beltrão. O marido desta senhora perecera na guerra contra o Rosas; ela vivia do meio soldo e de algumas costuras. Estando no Sul, em 1850, deu-se muito com a minha família; foi por isso que minha mãe não quis que eu viesse para outra casa. Tinha medo do Rio de Janeiro; entendia que a viúva Beltrão desempenharia o seu papel de mãe, e recomendou-me a ela.

366

Henriqueta tinha uma figura e um rosto que se prestavam às atitudes moles da convalescença, e a palidez desta não fazia mais do

---

[715] Machado de Assis faz realmente das cartas o seu acesso ao imaginário.
[716] *A Estação*, em 30/11/1883.

que acentuar a nota de distinção da sua fisionomia. Ninguém diria ao vê-la, fora, que era uma mulher de trabalho.[717]

372

Quanto ao Fausto, continuou a frequentar a casa, e o namoro de Henriqueta acentuou-se mais. Candinha, a irmã dela, é que me contava tudo, – o que sabia, ao menos, – porque eu, na minha raiva de preterido, indagava muito, tanto a respeito de Henriqueta como a respeito do boticário. Assim é que soube que Henriqueta gostava cada vez mais dele, e ele parece que dela, mas não se comunicavam claramente. Candinha ignorava os meus sentimentos, ou fingia ignorá-los; pode ser mesmo que tivesse o plano de substituir a irmã. Não afianço nada, porque não me sobrava muita penetração e frieza de espírito. Sabia o principal, e o principal era bastante para eliminar o resto.[718]

"O melhor remédio"[719]

381

Hoje de manhã, depois do almoço, declarou-me que mamãe tinha ido procurá-lo ao escritório e lhe pedira pela terceira vez para não ir a Minas, mas, a Petrópolis.[720]

"Entre duas datas"[721]

385

Era isto, resumidamente, o que pensava uma noite o bacharel Duarte, à mesa de um café, tendo vindo do Teatro Ginásio.

390

– Não sei; mas sei que Malvina ainda está no Rio Grande.

– Em Jaguarão?

– Não; depois da morte do marido...

– Enviuvou?

– Pois então? há um ano. Depois da morte do marido, mudou-se para a capital.

---

[717] O trabalho é associado a desgaste e sofrimento, não a elegância.
[718] O entretenimento mostra sua constante intemporal.
[719] *A Estação*, em 31/3/1884.
[720] Das escolhas.
[721] *A Estação*, de 31/5/1884.

393

– O Rio Grande é bonito?

– Muito: gosto muito de Porto Alegre.

– Parece que há muito frio?

– Muito.

E depois, ela:

– Tem tido bons cantores por cá?

– Temos tido.

– Há muito tempo não ouço uma ópera.[722]

"Vinte anos! Vinte anos!"[723]

401

Gonçalves, despeitado, amarrotou o papel, e mordeu o beiço. Deu cinco ou seis passos no quarto, deitou-se na cama, de barriga para o ar, pensando; depois foi à janela, e esteve ali durante dez ou doze minutos, batendo o pé no chão e olhando para a rua, que era a rua detrás da Lapa.

Não há leitor, menos ainda leitora, que não imagine logo que o papel é uma carta, e que a carta é de amores, alguma zanga de moça, ou notícia de que o pai os ameaçava, que a intimou a ir para fora, para a roça, por exemplo. Vãs conjecturas! Não se trata de amores, não é mesmo carta, posto que haja embaixo algumas palavras assinadas e datadas, com endereço a ele. Trata-se disto. Gonçalves é estudante, tem a família na província e um correspondente na corte, que lhe dá a mesada. Gonçalves recebe a mesada pontualmente; mas tão depressa a recebe como a dissipa. O que acontece é que a maior parte do tempo vive sem dinheiro; mas os vinte anos formam um dos primeiros bancos do mundo, e Gonçalves não dá pela falta.[724]

404

E tomando-lhe o braço, voltou para o café, onde estavam mais três rapazes a uma mesa. Eram colegas dele, – todos da mesma idade. Perguntaram-lhe onde ia; Gonçalves respondeu que ia castigar um pelintra, donde os quatro colegas concluíram que não se tratava de

---

[722] Da vida musical na época.

[723] *A Estação*, de 15/7/1884.

[724] Ser jovem e estudante rima com ociosidade. O problema era pegar gosto pelo trabalho, tão desvalorizado, e fugir dele até se arruinar.

249

nenhum crime público, inconfidência ou sacrilégio, – mas de algum credor ou rival. Um deles chegou mesmo a dizer que deixasse o Brito em paz.[725]

406

– Excelente, insistiu Gonçalves. Ó Lamego, tu lembras-te daquele sujeito que uma vez quis ir ao baile de máscaras, e nós lhe pusemos um chapéu, dizendo que era de Aristóteles?

E contou a anedota, que na verdade era alegre e estúrdia; todos riram, começando por ele, que dava umas gargalhadas sacudidas e longas, muito longas.

407

Resolveram fazer uma revista de fundos e ir jantar juntos. Reuniram seis mil-réis; foram a um hotel modesto, e comeram bem, sem perder de vista as adições e o total. Eram seis e meia, quando saíram. Caía a tarde, uma linda tarde de verão. Foram até o Largo de S. Francisco. De caminho, viram passar na Rua do Ouvidor algumas moças retardatárias; viram outras no ponto dos bondes de S. Cristóvão. Uma delas desafiou mesmo a curiosidade dos rapazes. Era alta e fina, recentemente viúva. Gonçalves achou que era muito parecida com a Chiquinha Coelho; os outros divergiram. Parecida ou não, Gonçalves ficou entusiasmado. Propôs irem todos no bonde em que ela fosse; os outros ouviram rindo.[726]

"O País das quimeras (Conto fantástico)"[727]

425

Mas, ó pasmo! mal o poeta abriu a porta, eis que uma sílfide, uma criatura celestial, vaporosa, fantástica, trajando vestes alvas, nem bem de pano, nem bem de névoas, uma coisa entre as duas espécies, pés alígeros, rosto sereno e insinuante, olhos negros e cintilantes, cachos loiros do mais leve e delicado cabelo, a caírem-lhe graciosos pelas espáduas nuas, divinas, como as tuas, ó Afrodite! eis que uma criatura assim invade o aposento do poeta e, estendendo a mão,

---

[725] Da arte de produzir levemente o cenário e indicar o rumo da história.
[726] Terá o leitor notado as jovens nas ruas e o aparecimento de uma viúva?
[727] *O Futuro*, 1862. Machado de Assis também nesse registro se aventurou cedo.

ordena-lhe que feche a porta e tome assento à mesa.[728]

432

Neste momento entrou um bando de moçoilas frescas, lépidas, bonitas e loiras... oh! mas de um loiro que se não conhece entre nós, os filhos da terra!

438

O poeta voltou a cabeça e viu a peregrina visão, sua companheira de viagem. – Ah! é ela! disse o poeta.

– É verdade. É a loira Fantasia[729], a companheira desvelada dos que pensam e dos que sentem.

Volume 18
Poesia

Crisálidas, 1864

24

"Polônia"
Dos senhores a esplêndida cobiça;
Em proveito dos reis a terra livre
Foi repartida, e os filhos teus – escravos –
Viram descer um véu de luto à pátria
E apagar-se na história a glória tua.

A glória, não! – É glória o cativeiro
Quando a cativa, como tu, não perde
A aliança de Deus, a fé que alenta,
E essa união universal e muda
Que faz comuns a dor, o ódio, a esperança.[730]

---

[728] Cenas da vida colonizada. Padrão de beleza europeu.
[729] Nunca a beleza de uma negra é descrita. Há uma exceção em poema.
[730] A fé no Deus do cristianismo parece ser o único alento para a escravidão.

93

"Cleópatra"
Canto de um escravo
(MME. EMILE DE GIRARDIN)[731]
Era rainha e formosa,
Sobre cem povos reinava,
E tinha uma turba escrava
Dos mais poderosos reis;
Eu era apenas um servo,
Mas amava-a tanto, tanto,
Que nem tinha um desencanto
Nos seus desprezos cruéis.

94
– Sou um escravo, rainha,
Amo-te e quero morrer.

98

"A jovem cativa"
(André Chenier – 1861)

100
Assim, triste e cativa, a minha lira
Despertou escutando a voz magoada
De uma jovem cativa; e sacudindo
O peso de meus dias langorosos,
Acomodei à branda lei do verso.

104
"Versos a Corina"
Esta a glória que fica, eleva, honra e consola.[732]

---

[731] Traduções eram vistas como obra autoral. O escravo ama quem o subjuga.
[732] Verso ao pé da estátua de Machado de Assis na Academia Brasileira de Letras.

Falenas, 1870

"Uma ode de Anacreonte"

144

PERSONAGENS
LÍSIAS
CLÉON
MIRTO
TRÊS ESCRAVOS

145

Cena I
LÍSIAS, CLÉON, MIRTO
(Estão no fim de um banquete, os dois homens deitados à maneira antiga, Mirto sentada entre os dois leitos. Três escravos)

147

Vinho, escravo!
(O escravo deita vinho na laça de Lísias)

151

A Vênus!
(Depois do brinde os escravos trazem os vasos com água perfumada em que os convivas lavam as mãos; os escravos saem levando os restos do banquete. Levantam-se todos).

152

Cena II
OS MESMOS, um ESCRAVO
ESCRAVO
Procura a Mirto um mensageiro.
MIRTO
Um mensageiro! a mim!
LÍSIAS
Manda-o entrar.
ESCRAVO
Não quer.

174

MIRTO
Falas como um poeta, e zombas da poesia!
LÍSIAS
Eu, poeta? jamais.[733]

"Pálida Elvira"

189

XVIII
Lida a carta, o filósofo erudito
Abraça o moço e diz em tom pausado:
"Um sonhador do azul e do infinito!
"É hóspede do céu, hóspede amado.
"Um bom poeta é hoje quase um mito.[734]

"Menina e moça"

223

Flor e fruto
Bem sabes tu que adoro as louras criancinhas,
E levo a adoração no êxtase.[735]

Americanas, 1875

255

"Potira"[736]

Os Tamoios, entre outras presas que fizeram, levaram esta índia,
a qual pretendeu o capitão da empresa violar: resistiu valorosamente

---

[733] Escravos de fala funcional. Poesia como reflexão sobre a poesia. Machado de Assis apresenta-se como será sempre visto. A poesia parece ser a sua grande paixão, a arte que considera maior, mas a que menos lhe rendeu glórias.

[734] O poeta desconfia dos poetas. Humilde ou soberbo?

[735] A poesia de Machado de Assis cultua o homem branco cristão.

[736] A nota explicativa F p. 543) diz: "Simão de Vasconcelos não declara o nome da índia, cuja ação refere em sua *crônica*.
Achei que não foi o caso desta tamoia o único em que tão galhardamente se manifestou a fidelidade conjugal e cristã. O padre Anchieta, na carta escrita ao padre-mestre Laynes, a 16 de abril de 1563, menciona o exemplo de uma índia, mulher de um colono, a qual depois de lho matarem os índios, caiu em poder destes, cujo Principal a quis violentar. Ela resistiu e desapareceu. Os índios fizeram correr a voz de que se matara. Anchieta supõe que eles mesmos lhe tiraram a vida". O indianismo de Machado de Assis é puro etnocentrismo.

dizendo em língua brasílica: "Eu sou cristã e casada; não hei de fazer traição a Deus e a meu marido; bem podes matar-me e fazer de mim o que quiseres." Deu-se por afrontado o bárbaro, e em vingança lhe acabou a vida com grande crueldade.

VASC, Cr. da *Comp. de Jesus*, li. 3º

255

I

Moça cristã das solidões antigas,
Em que áurea folha reviveu teu nome?

256

Conduz nos braços a trêmula moça
Que renegou Tupã e as rudes crenças[737]

263

VI

Faze-me escrava; servirei contente
Enquanto a vida alumiar meus olhos.[738]

279

"Niâni"

(história guaicuru)

281

III

Limpo sangue tem o noivo,
Que é filho do capitão.[739]

---

[737] A nota H (p. 543) diz: "Tinham os índios a religião monoteísta que a tradição lhes atribui? Nega-o positivamente o Sr. Dr. Couto de Magalhães em seu excelente estudo acerca dos selvagens, asseverando nunca ter encontrado a palavra Tupã nas tribos que frequentou, e ser admissível a ideia de tal deus, no estado rudimentário dos nossos aborígenes". Uma visão evolucionista e eurocêntrica, rigorosamente dentro dos parâmetros do colonialismo dominante.

[738] Em louvor, a força cristã da jovem indígena.

[739] A nota P (p. 545) diz: "Os Guaicurus dividem-se em nobres, plebeus ou soldados, e cativos. Do próprio texto que me serviu para esta composição se vê até que ponto repugna aos nobres toda a aliança com pessoas de condição inferior". A mensagem nas entrelinhas parece sugerir a universalidade da escravidão e a existência de hierarquia social por sangue entre os indígenas. Uma posição que já na época podia tranquilizar consciências pesadas.

"– Traze a minha lança, escravo,
Que tanto peito abateu;
Traze aqui o meu cavalo
Que largos campos correu."

282
Traz o escravo o seu cavalo
Que o velho sogro lhe deu;
Traz-lhe mais a sua lança
Que tanto peito abateu.

IV
Niani, pobre viúva,
Viúva sem bem o ser,
Tanta lágrima chorada
Já te não pode valer.

V

286
Menino escravo que tinha
Acerta de ali passar;
Niani atentando nele
Chama-o para o seu lugar.

"– Cativo és tu: serás livre,
Mas vais o nome trocar;
Nome avesso te puseram...
Panenioxe hás de ficar."[740]

288

"A cristã-nova"
...essa mesma foi levada cativa para uma terra estranha.

NAUM, cap. III, v. 10

---

[740] Transmutação pelo nome.

308

XII

Tu, mancebo feliz, tu bravo e amado,
Voa nas asas rútilas e leves
Da fortuna e do amor. Como ao indiano,
Que, ao regressar das porfiadas lutas,
Por estas mesmas regiões entrava,
A encontrá-lo saía a meiga esposa,
– A recente cristã, entre assustada
E jubilosa coroará teus feitos.[741]

324

"A Gonçalves Dias"

Ninguém virá, com titubeantes passos,
E os olhos lacrimosos, procurando
O meu jazigo...
GONÇALVES DIAS. Últimos Cantos.
Tu vive e goza a luz serena e pura.
J. BASÍLIO DA GAMA. *Uruguai*, c. V.

[...] Mas tu, cantor da América, roubado
Tão cedo ao nosso orgulho, não te coube
Na terra em que primeiro houveste o lume
Do nosso sol, achar o último leito![742]

336

"Sabina"[743]

Sabina era mucama da fazenda;
Vinte anos tinha; e na província toda

---

[741] Mitologias da conversão.

[742] Gonçalves Dias ocupou o mais alto lugar no pódio de Machado de Assis.

[743] "Mestiça" desejada por muitos, descrita como a "mais à moda, com suas roupas de cambraia e renda", não é, porém, brindada com adjetivos fortes e diretos sobre sua beleza. Ela será seduzida e abandonada pelo sinhozinho. Afinal, não era loura e não tinha olhos azuis como o próprio poema observa. Contudo, mesmo escrava, devia sentir-se feliz por ser bem tratada pelos donos: "De teus senhores tens a liberdade,/A melhor liberdade, o puro afeto/Que te elegeu entre as demais cativas,/E de afagos te cobre". Mais uma ode aos senhores bondosos.

Não havia mestiça mais à moda,
Com suas roupas de cambraia e renda.

Cativa, não entrava na senzala,
Nem tinha mãos para trabalho rude;
Desabrochava-lhe a sua juventude
Entre carinhos e afeições de sala.

Era cria da casa. A sinhá-moça,
Que com ela brincou sendo menina,
Sobre todas amava esta Sabina,
Com esse ingênuo e puro amor da roça.

Dizem que à noite, a suspirar na cama,
Pensa nela o feitor; dizem que um dia,
Um hóspede que ali passado havia,
Pôs um cordão no colo da mucama.[744]

337

Cursava a Academia o moço Otávio;
Ia no ano terceiro: não remoto
Via desenrolar-se o pergaminho,
Prêmio de seus labores e fadigas;
E uma vez bacharel, via mais longe
Os curvos braços da feliz cadeira
Donde o legislador a rédea empunha
Dos lépidos frisões do Estado.[745]

339

Talvez, se a cor de seus quebrados olhos
Imitasse a do céu: se a tez morena,
Morena como a esposa dos Cantares,
Alva tivesse; e raios de ouro fossem
Os cabelos da cor da noite escura,
Que ali soltos e úmidos lhe caem,

---

[744] A beleza da negra é cantada sinuosamente.
[745] Rico e advogado, o moço é destinado à política.

Como um véu sobre o colo. Trigueirinha,
Cabelo negro, os largos olhos brandos
Cor de jabuticaba, quem seria,
Quem, senão a mucama da fazenda,
Sabina, enfim? Logo a conhece Otávio,
E nela os olhos espantados fita
Que desejos acendem.[746]

340-341

"Flor da roça nascida ao pé do rio,
Otávio começou – talvez mais bela
Que essas belezas cultas da cidade,
Tão cobertas de joias e de sedas,
Oh! não me negues teu suave aroma!
Fez-te cativa o berço; a lei somente
Os grilhões te lançou; no livre peito
De teus senhores tens a liberdade,
A melhor liberdade, o puro afeto
Que te elegeu entre as demais cativas,
E de afagos te cobre! Flor do mato,
Mais viçosa do que essas outras flores
Nas estufas criadas e nas salas,
Rosa agreste nascida ao pé do rio
Oh! não me negues teu suave aroma!"[747]

342

E com que olhos de pena e de saudade
Viu ir-se um dia pela estrada fora Otávio!
Aos livros torna o moço aluno,
Não cabisbaixo e triste, mas sereno
E lépido. Com ela a alma não fica
De seu jovem senhor. Lágrima pura,
Muito embora de escrava, pela face
Lentamente lhe rola, e lentamente

---

[746] Desejos "instintivos", animalescos.
[747] O canto de sedução não poderia ser indireto na descrição do "objeto" do desejo.

Toda se esvai num pálido sorriso
De mãe,[748]

344

Após os dias da saudade os dias
Da esperança. Ora, quis fortuna adversa
Que o coração do moço, tão volúvel
Como a brisa que passa ou como as ondas,
Nos cabelos castanhos se prendesse
Da donzela gentil, com quem atara
O laço conjugal: uma beleza
Pura, como o primeiro olhar da vida,
Uma flor desabrochada em seus quinze anos,
Que o moço viu num dos serões da corte
E cativo adorou. Que há de fazer-lhes

Agora o pai? Abençoar os noivos
E ao regaço trazê-los da família.[749]

"Cantiga do rosto branco"

359

Rico era o rosto branco; armas trazia,
E o licor que devora e as finas telas;
Na gentil Tibeíma os olhos pousa,
E amou a flor das belas.

"Quero-te!" disse à cortesã da aldeia;
"Quando, junto de ti, teus olhos miro,
A vista se me turva, as forças perco,
E quase, e quase expiro".

---

[748] E assim se geravam os frutos do abuso e da ilusão.
[749] Naturalmente. Eis tudo. Sem indignação profunda com esse estado das coisas. O amor da mestiça pelo branco cumpre um roteiro impiedoso.

E responde a morena requebrando
Um olhar doce, de cobiça cheio:
"Deixa em teus lábios imprimir meu nome;
Aperta-me em teu seio!"

Uma cabana levantaram ambos,
O rosto branco e a amada flor das belas...
Mas as riquezas foram-se coo tempo,
E as ilusões com elas.

Quando ele empobreceu, a amada moça
Noutros lábios pousou seus lábios frios[750],
E foi ouvir de coração estranho
Alheios desvarios.

Ocidentais

"Alencar"

394

Hão de os anos volver, – não como as neves
De alheios climas, de geladas cores;
Hão de os anos volver, mas como as flores,
Sobre o teu nome, vívidos e leves...[751]

O Almada[752]

Poema heroico e cômico em 8 versos

(FRAGMENTOS)

Canto I

I

433

E tu cidade minha, airosa e moça[753]

---

[750] A culpa é da mulher. Universalização da um estereótipo sobre o feminino?

[751] Uma admiração jamais desmentida.

[752] Poema publicado em fragmentos por Machado de Assis, cuja íntegra saiu em 1910, com o título póstumo de *O Almada*, como uma reconstrução.

[753] A nota 2 ao Almada (p. 550-551) diz: "Mais de uma vez tenho lido e ouvido que a cidade

Canto III

II

446

Era vê-la, ao domingo, caminhando
À missa, co'os parentes e os escravos,
A um de fundo, em grave e compassada,
Procissão;

IV

448

E contudo, era em vão que à ingênua dama
A flor do esquivo coração pedia;
Inúteis os suspiros lhe brotavam
Do íntimo do peito; nem da esperta
Mucama, – natural cúmplice amiga
Desta sorte de crimes, lhe valiam
Os recados de boca; – nem as longas,
Maviosas letras em papel bordado,
Atadas com a simbólica fitinha
Cor de esperança, – e olhares derretidos,
Se a topava à janela, – raro evento,
Que o pai, varão de bolsa e qualidade,
Que repousava das fadigas longas
Havidas no mercado de africanos,
Era um tipo de sólidas virtudes[754]
E muita experiência. Poucas vezes
Ia à rua. Nas horas de fastio,
A jogar o gamão, ou recostado,

---

do Rio de Janeiro nada tem de airosa e garbosa, ao menos na parte primitiva, a muitos respeitos inferior aos arrabaldes. Não me oponho a esse juízo; mas eu não conheço as belas cidades estrangeiras, e depois, falo da minha terra natal, e a terra natal, mesmo que seja uma aldeia, é sempre o paraíso do mundo. Em compensação do que não lhe deram ainda os homens, possui ela o muito que lhe deu a natureza, a sua magnífica baía, as montanhas e colinas, que a cercam, e o seu céu de esplêndido azul. Acresce que nesta dedicatória comparo eu o que é hoje ao que era a cidade em 1569, diferença, na verdade, enorme". Machado de Assis explora o tema da cidade natal como a mais linda, mesmo sendo aldeia, e antecipa a ideia de que Deus e natureza deram mais ao Rio de Janeiro do que os homens.
[754] Comerciante de escravos, era "um tipo de sólidas virtudes". Valha o cômico do poema.

Com um vizinho, a tasquinhar nos outros,
Sem trabalho maior, passava o tempo.

VII

450

Vê apontar a ríspida figura
Do ríspido negreiro; a esposa o segue...

CANTO V

VIII

481

Que nasceras com balda de meirinho
Ou capitão-do-mato.[755]

Canto VI

IV

489

Que o padre chamem; quatro escravos correm
E voltam sem mais novas do Cardoso...[756]

---

[755] A nota 17 (p. 556) diz: "Os capitães-do-mato tinham sido criados mui recentemente, talvez no ano anterior, com o fim de destruir quilombos e capturar os escravos fugidos, que eram muitos e ameaçavam a vida e a propriedade dos senhores de engenho, bem como as da população da cidade". Comentário nada favorável aos escravizados que se aquilombaram. Uma posição típica do defensor do princípio de propriedade, o que reaparece na crônica de 11 de maio de 1888.

[756] Romântico, realista ou cômico, Machado de Assis praticamente nunca se ocupa da subjetividade dos escravos nem lhes dá uma dimensão singular e profunda. Os escravistas, mesmos os comerciantes de escravos, escapam a julgamentos. Há uma quase ausência de problematização da escravidão como problema moral.

Volume 19
Teatro

13

"Carta a Quintino Bocaiúva"

MEU AMIGO,

Vou publicar as minhas duas comédias de estreia; e não quero fazê-lo sem conselho da tua competência.

Já uma crítica benévola e carinhosa, em que tomaste parte, consagrou a estas duas composições palavras de louvor e animação.

Sou imensamente reconhecido, por tal, aos meus colegas da imprensa.

Mas o que recebeu na cena o batismo do aplauso pode, sem inconveniente, ser trasladado para o papel? A diferença entre os dois meios de publicação não modifica o juízo, não altera o valor da obra?

É para a solução destas dúvidas que recorro à tua autoridade literária.

14

Até onde vai a ilusão dos meus desejos? Confio demasiado na minha perseverança? Eis o que espero saber de ti.

E dirijo-me a ti, entre outras razões, por mais duas, que me parecem excelente: razão de estima literária e razão de estima pessoal. Em respeito à tua modéstia, calo o que te devo de admiração e reconhecimento.

O que nos honra, a mim e a ti, é que a tua imparcialidade e a minha submissão ficam salvas da mínima suspeita. Serás justo e eu dócil; terás ainda por isso o meu reconhecimento; e eu escapo a esta terrível sentença de um escritor: *"Les amitiés qui ne résistent pas à la franchise, valent-elles un regret?"*[757]

---

[757] Em posição de humildade, Machado de Assis pede avaliação objetiva. Bocaiúva será franco: teatro para ser lido. Como crítico literário e teatral, Machado de Assis será também implacável. Até em prefácios criticará os autores lidos. Para ele, havia uma ciência da composição literária, como se verá, com leis e procedimentos.

17

Carta ao autor

MACHADO DE ASSIS,

Respondo à tua carta. Pouco preciso dizer-te. Fazes bem em dar ao prelo os teus primeiros ensaios dramáticos. Fazes bem, porque essa publicação envolve uma promessa e acarreta sobre ti uma responsabilidade para com o público. E o público tem o direito de ser exigente contigo. É moço, e foste dotado pela Providência com um belo talento. Ora, o talento é uma arma divina que Deus concede aos homens para que estes a empreguem no melhor serviço dos seus semelhantes. A ideia é uma força. Inoculá-la no seio das massas é inocular-lhe o sangue puro da regeneração moral. O homem que se civiliza, cristianiza-se.[758]

18

Quando assim me exprimo, é claro que me refiro às tuas comédias, aceitando-as como elas devem ser aceitas por mim e por todos, isto é, como um ensaio, como uma experiência, e, se podes admitir a frase, como uma ginástica de estilo.

A minha franqueza e a lealdade que devo à estima que me confessas obrigam-me a dizer-te em público o que já te disse em particular. As tuas duas comédias, modeladas ao gosto dos provérbios franceses, não revelam nada mais do que a maravilhosa aptidão do teu espírito, a profusa riqueza do teu estilo. Não inspiram nada mais do que simpatia e consideração por um talento que se amaneira a todas as formas da concepção.

Como lhes falta a ideia, falta-lhes a base. São belas, porque são bem escritas. São valiosas, como artefatos literários, mas até onde a minha vaidosa presunção crítica pode ser tolerada, devo declarar-te que elas são frias e insensíveis, como todo o sujeito sem alma.[759]

19

As tuas comédias são para serem lidas e não representadas. Como elas são um brinco de espírito podem distrair o espírito. Como não têm coração não podem pretender sensibilizar a ninguém. Tu

---

[758] Uma pedagogia colonialista introjetada e repassada.
[759] Crítica impiedosa e justa. Algo semelhante pode ser dito da poesia de Machado de Assis: precisa na forma, não provoca emoção nem transbordamento.

mesmo assim as consideras, e reconhecer isso é dar prova de bom critério consigo mesmo, qualidade rara de encontrar-se entre os autores.

O que desejo, o que te peço, é que apresentes nesse mesmo gênero algum trabalho mais sério, mais novo, mais original e mais completo. Já fizeste esboços, atira-te à grande pintura.[760]

"Desencantos"[761]

28-29

LUÍS – Perdão, o senhor chegava quando eu ia concluir o meu curso botânico e histórico. Ia dizer que também detesto as parasitas[762] de todo o gênero, e que tenho asco aos histriões de Atenas. Terão estas duas questões valor moral e atual?

36

PEDRO ALVES – Mais claro ainda? Pois serei claríssimo: a viúva do coronel é uma praça sitiada.

LUÍS – Por quem?

PEDRO ALVES – Por mim, confesso. E afirmo que por nós ambos.

LUÍS – Informaram-no mal. Eu não faço a corte à viúva do coronel.

PEDRO ALVES – Creio em tudo quanto quiser, menos nisso.[763]

44

LUÍS – Tenho uma pessoa que me espera em casa. V. Exa. janta às seis, o meu relógio marca cinco. Dá-me este primeiro quarto de hora?

56

PEDRO ALVES – Ah!... Sabe que estou deputado?

LUÍS – Sei e dou-lhe os meus parabéns.

PEDRO ALVES – Alcancei um diploma na última eleição. Na minha idade ainda é tempo de começar a vida política, e nas circunstâncias eu não tinha outra a seguir mais apropriada. Fugindo às antigas

---

[760] "Ginástica do estilo", ensaio, falta de originalidade. Um tranco e tanto. Machado de Assis absorveria o golpe, mas buscaria brilhar no romance.

[761] Texto publicado originalmente por Paula Brito, Rio de Janeiro, 1861.

[762] Um tema sempre caro a Machado de Assis.

[763] A viúva no teatro do autor.

parcialidades políticas, defendendo os interesses do distrito que represento, e como o governo mostra zelar esses interesses, sou pelo governo.

LUÍS – É lógico.

PEDRO ALVES – Graças a esta posição independente, constituí-me um dos chefes da maioria da câmara.[764]

59

PEDRO ALVES – Teve saudades de cá?

LUÍS – À noite, na hora de repouso, lembrava-me dos amigos que deixara, e desta terra onde vi a luz. Lembrava-me do Clube, do teatro Lírico, de Petrópolis e de todas as nossas distrações. Mas vinha o dia, voltava-me eu à vida ativa, e tudo desvanecia-se como um sonho amargo.

PEDRO ALVES – Bem lhe disse eu que não fosse.

LUÍS – Por quê? Foi a ideia mais feliz da minha vida.

CLARA – Faz-me lembrar o justo de que fala o poeta de Olgiato[765], que entre rodas de navalhas diz estar em um leito de rosas.

65

LUÍS – Achei essa moça, que apenas sai da infância, tão simples e tão cândida, que não pude deixar de olhá-la como o gênio benfazejo da minha sorte futura. Não sei se ao meu pedido corresponderá à vontade dela, mas resigno-me às consequências.[766]

"O caminho da porta"[767]

79

DOUTOR – A tua honra, sim. Pois para um homem de senso e um tanto sério o ridículo não é uma desonra? Tu estás ridículo. Não há um dia em que não venhas gastar quatro, cinco horas a cercar esta viúva de galanteios e atenções, acreditando talvez tiver adiantado muito, mas estando ainda hoje como quando começaste. Olha, há Pe-

---

[764] Governista, mas independente!

[765] Gonçalves de Magalhães escreveu o drama *O Olgiato* (1839).

[766] Olha o Machado de Assis aí outra vez: parasitas, viúvas, deputados, teatros.

[767] Publicada originalmente em *Teatro de Machado de Assis* v. I, Rio de Janeiro, Tipografia do Diário do RJ, 1863. Encenada pela primeira vez no Ateneu Dramático do Rio de Janeiro, em setembro e novembro de 1862.

nélopes da virtude e Penélopes do galanteio. Umas fazem e desmancham teias por terem muito juízo; outras as fazem e desmancham por não terem nenhum.[768]

101-102

DOUTOR – Foi isso que me salvou; os amores como os desta mulher precisam um tanto ou quanto de chicana. Passo pelo advogado mais chicaneiro do foro; imagina se a tua viúva podia haver-se comigo! Veio o meu dever com embargos de terceiro e eu ganhei a demanda.[769] Se, em vez de comer tranquilamente a fortuna de teu pai, tivesses cursado a academia de S. Paulo ou Olinda, estavas como eu, armado de broquel e cota de malhas.

VALENTIM – É o que te parece. Podem acaso as ordenações e o código penal contra os impulsos do coração? É querer reduzir a obra

de Deus à condição da obra dos homens. Mas bem vejo que é o advogado mais chicaneiro do foro.[770]

105

INOCÊNCIO – Parece que V. S. ficou engasgado com os meus trinta e oito anos! Supõe talvez que eu seja um Matusalém?[771] Está enganado. Como me vê, faço andar à roda muita cabecinha de moça. A propósito, não acha esta viúva uma bonita senhora?

VALENTIM – Acho.

INOCÊNCIO – Pois é da minha opinião! Delicada, graciosa, elegante, faceira, como ela só... Ah!

107

CARLOTA – Ah! Ah! Ah!

VALENTIM – V. Exa. ri-se?

---

[768] Estaria a mulher sendo culpabilizada por não ceder aos argumentos do sedutor? Marcas de uma construção secular transmitida também pela arte.

[769] Expressão jurídica que Machado de Assis usará como título de um capítulo de *Dom Casmurro* no auge da disputa, na cabeça de Bentinho, com o seu amigo Escobar pela "posse" de Capitu. A expressão tem esse sentido no seu campo de origem. Parece mais um indício de que Capitu traiu, como sugere o pesquisador Miguel Matos em *Código Machado de Assis*, pois, em contrário, não faria sentido o uso dessa terminologia. Contudo, essa disputa pela posse pode ter estado apenas na cabeça do marido ciumento. Vê-se que determinados recursos amadureciam no autor até encontrarem a aplicação definitiva e mais engenhosa.

[770] Parece uma boa justificativa para a traição futura de Capitu.

[771] Diz algo sobre a expectativa de vida da época.

CARLOTA – Acredita que foi para despedi-lo que o mandei ver cartas ao correio?[772]

"O protocolo"

131

LULU – Vejo no Venâncio Alves um arzinho de pretendente.
ELISA – À tua mão direita?
LULU – À tua mão esquerda.
ELISA – Oh!

140

LULU – Os lobos vestem-se de cordeiros, e apertam a mão ao pastor, conversam com ele, sem que deixem de olhar furtivamente para a ovelha mal guardada.
PINHEIRO – Não há nenhum.
LULU – São assíduos; visitas sobre visitas; muita zumbaia, muita atenção, mas lá por dentro a ruminarem coisas más.[773]

142

PINHEIRO – Não me tome por um mau sonhador de perfídias; perguntei, porque estou seguro de que não são muito santas as intenções que trazem a minha casa Venâncio Alves.
ELISA – Pois eu nem suspeito...
PINHEIRO – Vê o céu nublado e as águas turvas: pensa que é azada ocasião para pescar.
ELISA – Está feito, é de pescador atilado!
PINHEIRO – Pode ser um mérito a seus olhos, minha senhora; aos meus é um vício de que o pretendo curar, arrancando-lhe as orelhas.[774]

143

PINHEIRO – Que tem a dizer?
ELISA – Fui tirada há meses da casa de meu pai para ser sua mulher; agora, por um pretexto frívolo, leva-me de novo ao lar paterno. Parece-lhe que eu seja uma casaca que se pode tirar por estar fora da moda?

---

[772] Está-se no universo machadiano por excelência: viúvas e cartas.
[773] Explicitação do dispositivo da sedução na sala de jantar.
[774] Uma posição de princípio(s).

PINHEIRO – Não estou para rir, mas digo-lhe que antes fosse uma casaca. ELISA – Muito obrigada! [775]

144

ELISA – Posso dar-lhe mais de uma e até todas. A primeira é a simples dificuldade de conter-se entre as quatro paredes desta casa.

PINHEIRO – Verá que posso.

ELISA – A segunda é que não deixará de aproveitar o isolamento para ir ao alfaiate provar outras casacas.

PINHEIRO – Oh! [776]

147

VENÂNCIO – Isto não é um protocolo... é um álbum... não tive intenção...

PINHEIRO – Tivesse ou não, arquive o volume, depois de escrever nele – que a potência Venâncio Alves não entra na santa-aliança.[777]

"Quase Ministro"

Comédia em um ato

156

SILVEIRA – Estás ministro, aposto!

MARTINS – Quase.

SILVEIRA – Conta-me isto. Eu já tinha ouvido falar na queda do ministério.

MARTINS – Faleceu hoje de manhã.[778]

"Os deuses de casaca"[779]

186

Uma das condições impostas ao autor desta comédia, e ao autor do *Luís*, era que nas peças não entrassem senhoras. Daqui vem que o autor não pôde como lhe pedia o assunto, fazer intervir as deusas

---

[775] De toda maneira, havia a possibilidade da devolução.

[776] Homens podiam trocar facilmente de casaca e de paixões.

[777] Jogos de poder.

[778] A comédia põe em cena o permanente interesse de Machado de Assis pelas quedas de ministério e pela ambição dos homens de elite de serem ministros.

[779] Publicada originalmente pelo Tipografia do Imperial Instituto Artístico, Rio de Janeiro, 1866. PRÓLOGO, EPÍLOGO, JÚPITER, MARTE, APOLO, PROTEU, CUPIDO, VULCANO, MERCÚRIO.

do Olimpo no debate e na deserção dos seus pares. Os que conhecem estas coisas avaliarão a dificuldade de escrever uma comédia sem damas. Era menos difícil a Garrett e a Voltaire, pondo em ação as virtudes romanas e as lutas civis da república, dispensar o elemento feminino. Mas uma comédia sem damas para entreter os convivas de uma noite, cujos limites eram uma variação de piano e o serviço de chá, é coisa mais fácil de ler que de fazer.[780]

193-194

JÚPITER

As cartas aqui estão Mercúrio. Toma, vai
Em procura de Apolo, e Proteu e Vulcano
E todos. O conselho é pleno e soberano.
É mister discutir, resolver e assentar
Nos meios de vencer, nos meios de escalar
O Olimpo...

194

Cena II

JÚPITER, *só, continuando a refletir*
[...] Presunçoso senhor dos bichos, este bicho
Nem ao menos imita os bichos seus escravos.[781]

221

Cena XI

APOLO
[...] Os deuses demitidos
Buscam reconquistar os domínios perdidos.[782]

---

[780] Excluída do universo da política, a mulher era o centro do mundo social como parte do jogo de conquista masculino. Machado de Assis parece mostrar a relativa autonomia de que elas gozavam na arte da sedução. Patriarcal, esse mundo mantinha a mulher sob estrita vigilância e controle. A traição era a sua liberdade e perdição.
[781] O escravo podia ser visto como um animal falante.
[782] Não há privilégio sagrado inquestionável ou que não se possa perder.

"Tu, só tu, puro amor"[783]

242

D. MANUEL – Parece-vos então...?

CAMINHA – Que esse moço tem algum engenho, muito menos do que lhe diz a presunção dele e a cegueira dos amigos; algum engenho não lhe nego eu. Faz sonetos sofríveis. E canções... Digo-vos que li uma ou duas, não de todo mal alinhavadas. Pois então? Com boa vontade, mais esforço, menos soberba, gastando as noites, não a folgar pelas locandas de Lisboa, mas a meditar os poetas italianos, digo-vos que pode vir a ser...[784]

"Não consultes médico"

282

D. ADELAIDE – É só algum tempo. Carlota gostava muito de um tal Rodrigues, capitão de engenharia, que casou com uma viúva espanhola. Sofreu muito, e ainda agora anda meia triste; titia diz que há de curá-la.

284

D. LEOCÁDIA – Não diga lições, diga remédios. Eu sou doutora, eu sou médica. Este (indicando Magalhães), quando voltou da Guatemala, tinha um ar esquisito; perguntei-lhe se queria ser deputado, disse-me que não; observei-lhe o nariz, e vi que era um triste nariz solitário...

289

D. CARLOTA – Eu por mim, ficava metida aqui na Tijuca.

MAGALHÃES – Não creio. Sem bailes? Sem teatro lírico?

D. CARLOTA – Os bailes cansam, e não temos agora teatro lírico.

MAGALHÃES – Mas, em suma, aqui ou na cidade, o que é preciso é que você ria; esse ar tristonho faz-lhe a cara feia.

294-295

D. LEOCÁDIA (*pegando-lhe as mãos*) – Olhe bem para mim. (*Pausa*) Suspire. (*Cavalcante suspira*). O senhor está doente; não negue

---

[783] Publicada originalmente em *Revista Brasileira*, Rio de Janeiro, 1880.
[784] Para Machado de Assis, talento não basta. Arte é trabalho árduo e erudição.

que está doente, – moralmente, entenda-se; não negue! (Solta-lhe as mãos.)

CAVALCANTE – Negar seria mentir. Sim, minha senhora, confesso que tive um grandisíssimo desgosto...

D. LEOCÁDIA – Jogo de praça?

CAVALCANTE – Não, senhora.

D. LEOCÁDIA – Ambições políticas malogradas?

CAVALCANTE – Não conheço política.

D. LEOCÁDIA – Algum livro mal recebido pela imprensa?

CAVALCANTE – Só escrevo cartas particulares.[785]

"Lição de botânica"

315

Cena I

D. Leonor, d. Helena, d. Cecília

(*D. Leonor entra, lendo uma carta, d. Helena e d. Cecília entram do fundo*).

318

D. HELENA – Que há de fazer uma viúva, falando... de uma pérola?

D. CECÍLIA – Oh! tens naturalmente em vista algum diamante de primeira grandeza.

340

D. CECÍLIA – Que mais? Quer dizer que a noite de hoje há de estar deliciosa, e podemos ir ao teatro lírico. Vamos, sim? Amanhã é o baile do conselheiro e sábado o casamento da Júlia Marcondes. Três dias de festas! Prometo divertir-me muito, muito, muito. Estou tão contente! Ria-se, titia; ria-se e dê-me um beijo!

---

[785] Entre viúvas e cartas, os males que deprimem costumam ser: amores não correspondidos, ambições políticas malogradas e livros mal recebidos pela imprensa. Pode-se, quem sabe, exclamar: nada de novo no front!

D. HELENA – Mudou?

BARÃO – Mudei.

D. HELENA – Pode saber-se o motivo?

BARÃO – São três. O primeiro é o meu pouco saber... Ri-se?

D. HELENA – De incredulidade. O segundo motivo...

BARÃO – O segundo motivo é o meu gênio áspero e despótico.

D. HELENA – Vejamos o terceiro.

BARÃO – O terceiro é a sua idade. Vinte e um anos, não?

D. HELENA – Vinte e dois.

BARÃO – Solteira?

D. HELENA – Viúva.

BARÃO – Perpetuamente viúva?

D. HELENA – Talvez.

BARÃO – Nesse caso, quarto motivo: a sua viuvez perpétua.[786]

"Suplício de uma mulher"[787]

373

ALVAREZ – Hoje amo-a; é minha; disse que me amava. Mentira ou verdade, firmo-me nessa declaração. Já não posso viver sem a senhora, não quero perdê-la, e não me há de escapar, previno-a.

MATHILDE. – Que fará então?

374

ALVAREZ – Ah! eu não sou Genebrês... como Henrique. Não aprendi a vida no Emílio e no Vigário saboiardo; não amassei minha alma com a neve das geleiras; nasci em plena Espanha, sob um céu de fogo, e é o sol com todos os seus raios que me faz arder o sangue das veias. Amo com todo o meu ser, dou-me inteiro, exijo tudo. Que me importa a mim seu marido?! Tenho-lhe ódio!

MATHILDE. – O homem a quem chama seu amigo?

ALVAREZ. – Tanto pior para ele se é cego!

MATHILDE. – Apertou-lhe a mão, socorreu-o, salvou-lhe a fortuna e a vida!

---

[786] De fato, apesar do frescor, nada de novo no front: uma jovem viúva.

[787] Encenada pela primeira no Ginásio Dramático, pela Companhia Furtado Coelho, no Rio de Janeiro, em 30/9/1865. Drama em três atos por EMILE DE GERARDIN e ALEXANDRE DUMAS FILHO. Traduzido por Machado de Assis.

ALVAREZ. – Era por causa da senhora, a quem eu amava, e de quem me queria fazer amado.

MATHILDE. – É melhor dizer que eu me vendi![788]

379

A SRA. LARCEY. – Deus a ouça! Tenho uma tia por quem hei de deitar luto de boa vontade: oitocentos mil francos de herança! Não digo isto por mim. Uma viúva não precisa de luxo. É para minha filha, a quem devo procurar estado daqui a dez anos!

MATHILDE. – Já pensa nisso?

A SRA. LARCEY. – É preciso... Ah! como a senhora é feliz em ter marido! é coisa que faz rir, mas ninguém sabe que falta faz um marido. Enquanto a gente tem o seu, parece-lhe que pode passar sem ele, e quando o perde não sabe como haver-se.

380

A SRA. LARCEY. – Vejamos, Mathilde. Há alguém que nunca a deixa, como a sua sombra, não? Vai com a senhora a toda a parte, à Ópera ou aos Italianos. Se a senhora está em um pequeno teatro, no fundo de um camarote, quem é que aparece por trás do seu ombro? É o Sr. Alvarez.

MATHILDE. – O Sr. Alvarez...

A SRA. LARCEY. – Ah! minha amiga, se se perturba, paro.

MATHILDE. – Não me perturbo.

A SRA. LARCEY. – Não... mas desconfie desses movimentos que podem parecer comoção.

MATHILDE. – Não estou comovida, estou espantada.

A SRA. LARCEY. – Ora, pois! Francamente, já que comecei, acabo; o Sr. Alvarez anda muito com a senhora.

MATHILDE. – Mas se ele é sócio de meu marido.

A SRA. LARCEY. – Isso mesmo.

MATHILDE. – Leonia!

A SRA. LARCEY. – Não sou eu quem fala: repito, nada mais. Pois é isso, o Sr. Alvarez, não é culpa sua, mas imprime nesta casa uma mancha preta que salta aos olhos. Serei franca, o Sr. Alvarez

---

[788] Parece que Machado de Assis sofre influência dessa matriz, importando para as suas histórias o tema da traição e da sedução na sala de jantar, com personagens obcecados pelas conquistas amorosas e indiferentes às amizades enganadas.

é comprometedor. Anda muito com a senhora. Creia-me, Mathilde, afaste-o daqui... Bem vê, pelo tom em que me exprimo, que eu não creio nas balelas do mundo.[789]

383

CENA II

AS MESMAS (*um bando de crianças, com Joana à frente, entra dançando o galope, e sai por outra porta*)

JOANA (vem beijar a mãe e diz-lhe baixo). – Mamãe, é uma carta para ti. MaTILDE. – De quem?

JOANA. – De meu padrinho, que entrou no salão, só para me entregá-la e dizer-me: "Vai dar isto já a tua mamãe, é uma surpresa".

MATILDE. – Obrigada, minha filha, vai dançar. (Joana vai ter com as companheiras).

387

MATILDE (olhando Dumont com olhos espantados, e como não podendo resistir à ideia que lhe vem). – Henrique!

DUMONT. – Assustas-me! Por que me olhas assim? Morreu tua mãe? Onde está a carta? (Matilde dá-lhe a carta. Depois de ler) A letra é de Alvarez! que significa isto? É a ti que esta carta é dirigida?!

MATHILDE. – É.

DUMONT – Mas não compreendo... Alvarez... esta carta diz a verdade? MATILDE (exausta e vacilante) – Diz.

DUMONT (com explosão erguendo o braço) – Miserável!... (Para, querendo abatê-la; afasta-se e passando a mão pela fronte como para reter o seu pensamento). – Sinto que vou ficar doido... perdão... Adeus!

MATHILDE (suplicante). – Henrique!

DUMONT – Fez bem em confessar... nestes casos é melhor dizer a verdade, mas podia esperar ainda um pouco, por compaixão... Eu não lhe fiz nada... Deixa-se a ilusão àqueles que não têm outra coisa mais... Mas a senhora não podia perder tempo, urgia sair, ele esperava e espera... Mas que me quer? Por que está aqui? É livre, saia!

---

[789] O esquema narrativo, comum em obras francesas da época, está dado. A equação parece ser esta: nas sociedades de casamentos arranjados a traição é permanente e só deve ser evitada quando pode trazer prejuízo aos envolvidos.

Devia sair sem me dizer nada, era muito mais simples. E eu que nada percebi, nem suspeitei! Mas, por que me fez esta confissão?

MATILDE (sufocada) – Porque esperava que o senhor me matasse, não tendo eu coragem de matar-me, a mim própria.

390

DUMONT – Assim, durante sete anos, mentiu-me a senhora todos os dias, a todas as horas, a todos os minutos, e eu nada vi![790] E simulava ternura para mim! E não a sufoquei naqueles abraços que eu tomava por amor!... Miserável! E via-a corar se o acaso a punha em contato no teatro ou no passeio com alguma mulher comprometida! E cuidava que era ela quem produzia o seu vexame! O vexame era por si própria! A fome, a miséria são as desculpas dessas perdidas; quais são as suas?

MATILDE. – Não as tenho.

DUMONT – Veja ao menos se encontra alguma!

393

ATO TERCEIRO (A mesma decoração)

CENA I

A SRA. LARCEY, UM CRIADO

A SRA. LARCEY (consigo). – Ninguém! Nem ela... nem ele... nem ele... nem ela. Ninguém a viu no baile... De quem se despede a gente nesta casa quando sai? Que se terá passado? (*Toca a campainha*). É talvez aquela carta... Preciso saber o que havia naquela carta... cheira-me a mistério. (*Ao criado que entra*): Onde está Matilde?

400

CENA III

DUMONT, ALVAREZ, MATILDE

MATILDE (a Dumont). – Que devo fazer?

DUMONT – Fique...

ALVAREZ – Estou às tuas ordens, Henrique, que queres de mim?

---

[790] Esse será o esquema narrativo de muitas histórias de Machado de Assis. É o que ocorre com Lobo Neves em *Memórias Póstumas de Brás Cubas* por algum tempo. Por vezes, só uma carta anônima faz o traído sair da sua ignorância.

DUMONT – Dois homens na situação em que nos achamos em face um do outro só podem impedir que essa situação caia no ridículo ou na ignomínia, falando com franqueza.

ALVAREZ – Que situação?

DUMONT – Faltei alguma vez aos deveres de amizade?

ALVAREZ – Nunca.

DUMONT – E contudo tu traíste essa amizade... e pelo crime mais odioso... pelo mais covarde...

ALVAREZ – Henrique!

DUMONT – Há sete anos que o senhor é amante de minha mulher![791]

ALVAREZ – Senhor!!

DUMONT – Eis a sua carta.

ALVAREZ – O senhor interceptou-a?

DUMONT – Foi a minha senhora que ma entregou.

ALVAREZ. – Ela!

409

"A História deste drama"

A propósito de *Suplício de uma mulher*, drama em 3 atos, que deve ser representado sábado no Ginásio, em Benefício de Furtado Coelho, houve renhida discussão na imprensa francesa, sendo os escritos notáveis, – um prefácio de Émile de Girardin, e um folheto de Alexandre Dumas Filho.[792]

---

[791] Machado de Assis evitará que traidor e traído discutam a relação.

[792] Machado de Assis, sobre a polêmica da autoria da peça, no *Diário do Rio de Janeiro*, em 28 de setembro de 1865. Esse conteúdo, que ele traduziu, tendo acompanhado o debate francês, sem dúvida o marcou.

Volume 20[793]
Contos Fluminenses I, 1870

"Miss Dollar"

7

Era conveniente ao romance que o leitor ficasse muito tempo sem saber quem era Miss Dollar.

[...] Se o leitor é rapaz e dado ao gênio melancólico, imagina que Miss Dollar é uma inglesa pálida e delgada, escassa de carnes e de sangue, abrindo à flor do rosto dois grandes olhos azuis e sacudindo ao vento umas longas tranças loiras.

8

Suponhamos que o leitor não é dado a estes devaneios e melancolias; nesse caso imagina uma Miss Dollar totalmente diferente da outra.

[...] Já não será do mesmo sentir o leitor que tiver passado a segunda mocidade e vir diante de si uma velhice sem recurso.

11

O leitor superficial conclui daqui que o nosso Mendonça era um homem excêntrico. Não era. Mendonça era um homem como os outros; gostava de cães como outros gostam de flores.[794]

[...] Era o Dr. Mendonça homem de seus trinta e quatro anos, bem apessoado, maneiras francas e distintas. Tinha-se formado em medicina e tratou algum tempo de doentes; a clínica estava já adiantada quando sobreveio uma epidemia na capital; o Dr. Mendonça inventou um elixir contra a doença; e tão excelente era o elixir, que o autor ganhou um bom par de contos de réis. Agora exercia a medici-

---

[793] Vale insistir num ponto crucial para este enfoque: Machado de Assis trabalhou muito para construir a sua prodigiosa literatura, certamente a mais brilhante da nossa história. O trabalho, porém, não tem grande espaço em muitas das suas narrativas. Não é personagem. Nem sequer cenário. Os densos seres que povoam os contos e romances do autor flutuam numa rede complexa de relações assentadas sobre uma estrutura implacável: a escravidão. No primeiro volume dos *Contos fluminenses*, coletânea de textos, na quase totalidade publicados no *Jornal das Famílias*, na segunda metade dos anos 1860, o trabalho aparece em alusões que jamais se avolumam. A maior parte das ambientações acontece em saraus nas casas das pessoas, que passam o tempo, das suas noites, mas também de muitos dias, visitando-se, conversando, ouvindo música e traindo.

[794] Artesão arrojado de astúcias narrativas, Machado de Assis convida o leitor a definir os personagens, gerando uma interação imaginária verossímil e potente.

na como amador. Tinha quanto bastava para si e a família. A família compunha-se dos animais citados acima.[795]

25

Posteriormente às primeiras visitas, soube Mendonça, por via de Andrade, que Margarida era viúva. Mendonça não reprimiu o gesto de espanto.

– Mas tu falaste de um modo que parecias tratar de uma solteira, disse ele ao amigo.

– É verdade que não me expliquei bem; os casamentos recusados foram todos propostos depois da viuvez.

– Há que tempo está viúva?

– Há três anos.

– Tudo se explica, disse Mendonça depois de algum silêncio; quer ficar fiel à sepultura; é uma Artemisa do século.

26

Mendonça desde esse momento tratou de cortejar assiduamente a viúva.

[...] Amor repelido é amor multiplicado. Cada repulsa de Margarida aumentava a paixão de Mendonça. Nem já lhe mereciam atenção o feroz Calígula, nem o elegante Júlio César. Os dois escravos de Mendonça começaram a notar a profunda diferença que havia entre os hábitos de hoje e os de outro tempo.

30

Nessa mesma noite resolveu Mendonça dar um golpe decisivo; resolveu escrever uma carta a Margarida.[796]

34

Dias depois, Mendonça escreveu segunda carta à viúva e mandou-lha pelo mesmo canal da outra. A carta foi-lhe devolvida sem resposta.

---

[795] Mendonça terá como única labuta cortejar Margarida, uma bela viúva rica (como já se sabe, por profusão de exemplos, uma das figuras mais constantes da obra de Machado), cujo irmão, Jorge, só se ocupa em dilapidar o patrimônio da mãe.
[796] Surpreso, leitor?

"Luís Soares"[797]

70

Um dia de manhã o major Vilela recebeu a seguinte carta:

"Meu valente major. Cheguei da Bahia hoje mesmo, e lá irei de tarde para ver-te e abraçar-te. Prepara um jantar. Creio que me não hás de receber como qualquer indivíduo. Não esqueças o vatapá.[798]

Teu amigo, Anselmo."

80

– Trezentos contos! É muito dinheiro para comprar um miserável.[799]

"A mulher de preto"[800]

96

Morava só; tinha um escravo, da mesma idade que ele, e cria da casa do pai, – mais irmão do que escravo, na dedicação e no afeto.[801] Recebia alguns amigos, a quem visitava de quando em quando de quando, entre os quais incluímos o jovem Padre Luís, a quem Estevão chamava – Platão de sotaina.

---

[797] Luís Soares viu a sua fortuna desaparecer justamente por nunca trabalhar. A partir daí trata de reaproximar-se de um tio, que desprezava, para encontrar meios de continuar bem vivendo sem precisar perder tempo ganhando dinheiro.

[798] O tio, Major Villela, estava velho e adoentado. Tinha fortuna. Se havia trabalhado, isso era passado. Com ele vivia a sobrinha Adelaide, cujo amor Luiz Soares havia soberbamente rejeitado. Para ganhar a estima do tio, Suarez aceita um emprego público. Sacrifica-se para retomar a vida de dissipação. O trabalho é um fardo. A sobrinha do major, Adelaide, recebe subitamente a notícia de uma herança deixada pelo pai aos cuidados de Anselmo, um fazendeiro rico cuja vida laboral só entediaria o leitor. O pai deixa a fortuna para a filha com a condição de que, se estiver solteira, case-se com o primo Luiz Soares, que vê na sorte grande a enorme chance de nunca mais trabalhar. A moça, porém, vinga-se rejeitando o homem que ama. A menção a vatapá remete a influência disseminada de hábitos africanos na cultura brasileira de então. Um raro piscar de olhos para um mundo sempre invisível. Não deixa de ser curioso, contudo, que o visitante chegue da Bahia querendo vatapá.

[799] A sua desforra culmina com uma fórmula que antecipa o Machado de Assis irônico do realismo. Trezentos contos era o cabedal herdado pela beldade. Ela queria amor. Soares só pretendia escapar de uma vida de empregos e obrigações. Pobre para sempre e obrigado a trabalhar para viver, o malandro preferiu o suicídio. Os seus amigos continuaram a fazer o que sabiam: festa. Eis certamente uma devastadora crítica às brancas classes ociosas da época, 1864.

[800] Um médico e um deputado tornam-se amigos e muito se visitam. Estevão estudou muito para se formar. Mas não o vemos clinicando, embora o faça. A história é romântica. O médico apaixona-se por uma linda e misteriosa mulher, que se descobrirá ser a esposa do deputado, rejeitada pelo ciúme doentio do marido.

[801] O leitor constata que repetidas vezes o autor destaca, nas suas variadas histórias, a fraternidade na relação entre senhor e escravo.

130

Pondo de lado o *Jornal do Comércio,* Estêvão lembrou-se de protestar, e ia já escrever um artigo quando recebeu uma cartinha de Oliveira.[802]

"O segredo de Augusta"[803]

144

Possuía uma boa fortuna e não trabalhava, isto é, trabalhava muito na destruição da referida fortuna, obra em que sua mulher colaborava conscientemente.

148

O novo personagem, o Gomes tão desejado e tão escondido, representava ter cerca de trinta anos. Ele, Vasconcelos e Baptista eram a trindade do prazer e da dissipação.[804]

156

– É verdade; as suas casas da Rua da Imperatriz estão hipotecadas; a da Rua de S. Pedro foi vendida, e a importância já vai longe; os seus escravos têm ido a um e um, sem que o senhor o perceba, e as despesas que o senhor há pouco fez para montar uma casa a certa dama da sociedade equívoca são imensas. Eu sei tudo; sei mais do que o senhor...[805]

178

Pretendo ir ao governo e pedir um lugar qualquer, se é que ainda me lembro do que aprendi na escola.[806]

---

[802] Só para lembrar que não há história sem cartas.

[803] A personagem principal gasta os tubos, com a licença da linguagem coloquial. O marido, o risonho Vasconcelos, tem fortuna e amantes. Não perde tempo trabalhando. Acorda tarde demais para se ocupar com burocracias.

[804] Imagem da elite da época. Quando algum personagem pensa em trabalhar, já se sabe: quer enganar alguém.

[805] Credores sabem demais. Quando vê o dinheiro sumir, Vasconcelos decide casar a filha adolescente, contra a vontade da mulher, com um amigo de biografia equivalente a sua, um descansado como ele, na esperança de salvar o seu estilo de vida e proteger a sua enorme incapacidade de produzir o que quer que seja. O amigo tivera a mesma ideia: casar-se com a menina de 15 anos para desfrutar do dinheiro do pai dela e salvar-se da miséria ou do trabalho como solução extrema e insuportável de tragar. A ociosidade era um estilo superior de vida.

[806] Gomes aceitava a filha do amigo e se prometia trabalhar para o sustento de ambos. Ainda assim era balela. Das suas mãos não sairia trabalho. Não fazia parte do seu DNA de homem sofisticado. Ao final da história, arruinado, pergunta-se acabrunhado: "Onde

"Confissões de uma viúva moça"

185

Há dois anos tomei uma resolução singular: fui residir em Petrópolis em pleno mês de junho. Esta resolução abriu largo campo às conjeturas. Tu mesma nas cartas que me escreveste para aqui, deitaste o espírito a adivinhar e figuraste mil razões, cada qual mais absurda.

A estas cartas, em que a tua solicitude traía a um tempo dois sentimentos, a afeição da amiga e a curiosidade de mulher, a essas cartas não respondi e nem podia responder. Não era oportuno abrir-te o meu coração nem desfiar-te a série de motivos que me arredou da corte, onde as óperas do Teatro Lírico, as tuas partidas e os serões familiares do primo Barros deviam distrair-me da recente viuvez.[807]

187

Era no tempo do marido.[808]

199

Soubemos então que Emílio era um provinciano filho de pais opulentos, que recebera uma esmerada educação na Europa, onde não houve um só recanto que não visitasse.[809]

223

Emilio veio em pessoa. Asseverou-me que, se ia partir, era por negócio de pouco tempo, mas que voltaria logo.[810]

---

acharei eu uma herdeira que me queira por marido?" (p. 181). Um romantismo bastante realista. O único que parecia trabalhar nessa história era o credor: cabia-lhe correr atrás dos devedores dia e noite para não se fazer enrolar nem perder os seus investimentos.

[807] Uma mulher retira-se para Petrópolis e conta em cartas a uma amiga a sua história.

[808] A corte fervilhava. Ia-se ao teatro lírico. Um homem começa a escrever uma carta sedutora à protagonista. Em seguida, aparece na casa dela como convidado do marido. Era Emílio. A sedução instala-se no salão de receber convidados.

[809] Viajava e seduzia. Eis tudo. Infiltrado na casa do homem a ser traído, Emílio "trabalha" duramente para atingir o seu fim: conquistar a anfitriã. Nada mais. Era só questão de tempo. Em resumo, Emílio era um crápula que nada tinha a fazer na vida. O seu passatempo era conquistar mulheres entediadas e relegadas por maridos ricos, senhores de si e mais interessados em amantes ou jogatinas. O marido faz o favor de adoecer e morrer como acontece muito na época e nas histórias de Machado de Assis. A bela fica livre. O sedutor perde o interesse pelo jogo. Conquista feita, a conquistada perde seus atrativos.

[810] Não voltaria. Não era homem afeito ao casamento. Nem ao trabalho. Essas tramas em aparência inverossímeis revelam paradoxalmente muito da realidade da época: trabalho não era coisa valorizada por homem branco bem-sucedido. Podia ser necessário para fazer fortuna. Alcançado o objetivo, era desnecessário ou desprezível. O vencedor só podia viver de rendas (financeiras) e femininas.

"Linha reta e linha curva"[811]

229-230

Feliz Azevedo! A hora em que começa essa narrativa é ele um marido feliz, inteiramente feliz. Casado de fresco, possuindo por mulher a mais formosa dama da sociedade, e a melhor alma que ainda se encarnou ao sol da América, dono de algumas propriedades bem situadas e perfeitamente rendosas, acatado, querido, descansado, tal é o nosso Azevedo, a quem por cúmulo de ventura coroam os mais belos vinte e seis anos.

Deu-lhe a fortuna um emprego suave: não fazer nada. Possui um diploma de bacharel em direito; mas esse diploma nunca lhe serviu; existe guardado no fundo da lata clássica em que o trouxe da Faculdade de São Paulo. De quando em quando Azevedo faz uma visita ao

diploma, aliás ganho legitimamente, mas é para não o ver mais senão daí a longo tempo. Não é um diploma, é uma relíquia.[812]

266

Tito, como temos visto até aqui, estava no terreno do primeiro dia. Passeava, lia, conversava e parecia inteiramente alheio aos planos que se travavam em torno dele.[813]

304

– Escreva isto e dirão que é um romance, disse alegremente Adelaide.

– A vida não é outra coisa... acrescentou Tito.

---

[811] Azevedo experimenta a felicidade com sua esposa numa lua de mel estendida em Petrópolis. Vivem de amor. Mas o amor romântico também não é eterno.

[812] Certificado de uma vida ociosa, confere-lhe paz de espírito, como se lhe mostrasse que não precisaria usá-lo. Então entram na história Tito, velho amigo de Azevedo, e Emília, uma bela e rica viúva de dois maridos. Surge também, apaixonado por Emília, um velho de cinquenta anos no qual se via "como que uma ruína do passado, reconstruída por mãos modernas" (p. 239). Ninguém trabalha. Dedicam-se integralmente às visitações, aos passeios e aos jogos do amor, que podem ser laboriosos, complexos, cheios de idas e vindas e de expedientes diários ou quase. Um pouco mais e teriam registro de ponto.

[813] Vivia. Folgadamente. Ao final, o amor triunfa. Tito e Emília, que já se conheciam, ficam juntos. A vida estava resolvida sem labuta. Um leitor ácido zombaria: é a vida dos ricos na sociedade escravista, ora! Sim, mas por que os escravos não interessam como sujeitos de histórias?

"Frei Simão"[814]

313

Uma tarde, como estivesse o rapaz a adiantar a escrituração do livro mestre, entrou no escritório o pai com ar grave e risonho ao mesmo tempo, e disse ao filho que largasse o trabalho e o ouvisse.[815]

317

Chega uma carta a Simão.[816]

Volume 21
Contos Fluminenses II[817]

"Casada e viúva"[818]

13

O fazendeiro deu-lhe a sobrinha e mais um bom par de contos de réis. Nogueira, que só visava a primeira, achou-se felicíssimo por ter alcançado ambas.[819]

---

[814] História de um homem que se torna religioso, recolhido num claustro, por decepção amorosa. Jovem, Simão trabalhava no escritório do pai.

[815] Ia enviar o filho para longe para evitar que quisesse se casar com a bela órfã que vivia com eles. O pai pretendia uni-lo a uma rica herdeira. Quando um homem rico ainda trabalhava, como o pai de Simão, já era por avareza. Este conto não tem final feliz. Não importa. Em todas essas narrativas focadas no amor, o ócio desempenha um papel central. O amor entre pobres ou escravos não merecia a mesma atenção. Quase nem chegava a ser cogitado.

[816] Que outro meio de comunicação poderia ter um homem no claustro? Que o destaque seja recebido como humor, mas também como mais um exemplo do papel central das cartas nas estratégias narrativas de Machado de Assis à época.

[817] Contos publicados no *Jornal das Famílias*, de 1864 a 1878, e em *A Estação*, de 1884 a 1891.

[818] Publicado originalmente em *Jornal das Famílias*, novembro de 1864. Vê-se que, muito cedo na sua produção, Machado de Assis já havia definido as suas figuras de predileção, como a viúva cobiçada e mergulhada nos seus embates amorosos.

[819] Trabalho, como se tem visto, na época de Machado de Assis, não era coisa de branco, salvo de branco pobre ou na acumulação primitiva do seu capital. Era um mal necessário a ser curado, de preferência, rapidamente. A escravidão contaminava as mentalidades como um exemplo a ser evitado. A ociosidade fazia parte de um sistema de hierarquia social. É de legado que ainda se trata: o legado do desprezo pelo trabalho manual. Aos ricos, o ócio e os embates amorosos. Aos demais, o suor do trabalho. Nas obras da fase realista de Machado de Assis o trabalho ganha outra dimensão? Não parece. A lente de Machado tem outro foco. Pode ser um modo de fazer a crítica de uma classe ociosa. Se é, não se explicita. Prefere um modo sinuoso. Pode-se, contudo, dizer que Machado de Assis pintou cruelmente a alta sociedade da sua época, apinhada de malandros, preguiçosos, ociosos, vadios, parasitas, trambiqueiros, golpistas de todo tipo, avaros, inúteis, cínicos, hipócritas, mentirosos, golpistas, etc.

14

Deixo ao espírito do leitor ajuizar como seria o encontro de amigos que se não veem há muito.

17

Nisto parou ao portão um moleque com duas cartas para José de Meneses. Os dois passavam neste momento em frente do portão. O moleque fez entrega das cartas e retirou-se sem exigir resposta.

22

Meneses, com o maior sangue frio, acudiu à interrogação muda que as duas pareciam fazer.

– Eu contei a D. Cristiana o assunto da única novela que li em minha vida. Era um livro interessantíssimo. O assunto é simples, mas comovente. É uma série de torturas morais por que passa uma moça a quem esqueceu juramentos feitos na mocidade. Na vida real este fato é uma coisa mais que comum; mas tratado pelo romancista toma um tal caráter que chega a assustar o espírito mais refratário às impressões. A análise das atribulações da ingrata é feita por mão de mestre. O fim do romance é mais fraco. Há uma situação forçada... uma carta que aparece...[820] Umas coisas... enfim, o melhor é o estudo profundo e demorado da alma da formosa perjura. D. Cristiana é muito impressionável.

25

Apreciando estes fatos à luz da razão prática, se julgarmos legítimos os temores de Cristiana, julgaremos exagerada as proporções que ela dava ao ato de Meneses. O ato de Meneses reduz-se, afinal de contas, a um ato comum, praticado todos os dias, no meio da tolerância geral e até do aplauso de muitos. Certamente que isso não lhe dá virtude, mas tira-lhe o mérito da originalidade.

No meio das preocupações de Cristiana tomara lugar a carta a que Meneses aludira. Que carta seria essa?[821]

29

Meneses levantou a cabeça, e disse:

– Oh! não me exprobre o meu casamento! Que queria que eu fi-

---

[820] Machado de Assis já sabia rir de si mesmo.
[821] Eis o mistério.

zesse quando uma pobre moça me caiu nos braços declarando amar-me com delírio? Apoderou-se de mim um sentimento de compaixão; foi todo o meu crime. Mas neste casamento não empenhei tudo; dei a Eulália o meu nome e minha proteção; não lhe dei nem o meu coração nem o meu amor.

– Mas essa carta?

– A carta será para mim uma lembrança, nada mais; uma espécie de espectro do amor que existiu, e que me consolará no meio das minhas angústias

[...] Meneses, lívido como a morte, mas cheio de uma tranquilidade aparente, deu dois passos e apanhou as cartas que caíram da mão de Eulália. Leu-as rapidamente. Descompuseram-se-lhe as feições. Deixou Cristiana prestar os seus cuidados de mulher a Eulália e foi para a janela. Aí fez em tiras miúdas as duas cartas, e esperou, encostado à grade, que passasse a crise de sua mulher.[822]

"Ayres e Vergueiro"[823]

39

Não foi Luísa insensível aos olhares requebrados de Pedro Ayres, e serei justo dizendo que ocultou quanto pode a impressão que o moço fazia nela. Ayres pertencia àquela raça de namoradores que não abatem armas logo à primeira resistência. Insistiu nos olhares entremeados com alguns sorrisos; chegou a interrogar miudamente um moleque da casa, cuja discrição não pôde resistir a uma moeda de prata. O moleque foi além; aceitou uma carta para a viuvinha.

A viuvinha respondeu.[824]

53

Ayres não era pêco, apressou a venda das fazendas, realizou em boa prata o dinheiro da caixa, e antes de seis semanas recebeu de Buenos Aires uma carta em que Vergueiro dizia que estava de cama, e pedia a presença de sua querida mulher.[825]

---

[822] A cada vez, funciona. Nunca se deve ler a totalidade de uma vasta obra.
[823] Publicado originalmente em *Jornal das Famílias*, em 1871, ano da discussão e da aprovação da Lei do Ventre Livre.
[824] Direto ao ponto.
[825] Contra esperteza, esperteza e meia, parecem dizer as entrelinhas.

"Quem conta em conto..."[826]

57

Eu compreendo que um homem goste de ver brigar galos ou de tomar rapé. O rapé dizem os tomistas que alivia o cérebro. A briga de galos é o Jockey Club dos pobres. O que eu não compreendo é o gosto de dar notícias. E todavia quantas pessoas não conhecerá o leitor com essa singular vocação?

[...] Luís da Costa, ou dizia a coisa simplesmente, ou adicionava-lhe certo molho para torná-la mais picante.[827]

69

O moleque abriu-lhes a porta da sala, onde não tardou que apareceese o famoso Pires, *l'introuvable*.[828]

80

Ora, justamente na ocasião em que os dois lhe bateram à porta, jogava ele o gamão com o coadjutor da freguesia, cujo dado era tão feliz que em menos de uma hora lhe dera já cinco gangas.[829] O desembargador fumava... figuradamente falando, e o coadjutor sorria, quando o moleque foi dar parte de que duas pessoas estavam na sala e queriam falar com o desembargador. O digno sacerdote da justiça teve ímpetos de atirar o copo à cara do moleque; conteve-se, ou antes traduziu o seu furor num discurso furibundo contra os importunos e maçantes.

"Um Homem superior"[830]

85

De quando em quando abalroava nele uma quitandeira que se dirigia para as praças do mercado com o cesto ou o tabuleiro à cabeça, acompanhada de um preto que levava outro cesto e a barraca. Clemente parecia despertar dos seus devaneios, mas recaía logo neles até nova interrupção.

---

[826] Publicado originalmente em *Jornal das Famílias*, em 1873.

[827] Para uma história da fofoca.

[828] Em qualquer registro, conto, crônica, romance ou poesia, Machado de Assis não dispensa termos em latim, francês, alemão, inglês, etc.

[829] Atento aos jogos dominantes no seu tempo, o autor também tinha ouvido para as expressões que o acompanhavam e que hoje já não circulam.

[830] Publicado originalmente em *Jornal das Famílias*, em 1873.

88

Duas horas depois estava em casa almoçado e fumado. Tirou de uma velha estante um volume de Balzac[831] e dispôs-se a esperar o jantar.

89

Clemente vendera, apenas, alguns livros, dois ou três vasos, uma estatueta, uma charuteira e poucas coisas mais, que não faziam grande falta. E quem o visse ali, estendido no sofá, metido em um chambre, lendo um volume encadernado em Paris, diria que o bom rapaz era um estudante rico, que havia falhado a aula e enchia com alguma distração as horas, até receber uma carta da namorada.

[...] Clemente Soares não tinha coração tão mesquinho que se deixasse vencer por cinco apólices. Demais, não a namorava muito disposto ao casamento; foi uma espécie de aposta com outros rapazes. Trocou algumas cartinhas com a moça e precipitou o desenlace da comédia fazendo uma retirada airosa.

Carlotinha não era felizmente moça de grandes enlevos. Deu dois murros no ar quando adquiriu certeza da retirada do rapaz, e travou namoro com outro que lhe andava a rondar a porta.[832]

92

Em dois simples capítulos vimos um rapaz desarranjado e arranjado, pescando um cartão de barca no bolso do colete e ganhando três contos e seiscentos mil-réis por ano. Não se pode andar mais depressa. Mas por que fui eu tão longe, quando podia apresentar Clemente Soares já empregado, poupando à piedade dos leitores o espetáculo de um rapaz sem almoço certo?

Fi-lo para que o leitor, depois de presenciar as finezas do negociante Castrioto, se admirasse, como lhe vai acontecer, de que Clemente Soares ao cabo de dois meses esquecesse de tirar o chapéu ao ex-anfitrião.[833]

---

[831] Não são muitas nem extensas as citações a Balzac na obra de Machado de Assis.

[832] Havia mulheres com relativa autonomia no cenário machista dominante.

[833] Na apresentação dos personagens há sempre a busca por uma entrada original e leve, evitando relatórios ou fichas carregadas de dados pessoais.

96-97

À hora do jantar, disse Clemente Soares ao patrão:

– O comendador esqueceu cá a boceta.

– Sim? É preciso mandá-la. Ó José!...

– Mandar uma boceta de ouro por um preto, não me parece seguro, objetou Clemente Soares.

– Mas o José é fidelíssimo...

– Quem sabe? a ocasião faz o ladrão.

– Não creia nisso, respondeu Medeiros sorrindo; vou mandá-la já.

– Além disso, o comendador é um homem respeitável; não será bonito mandar assim a boceta por um preto...[834]

102

Quando lhe pareceu conveniente, expediu Clemente Soares uma carta flamejante à moça, que lhe não respondeu, mas que também não se zangou.

104

No pior da sua posição, recebeu Clemente uma carta em que o comendador o convidava a ir passar algum tempo na fazenda.

[...] Infelizmente, dez dias depois da sua chegada à fazenda, adoeceu gravemente o comendador Brito, por maneira que o médico poucas esperanças deu à família.

107

Seis meses depois eram casados o jovem Clemente Soares e a gentil viúva; não houve nenhuma escritura de separação de bens, pela simples razão de que o noivo foi o primeiro que propôs a ideia. Verdade é que se a propôs, é porque tinha a certeza de que não seria aceita.[835]

108

Não era Clemente homem que se encafuasse numa fazenda e se contentasse com a paz doméstica.

---

[834] O vocabulário da época acentua uma ambiguidade hilariante para os dias de hoje. Há sempre desconfiança em relação à honestidade dos escravos.

[835] O golpismo casamenteiro demandava ardis e conhecimento da psicologia das vítimas.

Dois meses depois de casado, vendeu a fazenda e os escravos, e veio estabelecer vivenda na corte, onde hoje foi conhecida a sua aventura.[836]

[...] Soube a moça de algumas aventuras amorosas do marido, e censurou-lhe esses atos de infidelidade; mas Clemente Soares motejou do caso, e Carlotinha recorreu às lágrimas.

Clemente levantou os ombros.

Começou uma série de desgostos para a moça, que ao fim de três anos de casada estava magra e doente, e ao fim de quatro expirou.[837]

"Nem uma nem outra"

114

Amanhã, José, disse o amo, precisamos ver se descobrimos meu sobrinho. Não vou daqui sem levá-lo comigo.

– Ora, sr. capitão, respondia o criado, eu acho bem difícil encontrar seu sobrinho numa cidade tamanha. Só se ficarmos aqui um ano inteiro.

– Qual um ano! Basta anunciar no *Jornal do Comércio*, e se não for bastante vou à polícia, mas hei de achá-lo. Tu lembras-te dele?

– Não me lembro nada. Vi-o só uma vez e há tanto tempo...
– Mas não o achas um bonito rapaz?

– Naquele tempo era...

– Há de estar melhor.

---

[836] Rui Barbosa, na época dos combates pela abolição da escravatura, exprimia-se assim: "Um célebre antropólogo contemporâneo, assinalando a influência depressiva e depravadora do cativeiro na sanidade moral e intelectual das classes que o desfrutam, escrevia, ainda há pouco: 'Fruto é do egoísmo a escravidão. Resulta naturalmente de um desejo, ainda mui vivo na maior parte dos indivíduos pretensamente civilizados, que os leva a descarregar em ombros alheios o maior gravame da lida social'" (Barbosa apud Silva, 2017, p. 221). Cada um com o seu estilo. Referia-se a Charles Letourneau. Os escravistas sabiam que praticavam algo infame. Anacronismo é o termo usado para absolver o passado dos seus crimes. Rui Barbosa produziu o Parecer 48-A", apresentado na sessão de 4 de agosto de 1884, em nome das comissões reunidas de Orçamento e Justiça, relativo ao "Projeto 48", de autoria do deputado Rodolfo Dantas, que propunha, em consonância com o governo, a reforma do "elemento servil" com a libertação dos escravos chegados a idade de 60 anos antes ou depois da lei (ACD, v.4, Anexo, p. 1 a 114). Ver a publicação on-line *A abolição no parlamento: 65 anos de luta (1823-1888)*. Brasília: Senado Federal, 2012.
[837] O atentíssimo leitor listou as obsessões do autor distribuídas no conto.

133

[...] Vicente recebe uma carta.

137

[Vicente] seguiu viagem pela rua do Passeio acompanhado do preto que lhe levava a já inútil mala.

139

O autor de um romance tem obrigação de conhecer profundamente os seus personagens.

149

É curioso transcrever aqui duas cartas de Júlia e Delfina, cheias dessa confiança que dá a situação a duas moças casadeiras.

163

Abriu a carta e leu; era uma declaração, mas em letra visivelmente disfarçada.[838]

167

Que quer? A coisa passou-se assim; eu estou contando a história de pessoas que conheço, não acrescento nem suprimo nada.[839]

173

Vicente leu pasmado esta carta em que a audácia da hipocrisia não podia ir mais longe.[840]

"Onze anos depois"[841]

194-195

Moreira ficava todo entregue a uma nova ordem de ideias. Teve prazer em ver o amigo; mas a ideia de ir ver de novo a antiga namorada foi para ele prazer maior. Acrescentarei até que mil planos formulou ele na fantasia, cada qual mais atrevido e menos fiel à amizade.[842] Quando deu acordo de si estava no fim do Aterrado, e ele morava nas imediações do Gás; teve de retroceder; entrou em casa,

---

[838] Chama a atenção essa permanente necessidade psicológica de um ardil. Há, de certo modo, uma confissão de dificuldade com a expressão oral dos sentimentos.

[839] Recorrente procedimento de simulação de objetividade e neutralidade.

[840] É disso que trata a obra de Machado de Assis: da audácia da hipocrisia.

[841] Publicado originalmente em *Jornal das Famílias*, em 1875.

[842] O desejo sempre fala mais alto do que a amizade. De algum modo, uma máxima se minimiza em todas essas histórias: o desejo não se subordina a qualquer ética.

jantou com o tio, e pois que está fazendo a digestão, deixamo-lo em paz durante algumas linhas.

198

E nunca melhor nome assentou num homem do que o que lhe dera o advogado. Moreira. Era verdadeiramente um patife, um gentil patife se quiserem; mas, em todo caso, patife. Em tão pouco tempo mostrou ele aos olhos do leitor que nem amara a moça como parecera, nem era amigo do seu amigo. Patife embora, ou por isso mesmo, aceitou tomar uma xícara de chá, e prometeu ir lá jantar no dia seguinte.[843]

199

No dia seguinte foi tão alvoroçado, mais alvoroçado do que na véspera. A razão era que lhe pareceu não estar de todo extinto no coração da moça o fogo que ele lhe acendera outrora. A leitora curiosa deseja naturalmente saber se Moreira se enganava. Não lhe sei dizer senão que nesse dia Eulália não apareceu absolutamente ao ex-namorado; pretextou uma dor de cabeça e meteu-se na cama.

200-201

Aqui saboreou um gole de café e continuou:

– O Alves não há de certamente gostar disto; mas também não é necessário dizer-lho; é até prudente não lhe dizer nada. A minha consciência...

Outro gole de café.

– A minha consciência está a dizer-me que ele é meu amigo, e que fui e sou talvez amigo dele; mas há um rifão que diz: amigos, amigos, negócios à parte. Ele é que errou em casar com uma moça de quem eu gostava; tudo isto é agora uma mera consequência.

Moreira esvaziou a xícara, acendeu um charuto, e pensou seriamente em escrever uma carta a Eulália. Fechou a porta do quarto, travou da pena e escreveu o rascunho da carta que se vai ler.[844]

205

Pensar isto e escrever um bilhetinho foi tudo a mesma coisa. A nova missiva continha apenas estas palavras:

---

[843] Sem dissimulações, a sedução e a traição na sala de jantar do enganado.
[844] Devastador para a imagem de um tempo quando se toma o conjunto dos textos.

"Minha vida! Que resposta me dás? Devo eu morrer ou viver? Venha a morte, embora, mas sem torturas... Teu, sempre teu – M."

Este bilhete foi deitado de passagem no regaço da moça, que, de novo, estremeceu e corou. Alves estava então de costas e nada viu. Moreira foi ter com ele e perguntou-lhe se havia já lido o *Jornal do Comércio* desse dia. Travou então conversa a respeito de um artigo que lá vinha acerca de não sei que negócio ministerial, coisa que não interessava absolutamente a Moreira, mas que ele parecia discutir com muito ardor. Estavam nisto quando Eulália soltou um pequeno grito. Alves voltou-se rapidamente e foi ter com a mulher.

– Que foi?

– Nada; uma pontada. Alves ajoelhou-se diante dela, levou-lhe a mão ao coração, que batia algum tanto agitado.

– Estás melhor? perguntou ele.

– Estou.

– Anda descansar.

– Não; passou.

Dizendo isto, a moça cravou os olhos no marido, cuja aflição estava expressa no rosto.

– Não é nada, repetiu.

E para mostrar que não era nada, levantou-se e deu-lhe o braço. Saíram até o jardim; Moreira acompanhou-os ao lado e mostrando como podia o interesse que lhe causava a saúde da moça, mas um tanto surpreso com o incidente. A carta nada continha que lhe pudesse causar abalo; a primeira sim. Demais a carta estava já guardada, porque ele a não viu na mão de Eulália. No fim de uma hora, voltaram para casa; Eulália foi para os seus aposentos; Alves acompanhou-a; Moreira retirou-se para o hotel onde alugara um aposento.

– Que diabo seria aquilo? pensava ele. Natural não me parece que fosse; a causa é que eu não posso atinar qual seja. Esperemos a resposta; é impossível que se demore muito.

A tarde passou sem carta.[845]

208

Alves fechou a porta do quarto com a chave e pô-la no bolso. Moreira olhou para ele espantado, e ia naturalmente perguntar-lhe a

---

[845] Quase nenhuma história; porém, se passa sem uma.

causa daquele fato, quando o advogado lhe tirou de todo a voz com outro gesto ainda mais significativo: tirou um revólver da algibeira e pô-lo ao pé de si na mesa. Sentou-se e começou a falar.[846]

210

– Pois bem, esse homem voltou da Europa e tu trouxeste-o à nossa casa. Onze anos eram passados depois que ele havia partido. Era teu amigo e eu não lhe era estranha ao coração: dois motivos que, juntos, deviam servir de barreira entre ele e a nossa porta. Veio contudo à nossa casa, muitas vezes; devia respeitar-me; não me respeitou...

Dizendo isto, abriu Eulália uma caixinha e tirou de dentro uma carta, a primeira de Moreira, que entregou aberta ao marido.

211

– Não lhe respondi, disse ela; era claro que não devia responder. Devia mostrar-te a carta logo ou rasgá-la; não tive ânimo de ta mostrar, nem me pareceu conveniente rasgá-la; podia ter necessidade de dizer tudo. Ele insistiu na resposta, e ontem, na nossa sala, atirou-me este bilhete. Foi a indignação que me causou a perfídia do homem que tão serenamente conversava contigo, quando buscava atraiçoar-te, foi essa indignação que me fez soltar aquele grito.[847]

213

– Vais escrever e assinar um papel assim concebido:

– É impossível! clamou Moreira levantando-se de um pulo.

Alves sorriu-se.

– Nesse caso morres, disse ele, porque eu não saio daqui sem obter uma destas duas coisas: ou o papel ou a tua vida.

Moreira deu alguns passos agitados, trêmulo de medo e cólera. De repente uma ideia lhe passou pela cabeça: atirar-se ao amigo e esganá-lo, com tal ímpeto que não lhe desse tempo de resistir, e menos ainda de o atacar. Relanceou um olhar para o advogado, e aproximando-se vagarosamente da mesa, deu um salto sobre o inimigo. Alves previra aquilo mesmo, de maneira que Moreira antes de o segurar como queria, foi obrigado a recuar diante do revólver encostado ao peito. Moreira soltou um rugido.

---

[846] Desdobramento menos comum do que se poderia imaginar e que será contornado.
[847] A recusa não costuma vicejar nem produzir histórias.

– Afadigas-te sem proveito, observou tranquilamente o advogado; nada podes obter senão uma das duas cláusulas que te propus. Escolhe.

Moreira era antes de tudo covarde.[848]

"História de uma fita azul"[849]

219

Gustavo! (interrompe neste ponto o leitor) mas por que Gustavo e não Alfredo, Benedito ou simplesmente Damião?

Por uma razão muito clara e singela, leitor ignaro; porque o namorado de Marianinha não se chamava Alfredo, nem Benedito, nem Damião, mas Gustavo; não Gustavo somente, mas Gustavo da Silveira, rapaz de vinte e sete anos, moreno, cabelo preto, olhos idem, bacharel, aspirante a juiz municipal, tendo sobre todas estas qualidades a de possuir umas oitenta apólices da dívida pública.[850]

219-220

A verdade é que no curto espaço de três meses haviam já trocado cinquenta cartas, algumas compridas, todas cheias de protestos de amor até à morte.[851]

"To be or not to be"[852]

252

Já daqui pode o leitor avaliar o pasmo e a dor de André Soares quando recebeu uma carta do personagem que lhe servira de empenho, carta de que basta citar este último trecho:

> "... Assim, pois, meu caro Sr. André Soares, sinto não ter podido servi-lo como desejava e devia. Tenha paciência, e mais tarde..."

---

[848] A covardia arranja as coisas e evita inúteis derramamentos de sangue.

[849] Publicado originalmente em *Jornal das Famílias*, dezembro de 1875.

[850] O escritor escolhe, mas toda escolha é arbitrária, salvo se uma realidade se impuser, o que, obviamente, não passa de uma ficção.

[851] O leitor já conhece o eixo principal da estrutura narrativa.

[852] Publicado originalmente em *Jornal das Famílias*, fevereiro de 1876.

258

André Soares pertencia à classe ingênua dos namorados que fazem indagações no armarinho da esquina ou na padaria ao pé. Depois de esperar um razoável tempo a ver se a bela dama aparecia à janela, André dirigiu os passos a uma padaria que ficava perto, e fez as interrogações precisas a um caixeiro que ali encontrou. Veio a saber que a moça era viúva, que se chamava Cláudia, que vivia com um irmão empregado em Niterói, onde tinha alguns parentes.

259

Além destas notícias soube ainda André Soares que a moça possuía cerca de vinte apólices e uma preta velha, que eram toda a riqueza do defunto marido.[853]

261

A primeira carta não se fez demorar, e a resposta foi imediatamente às mãos do namorado. Não era carta apaixonada a da moça, mas André Soares compreendeu que ela usara de certa reserva que lhe parecia necessária. Replicou o pretendente, treplicou a dama, e os autos de coração foram-se avolumando progressivamente, até que André Soares entendeu que era conveniente frequentar a casa e aproveitou uma apresentação que lhe ofereceram.

267

André ficou sem pinga de sangue. Naturalmente ia voltar o rosto, mas a tempo deteve o movimento e continuou a andar até entrar na casa da viúva Cláudia.

273

Algumas coisas fortes lhe disse, a que ela respondeu com o silêncio; foi para casa e escreveu uma longa, indignada, lacrimejada e fulminante carta, a que a moça não respondeu.

277-278

No meio dessa crise, lembrou-lhe o criado que ainda havia outra carta.

Abriu-a.

Era do chefe da repartição.

---

[853] André Soares é o espertalhão da vez, que usará os recursos de sempre.

Participava-lhe que, não comparecendo ele com a assiduidade de costume, antes fugindo absolutamente do trabalho, resolvera o ministro demiti-lo.

André Soares caiu sem sentidos no chão.

Um mês depois, estando a almoçar pacificamente no Carceller[854], graças ao crédito que obtivera de um amigo e antigo companheiro de casa, viu passar Horácio e a viúva de braço dado.

Estavam casados.

– Miseráveis! grunhiu André Soares.

MORALIDADE

Mas onde está a moralidade do conto? pergunta a leitora espantada com ver esta série de acontecimentos descosidos e vulgares.

A moralidade está nisso.

Tendo perdido a esperança de obter um emprego de duzentos mil-réis, quando apenas desfrutava um de cento e vinte, assentou André Soares de dar cabo da vida.

No dia, porém, em que perdeu a noiva e o emprego de cento e vinte mil-réis, com um insulto físico de quebra, não se matou, nem tentou matar-se, nem se lembrou de o fazer.

Tanto é certo que o suicídio depende mais das impressões e disposições do momento, que da gravidade do mal.

Disse.[855]

"Conversão de um avaro"[856]

282

Esse amigo chamava-se Borges; era um resto de sucessivos naufrágios. Tinha sido várias coisas, e ultimamente preparava-se a ser milionário. Contudo estava longe; tinha apenas dois escravos boçais comprados entre os últimos chegados por contrabando.[857] Era, por

---

[854] Ponto central do Rio de Janeiro da época onde personagens de Machado de Assis costumam aparecer de modo natural, como num cenário pronto e evidente.

[855] André pensara em se matar quando perdeu um trabalho almejado de duzentos mil-réis e nada fez quando ficou sem a noiva e o emprego de cento e vinte mil-réis que possuía. Até se matar dava muito trabalho.

[856] Publicado originalmente no *Jornal das Famílias,* junho de 1878.

[857] Situação que prevaleceu até algum tempo depois da aprovação da Lei Eusébio de Queirós, de 1850, que proibiu pela segunda vez o tráfico de escravos para o Brasil. A primeira lei é de 1831 e, como popularmente se diz, não pegou. Foi feita literalmente para inglês ver.

ora, toda a riqueza, não podendo incluir-se nela a esposa que era um tigre de ferocidade, nem a filha, que parecia ter o juízo a juros. Mas este Borges vivia das melhores esperanças. Ganhava alguma coisa em não sei que agências particulares; e nos intervalos cuidava de um invento, que ele dizia destinado a revolucionar o mundo industrial. Ninguém sabia o que fosse, nem que destino tivera; mas ele afirmava que era grande coisa, utilíssima, nova e surpreendente.

283

A doença de Gomes, atalhada a tempo, curou-se em poucos dias. A mulher e a filha de Borges tratavam dele com o carinho que permitia o gênio feroz de uma e a leviandade de outra. A Sra. D. Ana acordava às cinco horas da manhã e berrava até às dez da noite. Poupou ao hóspede esse costume durante a doença; mas, a palavra contida manifestava-se em repelões à filha, ao marido e às escravas. A filha chamava-se Mafalda; era uma moça pequena, vulgar, supersticiosa, que só se penteava às duas horas da tarde e andava sem meias toda a manhã.

284

Na véspera de voltar para a sua loja de colchões, Gil Gomes travou conhecimento com uma nova pessoa da família: a viúva Soares. A viúva Soares era prima de José Borges. Tinha vinte e sete anos, e era, na frase do primo, um pedaço de mulher. Efetivamente era vistosa, forte, de ombros largos, braços grossos e redondos. Viúva desde os vinte e dois, conservava um resto de luto, antes como um realce que outra coisa. Gostava de véu porque um poetastro lhe dissera em versos de todos os tamanhos que seus olhos, velados, eram como estrelas através de nuvens finas, ideia que a Sra. D. Rufina Soares achou engenhosa e novíssima. O poeta recebeu em paga um olhar.[858]

287

A noite foi cruel para o colchoeiro, ou antes deliciosa e cruel, ao mesmo tempo, porque sonhou com a viúva de princípio até o fim.

A Inglaterra já pressionava pela abolição.
[858] A bela viúva e o mau poeta: Machado de Assis de corpo inteiro.

289

Restava dar-lhe um substituto, e o recruta, quando viu perdidas todas as esperanças, insinuou esse recurso derradeiro. O olhar com que Gil Gomes respondeu à insinuação gelou todo o sangue que havia nas veias do moço. Esse olhar parecia dizer-lhe: – Um substituto![859] dinheiro! sou algum pródigo? Não é mais do que abrir os cordões à bolsa e deixar cair o que se custou a ganhar? Alma perversa, que espírito mau te meteu na cabeça esse pensamento de dissolução?

292

O dia aprazado compareceu em casa de José Borges a gente convidada, os parentes, a comadre e os dois amigos. Entre os parentes havia um primo, pálido, esguio e magro, que nutria em relação a Mafalda uma paixão, correspondida pelo pai.[860]

301

O colchoeiro fez duas ou três visitas à viúva, em ocasião que lá ia a família desta. Uma vez apresentou-se, sem que a família lá estivesse. Rufina mandou dizer que não estava em casa.

– Seriamente? perguntou ele à preta. Tua senhora não está em casa?

– Ela mandou dizer que não, senhor, acudiu a boçal escrava.[861]

– [...] Sim, a preta...

– A preta disse mais: deu a entender que minha prima estava, mas dera ordem de te dizer que não.

"Dívida extinta"

313

Que ele era um dos primeiros gamenhos de seu bairro e outros bairros adjacentes, é coisa que não sofre nem sofreu nunca a menor contestação.

[...] O estilo há de ir à feição do conto, que é singelo, nu, vulgar, não desses contos crespos e arrevesados com que autores de má sorte

---

[859] Uma das mais engenhosas perversões a serviço da elite branca foi a possibilidade de fornecer substituto para escapar ao exército. Assim brancos puderam enviar negros voluntários da pátria ao Paraguai.
[860] Machado de Assis amadurecido para sacadas geniais.
[861] Descritivamente a expressão provoca dúvida: escravos boçais eram aqueles que ainda não falavam português, o "escravo novo". Vê que o figurativo já existia.

tomam o tempo e moem a paciência à gente cristã. Pois não! Eu não sei dizer coisas fabulosas e impossíveis, mas as que me passam pelos olhos, as que os leitores podem ver e terão visto. Olho, ouço e escrevo.[862]

317

Bento Fagundes da Purificação era boticário, na Rua da Saúde, desde antes de 1830. Em 1852, data do conto, tinha ele vinte e três anos de botica e um pecúlio, em que todos acreditavam, posto ninguém dissesse tê-lo visto. Aparentemente havia dois escravos, comprados no Valongo, quando esses eram ainda boçais[863] e a preço módico.

319

Claro é que um homem com tais hábitos longamente adquiridos mal poderia suportar a vida que levava o pintalegrete do sobrinho. Anacleto Monteiro não era só pintalegrete; trabalhava; tinha um emprego no Arsenal de Guerra; e só acabado o trabalho ou nos dias de férias, atirava-se às ruas da Saúde e adjacentes.[864]

322

Carlota era o nome desta volúvel criatura. Tinha perto de dezenove anos e não possuía dezenove mil-réis.

[...] Quando Anacleto Monteiro se dignou baixar os olhos a Carlota foi com a intenção feita de derrubar todos os pretendentes, fazer-se amado e romper o namoro, como era costume seu; restituiria as cartas, ficando com duas, e a trança de cabelo, escondendo alguns fios.

323

Anacleto aventurou a primeira carta. A primeira carta de Anacleto era sempre a mesma. Duas páginas deste chavão insípido, mas eficaz.

325

A carta era também um chavão. Carlota dizia sentir igual sentimento ao de Anacleto Monteiro, mas pedia-lhe que, se não fosse

---

[862] Profissão de fé na limpidez do texto que talvez levasse Machado de Assis a ficar sem prêmios atualmente.
[863] Aqueles que não falavam português.
[864] Uma raridade como personagem.

intenção dele amá-la deveras, melhor era deixá-la entregue à solidão e às lágrimas.

[...] A isto seguiu-se uma orgia de cartas e passeios, de lencinho na boca, e de paradas à porta.[865]

340

Carlota está a duas amarras. Adriano declarou-se por meio de uma carta, em que lhe disse tudo o que sentia; a moça, vendo que os dois amadores eram parentes e sabiam mutuamente o que sentiam, receou escrever-lhe. Resolveu, porém, a fazê-lo, mudando um pouco a letra e esfriando a frase mais que pôde. Adriano ficou satisfeito com esse primeiro resultado, e insistiu com outra epístola, a que ela respondeu, e desde logo se estabeleceu ativa correspondência.

343

Anacleto recorreu à pena logo que chegou à casa, e numa carta longa e chorosa disse à namorada todas as queixas de seu coração. Carlota redigiu uma resposta em que lhe dizia que a pessoa com quem ela estivera falando da janela era visita de casa.

346

Carlota recebeu as cartas no mesmo dia, e não soube desde logo se devia crer ou não.[866]

349

A moléstia era mortal.

[...] Se a sra. D. Leonarda fosse viva teria ocasião de ver que não se enganava quando atribuía algumas economias ao velho boticário. O testamento foi a confissão pública. Bento Fagundes declarou possuir, no estabelecimento, escravos, prédios e não sei que títulos, uns trinta e oito contos. Seus herdeiros universais eram Anacleto e Adriano, últimos parentes.[867]

---

[865] Cena do jogo amoroso em voga.

[866] E assim leitoras eram entretidas regularmente.

[867] Machado de Assis era uma usina de histórias, que sempre mostram frescor, criatividade e verossimilhança. Talvez essa produção industrial exigisse o uso de alguns recursos testados e aprovados, como cartas, viúvas, heranças e sonhos de enriquecimento.

"Uma carteira"

361

Então Gustavo sacou novamente a carteira, abriu-a, foi a um dos bolsos, tirou um dos bilhetinhos, que o outro não quis abrir nem ler, e estendeu-o a D. Amélia que, ansiosa e trêmula, rasgou-o em trinta mil pedaços; era um bilhetinho de amor.[868]

"Uma carta"

365

Celestina acabando de almoçar, voltou à alcova, e, indo casualmente à cesta de costura, achou uma cartinha de papel bordado. Não tinha sobrescrito, mas estava aberta. Celestina, depois de hesitar um pouco, desdobrou-a e leu:

[...] Não copio o resto; era longa a carta, e no mesmo estilo composto de trivialidade e imaginação.

366

Quem poria posto ali a carta? Provavelmente, a escrava – a única escrava da casa, peitada pelo autor. E quem seria este? Celestina não tinha a menor lembrança que pudesse ligar ao autor da carta; mas, como ele dizia que ela mesma não lhe dera a esmola de um olhar, estava explicado o caso, e só restava agora reparar bem nos homens da rua.

367

Já vimos que ela atribuía à escrava da casa a intervenção naquele negócio, e o primeiro impulso foi ir ter com ela; mas recuou.

368

Não sabendo como sair da dificuldade, Celestina adotou um plano intermédio; procuraria primeiro descobrir a pessoa que lhe mandara a carta, e se a merecesse, como era de supor, à vista da linguagem da carta, abrir-se-ia com a escrava, e depois com a irmã.

370

Que ela planeara tudo: no dia seguinte escreveria uma resposta ao rapaz, e dá-la-ia à escrava, para que a entregasse. Estava disposta a não perder tempo.

---

[868] O bilhete é uma carta expressa.

372-373

Celestina acordou tarde; ergueu-se ainda com o sabor das coisas imaginadas, e o pensamento no namorado, noivo próximo. Embebida na imagem dele, foi às suas abluções matinais. A escrava entrou-lhe na alcova.

– Nhã Titina...

– Que é?

A preta hesitou.

– Fala, fala.

– Nhã Titina achou na sua cesta uma carta?

– Achei.

– Vosmecê me perdoe, mas a carta era para nhã Joaninha...

Celestina empalideceu. Quando a preta a deixou só, Celestina deixou cair uma lágrima – e foi a última que o amor lhe arrancou.[869]

"Curta história"[870]

380-381

Nenhuma vez pobre Juvêncio! Nenhuma vez. A manhã veio com as suas cores vivas; o prestígio da noite passara um pouco, mas a comoção ficara ainda, a comoção da palavra divina. Nem se lembrou de mandar saber de Juvêncio; a mãe é que mandou lá, como boa mãe, porque este Juvêncio tinha certo número de apólices, que... Mandou saber; o rapaz estava bom; lá iria logo.

E veio, veio à tarde, sem as palavras de Romeu, sem as ideias, ao menos de toda a gente, vulgar, casmurro, quase sem maneiras; veio, e Cecília, que almoçara e jantara com Romeu, lera a peça ainda uma vez durante o dia, para saborear a música da véspera. Cecília apertou-lhe a mão comovida, tão-somente porque o amava. Isto quer dizer que todo amado vale um Romeu. Casaram-se meses depois; têm agora dois filhos, parece que muito bonitos e inteligentes. Saem a ela.[871]

---

[869] O amor expressava-se melhor por escrito. Surpresas, porém, podiam estragar tudo. O autor, no caso, deu um drible no leitor (ou na leitora).
[870] Publicado originalmente em *A Estação*, 31 de maio de 1886.
[871] Interesses podem fazer bons casamentos.

"Pobre Finoca"

395

Não choveu. Alberta foi visitá-la, achou-a melhor, quase boa. Repetiu-lhe a carta, e desenvolveu-a, confirmando as relações de Macedo com o irmão. Confessou-lhe que o rapaz, tratado de perto, não era tão desprezível como parecia à outra.

398

– Sim, Finoca; você já me disse duas palavras com a testa franzida. Sabe o que é? É um bocadinho de ciúme. Desde que soube do baile e do jantar, ficou meia ciumenta – arrependida de não ter animado o moço... Não negue; é natural. Mas faça uma coisa; para que Miranda não se esqueça de mim, vá você a S. Paulo, e trate de fazer-me boas ausências. Aqui está a carta que recebi ontem dele.[872]

"Virginius"

(narrativa de um advogado)[873]

410-411

– A fazenda fica perto?

O meu amigo levou-me à janela.

– Fica daqui a um quarto de légua, disse. Olha, é por detrás daquele morro.

Nisto passava por baixo da janela um preto montado em uma mula, sobre cujas ancas saltavam duas canastras. O meu amigo debruçou-se e perguntou ao negro:

– Teu senhor está em casa?

– Está, sim, Sr.; mas vai sair.

O negro foi caminho, e nós saímos da janela.

– É escravo de Pio?

– Escravo é o nome que se dá; mas Pio não tem escravos, tem amigos. Olham-no todos como se fora um Deus. É que em parte alguma houve nunca mais brando e cordial tratamento a homens escravizados.[874] Nenhum dos instrumentos de ignomínia que por aí

---

[872] Só se pode destacar a força imaginativa do autor, capaz de fazer muito com recursos repetidos e certamente percebidos pelos leitores.
[873] *Jornal das Famílias*, 1864.
[874] O mito do bom senhor. Seria uma forma de atender ao gosto de um público escravista?

se aplicam para corrigi-los existem na fazenda de Pio. Culpa capital ninguém comete entre os negros da fazenda; a alguma falta venial que haja, Pio aplica apenas uma repreensão tão cordial e tão amiga, que acaba por fazer chorar o delinquente. Ouve mais: Pio estabeleceu entre os seus escravos uma espécie de concurso que permite a um certo número libertar-se todos os anos. Acreditarás tu que lhes é indiferente viver livres ou escravos na fazenda, e que esse estímulo não decide nenhum deles, sendo que, por natural impulso, todos se portam dignos de elogios?

413

No dia seguinte, ainda vinha rompendo a manhã, já eu me achava de pé. Entrou no meu quarto um escravo com um grande copo de leite tirado minutos antes. Em poucos goles o devorei. Perguntei pelo amigo; disse-me o escravo que já se achava de pé. Mandei-o chamar.

415

Tinha a pequena sete anos. Era, dizia Julião, a mulatinha mais formosa daquelas dez léguas em redor. Elisa, era o nome da pequena, completava a trindade do culto de Julião, ao lado de Pio e da memória da mãe finada.

419

Finalmente, depois de animar e tranquilizar sua filha, Julião saiu, de plano feito, na direção da fazenda, em busca de Carlos.

Este, rodeado por alguns escravos, fazia limpar várias espingardas de caça. Julião, depois de cumprimentá-lo alegremente, disse que lhe queria falar em particular. Carlos estremeceu; mas não podia deixar de ceder.

425

Todos conhecem a lúgubre tragédia de Virginius. Tito Lívio, Diodoro de Sicília e outros antigos falam dela circunstanciadamente. Foi essa tragédia a precursora da queda dos decênviros. Um destes, Ápio Cláudio, apaixonou-se por Virgínia, filha de Virginius. Como fosse impossível de tomá-la por simples simpatia, determinou o de-

---

O *Jornal das Famílias*, dirigido às mulheres, era editado por Baptiste Louis Garnier. Exalava uma tendência à moral e ao espírito religioso. Queria atender aos interesses do país e da "família brasileira".

cênviro empregar um meio violento. O meio foi escravizá-la. Peitou um sicofanta, que apresentou-se aos tribunais reclamando a entrega de Virgínia, sua escrava. O desventurado pai, não conseguindo comover nem por seus rogos, nem por suas ameaças, travou de uma faca de açougue e cravou-a no peito de Virgínia.[875]

Volume 22
Crônicas

1º volume

(1859-1863)

O Espelho, 1859

9

Aquarelas

I

"Os fanqueiros literários"

11 DE SETEMBRO DE 1859

A fancaria literária é a pior de todas as fancarias.[876]

14

II

"O parasita"

I

18 DE SETEMBRO DE 1859

15

É uma longa e curiosa família, a dos parasitas sociais.
[...] Há, como disse, diferentes espécies de parasitas.

---

[875] Uma imagem contundente da impotência diante da escravidão. O leitor curioso irá direto ao texto de Machado de Assis para compreender essa comparação com o universo romano. Não se deve entregar tudo pronto. Levante-se, leitor.
[876] Aos 20 anos, Machado de Assis já denunciava as falsificações e panelinhas.

O mais vulgar e o mais conhecido é o da mesa: mas há-os também em literatura, em política e na igreja.

16

Devo começar pelo parasita da mesa, o mais vulgar [...] ele vive por toda parte em que há ambiente de porco assado.

[...] Assim, o parasita jubilado, o bom parasita, está muito acima de outros animais. Olfato delicado, adivinha a duas léguas de distância a qualidade de um bom prato.

17

É curioso vê-lo na mesa, mas não menos curioso é vê-lo nas horas que precedem às seções gastronômicas. Entra em uma casa ou por costume ou *per accidens*, o que aqui quer dizer intenção formada com todas as circunstâncias agravantes da premeditação, e superioridade das armas.

[...] Ei-lo que entra, riso nos lábios, chapéu na mão, o vácuo no estômago. O dono da casa, a quem já fatiga aquela visita diária, saúda-o constrangido e com um riso amarelo.[877]

II

9 DE OUTUBRO DE 1859

20

A imprensa é a mesa do parasita literário.

21

Entre nós o parasita literário é uma individualidade que se encontra a cada canto. É fácil verificá-lo. Pegai em um jornal; o que vedes de mais saliente? Uma fila de parasitas que deitam sobre aquela mesa intelectual um chuveiro de prosa ou verso, sem dizer – água vai.

[...] O jornal aqui não é propriedade, nem da redação nem do público, mas do parasita.

[...] Às vezes o parasita associa-se e cria um jornal próprio.

[...] Um jornal todo entregue ao parasita, isto é, um campo vasto todo entregue ao disparate.

---

[877] O parasita de mesa será um dos coadjuvantes mais frequentes nas páginas de Machado de Assis. Talvez seja explicado pelo modo social de organização da vida cotidiana entre os abastados: saraus, jantares, encontros para matar o tempo e ocupar a ociosidade de quem não trabalhava e ansiava por companhia e distração.

22

O parasita literário vai aos teatros.[878]

"O empregado público aposentado"

16 DE OUTUBRO DE 1859

27

O empregado público não se aniquila de todo na aposentadoria; vai além, sob uma forma curiosa, antediluviana, indefinível; o que chamamos empregado público aposentado.

28

Atado assim ao poste do carrancismo, eterno lábaro do que é moderno, o empregado público aposentado é um dos mais curiosos tipos da sociedade. Representa o lado cômico das forças retroativas que equilibram os avanços da civilização nos povos.

[...] Conceber um aposentado sem caixa de rapé é conceber o sol sem luz, o oceano sem água. Uma pertence ao outro, como a alma pertence ao corpo; são inseparáveis. E têm razão!

29

O governo, não importa a sua cor política, é sempre o bode expiatório das doutrinas retrógradas do empregado público aposentado. Tudo quanto tende ao desequilíbrio das velhas usanças é um crime para esse viúvo da secretária, arqueólogo dos costumes, antiga

vítima do ponto, que não compreende que haja nada além das raias de uma existência oficial.

31

De ordinário o aposentado é compadre ou amigo dos ministros, apesar das invectivas, e então ninguém recheia as pastas de mais memoriais e pedidos. Emprega os parentes e os camaradas, quando os emprega, depois de uma longa enfiada de rogativas importunas.

---

[878] O parasita ganhará corpo nos romances de Machado de Assis. Ele aparece em *Memórias Póstumas...*, *Quincas Borba* e *Dom Casmurro*. Esparrama-se nos contos do autor. Em relação ao parasita de jornais, Machado de Assis atuava como um Balzac quase imberbe. No laboratório do escritor tudo podia ser reaproveitado.

[...] O leitor conhece decerto a individualidade de que lhe falo, é muito vulgar entre nós, e de qualidades tão especiais que a denunciam entre mil cabeças. Que lhe acha? Quanto a mim é inofensiva como um cordeiro. Deixem-no mirar-se no espelho dos velhos usos, falar em política, discutir os governos; não faz mal.[879]

"O folhetinista"

30 DE OUTUBRO DE 1859

33

O folhetim, disse eu em outra parte, e debaixo de outro pseudônimo, o folhetim nasceu do jornal, o folhetinista por consequência do jornalista. Esta íntima afinidade é que desenha as saliências fisionômicas na moderna criação.

[...] Efeito estranho é este, assim produzido pela afinidade assinalada entre o jornalista e o folhetinista. Daquele cai sobre este a luz séria e vigorosa, a reflexão calma, a observação profunda. Pelo que toca ao devaneio, à leviandade, está tudo encarnado no folhetinista mesmo; o capital próprio.

[...] O folhetinista, na sociedade, ocupa o lugar de colibri na esfera vegetal; salta, esvoaça, brinca, tremula, paira e espaneja-se sobre todos os caules suculentos, sobre todas as seivas vigorosas. Todo mundo lhe pertence; até mesmo a política.[880]

"A Reforma pelo jornal"

43

Houve uma coisa que fez tremer as aristocracias, mais do que os movimentos populares; foi o jornal. Devia ser curioso vê-las quando um século despertou ao clarão deste fiat humano; era a cúpula de seu edifício que se desmoronava.

---

[879] Empregado público a vida inteira, Machado de Assis conhecia bem a categoria e serviu-se dela para esculpir personagens, antecipações do "homem de bem", conservador, nostálgico, sempre reclamando e criticando. Sem generalização ou anacronismo, caricaturas divertidas calcadas em observação do seu cotidiano. Vê-se que o apetite por cargos no governo e pela indicação de parentes para eles já fazia parte dos costumes da época.

[880] Folhetim designava algo amplo: crônica, coluna, comentário, não só ficção seriada. O folhetinista, na concepção de Machado de Assis, encontraria em Carlos Heitor Cony uma definição colorida: o cronista como peixe de aquário.

Com o jornal eram incompatíveis esses parasitas da humanidade, essas fofas individualidades de pergaminho alçado e leitos de brasões. O jornal que tende à unidade humana, ao abraço comum, não era um inimigo vulgar, era uma barreira... de papel, não, mas de inteligências, de aspirações.

É fácil prever um resultado favorável ao pensamento democrático.[881]

44

A história é a crônica da palavra.

[...] Ora pois, a palavra, esse dom divino que fez do homem simples matéria organizada, um ente superior na criação, a palavra foi sempre uma reforma. Falada na tribuna é prodigiosa, é criadora, mas é o monólogo; escrita no livro, é ainda criadora, é ainda prodigiosa, mas é ainda o monólogo; esculpida no jornal, é prodigiosa e criadora, mas não é o monólogo, é a discussão.[882]

45

A sentença de morte de todo o *statu quo*, de todos os falsos princípios dominantes. Desde que uma coisa é trazida à discussão, não tem legitimidade evidente, e nesse caso o choque da argumentação é uma probabilidade de queda.[883]

Diário do Rio de Janeiro (1861-1863)

1 DE NOVEMBRO DE 1861

52-53

Em nosso país a vulgaridade é um título, a mediocridade um brasão; para os que têm a fortuna de não se alarem além de uma esfera comum é que nos fornos do Estado se coze e tosta o apetitoso pão de ló, que é depois repartido por eles, para glória de Deus e da pátria. Vai nisto um sentimento de caridade, ou, direi mesmo, um princípio de equidade e de justiça. Por toda a parte cabem as regalias às inteli-

---

[881] Elogio ao papel democratizador da imprensa que faz pensar em John Stuart Mill. Nada teria sido mais corrosivo para o espírito aristocrático, com seus privilégios de classe, sangue e pompa, do que a argumentação racional impressa.

[882] O jornal foi o espaço público por excelência até o surgimento das redes sociais. Mas estas são bolhas a exemplo do que eram muitos jornais do século XIX.

[883] Argumento e contra-argumento, ponto e contraponto, nada mais corrosivo.

gências que se aferem por um padrão superior; é bem que os que se não acham neste caso tenham o seu quinhão em qualquer ponto da terra. E dão-lhe grosso e suculento, a bem de se lhes pagar as injúrias recebidas da civilização.[884]

53

Se o leitor acompanhou as discussões do senado este ano, deve lembrar-se que quase no fim da sessão o Sr. senador Penna, que ali ejaculou[885] alguns discursos "notáveis", entre eles o dos pesos e medidas do Sr. Manoel Felizardo, levantou-se e pediu a opinião do Sr. ministro do fomento acerca da conveniência de representar o Brasil na próxima exposição de Londres.

56

A obrigação de comentar leva-me a fazer transições bruscas[886]; por isso passo sem preâmbulo do novo livro à oferta que por parte de alguns amigos e admiradores acaba de ser feita ao Sr. Dr. Pinheiro Guimarães, autor do drama "História de uma moça rica".

10 DE NOVEMBRO DE 1861

61

É tão bom ter uma cadeira no senado![887]

65

Não sou dessas suscetibilidades que fazem caretas ao ver um indígena em cena; não quero saber a que nação e a que civilização pertencem os personagens; exijo simplesmente que eles sejam verdadeiros, porque invariavelmente hão de ser belos.[888]

21 DE NOVEMBRO DE 1861

70

Eu quisera uma nação, onde a organização política e administrativa parasse nas mãos do sexo amável, onde, desde a chave dos poderes até o último lugar de amanuense, tudo fosse ocupado por

---

[884] A padaria continua produzindo.
[885] Uso arrojado do verbo *dicendi*. Já houve quem usasse defecou para qualificar a fala de um orador.
[886] Um texto podia agrupar vários assuntos sem separações gráficas.
[887] Parece que continua sendo o paraíso no céu da política e da vida.
[888] A arte como lugar de verdade universal.

essa formosa metade da humanidade. O sistema político seria eletivo. A beleza e o espírito seriam as qualidades requeridas para os altos cargos do Estado, e aos homens competiria exclusivamente o direito de votar.

Que fantasia! Mas, enquanto esperamos a realização dessa linda quimera, à mulher cabem outros papéis, que, se não satisfazem à inspiração de um humorista, podem contentar plenamente o espírito de um filósofo e de um cristão. É, por exemplo, o da mãe de família e o do anjo da caridade; adoçar os infortúnios da indigência e preparar cidadãos para a pátria, que missão![889]

72

Ao lado do concerto que deu no Cassino a "Associação das Senhoras", chamaram a atenção dos *dilettanti*, nestes últimos dias, os espetáculos líricos da companhia italiana, que nos deu *Ernani* e *Favorita*.

73

Dizem que a gente experimenta uma certa mudança moral de sete em sete anos. Consultando a minha idade, vejo que se confirma em mim a crença popular, e que eu entrei ultimamente no período lírico.

74

Oxalá que, a par do bom que se me dá no velho Provisório, figurassem sempre os coros. Diz Alexandre Dumas que para os ouvidos se fizeram "Guilherme *Tell*", os pianos de Erard e as trompas de Sax; evidentemente não se fizeram também os coros do teatro lírico, pelo menos se tratando de ouvidos bem educados. Há ocasiões em que é preciso muito boa vontade para ouvi-los a sangue frio.[890]

---

[889] O papel da mulher na sociedade era bem restrito para o autor. Os qualificativos usados para definir o feminino também: sexo amável, belo, formoso. Nesse quesito, o cronista fazia profissão de fé no cristianismo.
[890] Teatro, ópera e Alexandre Dumas: três constantes nos textos de Machado de Assis, que se mostrava um atualizado observador da cena cultural do seu tempo.

25 DE NOVEMBRO DE 1861

78

Mas não pasmemos, leitor amigo. Negar a ciência é negar a esposa, com que se contraiu, depois de longo estudo, o consórcio íntimo do espírito e dos princípios. Mas negar a publicidade, negar a discussão, que são a alma do sistema representativo, equivale a negar a liberdade, a negar a própria mãe.[891]

80

Representou-se, há tempos, um drama no teatro Ginásio intitulado *"Sete de Setembro"*, em que o Sr. Dr. Valentim Lopes apareceu no nosso mundo das letras.[892]

1 DE DEZEMBRO DE 1861

85

Fui ao Ginásio ver o drama do Dr. Varejão, *A Resignação*. Bem escrito, contendo lances dramáticos de efeito, esta composição está no caso de merecer o aplauso dos que sinceramente apreciam o desenvolvimento literário do país, naquela especialidade.[893]

87-88

Estou no capítulo dos teatros; cabe mencionar aqui a nomeação de uma comissão que o governo acaba de fazer para examinar o contrato com o teatro subvencionado, e dar a sua opinião sobre a celebração de um que encaminhe o teatro a melhoramentos mais reais.[894]

[...] O teatro é uma coisa séria, carece de muito trabalho e de muita constância. Em uma terra onde tudo está por fazer, não seria o teatro, cópia continuada da sociedade, que estaria mais adiantado.

88

[...] Quando falei de um personagem que preferia a ciência dos selvagens à ciência das academias, o que prova bem que lhe assiste o

---

[891] Se Machado de Assis imaginasse quantos ainda negam a mãe em 2022!

[892] Machado de Assis interessava-se por temas históricos, pelo surgimento de novos autores e pelo Ginásio, o teatro mais presente nas suas páginas.

[893] O crítico distribuía elogios e chicotadas sem a menor cerimônia.

[894] As concessões à iniciativa privada, como se vê, não foram inventadas pelos neoliberais. O descumprimento do previsto em contratos também é antigo.

direito de ser colocado entre os primeiros, disse, diretor da academia de medicina – em vez de – diretor da faculdade.

E, já que falo no diretor, lembra-me esse trecho de um discurso de S.Excia., em que a palavra *cloaca* era repetida, sem embargo da presença das augustas personagens, em sessão pública e solene. Nem ao menos, o sexo delicado, que ali tinha um régio representante, mereceu de S. Excia. uma consideração de deferência e atenção.[895]

24 DE DEZEMBRO DE 1861

97

Dizia não sei que homem de Estado que é de boa política fazer o mal, porque depois toda a concessão é considerada um bem de valor real.[896]

99

Passemos leitor, ao teatro.

O Ginásio representou domingo um drama do repertório português, *Os homens sérios,* de Ernesto Biester, para reentrada da Sra. Gabriela da Cunha.[897]

101

Mas a que chegaremos nós? O Sr. Macedo Soares, nos seus dois últimos artigos, não pôde, apesar do seu talento e da sua ilustração, demonstrar que o teatro não escapa à lei econômica, que rege as corporações industriais; eu continuo convencido do contrário. E pelas condições deste escrito não me é dado estabelecer uma discussão sobre a matéria; com as minhas espaçadas aparições o debate seria fastidioso.[898]

102

Termino mencionando os belos resultados obtidos no colégio da Imaculada Conceição, do sexo feminino, em Botafogo. As meninas mostraram, perante o numeroso concurso que assistiu aos exames, um grande adiantamento mesmo raro, entre nós.

---

[895] Nesse quesito, Machado de Assis era um homem do seu tempo, sem qualquer avanço sobre ele, com o ponto de vista antropológico evolucionista do colonizador. Ele também podia ser bastante violento nas suas críticas.

[896] Maquiavel não disse mais nem melhor do que isso.

[897] Atriz que, como se verá, atrairá muitas vezes o olhar do comentarista.

[898] Discutia-se arte, entretenimento, mercado e Estado.

Folgo sempre de mencionar destas conquistas pacíficas da inteligência; são elas, hoje, os únicos proveitos para o presente e para o futuro.

Fazer mães de família é encargo difícil[899]; por isso também, quando há sucesso, compensam-se os espíritos.

29 DE DEZEMBRO DE 1861

107

Os outros papéis couberam a diversos artistas; ao sair do teatro, depois da representação, trouxe um pesar na alma: lamentei que Corneille não se tivesse conservado a advogar na sua província, sem se lembrar de escrever tragédias.[900]

7 DE JANEIRO DE 1862

113

Para o *Correio da Tarde* tudo neste país vai bem, menos a oposição. Os ministros são feitos por um só molde que se perdeu, sendo de notar que possuem as mesmas virtudes que naturalmente o *Correio da Tarde* há de encontrar nos que hão de vir.[901]

14 DE JANEIRO DE 1862

119

O *comunicante* oficial declarou desconhecer a importância da censura que corria pela boca pequena em detrimento do crédito do governo. Sem dúvida que não é problema social ou político, não se trata da questão da escravidão ou de qualquer outra de máximo alcance; mas presumo que a acusação surda ao governo de uma infra-

---

[899] Mesmo os gênios podem, sob muitos aspectos, permanecer no escuro da caverna. Vale lembrar que, no século XIX, John Stuart Mill e Harriet Taylor conceberiam um livro revolucionário e feminista, *A sujeição das mulheres* (1869). Dê-se o desconto de que Machado de Assis escreveu o fragmento acima em 1861, quando ainda era muito jovem e com bagagem inicial. Mas, nesse ponto, não mudaria. No Brasil, até Tobias Barreto, entre preconceitos e antecipações (apud Romero, 1897, p. 212), criticou a expressão "belo sexo" e considerou que o cérebro das mulheres estava sendo atrofiado pela condição à que se encontravam submetidas: "Ainda é possível uma reação salvadora. Desta espécie de renascimento do cérebro feminino depende, em alta escala, o futuro da humanidade".
[900] Como crítico literário e teatral, Machado de Assis podia ser cruel.
[901] Havia jornais chapas-brancas na época.

ção da lei não é lá tão ínfima assim que mereça escárnio e o pouco caso da imprensa.[902]

26 DE JANEIRO DE 1862

129

Passarei agora a coisas sérias.

Um novo drama nacional foi levado à cena no teatro Ginásio.

8 DE FEVEREIRO DE 1862

132

Ao redator dos "Ecos Marítimos"

Meu caro, – Praz-me acreditar que, nos longos anos da nossa intima e nunca estremecida amizade, tenho-te dado sobejas provas de que não costumo subordinar as minhas opiniões ao interesse ou conveniências, e que, errôneas ou verdadeiras, são-me elas sempre ditadas pela consciência.

132-133

E, pois, tentando defender o atual ministro da Marinha de acusação que julgaste dever dirigir-lhe, faço-o constrangido, é verdade, por achar-me em divergência com um amigo a quem muito prezo, mas sem temor de que me classifiques entre os *turiferários e amigos interesseiros* de que falaste no teu primeiro artigo.

Nesta contenda ficaremos colocados em campos opostos, tomaremos mesmo caminhos diversos, mas como ambos temos o mesmo fim, como ambos visamos ao mesmo norte – a elucidação da verdade, – espero que nos encontremos, e então, como agora, nós poderemos apertar as mãos, porque nem tu nem eu teremos de corar.[903]

2 DE MARÇO DE 1862

138-139

Haabás, drama do Sr. R. A. de Oliveira Menezes. – Ensaios literários, do Sr. Ignácio de Azevedo. – Almanaque administrativo, mer-

---

[902] Ele tinha clareza do que era importante e de como as coisas funcionavam.

[903] Polemista quando necessário, Machado de Assis fazia questão de assegurar que não se deixava tutelar nem limitar nas opiniões por sua posição de funcionário público. No caso, há um artifício retórico para legitimar a sua intervenção.

cantil e industrial, do Maranhão. – O terreno de Mendoza. Drama lírico do major Taunay. – O carnaval.

Tenho à vista dois livros oriundos da academia de São Paulo. O Sr. Rodrigo Antônio de Oliveira Menezes escreveu um drama em um prólogo e dois atos que intitulou *Haabás*. É um livro tosco pela forma e brilhante pelo fundo; é uma bela ideia mal afeiçoada e mal enunciada, o que não tira ao livro certo mérito que é forçoso reconhecer!

Haabás é um escravo que mata o feitor em um desforço de honra por haver-lhe aquele seduzido a mulher. É perseguido por este motivo. Seu senhor é implacável. *Haabás* consegue escapar. Entretanto, apanha uma criança, fruto de amor criminoso de sua senhora moça, leva-a consigo, fá-la educar, até entregá-la a seus pais vinte anos depois.

Tal é, em poucas palavras, a trama de *Haabás*. O autor fundou o seu drama sobre duas ideias, ou antes dois fatos: a condição precária dos cativos; depois, a generosidade que pode existir nessas almas, que Herculano diria atadas a cadáveres.[904]

24 DE MARÇO DE 1862

148

Pode dizer-se que o nosso movimento literário é dos mais insignificantes possíveis. Poucos livros se publicam e ainda menos se leem. Aprecia-se muito a leitura superficial e palhenta, do mal travado e bem acidentado romance, mas não passa daí o pecúlio literário do povo.[905]

150

Para 7 de abril anuncia-se a publicação de um jornal político que terá por titulo *Jornal do Povo*.

É redigido por dois talentos jovens, mas que já fizeram as suas primeiras armas nesta liça da imprensa. O *Jornal do Povo* não representa escola alguma, não acompanha princípios estatuídos de nenhuma parcialidade política. É simplesmente um jornal consagrado a doutrinar o povo e a pugnar pelos interesses dele.

---

[904] Crítico, Machado de Assis podia ser impiedoso e direto. Nesse comentário, mostra-se sensível ao drama dos escravos e duríssimo com o autor da obra.
[905] Nada de novo no front de leitura.

Sendo assim o *Jornal do Povo* será logicamente conduzido a pôr-se ao lado liberal que corresponde imediatamente às aspirações populares.

E o concurso dele será tanto mais valioso quanto que não pode haver dúvida sobre as opiniões liberais de seus redatores.[906]

1 DE ABRIL DE 1862

152

A imprensa oficial, que parece haver arrematado para si toda a honestidade política, e que não consente aos cidadãos a discussão de uma obra que se levanta em nome da nação, caluniou a seu modo as intenções da imprensa oposicionista.

Mas o país sabe o que valem as arengas pagas das colunas anônimas do *Jornal do Comércio*.[907]

"Queda que as mulheres têm para os tolos"[908]

163

Falar do amor das mulheres pelos tolos, não é arriscar ter por inimigas a maioria de um e outro sexo?

[...] Quanto à imparcialidade que presidiu à redação deste trabalho, creio que ninguém a porá em dúvida. Exalto os tolos sem rancor, e se critico os homens de espírito, é com um desinteresse, cuja extensão facilmente se compreenderá.

164

Passa em julgado que as mulheres leem de cadeira em matéria de fazendas, pérolas e rendas, e que, desde que adotam uma fita, deve-se crer que a essa escolha presidiram motivos plausíveis. Partindo deste princípio, entraram os filósofos a indagar se elas mantinham o mesmo cuidado na escolha de um amante, ou de um marido.

---

[906] Um jornal independente, porém, com lado, o de Machado de Assis.

[907] Explicitação do campo da luta.

[908] Tradução de Machado de Assis do ensaio do belga Victor Hénaux atribuído indevidamente ao brasileiro. Publicado em *A Marmota*, Rio de Janeiro, 1861. Lucia Miguel Pereira (1936, p. 98) tinha dúvidas: "talvez não seja tampouco tradução". E não poupava: "Cheio de frases incorretas, de pronomes mal colocados, de pensamentos comuns, o opusculo tem, para quem conhece a obra posterior de Machado, um ar tocante e ingenuo. Dá pena."

165

Desde a mais remota antiguidade, sempre as mulheres tiveram a sua queda para os tolos. Alcibíades, Sócrates e Platão foram sacrificados por elas aos presumidos do tempo.

166

"O tolo não se faz, nasce feito."

180-181

Porquanto, ficai sabendo, continua Champcenets, que as mulheres não são senhoras de si próprias; que nelas tudo é instinto ou temperamento, e que portanto elas não podem ser culpadas de suas preferências. Só respondemos pelo que praticamos com intenção e discernimento. Ora, qual delas pode dizer que predileção a impele, que paixão a obriga, que sentimento a faz ingrata, ou que vingança lhe dita as malignidades? Debalde procurareis delas tão cruel prodígio; nenhuma é cúmplice do mal que causa: a este respeito, o seu estouvamento atesta-lhes a candura.

Por que vos obstinais em pedir-lhes o que a Providência não lhes deu? Elas se apresentam belas, apetitosas e cegas: não vos basta isto? Querê-las com juízo, penetrantes e sensíveis, é não conhecê-las. Procurai as mulheres nas mulheres, admirai-lhes a figura elegante e flexível, afagai-lhes os cabelos, beijai-lhes as mãos mimosas; mas tomai como um brinquedo o seu desdém, aceitai os seus ultrajes sem azedume, e às suas cóleras mostrai indiferença. Para conquistar esses entes frágeis e ligeiros, é preciso atordoá-los pelo rumor dos vossos louvores, pelo fasto do vosso vestuário, pela publicidade das vossas homenagens.[909]

"Crônicas do Dr. Semana"[910]

188

[...] estamos em um país constitucional, em que a vontade do cidadão é livre e a da cidadã depende da do marido, do pai, ou do irmão.[911]

---

[909] Por trás da ironia, "verdades" de época que não foram contestadas. Tradutor e traduzido parecem ter compartilhado as mesmas ironias e preconceitos.
[910] Publicadas na *Semana Ilustrada*, Rio de Janeiro, de 1861 a 1864.
[911] Retrato da sociedade patriarcal.

198

§ 8.°

DA INTERJEIÇÃO

[...] De sentimento e de implorar socorro. Ex.: Que carroças de asseio público! Que chapéus monstros nas cabeças dos pretos do ganho nas horas de mais concorrência! Que quantidade de cambistas de bilhetes de loteria às portas dos tesoureiros! Que de benefícios nos teatros!

De espanto. Ex.: Quanta mulher feia no Rio de Janeiro! Que número de deputados mudos! Quanto militar poltrão![912]

200

DA SINTAXE

[...] Sintaxe figurada consiste no uso das figuras. Ex.: Ser hoje liberal e amanhã conservador e depois puritano e depois coisa nenhuma. Prometer casamento a uma menina pobre, roer a corda, e amanhã casar com uma viúva rica.[913]

201

DA SINTAXE NATURAL

Concorrendo na oração um sujeito da primeira pessoa do singular com outro da segunda ou terceira, poremos o verbo na primeira do plural. Ex.: Um empregado inteligente sem proteção, e outro estúpido, afilhado de barão ou de conselheiro, este é o que tem acesso. Brasileiro e estrangeiro para qualquer emprego, este é o escolhido. Estudante aplicado e estudante vadio, o vadio é o aprovado.[914]

205

DO DATIVO

No Brasil, por isso que todos são grandes, ninguém gosta de obedecer. Remetem-se cartas pelo correio, que às vezes não chegam ao seu destino. Todas as falas do Trono recomendam a economia, mas... bota-se muito dinheiro fora.

Aos adjetivos, que significam coisa útil, prejudicial, danosa, proveitosa, agradável, desagradável, decorosa, leal, desleal, etc., se ajunta dativo, que chamam de perda, ou de proveito. Ex.: Se não hou-

---

[912] Ser cronista era julgar sumariamente sob a proteção da ironia.
[913] Das origens do pragmatismo e do Centrão.
[914] Fotografia de uma sociedade de privilégios.

vesse Câmaras Municipais seria uma grande utilidade para o país. Os guarda-fiscais prejudicam as algibeiras. A falta de asseio das ruas é danosa para a salubridade pública. Os empregos públicos são só proveitosos para certa classe de gente. A vida de representantes da Nação é a mais agradável de todas as que existem. As preleções de gramática devem ser desagradáveis para muitos sujeitos que têm mazelas. Desprezam-se hoje as posições decorosas pelas lucrativas. Procura-se hoje um homem leal no Rio de Janeiro e só se encontra o major Leandrinho. Os amigos íntimos são quase sempre desleais.[915]

209

O espaço de tempo, que alguma coisa dura, põe-se em ablativo. Ex.: A lama nas ruas do Rio de Janeiro dura até secar pelos raios do sol. A paciência dos Fluminenses é eterna a respeito da fiscalização municipal. O reinado dos ratoneiros dura todos os dias desde as 10 horas da noite até às 5 da madrugada.[916]

209

A febre amarela e a colerina procedem do sono dos eleitos do povo. A falta de dinheiro, que todos sentem, procede dos mil e tantos regulamentos e decretos do tesouro.[917]

210

A distância de um lugar a outro põe-se em ablativo. Ex.: Um burro e um carroceiro. O povo e os seus representantes.[918]

215-216

O característico do carrapato é agarrar-se a uma raiz de cabelo e... esquecer-se de que deve ocupar-se de outras coisas. Ninguém sabe mais notícias dele, e também não as dá de si. Quem o deixar sossegado pode ficar certo de que ele não se incomoda e nem deixa a raiz do cabelo protetor. À semelhança desses insetos, há também, no mundo social, alguns indivíduos, que se atracam aos seus semelhantes e que fazem deles verdadeiros mártires. Tomar-lhes conta fora a maior das loucuras, porque seria isso um pé de cantiga para demo-

---

[915] Sociologia do cotidiano sob a forma de crônica.
[916] Prolegômenos a uma história da ineficiência no trato da coisa pública.
[917] Muitos impostos e pouca seriedade dos eleitos, os males do Brasil eram.
[918] Qualquer associação entre os itens enumerados corre por conta dos leitores.

rarem-se-nos ao cachaço mais algumas horas. Pelos salões aparecem desses carrapatos. Quando virem um janota de luneta ao olho, de bigode empomadado, de garras cor de rosa e de juba *heliotropada*, procurando termos escolhidos, frases de folhetim e citações de folhinha, não perguntem como se chama. É um carrapato de salão. Pobres moças, que os sofrem!

Há velhos, desdentados, de gravata branca com o nó amarrado de um lado, fedorentos de rapé, remelosos de um dos olhos, de sobrecasaca de gola de veludo, e de bengalázio de cana com castão de carranca, que só falam em noivos, enxovais e força, e arregalam o olho para uma mesa de voltarete. Esses também são carrapatos, mas de salas de jogo. Livre-se alguém de lhes cair nas antenas.

O militar, de bigode cortadinho em roda do beiço, de gravata de crina, e de colete de pano azul guarnecido de botões de ouro, que só conversa a respeito das suas campanhas, cicatrizes e galinhas, é um carrapato de toda a parte.[919]

217-218

Há milhares e milhares de outros. Ponham todos a mão na consciência, e digam-me se não têm um tanto ou quanto de carrapatos.

A esses carrapatos todos, acima referidos, pode dar-se o nome de – carrapatos políticos – porque são bem criados e atenciosos.

Há ainda um último carrapato, voraz e que se filia àqueles com quem tem relações. É um rapaz bonito, ninguém o pode negar, cheio de espírito, engraçado e conquistador; veste com gosto, usa perfumes e tem criados de libré. É amigo do seu amigo; inimigo dos guardas-fiscais, por causa da limpeza das ruas; censor da polícia por amor dos ratoneiros; dedicado aos Vasques, porque é moleque; apreciador do belo sexo; entusiasta das moças morenas e de cabelos pretos; amante das claras de olhos azuis; bebedor de todas as taças e cheirador de todos os perfumes. Esse grande e eminente carrapato político, porque respeita, venera e elogia as moças e as velhas (idosas), os homens e os meninos, os ricos e os pobres, os sábios e os não sábios, os magros e os gordos, os altos e os baixos, os bisolhos e os caolhos, os bonitos e os feios, os ministros e os promotores (com licença do Dr. Guanabara, por causa do estilo); é sem tirar nem pôr o Dr. Semana,

---

[919] Não se pode negar o incrível talento do autor para caracterizar vadios e aproveitadores.

quando se vê apertado e não tem matéria para encher as suas quatro páginas de texto.[920]

218

8 DE FEVEREIRO DE 1863

Carta ao Sr. Christie

V. Excia., já jantou? ainda não jantou? Dúvida terrível, que me fez vacilar na remessa desta carta, porque se já jantou é triste para mim ir perturbar a mansa digestão de V. Excia.[921]

223

[Dr. Semana] Faz requerimentos para a soltura de pretos fugidos, e para a emancipação de africanos livres. Conhece todas as fórmulas do foro, mesmo as mais extravagantes e absurdas, e tem, engarrafada e em barrilotes de quinto, a mais superior chicana, não afamada pelos apreciadores, etc., etc., etc.

224

1.º Modelo de requerimento

Ilmo. Sr... (*o título da autoridade*). Diz João Faz Formas, cidadão brasileiro e bem conceituado nesta cidade de... (*o nome da cidade*), onde mora desde que nasceu, por ter nascido de seus pais FF.... (*os nomes dos pais*), que foram bom cidadão e boa cidadoa, que, tendo a quitandeira F.... (o *nome da quitandeira*), preta forra, e estabelecida à rua de... (nome da rua) n.º..., vendido, para a casa do Suplicante, uma abóbora d'água, no dia... do mês de... de 18 ... (*toda a data*), aconteceu que o Suplicante mandou preparar a referida abóbora com camarões, comprados, no mencionado dia, a F.... (*o nome do peixeiro*), estabelecido com banca à praça do Mercado (*se houver, ou então*) na praia de..., e por ter sobrevindo ao Suplicante, na madrugada do dia, em que comeu a abóbora com camarões, uma forte indigestão, que quase o levou à sepultura, entende o Suplicante que F.... e F.... (*a quitandeira*

---

[920] Nessas lições de gramática aparecem como exemplos de um professor que fala a partir da realidade de todos os males da Corte: a sujeira e a lama da cidade, os aproveitadores de todo tipo e os políticos oportunistas e imprestáveis. Há, no pensamento de Machado de Assis, um forte componente antipolítico.

[921] Sem papas na língua, um petardo de quem podia, no caso, não esconder a sua opinião. Machado de Assis defendeu o Brasil em todas as controvérsias externas.

e o pescador) cometeram o crime previsto no art. 192, combinado com o art. 34 do código criminal, por isso que tentaram contra a vida do Suplicante.[922]

231-232

CORREIO DA SEMANA ILUSTRADA

Carta que o Dr. Semana dirigiu a uma senhora, moradora para as bandas da Tijuca.

Sra. D. H. – Sou muito apaixonado pelo belo sexo, e ele faz de mim gato-sapato, mas, quando qualquer dos anjos que o compõem se torna maligno e diabólico, esqueço todos os atributos que me encantavam, e digo-lhe verdades, embora fique mal comigo. Desculpe, portanto, a ousadia que tomo de dirigir-lhe, pela primeira vez (mas não última) esta cartinha. Entremos em matéria, sem mais demora.

Acusam a V. Excia. de ser bárbara para uns pobres negrinhos e uma moça que tem em casa. A vizinhança diz que ouve continuamente o látego nas costas dessa infeliz gente. Não acredito, minha senhora, e nem quero meter-me na vida privada, porque não é esse o meu ofício; mas, vendo-a tão acusada, animo-me a comunicar-lho para que tome suas providências a fim de esmagar os caluniadores, que a desacreditam. Felizmente, essa notícia veio a mim, que não me animo a publicá-la no meu jornal, que só faz rir e não chorar; porém pode qualquer desesperado mandar para alguma folha diária a publicação das barbaridades e judiarias, que dizem, e não acredito, são praticadas por V. Excia.

Espero que não levará a mal a precaução, que tomo, de nada dizer pelo meu jornal e nem publicar o seu retrato que me foi remetido e existe em meu poder.

Adeus, minha senhora, acredite que estou sempre pronto a cumprir as suas ordens como

De V. Excia. criado e venerador
Dr. Semana[923]

---

[922] Não havia limite ao humor do cronista. Hoje, seria politicamente incorreto.
[923] A violência contra escravos podia ser denunciada e já não era normalizada.

238

[...] Das cartas de vigários, das prebendas,
Que o povo eleitoral, antes do pleito,
Com os olhos pra urna e a mão no peito,
Às dezenas prometem – a pátria julgam!
Bem salvas pelas leis que não promulgam![924]

247-248

RIO, 27 DE MARÇO DE 1864

CARTA PRIMEIRA

Ilmo. Exmo. Sr. Dr. Chefe de Polícia. – Tratado sempre com a maior delicadeza por V. Excia., que se torna distinto pelas suas maneiras atenciosas para com todos os que têm a honra de conversar com V. Excia., deveria ir pessoalmente procurá-lo para pedir-lhe um grande favor a bem da nossa sociedade; mas os contínuos afazeres, a que me entrego diariamente, privam-me desse prazer, e por isso lancei mão do meio mais fácil, e rápido, de comunicação, dirigindo-lhe esta carta, que, espero, será, cuidadosamente lida por V. Excia., a quem não falta bom senso e moralidade para decidir o que for mais compatível com os nossos usos, costumes e educação.

Há nesta cidade do Rio de Janeiro um estabelecimento, onde, todas as noites, por entre baforadas de fumo e de álcool, se vê e se ouve aquilo que nossos pais nunca viram nem ouviram, embora se diga que é um sinal de progresso e de civilização. Chama-se esse estabelecimento – Alcazar Lírico.

Apesar de velho, não sou carranca e retrógrado, e sei aplaudir todas as novidades que o estrangeiro nos traz, passando pela alfândega do bom senso, ou mesmo por contrabando, contanto que tenha uma capa de moralidade; mas quando essas novidades aparecem no mercado avariadas e cheias de água salgada, fico indignado, pergunto os meus botões em que país estamos, convenço-me de que somos, na verdade, tidos por selvagens hotentotes, e imploro a Deus para que ilumine as cabeças que nos dirigem, a fim de que apliquem o

---

[924] O cronista desconfiava do sistema eleitoral e político que conhecia bem.

ferro em brasa, na ferida, que começa a chagar-se pelo veneno que lhe inoculam.[925]

254

10 DE ABRIL DE 1864

CARTA TERCEIRA

Ilmo. e Exmo. Sr. Dr. Chefe de Polícia. – Apesar talvez de incomodá-lo com as minhas cartas, não posso deixar de pegar na pena, para escrever-lhe esta segunda missiva, a favor do bem conceituado e decente estabelecimento do meu simpático Mr. Arnaud, que se negou a consentir que Mlle. Risette cantasse no benefício de uma pobre escrava brasileira.

258

O moleque da Semana é doido por estas festas. Se não é assíduo à sala da recitação, não abandona a corte da sala do chá. Guloso como um verdadeiro moleque, prefere os bolinhos às poesias e o pão com manteiga à melhor prosa do mundo. Contudo, fez-me uma revelação

que não deixarei de comunicá-la, mesmo porque não guardo segredos de moleque.

– Por que não se hão de regularizar estes saraus, meu nhonhô, perguntou-me ele, e por que não convidar ao belo sexo para infundir o gosto da literatura às nossas belas patrícias?

O moleque é um tanto desembaraçado, e fala das nossas patrícias como se fossem crioulas.[926]

258

Carta do Dr. Semana ao Imperador da China

Calendas de abril em 1864

Celestial Senhor – Pretendia escrever a Vossa Obesidade na linguagem de Confúcio, visto como sou poliglota superior a Pico de la Mirandola e ao cardeal Mezzofante.[927]

---

[925] O leitor que faça a nota referente a esse fragmento.
[926] As distinções comuns eram assumidas como tal.
[927] O cronista possuía imaginação exuberante e erudição ainda maior. Ou vice-versa.

265

Temos uma grande novidade a comunicar aos nossos leitores. Cristóvão Colombo, em carne e osso, com as suas caravelas de pau pintado, acaba de surgir em pleno teatro de S. Pedro, descobrindo o novo mundo e pondo um ovo em pé, com grande admiração e aplauso de todos os homens sensatos e ilustrados que não são pataus, e que por não pertencerem à confraria dos literatos medíocres, que se elogiam mutuamente, e nem à companhia do teatro de S. Pedro, de que é reformador e restaurador um homem extraordinário, que não é por ora conhecido, estão no caso de darem sobre esse drama monumental (onde aparecem 158 pessoas vivas!!) um juízo seguro e imparcial.[928]

265-266

Em compensação, anuncia-se no Ginásio uma coisa ruim, que eu não conheço, mas que, por força, há de ser muito vulgar e sensaborona, e sobretudo há de ter o defeito da casaca e da luva de pelica, e o de não mostrar em cena 158 homens, nem nenhum navio fazendo fogo ao vivo, mas para a qual desde já estão convidadas todas as pessoas de mau gosto do Rio de Janeiro. Essa coisa é nada menos que um novo drama do autor da *História de uma moça rica*, intitulado *A punição*.[929]

271

(x) DE MAIO DE 1868

Pontos e vírgulas

Os carrancas clamam contra o progresso[930], e os céticos esfalfam-se em negá-lo. Negar o progresso, que heresia! Quando mesmo se possa fazê-lo conscienciosamente não estão aí mil inventos pasmosos atestando a existência dele? Por exemplo, em matéria de estilo, todos pensam que tudo está descoberto, que todos os estilos já se acham consagrados... Puro engano!

Tínhamos até aqui:

---

[928] Quantos desafetos terá feito o crítico com sua pena ferina?
[929] Nada mais categórico e definitivo. Nada mais implacável.
[930] Machado de Assis mostra-se entusiasta do progresso tecnológico.

O estilo elevado; o estilo nobre; o estilo simples; o estilo obscuro; o estilo nervoso; o estilo claro; o estilo abundante; o estilo seco; o estilo dramático; o estilo épico; o estilo cômico; o estilo trágico; o estilo epistolar; o estilo chulo; o estilo pesado; o estilo ligeiro; o estilo gótico; o estilo dórico; o estilo renascença; o estilo árabe, etc., etc., etc.. Parecia impossível inventar mais um estilo. Pois inventou-se. Chama-se: O Estilo Leiloeiro![931]

273-274

É verdade que isto de imprensa é coisa difícil.

Todo o cuidado é pouco; é aí que o Capitólio anda ao pé da rocha Tarpeia.[932]

Agora mesmo, folheando uns papéis, dei com uma nota de lembrança. Era um pedaço transcrito de um jornal de província.

Tratava-se do cólera-morbus. O redator da folha aparou a pena, assuou-se, e em artigo de fundo traçou uma larga exposição que começa por estas palavras:

"Não temos em mira mostrar erudição, visamos interesse maior, o de sermos úteis a nossos semelhantes; lembrados do mandamento escrito nas tábuas da lei, dadas por Deus a Moisés. O mandamento – Amar ao próximo como a si mesmo – é uma sublime epopeia escrita pela mão Divina.

"Amamos ao próximo, escrevemos para o povo.

"Não somos da escola contagionista[933], e, pois, principiamos por aconselhar que mostremos à vista do inimigo sangue frio e coragem. O medo causa diarreia; a diarreia é um dos sintomas precursores da cólera, aos tímidos ela ataca com maior intensidade. O medo pode igualmente aconselhar uma completa abstinência de alimento, será mais um grave erro, porque da abstinência nascerá a falta de forças, a inanição, que também debilita e mata."

É muito bonito, mas eu prefiro Cícero.[934]

---

[931] Acrescento o estilo barroco sem imagens.
[932] Local de execuções em Roma.
[933] Seriam os defensores de então da imunidade de rebanho?
[934] A luta entre iluministas e negacionistas parece se repetir.

276

Aos talentos conscienciosos pode-se aconselhar, porque eles sabem ouvir e discutir.

O meu conselho é que o maestro brasileiro estude[935] com mais cuidado o gênero sacro e as obras dos velhos mestres alemães e italianos.

A sua missa tem ressaibos de música profana. A música sacra, que é difícil, e para a qual o autor do *Vagabundo* tem grande propensão, precisa ser mais profundamente estudada por ele.

Cabe-lhe o papel invejável de ser o continuador de José Mauricio. A arte brasileira atual precisa de um Beethoven: Mesquita pode sê-lo, e é para que o seja que eu lhe dou estes conselhos de amigo e admirador.

280

É diante desses esforços dignos e coroados de tão feliz resultado, a despeito de obstáculos e tropeços de todo o gênero, que lamento profundamente a decadência a que chegou o teatro entre nós[936], a despeito de tantas centenas de contos de réis gastos improdutivamente, estupidamente, indignamente.

287

Tranquilizado por esta forma o espírito público, e ainda no uso de uma faculdade constitucional, tem ele a honra de declarar às casas do seu poder legislativo, que os artistas do Ginásio, no desempenho do belo drama do Dr. Pinheiro Guimarães, bem merecem da pátria, e fizeram jus, não direi a uma condecoração que lhes dê honras de alferes ou tenente, ou mesmo de cabo de esquadra, mas a uma aposentadoria condigna.[937]

289

RIO, 19 DE JUNHO DE 1864

Novidades da Semana

Uma novidade para a semana! Ninguém a fornece? Tanto pior para mim e para vós, leitores.

---

[935] Conselho que se repete em relação a outros artistas e artes.

[936] Lamento que nunca cessa.

[937] As condições concretas de produção e atuação atraíam a atenção de Machado de Assis, que via no teatro arte e educação e exigia atenção estatal.

Os jornalistas, e sobretudo os cronistas, são os maiores mágicos do meu conhecimento. Iludem ao público de maneira singular e impingem-lhes, pelo valor de uma assinatura, a mesma novidade que recebem grátis das mãos do respeitável público.[938]

Se me não dais, não vos dou – tal é o dístico, que deviam trazer todos os jornais noticiosos.

É exatamente essa a minha posição neste momento.

O Futuro
(1862-1863)

299

Tirei hoje do fundo da gaveta, onde jazia a minha pena de cronista. A coitadinha estava com um ar triste, e pareceu-me vê-la articular por entre os bicos, uma tímida exprobração.

300

Não te envolvas em polêmicas de nenhum gênero[939], nem políticas, nem literárias, nem quaisquer outras; de outro modo verás que passas de honrada a desonesta, de modesta a pretensiosa, e em um abrir e fechar de olhos perdes o que tinhas e o que eu te fiz ganhar. O pugilato das ideias é muito pior que o das ruas; tu és franzina, retrai-te e fecha-te no círculo dos teus deveres, quando couber a tua vez de escrever crônicas. Seja entusiasta para o gênio, cordial para o talento, desdenhosa para a nulidade, justiceira sempre, tudo isso com aquelas meias-tintas tão necessárias aos melhores efeitos da pintura. Comenta os fatos com reserva, louva ou censura, como te ditar a consciência, sem cair na exageração dos extremos. E assim viverás honrada e feliz.[940]

301-302

O poema *D. Jaime* é realmente uma obra de elevado merecimento, e Thomaz Ribeiro um poeta de largo alento; a sua musa é simultaneamente simples, terna, graciosa, épica, elegíaca; ensinou-lhe ela a

---

[938] Concepção que alimenta atualmente os defensores da informação gratuita.

[939] Declaração de princípios e de estratégia para sobreviver nos jornais. Talvez isso explique a discrição de Machado de Assis em temas polêmicos frontais como o da escravidão, que atingia interesses de todos, dos políticos aos seus leitores.

[940] Ou perderás o emprego.

ser poeta de poesia, expressão esta que não deve causar estranheza a quem reparar que há poetas de palavras[941], mas Thomaz Ribeiro não é poeta de palavras, certo que não!

307

Nenhuma ocasião mais azada do que esta para lançar ao papel algumas reflexões que trago incubadas relativamente à situação dos teatros. Para os que, como eu, veem no teatro uma tribuna e uma escola, é triste contemplar o abandono em que ele jaz, sem que a iniciativa oficial intervenha com a sua força e com a sua autoridade.[942]

30 DE NOVEMBRO DE 1862

309

Para sempre. Neste aposento construído no fundo do edifício que o leitor acaba de percorrer instalo-me eu, e aqui praticarei mansamente[943] com o leitor sobre todas as coisas que nos fornecer a quinzena, sem fadiga para mim nem mágoa para ninguém. Durarão as nossas palestras o intervalo de um charuto, mais infelizes nisto que as rosas de Malherbe. Olhe o leitor: à roda da mesa estão jornais de todo o império; sentemo-nos como bons e pacíficos amigos, e comecemos por encarar afoitamente aqueles estouvados peruanos.

312-313

Estas reflexões sobre ossos e ruínas levam-me naturalmente ao teatro, que está ameaçado de passar ao estado de monumento curioso, a despeito dos esforços individuais. Mas parece que a força da corrente é superior a todos os esforços, e que não há regime preventivo contra o efeito dos elementos deletérios. Eu não acho culpa do que sucede senão nos poderes do Estado, que ainda se não convenceram de que a matéria de teatros merece uns minutos ao menos da sua atenção como tem merecido nos países adiantados.[944] Quando eu vejo que na França, em março de 48, um mês depois da revolução, se decretava sobre teatro, no meio das preocupações políticas, lastimo

---

[941] Poetas de poesia e poetas de palavras, distinção cara a Machado de Assis para separar criatividade e inspiração de palavrório oco, rimado ou não.
[942] O teatro como instrumento de formação e de reflexão.
[943] Da arte de evitar certos conflitos para permanecer na trincheira. Mas isso não significava ser leniente com autores e obras considerados ruins. Teriam eles pouco poder de reação?
[944] Argumento que ainda hoje faz sentido e é usado sem muito sucesso.

deveras que no Brasil o poder executivo tenha limitado a sua ação a dar e a retirar subvenções, e a incomodar uma comissão, de cujas opiniões escritas fez depois pasto às traças da secretaria.

[...] O Ateneu anuncia uma comédia de Emílio Augier e Ed. Foussier, *As Leoas Pobres*. Esta comédia deve a sua celebridade em Paris a duas coisas: ao seu mérito intrínseco, que é de primeira ordem, e às discussões havidas por ocasião de ser apresentada à comissão de censura. Parece que a comissão saiu um pouco fora dos seus deveres, deixando de fazer censura dramática para fazer censura literária; e a não ser o imperador, ainda hoje a comédia estaria interditada.[945]

331

O autor da *Túnica de Nessus* merece todas as simpatias, e tem direito a ser recebido no seio da literatura dramática. É assim que o aplaudo e saúdo. Entenda-se, porém, uma coisa: nas minhas observações literárias nunca levo pretensão a crítico. Tal não me suponho, mercê de Deus. A crítica é uma missão que exige credenciais valiosas, de cuja míngua não me coro de vergonha em confessar, como não tenho vaidade em referir as pouquíssimas coisas que sei.[946]

332

Começarei pelas belezas ou pelos defeitos da *Túnica de Nessus*? O próprio poeta impõe-me a escolha destes, visto que, pelo que me consta, é seu principal desejo que lhe apontem as falhas da obra.

Direi, portanto, que me pareceu descobrir o principal defeito da *Túnica de Nessus* na ação, que não é suficiente para as proporções da peça, nem caminha sempre pela razão lógica das coisas. No intuito de simplificá-la, fê-la o poeta exígua, diluída nos seus quatro atos; eu a quisera, e dizendo *eu* suponho falar em nome de uma teoria – eu a quisera mais complexa, mais dramática.[947] Preocupado com a pintura do principal caráter, o poeta esqueceu opor o bem ao mal, estabelecer uma luta, que, satisfazendo as condições da cena, desse explicação a muitas passagens obscuras. Adélia gasta, perde-se, infama-se, sem combate; não é combate à queixa desanimada de Máximo e a exposição de algumas teorias muito sãs de Oliveira. Esta ausência de luta

---

[945] Da arte como ela era no Brasil e na Europa.
[946] Essa modéstia e suavidade não se confirmam nas críticas feitas.
[947] Exemplo de dureza que contrasta com a modéstia afirmada antes.

entre os sentimentos tira à peça, apesar de vários lances de muito efeito, a necessária vitalidade dramática.

337

Do que levo dito, deve concluir-se uma coisa: que ao autor da *Túnica de Nessus* falta certo conhecimento da ciência dramática[948], mas que lhe sobejam elementos que, postos em ação e dirigidos convenientemente, lhe darão eminente posição entre os nossos poetas dramáticos.

A intuição dos efeitos, a imaginação viva, a paixão abundante, tais são os seus meios atuais; a observação e a perseverança se encarregarão de aplicá-los discretamente, desenvolvê-los, completá-los, e abrir ao poeta no futuro uma carreira que eu profetizo segura e gloriosa.

Expus com franqueza e lealdade, sem exclusão do natural acanhamento, as minhas impressões; os erros que tiver cometido provarão contra a minha sagacidade literária, nunca contra o meu caráter e a minha convicção.

Esta glória, que não reputo exclusiva, havia de tê-la o autor da *Túnica de Nessus*, se, em iguais circunstâncias, tivesse de julgar uma obra minha.[949]

15 DE FEVEREIRO DE 1863

344

O Sr. Victor Meirelles de Lima tem alguns quadros nessa sala, os quais, parecendo bons, não são notáveis, pelo menos quanto é notável a sua *Cabeça de estudo* sob n.º 7. O mesmo artista tem na exposição o seu quadro *A primeira missa no Brasil*, obra já conhecida, e que, a não ter desses defeitos sutis que não se revelam à minha incompetência, me parece um painel excelente.[950]

346

O quadro do Sr. Julio Le Chevrel *Paraguaçu e Diogo Álvares Correia* têm coisas boas e coisas más. A figura de Diogo Correia receben-

---

[948] Com frequência Machado de Assis recorre ao termo "ciência" para falar de arte. É uma posição firme em defesa das leis de construção da narrativa e dos personagens.
[949] Artifício retórico, mas sincero, para tirar a dureza da crítica feita.
[950] Modéstia que não se confirma na avaliação seguinte, como já se verá.

do Paraguaçu das águas não tem expressão alguma; e uma cara morta; o mesmo acontece com a indígena. Como esteja Paraguaçu quase toda fora d'água, quis-lhe o pintor espalhar pelo corpo umas gotas, mas tão infeliz se houve no trabalho, que, trazida a figura ao tamanho natural, ficam aquelas gotas do tamanho de grandes ovos, senão que já o seu aspecto é o de enormes pérolas; dissera-se que, ao salvar-se no bote de Correia, Paraguaçu rompera um colar de pérolas que lhe vão rolando pelo corpo abaixo. Há, além destes, outros defeitos que não posso enumerar por me ir faltando espaço e não tê-los neste momento de memória.[951]

1º DE MARÇO DE 1863

350-351

Entre os poucos fatos desta quinzena um houve altamente importante: foi a supressão da procissão de Cinzas. Em 1862, logo ao começar a quinzena, publicou uma das folhas diárias desta Corte um artigo pequeno, mas substancial, no qual uma voz generosa pedia mais uma vez a supressão das procissões, como nocivas ao verdadeiro culto e filhas genuínas dos cultos pagãos. Nem o autor, nem o mais crédulo dos seus leitores, acreditaram que essa usança fosse suprimida; e a mesma grosseria, o mesmo fausto, o mesmo vão e ridículo aparato passou aos olhos do povo sob pretexto de celebrar os sucessos gloriosos da Igreja.

Em um jornal político, publicado então, e cujo 2.º número acertou de sair na sexta-feira da Paixão, veio inserta uma carta ao nosso prelado, menos eloquente e erudita, mas tão indignada como o artigo a que me referi. Assinavam essa carta umas três estrelas, ocultando o verdadeiro nome do autor, que era eu. O desgosto que me comunicara o primeiro articulista, aumentando o que eu já tinha, deu nascimento a essas linhas, em que eu fazia notar como prejudiciais ao espírito religioso essas grosserias práticas, mais que próprias para produzir o materialismo e a tibieza da fé. Era simplesmente um protesto, sem pretensão de sucedimento.

Para acreditar possível uma reforma completa que faça do culto uma coisa séria, tirando-lhe o aparato e as empoeiradas usanças,

---

[951] Crítica contundente de quem tinha convicções cristalinas sobre o belo.

era preciso admitir no clero certa elevação de vistas que infelizmente não lhe coube na partilha da humanidade. Sem exageração, o nosso clero é tacanho e mesquinho; nada enxerga para fora das paredes da sacristia, metade por ignorância, metade por sistema. Notem bem que eu não digo fanatismo ou excesso de fé. Neste desânimo, foi uma verdadeira e agradável surpresa a resolução tomada pela respectiva ordem, de suprimir a procissão de Cinzas, principalmente pelas razões em que se fundou a resolução e que concluem do mesmo modo que as censuras dos verdadeiros católicos.[952]

351-352

Não há louvor bastante para essa resolução; as procissões, não as aturam um ânimo religioso e civilizado; não fazem vir, desgostam a verdadeira fé, e, em troca disso, é positivo que não dão proveito algum.

Vinha a propósito refletir sobre a educação religiosa do nosso povo; apreciar a maneira por que se lhe incute a fé, fazendo o espetáculo e o fausto profano àquilo que é serviço do ensino e da palavra

cristã. Não há melhor caminho para o materialismo, para a indiferença e para a morte da fé.[953]

Deve instalar-se brevemente uma utilíssima associação de homens de letras. É coisa nova no país, mas de tal importância que me parece não encontrar o menor obstáculo. Trata-se de instituir leituras públicas de obras originais; para isso convidam-se os homens de letras residentes nesta Corte; talvez a esta hora a instalação seja coisa feita.

358

O outro tem por título *Luz coada por ferros*. É uma série de romances da Sra. D. Anna Augusta Plácido. Traz na frente o retrato da autora.

Má ideia essa, que previne logo o espírito em favor da obra, por não poder a gente conciliar a ideia de piores produções com tão inteligentes olhos. Felizmente que a leitura confirma os juízos anteci-

---

[952] O cronista aparece como defensor de um purismo ritual cristão.

[953] Demonstração aguda de zelo cultural cristão contrariando certa imagem de distanciamento. Ao mesmo tempo, corajosa crítica da mediocridade do clero, comprando uma briga que contraria a ideia de não se meter em polêmicas.

pados. A Sra. D. A. A. Plácido é o que dela disse o Sr. Julio César Machado no prefácio da obra, para o qual remeto os leitores.

359

É, talvez, por isso que não tem nota, se os há dos senões do livro. Do nome e da obra tomei nota como obrigação firmada para futuros escritos. Uma mulher de espírito é brilhante preto; não é coisa para deixar-se cair no fundo da gaveta.[954]

Estou no capítulo das escritoras. Depois da portuguesa aí vem a brasileira, contemporâneas no aparecimento, para confirmar, na ordem literária, a coincidência que se verifica muitas vezes na ordem política entre os dois países.

Com o título de *Gabriela*, representou-se ultimamente no Ginásio um drama da Sra. D. Maria Ribeiro. Circunstâncias especialíssimas não me permitiram assistir a essa estreia, o que não importou nada a certos respeitos, visto que eu já conhecia a peça em questão.[955]

1º. DE ABRIL DE 1863

360

Um livro de versos nestes tempos, se não é coisa inteiramente disparatada[956], não deixa de fazer certo contraste com as labutações diárias e as gerais aspirações. E note-se que eu já não me refiro à censura banal feita às vistas burguesamente estreitas da sociedade, por meia dúzia de poetas, que no meio de tantas transações políticas, religiosas e morais, recusam transigir com a realidade da vida, e dar a César o que é de César, tomando para Deus o que é de Deus.

361

Têm razão. Mas as aspirações a que me refiro, qualquer que seja o seu caráter prático, não dispensam a intervenção do espírito, e então, não transigir com ela, é abrir um combate absurdo. Há quem diga com desdém que este século é do vapor e da eletricidade[957], como se essas duas conquistas do espírito não viessem ao mundo como dois

---

[954] A frase só pode ser interpretada hoje como terrível.
[955] Nada lhe escapava. O cronista já opinava sobre tudo.
[956] A poesia nunca para de morrer.
[957] Antecipação precoce a Marshall McLuhan.

grandes agentes da civilização e da grandeza humana, e não merecessem por isso a veneração e a admiração universal.

362

As *Revelações* contêm muitas poesias já publicadas em diversos, jornais, mas conhecidas umas por uns, outras por outros, de modo que, reunidas agora, se oferecem, passe a expressão, ao estudo de uma assentada.

Não intento, nem me cabe fazer juízo crítico da obra do poeta. Entendo que o exame de uma obra literária exige da parte do crítico mil qualidades e predicados que poucas vezes se reúnem em um mesmo indivíduo, havendo por isso muita gente que escreva críticas, mas poucos que mereçam o nome de críticos.

Dizer quais as impressões recebidas, como um simples leitor, não tão simples como o bufarinheiro, tenho a vaidade de supô-lo, eis aí a que me proponho e o que devo fazer sempre que por obrigação tenha de falar de algum livro.[958]

Este que tenho à vista tem direito a uma honrosa menção. Se há nele poesias a que se poderia fazer mais de uma censura, se em algumas delas a inspiração cede à palavra, há outras, a maior parte, tão completas que bastariam para coroar poeta a quem não tivesse já essa classificação entre homens.

365

O mavioso Petrarca da Vila Rica deixou uma vez as liras apaixonadas, com que honrava a amante do seu coração, para tomar a chibata da sátira, e com ela sacudir a toga respeitada do governador de Minas.

O que era um governo no tempo de el-rei nosso senhor, de que poderes discricionários se revestiam o representante da soberania da Coroa, é coisa por demais sabida.

O de Minas estava naquele tempo nas mãos de D. Luiz Menezes. Gonzaga viu quantos perigos lhe estavam iminentes se atacasse face a face com o colosso do poder; mas a vida e a administração do governador estavam pedindo um protesto da sua musa. Resolveu escrever a parte anedótica do governo de Minas em cartas que inti-

---

[958] O simples leitor foi crítico rigoroso e implacável.

tulava *Cartas Chilenas* e que visavam um governador do Chile. Com esse disfarce pôde salvar-se e mandar à posteridade mui preciosos documentos.

Ao Sr. Dr. Luiz Francisco da Veiga se deve a exumação das *Cartas Chilenas,* mal e insuficientemente conhecidas, e que o digno brasileiro tirou da biblioteca de seu pai para pô-las completas na biblioteca da nação.[959]

367-368

Vai-me faltando espaço e eu devo falar ainda de uma nova peça representada no Ginásio Dramático. *A ninhada de meu sogro* intitula-se ela; é dividida em 3 atos, e parafraseada do francês pelo Sr. Dr. Augusto de Castro.

368

O que importa, porém, desde já para mim, é a menção de uma convicção que tenho de há muito e que desejara que fosse compartida geralmente. Tenho esses trabalhos de imitação por inglórios.

O que se procura no autor dramático é, além das suas qualidades de observação, o grau de seu gênio inventivo; as imitações não podem oferecer campo a esse estudo, e tal inconveniente é altamente nocivo ao escritor, senão imensamente prejudicial à literatura.[960]

1º. DE MAIO DE 1863

369

Afligia-me, devo eu dizer; porque a boa estrela que preside aos meus dias, sempre me depara, na hora arriscada, com uma tábua de salvação.

Desta vez a tábua de salvação é uma carta, uma promessa e uma notícia. – Parecem três coisas, mas não são, porque a notícia e a promessa vão incluídas na carta.

A notícia é de um romance por fazer; e é promessa que me fez em uma carta um amigo a cujos escrúpulos de modéstia não posso deixar de atender; e de quem não posso assoalhar o nome.

---

[959] Elogio e crítica numa mesma operação.
[960] Só a originalidade, produto da criatividade, interessa. À maneira de Shakespeare, porém, Machado de Assis soube transformar influências em inventividade.

370

Das cegonhas fala aplicando sempre a observação de Chateaubriand[961], que as viu saindo aos bandos da península grega para África, do mesmo modo por que saíam no tempo de Péricles e de Aspásia.

375

As reflexões que me sugere o teatro lírico, as apreensões que nutro acerca dele, e que peço licença para não divulgar, levam-me naturalmente a considerações gerais a respeito do teatro. Tudo, porém, desaparece momentaneamente, diante de um caso triste: o ator João Caetano dos Santos acha-se gravemente enfermo.

Deve ser indiscutível para todos o mérito superior daquele artista; e as nações que sabem fazer caso destas glórias, devem sentir-se comovidas sempre que a morte as inscreve no livro da posteridade. Por isso, ao boato falso do falecimento do criador de *Cinna* o público comoveu-se; e hoje é certo que só há um desejo unânime: a vida de João Caetano dos Santos.[962]

1.º DE JUNHO DE 1863

375-376

O *Jornal de Recife* deu-nos duas notícias importantes, com a diferença de alegrar-nos a primeira tanto quanto nos contrista a segunda; refiro-me às melhorias de saúde de Gonçalves Dias e a morte de J. F. Lisboa, verdadeira a última ou não passa de deplorável engano? É lícito duvidar da exatidão dela, e, sem ofensa a folha pernambucana, deve-se esperar uma confirmação mais positiva. Não é que o fato seja impossível; mas o silêncio da imprensa portuguesa a respeito, silêncio impossível, a ter-se dado o caso, abre lugar à dúvida. Mau era se a indiferença de um país amigo e irmão fosse a única elegia que tivesse na morte um homem tão ilustre como o autor do *Jornal de Timon*.

Pelo que respeita a Gonçalves Dias, a mesma folha se refere a uma carta do poeta. Os seus sofrimentos não desapareceram de todo, nem deixam de ser grandes; mas o ilustre poeta está fora de perigo. Escreve de Dresde, e ia partir para Carlsbad, a fim de tomar banhos minerais.[963]

---

[961] Escritor sempre presente no imaginário de Machado de Assis.
[962] João Caetano será elogiado, pranteado na morte e criticado em alguns momentos.
[963] Dois homens muito admirados por Machado de Assis.

378

E já que estou no capítulo dos moços, falarei de um, verdadeira criança, não tanto pelos anos, como pela ingenuidade do coração e do espírito. É nada menos que um poeta. Se lhe falta a beleza da forma, sobra-lhe o sentimento da poesia, que é o essencial e o que não se adquire.[964]

1 DE JULHO DE 1863

386

Confirma-se a notícia da morte de João Francisco Lisboa, mais conhecido pelo pseudônimo de *Timon*.

Faleceu em Lisboa, no dia 25 de abril, na idade de 49 anos, deixando ao nosso país a glória de um nome respeitado entre os mais eminentes.[965]

388

Em um país novo, cuja maioria se divide em dois campos, a indiferença e a carolice, a missão dos ministros do altar era outra, era a missão apostólica, tolerante, elevada, a fim de convencer os incrédulos, e trazer os fanáticos ao conhecimento dos verdadeiros princípios da Igreja.

Em vez disso, os nossos padres divertem-se em lançar às urnas eleitorais a interdição religiosa, ou escrever gazetas sem tom nem som, a respeito das quais, ninguém sabe o que admirar mais, se a impudência dos redatores, se a paciência dos assinantes.[966]

389

Repito, o que indigna hoje, não é só a intolerância, e o ridículo com que ela se apresenta, ridículo funesto aos verdadeiros interesses da Igreja. E o que mais dói é ver que esta intolerância reside em um clero pela maior parte ignorante, sem prestígio, e verdade, mas também sem escrúpulos.[967]

---

[964] Ou seja, faltava-lhe tudo.
[965] A morte de um grande.
[966] Misturar política e religião voltou a ser um problema no Brasil.
[967] Não se pode, no caso, falar em omissão.

Volume 23
Crônicas
(1859-1888)

Diário do Rio de Janeiro

(1864-1867)

20 DE JUNHO DE 1864

19-20

O que o resto do mundo pensa, é que o México é apenas uma conquista francesa, tanto em vista dos fatos anteriores, como dos fatos atuais, conquista feita pelas armas e apoiada no interior por um partido parricida.

Pensa ainda o resto do mundo:

Que o império mexicano, filho do império francês, traz as mesmíssimas feições do pai; isto é, as leis de exceção, as instituições mancas, o reinado da polícia, o adiamento indefinido do complemento do edifício, adiamento que o próprio discurso de Maximiliano deixa entrever menos claramente que o célebre discurso de Bordeaux;

Que entre aquele império e o império do Brasil, ninguém pode achar afinidades possíveis, nem quanto às origens, nem quanto às esperanças do futuro; Que, qualquer que seja o estado de um país e qualquer que seja a probabilidade de pronta regeneração, depois de uma nova ordem de coisas, – nenhum outro país pode impor-lhe um governo estranho, seja república, seja monarquia constitucional ou absoluta, seja governo aristocrático, democrático ou teocrático;

Que tendo o império francês imposto um governo estrangeiro ao México, acontece que o último argumento do Sr. Lopes Netto é um argumento falso e virado do avesso, o qual pode ser virado deste modo: – A expedição francesa foi uma conquista, – portanto, o século é ainda de conquistas.[968]

---

[968] Em matéria de política internacional, Machado de Assis poderia ser categórico, duro e nacionalista. Por alguma razão, era mais discreto no plano da política interna. Certamente por ser funcionário público.

22-23

E depois deste assunto, mais ou menos incandescente, leitores, passemos a falar do inverno.

É amanhã o dia designado nas folhinhas de Laemmert e Brandão para a entrada solene e oficial deste hóspede. Quem o dirá? A temperatura tem-se conservado moderada e branda, fresca sempre, mas nunca fria; e isto muito antes do dia assinalado nas folhinhas de Laemmert e Brandão.

É que o nosso inverno difere dos outros invernos e do inverno pagão; é um velho, sim, mas é um velho apertadinho, afivelado, encasacado, bamboleando o corpo para disfarçar o reumatismo, rindo para disfarçar a tosse; calculando as visitas pelas variações do termômetro.

Só de ano a ano temos algum inverno um tanto áspero. De ordinário, o inverno do Rio de Janeiro não passa disto. Todavia, como é forçoso dividir o ano em quatro estações, dão-se sempre três meses ao inverno; e assim resolvem os fluminenses sentir frio desde 21 de junho a 21 de setembro.[969]

24

Dos dois autores, um é estreante, o Sr. Ataliba Gomensoro, estudante da faculdade de medicina. Não assisti à representação; mas ouvi dizer que a comédia agradou muito, que é cheia de vida e movimento, e semeada de bastante sal cômico. Tem por título: *Comunismo*, e foi representada no Ginásio.[970]

[...]

A casa Garnier acaba de receber de Paris os exemplares de uma edição que mandou fazer da comédia do Sr. conselheiro J. de Alencar – *O Demônio Familiar*.[971]

25

Nada mais natural do que passar de uma casa de livros a uma casa de óculos. É com os óculos que muita gente lê os livros. Se se acrescentar que muita gente há que lê os livros sem óculos, mas que

---

[969] Todos os assuntos são bons para o cronista. O tempo e o clima são incontornáveis. Machado de Assis fala do inverno num tom primaveril.

[970] O medo do comunismo tem longa história no Brasil.

[971] A Garnier imprimia na França.

precisa deles para ver ao longe, e finalmente uma classe de homens que vê perfeitamente ao longe e ao perto, mas que julga de rigor forrar os olhos com vidros, como forra as mãos com luvas, ter-se-á definido a importância de uma casa de óculos e a razão por que ela pode entrar neste folhetim.[972]

3 DE JULHO DE 1864

32-33

Também ontem tivemos por cá a nossa festa, festa mais particular, mas de grande alcance, – a festa da inauguração de uma sociedade literária.

É de grande alcance, porque todos estes movimentos, todas essas manifestações da mocidade inteligente e estudiosa, são garantias de futuro e trazem à geração presente a esperança de que a grandeza deste país não será uma utopia vã.[973]

33

A sociedade a que me refiro é o Instituto dos Bacharéis em Letras; efetuou-se a festa em uma das salas do colégio de D. Pedro II. À hora em que escrevo, nada sei ainda do que se passou; mas estou certo de que foi uma festa bonita; entre os nomes dos associados há muitos de cujo valor tenho as melhores notícias, e que darão ao Instituto um impulso poderoso e uma iniciativa fecunda.[974]

34

"No hay miel sin hiel", dizem os espanhóis. A chegada de Emília das Neves coincidiu com a retirada de Gabriela da Cunha, para S. Paulo. Foi na noite de quinta-feira que esta eminente artista, a instâncias, segundo se anunciou, da sua ilustre irmã de arte, representou nesta corte pela última vez.

O teatro escolhido foi o de S. Januário e a peça foi a comédia de V. Sardou, *Os Íntimos*.[975]

---

[972] Pode-se ver aí Machado de Assis antecipando-se a Pierre Bourdieu e Vilém Flusser no uso da metáfora das lentes como instrumentos de leitura da realidade.

[973] Machado de Assis sempre teve gosto pelo ativismo cultural.

[974] A cultura era objeto de associações e institutos.

[975] Duas artistas sempre citadas nos "folhetins" de Machado de Assis.

10 DE JULHO DE 1864

37

O folhetim[976] não aparece hoje lépido e vivo; aparece encapotado, encarapuçado e constipado.

40

Os leitores sabem que a questão da abolição da pena de morte voltou à tona d'água em diversos países, e que, agora mais que nunca, trabalha-se por suprimir o carrasco, isto é, acabar com a anomalia de manter-se uma lei de sangue em virtude da qual foi sacrificado o fundador do princípio religioso das sociedades modernas.

41

A *Cruz* de Paris entende que é impiedade matar com a guilhotina; o que ela quer é que se mate mais catolicamente, mais piedosamente, com um instrumento das tradições clericais, e não com um instrumento das tradições revolucionárias. Para ela a questão é simplesmente de forma; o fundo deve ficar mantido e respeitado.[977]

[...] Não tenho apontamento algum sobre política amena a não ser um aparte do Sr. Lopes Netto, deputado por Sergipe, respondendo a um orador que o acusava de ter glorificado a invasão do México. S. Excia. declarou que não fizera semelhante glorificação.

Ora, como eu, já antes do deputado argumentar, tinha feito a mesma censura (censura de folhetim) recorri ao número do *Jornal do Comércio* em que veio o discurso do Sr. Lopes Netto, para ver de novo o que S. Excia. havia dito.

Reconheci que S. Excia. havia dito aquilo mesmo que no parlamento lhe foi apontado, e que eu – muito antes – apontei, considerando até o fato como milagre.

42

A propósito do México mencionarei aqui, de passagem, um fato de que todos já têm conhecimento: – a publicação de um livro de Sua Majestade a Imperatriz Carlota, intitulado: *Recordações das minhas viagens à fantasia.*

---

[976] Confirma-se que folhetim era usado no sentido de coluna, crônica, texto do dia.
[977] A pena de morte é um dos temas mais frequentes no jornalismo.

43

Outro livro, e de viagens, não de outra imperatriz, mas de uma senhora patrícia nossa. *Trois ans en Italie* é o título; veio-nos da Europa onde se acha a autora, a Sra. Nísia Floresta Brasileira Augusta.[978]

44-45

Não recebi a *Cruz*, mas recebi o primeiro número de um jornal de Cametá, verdadeira ressurreição do gênero de José Daniel.

Denomina-se *A Palmatória*, e traz como programa as seguintes linhas para as quais peço a atenção dos leitores:

[...] tem de inserir algumas poesias, romances, anedotas, pilhérias e charadas, que possam deleitar, e finalmente de tratar, por meio de uma discussão apropriada entre os dois pretos escravos, o pai João Jacamim e o pai Henrique, de sancionar a necessária lei e regulamento sobre o tratamento e quantidade de palmatoadas com que devem ser premiados os poetas Araquias – o Palteira de sebo e escritor da variedade em inglês assinada – que apresentaram no *Liberal* suas respectivas e meritosas obras.[979]

17 DE JULHO DE 1864

46

Tenho sempre medo quando escrevo a palavra parlamento ou a palavra parlamentar. Um descuido tipográfico pode levar-me a um trocadilho involuntário. Sistema parlamentar, composto às pressas, pode ficar um sistema para lamentar. Note-se bem que eu falo do erro de ser composto às pressas ou mal composto... pelos compositores.[980]

55

Passemos das alegrias da inteligência para os seus lutos. Uma carta da Europa, publicada pelo *Jornal do Comércio*, nos deu notícia da morte do Dr. Joaquim Gomes de Souza.

A morte surpreendeu o nosso ilustre compatriota na mais bela mocidade e cercado de grande reputação. Sua vasta inteligência e

---

[978] O "colunista" estava atento a tudo: da política mexicana ao lançamento de um livro de uma mulher vanguardista no Brasil, Nísia Floresta.

[979] O jornalismo e os jornais eram sempre objeto da atenção do cronista.

[980] O olhar de Machado de Assis sobre a política é marcado pelo ceticismo, não raras vezes por uma aversão à política.

seus conhecimentos científicos justificavam essa reputação, que foi quase contemporânea das suas estreias.[981]

25 DE JULHO DE 1864

62-63-64

Acho inocentíssima a ideia a que atribuo essas publicações, em comparação com outra ideia e outras publicações, de que não são raros os exemplos.

Citarei um fato:

Era um leilão de escravos. Na fileira dos infelizes que estavam ali de mistura com os móveis, havia uma pobre criancinha abrindo olhos espantados e ignorantes para todos. Todos foram atraídos pela tenra idade e triste singeleza da pequena. Entre outros, notei um indivíduo que, mais curioso que compadecido, conjeturava a meia voz o preço por que se venderia aquele semovente.

Travamos conversa e fizemos conhecimento; quando ele soube que eu manejava a enxadinha com que agora revolvo estas terras do folhetim, deixou escapar dos lábios uma exclamação:

– Ah!

Estava longe de conhecer o que havia neste – Ah! – tão misterioso e tão significativo.

Minutos depois começou o pregão da pequena. O meu indivíduo cobria os lanços, com incrível desespero, a ponto de por fora de combate todos os pretendentes, exceto um que lutou ainda por algum tempo, mas que afinal teve de ceder.

O preço definitivo da desgraçadinha era fabuloso. Só o amor à humanidade podia explicar aquela luta da parte do meu novo conhecimento; não perdi de vista o comprador, convencido de que iria disfarçadamente ao leiloeiro dizer-lhe que a quantia lançada era aplicada à liberdade da infeliz. Pus-me à espreita da virtude.

O comprador não me desiludiu, porque, apenas começava a espreitá-lo, ouvi-lhe dizer alto e bom som:

– É para a liberdade!

---

[981] As notas fúnebres do cronista tendem a ser comedidas.

O último combatente do leilão foi ao filantropo, apertou-lhe as mãos e disse-lhe:

– Eu tinha a mesma intenção.

O filantropo voltou-se para mim e pronunciou baixinho as seguintes palavras, acompanhadas de um sorriso:

– Não vá agora dizer lá na folha que eu pratiquei este ato de caridade.

Satisfiz religiosamente o dito do filantropo, mas nem assim me furtei à honra de ver o caso publicado e comentado nos outros jornais.

Deixo ao leitor a apreciação daquele airoso duelo de filantropia.[982]

7 DE AGOSTO DE 1864

80

Quer o leitor escrever um livro *in-folio*, da grossura de um missal, em caracteres microscópicos? Escreva a história dos abusos judiciários e policiais que se dão cada ano neste nosso abençoado país.

O assunto dá até para mais.

Na semana que findou chegaram gazetas de Campos, onde vêm narrados dois fatos que podem figurar na obra que indiquei acima.

81

Se vivêssemos no tempo de Carondas e de Cambises, a medida que se tomaria em casos tais seria pouco mais ou menos esta: dividia-se o tempo da pena correspondente ao delito dos réus e puniam-se em partes iguais os autores e cúmplices dos abusos que acabo de mencionar na obra que indiquei acima.

84

A propósito de liberdade – há, em uma das províncias do Norte, uma folha com este título, e que parece dar uma significação singular à palavra que lhe serve de bandeira. Com efeito, eis o que esta folha, em um dos seus números, julgou dever escrever a respeito de um assinante remisso:

---

[982] O cronista era favorável à prática discreta da filantropia.

Velhacaria. – É verdade. Agora também podemos afirmar que o tal Cazuza da mamãe-dindinha é velhaco convicto.

"Mandando nos exigir dele o pagamento da assinatura desta folha, de três quartéis – disse ao nosso preto, que nunca a leu!... É preciso ser um infame caloteiro para proceder deste modo. É verdade que quem mandou vender até os fundos de garrafas ao negociante Carreira por 880 réis é capaz de tudo, e de mais".

85

Para que os leitores não deixem de ter desta vez uma página de bom quilate, recebi pressuroso a carta que me enviou um amigo e colega, e que vai transcrita mais adiante.[983]

14 DE AGOSTO DE 1864

90

Todos conhecem o ar imperturbável do ilustre marquês. Estou a vê-lo daqui, pronunciar as três palavras em questão, e conservar-se tranquilo como se houvesse dito pérolas. Nem a apóstrofe do Sr. Visconde de Jequitinhonha pôde movê-los. S. Excia ouviu o resto do discurso, tomou os seus papéis e jornais, e desceu para tomar o cupê.[984]

91-92

Sem sair do senado, e apenas volvendo os olhos para os bancos opostos, encontraremos o Sr. Jobim, autor de alguns discursos sempre lidos com interesse.

Está hoje provado que os discursos do Sr. Senador Jobim são o melhor remédio contra o aborrecimento crônico ou agudo, não porque S. Excia. seja dotado de graça, mas por serem os discursos mais desenxabidos, mais incongruentes, mais extravagantes que ainda se ouviu.[985]

98

Pereira da Costa é um moço de 17 anos. Começou a estudar na idade de 6 anos. Na idade de 9 anos deu no Porto o seu primeiro

---

[983] Erros judiciais, inépcias policiais, questões de segurança pública e cartas, obviamente, povoavam o universo do cronista/colunista/folhetinista. Machado de Assis olhava o seu mundo como o homem comum preocupado com questões práticas. As injustiças o tocavam e forneciam-lhe bons temas a citar.

[984] O fascínio pela designação do tipo de veículo está sempre presente.

[985] O crítico não temia ser desagradável.

concerto; em 1858 deu outro concerto em Lisboa, e aí foi brindado pelo finado rei D. Pedro V com um alfinete de brilhantes. O "Centro Promotor" colocou o retrato do jovem artista no seu salão.

Nesse ano partiu Pereira da Costa para Paris, onde estudou dois anos como externo e três anos como interno do conservatório de Paris. Foi, como Muniz Barreto, discípulo do célebre Allard, de quem possui uma carta, datada de 1863, onde o ilustre mestre o declara digno de concorrer.[986]

22 DE AGOSTO DE 1864

105

Dois assuntos preocupam atualmente o espírito público: os negócios do Rio da Prata e o casamento de Suas Altezas.

Parece que eu devia acrescentar: – e as eleições municipais. Fá--lo-ia sem reserva se acaso fosse assim; mas ninguém se preocupa atualmente com as eleições, que hão de ser feitas daqui a 15 dias.

Ninguém, digo mal; ocupam-se e preocupam-se os candidatos, isto é, um quinto da população, ao menos aqui na Corte. Fora desses, ninguém mais gasta dois minutos em pensar no voto que se há de dar no dia 7 de setembro, para renovar a primeira e a última das instituições de um país, como se exprime um grande escritor.[987]

108

A propósito do assunto guerreiro da semana, não quero esquecer-me de uma reflexão que ouvi a um deputado, orando há dias na câmara.

– É necessário, dizia ele, que o Brasil tenha uma forte organização militar, porque é esse o meio de fazer-se respeitar pelas outras potências.

Esta reflexão é de uma justeza irrepreensível e mostra bem como estamos longe da denominação que aprouve a alguns poetas dar ao nosso século.[988]

---

[986] Era forte o interesse pela mitologia da criança e do jovem gênio.

[987] Machado de Assis foi um crítico precoce da espetacularização da sociedade, da alienação das classes médias e altas e do desinteresse pelas disputas eleitorais.

[988] Pode parecer surpreendente, mas o cronista tinha certo pendor belicista e militar.

28 DE AGOSTO DE 1864

115

Mais alguns dias e está o ministério em férias.

Às férias! às férias! Livros para um lado, pedra para o outro, coração à larga, toca a saltar e a brincar, até que volte o tempo de entrar de novo no regímen das sabatinas e das lições.

Até lá folgança e alma livre.

O curso deste ano foi longo.

Durante oito meses andou o ministério de Herodes para Pilatos – do senado para a câmara, onde inventou uma maioria – da câmara para o senado, onde inventou um superlativo por órgão do Sr. Dias Vieira, com grave desgosto dos mestres da língua portuguesa.

116

Não sei porque guardaria eu este segredo que a posteridade pode ter a curiosidade de saber. O superlativo foi este:

– Não direi a este respeito, Sr. presidente, mais COISÍSSIMA nenhuma.

Deste modo – oh! primogênita filha da latina! – se um Vieira te ilustrou, outro Vieira te deslustra.[989]

117

Cochichava outro:

– Nada, não é isso. Inclino-me a crer que a legação inglesa insta pela emancipação geral dos africanos livres, e S. Excia. está agora entre a espada e a parede. A situação, na verdade, é difícil; mas S. Excia. é homem superior, patriota, *et coetera*...[990]

120

O senador paulistano tratou da venalidade eleitoral. Denunciou que nas eleições se compravam votos, sem rebuço. Todavia, S. Excia. fez uma exceção à probidade ituana. Em Itu, conforme diz S. Excia., compram-se votos, é verdade, mas se o votante acha segundo comprador que lhe dá mais, aceita o segundo importe, e restitui o

---

[989] O escrito defendia a pureza da língua, atacava a baixa produtividade dos órgãos públicos e odiava os superlativos, que transformaria no bordão de José Dias em *Dom Casmurro*, talvez a única contribuição do agregado ao seu entorno social.
[990] Muitas das referências à escravidão tem um tom *en passant*.

primeiro preço. A isto chama S. Excia. um fundo de probidade. Em português e boa moral chama-se – pôr a consciência em almoeda.[991]

5 DE SETEMBRO DE 1864

131

No meu folhetim[992] passado referi um superlativo inventado pelo Sr. Dias Vieira. Fi-lo então, como uma destas coisas que podem entrar no folhetim, para fazer sorrir o leitor fatigado com as tribulações da semana.

132

O vasto bojo do teatro Lírico estava cheio de espectadores, levados pela natural curiosidade de ver de perto a celebrada artista.[993]

134

Os leitores já têm conhecimento do romance *A Morte Moral*, de que eu prometi notícia mais detida, sem ter até hoje podido fazê-lo. Esta demora produziu um benefício para mim e para os leitores. À espera do que eu disser, leiam a carta[994] que o Sr. conselheiro José Maria do Amaral acaba de dirigir ao autor da *Morte Moral*. É uma página honrosa para ambos, e gloriosa para mim que tenho o prazer de ser o primeiro a divulgá-la.

11 DE SETEMBRO DE 1864

143

O correio é um monumento vivo da injúria. Se disto não resultasse mais do que um serviço negativo, era mau de certo, mas ainda assim o espírito público tinha menos de que andar alvoroçado. Mas o correio é um perigo, um verdadeiro perigo para a honra e para a propriedade. Uma carta que não chega ao destino nem sempre fica inutilizada; some-se muitas vezes, perde-se ou desaparece. E, sem querer fazer aqui nenhuma injúria aos diversos funcionários espalhados pela vasta superfície do império, o espírito do particular não fica tranquilo e tem tudo a temer de uma carta perdida.[995]

---

[991] O autor denuncia constantemente, com ironia ou não, a compra de votos.

[992] Designação genérica para o espaço ocupado pelo cronista e para seus textos.

[993] O culto às celebridades só muda de gênero artístico.

[994] As cartas funcionavam obviamente como centro de trocas culturais.

[995] Como funcionário influente, o cronista reclamaria por si ou para amigos de extravios e

147

Emília das Neves representa hoje a *Mulher que deita cartas*. Só daqui a uma semana poderei dar conta das minhas impressões. É de crer que elas confirmem as que me deixou a representação de *Joana Doida*, que é um dos seus mais belos florões artísticos.[996]

19 DE SETEMBRO DE 1864

152

A crise trouxe o fechamento dos teatros. Não se repetiu por isso, na quinta-feira, *A mulher que deita cartas*, com Emília das Neves.

152-153

Ainda não tive ocasião de falar aos meus leitores acerca de Emília das Neves no papel de Gemeia, naquele drama.

O drama, como se sabe, foi um drama de ocasião e feito por encomenda imperial. Tira o assunto do fato do pequeno Mortara. Segundo se disse então, Napoleão III encomendara a composição de uma peça em que aquele episódio servisse de base. Disse-se mais que, além do autor confesso, outro havia da própria casa do Imperador. A presença deste no espetáculo confirmou os boatos.

Isto basta para predispor contra a peça a crítica sensata. Naquelas condições não se faz drama, faz-se panfleto. Encomenda não é arte.

154

Emília das Neves desempenhou o papel de Gemeia.

155

O papel de Gemeia tem, como disse, defeitos capitais. O talento da artista pode disfarçar esses defeitos e dar-lhe, não o interesse da curiosidade, mas o interesse da humanidade.

Em mais de uma cena subiu ao patético; teve gritos de leoa para as agonias supremas, teve lágrimas tocantes para as dores do coração; soube ser mãe e mulher.[997]

---

demoras dos correios.

[996] O poder feminino no teatro funcionou como uma válvula de escape numa sociedade falocrática.

[997] Sempre sem medo de ferir ou de ofender.

157-158

Um jovem acadêmico de S. Paulo acaba de publicar um livro de versos. Chama-se o livro: *Vozes da América*, e o poeta: Fagundes Varela.

Varela é uma vocação poética das mais robustas que conheço; seus versos são inspirados e originais. Goza na academia de S. Paulo, e já fora dela, de uma reputação merecida; as esperanças que inspira, ele as vai realizando cada dia, sempre com aplauso geral e singular admiração.[998]

27 DE SETEMBRO DE 1864

158-59

Nenhum homem de gosto, que tenha em apreço as maravilhas da natureza e os prodígios do braço humano, pôde deixar de ir ver, ao menos uma vez na vida, os trabalhos arrojados e os panoramas esplêndidos que lhe oferece uma viagem pela estrada de ferro de D. Pedro II.

[...] O futuro das estradas de ferro no Brasil está garantido e seguro. Quem venceu até hoje, vencerá o que falta. Um anel unia em consórcio o doge e o Adriático; o vagão consorciou já a civilização e o Paraíba. Esta união não pode deixar de ser fecunda. E a prole que vier deve ter como brasão e como senha o nome do cidadão eminente que preside ao desenvolvimento de uma obra tão colossal.

O folhetim aplaude os progressos sérios; mas ri dos progressos e dos melhoramentos ridículos. Há-os assim.[999]

161

Antes não poderia fazê-lo; a música era então um monopólio dos gênios e dos talentos que Deus criava e o estudo instruía. Hoje, a música democratize-se; não só Mozart pode ser músico, como pode sê-lo qualquer indivíduo, o leitor ou eu, sem precisar nem de talento nem de estudo.

Mais. O estudo e o talento tirariam ao sistema dos Srs. Rahn e Carlos Hermann o maior mérito que eu lhes vejo, que é a supressão daquelas duas condições.

---

[998] Atento a todos os talentos que surgiam.
[999] Entusiasta do progresso e das tecnologias.

Tínhamos até aqui as máquinas de moer música, na expressão de um escritor ilustre; agora temos máquinas para fazer música, o que é – em que pese aos fósseis – o supremo progresso do mundo e a suprema consolação das vocações negativas.

Daqui em diante todas as famílias serão obrigadas a ter em casa uma máquina de fazer café e uma máquina de fazer música – para digerir o jantar.[1000]

162

Já tive ocasião de falar no Sr. Ataliba Gomensoro, jovem estudante de medicina, que não há muitos meses fez a sua estreia literária com uma comédia num ato, *Comunismo*, representada no Ginásio.

O mesmo teatro representa agora uma nova comédia do Sr. Ataliba Gomensoro, denominada *O casal Pitanga*. Em um ato.

164

O Ginásio é agora uma das mais belas salas de teatro, depois que se acha pintado e adornado.

Os leitores já sabem que no dia 15 de outubro se efetuará o casamento de S. A. Imperial com o Sr. conde d'Eu.

A imprensa já comemorou a escolha do noivo e escreveu palavras de cordial respeito e firme esperança no consórcio que se vai efetuar.[1001]

3 DE OUTUBRO DE 1864

177-178

Terminarei anunciando uma transmigração; morreu a *Cruz*, mas a alma passou para o *Cruzeiro do Brasil* – continuando assim a mesma *Cruz*, revestida de novas galas, segundo a expressão singularmente modesta da redação.

Procurei as novas galas, mas confesso ingenuamente que as não encontrei. Quer-me parecer que ficaram na intenção dos redatores.[1002]

[1000] Esse tempo chegaria. Na arte, o cronista temia a democratização.

[1001] O cronista ficava aborrecido com a preferência do público e da imprensa por trivialidades. Ao mesmo tempo, vibrava com as melhorias no seu teatro de estimação.

[1002] O nascimento e a morte dos jornais sempre lhe chamaram a atenção.

10 DE OUTUBRO DE 1864

178-179

Diz Alphonse Karr que depois de encerradas as câmaras e posta a política em férias, os jornais franceses começam a descobrir as virtudes e os milagres; aparecem os atos de coragem e abnegação, e as crianças de duas cabeças e quatro pés. A observação é verdadeira, talvez, mas para lá; o Rio de Janeiro em falta de política, nem mesmo se socorre da virtude e dos fenômenos da natureza. Tudo volta a um silêncio desolador; rareiam os acontecimentos, acalma-se a curiosidade pública.[1003]

184

O que se anuncia agora, na correspondência de Lisboa do *Portugal*, é a publicação próxima de dois livros do mestre: *Contos do Vale de Lobos*, é o primeiro; o segundo é uma tradução do poema de Ariosto.

Quando se trata de um escritor como Alexandre Herculano, não se encarece a obra anunciada; espera- se e aplaude-se.[1004]

17 de outubro

191

Cantos fúnebres é o novo livro do Sr. Dr. Gonçalves de Magalhães. Não é completamente um livro novo; uma parte das poesias estão já publicadas. Compõe-se dos *Mistérios* (cantos à morte dos filhos do poeta), algumas nênias à morte de amigos, vários poemas e uma tradução da *Morte de Sócrates*, de Lamartine.[1005]

193

O Ginásio representou na sexta-feira uma nova peça, – *Montjoye*, em 5 atos e 6 quadros, por Octavio Feuillet.

24 de outubro

197-198

Dizia-se há muito que o presidente Lopez nutria pretensões monárquicas e preparava o terreno para cingir um dia a coroa Paraguaia; mas S. Excia. é, antes de tudo, democrata americano; onde

---

[1003] Sem viajar, o cronista tinha sua mente na Europa.
[1004] A fama precedia a obra.
[1005] O cronista procurava divulgar e avaliar a cultura da época.

quer que ouça gemer a democracia americana – não hesita: – pede a sua espada de Toledo, cinge o capacete de guerra e dispõe-se a ir verter o sangue em defesa da mãe comum.

Democracia americana – naqueles climas – quer dizer: companhia de exploração dos direitos do povo e da paciência dos vizinhos. Déspotas com os seus, turbulentos com os estranhos, sem grandeza moral, sem dignidade política, incapazes, presumidos, gritadores, tais são os pretendidos democratas de Montevidéu e de Assunção.

É uma santa coisa a democracia – não a democracia que faz viver os espertos, a democracia do papel e da palavra, – mas a democracia praticada honestamente, regularmente. Quando ela deixa de ser sentimento para ser simplesmente forma, quando deixa de ser ideia para ser simplesmente feitio, nunca será democracia, – será espertocracia, que é sempre o governo de todos os feitios e de todas as formas.[1006]

201

Noticiei no meu folhetim passado que uma dama americana pretendia acompanhar o Sr. Wells na sua excursão ao ar. Segundo me afirmam agora, irá igualmente com o corajoso Wells uma brasileira. É uma glória que não deixarei de mencionar nestas páginas.

Mas que farão os homens? Deixarão acaso o sexo frágil, o sexo das cinturas quebradiças, o sexo dos desmaios, o sexo excluído da guerra, da urna, da câmara, o sexo condenado a viver debaixo dos tetos, ao pé das crianças, – deixarão acaso, pergunto eu, que este sexo apresente um tal exemplo, sem que atrás dele corra uma legião de homens?[1007]

202

Prepara-se no Teatro Lírico, o *Aroldo* de Verdi.

203

Emília das Neves é uma artista julgada. Vimo-la já no drama, na tragédia e na comédia. Já sabemos a medida do vasto talento que ela possui; mais de uma vez o reconheci.[1008]

[1006] Lopes nunca teve a menor clemência de parte de Machado de Assis.

[1007] Ambivalência e ironia sempre que se trata das mulheres.

[1008] No teatro mulheres superavam as barreiras da época.

1 de novembro

215

Estreou no Teatro Lírico a Sra. A. Murri. Não é uma artista de primeira ordem; mas possui uma voz sã, embora fraca; e é dotada de certa graça e conhecimento de cena. Cantou no *Elixir de Amor*.

Estou que os leitores terão gosto em fazer algumas considerações acerca de um fato altamente significativo, ocorrido há coisa de 40 dias, em Porto Alegre.

216

Longe de mim a ideia de contestar o direito do caçador, cujo cão foi assassinado, nem desconceituar a legitimidade da sua queixa.

Se noto o fato é para deixar bem patente que agora, mais que nunca, o cão vai adquirindo a elevada posição de amigo, que o homem faz por ele o que ordinariamente não faz por seus semelhantes.[1009]

8 de novembro

219

Monsenhor Pinto de Campos acaba de escrever uma carta, em resposta a outra que lhe foi dirigida pela direção do Gabinete Português de Leitura no Recife, e que o *Diário de Pernambuco* publica, declarando aderir, como católico, à doutrina que ela contém.

220

Monsenhor Pinto de Campos começa por aconselhar o exílio do livro e acaba por insinuar a queima dele. Na opinião de S. Revma. é o que devem fazer todos os bons católicos. Tal conselho nestes tempos de liberdade, nem mesmo provoca a indignação: – é simplesmente ridículo.

Que teme por esse livro monsenhor Pinto de Campos? Ele mesmo declara que é um livro absurdo, onde a impiedade não raciocina com a lógica da impiedade de Strauss, – o que provaria antes a necessidade de exiliar o livro de Strauss e não o de Renan.

Eu de mim digo que li a *Vida de Jesus* sem perder a mínima parte das minhas crenças; mas não fui queimá-lo depois da leitura, nem

---

[1009] Entre defesa dos animais e humanismo oscilante.

adiro, como o *Diário de Pernambuco*, às doutrinas de monsenhor Pinto de Campos.[1010]

223

Também no Ginásio se representou a *Dama das Camélias*, fazendo o papel de Margarida Gauthier a distinta artista D. Adelaide Amaral. Não pude assistir à representação. Se houver segunda lá irei.

227

"Medite bem V. S. no que há de sublime neste pensamento, e o corrobore com a certeza de que, dentro em poucos minutos, chegava ao imperador a notícia de que o opúsculo era atirado às chamas, e conclua finalmente daqui qual deve ser o procedimento dos bons católicos em relação ao ímpio livro de que se trata, e que, para nada lhe faltar, se acha condenado pela Igreja."

J. Pinto de Campos[1011]

228

14 DE NOVEMBRO DE 1864

O boato recebeu esta semana um desmentido solene.

[...]

"Teoria do boato" é o título de um livro que ainda se não escreveu e que eu indico ao primeiro escritor em disponibilidade. O assunto vale a pena de alguma meditação. [1012]

É que o boato – não me refiro ao boato das simples notícias que envolvem caráter público e interesse comum – é uma das mais cômodas invenções humanas, porque encerra todas as vantagens da maledicência, sem os inconvenientes da responsabilidade.

22 DE NOVEMBRO DE 1864

237

Mas, repara bem, se te invejo o isolamento a que te condenaste, não aplaudo o silêncio da tua musa, da tua musa loura e pensativa, de quem eu andei tão namorado outrora.

[1010] A obra de Renan provocava polêmicas incandescentes. O cronista assume as suas crenças e trata de conciliá-la com a liberdade de espírito.

[1011] Tais orientações eram levadas a sério, mas também atiçavam a curiosidade.

[1012] Título que ainda merece ser usado.

246

À procura do casamento. Não é decerto um trabalho completo: vê-se que falta a verossimilhança das situações e outras condições ainda.[1013]

29 DE NOVEMBRO DE 1864

248

O defeito da constituição está em não ter completado a liberdade, tirando os entraves que lhe impõe, e em declarar a religião católica como religião do Estado.[1014]

253-254

O *Cruzeiro* chama ao Dr. Kelly:
– O Bíblia!

Aqui vai o fragmento do *Cruzeiro* para que se me não atribua o pecado de haver desvirtuado o pensamento da folha:

"*É porém líquido que o autor de semelhante aranzel não é mais nem menos do que o Bíblia que por ali anda a amotinar o povo*".[1015]

257

Depois de escrita a revista, chegou a notícia da morte de Gonçalves Dias, o grande poeta dos Cantos e dos Timbiras.

A poesia nacional cobre-se portanto de luto. Era Gonçalves Dias o seu mais prezado filho, aquele que de mais louçanias a cobriu.

Morreu no mar – túmulo imenso para o seu talento.

Só me resta espaço para aplaudir a ideia que se vai realizar na capital do Maranhão: a ereção de um monumento à memória do ilustre poeta.

A comissão encarregada de realizar este patriótico pensamento compõe-se dos Srs. Antônio Rego, Dr. Alexandre Teófilo de Carvalho Leal, Francisco Sotero dos Reis, Pedro Nunes Leal e Dr. Antônio Marques Leal. Não é um monumento para o Maranhão, é um monumento para o Brasil. A nação inteira deve concorrer para ele.

Quanto a ti, ó Níobe desolada, ó mãe de Gonçalves Dias e Odorico Mendes, se ainda tens lágrimas para chorar teus filhos, cimenta com elas os monumentos da tua saudade e da tua veneração![1016]

[1013] Sobre o livro de Teixeira de Melo, *Sombras e sonhos*. Tom implacável.
[1014] Postura iluminista.
[1015] Anseio de precisão.
[1016] Admiração jamais desmentida.

3 DE JANEIRO DE 1865

261

Para ligar esta revista à última que eu publiquei antes do intervalo de silêncio, devera passar em resenha todos os acontecimentos que se produziram nesse intervalo. A tarefa seria por demais difícil, sem deixar de ser inútil. Inútil, porque o grupo dos sucessos ocorridos serve apenas como um fundo desmaiado em que ressalta um acontecimento principal: – a guerra do Rio da Prata.

O folhetim precisa dizer o que pensa, o que sente, o que julga a respeito das últimas ocorrências naquela parte da América? Haverá acaso duas opiniões e dois sentimentos nesta questão nacional? Não há um só ponto de vista na apreciação das arlequinadas de Lopez e Aguirre?

O enunciado contém a resposta.

Vinga-se atualmente no campo da ação a honra nacional. O valor do exército brasileiro não está fazendo as suas provas; já as fez, já foi consagrado naquelas mesmas regiões. Nem a tarefa pode assoberbá-lo desta vez: para aquelas crianças traquinas, constituídas em nações, bastam a vergasta e a palmatória.

A consciência da justiça que anima os nossos soldados, é já um penhor de vitória.[1017]

264

Os dois primeiros livros de que falei são editados pelo Sr. Garnier, cuja livraria se torna cada vez mais importante. Falar do Sr. Garnier, depois de Paula Brito, é aproximá-los por uma ideia comum: Paula Brito foi o primeiro editor digno desse nome que houve entre nós. Garnier ocupa hoje esse lugar, com as diferenças produzidas pelo tempo e pela vastidão das relações que possui fora do país.

265

Melhorando de dia para dia, as edições da casa Garnier são hoje as melhores que aparecem entre nós.

Não deixarei de recomendar aos leitores fluminenses a publicação mensal da mesma casa, o *Jornal das Famílias*, verdadeiro jornal para senhoras, pela escolha do gênero de escritos originais que publi-

---

[1017] O cronista, sem ironia, afirma o seu nacionalismo e o seu apoio ao papel do Brasil no Prata.

ca e pelas novidades de modas, músicas, desenhos, bordados, esses mil nadas tão necessários ao reino do bom tom.

O *Jornal das Famílias* é uma das primeiras publicações deste gênero que temos tido; o círculo dos seus leitores vai se alargando cada vez mais, graças à inteligente direção do Sr. Garnier.

De teatros temos apenas duas novidades, ou antes duas meias novidades. Estas são da última semana. Anteriormente, tivemos a representação no Ginásio de uma comédia em um ato do Sr. Dr. Caetano Filgueiras, intitulada *Constantino*.[1018]

265-266

A primeira foi a apresentação da *Madalena*, drama em 5 atos, no teatro de S. Januário, pelos artistas da Bohemia Dramática, com o concurso da Sra. Emília das Neves.

Madalena é um drama de data antiga; foi produzido na época mais fervente da escola romântica. Não lhe falta interesse nem lances dramáticos. O principal papel é feito por Emília das Neves, que tem recebido do público entusiásticos aplausos.[1019]

10 DE JANEIRO DE 1865

264

Temos teatro lírico? Não temos teatro lírico? Tais foram as perguntas que se fizeram durante a semana passada, depois da representação de Luiza Miller, dada como a última da extinta empresa.

265

Se o governo tivesse concedido o Teatro Lírico a uma empresa, em semelhante situação, teria cometido simplesmente um escândalo. Repartir os dinheiros públicos entre os defensores do país e as gargantas mais ou menos afinadas dos rouxinóis transatlânticos, era uma coisa que nenhum governo se devia lembrar, e eu folgo muito de ver que este se não lembrou.[1020]

[1018] Machado de Assis teve sua trajetória ligada a Paula Brito, Garnier e ao *Jornal das Famílias*.

[1019] O folhetinista acompanhava o movimento cultural em todos os seus espaços de expressão e sem demonstrar fastio.

[1020] Contra as concessões para exploração privada.

271

Um teatro lírico tornou-se uma necessidade nesta capital; foi essa necessidade que fez permanecer o teatro *Provisório*. Mas eu não posso deixar de notar uma singularidade; é o afã com que todos clamam por teatro lírico, e o desdém com que quase todos se esquecem de um teatro dramático. Entretanto, ninguém porá duvida que, se o teatro lírico é o agradável e talvez o supérfluo, o teatro dramático é mais que o útil, é o necessário. Para reconhecer isto não precisa receber do céu uma grande sagacidade; a inteligência medíocre o reconhece.

Uma coisa, entre outras muitas, que não entrou ainda na cabeça do governo do Brasil, é a criação de um teatro dramático nacional. Houve uma tentativa: um ministro do império dos últimos anos deu um passo para preencher essa lacuna, nomeando uma comissão de escritores competentes para estudar o assunto e dar um parecer. A comissão fez mais do que se lhe pediu, não só deu um parecer como deu dois. Aqui é que naufragou a ideia. O ministro, colocado entre os dois pareceres, – resolveu não fazer coisa alguma, limitando-se a dizer consigo:

273

Ninguém hoje contesta que o teatro seja uma escola de costumes, uma pedra de toque da civilização. Em matéria de escolas não se deve dispensar nenhuma. O governo que, no amor às artes, sustenta uma academia de música e uma de pintura e estatuária, só pode negar-se a sustentar uma academia dramática, fundado na razão das suas predileções pessoais, o que não pode ser uma razão de governo.[1021]

275

O principal papel é o de um rapaz que desconhece o seu sexo, e que, criado como mulher, em virtude dos acontecimentos do 1º ato, é como tal aceito por todos. É certo que ele sente para as mulheres uma inclinação mais pronunciada do que há de ordinário entre as mulheres; joga a espada com a parede, abafa no espartilho, sonha com batalhas e só pega nos trabalhos da agulha para disfarçar uma situação.

Não me resta espaço para contar os meios por que este homem-mulher chega a casar com um barão. A peça acaba por um duelo, em

---

[1021] Do teatro como educador social que deve ser estimulado pelo Estado.

que o rapaz, restituído ao seu sexo, liquida uma dívida de honra de seu pai.

O papel foi confiado à Sra. Emília das Neves que o desempenhou com a arte cômica que já tive ocasião de reconhecer-lhe em outra peça.

Uma mulher que deve representar um homem vestido de mulher – não é pequena dificuldade. A Sra. Emília das Neves foi perfeita.

O barão que chega a casar com o rapaz foi desempenhado pelo Sr. Gusmão. O Sr. Gusmão é unicamente um artista cômico: estava no seu papel.[1022]

24 DE JANEIRO DE 1865

277

O que é ação! Alguns dias de combate fizeram mais do que longos anos de polêmica diplomática. Bem podia ter-se poupado o papel que se gastou em notas e relatórios: eram mais algumas libras de pólvora.

Com selvagens não há outro meio. [1023]

278

Balzac, notando um dia que os marinheiros quando andam em terra bordejam sempre, encontrou nisso a razão de se irem empregando alguns homens do mar na arte diplomática.

280

O que é certo é que o vice-rei do Egito não respondeu nem acudiu ao reclamo, e o rei Theodoro lá ficou esperando pelas cebolas do Egito.

Pelo que nos concerne, terminou felizmente o período do papel e entrou o período da bala.[1024]

[1022] Sobre a *Cruz de S. Luís*, peça em três atos. Uma abordagem da questão de gênero dentro dos parâmetros e preconceitos da época.

[1023] Sobre a situação de conflito no Prata. Sem ironia, pela guerra, sem diplomacia.

[1024] Reflexões belicistas a partir do cerco de Paissandu, começado em 3 de dezembro de 1864, no qual as forças brasileiras, de Tamandaré, e uruguaias, de Venâncio Flores, cercaram a cidade de Paissandu até tomá-la um mês depois.

281

Uma notícia dada a esse respeito no *Jornal do Comércio* ofereceu ocasião a que aparecesse ontem naquela folha uma comunicação assinada. Essa comunicação tem um fecho que me não pode escapar. É o que felicita o México por estar na doce fruição de um governo paternal, liberal, criador e animador! ...

Os leitores que me acompanham desde Junho do ano passado hão de lembrar-se do que eu disse a respeito do México, quando o Sr. Lopes Netto endeusou aquela conquista na câmara dos deputados.

É do meu dever protestar contra esta asserção da comunicação a que me refiro. Não conheço o cavalheiro que a assinou, mas protesto, e creio que em nome dos brasileiros, contra ela.

Nem o México aceitou o novo governo, nem ele é governo paternal e criador. O império napoleônico, sob a responsabilidade legal de Maximiliano, foi puramente imposto ao povo mexicano, em nome da força, *le droit du plus fort*. Quanto à doce fruição de um governo paternal e liberal, temo encher demasiado estas colunas, relatando os atos que provam inteiramente o contrário disso.

Sabemos todos que o imperador Maximiliano, no discurso de entrada na sua nova pátria, indicou as suas intenções de adiar o remate do edifício, à semelhança de Napoleão III. A mania dos tutores dos povos é distribuir a liberdade, como caldo à portaria do convento; e a desgraça dos povos tutelados é receber a caldeirada como um favor dos amos, augustos e não augustos.

Se o meu século aplaudisse a conquista do México, eu não hesitaria em dizer que era um século de barbaria, indigno da denominação que se lhe dá. É certo que o consentimento tácito das diversas potências que andam à frente do mundo, fazem desanimar a todo aquele que está convencido do espírito liberal e civilizado do seu tempo.[1025]

283

O Ginásio tem remontado algumas composições dos seus bons tempos. *Os miseráveis*, que ali subiram ultimamente, eram uma peça nova para aquele teatro, mas acabava de ser esgotada no teatro de S. Januário, com 26 representações sucessivas.

[1025] Para ninguém ter dúvidas sobre as posições fortes do cronista em matéria de política internacional.

[...] Trabalha atualmente no teatro Lírico o artista Germano, acompanhado de alguns artistas. Só tem montado duas peças, creio eu: *D. César de Bazan* e os *Milagres de Santo Antônio*, peças conhecidas do público. *D. César* era um florão de João Caetano; quanto a *Santo Antônio*, evocando os peixes e reverdecendo as vinhas, não me inspira curiosidade. É uma peça sem valor.[1026]

31 DE JANEIRO DE 1865

287

A terra – disse eu então nestas colunas – que tem escapado a tantos cometas – aos celestes, como o de Carlos V – aos terrestres, como o rei dos Hunos – aos marítimos, como os piratas normandos – a terra está de novo ameaçada de ser destruída por um dos ferozes judeus errantes do espaço.[1027]

289

Já que falo em poetas, escreverei aqui o nome de um jovem estreante na poesia, a quem não falta vocação nem espontaneidade, mas que deve curar de aperfeiçoar-se pelo estudo. É o Sr. Joaquim Nabuco. Tem 15 anos apenas. Os seus versos não são de certo perfeitos, o jovem poeta balbucia apenas; falta-lhe compulsar os modelos, estudar a língua, cultivar a arte; mas, se lhe faltam os requisitos que só o estudo pode dar, nem por isso se lhe desconhece desde já uma tendência pronunciada e uma imaginação viçosa. Tem o direito de contar com o futuro.[1028]

290

A farsa e o melodrama, eis os dois alimentos que o estômago do público suporta. Não lhe faleis no drama ou na comédia; a tragédia, essa é coisa antediluviana. *Cinna*, representada nos últimos dias de João Caetano, teve alguns raros aplausos e não obteve cinco representações.

[1026] Mais direto, firme e opinativo impossível. Por que essa mesma firmeza nunca foi usada em relação à escravidão? Por que não dizer, como o jornal *A Redempção*, a escravidão é um roubo?

[1027] E assim se produziam e difundiam os estigmas.

[1028] Primeira menção de Machado de Assis ao homem que se tornaria um dos seus grandes amigos e um dos mais ferrenhos abolicionistas. O tom é paternal, mas duro e amparado na ideia de que a arte depende de estudos de composição.

De Molière suportar-se-ia hoje o *Doente imaginário* ou o *Pourceaugnac*. Ainda assim seria o sucesso das seringas.

Quanto ao *Misantropo* e às *Mulheres letradas*, morriam na primeira representação.

Pelo que nos toca, não deve a culpa ser lançada ao teatro nem ao público. O público é uma criança que se educa; o teatro, na situação em que se acha, é um meio de vida que se exerce.[1029]

291

A escola romântica, que partilha ainda hoje com a realista o domínio do teatro, só tem produzido monstros informes. Os gênios iniciadores conservaram-se na altura donde olhavam para baixo; os imitadores deixaram-se arrastar no chão da sua mediania.[1030]

292

O marido deste Ângelo feminino é o paxá Mahmoud Jelladin. Djemila baixou os olhos sobre Mahmoud e casou com ele. Era um casamento de amor. Mas por isso mesmo o paxá estava obrigado a não desviar os olhos da mulher. Não sei se os desviou; mas o certo é que a sultana teve ciúmes de uma das escravas. Nada disse; mandou simplesmente cortar a cabeça da infeliz com uma cimitarra. Foi isto a 12 do mês passado.

O paxá de nada soube. A sultana, que não dava a honra de jantar com o marido, nesse dia fê-lo sentar ao pé de si. Mahmoud de nada suspeitava; sentou-se alegremente. Veio o primeiro prato; vão descobri-lo: era a cabeça da escrava.

O paxá caiu fulminado.

Esta morte foi produzida pelo terror? pela dor de ver a escrava morta? enfim, por certo licor que a sultana lhe dera antes, para abrir o apetite?

Mistério.[1031]

[1029] Essa visão paternal e elitista do público seria soterrada pela sociedade de consumo e pela derrocada dos princípios absolutos e universais do "bom gosto". O público passaria a ser um consumidor que se satisfaz. Machado de Assis argumentava, como fariam mais de um século depois, pensadores conservadores como Alain Finkielkraut, Alan Bloom, Mario Vargas Llosa e Roger Scruton. Ou como o marxista Guy Debord.

[1030] O crítico não perdoava a própria matriz da qual era originário.

[1031] As referências a amores de senhores por escravos são sempre de fora.

7 DE FEVEREIRO DE 1865

293-294

Dedico este folhetim às damas.

Já me aconteceu ouvir, a poucas horas de intervalo e a poucas braças de distância, duas respostas contrárias a esta mesma pergunta:

– Que é a mulher?

Um respondeu que a mulher era a melhor coisa do mundo; outro que era a pior.

O primeiro amava e era amado; o segundo amava, mas não o era. Cada um apreciava no ponto de vista do sentimento pessoal.

Entre as duas definições eu prefiro uma terceira, a de La Bruyère:

– As mulheres não têm meio termo: são melhores ou piores que os homens.[1032]

296

A *Semana Ilustrada* já consagrou uma página à corajosa mineira de que deram notícia as folhas da corte. Se as senhoras brasileiras não são das últimas a tomar parte no entusiasmo geral, a *Semana Ilustrada* é dos primeiros jornais a manifestá-lo, mimoseando os seus leitores com os mais interessantes desenhos.

Agora, mais que nunca, apela-se para o patriotismo de todos. A gravidade vai crescendo; as últimas notícias da expedição dos paraguaios provocaram um grito de geral indignação. Esperava-se ainda alguma coisa daquela gente; podia contar-se com uma certa sombra de lealdade e de humanidade. Os que mantinham esta ilusão acham--se diante de uma realidade cruel.

Se depois do espetáculo das orelhas enfiadas numa corda e expostas à galhofa dos garotos de Assunção, houver um país no mundo que simpatize com o Paraguai, não precisa mais nada – esse país está fora da civilização.

A Europa que não conhece os negócios da América, anda quase sempre errada nas suas apreciações e notícias. Os correspondentes dos jornais europeus, em Assunção e Montevidéu, estabelecem ali uma opinião visivelmente parcial. É mais ou menos um eco da imprensa apaixonada destes países.[1033]

[1032] A perspectiva essencialista não deixava margens para outras percepções.

[1033] Nacionalista, patriota e engajado, o cronista culpava a imprensa europeia por dar uma

300

Parece que a guerra não impedirá a estação lírica... sem subvenção. Anuncia-se a próxima chegada de uma prima-dona contratada para o Rio de Janeiro... Dizem que tem talento e boa voz; o *Correio Mercantil*, anunciando o fato, acrescenta que a nova dama é extremamente linda. O colega devia começar por aí. A maior parte dos apreciadores do canto italiano consideram a voz como último merecimento. O essencial é que a dama seja bonita.[1034]

Até aqui nenhum cantor se benzeu com uma luta de partidos igual à que houve entre a Lagrua e a Charton; nenhum viu ainda o seu carro puxado por homens, como a Candiani. Dizem, é verdade, que Tamberlick causa delírio na Europa, não só pela voz que Deus lhe deu, como pelas graças pessoais que o mesmo Deus lhe não negou; mas eu devo prevenir aos leitores que os meus irmãos em sexo – não tomam parte nas ovações de que é objeto o grande tenor, e que essas ovações estão longe das cenas ruidosas com que saudamos as primas-donas.

301

Não se sabe, ao certo, do pessoal que deve compor a nova companhia. Palpita-me que há de ser tão medíocre como a que acabou. Mas, sem subvenção, não se podem trazer grandes artistas; se é um mal para os diletantes, é um bem para os cofres públicos; os diletantes não me quererão mal se, neste conflito, eu me pronuncio pelos cofres públicos. Temos de pagar a nossa glória, pagaremos depois o nosso prazer.

302

Segundo a poética dos leitores, não é lícito ao escritor falar de si. É por isso que eu adio para outro lugar um comentário que deveria ter as últimas palavras do período anterior.[1035]

O Ginásio representou domingo a *Vida da Boemia*, de Th. Barrière e Henri Murger. Quem não conhece o excelente romance de Henri Murger? Qual de nós deixou de lê-lo, ao menos uma vez na vida? Transplantá-lo para o teatro era difícil. Em geral o romance não se dá

---

suposta visão errada do conflito, com simpatias pelos paraguaios.
[1034] A situação ainda não mudou inteiramente no imaginário machista dominante.
[1035] O cronista não fala de si, dos seus pais, da sua condição de mestiço.

bem nas tábuas da cena. Desde que a concepção foi vazada em um molde, é raro que ela possa viver transportada para outro.

21 DE FEVEREIRO DE 1865

308

Os leitores hão de lembrar-se que, por ocasião da morte de Gonçalves Dias, o *Diário do Rio* indicou uma ideia à câmara municipal: a de dar à rua dos Latoeiros o nome do eminente poeta lírico, que ali morou durante muitos anos. Era uma homenagem à memória do poeta.

A câmara municipal atendeu a este conselho. O Sr. Dr. Dias da Cruz, um dos vereadores mais distintos, propôs à câmara a mudança do nome da rua dos Latoeiros e a Câmara adotou a proposta sem discussão.

Folgamos de ver a municipalidade fluminense tomar a iniciativa de tais reformas; mas desejamos que ela não se detenha nesta.[1036]

7 DE MARÇO DE 1865

312-313

Os três últimos dias da semana passada foram de festa para a capital do império. Festejou-se a capitulação de Montevidéu. O entusiasmo da população foi sincero e caloroso. Mas não nos iludimos sobre o caráter da festa desses três dias: foi a festa da paz.

Uma notícia inexata, afixada na praça do comércio, e a presença do bravo comandante do Recife, Mariz e Barros, deram os primeiros impulsos. Tarde se reconheceu que o convênio de paz não atendera, nem para a honra, nem para os interesses do Brasil; mas a manifestação popular não cessou. É por isso que dizemos que o povo satisfez os seus instintos humanitários, aplaudindo a paz sem sangue, deixando a outros o cuidado de ventilar a questão de mais alcance.

Não cabe nos limites do folhetim a apreciação do convênio de 20 de Fevereiro: é matéria exclusiva das colunas editoriais. A opinião do folhetim acerca desse documento não pode ser duvidosa. Admira-nos mesmo que não haja a este respeito só uma opinião, e que nem todos julguem, à uma, que o convênio de paz não atendeu nem para os direitos, nem para a dignidade do império. Esse documento seria,

---

[1036] Sempre atento ao que envolvesse Gonçalves Dias.

além disso, uma sepultura política, se neste país houvesse uma rocha Tarpeia ao lado do Capitólio. Quem quer que seja o culpado, essa devia ser a pena.

314-315

Dissemos que o movimento popular teve por causa primeira a notícia inexata da praça do comércio, de ter havido uma capitulação sem condições. Este fato é grave.

[...] Uma das consequências do convênio de 20 de fevereiro seria esfriar o ardor e o entusiasmo com que o país está pagando o tributo de sangue, se fosse necessário ao povo brasileiro outro incentivo mais do que o dever. E contudo, o povo deve entristecer-se, vendo que a diplomacia inutiliza os seus esforços, e que o papel e a pena, armas fáceis de brandir, desfazem a obra produzida com o fuzil e a espada.[1037]

[...] Já tivemos ocasião de fazer um reparo, nestas colunas, acerca da ignorância e da má fé dos jornalistas europeus a respeito das nossas coisas. Não fomos dos primeiros: esta queixa é velha. Nem seremos dos últimos, porque muito tempo há de correr ainda, antes que a imprensa europeia empregue nos negócios americanos o critério e a ilustração com que trata os negócios do velho continente.

Os jornais trazidos pelo último paquete oferecem uma nova página de má fé e de ignorância. Dos poucos que lemos pode-se avaliar da maioria deles, que é sempre antipática ao desenvolvimento do Brasil.

A *Presse*, num artigo, que traz a assinatura do Sr. E. Chatard, acusa-nos de ter pretextado reclamações para conquistar a república Uruguaia; louva o Paraguai pelas suas tendências de equilíbrios; conta que ele apreendeu os nossos navios; que o Brasil, vendo que tinha ido muito longe, retirou as suas tropas do território oriental, e limitou-se a bloquear dois pequenos portos; em Paysandu, segundo o Sr. Chatard, os nossos soldados saquearam as casas.

[...] Se o Sr. Chatard soubesse uma polegada dos negócios desta parte da América, queremos crer que outra seria a sua linguagem. Preferimos crê-lo ignorante a crê-lo de má fé, posto que ambas as coisas se possam dar, e se dão em geral, quando se trata da política brasileira.

[1037] Pelos efeitos positivos da guerra, contra os obstáculos impostos pela diplomacia. O pacato escritor e burocrata podia ter arroubos bélicos na calmaria do gabinete.

Aqui vai, por exemplo, um caso de má fé. É da *Indépendance Belge*.

317-18

As folhas europeias que tanto são antipáticas, na ignorância dos negócios da América, são sempre induzidas em erro pelas narrações infiéis dos seus correspondentes.

O tal correspondente de Buenos Aires, a quem se refere a *Indépendance Belge*, é dos mais divertidos. A redação, apreciando o seu correspondente, diz que ele se ressente do espírito hostil de Buenos Aires contra o Brasil, mas que, apesar de tudo, a política do Brasil, se não tem um pensamento de ambição pouco justificável, parece difícil de explicar-se. Só se compreende a intervenção do Brasil na guerra civil, pelo sonho de anexar o Uruguai, e nesse caso o presidente Lopez obra com espírito político, energia e resolução.

Esta é a opinião da folha, já manifestada mais de uma vez. Na opinião do correspondente, a política do Brasil é ambiciosa e o império despreza o direito das gentes. A narração dos atos de pirataria praticados pelo governo paraguaio é feita com as cores próprias a tornar o tiranete digno de admiração universal. Conta, por exemplo, a apreensão dos fundos que levava o vapor Olinda, mas não acrescenta o procedimento que em seguida teve o Sr. Francisco Solano. O presidente do Paraguai, pensa o correspondente, é a providência do Rio da Prata.

318

Tal é o *Nord*. Os correspondentes desta folha são do mesmo gênero que os das outras. É inútil resumir as asserções e as opiniões dele: são as mesmas. Mudam as palavras, é certo: ali é política invasora do Brasil, aqui é o Brasil que tira a máscara. Lá como aqui, os soldados brasileiros saquearam Paysandu; aqui como lá, Leandro Gomes é um herói. As barbaridades, as violências, os roubos, praticados pelos heróis daquela medida, tanto orientais como paraguaios, ficam no escuro. As nossas legítimas queixas, os justos motivos que nos levaram à guerra, são substituídos por um desejo de anexar o Uruguai, por uma política ambiciosa, por uma intervenção mal compreendida. *Voilà comme on écrit l'histoire.*[1038]

[1038] Mais de um século depois, Paul Veyne publicaria, sem ter certamente lido Machado de Assis, *Como se escreve a história*. O cronista brasileiro aparece, nos termos de hoje, como

319

A imprensa do Maranhão deu-nos uma boa notícia, que aliás devera ter sido conhecida antes nesta corte, onde se deu o fato. É a de terem aparecido os manuscritos dos dramas de Gonçalves Dias, *Beatriz de Cenci e Boabdil*. Esses manuscritos apareceram de um modo singular. A viúva do poeta fizera um anúncio pedindo a entrega dos manuscritos que existissem nas mãos de alguns particulares. Logo no dia seguinte apareceu-lhe em casa um preto que entregou os dramas de que já falamos e desapareceu.

Não se encontraram somente os dramas na caixa entregue pelo preto; encontraram-se também varias poesias, e alguns trabalhos sobre instrução pública.[1039]

320

Temos dois fatos teatrais: a estreia do ator Furtado Coelho no Ginásio, e a primeira representação da *Bertha a flamenga*, em S. Januário. Só nos ocuparemos com o segundo; iremos depois ao Ginásio habilitar-nos para o apreciar primeiro, verificar os progressos do artista que ali iniciou a sua carreira.[1040]

15 DE MARÇO DE 1865

322

A estrela do partido liberal desmaia. A Providência vai fazendo coincidir os seus arestos com os erros dos homens. Quando os homens violam um princípio, ela arrebata-lhes um lutador, como castigo imediato. Duplo desastre, dupla condenação!

Era um grande lutador Félix da Cunha.[1041]

325-26

Melhor é mencionarmos uma vitória que tivemos esta semana, tão incruenta como a paz de 20 de fevereiro, e mais honrosa que ela. Foi a visita que fizeram a esta corte os Srs. Juan Saá e Nin Reys. Pouco valem os visitantes; mas quando homens da natureza daqueles,

---

um patriota vociferando contra a imprensa estrangeira defensora de bandidos. Não há contextualização nem pluralidade de pontos de vista. Apenas a posição oficial brasileira. Em linguagem coloquial, um olhar acrítico e chapa-branca? O homem seria de direita hoje?

[1039] A comunicação pública funcionava.

[1040] Uma vida intensa e com agenda lotada.

[1041] Gaúcho, articulador, com Osório e Silveira Martins, do Partido Liberal no RS.

dos quais o primeiro se adorna com uma sanguinolenta celebridade, depois de uma luta em que acabam de fugir, deixam a cena de suas façanhas, e vão confiantes e tranquilos pisar a terra do inimigo, é uma vitória isso, é a homenagem da barbaria à civilização, da traição à generosidade, da perfídia à boa fé.

Juan Saá, trocados os papéis, daria ao mundo o segundo ato das lançadas de D. Juan; mas tal é a convicção de que, na guerra que acaba de findar, a civilização era a sua inimiga, que o herói de sangue residiu entre nós alguns dias, passeou nas ruas, chegou a perlustrar, segundo nos consta, as alamedas da quinta da Boa Vista, com tanta segurança como se estivesse pisando o soalho de sua casa.[1042]

Deus os conserve por lá.

326-327

De há muito tempo que a palavra sagrada serve de instrumento aos incapazes e aos medíocres. Há, sem dúvida, exceções, mas raras; há alguns talentos mais ou menos provados, mais ou menos legítimos; mas o púlpito vive sobretudo da sombra luminosa dos Sampaios e Mont'Alvernes. Fecharam-se as bocas de ouro e abriram-se as bocas de latão.

E neste ponto a palavra representa o corpo. O clero é medíocre, a eloquência sagrada abateu-se até o nível do clero. Para ser orador sagrado basta hoje uma coisa única: abrir a boca e soltar um discurso. Ninguém hoje se recusa a pregar; embora vá produzir um efeito negativo. Entende-se que para falar do alto do púlpito basta alinhavar meia dúzia de períodos fofos que suas Reverendíssimas fazem revezar entre si.[1043]

329

Tivemos ultimamente o *Gaiato de Lisboa*, no Ginásio, fazendo o Sr. Furtado Coelho o papel do general. Este papel, como se sabe, era a coroa de glória do finado Victorino. Não conservamos memória deste artista naquele papel em que só o vimos uma vez; assim, não seremos levados a confronto de natureza alguma.

[1042] Juan Saá foi um militar argentino que lutou contra caudilhos como Rosas.
[1043] O cronista não poupava críticas à mediocridade do clero.

330

É força acabar. Fá-lo-emos com a transcrição de um soneto de Bruno Seabra.

[...] Eia!... mais esta vez entre em fileira,
E, destroçando a corte – vil escrava,
Às mais bravas nações mostre que é brava,
E fique ilesa a honra brasileira![1044]

21 DE MARÇO DE 1865

335

Duas palavras agora para um fato pessoal.

Vieram dizer-nos que vários reverendos padres se tinham irritado com algumas linhas da nossa última revista. Os leitores hão de lembrar-se do que então dissemos, a propósito dos nossos pregadores e da mediocridade do clero brasileiro.[1045]

343

Em nossa opinião o império do México é um filho da força e uma sucursal do império francês. Que reciprocidade de interesses podia haver entre ele e o império do Brasil, que é o resultado exclusivo da vontade nacional?[1046]

28 DE MARÇO DE 1865

348

Os que estimam sinceramente o sistema de liberdade de que gozamos, não deixam de doer-se do modo por que se vai abusando entre nós da liberdade de imprensa.

Se esta liberdade for em progresso crescente, não faltará um dia quem suspire por outro sistema que, encadeando o pensamento, impeça ao mesmo tempo a desenvoltura da palavra, o reinado da calúnia, o entrudo da injúria, todas essas armas da covardia e da impotência, assestadas contra a honestidade, a independência e a coragem cívica.[1047]

[1044] Honra que devia ser lavada com sangue.
[1045] O cronista criticava, era criticado e entrava em polêmicas. Por que não entrou de corpo e alma na luta pela abolição?
[1046] Posição legítima, mas que claudica quando o Brasil é agressor.
[1047] Mais de uma vez o cronista defenderia a censura.

352

Aplaudindo com os leitores a substituição, cumpre-nos, observar que não estamos inteiramente inibidos de falar uma vez por outra dos assuntos teatrais. Assim, para começar o exercício desta exceção, mencionaremos aqui a aparição da nossa primeira artista dramática, a Sra. D. Gabriela da Cunha, que há longos meses se achava fora da corte.[1048]

4 DE ABRIL DE 1865

Não é ao folhetim que cabe o desenvolver essas razões; cabe-lhe indicá-las. Os conventos perderam a razão de ser. A ideia, tão santamente respeitável ao princípio, degenerou, diminuiu, transformou-se, fez-se coisa vulgar.

356

S. Bento e Santo Antônio nunca sonharam com fazendas e escravos; nunca administraram terras, nem assinaram contratos; foram uns pios solitários, que recebiam por milagre o pão negro de cada dia, e passavam muitos dias sem levar à boca nem uma migalha de pão, nem uma bilha d'água.

[...] O primeiro motivo para suprimi-las é o de serem inúteis.[1049]

360

Devemos neste ponto fazer uma pergunta à polícia; não compreendemos muito a necessidade de proibir os espetáculos em certos dias de quaresma, ao passo que achamos indispensável que se proíba em outros por serem de recordações solenes da Igreja. Mas uma vez que a polícia proíbe os teatros em todas as sextas-feiras, e no domingo da Paixão, como consente o *Alcazar Lírico*? Há nisto uma contradição manifesta. Não se suponha que pedimos a proibição para o *Alcazar*, pedimos a concessão para os outros teatros, pedimos a igualdade para todos. Não há nada mais justo.

Alguns leitores talvez achem estranho que não nos ocupemos de outros acontecimentos da semana, como o conflito de tropa e a eleição de senador.

[1048] A atriz é fartamente citada pelo cronista e crítico teatral.
[1049] Rara crítica à igreja como proprietária de escravos.

O conflito de tropa foi um sucesso lamentável, que algumas pessoas predisseram, com maior ou menor certeza. Achamos, porém, que não seria pertinente falar dele neste lugar. É assunto que não pede apreciação, pede conselhos.

Quanto à eleição de senador, as reflexões que nos sugeriu esse fato são demasiado sérias para o folhetim. Isto não quer dizer que não reconheçamos a capacidade dos cavalheiros que compõem a lista tríplice. Não seria ocasião de pensar na mudança do sistema eleitoral, isto é, na supressão do eleitorado? Não é tempo de iniciar francamente a ideia da eleição direta, e não censitária (porque seria injusta e odiosa) de maneira a tornar efetiva a soberania popular? Não é este um grande dever e uma bela ação de um partido liberal sincero e convencido?[1050]

Vejam os leitores se estas reflexões e outras são próprias do folhetim, e onde iríamos nós se déssemos ao nosso pensamento a necessária extensão.[1051]

Não diríamos coisa nova, é exato. Neste ponto, se alguns leitores estão sorrindo, recolham o sorriso, para usar da expressão do Sr. Visconde de Jequitinhonha. Mas, como entre nós, não é comum dizer coisas novas, nós nos contentávamos com repetir verdades velhas, mas triunfantes do tempo.

11 DE ABRIL DE 1865

361

Damos todo o espaço da revista à seguinte carta que nos dirige o *Amigo da Verdade*. É a segunda série que o nosso amigo nos prometeu escrever a propósito do México.

365

"A população do vasto e delicioso império mexicano é composta – 1º, dos descendentes dos espanhóis e dos europeus, particularmente dos primeiros, dos quais, apesar dos banimentos de 1828 e 1829, existe ainda naquele país um número avultadíssimo; – 2º, de indígenas que são mais da metade de toda a população; e 3º, – de um número muito acanhado de leperos – mestiços – mulatos e negros,

---

[1050] Se aceita limitações de caráter religioso, o cronista tem seus arroubos democratizantes.
[1051] O que é próprio do folhetim: a contradição, a ironia, a oscilação?

que habitam, especialmente, no litoral, sendo aliás mui pouco considerados pela maioria nacional."

366

"A população mexicana está orçada por Ackerman, Ilint, Ward, Brigham, Morse, Lesage, Torrente, von Humboldt, Montenegro, Prescott, Alaman, – o correto historiador mexicano, – em 8 milhões, pouco mais ou menos; mas estes cálculos foram feitos, há meio século; e, segundo os dados mais recentes e fidedignos, o México atual contém 11 milhões de habitantes. Destes onze milhões, sete são de indígenas; três de descendentes de espanhóis e um milhão de mestiços, pardos e negros."[1052]

25 DE ABRIL DE 1865

371

É uma grande data 7 de setembro; a nação entusiasma-se com razão quando chega esse aniversário da nossa independência. Mas a justiça e a gratidão pedem que, ao lado do dia 7 de setembro, se venere o dia 21 de abril. E quem se lembra do dia 21 de abril? Qual é a cerimônia, a manifestação pública?

Entretanto, foi nesse dia que, por sentença acordada entre os da alçada, o carrasco enforcou no Rocio, junto à rua dos Ciganos, o patriota Joaquim José da Silva Xavier, alcunhado o Tiradentes.

A sentença que o condenou dizia que, uma vez enforcado, lhe fosse cortada a cabeça e levada a Vila Rica, onde seria pregada em um poste alto, até que o tempo a consumisse; e que o corpo, dividido em quatro pedaços, fosse pregado em postes altos, pelo caminho de Minas.

Xavier foi declarado infame, e infames os seus netos; os seus bens (pelo sistema de latrocínio legal do antigo regímen) passaram ao fisco e à câmara real.

A casa em que morava foi arrasada e salgada.

372

Ora, o crime de Tiradentes foi simplesmente o crime de Pedro I e José Bonifácio. Ele apenas queria apressar o relógio do tempo; queria

---

[1052] Afora os dados interessantes sobre a composição da população mexicana na época, destaca-se o seguinte: Machado de Assis foi polemista, debatendo certos assuntos sem recorrer a ironia e com posicionamentos nacionalistas e belicistas contundentes.

que o século XVIII, data de tantas liberdades, não caísse nos abismos do nada, sem deixar de pé a liberdade brasileira.[1053]

377

O perdão às ofensas é uma grande virtude, mas é inútil pedi-la ao nosso tempo. Também a guerra é uma atroz calamidade, maior ainda que o duelo, mas até hoje não se tem encontrado outra solução para as divergências entre os homens.

Há, porém, uma guerra legítima, a guerra da independência e da defesa. Quando o governo blanco, há pouco expulso de Montevidéu, encheu a medida da nossa paciência, com as depredações e assassinatos dos nossos patrícios, não havia outra saída mais honrosa que a de fazer justiça por nossas mãos.

Pouco depois veio o insulto do Paraguai.

Assim é que o povo brasileiro se levantou de todas as partes, enérgico e entusiasta, para defender os seus irmãos ofendidos na campanha oriental e na província de Mato Grosso.

O movimento popular cresce de dia para dia. As fileiras dos voluntários vão enchendo de patriotas.[1054]

378

O assunto inspirou um jovem escritor dramático, e uma peça dele, com o título *Os Voluntários*, foi representada no teatro Ginásio, com muito aplauso do público.

O crítico dos teatros já analisou demoradamente nestas colunas a nova obra do Sr. Ernesto Cibrão. Nossa simpatia pelo autor dos *Voluntários* leva-nos a reiterar aqui o julgamento do público e da imprensa, dando-lhe por nossa parte os mais sinceros parabéns.[1055]

2 DE MAIO DE 1865

385-386

Não é de certo um acontecimento novo a declaração da guerra do Paraguai à Confederação Argentina; já se esperava, segundo as

---

[1053] O grito de Machado de Assis em favor de Tiradentes mostra, mais uma vez, o seu nacionalismo. No caso, muito honroso. Não se encontra um texto assim sobre a escravidão.
[1054] Admirador de Tiradentes e nacionalista declarado, o cronista posicionava-se francamente pela guerra no Prata. Via o Brasil como elemento civilizador.
[1055] A pátria precisa de intelectuais e artistas orgânicos.

últimas notícias. Também não é novidade a maneira por que Lopez fez essa declaração; não se esperava outra coisa.

Que quer o marechalito?

Quer perder-se. Perdido estava ele. Bastavam as forças do império para mandá-o passear. As armas do Brasil não carecem de dar novas provas do seu valor e do seu poder. Mas, como se lhe não bastara a honra de morrer às mãos dos brasileiros, o matamouros conjura contra si todas as forças organizadas da vizinhança.

As palavras do general Mitre: em três dias nos quartéis, em quinze dias na campanha, em três meses em Assunção, – se forem seguidas de uma execução imediata, marcam o caminho de todo o governo enérgico e ativo em circunstâncias tão graves.

E lá íamos escorregando. Pinguemos o ponto final.[1056]

16 DE MAIO DE 1865

386

Corre-nos o dever de explicar aos leitores a nossa ausência de terça-feira passada.

Os leitores, se estas coisas lhes causam reparo, hão de atribuir a ausência ao fato da crise ministerial, visto que tudo ficou suspenso. Foi e não foi: para isso é preciso remontar à semana antepassada e recorrer às coisas desde o começo.

Ab Jove principium.

387

No último folhetim fizemos algumas considerações sobre o que seria o discurso da coroa, e acrescentamos à parte política uns versos em mau francês, alusivos à situação do ministério do Sr. Furtado.

Logo no dia seguinte (3 do corrente) apareceu nas colunas do *Correio Mercantil* um artigo anônimo em que, de envolta com o *Diário*, éramos nós atacados pessoalmente, a propósito do folhetim da véspera.

Em casos destes temos uma regra feita: atribuímos as defesas aos defendidos, embora uma pessoa estranha as escreva.

Era necessário responder, e quisemos fazê-lo com todas as atenções devidas; pusemos de parte a prosa, e travamos do látego de Ju-

---

[1056] Essa retórica ainda ecoa. A cada época um "marechalito" e um cronista patriota.

venal e Barthélemy. O ministério e seus defensores anônimos foram objeto de uns duzentos versos que não pecavam por excessivamente carinhosos. Feito isso, aguardamos o dia de terça-feira. Mas, logo na véspera, produziu-se a crise, e o ministério de 31 de agosto retirou-se da cena.[1057]

388

Uma grande parte da semana é de assuntos literários: um poema e dois dramas. O poema não é novo, é uma nova edição que acaba de chegar de Viena. Já daqui ficam os leitores sabendo que se trata da *Confederação dos Tamoios* do Sr. Dr. D. J. Gonçalves de Magalhães.

É uma edição revista, correta e aumentada pelo autor.

389

Aqui receamos fazer crítica de detalhe lembrando que alguns versos escaparam ao cuidado do autor nesta nova edição; o autor declara que esta edição é a definitiva, mas, como não há de ser a última, pois que muitas mais merece o poema, tomamos a liberdade de recordar ao poeta que uma nova revisão tornaria a obra mais aperfeiçoada ainda.

No prefácio trata o autor dos motivos que o levaram a preferir o verso solto à oitava rima. São excelentes as suas razões em favor do alvitre que tomou; mas lá nos parece que o poeta adianta algumas ideias pouco aceitáveis.

Não se nega ao endecassílabo a energia, a harmonia e a gravidade; mas, concluir contra a rima em tudo e por tudo, parece-nos que é ousar demais.

389-390

[...] E, embora o Sr. Dr. Magalhães, para mostrar que até na prosa o consoante é mau, tenha rematado tão dissonantemente o seu período, julgamos que a rima pode reproduzir um pensamento sublime e um lance patético, sem que isto tire ao verso solto a superioridade que lhe reconhecem os mestres.[1058]

[1057] O polemista armava-se para a luta.
[1058] A rima perderia a guerra. Gonçalves de Magalhães tomou as suas lambadas.

390

Dissemos acima que houve na semana dois dramas novos de pena brasileira: são *Os Cancros Sociais*, pela Sra. D. Maria Ribeiro; e as *Agonias do Padre*, do Sr. Dr. Reis Montenegro. Anuncia-se ainda terceiro drama original, A *Negação da família*, do inteligente ator Pimentel, que deve subir hoje à cena no teatro de S. Januário.

391

Mesmo em literatura, as damas devem ter a precedência.

0 nome da Sra. D. Maria Ribeiro não é desconhecido do público. Representou-se há tempos no Ginásio um drama de sua composição intitulado *Gabriela* e oferecido à nossa primeira artista dramática.

[...] O novo drama é ainda um protesto contra a escravidão. Apraz-nos ver uma senhora tratar do assunto que outra senhora de nomeada universal, Mrs. Beecher Stowe, iniciou com mão de mestre.

391-392

A ação, como a imaginou a Sra. D. Maria Ribeiro, tem um ponto de contato com o *Mãe*, drama do Sr. conselheiro José de Alencar: é uma escrava, cujo filho ocupa uma posição social, sem conhecer de quem procede. E se notamos esta analogia, é apenas para mostrar que, na guerra feita ao flagelo da escravidão, a literatura dramática entra por grande parte.[1059]

A luta que se trava no espírito de S. Salvador, entre o dever do filho e os preconceitos do homem[1060], é estudada com muita observação; a última cena do 2º ato, entre o filho e a mãe, parece-nos a mais bela cena da peça.

Louvamos com franqueza, criticaremos com franqueza. A ação que interessa e prende, de ato para ato, desfalece um pouco no último; o estilo ressente-se de falta de unidade; o diálogo, em geral fluente e natural, peca às vezes pela intervenção demasiada de metáforas e imagens; há algumas cenas, mas poucas, que nos parecem inúteis; e a autora deve ter presente este preceito de arte: – toda a cena que não adianta à ação é uma superfluidade.[1061]

[1059] Mas não a do próprio cronista, contista e romancista. Uma defesa dele pode dizer que ele ficou preso à sua concepção de literatura como arte desengajada.

[1060] O uso do termo "preconceito" mostra uma perfeita compreensão do fenômeno.

[1061] Crítica duríssima em nome da forma. O conteúdo é dado por evidente, o que pode levar a se fazer do crítico um aliado na luta contra a escravidão, mas sem expressão direta e sem

Feitos estes raros ligeiros, resta-nos aplaudir do íntimo d'alma a nova obra da autora de *Gabriela*, cujo talento está recebendo do público legítimos sufrágios.[1062]

393

Os Srs. Graça, Areas e Heler foram aplaudidos e o mereceram; o primeiro pouco tinha a fazer e fê-lo conscienciosamente; os últimos mostraram-se com toda a distinção. A Sra. Clélia, no papel da escrava, e a Sra. Julia, no da filha de S. Salvador, houveram-se igualmente bem.

"Cartas Fluminenses"[1063]

À OPINIÃO PÚBLICA

5 DE MARÇO DE 1867.

397

Dizem alguns que V. Excia. não existe; outros afirmam o contrário. Mas estes são em maior número, e a força do número, que é a suprema razão moderna, resolve as dúvidas que eu porventura possa ter. Creio que V. Excia. existe, em que pese aos mofinos caluniadores de V. Excia. Se não existisse, como se falaria tanto em seu nome, na tribuna, na imprensa, nos meetings, na praça do comércio, na rua do Ouvidor? Das criações fabulosas não se fala com tanta insistência e generalidade, salvo se houvesse uma conspiração para asseverar aquilo que não é, e isto repugna-me acreditar.[1064]

398

Assentado isto, receba V. Excia. esta carta que é a primeira da série com que eu pretendo estrear na imprensa.

400

Quanto às minhas opiniões públicas, tenho duas, uma impossível, outra realizada. A impossível é a republica de Platão. A realizada é

---

mesmo o recurso à temática com uma forma mais acabada.

[1062] Depois da destruição, uma fórmula de *politesse*.

[1063] *Diário do Rio de Janeiro*, 1867.

[1064] Mais uma vez, Machado de Assis se antecipa discutindo a existência ou não da opinião pública, termo utilizado, muitas vezes, de maneira vaga para designar o que jornalistas ouviam no Café do Clube do Comércio ou de algum notável local.

o sistema representativo. É sobretudo como brasileiro que me agrada esta última opinião, e eu peço aos deuses (também creio nos deuses) que afastem do Brasil o sistema republicano, porque esse dia seria o do nascimento da mais insolente aristocracia que o sol jamais iluminou.

Não frequento o paço, mas gosto do imperador. Tem as duas qualidades essenciais ao chefe de uma nação: é esclarecido e honesto. Ama o seu país e acha que ele merece todos os sacrifícios.[1065]

Aqui estão os principais traços da minha pessoa. Não direi a V. Excia. se tomo sorvetes nem se fumo charutos de Havana; são ridiculezas que não devem entrar no espírito da opinião pública.[1066]

Volume 24
Crônicas
(1871-1878)

Semana Ilustrada

(1871-1873)

"Badaladas"[1067]

22 DE OUTUBRO DE 1871

10

O irmão da finada quer imitar os comunistas de Paris que também morderam o nosso prelado...

Aqui para o leitor, e pergunta se estou zombando dele.

Não, caro leitor; não zombo, repito o que nos disse a referida folha:

"O nosso sábio e virtuoso bispo foi de modo insólito agredido pelo Sr. José Ribeiro Franco, por um fato bem simples, que bem demonstra que a impiedade desenvolve todos os dias mais força a

---

[1065] Mais claro impossível: monarquista, admirador do Imperador, antirrepublicano. A República Velha (1889-1930) foi dominada por uma oligarquia insolente, mas não mais do que a aristocracia rural do Império.

[1066] Seria interessante, porém, que falasse mais de sua origem e do seu lugar social.

[1067] Publicadas na Semana Ilustrada, Rio de Janeiro, de 22/10/1871 a 2/2/1873 com assinatura do Dr. Semana.

ponto de não trepidar, como os comunistas de Paris, em erguer o asqueroso colo para fincar dentes envenenados na sagrada pessoa do nosso preclaro e virtuosíssimo bispo, inegavelmente a honra e glória do episcopado brasileiro".[1068]

28 DE JULHO DE 1872

20

O leitor já está a adivinhar que, não sendo esta folha política, alguma coisa alegre me chama atenção para os brindes publicados no *Jornal do Comércio* de quarta-feira.

21

Vê o leitor que eu fazia uma triste ideia da espécie humana. O autor do brinde foi buscar uma causa mais elevada; levantou o estômago à altura de uma virtude social; fez uma aliança entre a gratidão pública e a couve-flor. Confraternizou, enfim, para usar os seus próprios termos, a homenagem e a mastigação.[1069]

22 DE SETEMBRO DE 1872

31-32

O *Jornal do Comércio* publicou há dias uma interessante notícia, que talvez escapasse à atenção do leitor.

Noticiou o Jornal que o Micado (soberano espiritual do Japão) promulgara uma nova religião, formada do resumo e extrato de várias seitas do país.

Deve ser um singular povo, o japonês. Receber uma religião pelo Diário Oficial, como quem recebe uma nova tarifa da alfândega, é levar o culto da administração muito mais longe do que um povo do nosso conhecimento.[1070]

[1068] O comunismo não gozava de boa reputação com Machado de Assis. Por ironia, pouco antes de morrer receberia a visita de um adolescente, que teria se ajoelhado diante dele e lhe beijado a mão. Era Astrogildo Pereira, futuro líder comunista de renome.

[1069] Articulações insólitas fazem rir e produzem efeitos de inteligência.

[1070] O autor mostrou regulamente irônico interesse pelo que via como exotismo de certas culturas, a ponto de postular, como se verá, que permanecessem inalteradas.

20 DE OUTUBRO DE 1872

36

A notícia dada por um jornal paraense de que um candidato se envenenara ao saber do resultado de alguns colégios eleitorais, tem-me dado que pensar até hoje.

O mesmo acontece ao meu moleque.

– Nhonhô, dizia-me ontem este interessante companheiro de doze anos, ser deputado é então uma coisa muito superfina. Ninguém se mata porque não tirou a sorte ou porque perdeu o primeiro ato do *Ali-Babá*.

– Assim é, respondi eu, conquanto uma eleição seja mais ou menos uma loteria. Poucos prêmios e muitos bilhetes brancos.[1071]

38

Na cidade de Porto Alegre há grandes queixas contra as badaladas... Descansem; falo das badaladas dos sinos.

Há abusos, dizem as folhas, nos toques dos sinos por ocasião de cerimônias fúnebres.

Que fez então o governador do bispado?

Ordenou imediatamente que cessasse o abuso, transcrevendo vários artigos da Constituição sinodal.

Até aqui tudo vai bem.

Notei, entretanto, na Constituição sinodal uma coisa, que naturalmente tem explicação, mas que eu não compreendo.

Diz-se aí que por um homem haverá três badaladas, por uma mulher duas, e por uma criança uma, ou seja macho ou fêmea.

Ora, por que motivo os filhos de Adão terão direito a mais uma badalada do que as filhas de Eva?

Um defunto é um defunto.[1072]

3 DE NOVEMBRO DE 1872

46

Não é romano, mas revela alguma saúde o contrato teatral que o presidente da Bahia acaba de celebrar com uma empresa.

[1071] O processo eleitoral é visto como um jogo de cartas marcadas.
[1072] Até na morte havia uma hierarquia de gênero.

Um dos artigos estabelece, entre as obrigações da empresa, esta: "8.º – Auxiliar quanto lhe seja possível o Conservatório Dramático

para a fundação de uma escola que eduque e instrua as pessoas de ambos os sexos que se quiserem dedicar à arte dramática, prestando-se ele, empresário, e seus artistas a ensinar gratuitamente durante este contrato qualquer matéria para que o mesmo Conservatório julgue-os, e dar outrossim, até dois espetáculos em favor da dita escola, quando criada."[1073]

29 DE DEZEMBRO DE 1872

50

A minha cozinheira Celestina é apenas cozinheira, aliás, perita, e, todavia...

E, todavia atreveu-se há dias a explicar a trovoada ao meu moleque. Verdade seja que o fez nestes termos:

– A trovoada são os astros quentes que se encontram com os outros frios.

50-51-52

Ora, se a cozinheira Celestina podia assim explicar a trovoada e comentar a natureza, entendi que alguma coisa podia ela dizer igualmente

da política, e firme nestes princípios (frase parlamentar), perguntei-lhe que pensava de uma câmara.

Direi a resposta da interessante senhora, não sem pedir aos leitores que lhe não torçam o nariz, em primeiro lugar porque nariz torcido fica muito feio, e depois porque da cozinha pode nascer uma boa ideia, *ex fumo dare lucem*.

– A cambra é como o outro que diz a cozinha. A diferença a que eu perparo a janta e os deputados preparam as leises. Meu amo às vez não gosta de uma ou outra comida, porque não saiu bem feita; as leises o mesmo. A diferença é que meu amo ralha comigo, e a cambra é que ralha com meu amo. E se meu amo, que me paga, não apreciar o meu cozinhado, faz-me sair de casa; não faz o mesmo com as leises; se meu

---

[1073] Uma parceria público-privada.

amo não as achar boas, se estiverem ensossas, ou tiverem sal de mais, ou saírem cruas, meu amo há de tragá-las, muito caladinho...

Aqui tive pena da ignorância da pobre velha e desci da augusta indiferença com que a ouvia, dizendo-lhe:

– Sim, mas tenho o voto nas eleições...

Celestina pediu-me respeitosamente licença para rir. Admiti essa liberdade; ela gargalhou uns dois ou três minutos e continuou:

– A eleição a como se meu amo, enfadado da minha janta, fosse pedir ao padeiro da esquina que influísse no caixeiro da venda para me dar uma repreensão.

Observei a Celestina que a sublimidade do meu espírito não podia compreender uma parábola tão rasteira.

Ao que ela respondeu pondo as mãos nas ilhargas:

– Que faz meu amo na eleição? Vota num homem porque tem o nome comprido, e esse vota n'outro porque tem o pescoço curto. Ora, meu amo, que tem as

costas largas, fica como se não tivesse vot...

A chegada do meu amigo Bento interrompeu esta conversa culinário-política.[1074]

[...] Todavia (e aqui se patenteia o coração do meu amigo Bento) ouviu falar que a mulher recorrera àquele expediente eleitoral porque o dito homem, desprezando o seu amor, andava cortejando uma viuvinha.

2 DE MARÇO DE 1873

53-54

Ia começar estas badaladas com algumas reflexões acerca da Batalha de Aquidabã, cujo aniversário foi ontem, quando recebi da Eternidade uma carta importante, assinada por um nome ainda mais importante do que ela: uma carta de Montesquieu.

A carta vinha acompanhada de um bilhete, que dizia assim:

"*Dr. Semana*. – Dê-me um cantinho de seu jornal e insira nele a carta junta, favor de que lhe será grato o seu constante leitor. – *Montesquieu*."

[1074] A eficácia do voto numa sociedade aristocrática não parecia convencer o autor. As eleições aparecem como um simulacro de participação. A cozinheira é sua porta-voz.

Não hesitei um momento; mandei inserir a carta que o leitor verá com olhar de respeito e veneração; ei-la:

MONTESQUIEU AO SENADOR JOBIM[1075]

1 DE JUNHO DE 1873

66

Poetas juvenis, imitai versos destes. Deixai essa poesia desmaiada, essa poesia de soro de leite; sede fortes, altivos, grandes, desafiai as esponjas do caos. Não há esponjas do caos quando se escreve um nome nas Tábuas do Infinito, com a Pena enorme do Querer. Subir é a aspiração suprema da ave Mocidade; o Gênio é a Asa multicor da inspiração; nada vale Nada, por que Tudo é tudo.[1076]

Capítulo dos chapéus

2 DE FEVEREIRO DE 1873

72

A cozinheira Celestina

Agora que cada médico apresenta o seu remédio contra a febre amarela, não é fora de propósito mencionar um que a cozinheira Celestina descobriu.

O qual foi exposto do seguinte modo:

– Para a febre amarela não há como refrescos e limonadas.

– Limonadas e refrescos? Disse o moleque.

– Sim, senhor; não há como isso. Em 1850 a filha do major B., onde eu estava, caiu com a febre amarela; deram-lhe logo uma limonada, que se foi repetindo de hora em hora. Não tomou outra coisa até o dia em que morreu.[1077]

73

Mal sabe o leitor o que eu admiro em toda a história da parede que outro dia fizeram os condutores e cocheiros dos bondes.

[1075] O leitor encontrará a carta no volume em questão. Ou não a lerá.

[1076] Poetas experimentavam a leitura impiedosa do crítico amador de versos.

[1077] O que diria Machado de Assis do cloroquinismo de 2021?

[...] Humildemente peço ao varonil Greenough haja por despedir esses "embriagados de Efraim"[1078], não só para evitar outras paredes, mas, sobretudo para resguardar a pele dos contribuintes, seus criados.

Ilustração Brasileira

(1876-1878)[1079]

História de Quinze Dias

1 DE JULHO DE 1876

79

Chegando à porta das delícias eternas achou o profeta sentado em coxins espirituais, resguardado por um guarda-sol metafísico.

– Que vens cá fazer? – perguntou ele.

Abdul explicou-se, referiu o seu infortúnio; mas o profeta atalhou-o, clamando:

– Cala-te! És mais do que isso, és o destruidor da lei, o inimigo do Islã. Tu fizeste possível o gérmen corruptor das minhas grandes instituições, pior que a fé de Cristo, pior que a inveja dos russos, pior que a neve dos tempos; tu fizeste o gérmen constitucional. A Turquia vai ter uma câmara, um ministério responsável, uma eleição, uma tribuna, interpelações, crises, orçamentos, discussões, a lepra toda do parlamentarismo e do constitucionalismo. Ah! quem me dera Omar! ah![1080]

84

Balzac fala de um jogador inveterado e sem vintém que, presente nas casas de tavolagem, acompanhava mentalmente o destino de uma carta, parava nela um franco ideal, ganhava ou perdia, tomava nota das perdas e ganhos, e enchia a noite desse modo.

O público fluminense é esse jogador, sem vintém; ficou-lhe o vício musical sem os meios de o satisfazer.[1081]

[1078] "Ai da coroa pretensiosa dos embriagados de Efraim e da flor murcha que faz ostentação de seu ornato, dominando o vale fértil de homens vencidos pelo vinho. Isaías 28:1". O cronista não parece muito sensível aos movimentos grevistas.

[1079] Textos publicados, sob o pseudônimo de Manassés, de 1º de julho de 1876 a abril de 1878 na Semana Ilustrada. Primeiro como "História de Quinze Dias". Depois como "História de Trinta Dias".

[1080] Em tom irônico, o autor defende que a Turquia não se deixe contaminar pela cultura ocidental. Parece defender, como exotismo, o valor da diversidade e da diferença.

[1081] Não são muitas as citações diretas de Balzac. Nesta, o recurso vale para uma extrapolação.

85

Semelhante fenômeno não pertence à companhia dos ditos que representa no Teatro Imperial. O pior que acho na Companhia dos Fenômenos é o galicismo. O empresário quis provavelmente dizer – Companhia dos Prodígios, das Coisas Extraordinárias.

Felizmente para ele, o público não estranhou o nome, e, se o empresário não tem por si os lexicógrafos, tem o sufrágio universal; isso lhe basta.

É este porém um daqueles casos em que a eleição censitária é preferível.

Que tais sejam os tais fenômenos ou prodígios, não sei, porque os não vi. E já o leitor concluirá daqui o valor de um cronista que pouco vê do que fala, uma espécie de urso que se não diverte.[1082]

1 DE AGOSTO DE 1876

95-96

Mas qual foi a verdade nova que ainda não encontrou resistências formais?

Colombo andou mendigando uma caravela para descobrir este continente; Galileu teve de confessar que a única bola que girava era a sua. Estes dois exemplos ilustres devem servir de algum lenitivo aos cantores platenses.

97

Ora, expirou há pouco uma mulher, que me hão de conceber tinha um gênio maior que o do soprano referido, mulher que ocupa um dos mais altos lugares entre os prosadores de seu século. Madame Sand nunca venceu tanto por mês. Rendeu-lhe menos *Indiana* ou *Mauprat* do que rendem ao soprano de que trato meia dúzia de sustenidos bem sustenidos.

Oh! se tu tens algum filho, leitor amigo, não o faças político, nem literato, nem estatuário, nem pintor, nem arquiteto! Pode ter algum pouco de glória, e essa mesma pouca; muita que seja, nem só de glória vive o homem. Cantor, isso sim, isso dá muitos mil cruzados, dá admiração pública, dá retratos nas lojas; às vezes chega a dar aventuras romanescas.[1083]

[1082] A defesa de certos purismos era temperada com humor.

[1083] Já se fazia a crítica da sociedade do espetáculo e dos ganhos das celebridades.

98

Quem era certo cavaleiro italiano que gastou a vida a duelar-se em defesa da *Divina Comédia*, sem nunca a ter lido?[1084] Eu sou esse cavaleiro apenas por um lado, que é o lado dos que dizem que, a não fazer o Herculano livros de história, deve fazer outra coisa.

100

No meio de tanta novidade – azeite herculano, ópera italiana, liberdade turca, não quis ficar atrás o Sr. Luís Sacchi. Não conheci Luís Sacchi; li porém o testamento que ele deixou e os jornais deram a lume.

Ali diz o finado que seu corpo deve ir em rede para o cemitério, levado por seus escravos, e que na sepultura há de se lhe gravar este epitáfio: "Aqui jaz Luís Sacchi que pela sua sorte foi original em vida e quis sê-lo depois da sua morte".

101

Gosto disto! A morte é coisa tão geralmente triste, que não se perde nada em que alguma vez apareça alegre. Luís Sacchi não quis fazer do seu passamento um quinto ato de tragédia, uma coisa lúgubre, obrigada a sangue e lágrimas. Era vulgar: ele queria separar-se do vulgo. Que fez? Inventou um epitáfio, talvez pretensioso, mas jovial. Depois dividiu a fortuna entre os escravos[1085], deixou o resto aos parentes, embrulhou-se na rede e foi dormir no cemitério.

15 DE AGOSTO DE 1876

105

Cada homem simpatiza com um animal. Há quem goste de cães: eu adoro-os. Um cão, sobretudo se me conhece, se não guarda a chácara de algum amigo, aonde vou, se não está dormindo, se não é leproso, se não tem dentes, oh! um cão é adorável.

Outros amam os gatos. São gostos; mas sempre notarei que esse quadrúpede pachorrento e voluptuoso é sobretudo amado dos homens e mulheres de certa idade.

Os pássaros têm seus crentes. Alguns gostam de todo o bicho careta. Não são raros os que gostam do bicho de cozinha.

[1084] Certos livros sempre foram mais citados do que lidos.
[1085] A generosidade pós-morte era praticada para desgosto de parentes.

Eu não gosto do cavalo.

Não gosto? Detesto-o; acho-o o mais intolerável dos quadrúpedes. É um fátuo, é um pérfido, é um animal corruto. Sob pretexto de que os poetas o têm cantado de um modo épico ou de um modo lírico; de que é nobre; amigo do homem; de que vai à guerra; de que conduz moças bonitas; de que puxa coches; sob o pretexto de uma infinidade de complacências que temos para com ele, o cavalo parece esmagar-nos com sua superioridade. Ele olha para nós com desprezo, relincha, prega-nos sustos, faz Hipólito em estilhas. É um elegante perverso, um tratante bem educado; nada mais.

Vejam o burro. Que mansidão! Que filantropia! Esse puxa a carroça que nos traz água, faz andar a nora, e muitas vezes o genro, carrega fruta, carvão e hortaliças, puxa o bonde, coisas todas úteis e necessárias.[1086]

106

E por falar neste animal, publicou-se há dias o recenseamento do Império, do qual se colige que 70% da nossa população não sabem ler.[1087]

107

Assim, por exemplo, um homem, o leitor ou eu, querendo falar do nosso país, dirá:

– Quando uma Constituição livre pôs nas mãos de um povo o seu destino, força é que este povo caminhe para o futuro com as bandeiras do progresso desfraldadas.[1088]

[1086] Cavalos são raramente descritos por Machado de Assis, que sempre cita os veículos que puxam e, mais de uma vez, fez elogios aos burros. Tolstói, em *Guerra em Paz*, descreve os animais. Por exemplo, no dia do abandono de Moscou, ante a entrada iminente das tropas de Napoleão, lê-se num comentário à paciência do cocheiro Efime: "Sabia de tudo isso e aguardava com bem mais paciência ainda que seus cavalos (o alazão da esquerda Sokol, em particular, não parava de piafar e de morder o freio" (Vol, 3, 1957, p. 347). Outro trecho: "Berg chegou à casa de seu sogro num dos seus elegantes carrinhos, puxado por dois ruões bem nutridos, copiados exatamente dos de certo príncipe seu conhecido. Olhou atentamente as carroças que estavam no pátio e depois, enquanto subia os degraus do patamar, tirou do bolso seu lenço alvíssimo e nele fez um nó" (1957, p. 340). Abordagens diferentes entre o moderno e o tradicional.

[1087] Dado fundamental para entender o universo de leitores de Machado de Assis, com suas citações em latim, francês e outras línguas. Por ter um público restrito, das altas classes sociais, é que dedicava tão pouco espaço aos subalternizados, aos "burros" que puxaram a carruagem dos nobres?

[1088] Todas as formas tecnológicas de progresso parecem interessar o autor, dos bondes elétricos aos trens. De resto, Machado e alguns dos seus amigos de reuniões literárias se de-

A soberania nacional reside nas Câmaras; as Câmaras são a representação nacional. A opinião pública deste país é o magistrado último, o supremo tribunal dos homens e das coisas. Peço à nação que decida entre mim e o Sr. Fidélis Teles de Meireles Queles; ela possui nas mãos o direito superior a todos os direitos.

A isto responderá o algarismo com a maior simplicidade:

– A nação não sabe ler. Há só 30% dos indivíduos residentes neste país que podem ler; desses uns 9% não leem letra de mão. 70% jazem em profunda ignorância. Não saber ler é ignorar o Sr. Meireles Queles; é não saber o que ele vale, o que ele pensa, o que ele quer; nem se realmente pode querer ou pensar. 70% dos cidadãos votam do mesmo modo que respiram: sem saber porque nem o quê. Votam como vão à festa da Penha, – por divertimento. A Constituição é para eles uma coisa inteiramente desconhecida. Estão prontos para tudo: uma revolução ou um golpe de Estado.[1089]

108

A opinião pública é uma metáfora sem base; há só a opinião dos 30%. Um deputado que disser na Câmara: "Sr. Presidente, falo deste modo porque os 30% nos ouvem..." dirá uma coisa extremamente sensata.[1090]

1 DE SETEMBRO DE 1876

110

A Turquia está a macaquear a Bolívia de um modo escandaloso: muda de sultões como a Bolívia de presidentes e o leitor de camisas.[1091]

113

Nada direi do parricídio do largo do Depósito; – a justiça apura a verdade e as circunstâncias dela; cabe-nos aguardar e lastimar.

---

nominavam "bonde da semana" (Pereira, 1936, p. 237).

[1089] Esse olhar pode ser chamado de realista ou de elitista. Numa sociedade de analfabetos, parece perguntar o autor, o que vale o voto? A ignorância, sugere, permite embarcar em qualquer aventura, na revolução ou no golpe do Estado. A maioria, porém, estava excluída da cidadania, plena ou restrita.

[1090] Lamento pela exclusão ou sugestão de que só deveriam contar os 30%?

[1091] Duro com a Bolívia, o cronista admirava a estabilidade do reinado de Pedro II. Uma estabilidade escorada na interminável duração do regime escravista brasileiro.

Lastimar não só o autor do desastre, mas ainda o cérebro dos que mais ou menos querem que a causa dele fosse um livro de Dumas.[1092]

116

Uma companhia literária, é a primeira vez que os dois termos aparecem assim casadinhos de fresco.[1093]

15 DE SETEMBRO DE 1876

119

Este ano parece que remoçou o aniversário da Independência. Também os aniversários envelhecem ou adoecem, até que se desvanecem ou perecem. O dia 7 por ora está muito criança.

120

Grito do Ipiranga? Isso era bom antes de um nobre amigo, que veio reclamar pela *Gazeta de Notícias* contra essa lenda de meio século.

Segundo o ilustrado paulista não houve nem grito nem Ipiranga.

Houve algumas palavras, entre elas a *Independência ou Morte*, – as quais todas foram proferidas em lugar diferente das margens do Ipiranga.[1094]

123

Quem se não importa com saber se os urbanos ou seus adversários perderam ou não, e se o grito da Independência foi ou não solto à margem do Ipiranga, é a companhia lírica.

[...] Cadeiras a 40 bicos! Camarotes a 200 paus! Ainda se fosse para ver o Micado do Japão, que nunca aparece, compreende-se; mas para ouvir no dia 1º alguns cantores, aliás bons, que a gente pode ouvir no dia 12 pelo preço de casa...[1095]

125

O Sr. Torresi promete dar tudo o que o Sr. Ferrari nos der, e mais o Salvador Rosa.

[1092] Poderiam um autor e um livro ter tanta influência sobre um homem? Mudam as tecnologias do imaginário, as questões se repetem.

[1093] Quem diria que esse casamento viraria sucesso editorial.

[1094] A desconstrução das narrativas, portanto, não data de 7 setembro de 2021 nem será novidade nos duzentos anos da independência do Brasil.

[1095] Nada de novo na frente espetacular. A cada um conforme o seu camarote.

Também promete moças bonitas, cujos retratos já estão na casa do Sr. Castelões, em frente às suas rivais.

Pela imprensa disputa-se a questão de saber qual é o primeiro teatro da capital, se o de S. Pedro, se o Dom Pedro II.

De um e outro lado afirma-se com a mesma convicção que o teatro do adversário é inferior.

Está-me isto a parecer a mania dos primeiros atores; o 1º ator Fulano, o 1º ator Sicrano, o 1º ator Paulo, o 1º ator Sancho, o 1º ator Martinho.[1096]

127

Hoje a imprensa fluminense é brilhante. Contamos órgãos importantes, neutros[1097] ou políticos, ativos, animados e perseverantes.

Entre eles ocupa lugar distinto o *Globo*, a cujo talentoso redator e diretor, Sr. Quintino Bocaiúva, envio meus emboras, não menos que ao seu folhetinista Oscar d'Alva, cujo verdadeiro nome anda muita gente ansiosa para saber qual seja.

1 DE OUTUBRO DE 1876

134

De interesse geral é o fundo da emancipação, pelo qual se acham libertados em alguns municípios 230 escravos. Só em alguns municípios.

Esperemos que o número será grande quando a libertação estiver feita em todo o império.

A lei de 28 de setembro fez agora cinco anos. Deus lhe dê vida e saúde! Esta lei foi um grande passo na nossa vida. Se tivesse vindo uns trinta anos antes estávamos em outras condições.

Mas há 30 anos, não veio a lei, mas vinham ainda escravos, por contrabando, e vendiam-se às escancaras no Valongo. Além da venda, havia o calabouço. Um homem do meu conhecimento suspira pelo azorrague.

— Hoje os escravos estão altanados, costuma ele dizer. Se a gente dá uma sova num, há logo quem intervenha e até chame a polícia. Bons tempos os que lá vão! Eu ainda me lembro quando a gente via

---

[1096] O mesmo continua a funcionar em relação à literatura.
[1097] A neutralidade já era um mito enganador.

passar um preto escorrendo em sangue, e dizia: "Anda diabo, não estás assim pelo que eu fiz!" – Hoje...

E o homem solta um suspiro, tão de dentro, tão do coração... que faz cortar o dito. *Le pauvre homme!*[1098]

15 DE OUTUBRO DE 1876

135

Para substituir o cri-cri tivemos nesta quinzena a revolução do Rio Grande do Sul, a qual durou ainda menos que o seu antecessor. Vem tudo a dar nas rosas de Malherbe[1099], umas rosas que, à força de viverem nas comparações, hão de dar em terra com as pirâmides do Egito e a Sé de Braga.

137

Vai senão quando, a aurora, com seus dedos de rosa, abre as portas ao dia 11.

Nesse dia, logo de manhã, soube-se que no Rio Grande rebentara uma revolução; que o general Osório ficava na presidência da república; que um general, à frente das forças legais, batia-se com as forças da revolução; conflito geral.

Eram 10 horas e meia.

Ao meio-dia, o general imperialista ficava derrotado completamente, tendo aderido à república, cujo presidente nomeara o primeiro ministério. Uma proclamação, espalhada por todos os municípios, dizia aos povos o que se costuma dizer sempre que há mudança de governo. Ao mesmo tempo era convocada uma assembleia constituinte, eleita pelo sufrágio universal.

[1098] Machado de Assis, aliás Manassés, mostra, passados cinco anos, seu apoio à lei do Ventre Livre, contra a qual votou seu amigo e ídolo José de Alencar. O cronista ironiza o que hoje seria chamado de "homem de bem", saudoso dos tempos em que podia espancar escravo, assim como alguns hoje sentem saudades dos tempos em que podiam humilhar negros e gays. Esse texto mostra a ambivalência de Machado de Assis. Como se vê, em outros momentos, como na crônica de 11 de maio de 1888, seu *alter ego* não foi tão entusiasta da lei que seria aprovada dois dias depois.
[1099] Nenhuma imagem mais usada do que esta, a rosa de François Malherbe: "Mas ela era do mundo em que vivem as coisas mais belas/Têm o pior destino:/E Rosa viveu o que vivem as Rosas,/O espaço de uma manhã."

138

Era uma hora e doze minutos quando começou a espalhar-se a notícia de que a constituinte fora eleita, mas que o primeiro ministério caíra, dando lugar a outro que infelizmente cairia também duas horas depois, diante de um voto de desconfiança.

Mal começaram estas notícias a percorrer o espaço que vai da casa Garnier ao ponto dos bondes (sempre na rua do Ouvidor), caiu nova bomba – a bomba das alianças; a jovem república celebrara tratados com todas as irmãs do Prata e do Pacífico.

Íamos já nas cinco horas da tarde. Às cinco e três quartos deixara de existir a constituinte, dissolvida pelo presidente; às seis e vinte minutos caía o presidente, ante um voto da nova constituinte. Esta sucumbe depois de um quarto de hora de trabalho, deixando um presidente que igualmente sucumbe depois de cinco minutos de vadiação.

139

[...] Nisto passou a noite... [chegam os jornais]

Os mais curiosos levantam-se. Leem e ficam sabendo que não houve revolução nem coisas que parecesse com isso. A notícia corre logo com a mesma velocidade.

140

Quem te encaixou nos miolos [leitor] a ideia de que Osório, homem de sentimentos juvenis, é certo, mas homem de ordem, se meteria em tal bernarda?[1100]

142

Lucinda Simões no Ginásio.[1101]

15 DE NOVEMBRO DE 1876

147

Nous l'avons échappé belle? Digo isto em francês porque as revoluções são produtos essencialmente franceses, e nós escapamos de uma revolução.[1102]

[1100] Uma *fake news*. Sem tirar nem pôr.
[1101] Sempre atento ao seu teatro de estimação.
[1102] Em francês, para a parte mais escolada dos 30%, boato sobre uma revolução no Rio.

1 DE DEZEMBRO DE 1876

158

Sei que um cronista que se respeite tem obrigação de dizer o que pensa acerca da postura célebre, a postura que traz aparadas todas as penas, amolados todos os canivetes, arregalados todos os olhos, a postura das casas de tolerância.[1103]

161

Ainda agora não sei se deteste, se admire os vereadores suspensos. Estou ainda mais suspenso que suas senhorias. Devo detestá-los porque toda a imprensa os abomina, e eu vou com a maioria da opinião.[1104]

[...] Aquele funcionário que prevendo os acontecimentos, entra de noite na câmara, rasga livros, aniquila papéis, desarma a administração, é o artífice de Ulisses. Épicos são todos, e eu não quero beber o sangue de nenhum. Nada; contentava-me com as fotografias.

163

Tirania do destino, também os moços serão teus escravos.

1 DE JANEIRO DE 1877

166

A. S. EX.a REVMA. SR. BISPO CAPELÃO-MOR

167

Podia contar-lhe em duas ou três colunas o que vejo no futuro e o que revejo no passado; mas, além de que não quisera tomar o precioso tempo de V. Ex.a Reverendíssima, tenho pressa de chegar ao ponto principal desta carta, com que abro a minha crônica.

172

"Dizem-me que a companhia do Ginásio, a única que tem compreendido a sua missão, é a escolhida para ali representar, revezando com a companhia lírica, que tivermos, depois de edificado o teatro."

[1103] Um cronista que se respeite fala de bordéis.
[1104] Velha relação de amor e ódio, até que o jornalista seja eleito.

176

Outras corridas se preparam na Rua da Misericórdia. Essas são mais animadas, os touros são mais bravos, os capinhas mais fortes. Se esta metáfora ainda não disse ao leitor que eu aludo à câmara temporária, então perca a esperança de entender de retórica, e passe bem.[1105]

15 DE JANEIRO DE 1877

178

Certo é que nunca o vi mais gordo. Eu devo confessar este pecado a todos os ventos do horizonte; eu (cai-me a cara ao chão), eu... nunca li *Rocambole*, estou virgem dessa *Ilíada* de realejo.[1106]

180

As cavalarias, depois de estromparem os corpos à gente, passaram a estrompar os ouvidos e a paciência, e daí surgiu o Dom Quixote, que foi o terceiro herói, alma generosa e nobre, mas ridícula nos atos, embora sublime nas intenções. Ainda nesse terceiro herói luzia um pouco da luz aquileida, com as cores modernas, luz que o nosso gás brilhante e prático de todo fez empalidecer.[1107]

181

Outrora excitavam pasmo aquelas descomunais lanças argivas. Hoje admiramos os alçapões, os nomes postiços, as barbas postiças, as aventuras postiças.

Ao cabo, tudo é admirar.

183

Faziam-se e fazem-se doutores na ausência, *in absentia*, mediante certa quantia com que se manda buscar o diploma à Alemanha. Agora temos as digestões na ausência, e pela regra de que a civilização não para nunca, virá breve, não um Vindimila, mas um Trintimila ou um Centimila, que nos dê o meio de pensar sem cérebro.[1108]

[1105] Três notas para um estudo de estilo: provocação, informação e imagem.

[1106] O cronista podia ser duríssimo nos seus julgamentos e detonar o que considerava divertimento fácil. Vale uma espécie de anacronismo: Machado de Assis antecipou-se à Escola de Frankfurt, a Guy Debord, a todos os críticos da "indústria cultural". Ou todos se contentaram em repetir o senso comum elitista contra o entretenimento.

[1107] Dom Quixote não chegava a encantar o cronista?

[1108] O Dr. Vindimila teria inventado um vinho estomacal milagroso.

15 DE FEVEREIRO DE 1877

188

O carnaval morreu, viva a quaresma!

Quando digo que o carnaval morreu apenas me refiro ao fato de haverem passado os seus três dias; não digo que o carnaval espichasse a canela. Se o dissesse, erra; o carnaval não morreu; está apenas moribundo. Quem pensaria que esse jovem de 1854, tão cheio de vida, tão lépido, tão brilhante, havia de acabar vinte anos depois, como o Visconde de Bragellone, e acabar sem necrológio, nem acompanhamento?

191

Teve a bisnaga uma origem alegre, medicinal e filosófica. Isto é o que não hão de saber nem de dizer os grandes sábios do futuro. Salvo, se certo número da *Ilustração* chegar até eles, em cujo caso lhes peço o favor de me mandarem a preta dos pastéis.

[...] Falei há pouco do que há de substituir o carnaval, se ele definitivamente expirar. Deve ser alguma coisa igualmente alegre: por exemplo, a Porta Otomana.[1109]

1 DE MARÇO DE 1877

194

[...] uma frase à la Palisse.[1110]

[...] quem não se lembra das sessões de 1871?

199

15 DE MARÇO DE 1877

I

Mais dia menos dia, demito-me deste lugar. Um historiador de quinzena, que passa os dias no fundo de um gabinete escuro e solitário, que não vai às touradas, às câmaras, à Rua do Ouvidor, um historiador assim é um puro contador de histórias.

[1109] Machado de Assis acompanhou o surgimento e as crises do carnaval, objeto de legislações restritivas. Também o entrudo fez parte das observações.

[1110] Possivelmente o nome mais citado por Machado de Assis para designar autores de frases redundantes, ocas, circulares. Referência a Jacques de La Palisse (1470-1525). Militar, aventureiro, uma canção sobre ele dizia "se não estivesse morto, estaria vivo".

E repare o leitor como a língua portuguesa é engenhosa. Um contador de histórias é justamente o contrário de um historiador, não sendo um historiador, afinal de contas, mais do que um contador de histórias. Por que essa diferença? Simples, leitor, nada mais simples. O historiador foi inventado por ti, homem culto, letrado, humanista; o contador de histórias foi inventado pelo povo, que nunca leu Tito Lívio, e entende que contar o que se passou é só fantasiar.[1111]

200

Não sou homem de touradas; e se é preciso dizer tudo, detesto-as. Um amigo costuma dizer-me:

– Mas já as viste?

– Nunca!

– E julgas do que nunca viste?

Respondo a este amigo, lógico mas inadvertido, que eu não preciso ver a guerra para detestá-la, que nunca fui ao xilindró, e todavia não o estimo. Há coisas que se prejulgam, e as touradas estão nesse caso.

E querem saber por que detesto as touradas? Pensam que é por causa do homem? Iche! é por causa do boi, unicamente do boi. Eu sou sócio (sentimentalmente falando) de todas as sociedades protetoras dos animais. O primeiro homem que se lembrou de criar uma sociedade protetora dos animais lavrou um grande tento em favor da humanidade; mostrou que este galo sem penas de Platão pode comer os outros galos seus colegas, mas não os quer afligir nem mortificar.[1112]

201

Touradas e caridade pareciam ser duas coisas pouco compatíveis. Pois não o foram esta semana última, fez-se uma corrida de touros com o fim de beneficiar necessitados.

202

Inauguraram-se os bondes de Santa Teresa, – um sistema de alcatruzes ou de escada de Jacó, – uma imagem das coisas deste mundo. Quando um bonde sobe, outro desce, não há tempo em caminho

---

[1111] Irônica crítica aos discursos de autoridade?
[1112] Grande ponto para Machado de Assis: antiespecista, protetor dos animais.

para uma pitada de rapé, quando muito, podem dois sujeitos fazer uma barretada.

203

Escusado é dizer que as diligências viram esta inauguração com um olhar extremamente melancólico. Alguns burros, afeitos à subida e descida do outeiro, estavam ontem lastimando este novo passo do progresso. Um deles, filósofo, humanitário e ambicioso, murmurava:

– Dizem: *les dieux s'en vont*. Que ironia! Não; não são os deuses, somos nós. *Les ânes s'en vont,* meus colegas, *les ânes s'en vont.*

E esse interessante quadrúpede olhava para o bonde com um olhar cheio de saudade e humilhação. Talvez rememorava a queda lenta do burro, expelido de toda a parte pelo vapor, como o vapor o há de ser pelo balão, e o balão pela eletricidade, a eletricidade por uma força nova, que levará de vez este grande trem do mundo até à estação terminal.[1113]

205

Na Câmara dos Deputados começou a discussão do Voto de Graças e continuou a de outros projetos, entre estes o da lei de imprensa.

A lei passou para 2ª discussão, contra o voto, entre outros, do Sr. Conselheiro Duarte de Azevedo, que deu uma interpretação nova e clara ao artigo do código relativo à responsabilidade dos escritos impressos. A interpretação será naturalmente examinada pelos competentes e pelo próprio jornalismo. Eu limito-me a transcrever estas linhas que resumem o discurso:

"Autor, segundo o código, não é o que autoriza a publicação, não é o que faz seu o artigo cuja publicação recomenda; mas aquele que faz o escrito, aquele a quem o escrito pertence.

"De modo que, se um indivíduo escrever e assinar um artigo relativo à sua pessoa ou fatos que lhe dizem respeito, e o fizer responsabilizar por terceira pessoa, a quem tais negócios por maneira alguma pertencem, sem dúvida alguma que pelo código não é responsável o

---

[1113] Atento ao progresso, que cria novas funções e extingue outras. Um burro falando francês. Não parece que algum cavalo tenha tido essa distinção com Machado de Assis, que antecipa Marshall McLuhan quanto à potência societal da eletricidade.

testa-de-ferro por esse artigo: mas são responsáveis o impressor ou o editor."[1114]

207

E contudo o Sr. Conselheiro Martim Francisco aventou uma ideia, que seria a verdadeira, única e salutar reforma, a que faria das nossas eleições – diretas ou indiretas – uma coisa semelhante às recepções de Botafogo.

Essa ideia é dar o direito de voto às mulheres.

Metemos as senhoras na dança e é o único meio de evitar a urna quebrada e o rolo. Quando uma senhora apear-se do cupê, da caleça ou do bonde, de luva, saia apertada, ponta da saia na mão, na outra mão a cédula (voto no marido naturalmente), é impossível que este povo tenha perdido toda a galanteria, e faça um rolo, como se ela fosse um fósforo.

207

Venha, venha o voto feminino; eu o desejo, não somente porque é ideia de publicistas notáveis, mas porque é um elemento estético nas eleições, onde não há estética.[1115]

216

1 DE MAIO DE 1877

Na verdade, sete anos sem uma guerrazinha para desenfastiar a gente, é demais. Em que se há de ocupar um homem, cá no fundo da América, em quê? Uma guerra tem a tríplice vantagem de dar expansão ao brio, – encher as algibeiras dos fornecedores – e matar o tempo aos vadios.

Por isso, fico rogando a Jeová e a Alá hajam de prolongar a nova contenda que vai reunir no campo de honra os exércitos muçulmanos e cismáticos.

Que os filhos do Crescente deem pancadas de criar bicho nos filhos do *Knut*, e os que os filhos de *Knut* façam a mesma graça aos filhos do Crescente, é o meu mais ardente desejo nesta solene ocasião.

[1114] Debate retomado por Google, Facebook, etc.

[1115] Neste campo, Machado de Assis não esteve à frente do seu tempo.

217

Além disso, as guerras ordinárias e civilizadas são enfadonhas como uma quadrilha francesa. A de que se trata agora tem a vantagem de não ser polida, como a batalha de Fontenoy. Um russo estripar um turco, nas montanhas de Ilíria. Que poético!

218

Agora, se me perguntarem para que lado pendem as minhas simpatias, dir-lhes-ei que fazem uma pergunta inútil. Onde está a odalisca? Aí estou eu. De que parte fica o harém, o *chibuk*, o narguilé? É esse o meu lugar, o meu voto, a minha consideração.[1116]

222

As dançarinas vão, portanto, desasnar os rapazes, tirar-lhes o acanhamento, dar-lhes animo, audácia, *aplomb*. Praticando com moças.[1117]

235

Não a vi; mas vi o general no dia seguinte, no sarau do Clube Politécnico que esteve animado e concorrido como poucos.[1118]

15 DE JUNHO DE 1877

238

Por isso digo: achei um homem. O anônimo da Santa Casa é o homem do Evangelho. Imagino-o com dois traços principais: o espírito de caridade, que deve ser e é anônimo, e um certo desdém para com os clarins da Fama, os rufos de tambor, os pífanos da publicidade. Pois bem, esses dois traços característicos são duas forças. Quem as tem possui já de si uma grande riqueza. E saiba agora o leitor que o ato do benfeitor da Santa Casa inspirou a um amigo meu um ato bonito.

Tinha ele uma escrava de 65 anos, que já lhe havia dado a ganhar sete ou oito vezes o custo. Fez anos e lembrou-se de libertar a escra-

---

[1116] Por trás da ironia, um naco dos preconceitos da época. O que diria Montaigne dessa brincadeira dita de época?

[1117] Uma revolução: aprender a dançar com mulheres.

[1118] Jantar e baile em homenagem ao general Osório. Ao contrário do que alguns possam imaginar, Machado de Assis, que chegou a alto funcionário de ministério, frequentava a sociedade da época, sendo convidado para muitos eventos cobiçados e tendo acesso aos grandes do seu tempo.

va... de graça. De graça! Já isto é gentil. Ora, como só a mão direita soube do caso (a esquerda ignorou-o), travou da pena, molhou-a no tinteiro e escreveu uma notícia singela para os jornais indicando o fato, o nome da preta, o seu nome, o motivo do benefício, e este único comentário: "Ações desta merecem todo o louvor das almas bem formadas."

Coisas da mão direita!

Vai senão quando, o *Jornal do Comércio* dá notícia do ato anônimo da Santa Casa da Misericórdia, de que foi único confidente o seu ilustre provedor. O meu amigo recuou; não mandou a notícia às gazetas. Somente, a cada conhecido que encontra acha ocasião de dizer que já não tem a Clarimunda.

– Morreu?

– Oh! Não!

– Libertaste-a?

– Falemos de outra coisa, interrompe ele vivamente, vais hoje ao teatro?

Exigir mais seria cruel.[1119]

15 DE JULHO DE 1877

246

Há 30 anos, quem dissesse que podia ir por terra a São Paulo, em 15 horas, se o dissesse à vista de um caipira, era dado por doido.[1120]

249

Que digo? As pirâmides do Egito, os volumes do Rocambole, tudo o que há de mais pesado e grosso.[1121]

250

A Candiani não cantava, punha o céu na boca, e a boca no mundo.[1122]

[1119] Machado de Assis prezava a benfeitoria sem marketing pessoal. No caso, o que chama mesmo a atenção é a descrição do episódio: libertar de graça uma velha de 65 anos que "já lhe havia dado a ganhar sete ou oito vezes o custo". Merecia aplausos, louvores e notas nos jornais. Retrato de uma época religiosa.

[1120] E dizer que, nesse meio tempo, poderia ter-se instalado um trem-bala.

[1121] E agora? Aplica-se às pirâmides somente o primeiro adjetivo?

[1122] A grande musa lírica de Machado de Assis.

251

Há coisas que interessam a todos: são as mínimas; há outras, que só interessam a quem as conta: são as máximas.[1123]

1 DE AGOSTO DE 1877

253

O que não vale muito, decerto, é o libreto da ópera do Gomes, tal qual no-lo deram os jornais. Que sina é a dos maestros! São obrigados a ter inspiração para dar vida a umas saladas de rimas. Quem jamais esquecerá o entrecho da *Africana,* que é asiática. E não obstante, a obra é de Scribe. Poucos libretos conheço que tenham algum valor. A maioria é obra de cordel.[1124]

255-256

Mas há almas assim; capazes de morrer, contanto que matem o inimigo. São assim os bois, os russos e os turcos.[1125]

1 DE OUTUBRO DE 1877

270

[Pedro II]

Não é rei filósofo quem quer. Importa haver recebido da natureza um espírito superior, moderação política e verdadeiro critério para julgar e ponderar as coisas humanas. Sua Majestade possui estes dons da alta esfera. Nele respeita-se o príncipe e ama-se o homem – um homem probo, lhano, instruído, patriota, que soube fazer do sólio uma poltrona, sem lhe diminuir a grandeza e a consideração.[1126]

271

Ao pé de um acontecimento faustoso, registra a crônica um caso verdadeiramente lamentável para a literatura de nossa língua: a morte de Herculano.[1127]

[1123] Sabedoria que só os cronistas realmente compreendem.
[1124] O elitista não perdoava a arte popular.
[1125] O Brasil no Paraguai não poderia ser o quarto termo dessa lista?
[1126] Tinha ou não opiniões claras e firmes o cronista Manassés?
[1127] Uma admiração jamais negada.

273

Enquanto o teatro lírio prepara *O Guarani* com todo o esplendor, a Spelterini dá-nos um passeio sobre a corda com um marmanjo a cavalo.[1128]

1 DE OUTUBRO DE 1877

275-276

Disse o *Jornal do Comércio*, ou outra folha, não me recordo agora, que a Patti e Nicolini foram contratadas para América, mediante o ordenado de 83,000 francos mensais cada um; trinta e três contos da nossa moeda.[1129]

276-277

Um dia, enfim, dentro de cinco ou seis séculos, quando os turcos tiverem despejado a Europa, e a poesia social houver inteiramente queimado o último exemplar de Musset, nesse dia, três ou quatro industriais de gênio formarão uma companhia de seguros contra os cantores. Virá depois uma lei civil, depois uma pastoral; depois o dilúvio.[1130]

278

Está aplicado o vapor aos bondes; fez-se já uma experiência. Que, segundo parece, deu bom resultado.

O melhoramento, que todas as mulas vão abençoar, se vem encurtar ainda mais as distâncias, pode do mesmo lance encurtar as vidas.[1131]

1 DE NOVEMBRO DE 1877

282

Há um meio certo de começar a crônica por uma trivialidade. É dizer: Que calor! que desenfreado calor![1132]

[1128] As divas ocupavam o imaginário do cronista.

[1129] Ganhos que escandalizavam. O mundo definitivamente muda pouco. Muda o gênero musical.

[1130] Mudam alguns nomes, os temores continuam os mesmos: islamização da Europa, invasões bárbaras, fantasmas da xenofobia. Os turcos incomodavam mais do que a escravidão.

[1131] Uma antecipação da teoria das catástrofes: para cada progresso, um novo risco de acidente. Inventou o navio, inventou o naufrágio, etc.

[1132] Intemporal.

283

Não posso dizer positivamente em que ano nasceu a crônica; mas há toda a probabilidade de crer que foi coetânea das primeiras duas vizinhas. Essas vizinhas, entre o jantar e a merenda, sentaram-se à porta, para debicar os sucessos do dia.[1133]

285

Não digo com isto que a dama da Rua da Carioca deixe de cravar efetivamente uma espada no pescoço. É mulher e basta. Há de ser ciumenta[1134], e adquiriu essa prenda, na primeira cena de ciúmes que teve de representar. Quis matar-se sem morrer, e bastou o desejo para realizá-lo; de maneira que aquilo mesmo que me daria a morte, dá a essa senhora nada menos do que a vida. A razão da diferença pode ser que esteja na espada, mas eu antes creio que está no sexo.

286

Anda no Norte um colono, um homem que faz coisas espantosas. No Sul apareceu um menino-mulher. Todos os prodígios vieram juntar-se à sombra das nossas palmeiras: é um *rendez-vous* das coisas extraordinárias.

Sem contar os tufões.[1135]

287

Onde o poeta me parece ter levado a sátira além da meta, é no que diz da viúva que, convulsa de dor pela morte do marido, vem a casar um ano depois, *Hélas!* Isso que lhe parece melancólico, e na verdade o é, não deixa de ser necessário e providencial. A culpa não é da viúva, é da lei que rege esta máquina, lei benéfica, tristemente benéfica mediante a qual a dor tem de acabar, como acaba o prazer, como acaba tudo. É a natureza que sacrifica o indivíduo à espécie.[1136]

291

15 DE NOVEMBRO DE 1877

Até certo tempo, o público fluminense em matéria lírica viveu embalado na doutrina e regímen da subvenção. Imaginava-se que as

---

[1133] Universal.
[1134] O autor parecia acreditar num essencialismo do feminino. Homem do seu tempo. Nem todos, porém, pensavam assim. Se Machado de Assis teve a companhia de Nietzsche e Schopenhauer, não teve a de John Stuart Mill.
[1135] Tão longe, tão perto.
[1136] A viúva como metáfora da renovação da vida.

notas musicais deviam sair da algibeira do Estado – ou diretamente, ou por meio do imposto-lotérico. Para mostrar a ortodoxia da doutrina, citava-se exemplo de todas as nações civilizadas de ambos os hemisférios, sem atender ao conselho da *femme savante*:

Quand sur une personne on prétent se régler, C'est par les beaux côtés qu'il faut lui ressembler.

Naquele tempo, era possível a aplicação da doutrina, mas os tempos mudam e as doutrinas com ele. A subvenção lírica decaiu até morrer de todo. O Estado atou os cordões da bolsa, e demoliu o Provisório.[1137]

292

Notou-se muito que na semana passada foram representadas três peças nacionais. Três peças! Já uma era de fazer pasmar. Em matéria teatral, orçamos pela alfaiataria: é de Paris que nos chegam as modas. Paris teatral é como os seus grandes depósitos ou armazéns de roupas: tem de tudo, para todos os paladares, desde o mimoso até o sangrento, passando pela tramoia.[1138]

293

Mas, em suma, eram três; e aos nomes de J. de Alencar e de Macedo vinha juntar-se o de um jovem cultor das letras, o Sr. Dr. Carlos Ferreira.

299

1 DE DEZEMBRO DE 1877

Escusado é dizer que semelhante fato, embora anormal, não faz parte das *Aventuras de um Paulista*, romance com que a crítica literária se tem ocupado nestes últimos dias. Ninguém leu ainda o romance nem mesmo a crítica; mas, parece certo que há nele muitos fogões, e (coisa célebre!) muitos fogões americanos (*Uncle Sam*).[1139]

Este gracioso anúncio é objeto de um a dois minutos de atenção de toda a gente que lê jornais, romances e fogões.

[1137] Crítico das tetas estatais, Machado de Assis defendeu apoio estatal ao teatro, sem privilégios. Ele foi um crítico do apego nacional ao Estado providencial.

[1138] Há sempre uma capital do mundo. E sempre uma periferia.

[1139] Pelo jeito não foram os comunistas os primeiros a dizer Tio Sam por aqui.

301

Que é o homem? Um animal mamífero e desconfiado. Prova: a extração das loterias.[1140]

15 DE DEZEMBRO DE 1877

302

Toda a história destes quinze dias está resumida em um só instante, e num acontecimento único: a morte de José de Alencar. Ao pé desse fúnebre sucesso, tudo o mais empalidece. Quando começou a correr a voz de que o ilustre autor do *Guarani* sucumbira ao mal que de há muito o minava, todos recusavam dar-lhe crédito, tão impossível parecia que o criador de tantas e tão notáveis obras pudesse sucumbir ainda em pleno vigor do espírito.

303

José de Alencar ocupou nas letras e na política um lugar assaz elevado para que o seu desaparecimento fosse uma comoção pública. Era o chefe aclamado da literatura nacional. Era o mais fecundo de nossos escritores. Essa imaginação vivíssima parecia exprimir todo o esplendor da natureza da sua pátria. A política o furtou alguns anos; a alta administração alguns meses; e na política, como na administração, como no foro, deu testemunho de que possuía, além daquela imaginação, a inteligência das coisas positivas.[1141]

304

Como romancista e dramaturgo, como orador e polemista, deixa de si exemplos e modelos dignos dos aplausos que tiveram e hão de ter. Foi um engenho original e criador; e não foi só isso, que já seria muito; foi também homem de profundo estudo, e de aturada perseverança. José de Alencar não teve lazeres; a sua vida era uma perpétua oficina.

305

Poucas linhas são estas, poucas e pálidas mas necessárias ainda assim, porque são as expressões de um dever de brasileiro e de admirador.[1142]

[1140] Duas definições genialmente fáceis na aparência. Efeitos de inteligência.

[1141] Nenhuma observação quanto ao seu escravismo radical.

[1142] Vale repetir que Machado de Assis escolheu José de Alencar para patrono da sua cadeira na ABL.

1 DE JANEIRO DE 1878

310-311

Um derradeiro fato:

Apareceu mais um campeão na imprensa diária, o *Cruzeiro*, jornal anunciado há algumas semanas. Desejamos longa vida ao nosso novo e brilhante colega.[1143]

313

História dos Trinta Dias

FEVEREIRO DE 1878

Assim como as árvores mudam de folhas, as crônicas mudam de título; e não é essa a única semelhança entre a crônica e a árvore. Há muitas outras, que não aponto agora por falta de tempo e de papel.[1144]

317

Saltando outra vez ao nosso país, à nossa cidade, à nossa rua do Ouvidor, ocorreu neste mês, há poucos dias, o desaparecimento do *Diário do Rio de Janeiro*.

O decano da imprensa fluminense mais uma vez se despede dos seus colegas. Longa foi a sua resistência, e notórios os seus esforços: mas tinha de cair e caiu.

Não me lembro sem saudades desse velho lidador. Não lhe tem valido talento nem perseverança, nem sacrifício. A morte vem lentamente infiltrar-se nele, até que um dia, uma manhã, quando ninguém espera, anuncia-se que o *Diário do Rio* deixa de existir.

Naquelas colunas mais de uma pena ilustre tem provado suas forças. Não citarei os antigos; citarei por alto Alencar, Saldanha, Bocaiúva, Vianna, partidos diferentes, diversos estilos, mas todos publicistas de ilustre nomeada.

E caiu o velho lidador![1145]

318-319

O Monitor Sul-Mineiro iniciou a ideia de monumento no lugar em que repousam as cinzas de José de Alencar. Esta ideia, comunicada ao Rio de Janeiro, foi saudada pela imprensa com as palavras merecidas de louvor e animação.

[1143] Machado de Assis foi um homem de imprensa.
[1144] Botânica da crônica.
[1145] Réquiem para o jornal de um tempo.

Pela minha parte aplaudo com ambas as mãos o nobilíssimo projeto.

Já disse nessas colunas o que sentia acerca do elevado mérito do autor do *Guarani*; fiz coro com todos quantos apreciaram em vida aquele talento superior, que soube deixar um vivo sulco onde quer que passou, política ou literatura, eloquência ou jurisprudência.

Levantar o monumento merecido é dever dos que lhe sobrevivem, é dever sobretudo dos que trabalham na imprensa, ou por meio de livros, ou por meio de jornais, que uns e outros foram honrados com os escritos daquele espírito potente. Parabéns ao *Monitor Sul-Mineiro*.[1146]

MARÇO DE 1878

322-323

Disse acima que os sucessos forma pálidos, com algumas exceções. Exemplifico: a eleição na Glória, onde foi um pouco vermelha.

Correu sangue! Mas por que correu sangue? Quem o mandou não ficar parado, como tílburis sem frete, ou como os relógios sem corda? Não sei; mas a verdade é que ele correu e a igreja ficou interdita.

Pessoa que assistiu ao rolo diz-me que os altares foram invadidos por grande porção de gente que ali se refugiou para escapar a algum golpe sem destino. Donde concluo que a religião não é tão inútil como a pintam alguns filósofos imberbes. Ao menos, se não faz respeitar o sagrado recinto, serve de refúgio aos cautelosos.

Valha-nos isso!

Uma eleição sem umas gotinhas do líquido vermelho equivale a um jantar sem as gotinhas de outro líquido vermelho. Não presta; é pálido; é terne; é sem sabor. Dá vontade de interromper e bradar:

– *Garçon! un peu de sang, s'il vous plait.*[1147]

323

A febre amarela foi outra página do mês. Epidemia não há; mas... têm morrido algumas pessoas.

[1146] Ou o escravismo de alguém como Alencar não incomodava, tão enraizado estava na vida do país, ou essas pessoas conseguiam separar arte de política como nunca antes e depois no mundo. Machado de Assis parecia não notar esse pecado no seu ídolo.

[1147] A ironia pode ser um bom escudo para a posteridade.

Dizem que depois do Carnaval, cujas festas costumam ser delirantes, a febre levantará o estandarte epidêmico, e levará tudo até o Caju. Isto me disseram dois médicos, e creio que é a opinião de todos os outros. O remédio parece fácil, não é? Facílimo: adiar as festas do Carnaval para o inverno. Duvido muito que os festeiros suportassem a mudança.

Ergo, cemitério.[1148]

325-326

ABRIL DE 1878

A morte do conselheiro José Thomas Nabuco de Araújo foi a grande mancha na história dos últimos trinta dias. O que perdeu o país nesse homem ilustre e sábio, não é preciso que o digamos aos leitores da Ilustração.

Jurisconsulto profundo, parlamentar distintíssimo, político moderado, era um dos homens mais notáveis da geração que vai desaparecendo. Como Zacharias, sua morte foi inesperada e a todos tomou de sobressalto. Hoje repousa no eterno leito, deixando na história largo sulco de sua passagem.

Dizem que deixou pronto o projeto do Código Civil. Tanto melhor! Teremos, enfim, código, e redigido por mão de mestre.[1149]

Volume 25
Crônicas (1878-1888)

O Cruzeiro – **1878**[1150]

2 DE JUNHO DE 1878

7

Há heranças onerosas. ELEAZAR substituiu SIC, cuja pena, aliás, lhe não deram, e conseguintemente não lhe deram os lavores de estilo, a graça ática, e aquele pico e sabor, que são a alma da crônica. A

[1148] Mudam os agentes infecciosos, os carnavais sacodem autoridades e foliões.

[1149] Pai de Joaquim Nabuco, que foi talvez o mais brilhante abolicionista.

[1150] Notas semanais publicadas com o pseudônimo de Eleazar, em *O Cruzeiro*, Rio de Janeiro, de 2/6/1878 a 1/9/1878.

crônica não se contenta da boa vontade; não se contenta sequer do talento; é-lhe precisa uma aptidão especial e rara, que ninguém melhor possui, nem em maior grau, do que o meu eminente antecessor. Onerosa e perigosa é a herança; mas eu cedo à necessidade da ocasião.

Resta que me torne digno, não direi do aplauso, mas da tolerância dos leitores.[1151]

13-14

Trata-se pois de nada menos que voltar ao regímen da sobremesa. Quando o Marechal López, nas últimas convulsões de seu estéril despotismo, soltava esta frase célebre: *il faut finir pour commencer*, indicava às nossas confeitarias, ainda que de modo obscuro, a verdadeira teoria gastronômica. Com efeito, importa muito que a sobremesa tenha o primeiro lugar; acrescendo que começar uma coisa pelo fim, pode não ser o melhor modo de a acabar bem, mas é com certeza, o melhor modo de a acabar depressa. Vejam, por exemplo, as consequências que pode ter este princípio da sobremesa antes da sopa, aplicado à organização dos Estados. A Banda Oriental do Uruguai, apenas se sentou à mesa das nações, ingeriu no estômago um cartucho de pralinas constitucionais; abarrotou-se, e nem por isso teve indigestão; ao contrário, digeriu todas as pralinas em poucos anos; digeriu mais uns quinhentos quilos de governos *à la minute;* mais uns dez ou doze pires de congressos em calda; viveu, enfim, numa completa marmelada política. É verdade que o estômago lhe adoeceu, e que a puseram no regímen de uns caldos substanciais à Latorre, para combater a dispepsia republicana; mas é também verdade que, se não acabou bem, acabou depressa.[1152]

9 DE JUNHO DE 1878

29

Esse sistema telefônico, aplicado à composição musical, não é novo, data de alguns anos; mas até onde irá é que ninguém pode prever.[1153]

[1151] O cronista dialoga mesmo que não seja interrompido.

[1152] Firme e nacionalista, o cronista é implacável com Lopez, severo com o Uruguai e doce com o império brasileiro. Parece ter comido algumas pralinas (amêndoas caramelizadas) patrióticas. Reflete inteiramente o discurso oficial do Brasil.

[1153] A tecnologia, com suas inovações e termos, não escapava ao cronista.

31

Somos os dois principais países do continente; a natureza, separando-os, facilitou a aliança dos dois povos, que nenhum interesse divide no presente, nem provavelmente no futuro.[1154]

16 DE JUNHO DE 1878

36-37

Na verdade, os prazeres intelectuais hão de sempre dominar nesta geração. Atualmente, é sabido que o teatro, copioso, elevado, profundo, puro Sófocles, tem enriquecido quarenta e tantas empresas, ao passo que só quebram as que recorrem às mágicas. Ninguém ainda esqueceu os ferimentos, as rusgas, os apertões que houve por ocasião da primeira récita do *Jesuíta*, cuja concorrência de espectadores foi tamanha, que o empresário do teatro comprou, um ano depois, o palácio Friburgo.[1155]

37

Faltavam-nos os touros. Os touros vieram, e com eles toda a fraseologia, a nova, a elegante, a longa fraseologia tauromáquica; enfim, veio o bandarilheiro Pontes. Não tive a honra de ver este cavalheiro, que os doutores da instituição proclamam artista de alta escala; mas ele pertence ao número das coisas, em que eu creio sem ver, digo mais, das coisas, em que eu tanto mais creio, quando menos avisto. Porque é de saber que, em relação a essa nobre diversão do espírito, eu sou nada menos que um patarata; nunca vi corridas de touros; provavelmente, não as verei jamais.[1156]

38

Sejamos do nosso século e da nossa língua. No tempo em que uma vã teoria regulava as coisas do espírito, estes nomes de *artista* e de *arte* tinham restrito emprego: exprimiam certa aplicação de certas faculdades. Mas as línguas e os costumes modificam-se com as instituições. Num regímen menos exclusivo, essencialmente democrático, a arte teve de vulgarizar-se: é a subdivisão da moeda de Licurgo.

[1154] A profecia nunca foi o forte dos intelectuais.

[1155] Peça de José de Alencar, escrita em 1861 para João Caetano, que não gostou e recusou o papel. Fracasso de público, encenada em 1875, foi criticada por Joaquim Nabuco, ocasionando uma polêmica com o autor.

[1156] Um vanguardista na recusa de uma barbárie muito admirada e praticada.

Cada um possui com que beber um trago. Daí vem que farpear um touro ou esculpir o *Moisés* é o mesmo fato intelectual: só difere a matéria e o instrumento. Intrinsecamente, é a mesma coisa. Tempo virá em que um artista nos sirva a sopa de legumes, e outro artista nos leve, em tílburi, à fábrica do gás.[1157]

23 DE JUNHO DE 1878

47

O anão dizem que trabalha, come e escreve com os pés; e, porque não faz essas coisas de graça, pode-se dizer, sem metáfora, que mete os pés nas algibeiras do espectador. Custa quinhentos réis. A negrinha monstro, uma virago célebre, que há uns vinte anos esteve em exposição naquela mesma, custava dois mil réis.[1158]

52

Provavelmente o leitor já teve notícia do microfone, um instrumento que dá maior intensidade ao som e permite ouvir, ao longe, muito longe, até o voo de um mosquito.[1159]

30 DE JUNHO DE 1878

61

Em todo caso, antes ver correr os homens que ver brigar os galos, uso que floresceu com igual vida em Atenas e na Gamboa, do mesmo modo que floresce às margens do Tâmisa – ou Tamesis, como escrevia Garret. Donde se conclui que o homem é um animal eternamente brigão.[1160]

[1157] Crítico do entretenimento vulgar da época, inclusive das touradas, Machado de Assis antecipa críticas do final do século XX, que se tornariam conhecidas pelo tipo de comparação feita, como as do francês Alain Finkielkraut, que, em *A derrota do pensamento*, ironizou a cultura consumista ocidental na qual um par de botas valeria tanto quanto um Shakespeare. Um drible no futebol seria comparável a um passo de balé e assim sucessivamente. A tourada era o espetáculo a ser combatido na época de Machado de Assis pelo amante do "bom gosto" cultural.

[1158] Crítica à espetacularização do que era visto de modo geral como grotesco, inclusive a chamada inversão sexual, e podia ser encontrado em casas da Rua do Ouvidor.

[1159] Para uma genealogia da chegada do termo "microfone" ao Brasil.

[1160] Contrário a touradas e brigas de galo, o cronista percebia a universalidade intemporal de certos hábitos, mas não deixava de vê-los como históricos, logo, mutáveis.

62

Melhor notícia do que essa é a de ter sido aprovada, na Bahia, uma senhora que fez exame de dentista.[1161]

63

É um característico século: a mulher está perdendo a superstição do homem. Tomou-lhe o pulso.

[...] Em primeiro lugar, há de ser preciso muita e rígida virtude para que uma mulher não despovoe a boca da outra quando lhe vir uns dentes de pérola, que obscurecem os seus; em segunda lugar, quem os trouxer postiços arrisca-se a ver o caso denunciado nos mais discretos salões... Imagine-se o caso de rivalidade amorosa.[1162]

7 DE JULHO DE 1878

67

Isto dito, intercalarei nesta crônica de hoje algumas boas amostras do documento de que trato, impresso com outros submetidos ao presidente; e para em tudo conservar o estilo figurado das primeiras linhas, e porque o folhetim[1163] requer um ar brincão e galhofeiro, ainda tratando de coisas sérias, darei a cada uma de tais amostras o nome de um prato fino e especial, – *um extra,* como dizem as listas dos *restaurants.*

69

Imaginem o que será de nós, se tivermos de dar à luz os nossos livros e os nossos pequenos; gerar herdeiros e conspirações; conceber um plano de campanha e Bonaparte.[1164]

71

Emília Rosa é uma senhora, vinda da Europa, com a nota secreta de que trazia um contrabando de notas falsas. *Rien n'est sacré pour un*

[1161] Pode parecer chocante, mas não deixa de ser atual. Imagine o leitor a repercussão que acontecerá quando, por exemplo, o Brasil tiver a primeira mulher negra no STF.

[1162] Pode-se, vale insistir, absolver um homem dos seus preconceitos por pertencer ao seu tempo, mas não se pode, neste caso, dizer que, como gênio, estava à frente da sua época. A genialidade literária não garantiu a Machado de Assis uma genialidade integral. O termo "gênio" faz parte de um imaginário romântico ultrapassado. O uso aqui serve apenas para trabalhar com uma categoria do senso comum intelectualizado. A tirada machista em questão não deixava de ser ofensiva mesmo naquele contexto.

[1163] Para não deixar dúvidas sobre a extensão do termo "folhetim".

[1164] Podia ser uma antecipação ao marketing, mas é só uma divisão social do trabalho: aos homens, os livros; às mulheres, os filhos.

sapeur; nem as malas do belo sexo, nem as algibeiras, nem as ligas. A polícia, com a denúncia em mão, tratou de examinar o caso. Desconfiar com mulheres![1165]

73

Se achares três mil-réis, leva-os à polícia; se achares três contos, leva-os a um banco. Esta máxima, que eu dou de graça ao leitor, não é a do cavalheiro, que nesta semana restituiu fielmente dois contos e setecentos mil-réis à Caixa da Amortização.[1166]

75-76

Parece que o *Primo Basílio,* transportado ao teatro, não correspondeu ao que legitimamente se esperava do sucesso do livro e do talento do Sr. Dr. Cardoso de Meneses. Era visto: em primeiro lugar, porque em geral as obras, geradas originalmente sob uma forma, dificilmente toleram outra; depois, porque as qualidades do livro do Sr. Eça de Queirós e do talento deste, aliás fortes, são as mais avessas ao teatro. O robusto Balzac, com quem se há comparado o Sr. Eça de Queirós, fez má figura no teatro, onde apenas se salvará o *Mercadet;* ninguém que conheça mediocremente a história literária do nosso tempo, ignora o monumental desastre de *Quinola.*

Se o mau êxito cênico do *Primo Basílio* nada prova contra o livro e o autor do drama, é positivo também que nada prova contra a escola realista e seus sectários. Não há motivo para tristezas nem desapontamentos; a obra original fica isenta do efeito teatral; e os realistas podem continuar na doce convicção de que a última palavra da estética é suprimi-la. Outra convicção, igualmente doce, é que todo o movimento literário do mundo está contido nos nossos livros; daí resulta a forte persuasão em que se acham de que o realismo triunfa no universo inteiro; e que toda a gente jura por Zola e Baudelaire. Este último nome é um dos feitiços da nova e nossa igreja; e, entretanto, sem desconhecer o belo talento do poeta, ninguém em França o colocou ao pé dos grandes poetas; e toda a gente continua a deliciar-se nas estrofes de Musset, e a preferir *L'Espoir en Dieu* à *Charogne.* Caprichos de gente velha.[1167]

[1165] Não havia dinheiro na cueca na época?

[1166] Esse tipo de ato de honestidade continua chamando a atenção. Sai no jornal.

[1167] Como se vê, a transposição de uma obra para outro suporte, do livro para o teatro, ou,

14 DE JULHO DE 1878

79

Não sendo a saúva a principal causa da decadência da lavoura, o congresso tratou de outros formicidas menos contestados [...] Uma voz apenas se manifestou em favor da introdução de novos africanos; mas a unanimidade e o ardor do protesto abafou para sempre essa opinião singular.[1168]

80

A crônica – aonde ninguém desce a buscar ideias graves ou observações de peso.

A crônica é como a poesia: *ça ne tire pas à conséquence.*

[...] Exige cócegas, pelo menos. É assim a crônica. Que sabes tu, frívola dama, dos problemas sociais, das teses políticas, do regime das coisas deste mundo? Nada; e tanto pior se soubesses alguma coisa, porque tu não és, não foste, nunca serás o jantar suculento e farto; tu és a castanha gelada, a laranja, o cálix de *Chartreuse*, uma coisa leve, para adoçar a boca e rebater o jantar.[1169]

84

Vindo uma noite do teatro, descobri junto do Largo de S. Francisco, um vulto feminino[1170] trajado à romana, osculando um gatuno e dando-lhe uma chave falsa. Não pude distinguir as feições; vejo agora que era a reforma judiciária, a quem daqui aconselho que se não entregue a tão deploráveis exercícios.

87-88

No meio disto, sabe-se aqui que uns oitenta russos, comprometidos com a província do Rio Grande, por motivo de algumas quantias

---

depois, do livro para o cinema, é discutida desde muito tempo e considerada de difícil êxito. Essa discussão foi muito forte com o filme *O nome da rosa,* adaptação do romance best--seller do italiano Umberto Eco. Deliciosa nesta passagem é o ataque de Machado de Assis, aliás, Eleazar, ao realismo, que mais tarde iria adotar. Também se destaca sua avaliação de Baudelaire. Hoje, o poeta das *Flores do mal* aparece muitas posições à frente de Musset no mercado das reputações mundiais e possivelmente perenes.

[1168] As polêmicas em torno dos agrotóxicos já estavam em pauta. Lima Barreto e Mario de Andrade, com o famoso "pouca saúde e muita saúva, os males do Brasil são", teriam outra opinião sobre o tema. Policarpo Quaresma e Macunaíma eram de outro campo. Num congresso agrícola a nostalgia da importação de escravos não podia faltar.

[1169] Definição que se tornaria canônica. Trata-se de uma dissimulação. Por trás da leveza está o peso das coisas ditas com efeitos de inteligência.

[1170] Quem dá a chave falsa é a mulher. O enganado é o homem. Um imaginário.

que lhe devem, trataram de fazer uma retirada honrosa, e sobretudo noturna, para o Estado Oriental. Já pisavam terra nova, quando a autoridade de cá obteve que a autoridade de lá os repassasse – o que prontamente se fez.[1171]

Segundo estou informado, o que aconteceu foi justamente o contrário daquilo. Estes russos pertencem a uma seita, a qual tem um decálogo, no qual há um mandamento que diz que as dívidas se devem pagar ainda à custa de sangue. Cansados de perseguir o presidente da província, para lhes receber o dinheiro, resolveram compeli-lo a isso, armaram-se de rebenque e foram à noite cercar o palácio. O presidente, acordado pelo ajudante de ordens, viu que o mais decoroso era a fuga, e saiu da capital para Jaguarão, com os russos atrás de si, porque estes o pressentiram e não o deixaram mais. Dali passou à vila de Artigas; mas os russos, a quem o desespero da honra deu forças novas, foram arrancá-lo de lá, e apresentaram-lhe aos peitos um bom par de contos de réis. O presidente rendeu-se e passou recibo; os russos queimaram, em efígie, o pecado do calote. Era tempo.[1172]

28 DE JULHO DE 1878

108

O candidato tem falado da província "nas palestras".[1173]

4 DE AGOSTO DE 1878

115

Uma coisa semelhante à situação recente de Campos. Campos reuniu duas coisas raras e não incompatíveis; deu-se ao tumulto e à goiabada. Ao passo que nós gastamos a semana a recear alguma coisa para amanhã. Campos iniciou a agitação no domingo último, e fê-lo de um modo franco, largo e agreste. Campos disse consigo que a reputação da goiabada é inferior a uma nobre ambição política, e que a gratidão do estômago, posto seja ruidosa, é por extremo efême-

---

[1171] Se tivessem conversado com escravizados, não teriam alimentado tal ilusão ou, ao menos, teriam tomado mais precauções.

[1172] Sem entrar em considerações geográficas, esse episódio podia constar das famosas califórnias. Em todo caso, fugas de presidentes não eram incomuns.

[1173] O candidato louvava os serviços prestados à província natal. O cronista dizia que "a palestra é a imprensa falada". A propaganda política procurava os seus caminhos.

ra; dura o espaço de um quilo, menos do que as estafadas rosas de Malherbe. Campos entendeu que lutar com a goiabada de Jacobina e a compota da Europa não satisfaz a vida inteira de uma cidade, e que era tempo de lançar o cacete de Breno na balança dos seus destinos.[1174]

116

Isto disse Campos; dizê-lo e atirar-se ao pleito eleitoral foi obra de um momento. Então começou uma troca de finezas extremamente louvável, capangas austeros começaram a distribuir entre si os mais sólidos golpes de cacete; e assim como Sganarello se fez médico a pau[1175] cada um deles buscou doutorar os outros na mesma academia.

118

Há ânimos generosos que presumem sermos chegados a um tempo em que a política é obra científica e nada mais, eliminando assim as paixões e os interesses, como quem exclui dois peões do tabuleiro do xadrez. Belo sonho e deliciosa quimera. Que haja uma ciência política, sim; que os fenômenos sociais sejam sujeitos a regras certas e complexas, justo. Mas essa parte há de ser sempre a ocupação de um grupo exclusivo, superior ou alheio aos interesses e às paixões. Estes foram, são e hão de ser os elementos da luta quotidiana, porque são os fatores da existência das sociedades. O contrário, seria supor a possibilidade de convertê-las em academias ou gabinetes de estudo, suprimir a parte sensível do homem, – coisa que, se tem de acontecer, não o será antes de dez séculos.

Vejo que o leitor começa a cabecear. Este período engravatado tem-lhe ares de mestre-escola.[1176]

[1174] A rosa de Malherbe e a espada de Breno são frequentes nas crônicas do autor. O chefe celta Breno tomou Roma. Discutiu-se um resgate para libertar a cidade. Breno jogou sua robusta espada de ferro na balança e disse: "Vae victis". Ai dos vencidos. Essa ideia parece fascinar Machado de Assis. Da espada ao cacete.

[1175] Referência ao personagem da comédia de Molière *Médico à força*. A cultura teatral do leitor de Machado de Assis era suficiente para a identificação de tal personagem. O mesmo valeria para as referências históricas e literárias?

[1176] A utopia do cientificismo persiste em vários campos da vida moderna. Pelo jeito, ainda serão necessários muitos séculos para se chegar a tal objetividade. Uma tirada de humor diz que ciência política é a opinião de cada um formatada nas regras da ABNT.

11 DE AGOSTO DE 1878

133-134

Ao que parece, negreja[1177] um grande temporal no horizonte lírico. Sobre a cabeça da empresa, aglomeram-se pesadas nuvens, não tarda roncar a Tijuca e a pateada. Esta semana trouxe novos vendavais, cujo desencadeamento será terrível, se o não conjurar algum deus benévolo.

Pobre Ferrari! Bem pouco durou a tua realeza. Há dois anos entraste aqui como uma espécie de Messias da fé nova. Tinhas inventado a Sanz, os maiores olhos que jamais vi, e que a faziam semelhante a Juno, a Juno dos olhos de boi, como diz Homero, ou olhitoura, como traduz o Filinto. Tinhas inventado a Visiack, uma artista, a Rubini, uma graça, e o Gayarre, um rouxinol. Acrescia que chegavas depois de um longo e impaciente jejum de música, porque o governo retirara, há muito, a subvenção ao teatro lírico; e neste assunto estávamos reduzidos a intermitências do Lelmi, a uma ou outra Parodi adventícia. Vieste; abrimos-te os nossos corações, cobrimos-te de flores, anagramas e assinaturas. Estas, a princípio, foram pagas à vista; e depois, antes da vista. Então começou a tua decadência; prometeste mundos e fundos, ficaste com os fundos, sem nos dar os mundos; perdeste a nossa estima, estás a pique de perder a nossa misericórdia.[1178]

136

No Skating houve esta semana grande pega de pé, uma brilhante corrida, que congregou, no recinto do estabelecimento, a fina flor da nossa sociedade; concorrência de quatro mil pessoas, pelo menos. O grande prêmio coube ao jovem filho de um estadista. Noto que, por ora, o belo sexo é avaro das suas graças na patinação. Salvo algumas meninas de cinco a onze anos, creio que nenhuma dama, ou rara, desceu à arena. Pois era o meio de lhe comunicar um pouco mais de elegância e correção.[1179]

[1177] O leitor era branco e dono de negros.
[1178] As estrelas da época estavam na ópera.
[1179] Cada época com suas modas esportivas. Do *skating* (patinação) para o skate. Das meninas e meninos da elite para as "fadinhas" da classe média.

18 DE AGOSTO DE 1878

147

Questão de óculos. A adolescência usa uns vidros claros ou azuis, que aumentam o viço e o lustre das coisas, vidros frágeis que nenhum Reis substituiu ou conserta. Quebra-se e atiram-se fora. Os que vêm depois são mais tristes, e não sei se mais sinceros.[1180]

148

Lá se vê o toucado da moça *fashionable*, levando atrás de si a trunfa da preta baiana.[1181] Uns vão de cupê, outros de bonde, outros a pé; e sobe e desce o rio de gente variegada, salpicada, misturada; pequena imagem do vale de Josafá.

149

E que outra coisa poderemos exigir das moças? Para as doutoras, tenho horror a Proudhon[1182]; a mãe dos Gracos morreu; e a Teixeira Lopes ficou em Paris.

150

Diz-se que o francês não tem *la tête épique*; pode-se dizer que o brasileiro não tem a cabeça dramática; nem a cabeça nem o coração.[1183]

25 DE AGOSTO DE 1878

151

Nisto se parece a crônica com a Turquia de hoje; tem limites apertados.

Há outro ponto em que o cronista se parece com os turcos; é em fumar quietamente o cachimbo do seu fatalismo. O cronista não tem cargo d'almas, não evangeliza, não adverte, não endireita os tortos

---

[1180] A metáfora dos óculos para visão de mundo reaparecerá em autores do mundo inteiro, talvez por óbvia. O francês Pierre Bourdieu, em *Sobre a televisão*, falará dos óculos dos jornalistas, que os fazem ver o ordinário como extraordinário e vice-versa.

[1181] Os termos vão e voltam. Moda já foi *fashion* por aqui antes de voltar a sê-lo e se inspirar (ou se apropriar) na trunfa (turbante ou touca) da baiana.

[1182] Uma forma de explicitar o seu conservadorismo liberal ou liberalismo conservador. Daí talvez a dificuldade de ver a propriedade, mesmo a dos negros, como um roubo, o que, mais uma vez, remete para a crônica de 11 de maio de 1888, aquela em que liberdade e propriedade se equivalem.

[1183] Seria o brasileiro trágico: aquele que aceita o seu "destino". Ou fatalista? O drama exige solução, ruptura, corte. O épico demanda esforços colossais. Feita a brincadeira, resta a observação sobre as tentações essencialistas da época: morreram ou dormem?

do mundo; é um mero espectador, as mais das vezes pacato, cuja bonomia tem o passo tardo dos senhores do harém.[1184]

152

Fica alheio a todas as lutas, ou sejam de forças, ou de destreza, ou de ambas as coisas juntas. Simples e honesto *mironi*, a semana foi militante; mas o cronista foi expectante.[1185]

155

Um deputado pode ser excelente, sem ser gratuito. Creio até que as leis sejam mais perfeitas quando o legislador não tenha de pensar no jantar do dia seguinte.[1186]

1 DE SETEMBRO DE 1878

171

Ao que parece, não pega muito o espetáculo do soco inglês, – a *box*, [sic] – exercício inventado pela Sociedade Protetora dos Farmacêuticos; o que realmente me admira, porque a *box* é uma forma de luta romana inaugurada pelo professor Battaglia, – tendo, além disso, a circunstância de ser nova entre nós, e a virtude de dar extração à arnica, – "a grande arnica"– como dizia o finado Freitas. Pois não é que o soco seja um espetáculo desdenhado, quando no-lo dão casualmente aí nas ruas; acrescendo que, em tais casos, é irregular e sem método, ao passo que no estabelecimento da Rua do Costa está sujeito a certas fórmulas e regras de alta filosofia. Ao cabo é a mesma luta romana. Uma leva ao chão; outra leva aos narizes; é toda a diferença. Substancialmente, são duas ocupações recreativas e morais.[1187]

Balas de Estalo[1188]

[1184] Descartadas as alusões datadas à Turquia, resta a ideia válida em outros termos: o cronista, embora não seja neutro, não é o moralista, aquele que diz como o mundo deve ser. Se não é militante, também não é expectante. Talvez, observador-participante. Possivelmente por aí se explique a ausência de Machado de Assis no debate sobre a escravidão. Essa posição, porém, não acabaria por ser um alento para o passo tardo dos senhores de escravos?

[1185] Machado de Assis não queria ser militante. Era possível ser expectante enquanto outros, como Joaquim Nabuco, militavam contra a infâmia da escravidão?

[1186] Ponto de vista magistralmente desenvolvido pelo alemão Max Weber em *A política como vocação*. Sem a profissionalização da política, ela só pode ficar nas mãos dos ricos. Na época de Machado de Assis, porém, era exatamente o que acontecia. Atualmente é curioso que os defensores de não se fazer da política uma profissão sejam justamente os mais abastados. O leitor identificará facilmente alguns desses apóstolos da política como devoção e doação.

[1187] Uma defesa irônica da arte de bater em cabeças com método e ciência.

[1188] Textos publicados na *Gazeta de Notícias*, Rio de Janeiro, de 2/7/1883 a 4/1/1886. Era uma

4 DE JULHO DE 1883

186

ART. II

Da posição das pernas

As pernas devem trazer-se de modo que não constranjam os passageiros do mesmo banco. Não se proíbem formalmente as pernas abertas, mas com a condição de pagar os outros lugares, e fazê-los ocupar por meninas pobres ou viúvas desvalidas, mediante uma pequena gratificação.

ART. III

Da leitura dos jornais

Cada vez que um passageiro abrir a folha que estiver lendo, terá o cuidado de não roçar as ventas dos vizinhos, nem levar-lhes os chapéus. Também não é bonito encostá-los no passageiro da frente.[1189]

22 DE JULHO DE 1883

189

O Sr. Deputado Penido censurou a Câmara por lhe ter rejeitado duas emendas: – uma que mandava fazer desconto aos deputados que não comparecessem às sessões; outra que reduzia a importância do subsídio.

Respeito as cãs do distinto mineiro; mas permita-me que lhe diga: a censura recai sobre S. Exa., não só uma, como duas censuras.

A primeira emenda é descabida. S. Exa. naturalmente ouviu dizer que aos deputados franceses são descontados os dias em que não comparecem; e, precipitadamente, pelo vezo de tudo copiarmos do estrangeiro, quis logo introduzir no regimento da nossa Câmara esta cláusula exótica.

190

Não advertiu S. Exa., que esse desconto é lógico e possível num país, onde os jantares para cinco pessoas contam cinco croquetes, cinco figos e cinco fatias de queijo. A França, com todas as suas magnifi-

---

coluna coletiva na qual Machado de Assis assinava como Lélio.
[1189] Sobre a arte da convivência.

cências, é um país sórdido. A economia ali é mais do que sentimento ou um costume, mais que um vício, é uma espécie de pé torto, que as crianças trazem do útero de suas mães.[1190]

15 DE AGOSTO DE 1883

197

Um articulista anônimo, tratando há dias do uso da folga acadêmica nas quintas-feiras, escreveu que Moisés e Cristo só recomendaram um dia de descanso na semana, e acrescenta que nem Spencer nem Comte indicaram dois.

Nada direi de Spencer; mas pelo que respeita a Comte, nosso imortal mestre, declaro que a afirmação é falsa. Comte permite (excepcionalmente, é verdade) a observância de dois dias de repouso. Eis o que se lê no Catecismo do grande filósofo:

"O dia de descanso deve ser um e o mesmo para todas as classes de homens. Segundo o judaísmo, esse dia é o sábado; – e segundo o cristianismo, é o domingo. O positivismo pode admitir, em certos casos, a guarda do sábado e do domingo, ao mesmo tempo. Tal é, por exemplo, o daquelas instituições criadas para a contemplação dos filhos da Grã-Bretanha, como sejam, entre outras, os parlamentos de alguns países, etc. E a razão é esta. Sendo os ingleses, em geral, muito ocupados, pouco tempo lhes resta para ver as coisas alheias. Daí a necessidade de limitar os dias de trabalho parlamentar dos ditos países, a fim de que aqueles insulares possam gozar da vista recreativa das mencionadas instituições". (Cat. Posit., página 302).[1191]

23 de outubro

198

A Gazeta de Londres publicou, em seu número de 8 do mês passado, um ofício do vice-rei da Índia ao Conde Granville, contendo informações interessantíssimas para a questão dos trabalhadores asiá-

---

[1190] Nada mais velho no Brasil do que as controvérsias sobre faltas, privilégios e produtividade de parlamentares. Velha também é a crônica dos maus costumes nos espaços públicos. Quanto aos jornais e aos transportes públicos, esses parecem que serão extintos pelo virtual e pelos aplicativos. Que diria o cronista destes avanços? Certamente perceberia que alguns perderiam os seus lugares e os seus suores.

[1191] O positivismo não podia ser estranho a um intelectual brasileiro do século XIX. Machado de Assis rejeitava Proudhon e chamava Comte de mestre.

ticos. Visto que há tanto horror aos chins[1192], pareceu-me interessante transcrever esse documento:

200

"A primeira vantagem do chimpanzé é que é muito mais sóbrio que o chim comum."

201

"Quanto aos lucros, dizem-me que são de vinte e cinco a vinte e oito por cento. Sir John Sterling fez no ano de 1881, com o chim comum, vinte mil libras; em 1882, tendo introduzido em março os primeiros chimpanzés, apurou quinze mil libras; e nos primeiros seis meses deste ano vai em onze mil e quinhentas. A perfeição do trabalho é, ou a mesma, ou maior. A celeridade é dobrada, e a limpeza é tão superior, que Sir John não viu nada melhor na Inglaterra."

202

"A princípio houve relutância em admitir o chimpanzé pelo fato de andar muita vez a quatro pés; mas Sir John Sterling, que é naturalista e antropologista emérito, fez observar aos parentes e amigos, que a atitude do chimpanzé é uma questão de costumes. Na Europa e outras partes, há muitos bípedes por simples hábito, educação, uso de família, imitação e outras causas, que não implicam com as faculdades intelectuais. Mas tal é a força do preconceito que, assim como no caso daqueles bípedes se conclui da posição das pernas para a qualidade da pessoa, assim também se faz com o chimpanzé; sendo ambos o mesmíssimo caso: – uma questão de aparência e preconceito. Felizmente, a propaganda vai fazendo desaparecer esse erro funesto, e o chimpanzé começa a ser julgado de um modo equitativo, científico e prático."

202-203

Esta carta é realmente importante, e espero sejam devidamente apreciadas e não fiquem perdidas as lições que contém. O nosso defeito é não dar atenção a coisas sérias! Esta é das mais sérias.

[1192] Termo depreciativo para designar asiáticos. Machado de Assis era um grande leitor de jornais nacionais e estrangeiros. A questão da imigração foi muito abordada por ele.

As pessoas que preferem os chins, não podem deixar de aceitar este substituto. Segundo a carta transcrita, o chimpanzé tendo as mesmas aptidões do outro chim, é muito mais econômico. Por outro lado, os adversários, os que receiam o abastardamento da raça, não terão esse argumento, porque o chimpanzé não se cruzará com as raças do país.[1193]

15 DE MAIO DE 1884

204

– "Mas, V. Sa. como relator da comissão..." Em suma, padece do que chamamos em medicina comíssio-mania ou mania das comissões.[1194]

23 DE AGOSTO DE 1884

Eu bem sei que era melhor não vender nada, nem vinho puro, nem vinho falsificado, e viver somente daquele produto a que se refere o meu amigo Barão de Capanema, no *Diário do Brasil* de hoje: "Alguns milhões de homens livres no Brasil (escreve ele) vivem do produto da pindaíba..." Realmente eu conheço um certo número que não vive de outra coisa. E quando o escritor acrescenta: "...pindaíba do tatu que arrancam do buraco..." penso que alude a alguns níqueis de mil-réis que têm saído da algibeira de todos nós.[1195]

8 DE MARÇO DE 1885

214

On ne parle ici que de ma mort – exclama certo personagem de comédia. Não se pode dizer outra coisa deste prospecto, em que a gente sai do médico para a botica, e da botica para o médico.[1196]

[1193] Uma legítima expressão do racismo da época temperada com ironia.

[1194] Por vezes, o cronista parece antecipar os discursos do "homem de bem" do século seguinte, vociferando contra o assembleísmo, os ideologismos, o militantismo, a politicagem, etc. Se não errava, produzia um efeito de generalização.

[1195] Esse texto não consta das edições Jackson. O cronista reclamava do pagamento de impostos. Funcionário público, denunciava as disfunções do aparelho estatal.

[1196] Numa época de medicina limitada e de doenças rápidas, o cronista ocupava-se de quase tudo que dissesse respeito a relações entre médicos, pacientes e farmácias.

14 DE MARÇO DE 1885

216

Pode ser que haja nesta confissão uma ou duas gramas de cinismo; mas o cinismo, que é a sinceridade dos patifes, pode contaminar uma consciência reta, pura e elevada, do mesmo modo que o bicho pode roer os mais sublimes livros do mundo.[1197]

218

O mesmo acontece ao capoeira. Não pode distribuir mimos espirituais, ou drogas infalíveis, todos os porcos nascem-lhe com uma só cabeça, nenhum meio de ocupar os outros com a sua preciosa pessoa. Recorre à navalha, espalha facadas, certo de que os jornais darão notícias das suas façanhas e divulgarão os nomes de alguns.

Já o leitor adivinhou o meu medicamento. Não se pode falar com gente esperta; mal se acaba de dizer uma coisa, conclui logo a coisa restante. Sim, senhor, adivinhou, é isso mesmo: não publicar mais nada, trancar a imprensa às valentias da capoeiragem. Uma vez que se não dê mais notícia, eles recolhem-se às tendas, aborrecidos de ver que a crítica não anima os operosos.[1198]

3 DE ABRIL DE 1885

225-226

"Há alguém, disse o Sr. Senador João Alfredo, citando um velho dito conhecido, há alguém que tem mais espírito que Voltaire, é todo o mundo".

Não sei se já alguma vez disse ao leitor que as ideias, para mim, são como as nozes, e que até hoje não descobri melhor processo para saber o que está dentro de umas e de outras, – senão quebrá-las.

Aos vinte anos, começando a minha jornada por esta vida pública que Deus me deu, recebi uma porção de ideias feitas para o caminho. Se o leitor tem algum filho prestes a sair, faça-lhe a mesma

---

[1197] As tiradas espirituosas, efeitos de inteligência, colocam Machado de Assis no nível dos maiores frasistas do mundo, como os chamados moralistas franceses.

[1198] Em quanta coisa Machado de Assis largou na frente: hoje se sabe que não se deve dar visibilidade na mídia a praticantes de atos de violência, como invasores de jogos de futebol, por ser justamente o que muitos procuram. O cronista já compreendia o desejo de espetacularização buscada por meio de gestos extremos.

coisa. Encha uma pequena mala com ideias e frases feitas, se puder, abençoe o rapaz e deixe-o ir.

Não conheço nada mais cômodo. Chega-se a uma hospedaria, abre-se a mala, tira-se uma daquelas coisas, e os olhos dos viajantes faíscam logo, porque todos eles as conhecem desde muito, e creem nelas, às vezes mais do que em si mesmos. É um modo breve e econômico de fazer amizade.

Foi o que me aconteceu. Trazia comigo na mala e nas algibeiras uma porção dessas ideias definitivas, e vivi assim, até o dia em que, ou por irreverência do espírito, ou por não ter mais nada que fazer, peguei de um quebra-nozes e comecei a ver o que havia dentro delas. Em algumas, quando não achei nada, achei um bicho feio e visguento.[1199]

25 DE ABRIL DE 1885

232-233

Porquanto, os sergipanos pagam o subsídio à Assembleia, para que esta lhes faça as leis, assim como nós pagamos imposto ao Estado, para que ele, entre outros serviços de que se incumbe, nos guarde as casas e as pessoas. Ora, se a Assembleia sergipana, em vez de fazer as leis necessárias aos sergipanos, limita-se a beber os ares da bela Aracaju; e se nós, por segurança, pagamos a quem nos vigie a porta; parece (salvo erro) que há aqui lugar para clamar como o Chicaneau de Racine: *Hé! rendez donc l'argent!*

Escrevi Chicaneau? Mas a nossa posição e a dos sergipanos é muito mais sólida que a de Chicaneau. Este queria tão-somente peitar o porteiro do juiz, ao passo que nós não queremos peitar ninguém neste mundo. Os sergipanos dizem: "Não podendo nós mesmos fazer as leis, incumbimos estes cavalheiros de as fazerem; e para que não percam o seu tempo, os indenizamos do que deixam de ganhar..." E nós: – "como temos de ganhar a nossa vida, vendendo, fabricando,

---

[1199] O cabedal de ideias prontas para "despesas de conversação" é um dos tópicos satirizados por Machado de Assis ao longo da sua obra, o que aparecerá de maneira explícita em *Memórias póstumas de Brás Cubas* (p. 100): "Não digo que a Universidade me não tivesse ensinado alguma; mas eu decorei-lhe só as fórmulas, o vocabulário, o esqueleto. Tratei-a como tratei o latim; embolsei três versos de Virgílio, dois de Horácio, uma dúzia de locuções morais e políticas, para as despesas da conversação. Tratei-os como tratei a história e a jurisprudência. Colhi de todas as coisas a fraseologia, a casca, a ornamentação..."

medicando ou advogando, fica este cavalheiro, em nome do Estado, incumbido de fazer uma porção de coisas, entre outras guardar a integridade da nossa fazenda, dos nossos narizes e do nosso sono; pelo que receberá, com diversos títulos, um tanto por ano".[1200]

10 DE MAIO DE 1885

236

Sentam-se os ministros, explica-se a crise, e o Saraiva tem a palavra para expor o programa. O profundo silêncio com que ele há de ser ouvido é um dos regalos do Calisto, que ouve através do silêncio o tumulto das almas.

Depois rompe um deputado. Qual deputado? Não sabe qual seja, mas há de ser um, provavelmente o José Mariano, ou algum com quem se não conte, e está acesa a guerra – brotam os apartes, agitam-se os ânimos; vem outro orador, mais outro – cruzam-se os remoques, surgem os punhos cerrados, bufam as cóleras, retinem os entusiasmos. E o meu Calisto, de cima, olhará para baixo, e gozará um bom dia, um dia raro, igual àquele 18 de julho de 1868, quando o Itaboraí penetrou na Câmara liberal, com os conservadores. O Calisto ainda se lembra que não jantou nesse dia.[1201]

16 DE MAIO DE 1885

240

– Eu, se fosse Imperador? Isso agora é mais complicado. Eu, se fosse Imperador, a primeira coisa que faria era ser o primeiro cético do meu tempo. Quanto ao caso de que se trata, faria uma coisa singular, mas útil: suprimiria os adjetivos.

– Os adjetivos?

– Vocês não calculam como os adjetivos corrompem tudo, ou quase tudo; e quando não corrompem, aborrecem a gente, pela repetição que fazemos da mais ínfima galanteria. Adjetivo que nos agrada está na boca do mundo.[1202]

[1200] Velhíssima questão: a necessidade de pagar por serviços que deveriam estar cobertos pelos impostos recolhidos pelo Estado. Ainda somos os mesmos e pagamos como nossos antepassados.
[1201] Cenas da vida no parlamento.
[1202] Seria por isso que adjetivou tão pouco a escravidão?

241

Os adjetivos passam, e os substantivos ficam.[1203]

21 DE MAIO DE 1885

242-243

Varridos assim esses últimos elementos de um passado igualmente maçador e pueril, começa o debate, que não dura mais de três horas, falando em primeiro lugar o Sr. Andrade Figueira, em nome do Partido Conservador, e seguindo-se-lhe os Srs. Lourenço de Albuquerque, José Mariano e o presidente do conselho. Este faz algumas declarações importantes; diz redondamente à Câmara que, na questão de saber se o orçamento deve preceder à reforma servil, ou esta àquele, a opinião do Governo é que devem ser tratados ambos ao mesmo tempo.[1204]

28 DE MAIO DE 1885

243-244

Rien n'est sacré pour un sapeur! Leio nas folhas públicas, que a morte de Vítor Hugo tem produzido tanta sensação como os preços baixos da grande alfaiataria Estrela do Brasil. *Rien n'est sacré pour un... tailleur!*

Eu, em criança, ouvi contar a anedota de uma casa que ardia na estrada. Passa um homem, vê perto da casa uma pobre velhinha chorando, e pergunta-lhe se a casa era dela. Responde-lhe a velha que sim. – Então permita-me que acenda ali o meu charuto.[1205]

8 DE JUNHO DE 1885

252

P.P. que, lendo os autores, um dia destes, os debates das câmaras, acharam que, a propósito da lei de forças de terra e da resolução prorrogativa do orçamento, foram discutidos alguns negócios de Sergipe, a reforma do estado servil, a dissolução da Câmara em 1884, a organização do conselho de estado, o poder pessoal e uma professora

---

[1203] Ficaram, porém, os adjetivos aplicados a Capitu e os superlativos irônicos de José Dias.
[1204] Velha estratégia política para ganhar tempo.
[1205] Victor Hugo valia bem um incêndio.

de primeiras letras, e parecendo que esta prática não é inglesa, assentaram de prover de remédio um mal tão grave.[1206]

14 DE JUNHO DE 1885

255

A última sessão (para não ir mais longe) deu-nos um desses espetáculos em que a natureza rude e ingênua vinga os seus foros. Tratava-se da limpeza do matadouro.

Ao que parece, este serviço estava a cargo de Fuão Silva, que o fazia de graça, e foi dado a outro por 400$000 mensais. Um dos vereadores pegou do ato, e começou por dizer que o presidente não tinha culpa do que fizera, visto que foi mal informado por outro vereador, e caiu em cima deste. Não esteve com uma nem duas; disse-lhe claramente que estava perseguindo o Silva, e protegendo a alguém à custa dos cofres municipais; que era um escândalo e já não era o primeiro; que o dito vereador é uma potência do matadouro, onde prefere a quem quer; que prorroga contratos sem conhecimento da causa; que protege também um certo Marinho, e muitas outras coisas, concluindo por dizer ironicamente que esperava que o outro, com a eloquência que todos lhe reconhecem, viria explicar o ato.[1207]

20 DE JUNHO DE 1885

259

DOM SOL – Vejamos as tais cartas. São três... Tratam-me com muito azedume e ainda pior. Elemento quê?... Servil. Não sei o que é. Elemento servil? Eu só conheço os antigos elementos, que eram quatro, e hoje andam às dúzias. Diz aqui que eu, se mergulhar numa pipa de azeite não saio incólume; mas é que eu não mergulho. Para que diabo havia de mergulhar numa pipa de azeite? Confesso que não entendo.[1208]

[1206] Como sempre o mal de uns era o bem de outros.

[1207] Parece que negócios entre Estado, empresas privadas e agentes públicos se prestam a arranjos ilícitos desde tempos pré-republicanos. A terceirização já se fazia em benefício pessoal e de apadrinhados.

[1208] Uma boa imagem da resistência ao enfrentamento da chamada questão servil.

1 DE JUNHO DE 1885

262-263

Não é preciso lembrar que 1841 valia para nós uma segunda virgindade política. Acabava-se de declarar a Maioridade, parecia que o Parlamento ia ser o beijinho da gente. Entretanto, Otôni declarou a 25 de agosto de 1841 que muitos deputados da maioria gostavam de ficar nas suas chácaras, divertindo-se. "Outros (exclama ele) querem ir patuscar à Praia Grande!" E mais adiante afirma que é comum suceder não haver casa só porque chove um pouco.[1209]

19 DE JULHO DE 1885

265-266

Conheço um homem que, além de acudir ao doce nome de Guedes, acaba de receber um profundo golpe moral, desfechado pelo Sr. Visconde de Santa Cruz.

Ponha o leitor o caso em si. Há trinta anos, ou quase, que o Guedes espreita um trimestre de popularidade, um bimestre, um mestre que fosse, para falar a própria linguagem dele. Ultimamente, já se contentava com uma semana, um dia, e até uma hora, uma só hora de popularidade, de andar falado por salas e esquinas.

Não se imagina o que este diabo tem feito para ser popular. Deixo de lado 1863, por ocasião da Questão Christie, em que ele propôs-se a ir arrancar as armas da legação inglesa. Só achou cinco imprudentes que o acompanharam; e, ainda assim, saiu com eles da Rua do Ouvidor, a pé. No Largo da Lapa achou-se com quatro; na Glória, com três, no Largo do Valdetaro, com dois, e no do Machado com um, que o convidou a voltar para a Rua do Ouvidor.

Mais tarde, vendo passar o coche triunfal do Rio Branco, por ocasião da lei de 28 de setembro, compreendeu que era um bom veículo de molas, vistoso, e atirou-se à traseira; mas já lá achou outros, que o puseram fora a pontapés, e o meu pobre Guedes teve de voltar à obscuridade.[1210]

[1209] Deputados, na época, não eram dados a expedientes repetitivos.
[1210] Oportunismo e cálculo político como definidores de escolhas pessoais.

28 DE JULHO DE 1885

268

Venha de lá esse abraço; trago-lhes um divertimento para passarem as noites. Nem todos terão treze mil-réis para dar por uma cadeira do Teatro Lírico. Eu tenho cinco; faltam-me oito. Podia ir ao Teatro de São Pedro, onde a cadeira custa menos; mas eu só entendo italiano cantado, e a Duse-Checchi não canta. Fui lá algumas vezes levado pelo que ouvia dizer dela e da companhia; fui, gostei muito do diabo da mulher, fingi que rasgava as luvas de entusiasmo, para dar a entender que sabia daquilo; nos lugares engraçados ria que me escangalhava, muito mais do que se fosse em português; mas, repito, italiano por música.[1211]

5 DE OUTUBRO DE 1885

Confesso a minha verdade. Desde que li em um artigo de um ilustre amigo meu, distinto médico, a lista das pessoas eminentes que na Europa acreditam no espiritismo, comecei a duvidar da minha dúvida.[1212]

26 DE OUTUBRO DE 1885

274

Portanto, não tenho assunto. Não hei de, à falta dele, meter-me a encarecer alguma ação bonita. As boas ações têm o preço na consciência dos que as praticam; elogiá-las muito é ofender a modéstia dos autores.[1213]

Gazeta de Holanda[1214]

285

Logo, se uma e outra escrava
Brigaram sem sentimento,
A razão de ação tão brava
Foi termos um monumento.

[1211] Imagem repetida que ironiza a necessidade de parecer em sintonia com a moda.

[1212] Fragmento de crônica não incluída nas edições Jackson. Ironia sobre a racionalidade dos europeus.

[1213] Direto ao ponto.

[1214] São 48 publicações, de 1º de novembro de 1886 a 24 de fevereiro de 1888, na *Gazeta de Notícias*.

287

Talvez, ao ver-se assim magro,
Cativo como um Nagô,
Pensasse no velho onagro,
Que foi seu décimo avô.[1215]

355

18 DE JUNHO DE 1887

Rosa de Malherbe, ó rosa
Velha como as botas velhas,
Que foste grata e cheirosa
e ora desprezada engelhas;[1216]

20 DE AGOSTO DE 1887

367-370

Voilà ce que l'on dit de moi
Dans la "Gazette de Hollande".[1217]

Ouvi que algumas pessoas
Entendidas e capazes
De distribuir coroas,
Andam estudando as bases

Da festa que comemore
Uma grave ação recente:
Jantar que a pança devore,
Doce de atolar o dente,

Ou retrato a óleo, e banda,
Com algum palavreado,
Uso desta velha Holanda,
Antigo e repinicado.

[1215] Referências esparsas aos negros e seus imaginários.
[1216] Em Machado de Assis a rosa de Malherbe é eterna.
[1217] Epígrafe de cada publicação.

Há quem pense em monumento,
Obra fina que reúna
Bronze, mármore e cimento,
Ou busto ou simples coluna.

Em suma, nada que cheire
A inquérito ou a devassa,
Ou cousa que se lhe abeire...
Grande obra e de grande traça.

Porquanto, se aquela preta,
Que ia sendo sepultada,
Não chega a fazer mareta,
E desce tranquila ao nada,

Se já no caixão metida
E levada ao necrotério,
Não suspira pela vida,
Mistério contra mistério,

Não tinha havido barulho,
É certo, nem artiguinhos;
Tudo acabava no entulho,
Bichinho entre mil bichinhos;

Mas também nem a vitória
Ao inspetor caberia,
Que mandou a preta à gloria,
Aonde ela ir não queria.

Pois no rosto da sujeita,
Que ressurgiu com malícia,
Talvez porque em sua seita
Ninguém morre de polícia,

Tu, sagaz, tu descobriste
Que a morte era cousa certa,
E – vendo quanto era triste
Viver de ferida aberta

No meio desta cidade,
Por mais algum magro dia –
Encheste-te de piedade,
Vibraste de inspetoria.

E perdoando à coitada
O resto da vida horrenda,
Mandaste dar-lhe pousada
Debaixo da eterna tenda.

Ela, que tornou ao mundo,
Entre as cantatas da imprensa,
Torna ao báratro profundo,
Morre sem pedir licença.

Triunfa, inspetor, triunfa
Neste voltarete, filho,
Trunfa, trunfa, trunfa, trunfa,
Que a todos deste um codilho.

Imagina tu se abrissem
Inquérito sobre o caso,
E que afinal concluíssem
Que o teu ato era um desazo;

E que isto de meter gente
Viva em caixão de finado,
Sem exame competente,
Devia ser castigado,

Que cara com que ficávamos,
Agora que a preta é morta!
Seguramente tomávamos
Novas da nossa avó torta.[1218]

30 DE AGOSTO DE 1887

374-376

Eu, pecador, me confesso
Ao leitor onipotente,
E a grã bondade lhe peço
De ouvir pacientemente

Uma lengalenga longa,
Uma longa lengalenga,
Áspera, como a araponga,
E tarda como um capenga.

Saiba Sua Senhoria
Que, em cousas parlamentares,
A minha sabedoria
Vale a de um ou dois muares.

Não? Isso é bondade sua...
Modéstia minha? Qual nada!
Digo-lhe a verdade crua,
Nua e desavergonhada.

Não entendo patavina,
Eu, que entendo a lei mosaica,
Humana, embora divina,
Límpida, conquanto arcaica.

"E disse o Senhor: Faze isto,
Moisés, faze aquilo, ordena,
Eu, c'o meu poder te assisto;
Põe esta pena e esta pena".

[1218] Morte de preto pesava menos que morte de branco nos inquéritos policiais.

Eram assim leis sem voto,
Sem consulta, sem mais nada.
Deus falava ao grão devoto,
E vinha a lei promulgada.

Mas por que é que tanta gente,
Reunida numa sala,
Examina a lei pendente
Escuta, cogita e fala?

E por que vota? pergunto ...
Nisto abro uma folha, e leio
Bem explicado este assunto:
Era um discurso alto e cheio.

O orador, um deputado
Do Ceará, respondia
A um que o tinha acusado
De manter a escravaria.

Defendia-se, mostrando
Que, desde anos longos, fora
Dos que viveram chamando
A aurora libertadora.

Que a obra da liberdade
Era também obra sua,
Fê-la com alacridade,
Sem proclamá-lo na rua.

Votou, é certo, em contrário
Ao projeto com que o Dantas
Criou o sexagenário
E umas outras cousas tantas.

Mas não foi porque o julgasse
Oposto ao que entende justo,
Nem porque ele lhe vibrasse
Qualquer sensação de susto.

Foi só porque o gabinete
Para o Ceará mandara
Um presidente e um cacete,
Ambos de muito má cara.[1219]

27 DE SETEMBRO DE 1887

389-393

A semana que há passado...
Deixe leitor que me escuse,
E de um falar tão usado
Abuse também, abuse.

Há passado, hão carcomido...
Hão, hão, hão, hão posto em tudo,
Hão, hão, hão, hão recolhido...
Estilo de tartamudo.

Ai, gosto! ai, cultura! ai, gosto!
Demos um jeito e outro jeito:
Venha dispor e há disposto
Venha dispor e há desfeito.

Mas usar de uma maneira
Até reduzi-la ao fio,
Não é estilo, é canseira;
Não dá sabor, dá fastio.

[1219] Bela sátira das mentiras dos políticos da época e seus malabarismos verbais.

Porém... Já me não recordo
Do que ia dizer. Diabo!
Naveguei para bombordo,
E fui esbarrar a um cabo.

Outro rumo... Ah! sim; falava
Da outra semana. Cheia
Esteve de gente escrava,
Desde o almoço até a ceia.

Projetos e mais projetos,
Planos atrás de outros planos,
Indiretos e diretos,
Dois anos ou cinco anos.

Fundo, depreciamento,
Liberdade nua e crua;
Era o assunto do momento,
No bonde, em casa, na rua.

Pois se os próprios advogados
(E quem mais que eles?) tiveram
Debates acalorados
No Instituto, em que nos deram

Uma questão – se, fundado
Este regime presente,
Pode ser considerado
O escravo inda escravo ou gente.

Digo mal: – inda é cativo
Ou *statu liber*? Qual seja
Correu lá debate vivo,
Melhor dizemos peleja.

Mas peleja de armas finas,
Sem deixar ninguém molesto:
Nem facas, nem colubrinas,
Digesto contra Digesto.

Uns acham que é este o caso
Do *statu liber*. Havendo
Condição marcada ou prazo,
Não há mais o nome horrendo.

Outros, que não são sujeitos
Ferozes nem sanguinários,
Combatem esses efeitos
Com argumentos contrários.

Eu, que suponho acertado,
Sempre nos casos como esses,
Indagar do interessado
Onde acha os seus interesses,

Chamei cá do meu poleiro
Um preto que ia passando,
Carregando um tabuleiro,
Carregando e apregoando.

E disse-lhe: "Pai Silvério,
Guarda as alfaces e as couves;
Tenho negócio mais sério,
Quero que m'o expliques. Ouves?"

Contei-lhe em palavras lisas,
Quais as teses do Instituto,
Opiniões e divisas.
Que há de responder-me o bruto?

– "Meu senhor, eu, entra ano,
Sai ano, trabalho nisto;
Há muito senhor humano,
Mas o meu é nunca visto.

"Pancada, quando não vendo,
Pancada que dói, que arde;
Se vendo o que ando vendendo,
Pancada, por chegar tarde.

"Dia santo nem domingo
Não tenho. Comida pouca:
Pires de feijão, e um pingo
De café, que molha a boca.

"Por isso, digo ao perfeito
Instituto, grande e bravo:
Tu falou muito direito,
Tu tá livre, eu fico escravo".[1220]

11 DE OUTUBRO DE 1857

402

Corta deste modo: ouvir
O outro, em lances extremos,
E responder-lhe a sorrir:
"Vacine-se e falaremos".[1221]

29 DE OUTUBRO DE 1887

408-410

Vejo que o governo novo
Daquele povo inquieto,
Para aquietar o povo,
Achou um meio discreto.

[1220] Não seria a liberdade do interesse do escravizado? Ou a libertação seria um engodo que nem todo escravista respeitaria? Inimigo dos adjetivos, o autor não se furta a rotular Pai Silvério de "bruto". Realismo poético ou ceticismo crônico?
[1221] Havia negacionistas e antivacinas na época.

Convidou madre Censura
Para rever os diários,
Enterrando a unha dura
Por modos crespos e vários,
Nos trechos em que apareça
Opinião tão à toa,
Que em tudo, se mostre avessa
Ao que ela entender que é boa.

Assim podem os censores
Riscando uma parte ou tudo,
Fazer dos espinhos flores,
Fazer do rudo veludo.

É pouco. Um dos jornalistas
Tantas fez que foi pegado,
E teve, de mãos artistas,
Não pouco, nem moderado,

Castigo de tal volume
Que era de ver... Cem açoites!
Quase lhe levam o lume,
Quase lhe dão boas noites.

E disseram-lhe ao soltá-lo.
Que se voltasse à escritura,
Haviam de castigá-lo,
De outra forma inda mais dura.

Ora, o que me espanta nisto
É que a gente que maltrata
Os pobres filhos de Cristo
São cristãos de pura nata.

Lá que impeçam tais diários,
Acho até bom, não somente
Nos dias incendiários,
Mas nos de vida corrente.

Nunca veio mal de um mudo,
E imprimir o que se pensa,
Tudo, tudo, ou quase tudo,
É desastre, não imprensa.[1222]

Assim, acho grão perigo
Que, em obséquio ao Ramalho
Ortigão, meu grande amigo,
Honra do engenho e trabalho,

Desse a *Gazeta*, uma festa,
De autores e jornalistas,
Cerrada e longa floresta
De opiniões e de vistas.

Conservadores sentados,
Em frente a republicanos,
E liberais afamados
Ao lado de ultramontanos.

Gente ruim, gente feia,
Merecia nessa noite,
Não festa, porém, cadeia,
Não Borgonha, mas açoite.

País de tal liberdade
E tolerância tamanha,
Vai com toda a alacridade
Ao lodo, ao delírio, à sanha.

[1222] Elogio da censura ou ironia muito dissimulada?

Olhemos para a Bulgária;
Arruma, cristão amigo,
Simples pancada ordinária,
Cem açoites por artigo.[1223]

15 DE NOVEMBRO DE 1887

419

Mas o curioso, o incrível,
O trágico, o inopinado,
O que parece impossível
E entanto foi praticado,

É que entre os nomes dos vivos
Tinha nomes de defuntos,
De tantos que ora, entre os divos,
Gozam o descanso juntos.

E não defuntos de agora,
Mas de alguns anos passados,
Alguns que a pátria inda chora,
Outros pouco ou mal chorados.

[1223] Machado de Assis, como censor teatral, emitiu parecer contra peça na qual um escravo casava com uma baronesa. Na Biblioteca Nacional existem 16 pareceres emitidos pelo censor Machado de Assis de 1862 a 1864. Machado de Assis defendia também a proibição de peças escritas em mau português ou de baixa qualidade dramática. Sobre a peça *Os mistérios sociais*, de Augusto César de Lacerda, o censor Machado de Assis determinou modificações para que pudesse ser encenada: "A teoria filosófica não reconhece diferença entre dois indivíduos que como aqueles tinham as virtudes no mesmo nível; mas nas condições de uma sociedade como a nossa, este modo de terminar a peça deve ser alterado. Dois expedientes se apresentam para remover a dificuldade: o primeiro, é não efetuar o casamento; mas neste caso haveria uma grande alteração no papel da baronesa, supressão de cenas inteiras, e até a figura da baronesa se tornaria inútil no correr da ação. Julgo que o segundo expediente é melhor e mais fácil: o visconde, pai de Lucena, teria vendido no México sua amante e seu filho, pessoas livres; este traço tornaria o ato do visconde mais repulsivo; Lucena dar-se-ia sempre como legalmente escravo. Este expediente é simples. Na penúltima cena e penúltima página, Lucena depois de suas palavras: 'Ainda não acabou'; diria: 'Uma carta de minha mãe dava-me parte de que éramos, perante a lei, livres, e que entre a prostituição e a escravidão ela resolveu guardar silêncio e seguir a escravidão cujos ferros lhe deitara meu pai'. ... Feitas estas correções julgo que a peça pode subir à cena". O cômico é que o velho expediente da carta reveladora servia também ao censor para interferir numa criação alheia. Ver Machado de Assis, Joaquim Maria. *Do Teatro. Textos Críticos e Escritos Diversos*. Org. João Roberto Faria. São Paulo: Perspectiva, 2008.

Essa chamada de mortos
Trouxe-me um sono profundo,
Fui sentindo os olhos tortos,
E o mundo ao pé do outro mundo.[1224]

14 DE DEZEMBRO DE 1887

426

Ouve... fecha os olhos... Cobre
O belo rosto, faceira;
Não há cautela que sobre...
Rotas era capoeira.

Sim, capoeira, repito.
E cometia na praça
Das Marinhas o delito
De dar aos colegas caça.

Chamavam-lhe por gracejo
O grego das ostras, nome
Que em si mesmo não dá pejo,
Antes creio que dá fome.

28 DE DEZEMBRO DE 1887

443

E, ao lado do sul, a dama
Que à preta engolir fazia,
Não garoupa sem escama,
Nem doce, nem malvasia;[1225]

4 DE FEVEREIRO DE 1888

454-456

Mas que fita? em que armarinho
Recente podia havê-la?
Encontrei logo o caminho:
Corri a Venezuela.

[1224] Mortos eram eleitores que não faltavam aos pleitos.
[1225] O preto dificilmente aparece positivamente.

Venezuela tem uma
Ordem muito bem disposta,
Com que premiar costuma,
Costuma, procura e gosta.
Tem grã-cruzes, tem comenda,
Tem dignitárias e o resto.
Há para todas as prendas
Um sinal brilhante e honesto.

Ordem é mui bem fundada
Sobre a liberdade amiga,
Grave como a Anunciada,
Como o Banho, como a Liga.

Simão Bolívar se chama,
Grande nome e livre nome;
Coroou-o eterna fama
Do louro que se não some.

A venera é justamente
Como são outras veneras,
Usa-se ao colo pendente,
Ao peito, em forma de esferas.

A fita é de chamalote,
Como são as outras fitas,
Não é certo que desbote
E tem as cores bonitas.

Quanto ao efeito no rosto
Da multidão é perfeito;
Dá o mesmo grande gosto
E o mesmíssimo despeito.

Corri a Venezuela,
Venezuela escutou-me,
Pude logo convencê-la,
Ouviu-me, condecorou-me.

Não é só a monarquia
Que tem plantas reverendas;
Vento da democracia
Também faz brotar comendas.[1226]

10 DE FEVEREIRO DE 1888

457

Mas eu pergunto, e comigo
Perguntam muitos colegas,
Que, indo pelo vezo antigo,
Não vão certamente às cegas;

– O acionista de um banco,
Só por ser triste acionista,
É algum escravo branco?
Não tem foro que lhe assista?[1227]

16 DE FEVEREIRO DE 1888

462

Porém eu, que vi, em todos
Os anos, isto na imprensa,
Já desde o tempo dos godos
(João, com tua licença!);

E que, apesar de postura,
Vi seringas respeitáveis
De água cheirosa e água pura,
Terríveis e inopináveis;

Crioulas e molequinhos
Carregando em tabuleiros
Prontinhos e arrumadinhos
Infindos limões de cheiro.[1228]

[1226] Machado de Assis teve seu momento bolivariano.
[1227] Pobre acionista, escravo de bancos, comparado ao triste destino dos negros. Não há sinal de ironia. Ou essa ironia exige uma hermenêutica muito profunda.
[1228] Nostalgia do entrudo.

Volume 26
A semana (1892-1897)

1º volume

(1892-1893)

Gazeta de Notícias

24 DE ABRIL DE 1892

14

Para não ir mais longe, Tiradentes. Aqui está um exemplo. Tivemos esta semana o centenário do grande mártir. A prisão do heroico alferes é das que devem ser comemoradas por todos os filhos deste país, se há nele patriotismo, ou se esse patriotismo é outra cousa mais que um simples motivo de palavras grossas e rotundas. A capital portou-se bem. Dos Estados estão vindo boas notícias. O instinto popular, de acordo com o exame da razão, fez da figura do alferes Xavier o principal dos Inconfidentes, e colocou os seus parceiros a meia ração da glória. Merecem, decerto, a nossa estimação aqueles outros; eram patriotas.

15

Entretanto, o alferes Joaquim José tem ainda contra si uma cousa, a alcunha. Há pessoas que o amam, que o admiram, patrióticas e humanas, mas que não podem tolerar esse nome de Tiradentes. Certamente que o tempo trará a familiaridade do nome e a harmonia das sílabas; imaginemos, porém, que o alferes tem podido galgar pela imaginação um século e despachar-se cirurgião-dentista. Era o mesmo herói, e o ofício era o mesmo; mas traria outra dignidade. Podia ser até que, com o tempo, viesse a perder a segunda parte, dentista, e quedar-se apenas cirurgião.[1229]

8 DE MAIO DE 1892

23

Mato Grosso foi o assunto principal da semana. Nunca ele esteve menos Mato, nem mais Grosso. Tudo se esperava daquelas para-

---

[1229] Se ironiza a pompa dos nomes, o cronista revela uma admiração real por Tiradentes, que seria declarada em mais de um texto.

gens, exceto uma república, se são exatas as notícias que o afirmam, porque há outras que o negam; mas neste caso a minha regra é crer, principalmente se há telegrama. Ninguém imagina a fé que tenho em telegramas.[1230] Demais, folhas europeias de 13 a 14 do mês passado, falam da nova república transatlântica como de coisa feita e acabada. Algumas descrevem a bandeira.

15 DE MAIO DE 1892

28

Não há abertura de Congresso Nacional, não há festa de Treze de Maio, que resista a uma adivinhação. A sessão legislativa era esperada com ânsia e será acompanhada com interesse. A festa de Treze de Maio comemorava uma página da história, uma grande, nobre e pacífica revolução, com este pico de ser descoberta uma preta Ana ainda escrava, em uma casa de S. Paulo. Após quatro anos de liberdade, é de se lhe tirar o chapéu. Epimênides também dormiu por longuíssimos anos, e quando acordou já corria outra moeda; mas dormia sem pancadas. A preta Ana dormiu na escravidão, não sabendo até ontem que estava livre; mas como o sono da escravidão só se prolonga com a dormideira do chicote, a preta Ana, para não acordar e saber casualmente que a liberdade começara, bebia de quando em quando a miraculosa poção. O caso produziu imenso abalo; o telégrafo transmitiu a notícia e todos os nomes.

Mas tudo isso teve de ceder ao simples X do problema. Um distinto e antigo parlamentar, ao cabo de quatro artigos, esta semana, fez a divulgação de um remédio a todas as nossas dificuldades.

Sem dissimular as suas velhas tendências republicanas, nem contestar os benefícios monárquicos, o autor entende que a nação ainda não disse o que queria, como não disse em 1824 com o outro regímen, por falta de uma câmara especial; e propõe que se convoque uma assembleia de quinhentos deputados, gratuitos, a qual avocará a si todas as atribuições do poder executivo e escolherá uma forma de governo.[1231]

[1230] A fórmula é ótima e não deixa de revelar a admiração, já demonstrada, do autor por tecnologias. O perigo das notícias falsas era permanente.
[1231] Na famosa crônica de 19 de maio de 1888, a primeira que escreveu depois da abolição, Machado de Assis deixava antever suas dúvidas sobre a efetividade da libertação. O Brasil

30

Tudo é ovo. Quando o Sr. deputado Vinhais, no intuito de canalizar a torrente socialista, criou e disciplinou o partido operário, estava longe de esperar que os patrões e negociantes iriam ter com ele um dia, nas suas dificuldades, como aconteceu agora na questão dos carrinhos de mão. Assim, o partido operário pode ser o ovo de um bom partido conservador.[1232]

22 DE MAIO DE 1892

32

Este Tiradentes, se não toma cuidado em si, acaba inimigo público. Pessoa, cujo nome ignoro, escreveu esta semana algumas linhas com o fim de retificar a opinião que vingou durante um longo século acerca do grande mártir da Inconfidência. "Parece (diz o artigo no fim) parece injustiça dar-se tanta importância a Tiradentes, porque morreu logo, e não prestar a menor consideração aos que morreram de moléstias e misérias na costa d'África". E logo em seguida chega a esta conclusão: "Não será possível imaginar que, se não fosse a indiscrição de Tiradentes, que causou o seu suplício, e o dos outros, que o empregaram, *teria realidade o projeto*?"

Daqui a espião de polícia é um passo. Com outro passo chega-se à prova de que nem ele mesmo morreu; o vice-rei mandou enforcar um furriel muito parecido com o alferes, e Tiradentes viveu, até 1818, de uma pensão que lhe dava D. João VI. Morreu de um antraz na antiga Rua dos Latoeiros, entre as do Ouvidor e do Rosário, em uma loja de barbeiro, dentista e sangrador, que ali abriu em 1810, a conselho do próprio D. João, ainda príncipe regente, o qual lhe disse (formais palavras):

– Xavier, já que não podes ser alferes, toma por ofício o que fazias antes por curiosidade; vou mandar dar-te umas casas na rua dos Latoeiros.[1233]

---

parece que nunca parou de querer novas constituintes e novas formas de governo, embora o povo fique com o presidencialismo.

[1232] O Brasil já teve recentemente presidente da Federação das Indústrias do Estado de São Paulo, a entidade máxima do capital e do patronato, como membro do Partido Socialista Brasileiro.

[1233] Admirador de Tiradentes, Machado de Assis, com sua ironia, levanta-se como um dos primeiros críticos das desconstruções e das revisões históricas.

35-36

No lixo *quase* tudo é porco. Um só reparo faço, e sem exemplo. Todos viram os montões daquele detrito ao pé do barracão onde o nosso artista Victor Meirelles mostra o panorama do Rio de Janeiro. Suspeito que aquilo foi ideia do próprio Victor Meireles. Conta-se de um empresário de teatro, que para dar mais perfeita sensação de certo trecho musical, cujo assunto eram flores, mandou encher a sala do espetáculo de essência de violetas. Talvez a ideia do nosso artista fosse proporcionar aos nossos visitantes a vantagem de ver e cheirar o Rio de Janeiro, ao mesmo tempo, tudo por dois mil réis.

Cor local, aroma local, vem a dar no mesmo princípio estético. O pior é que a empresa Gary, que não pode ser suspeita de estética, desfez a grande pirâmide em uma noite.

E quem sabe se a escolha daquele lugar para exibição do panorama não traria já em si, inconscientemente, a ideia do lixo ao pé? Quem tiver ouvidos, ouça.[1234]

29 DE MAIO DE 1892

39

O velho Dumas, ou Dumas I, em uma daquelas suas deliciosas fantasias escreveu esta frase: "Um dia, os anjos viram uma lágrima nos olhos do Senhor: essa lágrima foi o dilúvio."[1235]

40

A viúva de um comandante, cujo navio naufragou há tempos, gastou dois anos a esperá-lo. Quando chegou o desespero, a alma estava acostumada.

Seja como for, os vivos acudiram aos mortos[1236], a piedade abriu a bolsa, por toda a parte houve um movimento, que é justo assinalar.

[1234] Fica-se sabendo a origem do termo "gari" para lixeiros.

[1235] Dumas estava no alto do panteão de Machado de Assis. No século XIX, escrever para ser lido e entendido era uma obrigação que não se chocava com a ideia de arte. O modernismo inventou a valorização do hermético e do obscuro. Escritores como Tolstói e Machado de Assis praticavam o texto límpido, a frase equilibrada, capítulos curtos e, para cada cena, um fato, acontecimento ou ação, ainda que a de conversar.

[1236] Fórmula que faz pensar em Comte.

42

Ora, é certo que nós não damos para reuniões. Não me repliquem com teatros nem bailes; a gente pode ir ou não a eles, e se vai é porque quer, e quando quer sair, sai. Há os ajuntamentos de rua, quando alguém mostra um assovio de dois sopros, ou um frango de quatro cristas. Uma facada reúne gente em torno do ferido, para ouvir a narração do crime, como foi que a vítima vinha andando, como recebeu o empurrão, e se sentiu logo o golpe. Quando algum bonde pisa uma pessoa, só não acode o cocheiro, porque tem de *evadir-se*; mas todos cercam a vítima. Há dias, na Rua do Ouvidor, um gatuno agarrou os pulsos de uma senhora, abriu-lhe as pulseiras, meteu-as em si, e fez como, os cocheiros. Mas não faltaram pessoas que rodeassem a senhora, apitando muito.

Tudo por quê? Porque são atos voluntários, não há calendários, nem relógio, nem ordem do dia; não há regimentos. O que não podemos tolerar é a obrigação. Obrigação é eufemismo de cativeiro: tanto que os antigos escravos diziam sempre que iam *à sua obrigação*, para significar que iam à casa dos senhores. Nós fazemos tudo por vontade, por escolha, por gosto; e, de duas uma: ou isto é a perfeição final do homem, ou não passa das primeiras verduras. Não é preciso desenvolver a primeira hipótese; é clara de si mesma. A segunda é a nossa virgindade, e, quando menos em matéria de amofinações políticas ou municipais, é preciso aceitar a teoria de Rousseau: o homem nasce puro. Para que corromper-nos?[1237]

5 DE JUNHO DE 1892

44

Nesta semana, por exemplo, vimos todos um telegrama de um Estado (não me ocorre o nome) resumindo a resposta dada pelo presidente a um ministro federal, que lhe recomendara não sei que, em aviso. Disse o presidente que não reconhecia autoridade no ministro para recomendar-lhe nada. Não sei se é verdadeira a notícia, mas

---

[1237] O cotidiano da época aparece nesses fragmentos. Nem todo escravizado morava na casa do seu senhor. O cronista sugere o que seria já uma característica do brasileiro: o horror a obrigações e formalidades. Sem contar a prática de motoristas de não prestar socorro depois de um acidente. Só as duras penalidades têm mudado isso.

tudo pode acontecer debaixo do céu. Por isso mesmo é que ele é azul: é para dar esta cor às superfícies mais arrenegadas do nosso mundo.[1238]

47

Não trato sequer da reunião de proprietários e operários, que se realizou quinta-feira no salão do Centro do Partido Operário, a fim de protestar contra uma postura; fato importante pela definição que dá ao socialismo brasileiro. Com efeito, muita gente, que julga das coisas pelos nomes, andava aterrada com a entrada do socialismo na nossa sociedade, ao que eu respondia: 1°, que as ideias diferem dos chapéus, ou que os chapéus entram na cabeça mais facilmente que as ideias, – e, a rigor, é o contrário, é a cabeça que entra nos chapéus; 2°, que a necessidade das coisas é que traz as coisas, e não basta ser batizado para ser cristão. Às vezes nem basta ser provedor de Ordem Terceira.[1239]

48

Outrossim, não me refiro ao pugilato paraguaio, que aliás dava para vinte ou trinta linhas. A *influenza* argentina (moléstia) com os quatorze mil atacados de Buenos Aires merecia outras tantas linhas, para o único fim de dizer que um afilhado meu, doutor em medicina, pensa que o homem é o condutor pronto e seguro do bacilo daquela terrível peste, mas que eu não acredito, nem no bacilo do mal, nem na balela, que é alemã. Gente alemã, quando não tem que fazer, inventa micróbios.[1240]

Excluo os negócios de Mato Grosso, o serviço dos bondes de Botafogo e Laranjeiras, as liquidações de companhias, os editais, as prisões, as incorporações e as desincorporações. Uma só coisa me levará algumas linhas, e poucas em comparação com o valor da

---

[1238] O conflito entre governadores de Estado (presidentes de província na época) e o governo federal, na figura do presidente da República e dos seus ministros, retornou fortemente com a pandemia do coronavírus; o Supremo Tribunal Federal salvou o país das piores decisões do mandatário nacional compartilhando a gestão da crise com os governadores; na prática, estes ficaram com autonomia para tomar decisões. O Brasil parece repetir-se a cada problema, epidemia ou necessidade de resolver uma dificuldade.

[1239] O medo do socialismo é uma das mais antigas paranoias brasileiras.

[1240] Os alemães, portanto, já estiveram no lugar dos chineses. Se há ironia no fragmento, também há indícios de negacionismo, de confronto com a ciência (medicina).

matéria. Sim, chegou, está aí, não tarda... Não tarda a aparecer ou a chegar a companhia lírica. Tudo cessa diante da música. Política, Estados, finanças, desmoronamentos, trabalhos legislativos, narcóticos, tudo cessa diante da bela ópera, do belo soprano e do belo tenor. É a nossa única paixão, – a maior, pelo menos. *Tout finit par des chansons*, em França. No Brasil, *tout finit par des opéras, et même un peu par des operettes... Tiens! J'ai oublié ma langue.*[1241]

12 DE JUNHO DE 1892

50

Creiam-me, não há problemas insolúveis. Tudo neste mundo nasce com a sua explicação em si mesmo; a questão é catá-la. Nem tudo se explicará desde logo, é verdade; o tempo do trabalho varia, mas haja paciência, firmeza e sagacidade, e chegar-se-á à decifração. Eu se algum dia for promovido de crônica a história, afirmo que, além de trazer um estilo bárbaro próprio do ofício, não deixarei nada por explicar, qualquer que seja a dificuldade aparente, ainda que seja o caso sucedido quarta-feira, na Câmara, onde, feita a chamada, responderam 103 membros, e indo votar-se, acudiram 96, havendo assim um déficit de sete. Como simples crônica, posso achar explicações fáceis e naturais; mas a história tem outra profundeza, não se contenta de coisas próximas e simples. Eu iria ao passado, eu penetraria...[1242]

51

Na noite de 13 do mês passado, um membro da Câmara dos Comuns propôs a revogação de um artigo de lei que admitia o voto de cidadãos analfabetos. Outro membro, Fuão Lawson, apoiou a proposta, e disse, entre outras coisas: "Este artigo que admite o voto dos analfabetos, passou aqui *na hora do jantar*, quando não havia liberais na casa, e passou com grande gáudio de um velho conservador, que literalmente dançou no recinto, exclamando: "Agora que temos o artigo dos analfabetos, tudo vai andar muito direito".[1243]

[1241] O Brasil já foi o país da ópera, que virou carnaval, a ópera das ruas.
[1242] Alguém deu presença por colega. Um costume do passado.
[1243] A falta de quórum como problema das sociedades mais avançadas.

26 DE JUNHO DE 1892

63

Outro telegrama conta-nos que alguns clavinoteiros de Canavieiras (Bahia) foram a uma vila próxima e arrebataram duas moças. A gente da vila ia armar-se e assaltar Canavieiras. Parece nada, e é Homero; é ainda mais que Homero, que só contou o rapto de uma Helena: aqui são duas. Essa luta obscura, escondida no interior da Bahia, foi singular contraste com a outra que se trava no Rio Grande do Sul, onde a causa não é uma, nem duas Helenas, mas um só governo político. Apuradas as contas, vem a dar nesta velha verdade que o amor e o poder são as duas forças principais da Terra. Duas vilas disputam a posse de duas moças; Bagé luta com Porto Alegre pelo direito do mando. É a mesma *Ilíada*.[1244]

64

Dizem telegramas de São Paulo que foi ali achado, em certa casa que se demolia, um esqueleto algemado. Não tenho amor a esqueletos; mas este esqueleto algemado diz-me alguma coisa, e é difícil que eu o mandasse embora, sem três ou quatro perguntas. Talvez ele me contasse uma história grave, longa e naturalmente triste, porque as algemas não são alegres. Alegres eram umas máscaras de lata que vi em pequeno na cara de escravos dados à cachaça; alegres ou grotescas, não sei bem, porque lá vão muitos anos, e eu era tão criança, que não distinguia bem. A verdade é que as máscaras faziam rir, mais que as do recente carnaval. O ferro das algemas, sendo mais duro que a lata, a história devia ser mais sombria.[1245]

3 DE JULHO DE 1892

Explico-me. Eu fui criado com sinos, com estes pobres sinos das nossas igrejas. Quando um dia li o capítulo dos sinos em Chateau-

---

[1244] Uma ilíada nos pampas.

[1245] No conto "Pai contra mãe", o narrador também relativiza as máscaras usadas pelos escravos: "Era grotesca tal máscara, mas a ordem social e humana nem sempre se alcança sem o grotesco, e alguma vez o cruel. Os funileiros as tinham penduradas, à venda, na porta das lojas. Mas não cuidemos de máscaras. O ferro ao pescoço era aplicado aos escravos fujões. Imaginai uma coleira grossa, com a haste grossa também à direita ou à esquerda, até ao alto da cabeça e fechada atrás com chave. Pesava, naturalmente, mas era menos castigo que sinal". Nos dois casos o uso do instrumento é justificado pela indisciplina do castigado. O escritor não parecia se impressionar muito com a violência das tais máscaras.

briand, tocaram-me tanto as palavras daquele grande espírito, que me senti (desculpem a expressão) um Chateaubriand desencarnado e reencarnado. Assim se diz na igreja espírita. *Ter desencarnado* quer dizer tirado (o espírito) da carne, e *reencarnado* quer dizer metido outra vez na carne. A lei é esta: nascer, morrer, tornar a nascer e renascer ainda, progredir sempre.[1246]

68-69

Um dia, anuncia-se a chegada de um carrilhão. Tínhamos carrilhão na terra. Outro dia, indo a passar por uma rua, ouço uns sons alegres e animados. Conhecia a toada, mas não lembrava a letra.

Perguntei a um menino, que me indicou a igreja próxima e disse-me que era o carrilhão. E, não contente com a resposta, pôs a letra na música: era o *Amor tem fogo*. Geralmente, não dou fé a crianças.[1247]

17 DE JULHO DE 1892

74

E o meu espírito, estendendo e juntando as mãos e os braços, como fazem os nadadores, que caem do alto, mergulhou por uma coluna abaixo. Quando voltou à tona, trazia entre os dedos esta pérola:

"Uma viúva interessante, distinta, de boa família e independente de meios, deseja encontrar por esposo um homem de meia idade, sério, instruído, e também com meios de vida, *que esteja como ela cansado de viver só*; resposta por carta ao escritório desta folha, com as iniciais M. R..., anunciando, a fim de ser procurada essa carta".

Gentil viúva, eu não sou o homem que procuras, mas desejava ver-te, ou, quando menos, possuir o teu retrato, porque tu não és qualquer pessoa, tu vales alguma coisa mais que o comum das mulheres. *Ai de quem está só!* dizem as sagradas letras; mas não foi a religião que te inspirou esse anúncio. Nem motivo teológico, nem metafísico. Positivo também não, porque o positivismo é infenso às segundas núpcias. Que foi então, senão a triste, longa e aborrecida experiência? Não queres amar; estás cansada de viver só.

[1246] O espiritismo aparece várias vezes em crônicas de Machado de Assis.

[1247] Por isso seu personagem não transmitiu o legado da nossa miséria?

76

Viúva dos meus pecados, quem és tu, que sabes tanto? O teu anúncio lembra a carta de certo capitão da guarda de Nero. Rico, interessante, aborrecido, como tu, escreveu um dia ao grave Sêneca, perguntando-lhe como se havia de curar do tédio que sentia, e explicava-se por figura: "Não é a tempestade que me aflige, é o enjoo do mar". Viúva minha, o que tu queres realmente, não é um marido, é um remédio contra o enjoo. Vês que a travessia ainda é longa – porque a tua idade está entre trinta e dois e trinta e oito anos, – o mar é agitado, o navio joga muito; precisas de um preparado para matar esse mal cruel e indefinível. Não te contentas com o remédio de Sêneca, que era justamente a solidão "a vida retirada, em que a alma acha todo o seu sossego". Tu já provaste esse preparado; não te fez nada. Tentas outro; mas queres menos um companheiro que uma companhia.[1248]

77

Dir-te-á que a anistia foi votada, depois que parte daquela parte voltou às suas cadeiras, para não demorar mais a situação dos que ela defendia; e recitará fábulas de La Fontaine, porque todos os homens sérios recitam fábulas, e dir-te-á com a melopeia natural dos que se não contentam com a música dos versos: "Rien n'est plus dangereux qu'un maladroit ami; Mieux vaut un franc ennemi".[1249]

78

Como todo homem sério gosta de comparações[1250], ele dirá que esses regimentos e corpos de exército que vão e vêm, sem saber nada, dão ideia de outras campanhas de espíritos, que andam na mesma desorientação.

[1248] A viúva, como já foi mostrado, é figura constante nas histórias de Machado de Assis como cronista, contista, poeta e romancista. Aqui se vê que, mesmo numa sociedade patriarcal e machista, salvo delírio do autor, mulheres tomavam iniciativas, especialmente as viúvas.

[1249] Machado de Assis antecipa-se a Johan Huizinga: o homem é *ludens*; precisa brincar e contar histórias para si mesmo. O homem que não brinca vira *demens*.

[1250] Quando, numa discussão, um argumentador diz que não se pode comparar isto e aquilo quer apenas anular o debate. No futebol, quando se diz que Pelé é o melhor jogador de todos os tempos, faz-se a comparação total: ele é comparado com todos os outros, de todos os tempos, inclusive os goleiros. Toda comparação é aproximativa e inevitável. O ser humano compara por desejo de hierarquia e de narrativa.

24 DE JULHO DE 1892

81

E que faria eu se entrasse na Câmara? Levaria comigo uma porção de ideias novas e fecundas, propriamente científicas. Entre outras proporia que se cometesse a uma comissão de pessoas graves a questão de saber se o dinheiro tem sexo ou não. Questão absurda para os ignorantes, mas racional para todos os espíritos educados. Qual destes não sabe que a questão do sexo vai até os sapatos, isto é, que o sapato direito é masculino e o esquerdo é feminino, e que é por essa sexualidade diferente que eles produzem os chinelos? Na casa do pobre a gestação é mais tardia, mas também os chinelos acompanham o dono dos pais. Os ricos, apenas há sinal de concepção, entregam os pais e os fetos aos criados.[1251]

83

Vou acabar. Como ainda não estou na Câmara, não posso reduzir a leis todas as ideias que trago na cabeça. O melhor é calá-las. Da semana só me resta (salvo as votações legislativas) a trasladação do corpo do glorioso Osório. Não trato dela. Osório é grande demais para as páginas minúsculas de um triste cronista.[1252]

31 DE JULHO DE 1892

85

Não creio em verdades manuscritas.[1253]

90

Outra notícia que me obriga a não acabar aqui, é a de estarem os rapazes do comércio de São Paulo fazendo reuniões para se alistarem na guarda nacional, em desacordo com os daqui, que acabam de pedir dispensa de tal serviço. Questão de meio; o meio é tudo.[1254] Não há exaltação para uns nem depressão para outros. Duas coisas contrárias podem ser verdadeiras e até legítimas conforme a zona.[1255] Eu, por exemplo, execro o mate chimarrão, os nossos irmãos do Rio

---

[1251] Não haveria neutralidade possível. Os ricos, porém, podiam livrar-se da parte laboriosa da procriação.

[1252] Osório foi outra das grandes admirações do escritor.

[1253] Fórmula genial que enfatiza o valor da cultura impressa para o autor e sua época.

[1254] Marshall McLuhan diria até mais, que "o meio é a mensagem".

[1255] Ideia que já estava em Pascal e encontra no francês Edgar Morin um divulgador.

Grande do Sul acham que não há bebida mais saborosa neste mundo. Segue-se que o mate deve ser sempre uma ou outra coisa? Não; segue-se o meio; o meio é tudo.

7 DE AGOSTO DE 1891

93

Resta-nos a indiferença; mas nem isto mesmo admito. Indiferença diz pouco em relação à causa real, que é a inércia. Inércia, eis a causa! Estudai o eleitor; em vez de andardes a trocar as pernas entre três e seis horas da tarde, estudai o eleitor. Achá-lo-eis bom, honesto, desejoso da felicidade nacional. Ele enche os teatros, vai às paradas, às procissões, aos bailes, aonde quer que há pitoresco e verdadeiro gozo pessoal. Façam-me o favor de dizer que pitoresco e que espécie de gozo pessoal há em uma eleição? Sair de casa sem almoço (em domingo, note-se!), sem leitura de jornais, sem sofá ou rede, sem chambre, sem um ou dois pequerruchos, para ir votar em alguém que o represente no Congresso, não é o que vulgarmente se chama caceteação?

Que tem o eleitor com isso? Pois não há governo? O cidadão, além dos impostos, há de ser perseguido com eleição?[1256]

21 DE AGOSTO DE 1892

104

Acabemos com este costume do escritor dizer tudo, à laia de alvissareiro. A discrição não há de ser só virtude das mulheres amadas, nem dos homens mal servidos. Também os varões da pena, os políticos, os parentes dos políticos e outras classes devem calar alguma coisa.[1257]

105

Não procures isso em Bourdaloue nem Mont'Alverne. Isso é meu. Quando a ideia que me acode ao bico da pena é já velhusca, ati-

---

[1256] Ironia em relação ao desejo do eleitor de ser entretido e, ao mesmo tempo, descrédito no valor da eleição. O cronista oscila: parece querer menos Estado, menos impostos e, ao mesmo tempo, governantes mais objetivos e decisivos.

[1257] Princípio que rege a literatura cada vez mais: o leitor deve participar; logo, o autor deve esconder algo e deixar pistas para essa interação. Machado de Assis levou essa ideia à perfeição em *Dom Casmurro*. Até hoje se procura a prova da traição de Capitu. Todos os indícios, porém, se mostram ambíguos, boas hipóteses apenas.

ro-lhe aos ombros um capote axiomático, porque não há nada como uma sentença para mudar a cara aos conceitos.[1258]

28 DE AGOSTO DE 1892

108

Eu, porém, que não sou Igreja católica, nem folha anglo-saxônia, não tenho a autoridade de uma, nem a índole da outra; pelo que, não me detenho ante a contradição das opiniões. Quando muito podia apelar para a História. Mas a História é pessoa entrada em anos, gorda, pachorrenta, meditativa, tarda em recolher documentos, mais tarda ainda em os ler e decifrar.[1259]

11 DE SETEMBRO DE 1892

116

Desdém chama desdém. Um homem a quem se puxa o nariz, acaba recebendo um rabo de papel.[1260]

120-121

Também não digo adeus aos chins, porque é possível que eles venham, como que não venham. O *Diário de Notícias*, contando os votos da Câmara prováveis e desfavoráveis, dá 64 para cada lado. Numa questão intrincada era o que melhor podia acontecer; as opiniões entestavam umas com outras, na ponte, como as cabras da fábula. Mas pode haver alterações, e há de havê-las. Para isso mesmo é que se discute. E a balança está posta em tal maneira, que a menor palha fará pender uma das conchas. Nunca um só homem teve em suas mãos tamanho poder, isto é, o futuro do Brasil, que ou há de ser próspero com os chins, conforme opinam uns, ou desgraçado, como querem outros. Espada de Breno, bengala de Breno, guarda-chuva de Breno, lápis, um simples lápis de Breno, agora ou nunca é a tua ocasião.[1261]

[1258] Machado de Assis não chegou a ser moderno. Inventou logo a pós-modernidade.
[1259] Definição de uma precisão, como se diz, cirúrgica. Há quem defenda que a História é ficção; só a literatura seria capaz de alcançar verdades históricas.
[1260] Ou quem muito se abaixa...
[1261] Breno e os "chins" sempre estiveram no imaginário do autor.

18 DE SETEMBRO DE 1892

12

Quando a China souber que a vinda dos seus naturais (votada esta semana em segunda discussão) tem dado lugar a tanto barulho, tanta animosidade, tanto epíteto feio, é provável que mande fechar os seus portos e não deixe sair ninguém. Eu conheço a China. A China tem brios. A China não é só a terra de porcelanas, leques, chá, sedas, mandarins e guarda-sóis de papel. Não, a China manda-nos plantar café e deixa-se ficar em casa.

E o Japão? O Japão, que sabe estarem os japoneses no projeto e não vê descompor japoneses nem malsiná-lo a ele, o Japão cuida que entra no projeto só para dar fundo ao quadro, e fecha igualmente os seus portos. Eu conheço também o Japão. O Japão é muito desconfiado, mais desconfiado ainda que parlamentar.

Porque o Japão é parlamentar, como sabem; copiou do ocidente as Câmaras e os condes. O atual presidente do conselho de ministros é o Conde Ito, um homem que, tanto quanto se pode deduzir de uma gravura que vi há pouco, é das mais galhardas figuras deste fim de século. Mas, como vai muito do vivo ao pintado, dou que seja menos belo; não quer dizer que não tenha talento e pulso.[1262]

123

Italianos entram aqui com o seu irridentismo, franceses com os princípios de 89, ingleses com o *Foreign Office* e a Câmara dos Comuns, espanhóis com *todas las Españas, caramba!* alemães com uma casa sua, uma cidade sua, uma escola sua, uma igreja sua, uma vida sua. Chim não traz nada disso, traz braço, força e paciência. Não chega a trazer nome, porque é impossível que a gente o chame por aqueles espirros que lá lhe põem.[1263]

125

O imperador, lendo a notícia nos jornais, escreveu uma carta ao ministro do império, declarando o que o Sr. senador Manuel Victorino referiu agora. Mas o resto? Onde está o resto?[1264]

[1262] A importação de valores ocidentais por sociedades tradicionais atrai a ironia do cronista. O mesmo não parece acontecer com a cópia desses valores pelo Brasil. Seria o Brasil sem passado para o autor, podendo, portanto, ser preenchido pelo europeu?

[1263] Por aí se pode ter uma ideia de como devia ser difícil a inserção do estrangeiro no país de destino, recebido com uma profusão de pré-conceitos e estereótipos.

[1264] Não vem ao caso.

126

Tempo, espaço e papel, tudo vai faltando debaixo das mãos. Paciência também falta. Concluamos com uma boa notícia. Cansado desta obrigação de dar uma *semana* por semana, entendi convidar um colaborador, e a quem pensais que convidei? Um senador, ex--ministro e pensador, tudo de França, o velho Julio Simon, que me respondeu nestes termos:

127

"Lembra-me ainda o tempo, o feliz tempo em que a guerra aos grandes ordenados era toda a política dos membros da oposição que não sabiam política... A guerra subsiste. O Sr. Chassaing vem renová-la, acompanhado de quarenta colegas... Eles devem saber que o ordenado dos funcionários não é renda; é produto do trabalho. Não é justo nem hábil diminuir a parte dos trabalhadores do Estado, quando tanta gente reclama a remuneração mais equitativa do trabalho."[1265]

25 DE SETEMBRO DE 1892

128

Esta semana começou mal. Nos primeiros três dias recebi vinte e seis cartas agradecendo a maneira engenhosa por que defendi, na outra crônica, a introdução do Chim. Eu não sou homem que recuse elogios. Amo-os; eles fazem bem à alma e até ao corpo. As melhores digestões da minha vida são as dos jantares em que sou brindado. Mas confesso que desta vez nem tive tempo de saborear os louvores; fiquei espantado, porque eu não defendi nada, nem ninguém. Não fiz mais que apontar as qualidades do Chim e as de outros imigrantes, para significar que, entrado o Chim, os outros somem-se. Não defendi, nem acusei. Não me deitem louros nem grilhões.[1266]

9 DE OUTUBRO DE 1892

138

Eis aí uma semana cheia. Projetos e projetos bancários, debates e debates financeiros, prisão de diretores de companhias, denúncia de

---

[1265] Os supersalários do funcionalismo já provocavam polêmica. Ou seria o preconceito da iniciativa privada com o serviço público?
[1266] O chinês como trabalhador obsessivo e rápido já povoava o imaginário.

outros, dois mil comerciantes marchando para o Palácio Itamarati, a pé, debaixo d'água, processo Maria Antônia, fusão de bancos, alça rápida de câmbio, tudo isso grave, soturno, trágico ou simplesmente enfadonho. Uma só nota idílica entre tanta coisa grave, soturna, trágica ou simplesmente enfadonha; foi a morte de Renan. A de Tennyson, que também foi esta semana, não trouxe igual caráter, apesar do poeta que era, da idade que tinha.[1267]

16 DE OUTUBRO DE 1892

Não tendo assistido a inauguração dos bondes elétricos, deixei de falar neles. Nem sequer entrei em algum, mais tarde, para receber as impressões da nova tração e contá-las. Daí o meu silêncio da outra semana. Anteontem, porém, indo pela Praia da Lapa, em um bonde comum, encontrei um dos elétricos, que descia. Era o primeiro que estes meus olhos viam andar.

144

Em seguida, admirei a marcha serena do bonde, deslizando como os barcos dos poetas, ao sopro da brisa invisível e amiga. Mas, como íamos em sentido contrário, não tardou que nos perdêssemos de vista, dobrando ele para o Largo da Lapa e Rua do Passeio, e entrando eu na Rua do Catete. Nem por isso o perdi de memória. A gente do meu bonde ia saindo aqui e ali, outra gente entrava adiante e eu pensava no bonde elétrico. Assim fomos seguindo; até que, perto do fim da linha e já noite, éramos só três pessoas, o condutor, o cocheiro e eu. Os dois cochilavam, eu pensava.

De repente ouvi vozes estranhas, pareceu-me que eram os burros que conversavam, inclinei-me (ia no banco da frente); eram eles mesmos. Como eu conheço um pouco a língua dos Houyhnhnms, pelo que dela conta o famoso Gulliver, não me foi difícil apanhar o diálogo. Bem sei que cavalo não é burro; mas reconheci que a língua era a mesma. O burro fala menos, decerto; é talvez o trapista daquela grande divisão animal, mas fala. Fiquei inclinado e escutei:

– Tens e não tens razão, respondia o da direita ao da esquerda.

O da esquerda:

[1267] Como se viu, Machado de Assis foi grande leitor de Renan, o escritor que sacudiu a sua época com suas obras sobre o cristianismo.

– Desde que a tração elétrica se estenda a todos os bondes, estamos livres, parece claro.

– Claro parece; mas entre parecer e ser, a diferença é grande. Tu não conheces a história da nossa espécie, colega; ignoras a vida dos burros desde o começo do mundo. Tu nem refletes que, tendo o salvador dos homens nascido entre nós, honrando a nossa humildade com a sua, nem no dia de Natal escapamos da pancadaria cristã. Quem nos poupa no dia, vinga-se no dia seguinte.

– Que tem isso com a liberdade?

– Vejo, redarguiu melancolicamente o burro da direita, vejo que há muito de homem nessa cabeça.

146

– Disso não me queixo eu. Sou de poucos comeres; e quando menos trabalho, é quando estou repleto. Mas que tem capim com a nossa liberdade, depois do bonde elétrico?

– O bonde elétrico apenas nos fará mudar de senhor.

– De que modo?

– Nós somos bens da companhia. Quando tudo andar por arames, não somos já precisos, vendem-nos. Passamos naturalmente às carroças.

– Pela burra de Balaão! exclamou o burro da esquerda. Nenhuma aposentadoria? nenhum prêmio? nenhum sinal de gratificação? Oh! mas onde está a justiça deste mundo?

– Passaremos às carroças – continuou o outro pacificamente – onde a nossa vida será um pouco melhor; não que nos falte pancada, mas o dono de um só burro sabe mais o que ele lhe custou. Um dia, a velhice, a lazeira, qualquer coisa que nos torne incapaz, restituir-nos-á a liberdade...

– Enfim![1268]

[1268] O cronista focalizou nos burros o drama da eliminação dos empregos com o avanço da tecnologia. Por essa perspectiva, teria visto na abolição da escravidão apenas a troca de senhor, com o escravizado trocando de jugo até ser libertado definitivamente, sem aposentadoria, pela doença ou pela velhice. A crítica deveria incidir sobre a falta de um projeto público de inclusão dos libertos, assim como dos que ficam sem trabalho em função dos progressos tecnológicos. Depois do bonde elétrico, a uberização.

23 DE OUTUBRO DE 1892

149-150

Todas as coisas têm a sua filosofia. Se os dois anciãos que o bonde elétrico atirou para a eternidade esta semana, houvessem já feito por si mesmos o que lhes fez o bonde, não teriam entestado com o progresso que os eliminou. É duro dizer; duro e ingênuo, um pouco à La Palisse[1269]; mas é verdade. Quando um grande poeta deste século perdeu a filha, confessou, em versos doloridos, que a criação era uma roda que não podia andar sem esmagar alguém. Por que negaremos a mesma fatalidade aos nossos pobres veículos?

Há terras, onde as companhias indenizam as vítimas dos desastres (ferimentos ou mortes) com avultadas quantias, tudo ordenado por lei. É justo; mas essas terras não têm, e deviam ter, outra lei que obrigasse os feridos e as famílias dos mortos a indenizarem as companhias pela perturbação que os desastres trazem ao horário do serviço. Seria um equilíbrio de direitos e de responsabilidades. Felizmente, como não temos a primeira lei, não precisamos da segunda, e vamos morrendo com a única despesa do enterro e o único lucro das orações.[1270]

Falo sem interesse. Dado que venhamos a ter as duas leis, jamais a minha viúva indenizará ou será indenizada por nenhuma companhia. Um precioso amigo meu, hoje morto, costumava dizer que não passava pela frente de um bonde, sem calcular a hipótese de cair entre os trilhos e o tempo de levantar-se e chegar ao outro lado. Era um bom conselho, como o *Doutor Sovina* era uma boa farsa, antes das farsas do Pena. Eu, o Pena dos cautelosos, levo o cálculo adiante: calculo ainda o tempo de escovar-me no alfaiate próximo. Próximo pode ser longe, mas muito mais longe é a eternidade.

Em todo caso, não vamos concluir contra a eletricidade. Logicamente, teríamos de condenar todas as máquinas, e, visto que há naufrágios, queimar todos os navios.[1271] Não, senhor. A necrologia

---

[1269] Nome já conhecido do leitor.

[1270] Com algum esforço, vê-se uma ironia, embora mais pareça uma defesa conservadora do interesse das empresas de transporte.

[1271] Antecipação à teoria dos acidentes e aos argumentos de um Pierre Lévy em relação aos efeitos perversos das inovações tecnológicas. Segundo Lévy, em conversa com este comentador, a água encanada eliminou os empregos dos transportadores de água. Nem por isso se teria pensado em destruir as redes de encanamento.

dos bondes tirados a burros é assaz comprida e lúgubre para mostrar que o governo de tração não tem nada com os desastres. Os jornais de quinta-feira disseram que o carro ia apressado, e um deles explicou a pressa, dizendo que tinha de chegar ao ponto à hora certa, com prazo curto. Bem; poder-se-iam combinar as coisas, espaçando os prazos e aparelhando carros novos, elétricos ou muares, para acudir à necessidade pública. Digamos mais cem, mais duzentos carros. Nem só de pão vive o acionista, mas também da alegria e da integridade dos seus semelhantes.[1272]

20 DE NOVEMBRO DE 1892

169

Não penseis mais nisso. Pensai antes nas festas nacionais dos Estados, posto seja difícil, a respeito de alguns, saber a verdade dos telegramas. Aqui estão dois da Fortaleza, Ceará, datados de 16. Um: "Foi imenso o regozijo pelo aniversário da proclamação da República". Outro: "O dia 15 de novembro correu frio, no meio da maior indiferença pública". Vá um homem crer em telegramas! A mim custa-me muito[1273]; Bismarck não cria absolutamente, tanto que confessa agora haver alterado a notícia de um, para obrigar à guerra de 1870. Assim o diz um telegrama publicado aqui, sexta-feira; mas é verdade que isto, dito por telegrama, não pode merecer mais fé que o dizer de outros telegramas. O melhor é esperar cartas.

171

Sabeis que o nosso distrito é a capital interina da União. Já se está trabalhando em medir e preparar a capital definitiva. Eis a disposição constitucional; é o art. 5°, título F: "Fica pertencendo à União, no planalto central da República, uma zona de 14.400 quilômetros quadrados, que será oportunamente demarcada, para nela estabelecer-se a futura capital federal. – Parágrafo único. Efetuada a mudança da capital, o atual distrito federal passará a constituir um Estado".

[1272] Ao final, uma nota em defesa do consumidor e do cidadão. O empresário teria de diminuir seu apetite de lucro melhorando o serviço com mais carros.

[1273] Um cronista que lida com ironia tem direito à contradição. Como o leitor lembra, em outro momento, o autor havia escrito: "Ninguém imagina a fé que tenho em telegramas". Seria a resposta uma armadilha: nenhuma? Seria delicioso.

Eis o ponto do sermão. Temos de constituir em breve um Estado. O nome de capital federal, que aliás não é propriamente um nome, mas um qualificativo legal, ir-se-á com a mudança para a capital definitiva.[1274]

27 DE NOVEMBRO DE 1892

174-175

No Senado, nunca pude fazer a divisão exata, não porque lá falassem mal; ao contrário, falavam geralmente melhor que na outra Câmara. Mas não havia barulho. Tudo macio. O estilo era tão apurado, que ainda me lembro certo incidente que ali se deu, orando o finado Ferraz, um que fez a lei bancária de 1860. Creio que era então Ministro da Guerra, e dizia, referindo-se a um senador: "Eu entendo, Sr. presidente, que o nobre senador não entendeu o que disse o nobre Ministro da Marinha, ou fingiu que não entendeu". O Visconde de Abaeté, que era o presidente, acudiu logo: "A palavra *fingiu* acho que não é própria." E o Ferraz replicou: "Peço perdão a V. Exa., retiro a palavra."

Ora, deem lá interesse às discussões com estes passos de minuete! Eu, mal chegava ao Senado, estava com os anjos. Tumulto, saraivada grossa, caluniador para cá, caluniador para lá, eis o que pode manter o interesse de um debate. E que é a vida senão uma troca de cachações?[1275]

175-176

A República trouxe-me quatro desgostos extraordinários[1276]; um foi logo remediado; os outros três não. O que ela mesma remediou, foi a desastrada ideia de meter as câmaras no palácio da Boa Vista. Muito político e muito bonito para quem anda com dinheiro no bolso; mas obrigar-me a pagar dois níqueis de passagem por dia, ou a ir a pé, era um despropósito. Felizmente, vingou a ideia de tornar a pôr as Câmaras em contato com o povo, e descemos da Boa Vista.

Não me falem nos outros três desgostos. Suprimir as interpelações aos ministros, com dia fixado e anunciado; acabar com a discus-

---

[1274] JK, como se sabe, concretizou uma velha fantasia constitucional.

[1275] Ironia sobre o gosto do público por debates que seriam chamados de "baixaria". Ao mesmo tempo, crítica aos salamaleques senatoriais vazios e pomposos.

[1276] Deveria dizer cinco: o primeiro ou último sendo a queda do imperador.

são da resposta à fala do trono; eliminar as apresentações de ministérios novos...

Oh! as minhas belas apresentações de ministérios! Era um regalo ver a Câmara cheia, agitada, febril, esperando o novo gabinete. Moças nas tribunas, algum diplomata, meia dúzia de senadores. De repente, levantava-se um sussurro, todos os olhos voltavam-se para a porta central, aparecia o ministério com o chefe à frente, cumprimentos à direita e à esquerda. Sentados todos, erguia-se um dos membros do gabinete anterior e expunha as razões da retirada; o presidente do conselho erguia-se depois, narrava a história da subida, e definia o programa. Um deputado da oposição pedia a palavra, dizia mal dos dois ministérios, achava contradições e obscuridades nas explicações, e julgava o programa insuficiente. Réplica, tréplica, agitação, um dia cheio.[1277]

4 DE DEZEMBRO DE 1892

179

Os acontecimentos parecem-se com os homens. São melindrosos, ambiciosos, impacientes, o mais pífio quer aparecer antes do mais idôneo, atropelam tudo, sem justiça nem modéstia... E quando todos são graves? Então é que é ver um miserável cronista, sem saber em qual pegue primeiro. Se vai ao que lhe parece mais grave de todos, ouve clamar outro que lhe não parece menos grave, e hesita, escolhe, torna a escolher, larga, pega, começa e recomeça, acaba e não acaba...

Justamente o que ora me sucede. Toda esta semana falou-se na invasão do Rio Grande do Sul. Realmente, a notícia era grave, e, embora não se tivesse dado invasão, falou-se dela por vários modos. Alguns têm como iminente, outros provável, outros possível, e não raros a creem simples conjetura. Trouxe naturalmente sustos, ansiedade, curiosidade, e tudo o mais que aquela parte da República tem o condão de acarretar para o resto do país. Imaginei que era assunto legítimo para abrir as portas da crônica.

Mal começo, chega-me aos ouvidos o clamor dos banqueiros que voltam do palácio do governo, aonde foram conferenciar sobre a crise do dinheiro. E dizem-me eles que a questão financeira e bancária

---

[1277] A política como espetáculo.

afeta a toda a República, ao passo que a invasão, grave embora, toca a um só Estado. A prioridade é da crise, além do mais, porque existia e existirá, até que alguém a decifre e resolva.[1278]

183

Outro acontecimento grave, o anarquismo, também aqui fica mencionado, com o seu lema: *Chi non lavora non mangia*. Há divergências, sobre os limites da propaganda de uma opinião.[1279] O positivismo, por órgão de um de seus mais ilustres e austeros corifeus, veio à imprensa defender o direito de propagar as ideias anarquistas, uma vez que não cheguem à execução. Acrescenta que só a religião da humanidade pode resolver o problema social, e conclui que *os maus constituem uma pequena minoria...*

11 DE DEZEMBRO DE 1892

Outra questão complicada é (ornitologicamente falando) a dos *pica-paus* e dos *vira-bostas*, que são os nomes populares dos partidos do Rio Grande do Sul.[1280] Eu, quanto à política daquela região, sei unicamente um ponto, é que a Constituição política do Estado admite o livre exercício da medicina.[1281] Conquanto seja lei somente no Estado, não faltará quem deseje vê-la aplicada, quando menos ao distrito federal; eu, por exemplo. Neste caso, entendo que não se pode cumprir a notícia dada pelo *Tempo* de hoje, a saber, que vai ser preso um curandeiro conhecidíssimo, do qual é vítima uma pessoa de posição e popular entre nós.[1282]

18 DE DEZEMBRO DE 1892

189

Ontem, querendo ir pela Rua da Candelária, entre as da Alfândega e Sabão (velho estilo), não me foi possível passar, tal era a multidão de gente. Cuidei que havia briga, e eu gosto de ver brigas; mas não era. A massa de gente tomava a rua, de uma banda a outra, mas

---

[1278] A hierarquia do dinheiro.
[1279] O problema não parece ter sido resolvido até hoje. Quanta demora! As *fake news* trouxeram de volta o debate sobre os limites da opinião.
[1280] A segunda denominação não costuma ser citada pelos gaúchos.
[1281] Influência do positivismo.
[1282] Dos limites da desregulação.

não se mexia; não tinha a ondulação natural dos cachações. Procissão não era; não havia tochas acessas nem sobrepelizes. Sujeito que mostrasse artes de macaco ou vendesse drogas, ao ar livre, com discursos, também não.[1283]

25 DE DEZEMBRO DE 1892

194

É desenganar. Gente que mamou leite romântico, pode meter o dente no rosbife naturalista; mas em lhe cheirando a teta gótica e oriental, deixa o melhor pedaço de carne para correr à bebida da infância. Oh! Meu doce de leite romântico! Meu licor de Granada! Como ao velho Goethe, aparecem novamente as figuras aéreas que outrora vi ante os meus olhos turvos.[1284]

1 DE JANEIRO DE 1893

202-203

Há fatos mais extraordinários que a desolação de Babilônia. Há o fato de um preto de Uberaba, que, fugindo agora da casa do antigo senhor, veio a saber que estava livre desde 1888, pela lei da abolição. Faz lembrar o velho adágio inglês: "Esta cabana é pobre, está toda esburacada; aqui entra o vento, entra a chuva, entra a neve, mas não entra o rei". O rei não entrou na casa do ex-senhor de Uberaba, nem o presidente da República. O que completa a cena, é que uns oito homens armados foram buscar o João (chama-se João) à casa do engenheiro Tavares, onde achara abrigo. Que ele fosse agarrado, arrastado e espancado pelas ruas, não acredito; são floreios telegráficos. Ainda se fosse de noite, vá; mas às 2 horas da tarde... Creio antes que a polícia prendesse já dois dos sujeitos armados e esteja procedendo com energia. Agora, se a energia irá até o fim, é o que não posso saber, porque (emendemos aqui o nosso Schiller), os belos dias de Aranjuez ainda não acabaram.

Renunciar ao escravo é um crime, terá dito o senhor de Uberaba, e já é outro voto para a opinião do nosso intendente. Também os mortos não renunciam ao seu direito de voto, como parece que suce-

---

[1283] Do gosto nacional pela aglomeração.
[1284] O autor mamou nas doces tetas do romantismo.

deu na eleição da Junta Comercial. Vieram os mortos, pontuais como na bailada, e sem necessidade de tambor. Bastou a voz da chamada; ergueram-se, derrubaram a laje do sepulcro e apresentaram-se com a cédula escrita. Se assinaram o livro de presença, ignoro; a letra devia ser trêmula, – trêmula, mas bem pensante.[1285]

8 DE JANEIRO DE 1893

205

O mesmo sucede ao povo. O povo precisa fazer anualmente o seu exame de consciência: é o que os jornais nos dão a título de retrospecto. A imprensa diária dispersa a atenção. O seu ofício é contar, todas as manhãs, as notícias da véspera, fazendo suceder ao homicídio célebre o grande roubo, ao grande roubo a ópera nova, à ópera o discurso, ao discurso o estelionato, ao estelionato a absolvição, etc. Não é muito que um dia pare, e mostre ao povo, em breve quadro, a multidão de coisas que passaram, crises, atos, lutas, sangue, ascensões e quedas, problemas e discursos, um processo, um naufrágio. Tudo o que nos parecia longínquo aproxima-se; o apagado revive; questões que levavam dias e dias são narradas em dez minutos; polêmicas que se estenderam das câmaras à imprensa e da imprensa aos tribunais, cansando e atordoando, ficam agora claras e precisas. As comoções passadas tornam a abalar o peito...[1286]

206-207

Em verdade, a posse das calçadas é antiga. Há vinte ou trinta anos, não havia a mesma gente nem o mesmo negócio. Na velha Rua Direita, centro do comércio, dominavam as quitandas de um lado e de outro, africanas e crioulas. Destas, as baianas eram conhecidas pela trunfa, – um lenço interminavelmente enrolado na cabeça fazendo lembrar o famoso retrato de Mme. de Staël. Mais de um *lord* Oswald do lugar, achou ali a sua Corina. Ao lado da igreja da Cruz vendiam-se folhetos de vária espécie, pendurados em barbantes. Os

---

[1285] A lei não andou na frente da estrutura, mas esta também não se apressou em cumprir por toda a parte a lei; de qualquer modo, o descumprimento foi exceção. A continuidade do jugo se deu por outros meios.

[1286] Efeito de retrospectiva: o grave mostra-se apenas uma lembrança. A imprensa já era acusada de só se interessar por notícias ruins.

pretos-minas teciam e cosiam chapéus de palha. Havia ainda... Que é que não havia na Rua Direita?

Não havia turcas. Naqueles anos devotos, ninguém podia imaginar que gente de Maomé viesse quitandar ao pé de gente de Jesus. Afinal um turco descobriu o Rio de Janeiro e tanto foi descobri-lo como dominá-lo. Vieram turcos e turcas. Verdade é que, estando aqui dois padres católicos, do rito maronita, disseram missa e pregaram domingo passado, com assistência de quase toda a colônia turca, se é certa a notícia que li anteontem. De maneira que os nossos próprios turcos são cristãos. Compensam-nos dos muitos cristãos nossos, que são meramente turcos, mas turcos de lei.[1287]

208-209

Assim renascem, assim morrem as posturas. Está prestes a nascer a que restitui o Carnaval aos seus dias antigos. O ensaio de fazer dançar, mascarar e pular no inverno durou o que duram as rosas: *l'espace d'un matin*. Não me cortem esta frase batida e piegas; a falta de carne ao almoço e ao jantar desfibra um homem; preciso ser chato como esta folha de papel que recebe os meus suspiros. Felizmente uma notícia compensa a outra. A volta do carnaval é uma lição científica. O conselho municipal, em grande parte composto de médicos, desmente assim a ilusão de serem os folguedos daqueles dias incompatíveis com o verão. Aí está uma postura que vai ser cumprida com delírio.[1288]

15 DE JANEIRO DE 1893

209

Nada é novo debaixo do sol. Onde há muitos bens, há muitos que os comam. Quer dizer que já por essas centenas de séculos atrás os homens corriam ao dinheiro alheio; em primeiro lugar para ajuntar o que andava disperso pelas algibeiras dos outros; em segundo lugar, quando um metia o dinheiro no bolso, corriam a dispersar o ajuntado. Apesar deste risco, o conselho de Iago é que se meta dinheiro no bolso. *Put money in thy purse.*[1289]

[1287] O cronista acompanhou a vida das ruas com seus costumes e ocupantes.
[1288] O carnaval precisou resistir às legislações moralizantes.
[1289] Eis a história do capitalismo.

211

Uma só coisa me interessou no debate municipal; foi o tratamento de Excelência. Não que seja coisa rara a boa educação. Também não direi que seja nova. O que não posso, é indicar desde quando entrou naquela casa esta natural fineza. Provavelmente, foi a reação do legítimo amor próprio contra desigualdades injustificáveis.

De feito, a antiga câmara municipal tinha o título de Senhoria e de Ilustríssima; mas pessoalmente os seus membros não tinham nada. Um decreto de 18 de julho de 1841 concedeu aos membros do senado o tratamento de Excelência, acrescentando: "e por ele (tratamento) se fale e se escreva aos atuais senadores e aos que daqui em diante exercerem o dito lugar". Aos deputados foi dado por decreto da mesma data o tratamento de Senhoria, mas limitado aos que assistiram à coroação do finado imperador. O tratamento era pessoal; embora sobrevivesse ao cargo, não passava dos agraciados.[1290]

213

Tenho ideia de que há ainda outro problema insolúvel; mas não me demoro em procurá-lo. Di-lo-ei depois, se o achar. Adeus. Se sair errada alguma frase ou palavra, levem o erro à conta da letra apressada, não da revisão. Na outra semana, saiu impresso que "a imprensa diária dispensa a atenção" – em vez de. – "a imprensa diária dispersa a atenção", ideia mui diferente. A revisão é severa; eu é que sou desigual na escrita, mais inclinado ao pior que ao melhor.[1291]

12 DE FEVEREIRO DE 1893

228

Alegrei-me com isto, posto já não pertencesse à terra. Os meus patrícios iam ter um bom carnaval, – velha festa, que está a fazer quarenta anos, se já os não fez. Nasceu um pouco por decreto, para dar cabo do entrudo, costume velho, datado da colônia e vindo da metrópole. Não pensem os rapazes de vinte e dois anos que o entrudo era alguma coisa semelhante às tentativas de ressurreição, empreendidas com bisnagas. Eram tinas d'água, postas na rua ou nos corredores, dentro das quais metiam à força um cidadão todo, – cha-

---

[1290] Todo termo e toda forma de tratamento tem um começo e um fim.
[1291] A tese antecipa a teoria da comunicação.

péu, dignidade e botas. Eram seringas de lata; eram limões de cera. Davam-se batalhas porfiadas de casa a casa, entre a rua e as janelas, não contando as bacias d'água despejadas à traição. Mais de uma tuberculose caminhou em três dias o espaço de três meses. Quando menos, nasciam as constipações e bronquites, ronquidões e tosses, e era a vez dos boticários, porque, naqueles tempos infantes e rudes, os farmacêuticos ainda eram boticários.[1292]

229

Um dia veio, não Malesherbes, mas o carnaval, e deu à arte da loucura uma nova feição. A alta roda acudiu de pronto; organizaram-se sociedades, cujos nomes e gestos ainda esta semana foram lembrados por um colaborador da *Gazeta*. Toda a fina flor da capital entrou na dança. Os personagens históricos e os vestuários pitorescos, um doge, um mosqueteiro, Carlos V, tudo ressurgia às mãos dos alfaiates, diante de figurinos, à força de dinheiro. Pegou o gosto das sociedades, as que morriam eram substituídas, com vária sorte, mas igual animação.

Naturalmente, o sufrágio universal, que penetra em todas as instituições deste século, alargou as proporções do carnaval, e as sociedades multiplicaram-se, com os homens. O gosto carnavalesco invadiu todos os espíritos, todos os bolsos, todas as ruas. *Evohé! Bacchus est roi!* dizia um coro de não sei que peça do Alcazar Lírico, – outra instituição velha, mas velha e morta. Ficou o coro, com esta simples emenda: *Evohé! Momus est roi!*[1293]

5 DE MARÇO DE 1893

244-245

Não sei se sabem que eu era carnívoro por educação e vegetariano por princípio. Criaram-me a carne, mais carne, ainda carne, sempre carne. Quando cheguei ao uso da razão e organizei o meu código de princípios, incluí nele o vegetarismo; mas era tarde para a execução. Fiquei carnívoro. Era a sorte humana; foi a minha. Certo, a arte disfarça a hediondez da matéria. O cozinheiro corrige o talho. Pelo que respeita ao boi, a ausência do vulto inteiro faz esquecer que

---

[1292] O entrudo foi domesticado no carnaval.
[1293] Tudo se transforma: o entrudo e a ópera viraram carnaval anual.

a gente come um pedaço de animal. Não importa, o homem é carní-voro.[1294]

Deus, ao contrário, é vegetariano.[1295] Para mim, a questão do paraíso terrestre explica-se clara e singelamente pelo vegetarismo. Deus criou o homem para os vegetais, e os vegetais para o homem; fez o paraíso cheio de amores e frutos, e pôs o homem nele. Comei de tudo, disse-lhe, menos do fruto desta árvore. Ora, essa chamada árvore era simplesmente carne, um pedaço de boi, talvez um boi inteiro. Se eu soubesse hebraico, explicaria isto muito melhor.

12 DE MARÇO DE 1892

250

Mérimée confessou um dia que da história só dava apreço às anedotas. Eu nem às anedotas. Contento-me com palavras. Palavra brotada no calor do debate, ou composta por estudo, filha da necessidade, oriunda do amor ao requinte, obra do acaso, qualquer que seja a sua certidão de batismo, eis o que me interessa na história dos homens. Desta maneira fico abaixo do outro, que só curava de anedotas. Sim, meus amigos, nunca me vereis vencido por ninguém. Alta ou baixa que seja uma ideia, acreditei que tenho outra mais alta ou mais baixa. Assim o autor da *Crônica de Carlos IX* dava Tucídides por umas memórias autênticas de Aspásia ou de um escravo de Péricles. Eu dou as memórias deste escravo pela notícia da palavra que Péricles aplicava, em particular, aos cacetes e amoladores de seu tempo.[1296]

19 DE MARÇO DE 1893

253

Somos todos criados com três ou quatro ideias que, em geral, são o nosso farnel da jornada.[1297]

[1294] Qual tema Machado de Assis não abordou? Parece que todas as polêmicas do futuro passaram antes pelas suas mãos e pela sua mente.

[1295] Uma definição que ainda demanda exegese.

[1296] A história acadêmica consagrou a importância da teoria, que sobra quando o tempo passa e as modas teóricas mudam, sobrando os fatos recuperados em documentos. A indústria editorial retomou as anedotas e deu a jornalistas o nome de historiadores. É possível que historiador seja um jornalista que cobre o passado. As teorias passam, os fatos, na medida em que possam ser recuperados, ficam. O leitor ri das anedotas.

[1297] Isso se vê lendo todos os livros de um autor ou ouvindo várias vezes um palestrante.

26 DE MARÇO DE 1893

260

Confiemos em Sarah Bernhardt com todos os seus ossos e caprichos, mas com o seu gênio também. Vamos ouvir-lhe a prosa e o verso, a paixão moderna ou antiga. Confiemos no grande *Falstaff*. Não é poético, decerto, aquele gordo *Sir* John; afoga-se em amores lúbricos e vinho das Canárias. Mas tanto se tem dito dele, depois que o Verdi o pôs em música, que muito naturalmente é obra-prima.

O pior será o libreto, que, por via de regra, não há de prestar; mas leve o diabo libretos.[1298]

16 DE ABRIL DE 1893

276

Não obstante, lá vão os quiosques embora. Assim foram as quitandeiras crioulas, as turcas e árabes, os engraxadores de botas, uma porção de negócios da rua, que nos davam certa feição de grande cidade levantina. Por outro lado, se Renan fala verdade, ganhamos com a eliminação, porque tais cidades, diz ele, não têm espírito político, ou sequer municipal; há nelas muita tagarelice, todos se conhecem, todos falam um dos outros, mobilidade, avidez de notícias, facilidade em obedecer à moda, sem jamais inventá-la. Não; vão-se os quiosques, e valha-nos o conselho municipal. Os defeitos ir-se-ão perdendo com o tempo. Ganhemos desde logo ir mudando de aspecto.[1299]

14 DE MAIO DE 1893

292

Ontem de manhã, descendo ao jardim, achei a grama, as flores e as folhagens transidas de frio e pingando. Chovera a noite inteira; o chão estava molhado, o céu feio e triste, e o Corcovado de carapuça. Eram seis horas; as fortalezas e os navios começaram a salvar pelo quinto aniversário do Treze de Maio. Não havia esperanças de sol; e eu perguntei a mim mesmo se o não teríamos nesse grande aniversário. É tão bom poder exclamar: "Soldados, é o sol de Austerlitz!"

[1298] Um cronista se repete pelo bem da anedota e do preenchimento do espaço.
[1299] Até a chegada do shopping center e dos condomínios fechados.

O sol é, na verdade, o sócio natural das alegrias públicas; e ainda as domésticas, sem ele, parecem minguadas.

Houve sol, e grande sol, naquele domingo de 1888, em que o Senado votou a lei, que a regente sancionou, e todos saímos à rua. Sim, também eu saí à rua, eu o mais encolhido dos caramujos, também eu entrei no préstito, em carruagem aberta, se me fazem favor, hóspede de um gordo amigo ausente; todos respiravam felicidade, tudo era delírio. Verdadeiramente, foi o único dia de delírio público que me lembra ter visto. Essas memórias atravessaram-me o espírito, enquanto os pássaros treinavam os nomes dos grandes batalhadores e vencedores, que receberam ontem nesta mesma coluna da *Gazeta* a merecida glorificação. No meio de tudo, porém, uma tristeza indefinível. A ausência do sol coincidia com a do povo? O espírito público tornaria à sanidade habitual?[1300]

293

Chegaram-me os jornais. Deles vi que uma comissão da sociedade que tem o nome de Rio Branco, iria levar à sepultura deste homem de Estado uma coroa de louros e amores-perfeitos. Compreendi a filosofia do ato; era relembrar o primeiro tiro vibrado na escravidão. Não me dissipou a melancolia. Imaginei ver a comissão entrar modestamente pelo cemitério, desviar-se de um enterro obscuro, quase anônimo, e ir depor piedosamente a coroa na sepultura do vencedor de 1871. Uma comissão, uma grinalda. Então lembraram-me outras flores. Quando o Senado acabou de votar a lei de 28 de setembro, caíram punhados de flores das galerias e das tribunas sobre a cabeça do vencedor e dos seus pares. E ainda me lembraram outras flores...[1301]

[1300] Por que não ter contado desse préstito na crônica de 19 de maio de 1888?

[1301] Em 1872, como chefe da 2ª Seção do Ministério da Agricultura, Comércio e Obras Públicas, Machado de Assis foi chamado a dar parecer sobre uma questão envolvendo o registro de escravos de acordo com a Lei do Ventre Livre. Pelo registro é que se garantiria a liberdade dos recém-nascidos. Se houvesse alguma ação judicial, com decisão contrária à liberdade, haveria recurso de ofício se não acontecesse a reclamação do prejudicado. Um senhor de escravos, não havendo apelação, postulou a escritura dos escravos imediatamente. Pediu-se o parecer do Ministério da Agricultura. Cinco funcionários e o Procurador da Coroa deram seus pareceres, entre eles Machado de Assis, que opinou em favor dos libertos: "No art.7º, §2º da lei de 28 de setembro de 1871 se diz que das decisões contrárias à liberdade, nas causas em favor desta, haverá apelação ex-officio. Pelo artigo 18 do regulamento de 1º de dezembro do mesmo ano, os escravos que não forem dados à matrícula por culpa ou omissão dos senhores serão considerados libertos, salvo aos mesmos senhores o meio de provar, em ação ordinária, o domínio que têm sobre eles, e não ter havido culpa,

21 DE MAIO DE 1893

296-297

A própria ciência parece não saber a quantas anda. Tempo há de vir em que o xarope de Cambará não cure, e talvez mate. Já agora são os bondes que empurram as bestas; esperemos que os passageiros os não puxem um dia. Quando éramos alegres, – o que dá no mesmo, quando eu era alegre, – aconteceu que o gás afrouxou enormemente. Como se despicou o povo da calamidade? Com um mote: *O gás virou lamparina*. Ouvia-se isto por toda a parte, lia-se no meio de grande riso público. Lá vão trinta anos. Agora nem já sabemos pagar-nos com palavras. Quando, há tempos, o gás teve um pequeno eclipse, levantamos as mãos ao céu, clamando por misericórdia.[1302]

28 DE MAIO DE 1893

303

Espanto do senado. Como é que uma deliberação, passada em segredo, assim se tornava pública? Realmente, era de estranhar. Mas tudo se explica neste mundo, ainda o inexplicável. Um filósofo do século atual, para acabar com as tentativas de explicar o inexplicável chamou-lhe incognoscível, que parece mais definitivamente fora do alcance do homem. Não importa; sempre há de haver curiosos. E depois as deliberações humanas não são o mesmo que a origem das coisas. Não são precisas grandes metafísicas para conhecê-las; basta um fonógrafo.[1303]

2 DE JULHO DE 1893

325

Tirando o caso dos cheques, a morte do preto Timóteo, indigitado autor do assassinato de Maria de Macedo, o benefício de Sarah

---

ou omissão sua, na falta da matrícula. Pergunta-se: Das sentenças que, na hipótese do artigo 19, forem contrárias à liberdade, cabe apelação ex-ofício? Minha resposta é afirmativa. Para responder de outro modo, fora preciso fazer entre os dois casos uma distinção que não existe, e que, a meu juízo, repugna ao espírito da lei". Mesmo sem ser jurista, deu uma decisão técnica. Raymundo Magalhães Jr. analisou o caso em "Machado de Assis funcionário público", publicado na *Revista do Servidor Público*, out./dez. 1981 (Ano 38, v. 109, n. 4, p. 237-244).

[1302] E a ciência fez a luz.

[1303] Mais um capítulo na longa história dos vazamentos.

Bernhardt, a perfídia de dois sujeitos que venderam a um homem, como sendo notas falsas, simples papéis sujos, zombando assim da lealdade da vítima, e pouco mais, todo o interesse da semana concentrou-se no Congresso.[1304]

326

Na câmara dos deputados, o Sr. Nilo Peçanha, em um brilhante discurso, defendeu a propriedade literária, merecendo os aplausos dos próprios que a negam, e dos que, como eu, não adotam o tratado.

Mas as questões literárias não têm a importância das políticas, por mais que haja dito Garret da ação das letras na política. "Com romances e com versos, bradava ele, fez Chateaubriand, fez Walter Scott, fez Lamartine, fez Schiller, e fizeram os nossos também, esse movimento reacionário que hoje querem sofismar e granjear para si os prosistas e calculistas da oligarquia".

Respeito muito o grande poeta, mas ainda assim creio que a política está em primeiro lugar.[1305]

16 DE JULHO DE 1893

332-333

Sarah Bernhardt é feliz. Sequiosa de emoções, não terá passado sem elas, estes poucos dias que dá ao Brasil. Grande roubo de joias aqui; em S. Paulo quase uma revolução. Eis aí quanto basta para matar a sede. Mas as organizações como a ilustre trágica são insaciáveis. Pode ser que ela acarinhe a ideia de pacificar o Rio Grande. Sim, quem sabe se, terminando o número das representações contratadas, não é plano dela meter-se em um iate e aproar ao sul?

O capitão do navio terá medo, como o barqueiro de César. Ela copiará o romano: "Que temes tu? Levas Sarah e a sua fortuna".[1306]

333-334

As águas do porto, as areias, os ventos, os navios, as fortificações, a gente da terra, armada e desarmada, tudo deixará passar Semíramis. Um diadema, nem castilhista, nem federalista, ou ambas

---

[1304] Um cronista não vive sem *faits divers*.

[1305] Ao menos na agenda dos políticos.

[1306] Especular sobre a possibilidade de Sarah Bernhardt pacificar o Rio Grande do Sul, o mais dividido dos lugares, dá uma ideia da dimensão da artista na época.

as coisas, lhe será oferecido, apenas entre em Porto Alegre. A notícia correrá por todo o Estado; a guerra cessará; os ódios fugirão dos corações porque não haverá espaço bastante para o amor e a fidelidade. Começará no sul um grande reino. O Congresso Federal deliberará se deve reduzi-lo pelas armas ou reconhecê-lo, e adotará o segundo alvitre, por proposta do Sr. Nilo Peçanha, considerando que não se trata positivamente de uma monarquia, porque não há monarquia sem rei ou rainha no trono, e o gênio não tem sexo. O gênio haverá assim alcançado a paz entre os homens.

Uma vez coroada, Semíramis resolverá a velha questão das obras do porto do Rio Grande, como a sua xará de Babilônia fez com o Eufrates, apagará os males da guerra e decretará a felicidade, sob pena de morte.

Um dia, amanhecendo aborrecida, imitará Salomão, – se é certo que este rei escreveu o *Eclesiastes*, – e repetir-nos-á, como o grande enjoado daquele livro, que tudo é vaidade, vaidade e vaidade.

Então abdicará; e, para maior espanto do mundo, dará a coroa, por meio de concurso, ao mais melancólico dos homens. Sou eu. Não me demorarei um instante; irei logo, mar em fora, até à bela capital do sul, e subirei ao trono. Para celebrar esse acontecimento, darei festas magníficas, e convidarei a própria rainha abdicatária a representar uma cena ou um ato do seu repertório.

– Peço a Vossa Majestade que me não obrigue à recusa, responder-me-á ela; eu provei a realidade do trono, e achei que era ainda mais vã que a simples imitação teatral. *Omnia vanitas*. Falo-lhe em latim, mas creia que o meu tédio vai até o sueco e o norueguês. Há um refúgio para todos os desenganados deste mundo; vou fundar um convento de mulheres budistas no Malabar.

E Sarah acabará budista, se é que acabará nunca.

Deixem-me sonhar, se é sonho.[1307]

30 DE JULHO DE 1893

343

Toda esta semana se falou em paz. Para um homem que cultiva as artes da paz, como eu, parece que não pode haver assunto mais

---

[1307] E assim se fica sabendo que Machado de Assis pensou na possibilidade de ser rei do Rio Grande do Sul.

fagueiro. Nem sempre. A paz tem benefícios, não contesto; mas a guerra, – aqui cito Empédocles, – é a mãe de todas as coisas. E nem sempre vale trocar todas as coisas por alguns benefícios. Um exemplo à mão.[1308]

343-44

Sem desdenhar dos catarinenses – alguns conheço que honrariam qualquer comunhão social – posso dizer que Santa Catarina não faria falar de si; vivia na mais completa obscuridade. De quando em quando vinha um telegrama do governador Machado; mas que vale, por si mesmo, um telegrama? Santa Catarina não inventava, não criava, não gerava. De repente, anuncia-se dali uma fagulha, uma agitação, um aspecto de guerra; digo de guerra, posto não haja sangue; mas também há guerra sem sangue. Já esta produziu mais do que longos meses de sossego. Se vier sangue, a produção será maior. A vantagem do sangue sobre a água é que esta rega para o presente, e aquele para o presente e futuro. Os estragos do sangue, posto que longos, não são eternos; os seus frutos, porém, entram no celeiro da humanidade.[1309]

6 DE AGOSTO DE 1893

347-348

A *Gazeta* completou os seus dezoito anos. Ao sair da festa de família com que ela celebrou o seu aniversário, fui pensando no que me disse um conviva, excelente membro da casa, a saber, que os dois maiores acontecimentos dos últimos trinta anos nesta cidade foram a *Gazeta* e o bonde.[1310]

348

As outras folhas – não tinham o domínio da notícia e do anúncio da publicação solicitada, da parte comercial e oficial; demais, serviam a partidos políticos. A mor parte delas (para empregar uma comparação recente) vivia o que vivem as rosas de Malherbe.

Quando a *Gazeta* apareceu, o bonde começava.[1311]

[1308] Vez ou outra, o cronista louvava a guerra, especialmente as brasileiras.

[1309] Quantas safras e colheitas vermelhas!

[1310] A imprensa e a tecnologia, duas faces do progresso, da modernidade e do iluminismo que o cronista admirava.

[1311] A rosa de Malherbe reaparece. O bonde e o jornal avançaram juntos.

349

Os veículos eram fechados, como os primeiros bondes, antes que toda a gente preferisse os dos fumantes e inteiramente os desterrasse.[1312]

– [...] Já passou a diligência? Lá vem o ônibus! Tais eram os dizeres de outro tempo. Hoje não há nada disso. Se algum homem, morador em rua que atravesse a da linha, grita por um bonde que vai passando ao longe, não é porque os veículos sejam raros, como outrora, mas porque o homem não quer perder este bonde, porque o bonde para, e porque os passageiros esperam dois ou três minutos, quietos. Esperar, se me não falha a memória, é a última palavra do *Conde de Monte-Cristo*. Todos somos Monte-Cristos, posto que o livro seja velho. Falemos à gente moça, à gente de vinte e cinco anos, que era apenas desmamada, quando se lançaram os primeiros trilhos, entre a Rua Gonçalves Dias e o largo do Machado. O bonde foi posto em ação, e a *Gazeta* veio no encalço. Tudo mudou. Os meninos, com a *Gazeta* debaixo do braço e pregão na boca, espalhavam-se por essas ruas, berrando a notícia, o anúncio, a pilhéria, a crítica, a vida, em suma, tudo por dois vinténs escassos. A folha era pequena; a mocidade do texto é que era infinita. A gente grave, que, quando não é excessivamente grave, dá apreço à nota alegre, gostou daquele modo de dizer as coisas sem retesar os colarinhos. A leitura impôs-se, a folha cresceu, barbou, fez-se homem, pôs casa; toda a imprensa mudou de jeito e de aspecto.[1313]

350-351

Um telegrama datado de Buenos Aires, 3, deu notícia de que a *Nación*, órgão do General Mitre, aconselha a união de todos os cidadãos, no meio da desordem, que vai por algumas províncias argentinas. Ora, ouçam a minha história que é de 1868. Nesse ano, Mitre, que assumira o poder em 1860, depois de uma revolução, concluiu os dois prazos constitucionais de presidente; fizera-se a eleição do presidente e saíra eleito Sarmiento, que então era representante diplomático da república nos Estados-Unidos. Vi este Sarmiento, quando passou por aqui para ir tomar conta do governo argentino. Boas

---

[1312] Existiam, portanto, veículos de não fumantes.
[1313] Os bondes passaram; os jornais impressos já parecem bondes.

carnes, olhos grandes, cara rapada. Tomava chá no Club Fluminense, no momento em que eu ia fazer o mesmo, depois de uma partida de xadrez com o professor Palhares. Pobre Palhares! Pobre Club Fluminense! Era um chá sossegado, entre nove e dez horas, um baile por mês, moças bonitas, uma principalmente... *Une surtout, un ange...* O resto está em Victor Hugo. *Un ange, une jeune espagnole.* A diferença é que não era espanhola. Sarmiento vinha, creio eu, do paço de S. Cristóvão ou do Instituto Histórico; estava de casaca, bebia o chá, trincava torradas, com tal modéstia que ninguém diria que ia governar uma nação.

Quando Sarmiento chegou a Buenos Aires e tomou conta do governo, quiseram fazer a Mitre, que o entregava, uma grande manifestação política. A ideia que vingou foi criar um jornal e dar-lho. Esse jornal é esta mesma *Nación* que é ainda órgão de Mitre, e que ora aconselha (um quarto de século depois) a união de todos os cidadãos. É um jornal enorme de não sei quantas páginas. Em trocos miúdos, os jornais partidários precisam de partido, um partido faz-se com homens que votem, que paguem, que leiam.[1314]

13 DE AGOSTO DE 1893

353

Propriamente, a minha questão não é política. A parte política só me ocupa, quando do ato ou do fato sai alguma psicologia interessante.[1315]

354

Quando a opinião dos homens chega a defender a própria polícia que os encarcerou, é que eles são chegados àquele grau em que uma nação dá de si Brutus. Esmagar a polícia é o impulso natural de todo cidadão capturado; mas trepar nas soteias para defendê-la a tiro, é coisa que sai do homem para entrar no romano.[1316]

[1314] E assim o intelectual brasileiro viu o intelectual argentino, que seria o lendário Sarmiento, sem emoção nem ênfase. Viu mais o político.

[1315] Salvo em se tratando de política externa, como no caso do México. Seria uma estratégia do funcionário público para preservar o seu lugar e também não se indispor com donos de jornal e leitores? Ou forma de não ser demitido?

[1316] Havia um lado libertário no cronista ou seria "libertariano"?

356

Vamos à rua do Ouvidor; é um passo. Desta rua ao *Diário de Notícias* é ainda menos. Ora, foi no *Diário de Notícias* que eu li uma defesa do alargamento da dita rua do Ouvidor, – coisa que eu combateria aqui, se tivesse tempo e espaço. Vós que tendes a cargo o aformoseamento da cidade alargai outras ruas, todas as ruas, mas deixai a do Ouvidor assim mesma – uma viela, como lhe chama o *Diário*, – um canudo, como lhe chamava Pedro Luiz. Há nela, assim estreitinha, um aspecto e uma sensação de intimidade. É a rua própria do boato. Vá lá correr um boato por avenidas amplas e lavadas de ar. O boato precisa do aconchego, da contiguidade, do ouvido à boca para murmurar depressa e baixinho, e saltar de um lado para outro.[1317]

3 DE SETEMBRO DE 1893

370

O próprio caso do Carlo R. dava obra de arte nas mãos de um artista, um Poe, não menos.[1318]

10 DE SETEMBRO DE 1893

378

Há pouco tempo disse consigo que o melhor era vender a carne ainda mais cara e mais ruim, e com o lucro comprar um bilhete de Espanha.

17 DE SETEMBRO DE 1893

379

Vindo aos anúncios, notai em ambos eles o verbo e o advérbio: "Que as proteja ocultamente". Proteger é sinônimo de amar, – um eufemismo, dirão as pessoas graves, – uma corruptela, replicarão as pessoas leves. Eu digo que é uma revivescência. O amor antigo era simples proteção. Em vez da sociedade em comandita, a que a civilização o trouxe, com lucros iguais, era um ato de domínio do homem

---

[1317] Quando o boato vira *fake news* talvez seja o caso de criar vastas avenidas. O próprio Machado de Assis, em crônica já comentada aqui, fala do boato (ou *fake news*?) sobre uma república proclamada no Rio do Sul sob o comando de Osório e que se espalhou pela rua do Ouvidor. A imagem, porém, é estupenda: a rua como fio de transmissão.
[1318] Nem só de admirações europeias vivia o cronista.

e de submissão da mulher.[1319] Vede os costumes bíblicos, as doutrinas muçulmanas, as instituições romanas e gregas. Tudo que é primitivo, traz esse característico do amor. Agora, que a revivescência seja puramente verbal, como tantas outras coisas, que apenas valem pelo nome, é o que não contesto. Mas é uma boa forma, delicada, modesta, graciosa, e que não paga mais por linha de impressão.

383

– Quem é esta pequena que ali vem, rua abaixo?

– Onde?

– Quase a chegar à *Gazeta*.

– Ah!

– Não é? Não a conheço; mas já vi aquela cara não sei bem onde. A figura é esbelta; pisa que parece uma rainha. E que luxo!

– Parou; está falando com o desembargador Garcia.

– Quem será?

– Não sei, mas é de truz. Ora, espera, ontem vi-a passar no Catete, de carro, um lindo cupê, cavalos negros[1320], branquejando de espuma que fazia gosto. Toda a gente do bonde voltou a cabeça para o lado.

– Libré escura?

– Cor de azeitona.

– Então é a mesma que vi, há dias, em Botafogo; agora me lembro, era esta mesma moça.[1321]

24 DE SETEMBRO DE 1893

387

Ora, o José Rodrigues nunca absolutamente viu explodir uma bomba, uma granada, um simples grão de milho posto ao fogo. Para ele tudo estala, rebenta, estoura. O que ele faz, é graduar a aplicação dos verbos, de modo que jamais a pipoca estoura. Quem lhe ensinou isto, não sei. Talvez o leite de sua mãe.[1322]

[1319] Ironia ou nostalgia?
[1320] Uma rara menção, algo descritiva, a cavalos.
[1321] Cronista das garotas em flor.
[1322] Um empregado elogiado por sua passividade.

1 DE OUTUBRO DE 1893

391

Eu amo o frio. De todos os belos versos de Álvares de Azevedo, há um que nunca pude entender:

Sou filho do calor, odeio o frio.

Eu adoro o frio: talvez por ser filho dele; nasci no próprio dia em que o nosso inverno começa. Procura no almanaque, leitor; marca bem a data, escreve-a no teu canhenho, e manda-me nesse dia alguma lembrança.[1323]

8 DE OUTUBRO DE 1893

395

Segunda-feira desta semana, o livreiro Garnier saiu pela primeira vez de casa para ir a outra parte que não a livraria. *Revertere ad locum tuum* – está escrito no alto da porta do cemitério de S. João Baptista. "Não, – murmurou ele talvez dentro do caixão mortuário, quando percebeu para onde o iam conduzindo, – não é este o meu lugar; o meu lugar é na rua do Ouvidor 71, ao pé de uma carteira de trabalho, ao fundo, à esquerda; é ali que estão os meus livros, a minha correspondência, as minhas notas, toda a minha escrituração".[1324]

397-398

Daquelas conversações tranquilas, algumas longas, estão mortos quase todos os interlocutores, Liais, Fernandes Pinheiro, Macedo, Joaquim Norberto, José de Alencar, para só indicar estes. De resto, a livraria era um ponto de conversação e de encontro. Pouco me dei com Macedo, o mais popular dos nossos autores, pela *Moreninha* e pelo *Fantasma Branco*, romance e comédia que fizeram as delícias de uma geração inteira.[1325] Com José de Alencar foi diferente; ali travamos as nossas relações literárias. Sentados os dois, em frente à rua, quantas vezes tratamos daqueles negócios de arte e poesia, de estilo e imaginação, que valem todas as canseiras deste mundo. Muitos outros iam ao mesmo ponto de palestra. Não os cito, porque teria de

---

[1323] A humanidade se divide entre os que amam o frio e os que amam o calor.

[1324] Garnier foi fundamental na vida do escritor Machado de Assis.

[1325] De resto, enquanto crítico teatral, Machado de Assis foi implacável com Macedo, como se verá adiante.

nomear um cemitério, e os cemitérios são tristes, não em si mesmos, ao contrário. Quando outro dia fui a enterrar o nosso velho livreiro, vi entrar no de S. João Batista, já acabada a cerimônia e o trabalho, um bando de crianças que iam divertir-se. Iam alegres, como quem não pisa memorial nem saudades. As figuras sepulcrais eram, para elas, lindas bonecas de pedra; todos esses mármores faziam um mundo único, sem embargo das suas flores mofinas, ou por elas mesmas, tal é a visão dos primeiros anos.[1326]

5 DE NOVEMBRO DE 1893

417

A notícia chegou muitos dias depois do desastre. O poeta voltava ao Maranhão...

Raros ouviam o resto. Os que ouviam, mandavam-me interiormente a todos os diabos. Eu, sereno, ia contando, contando, e recitava versos, e dizia a impressão que tive a primeira vez que vi o poeta. Estava na sala de redação do *Diário do Rio,* quando ali entrou um homem pequenino, magro, ligeiro. Não foi preciso que me dissessem o nome; adivinhei quem era. Gonçalves Dias! Fiquei a olhar, pasmado, com todas as minhas sensações e entusiasmos da adolescência. Ouvia cantar em mim a famosa *Canção do Exílio.* E toca a repetir a canção, e a recitar versos sobre versos. Os intrépidos, se me aguentavam até o fim, marcavam-me; eu só os deixava moribundos.[1327]

12 DE NOVEMBRO DE 1893

420

Por que é que, entre tantas coisas infantis e locais, nunca me esqueceu a notícia do golpe de Estado de Luís Napoleão? Pelo espanto com que a ouvi ler. As famosas palavras: *Saí da legalidade para entrar no direito* ficaram-me na lembrança, posto não soubesse o que era direito nem legalidade. Mais tarde, tendo reconhecido que este mundo era uma infância perpétua, concluí que a proclamação de Napoleão III acabava como as histórias de minha meninice: "Entrou por uma

---

[1326] Eterno retorno.
[1327] Ao lado de José de Alencar, como se viu, certamente o escritor mais admirado por Machado de Assis.

porta, saiu por outra, manda el-rei nosso senhor que nos conte ou-tra". Por exemplo, o dia de hoje, 12 de novembro, é o aniversário do golpe de Estado de Pedro I, que também saiu da legalidade para entrar no direito.[1328]

421

Assim vai o mundo. Nem sempre o cidadão mata o ho-mem. *E Bruto, o cidadão, também é homem,* diz um verso de Garret. Dei-xem-me acrescentar, em prosa, que o homem é muitas vezes mulher, por esse vício de curiosidade que herdou da nossa mãe Eva, – outra ilustre banalidade.[1329]

26 DE SETEMBRO DE 1893

429

A primeira crônica do mundo é justamente a que conta a primei-ra semana dele, dia por dia, até o sétimo em que o Senhor descan-sou.[1330]

431

"Na Grécia foi preso o deputado Talis, e expediu-se ordem de prisão contra outros deputados salteadores, por fazerem parte de uma quadrilha de salteadores, que infesta a província da Tessália".

433

About chega, ameaça por sua vez os homens, e, para quem leva-va carta de recomendação. 'Fulano! Exclamou o chefe da quadrilha, rindo; conheço muito, é dos nossos".[1331]

[1328] Tudo se adapta: sair da legalidade para entrar no direito viraria um dia algo mais forte: sair da vida para entrar na história.

[1329] A mulher era um ser muito definido nesse imaginário essencialista.

[1330] Eis a origem da crônica.

[1331] Seria preciso a cada achado exclamar: nada de novo no front! Políticos corruptos, como se vê, fazem parte de uma história, a da humanidade (ou da brasilidade?).

Volume 27
A Semana
(1894-1895)

1 DE JANEIRO DE 1894

9

Agora tu, Terpsícore, me ensina...[1332]

7 DE JANEIRO DE 1894

10

– Custa-me a suportar o calor, mas de saúde passo maravilhosamente bem.[1333]

14 DE JANEIRO DE 1894

17

Há glórias tardias e glórias prontas, como devia dizer La Palisse.[1334]

18

Não me censurem se a pena me levou a este elogio de mim mesmo. Bem sei que é feio; alguém, que não foi o marquês de Maricá, escreveu que louvor em boca própria é vitupério.[1335]

21 DE JANEIRO DE 1894

20

Eu teria votado o contrário, sem todavia afirmar que a verdade estivesse comigo; votaria para machucar o infrator da postura.[1336]

[1332] Uma das nove musas da mitologia grega, "a que se deleita na dança", muitas vezes citada por Machado de Assis.

[1333] Cronista de respeito fala do tempo.

[1334] Com Terpsícore e Breno, La Palisse figura entre os mais citados pelo autor.

[1335] O marketing extinguiria esse pudor.

[1336] Um homem construiu um cortiço no pátio contrariando a legislação vigente; sendo uma ilegalidade, não fez o devido registro nem pediu a licença de construção. O conselho municipal acionou o infrator. Decidiu-se que, havendo falta de moradias e estando a construção dentro das normais higiênicas, não cabia derrubar a casa. O cronista, como se vê, teria votado contra essa decisão. Como na crônica de 11 de maio de 1888, inclinava-se diante do princípio da propriedade e da legalidade. Um bom exemplo de uma visão conservadora que assim se manifesta ainda hoje.

22

– Os cocheiros podem fumar em serviço? perguntou a pessoa ao condutor.

Fê-lo em voz baixa, tranquila como quem quer saber, só por saber.

O condutor, não menos serenamente, respondeu-lhe que não era permitido fumar.

– Então...?

– Mas ele fuma só aqui, no arrabalde; lá para o centro da cidade não fuma, não senhor.

Grande foi o espanto da pessoa, ouvindo essa tradução de Pascal, tão ajustada ao cigarro e ao bonde. *Verité en deçà, erreur au delà.* Mas, pensando bem, este caso não é igual aos outros; aqui a singeleza da resposta mostra a sinceridade da interpretação.[1337]

28 DE JANEIRO DE 1894

Dizem que esta semana será sancionada a lei que transfere provisoriamente para Petrópolis a capital do Estado do Rio de Janeiro. Já se trata da mudança; compram-se ou arrendam-se casas para alojar às repartições públicas. Com poucos dias, estará Niterói restituída às velhas tradições da Praia Grande.

24

Teresópolis, que tem de ser a capital definitiva, não verá naturalmente essa eleição com os olhos quietos. Conhece os feitiços da outra, e receará que o provisório se perpetue.

[...] De resto, estamos assistindo a uma florescência de capitais novas. A Bahia trata da sua; turmas de engenheiros andam pelo interior cuidando da zona em que deve ser estabelecida a futura cidade. Sabe-se que Minas já escolheu o território da sua capital, cuja descrição Olavo Bilac está fazendo na *Gazeta*. Chama-se Belo Horizonte. Eu, se fosse Minas, mudava-lhe a denominação. Belo Horizonte parece antes uma exclamação que um nome.[1338]

[1337] Das origens do jeitinho brasileiro.
[1338] Belo Horizonte estará ciente dessa rejeição?

25

Cá virão os deputados, por turmas, ouvir as sumidades líricas. Se já então estiver resolvido o problema da navegação aérea (dizem os jornais que Edson está em vias de resolvê-lo) os deputados virão todos, depois de jantar, assistirão ao espetáculo, e voltarão no balão da madrugada para estarem presentes à sessão do meio-dia. Como viver, como legislar, sem música? Não me falem de telefones. O telefone transmite, ainda que mal, as vozes dos cantores e as notas da partitura, mas não transmite os olhos das prima-donas, nem as pernas dos pajens, papéis que, em geral, são dados a moças bem-feitas.[1339]

[...] Que essa mudança de capitais seja um fenômeno político interessante, é fora de dúvida. Eu é que não entro nele, por não entender cabalmente de política.[1340]

4 DE FEVEREIRO DE 1894

28

Quando eu li que este ano não pode haver carnaval na rua, fiquei mortalmente triste. É crença minha, que no dia em que deus Momo for de todo exilado deste mundo, o mundo acaba. Rir não é só *le propre de l'homme*, é ainda uma necessidade dele. E só há riso, e grande riso, quando é público, universal, inextinguível, à maneira dos deuses de Homero, ao ver o pobre coxo Vulcano.

11 DE FEVEREIRO DE 1894

Nunca houve lei mais fielmente cumprida do que a ordem que proibiu, este ano, as folias do carnaval. Nem sombra de máscara na rua. Fora da cidade, diante de uma casa, vi quarta-feira de cinza algum confete no chão.[1341]

[1339] A polêmica sobre as diferenças entre virtual e presencial tem longo histórico.
[1340] O cronista fazia questão de esconder o seu jogo. Muito tempo depois, criada a nova capital federal, os políticos aperfeiçoariam a semana inglesa, de quatro dias, criando a semana brasileira parlamentar de três dias, de terças a quintas, pegando o avião na manhã do primeiro dia, e voltando no avião da noite do último.
[1341] A luta para domesticar o carnaval foi travada ano a ano.

25 DE FEVEREIRO DE 1894

43-44

Tudo isto para falar da confusão eleitoral que me trouxe a Sra. Irene Manzoni. Vi este nome assinando um artigo, com a dupla qualidade de atriz-cantora. Se o visse antes do título do artigo, não se daria o que se deu; mas eu li primeiro o título, era o nome de um senhor que não conheço; imaginei uma candidatura política. A assinatura feminina era nova; mas todas as velharias foram novidades, e o direito eleitoral da mulher é matéria de propaganda, de discussão e até de legislação. Gostei de ver a novidade da assinatura; eu sou daquela escola que não deixa secar a tinta de uma ideia no livro propagandista, e já quer ver aplicada. Fui talvez o primeiro que bradou entre nós pela representação das minorias, sem embargo de não termos ainda maioria, – ou por isso mesmo.[1342]

25 DE MARÇO DE 1894

64

A velhice é uma ideia recente.[1343]

1 DE ABRIL DE 1894

68

Os nomes velhos ou gastos tornam caducas as instituições. Não se melhora verdadeiramente um serviço deixando o mesmo nome aos seus oficiais.

69

Por exemplo, quem ignora a vida nova que trouxe ao ensino da infância a troca daquela velha tabuleta "Colégio de Meninos" por esta outra "Externato de Instrução Primária"? Concordo que o aspecto científico da segunda forma tenha parte no resultado; antes dele, porém, há o efeito misterioso da simples mudança.[1344]

[1342] O cronista exagera ironicamente no autoelogio.

[1343] Machado de Assis antecipou-se a historiadores como Philippe Ariès e outros que mostraram ser a infância e a adolescência invenções recentes.

[1344] Genial ironia em relação aos modismos que, de repente, mudam nomes. Atingimos atualmente o ápice dessa tendência. No futebol, ataque virou último terço do campo. Na educação, tivemos o segundo grau, que agora é ensino médio. O ensino fundamental já foi primário e primeiro grau.

15 DE ABRIL DE 1894

76

Tudo está na China. De quando em quando aparece notícia nas folhas públicas de que um invento, de que a gente supõe da véspera, existe na China desde muitos séculos. Esta *Gazeta*, para não ir mais longe, ainda anteontem noticiou que o socialismo era conhecido na China desde o século XI. Os propagandistas da doutrina diziam então que era preciso destruir "o velho edifício social". Verdade seja que muito antes do século XI, se formos à Palestina, acharemos nos profetas muita coisa que há quem diga que é socialismo puro. Por fim, quem tem razão é ainda o Eclesiastes: *Nihil sub sole novum.*

78

Mas basta de chins e de incréus. Venhamos à nossa terra. Não nos aflijamos se o socialismo apareceu na China primeiro que no Brasil. Cá virá a seu tempo. Creio até que há já um esboço dele. Houve, pelo menos, um princípio de questão operária, e uma associação de operários, organizada para o fim de não mandar operários à câmara dos deputados, o contrário do que fazem os seus colegas ingleses e franceses. Questão de meio e de tempo. Cá chegará; os livros já aí estão há muito; resta só traduzi-los e espalhá-los. Mas basta principalmente de incréus; venhamos aos cristãos.[1345]

79

Certo, o espetáculo devia ser interessante. É comum amar a Deus e à modista, ouvir missa e ópera, não ao mesmo tempo, mas a missa de manhã e a ópera de noite. Casos há em que se ouvem as duas coisas a um tempo, mas então não é ópera, é opereta, como nos dá o carrilhão de S. José, que chama os fiéis pela voz de *D. Juanita*, ou coisa que o valha.[1346]

22 DE ABRIL DE 1894

81-82

E é aqui que eu pego os anarquistas. Como já estão em S. Paulo, não é preciso levantar muito a voz para ser ouvido além do Atlântico.

[1345] A produção chinesa e o socialismo já incomodavam muita gente.
[1346] Antecipando Guy Debord, Michel Maffesoli e a pós-modernidade.

Concordo com eles que a sociedade está mal organizada; mas para que destruí-la? Se a questão é econômica, a reforma deve ser econômica; abramos mãos dos sonhos legislativos de Bebel, de Liebknecht, de Proudhon, de todos os que procuram, mais generosos que prudentes, concertar as costelas deste mundo. O remédio está achado. A repartição das riquezas faz-se com pouco, três rabecas, um regente de orquestra, uma batuta e pernas.[1347]

82-83

Quem lê a correspondência de Balzac, fica triste, de quando em quando, ao ver as aflições do pobre diabo, correndo abaixo e acima, à cata de dinheiro, vendendo um livro futuro para pagar com o preço uma letra e o aluguel da casa, e metendo-se logo no gabinete para escrever o livro vendido, entregá-lo, imprimi-lo, e correr outra vez a buscar dinheiro com que pague o aluguel da casa e outra letra. Glória e dívidas!

Vede agora Zola. É o sucessor de Balzac. Talento pujante, grande romancista, mas que pernas! Como Vestris Junior, põe algumas vezes os pés no chão. Inventou passos extraordinários e complicados, todos os de Citera, inclusive o da vaca. Inventou o sapateado de Jesus Cristo, com aquele famoso passo a dois do canapé. Trabalha agora no bailado religioso de *Lourdes*. Glória e três milhões.[1348]

6 DE MAIO DE 1894

87

O meu fiel criado José Rodrigues fez-me então algumas ponderações, no sentido de dizer que água sem alma dificilmente pode dar vida a ninguém.[1349]

[1347] O reformismo do cronista tinha o tempero adequado à permanência das coisas.

[1348] Não se desespere o leitor por não compreender todos os elementos citados no fragmento. Tudo passa, dos *Amantes surpresos* a Vestris Júnior, menos Balzac, Zola e Machado de Assis. Este, mais precavido, trabalhou até perto de morrer, não sofrendo como Balzac, depois de instalado, as agruras da falta de dinheiro.

[1349] O criado do cronista faz o papel do ouvinte simplório, com direito a algumas observações ingênuas ou úteis para a sustentação de alguma tese oposta.

13 DE MAIO DE 1894

91

Escreveu um grande pensador, que a última coisa que se acha, quando se faz uma obra, é saber qual é a que se há de pôr em primeiro lugar. A câmara dos deputados, com a escolha do presidente, prova que esta máxima pode ser também política. E eu gosto de ver a política entrar pela literatura; anima a literatura a entrar na política, e dessa troca de visitas é que saem as amizades.

[...] A estética é o único lado por onde vejo os negócios públicos.[1350]

20 DE MAIO DE 1894

98

Os galos perdem a crista na briga, e saem cheios de sangue e de ódio; não é o brio que os leva, como aos cavalos, mas a hostilidade natural, e isto não lhes dói somente a eles, mas também a mim. Que briguem por causa de uma galinha, está direito; as galinhas gostam que as disputem com alma, se são humanas, ou com o bico, se são propriamente galinhas. Mas que briguem os galos para dar ordenado a curiosos ou vadios, está torto.[1351]

100

Tudo se perde na noite dos tempos, meus amigos; mas a vantagem da ciência, – e particularmente da ciência espírita, – é clarear as trevas e achar as coisas perdidas.

Um sabedor dessa escola vai dar em breve ao prelo um livro, em que se verão a tal respeito revelações extraordinárias. Há nele espíritos, que não só vieram ao mundo duas e três vezes, mas até com sexo diverso. Um tempo viveram homens, outro mulheres. Há mais! Um dos personagens veio uma vez e teve uma filha; quando tornou, veio o filho da filha. A filha, depois de nascer do pai, deu o pai à luz.[1352]

[1350] Insistente artifício do ator que funciona como um sintoma: ele precisava se mostrar distanciado da política, enfatizando uma pretensa neutralidade ou interesse periférico.

[1351] Bonita defesa dos animais, limitada compreensão do feminino.

[1352] Ironia, ao que parece, de tom racionalista em relação ao espiritismo.

27 DE MAIO DE 1894

101-102

Quando eu cheguei à vida, já o romantismo se despedia dela. Uns versos tristes e chorões que se recitavam em língua portuguesa, não tinham nada com a melancolia de René, menos ainda com a sonoridade de Olímpio. Já então Gonçalves Dias havia publicado todos os seus livros. Não confundam este Gonçalves Dias com a rua do mesmo nome; era um homem do Maranhão, que fazia versos. Como ele tivesse morado naquela rua, que se chamava dos Latoeiros, uma folha desta cidade, quando ele morreu, lembrou à câmara municipal que desse o nome de Gonçalves Dias à dita rua. O Sr. Malvino teve igual fortuna, mas sem morrer, afirmando-se ainda uma vez aquela lei de desenvolvimento e progresso, que os erros dos homens e as suas paixões não poderão jamais impedir que se execute.

Cumpre lembrar que, quando falo da morte de Gonçalves Dias, refiro-me à segunda, porque ele morreu duas vezes, como sabem. A primeira foi de um boato. Os jornais de todo o Brasil disseram logo, estiradamente, o que pensavam dele, e a notícia da morte chegou aos ouvidos do poeta como os primeiros ecos da posteridade.[1353]

10 DE JUNHO DE 1894

117-118

– Farei o que puder; mas...

– Mas quê? O senhor afinal é da espécie humana, há de defender os seus. Eia, fale aos amigos da imprensa; ponha-se à frente de um grande movimento popular. O conselho municipal vai levantar um empréstimo, não? Diga-lhe que, se lançar uma pena pecuniária sobre os que maltratam burros, cobrirá cinco ou seis vezes o empréstimo, sem pagar juros, e ainda lhe sobrará dinheiro para o Teatro Municipal, e para teatros paroquiais, se quiser. Ainda uma vez, respeitável senhor, cuide um pouco de nós. Foram os homens que descobriram que nós éramos seus tios, senão diretos, por afinidade. Pois, meu caro sobrinho, é tempo de reconstituir a família. Não nos abandone, como no tempo em que os burros eram parceiros dos escravos. Faça o nos-

---

[1353] Uma *fake news* ou "barriga", no jargão jornalístico, que permitiu ao poeta ter seu necrológio em vida. Machado de Assis teve tempo de praticar o romantismo.

so *treze de Maio*. Lincoln dos teus maiores, segundo o evangelho de Darwin, expede a proclamação da nossa liberdade![1354]

8 DE JULHO DE 1894

134-135

Quem quiser escrever a história do canto entre nós, há de ter diante dos olhos os efeitos políticos desta arte. Sem isso, fará uma crônica, não uma história. Pela minha parte, não conhecendo a crônica, não poderia tentar a história. Pouco sei dos fatos. Não remontando a um soprano que aqui viveu e morreu, homem alto, gordo e italiano, que cantava somente nas igrejas, sei que a ópera lírica, propriamente dita, começou a luzir de 1840 a 1850, com outro soprano, desta vez mulher, a célebre Candiani. Quem não a haverá citado? Netos dos que se babaram de gosto nas cadeiras e camarotes do teatro de S. Pedro, também vós a conheceis de nome, sem a terdes visto, nem provavelmente vossos pais. Já é alguma coisa viver durante meio século na memória de uma cidade, não tendo feito outra coisa mais que cantar o melancólico Bellini.[1355]

15 DE JULHO DE 1894

139-140

Recordei-me que, há alguns anos, três ou quatro, fui convidado por um amigo a ir a uma corrida de cavalos. Não me sentia disposto, mas o amigo convidava de tão boa feição, o carro dele era tão elegante, os cavalos tão galhardos e briosos, que não resisti, e fui.[1356]

22 DE JULHO DE 1894

143-144

Telegrama da Bahia refere que o Conselheiro está em Canudos com 2.000 homens (dois mil homens) perfeitamente armados. Que Conselheiro? O Conselheiro. Não lhe ponhas nome algum, que é sair da poesia e do mistério. É o Conselheiro, um homem dizem que faná-

---

[1354] O cronista, por exercício de ironia, pediu abertamente mais vezes a libertação dos burros do que a dos escravos.
[1355] Candiani foi a grande musa do cronista. Augusta Candiani (1820-1890), nascida em Milão, brilhou nos palcos do Rio de Janeiro nos anos 1860. Morreu esquecida.
[1356] Para invalidar generalizações.

tico, levando consigo a toda a parte aqueles dois mil legionários. Pelas últimas notícias tinha já mandado um contingente a Alagoinhas. Temem-se no Pombal e outros lugares os seus assaltos.

Jornais recentes afirmam também que os célebres clavinoteiros de Belmonte têm fugido, em turmas, para o sul, atravessando a comarca de Porto Seguro. Essa outra horda, para empregar o termo do profano vulgo que odeio, não obedece ao mesmo chefe. Tem outro ou mais de um, entre eles o que responde ao nome de Cara de Graxa. Jornais e telegramas dizem dos clavinoteiros e dos sequazes do Conselheiro que são criminosos; nem outra palavra pode sair de cérebros alinhados, registrados, qualificados, cérebros eleitores e contribuintes. Para nós, artistas, é a renascença, é um raio de sol que, através da chuva miúda e aborrecida, vem dourar-nos a janela e a alma. É a poesia que nos levanta do meio da prosa chilra e dura deste fim de século. Nos climas ásperos, a árvore que o inverno despiu é novamente enfolhada pela primavera, essa eterna florista que aprendeu não sei onde e não esquece o que lhe ensinaram. A arte é a árvore despida: eis que lhe rebentam folhas novas e verdes.

Sim, meus amigos. Os dois mil homens do Conselheiro, que vão de vila em vila, assim como os clavinoteiros de Belmonte, que se metem pelo sertão, comendo o que arrebatam, acampando em vez de morar, levando moças naturalmente, moças cativas, chorosas e belas, são os piratas dos poetas de 1830. Poetas de 1894, aí tendes matéria nova e fecunda. Recordai vossos pais; cantai, como Hugo, a canção dos piratas.[1357]

145

Crede-me, esse Conselheiro que está em Canudos com os seus dois mil homens, não é o que dizem telegramas e papéis públicos. Imaginai uma legião de aventureiros galantes, audazes, sem ofício nem benefício, que detestam o calendário, os relógios, os impostos, as reverências, tudo o que obriga, alinha e apruma. São homens fartos desta vida social e pacata, os mesmos dias, as mesmas caras, os mesmos acontecimentos, os mesmos delitos, as mesmas virtudes. Não podem crer que o mundo seja uma secretaria de Estado, com o seu

---

[1357] A passagem pode levar a crer num encantamento do cronista com a causa de Canudos e do Conselheiro. Descartado o arroubo poético, a leitura será convencional.

livro do ponto, hora de entrada e de saída, e desconto por faltas. O próprio amor é regulado por lei; os consórcios celebram-se por um regulamento em casa do pretor, e por um ritual na casa de Deus, tudo com etiqueta dos carros e casacas, palavras simbólicas, gestos de convenção. Nem a morte escapa à regulamentação universal; o finado há de ter velas e responsos, um caixão fechado, um carro que o leve, uma sepultura numerada, como a casa em que viveu... Não, por Satanás! Os partidários do Conselheiro lembraram-se dos piratas românticos, sacudiram as sandálias à porta da civilização e saíram à vida livre.

A vida livre, para evitar a morte igualmente livre, precisa comer, e daí alguns possíveis assaltos. Assim também o amor livre. Eles não irão às vilas pedir moças em casamento. Suponho que se casam a cavalo, levando as noivas à garupa, enquanto as mães ficam soluçando e gritando à porta das casas ou à beira dos rios. As esposas do Conselheiro, essas são raptadas em verso, naturalmente:

Sa Hautesse aime les primeurs,
Nous vous ferons mahométane...[1358]

12 DE AGOSTO DE 1894

157-158

Do debate travado saiu, entretanto, uma ideia, a ideia de termos aqui a nossa moeda municipal. Contra ela protestavam os que eram pela unidade da emissão; os outros pegaram deles pelos ombros e os puseram na rua, esquecendo que as assembleias não se inventaram para conciliar os homens, mas para legalizar o desacordo deles.[1359]

158

Com efeito, a propriedade municipal é incerta e difícil de definir. As árvores das ruas são próprios municipais? No caso afirmativo, como se explica que o meu criado José Rodrigues as tenha comprado ao empreiteiro dos calçamentos do bairro, para me poupar as despesas da lenha?[1360]

[1358] O arroubo romântico e libertário dará lugar aos temores do conservadorismo.
[1359] Uma teoria política do contrato social. Bem antes das criptomoedas.
[1360] Privatização do bem público com a colaboração do cidadão de bem.

160

Demais, é necessidade da imprensa agradar aos leitores, dando-lhes matéria interessante e principalmente nova. Ora, se o conselho municipal não existe, nada mais novo que supô-lo trabalhando.

161

Este dia 10 de agosto é o aniversário do nascimento de Gonçalves Dias. Há setenta e um anos que o Maranhão no-lo deu, há trinta que o mar no-lo levou, e os seus versos de grande poeta perduram, tão viçosos, tão coloridos, tão vibrantes como nasceram. Viva a poesia, meus amigos! Viva a sacrossanta literatura! como dizia Flaubert. Não sei se existem intendentes, mas os *Timbiras* existem.[1361]

19 DE AGOSTO DE 1894

162

Tem havido grandes cercos e entradas da polícia em casas de jogo. Sistematicamente, a autoridade procura dispersar os religionários da Fortuna, e trancar os antros da perdição. Esta frase não é nova, mas o vício também é velho, e não se põe remendo novo em pano velho, diz a Escritura. Já se jogava no tempo da Escritura; lançaram-se dados sobre a túnica de Jesus Cristo. Na China, em que há tudo desde muitos milhares de anos, é provável que o jogo se perca na noite dos tempos. Maomé, que tinha algumas partes de grande homem, apesar de ser o próprio cão tinhoso, consentiu o uso do xadrez aos seus árabes, e fez muito bem; é um jogo que não admite quinielas, e, apesar de ter cavalos, não se dá ao aperfeiçoamento da raça cavalar, como os vários *derbys* deste mundo.[1362]

26 DE AGOSTO DE 1894

168

Entre parêntesis, não se pense que sou oposto a qualquer ideia de aterrar parte da nossa baía. Sou de opinião que temos baía de mais. O nosso comércio marítimo é vasto e numeroso, mas este porto comporta mil vezes mais navios dos que entram aqui, carregam e

---

[1361] Elogio da arte como modo de vida.
[1362] O cronista de corpo inteiro: do xadrez aos cavalos passando por algo que, sem complacência, pode ser chamado de islamofobia.

descarregam, e para que há de ficar inútil uma parte do mar? Calculemos que se aterrava metade dele; era o mesmo que alargar a cidade. Ruas novas, casas e casas, tudo isso rendia mais que a simples vista da água movediça e sem préstimo. As ruas podiam ser de dois modos, ou estreitas, para se alargarem daqui a anos, mediante uma boa lei de desapropriação, ou já largas, para evitar fadigas ulteriores.[1363]

169

Se tendes imaginação, fechai os olhos e contemplai toda essa imensa baía aterrada e edificada. A questão do corte do Passeio Público ficava resolvida; cerceava-se-lhe o preciso para alargar a rua, ou eliminava-se todo, e ainda ficava espaço para um passeio público enorme. Que metrópole! que monumentos! que avenidas! Grandes obras, uma estrada de ferro aérea entre a Laje e Mauá, outra que fosse da atual praça do Mercado a Niterói, iluminação elétrica, aquedutos romanos, um teatro lírico onde está a ilha Fiscal, outro nas imediações da igrejinha de S. Cristóvão, dez ou quinze circos para aperfeiçoamento da raça cavalar, estátuas, chafarizes, piscinas naturais, algumas ruas de água para gôndolas venezianas, um sonho.[1364]

2 DE SETEMBRO DE 1894

175

A ideia de interessar os próprios passageiros, ligados por um laço de caridade, pode ser fecunda, e, em todo caso, é elevada. O único receio que tenho, é da pouca resistência nossa, por preguiça de ânimo ou outra coisa. O interesse é mais constante. José Rodrigues, a quem consultei sobre esta matéria, disse-me que isto de perder são os ônus do ofício; também a companhia de que ele tinha debêntures, perdeu-os todos. Mas lembrou-me um meio engenhoso e útil: incumbir os acionistas de vigiarem por seus próprios olhos a cobrança das passagens. Interessados em recolher todo o dinheiro, serão mais severos que ninguém, mais pontuais, não ficará vintém nem conto de réis da caixa.[1365]

[1363] Um defensor do progresso. A ecologia ainda demoraria a ser relevante. Uma manchete irônica seria: Machado de Assis defendeu aterrar a Baía da Guanabara.

[1364] Entre ironia e delírio, Haussmann nos trópicos.

[1365] Reflexões sobre como controlar funcionários.

30 DE SETEMBRO DE 1894

193

Perde a celebridade, é certo, mas não se pode ter tudo neste mundo, alguma coisa se há de guardar para o outro, e particularmente aos famintos anunciou Jesus que seriam fartos. Não haverá Zola que a ponha em letra redonda e vibrante, para deleite de ambos os mundos. Paciência; terá nos filhos os seus melhores autores, e basta que um deles seja um Santo Agostinho, para canonizá-la pelo louvor filial, antes que a igreja o faça pela autoridade divina, como sucedeu à Santa Mônica. Esta não fez milagres na terra, não teve panos ensanguentados, nem outros artifícios; ganhou o céu com piedade e doçura, virtudes tão excelsas que domaram a alma do marido e da própria mãe do marido.[1366]

195

Sei o que valem sinos, lembra-me ainda agora a doce impressão que me deixou a leitura do capítulo de Chateaubriand, a respeito deles.[1367]

7 DE OUTUBRO DE 1894

199

Um escritor célebre, admirador da América, ponderou a tal respeito que a discussão pública dos negócios é o que mais convém às democracias. Deus meu! é uma banalidade, mas foi o que ele escreveu; não lhe posso atribuir um pensamento raro, profundo ou inteiramente novo. O que ele disse foi isso. Nem por ser banal, a ideia é falsa; ao contrário, há nela a sabedoria de todo mundo.[1368]

21 DE OUTUBRO DE 1894

210

O discurso enumera as causas da prostituição. A primeira é a própria constituição da mulher. Segue-se o erotismo, e a este propósito cita o célebre verso de Hugo: *Oh! n'insultez jamais une femme qui tom-*

[1366] Mônica converteu o filho, Agostinho, ao cristianismo. O marido, Patrício, era um homem violento, rico, dono de escravos. Ela teve trabalho para conquistar a confiança da sogra.
[1367] Uma ideia que se repete.
[1368] Do conhecimento comum.

be! Vem depois a educação, e explica que a educação é preferível à instrução... O luxo e a vaidade são as causas imediatas. A escravidão foi uma. Os internatos, a leitura de romances, os costumes, a mancebia, os casamentos contrariados e desproporcionados, a necessidade, a paixão e os D. Juans. De passagem, historiou a prostituição no Rio de Janeiro, desde D. João VI, passando pelos bailes do Rachado, do Pharoux, do Rocambole e outros. Nomeando muitas ruas degradadas pela vida airada, repetia naturalmente muitos nomes de santos, dando lugar a este aparte do Sr. Duarte Teixeira: "Arre! quanto santo!"[1369]

28 DE OUTUBRO DE 1894

211

O momento é japonês. Vede o contraste daquele povo que, enquanto acorda o mundo com o anúncio de uma nova potência militar e política, manda um comissário ver as terras de São Paulo, para cá estabelecer alguns dos seus braços de paz. Esse comissário, que se chama Sho Nemotre, escreveu uma carta ao *Correio Paulistano* dizendo as impressões que leva daquela parte do Brasil. "Levo, da minha visita ao Estado de S. Paulo, as impressões mais favoráveis, e não vacilo em afirmar que acho esta região uma das mais belas e ricas do mundo. Pela minha visita posso afiançar que o Brasil e o Japão farão feliz amizade, a emigração será em breve encetada e o comércio será reciprocamente grande."

Ao mesmo tempo, o Sr. Dr. Lacerda Werneck, um dos nossos lavradores esclarecidos e competentes, acaba de publicar um artigo comemorando os esforços empregados para a próxima vinda de trabalhadores japoneses. "É do Japão (diz ele) que nos há de vir a restauração da nossa lavoura." S. Exa. fala com entusiasmo daquela nação civilizada e próspera, e das suas recentes vitórias sobre a China.

212-213

Também eu creio nas excelências japonesas, e daria todos os tratados de Tien-Tsin por um só de Yokohama.[1370]

[1369] Comentário ao discurso do Dr. Capelli, intendente municipal, a respeito de lei proibindo a prostituição pública. As razões levantadas, salvo as de cunho essencialista sobre a mulher, poderiam servir também para explicar a profusão de casos de infidelidade nos romances e contos de Machado de Assis.

[1370] O tratado de Tien-Tsiin, assinado em 1858, buscava pôr fim à Segunda Guerra do Ópio

Não sou nenhuma alma ingrata que negue ao chim os seus poucos méritos; confesso-os, e chego a aplaudir alguns. O maior deles é o chá, merecimento grande, que vale ainda mais que a filosofia e a porcelana. E o maior valor da porcelana, para mim, é justamente servir de veículo ao chá. O chá é o único parceiro digno do café. Temos tentado fazer com que o primeiro venha plantar o segundo, e ainda me lembra a primeira entrada de chins, vestidos de azul, que deram para vender pescado, com uma vara ao ombro e dois cestos pendentes, – o mesmo aparelho dos atuais peixeiros italianos. Agora mesmo há fazendas que adotaram o chim, e, não há muitas semanas, vi aqui uns três que pareciam alegres, – por boca do intérprete, é verdade, e das traduções faladas se pode dizer o mesmo que das escritas, que as há lindas e pérfidas. De resto, que nos importa a alegria ou a tristeza dos chins?

A tristeza é natural que a tenham agora, se acaso o intérprete lhes lê os jornais; mas é provável que não os leia. Melhor é que ignorem e trabalhem. Antes plantar café no Brasil que "plantar figueira" na Coréia, perseguidos pelo marechal Yamagata. Já este nome é célebre! Já o almirante Ito é famoso! Do primeiro disse a *Gazeta* que é o Moltke do Japão. Um e outro vão dando galhardamente o recado que a consciência nacional lhes encomendou para fins históricos.

Aqui, há anos, o mundo inventou uma coisa chamada japonismo. Nem foi precisamente o mundo, mas os irmãos de Goncourt, que assim o declaram e eu acredito, não tendo razão para duvidar da afirmação. O *Journal des Goncourt* está cheio de japonismo. Uma página de 31 de março de 1875 fala do "grande movimento japonês", e acrescenta, por mão de Edmundo: *Ça été tout d'abord quelques originaux, comme mon frère et moi...*[1371]

214

São dois inimigos velhos; mas não basta que o ódio seja velho, é de mister que seja fecundo, capaz e superior. Ora, é tal o desprezo

---

e abrir a China ao comércio estrangeiro. O Tratado de Yokohama, de 1858, estabeleceu relação de amizade e comércio entre o Japão e a França.

[1371] O imaginário, evidentemente, é o da época. O leitor encontra farta informação sobre os nomes citados em sites em várias línguas. Interessante é ver o cronista encarnado nos valores do seu tempo, carregado de preconceitos em relação aos chineses, mais simpático aos japoneses, pragmático na expectativa pelo trabalho dos estrangeiros, sem muitas considerações humanistas.

que os japoneses têm aos chins, que a vitória deles não pode oferecer dúvida alguma. Os chins não acabarão logo, nem tão cedo, – não se desfazem tantos milhões de haveres como se despacha um prato de arroz com dois pauzinhos, – mas, ainda que se fossem embora logo e de vez, como o chá não é só dos chins, eu continuaria a tomar a minha chávena, como um simples russo, e as coisas ficariam no mesmo lugar.

215

Os japoneses foram os primeiros povoadores do Brasil, tanto que aqui deixaram a japona. Ruim trocadilho; mas o melhor escrito deve parecer-se com a vida, e a vida é, muitas vezes, um trocadilho ordinário.[1372]

11 DE NOVEMBRO DE 1894

222

Como se não bastasse essa revivescência antiga, e mais o livro do Sr. Zama, parece-me Carlos Dias com os *Cenários*, um banho enorme da antiguidade. Já é bom que um livro responda ao título, e é o caso deste, em que os cenários são cenários, sem ponta de drama, ou raramente. Que levou este moço de vinte anos ao gosto da antiguidade? Diz ele, na página última, que foi uma mulher; eu, antes de ler a última página, cuidei que era simples efeito de leitura, com extraordinária tendência natural. Leconte de Lisle e Flaubert lhe terão dado a ocasião de ir às grandezas mortas, e a *Profissão de Fé*, no desdém dos modernos, faz lembrar o soneto do poeta romântico.[1373]

224

Oh! a sensação do tempo! A vista dos soldados que entravam e saíam de semana em semana, de mês em mês, a ânsia das notícias, a leitura dos feitos heroicos, trazidos de repente por um paquete ou um transporte de guerra... Não tínhamos ainda este cabo telegráfico, instrumento destinado a amesquinhar tudo, a dividir as novidades em talhadas finas, poucas e breves. Naquele tempo as batalhas vinham por inteiro, com as bandeiras tomadas, os mortos e feridos, número de prisioneiros, nomes dos heróis do dia, as próprias partes oficiais.

[1372] Ninguém resiste, nem um gênio, a um trocadilho ordinário.
[1373] Estariam os leitores habilitados a capturar todas essas referências?

Uma vida intensa de cinco anos. Já lá vai um quarto de século. Os que ainda mamavam quando Osório ganhava a grande batalha, podem aplaudi-lo amanhã revivido no bronze, mas não terão o sentimento exato daqueles dias...[1374]

18 DE NOVEMBRO DE 1894

225

Um mestre de prosa, autor de narrativas lindas, curtas e duradouras, confessou um dia que o que mais apreciava na história, eram as anedotas. Não discuto a confissão; digo só que, aplicada a este ofício de cronista, é mais que verdadeira. Não é para aqui que se fizeram as generalizações, nem os grandes fatos públicos. Esta é, no banquete dos acontecimentos, a mesa dos meninos.[1375]

227

Gambetta achava que a República Francesa "não tinha mulheres". A nossa, ao que vi outro dia, tem boa cópia delas. Elegantes, cumpre dizê-lo, e tão cheias de ardor, que foram as primeiras ou das primeiras pessoas que deram palmas, quando entrou o presidente da República. Vede a nossa felicidade: sentadas nas próprias cadeiras do legislador, nenhuma delas pensava ocupar, nem pensa ainda em ocupá-las à força de votos.

228

Não as teremos tão cedo em clubes, pedindo direitos políticos. São ainda caseiras como as antigas romanas, e, se nem todas fiam lã, muitas a vestem, e vestem bem, sem pensar em construir ou destruir ministérios.

Nós é que fazemos ministérios, e, se já os não fazemos nas Câmaras, há sempre a imprensa, por onde se podem dar indicações ao chefe de Estado. O velho costume de recomendar nomes, por meio de listas publicadas a pedido nos jornais, ressuscitou agora, de onde se deve concluir que não havia morrido.[1376]

[1374] Machado de Assis foi um patriota e nacionalista convicto.

[1375] A comparação entre história e anedota já havia sido feita.

[1376] Se antes o cronista havia se apresentado como defensor da eleição de mulheres, agora não parece apressado em tê-las como eleitoras.

2 DE DEZEMBRO DE 1894

236

Araripe Júnior nasceu para a crítica; sabe ver claro e dizer bem. É o autor de *Gregório de Matos*. Se já conheces *José de Alencar*, não perdes nada em relê-lo; ganha-se sempre em reler o que merece, acrescendo que acharás aqui um modo de amar o romancista, vendo-lhe distintamente todas as feições, as belas e as menos belas, o que é perpétuo, e o que é perecível. Ao cabo, fica sempre uma estátua do chefe dos chefes.[1377]

240

Não creio que o período anterior esteja claro. Este vai sair menos claro ainda, visto que é difícil ser fiel aos princípios e não querer que o prefeito saia das urnas. A verdade, porém, é que eu prefiro um prefeito nomeado a um prefeito eleito, – ao menos, por ora. José Rodrigues, a quem consulto em certos casos, vai mais longe, entendendo que os próprios intendentes deviam ser nomeados. É homem de arrocho; o pai era saquarema.[1378]

9 DE DEZEMBRO DE 1894

241

Tudo tende à vacina. Depois da varíola, a raiva; depois da raiva, a difteria; não tarda a vez do cólera-mórbus. O bacilo-vírgula, que nos está dando que fazer, passará em breve do terrível mal que é, a uma simples cultura científica, logo de amadores, até roçar pela banalidade.[1379]

242-324

Todas as moléstias irão assim cedendo ao homem, não ficando à natureza outro recurso mais que reformar a patologia.

[...] Sem desastres nem guerras, com as doenças reduzidas, sem conventos, prolongada a velhice até às idades bíblicas, onde irá parar

---

[1377] Nenhuma separação entre o escritor e o político. Ou fusão absoluta?
[1378] O termo "intendente" aplicava-se também aos vereadores. Os saquaremas eram os conservadores.
[1379] Mais de cem anos depois, com o coronavírus, haveria resistência à ciência e às vacinas. O cronista, se reencarnasse, veria que a história também retrocede.

este mundo? Só um grande carregamento, ó doce mãe e amiga Natureza; só um carregamento infinito de moléstias novas.

Mas a vacina não se deve limitar ao corpo; é preciso aplicá-la à alma e aos costumes, começando na palavra e acabando no governo dos homens. Já a temos na palavra, ao menos, na palavra política. Graças às culturas sucessivas, podemos hoje chamar bandido a um adversário, e, às vezes, a um velho amigo, com quem tenhamos alguma pequena desinteligência. Está assentado que bandido é um divergente. Corja de bandidos é um grupo de pessoas que entende diversamente de outra um artigo da Constituição. Quando os bandidos são também infames, é que venceram as eleições, ou legalmente, ou aproximativamente. Com tais culturas enrija-se a alma, poupam-se ódios, não se perde o apetite nem a consideração. Antes do fim do século, bandido valerá tanto como magro ou canhoto.

Assim também as opiniões. A vacina das opiniões é difícil, não como operação, mas como aceitação do princípio. Diz-se, e com razão, que o micróbio é sempre um mal; ora, a minha opinião é um bem, logo... Erro, grande erro. A minha opinião é um bem, de certo, mas a tua opinião é um mal, e do veneno da tua é que eu me devo preservar, por meio de injeções a tempo, a fim de que, se tiver a desgraça de trocar a minha opinião pela tua, não padeça as terríveis consequências que as ideias detestáveis trazem sempre consigo. E porque não é só a tua ideia que é perversa, mas todas as outras, desde que eu me vacine de todas, estou apto a recebê-las sucessivamente, sem perigo, antes com lucro.[1380]

244

O boato é a cultura atenuada do acontecimento. Daqui em diante a história se fará com auxílio da bacteriologia.

As eleições, – uma das mais terríveis enfermidades que podem atacar o organismo social, – perderam a violência, e dentro em pouco perderão a própria existência nesta cidade, graças à cultura do respectivo bacilo. Aposto que o leitor não sabe que tem de eleger no último domingo deste mês os seus representantes municipais? Não sabe. Se soubesse, já andaria no trabalho da escolha do candidato,

---

[1380] Não fosse assinado e datado, poderia parecer uma crônica sobre a polarização no Brasil no século XXI. Quanto às doenças, há sempre novas em terríveis fornadas.

em reuniões públicas, ouvindo pacientemente a todos que viessem dizer-lhe o que pensam e o que podem fazer. Quando menos, estaria lendo as circulares dos candidatos, cujos nomes andariam já de boca em boca, desde dois e três meses, ou apresentados por si mesmos, ou indicados por diretórios.[1381]

23 DE DEZEMBRO DE 1894

254-255

Este José Rodrigues é bom, é diligente, respeitoso, mas coxeia do intelecto, não que seja doido, mas é estúpido. Não digo burro; burro com fala seria mais inteligente que ele. Ontem, depois do almoço, veio ter comigo, trazendo uma folha na mão:

– Patrão, leio aqui estes dois anúncios: "Para tosses rebeldes, xarope de jaramacaru". – "Para intendente municipal, Calisto José de Paiva". Qual destes dois remédios é melhor? E que moléstia é essa que nunca vi?

– Tu és tolo, José Rodrigues.

– Com perdão da palavra, sim, senhor.

– Pois se as moléstias são duas, como é que me perguntas qual dos remédios é melhor? É claro que ambos são bons, um para tosses rebeldes, outro para intendente municipal.

256

– Isto é coisa que só à vista das contas do boticário. Toma o que puderes; mas, antes disso, faz-me um favor. Vai ver se estou no Largo da Carioca.

– Sim, senhor... Se não estiver, volto?

– Espera primeiro até às cinco horas; se até às cinco horas não me achares, é que eu não estou, e então volta para casa.

– Muito bem; mas se o patrão lá estiver, que quer que lhe faça?

– Puxa-me o nariz.

– Ah! isso não! Confianças dessas não são comigo. Gracejar, gracejo e o patrão faz-me o favor de rir; mas não se puxa o nariz a um homem...

[1381] O desinteresse dos eleitores pelos pleitos aparece como uma constante. As bactérias têm sido contidas pelos antibióticos. Teme-se uma superbactéria. Por agora, a disciplina mais relevante é a virologia, útil certamente para entender a viralização do ódio.

– Bem, dá-me então as boas tardes e vem-te embora para casa.

– Perfeitamente.[1382]

30 DE DEZEMBRO DE 1894

258

Ergo bibamus![1383]

6 DE JANEIRO DE 1895

266

A doutrina microbiana, vencedora na patologia, será aplicada à política, e os povos curar-se-ão das revoluções e maus governos, dando-se-lhes um mau governo atenuado e logo depois uma injeção revolucionária. Terão assim uma pequena febre, suarão um tudo-nada de sangue e no fim de três dias estarão curados para sempre. Chamfort, no século XVIII, deu-nos a célebre definição da sociedade, que se compõe de duas classes, dizia ele, uma que tem mais apetite que jantares, outra que tem mais jantares que apetite.[1384]

268

Só se foi política, matéria estranha às minhas cogitações; mas indo só, pelo juízo ordinário, não alcanço a incompatibilidade dos antigos intendentes. Se eram bons, e fossem eleitos, continuávamos a gozar das doçuras de uma boa legislatura municipal. Se não prestavam para nada, não seriam reeleitos; mas supondo que o fossem, quem pode impedir que o povo queira ser mal governado? É um direito anterior e superior a todas as leis. Assim se perde a liberdade. Hoje impedem-me de meter um pulha na intendência, amanhã proíbem-me andar com o meu colete de ramagens, depois de amanhã decreta-se o figurino municipal.[1385]

268-269

Entretanto (vede as inconsequências de um espírito reto!), entretanto, foi bom que se incompatibilizassem os intendentes; não incom-

---

[1382] Documento histórico sobre a relação patrão e empregado.

[1383] Poema de Goethe, escrito em 1810: Então, vamos beber!

[1384] Outra divisão: uma classe que nega o vírus; outra que se vacina.

[1385] O fragmento explicita o papel dos intendentes, com responsabilidades executivas e legislativas, e faz uma defesa das reeleições contínuas. Outra vez, o cronista dissimula o seu conhecimento de política ao mesmo tempo que se posiciona politicamente.

patibilizados, eram quase certo que seriam eleitos, um por um, ou todos ao mesmo tempo, e eu não teria o gosto de ver na intendência dois amigos particulares, um amigo velho, e um amigo moço, um pelo 2° distrito, outro pelo 3º, e não digo mais para não parecer que os recomendo. São do primeiro turno.[1386]

269

Mas deixemos a política e voltemo-nos para o acontecimento literário da semana, que foi a *Revista Brasileira*. É a terceira que com este título se inicia. O primeiro número agradou a toda gente que ama este gênero de publicações, e a aptidão especial do Sr. J. Veríssimo, diretor da Revista, é boa garantia dos que se lhe seguirem. Citando os nomes de Araripe Júnior, Affonso Arinos, Sílvio Romero, Medeiros e Albuquerque, Said Ali e Parlagreco, que assinam os trabalhos deste número, terei dito quanto baste para avaliá-lo.[1387]

20 DE JANEIRO DE 1895

276

A semana ia andando, meia interessante, com os seus *book-makers*, frontões e outras liberdades, e mais a lei municipal, que as regulou, segundo uns, e, segundo outros, as suprimiu. Não examino qual dos verbos cabe ao caso; mas, relativamente aos substantivos regulados ou suprimidos, guio-me pela significação direta. Por isso indignei-me, quando vi o ato do prefeito e da policia. Pois que! exclamei; países como a Rússia têm ou tiveram censura literária, mas nunca se lembraram de regular ou suprimir escritores e arquitetos; por que é que, no regime democrático, a autoridade me impede de pôr um frontão na minha casa, ou fazer um livro, se não tiver mais que fazer?[1388]

279

Se a mulher pode ser eleitora, por que não poderemos elevá-la à presidência? O nascimento dá uma Catarina da Rússia ou uma Isabel de Inglaterra, por que não há de o sufrágio da nação escolher uma

---

[1386] Amizade acima de tudo.
[1387] José Veríssimo seria um fiel amigo de Machado de Assis e um crítico severo de muitos escritores. A inimizade total entre Machado de Assis e Romero ainda não estava consumada.
[1388] Machado de Assis, como se viu, praticou, porém, a censura teatral.

dama robusta capaz de governo? Onde há melhor regime que entre as abelhas? O mais que pode suceder, em um povo de namorados como o nosso, é dispersarem-se os votos, pela prova de afeição que muitos eleitores quererão dar às amigas da sua alma; mas com poucos votos se governa muito bem.[1389]

27 DE JANEIRO DE 1895

282

Não me digas que confundo alhos com bugalhos, ignorando que parlamentarismo quer dizer governo de parlamento, – coisa que nada tem com prazos curtos nem compridos. Eu sei o que digo, leitor; tu é que não sabes o que lês. Desculpa, se falo assim a um amigo, mas não é com estranhos que se há de ter tal ou qual liberdade de expressão, é com amigos, ou não há estima nem confiança.[1390]

3 DE FEVEREIRO DE 1895

284-285

Não li a petição, mas alguém que a leu afirma que o que se requer ao congresso é nada menos que isto: Quando acontecer que um deputado, senador ou intendente municipal, deixe de tomar assento ou por morte, ou porque a apuração das atas eleitorais seja tão demorada que primeiro se esgote o prazo do mandato, o diploma do intendente, do deputado ou do senador passará ao legítimo herdeiro do eleito, na linha direta. Quis-se estender ao genro o direito ao diploma, visto que a filha não pode ocupar nenhum daqueles cargos; mas, tal ideia, foi rejeitada por grande maioria. Também se examinou se o eleito, em caso de doença mortal, sobrevinda seis meses depois de começada a apuração dos votos, e na falta de herdeiro direto, podia legar o diploma por testamento. Os que defendiam essa outra ideia, e eram poucos, fundavam-se em que o mandato é uma propriedade temporária de natureza política, dada pela soberania nacional, para utilidade pública, se era transmissível por efeito do sangue, igualmente o podia ser por efeito da vontade.[1391]

[1389] Apenas uma tirada espirituosa. O cronista parecia gostar de brincar com a ideia.
[1390] Era possível ironizar o leitor.
[1391] O mandato com bem transmissível por herança. A eleição para o Senado permite ainda hoje que o suplente seja um familiar, ou qualquer pessoa, designado pelo candidato. Sendo

287

Afinal, talvez fosse melhor trocar o modo eleitoral, substituindo o voto pela sorte.[1392]

10 DE FEVEREIRO DE 1895

292

Por saber disto é que não me cito; além de que, não é bonito que um autor se cite a si mesmo.[1393]

17 DE FEVEREIRO DE 1895

296

Copiar o parlamentarismo inglês será repetir a ação de outros Estados; façamos um parlamentarismo nosso, local, particular. Sem o direito de dissolver a câmara, o poder executivo terá de concordar com os ministros, ficando unicamente à câmara o direito de discordar deles e de os despedir, entre maio e outubro. Tenho ouvido chamar a isto *válvula*. Também se pode completar a obra reduzindo o presidente da República às funções mínimas de respirar, comer, digerir, passear, valsar, dar corda ao relógio, dizer que vai chover, ou exclamar: "Que calor!"[1394]

297

Se a rainha Lilinakalon tem feito o mesmo que acaba de fazer o seu colega de Sião, não estaria em terra desde alguns meses. Não o fez, ou porque não tivesse a ideia (e há quem negue originalidade política às mulheres), ou por não achar meio adequado à reforma.[1395]

24 DE FEVEREIRO DE 1895

299

Vi este Sarmiento, quando ele aqui esteve de passagem para Buenos Aires, uma noite, às dez horas e meia, no antigo Clube Fluminense, onde se hospedava. O clube era na casa da atual secretaria da

---

assim, a ideia, que parecia simplesmente absurda, não se perdeu totalmente. O Brasil sabe como transformar projetos absurdos em absurdos consumados com algumas modificações.

[1392] Provavelmente se teria mais sorte nos pleitos.

[1393] Esse pudor foi eliminado pelas modernas técnicas de propaganda.

[1394] Um parlamentarismo tropical.

[1395] Quando o tema é mulher, uma no cravo, outra na ferradura.

justiça e do interior. Sarmiento tomava chá, sozinho, na grande sala, porque nesses tempos pré-históricos (1868) tomava-se chá no clube, entre nove e dez horas. Era um homem cheio de corpo, cara rapada, olhos vivos e grandes. Vinha de estar com o imperador em S. Cristóvão e trazia ainda a casaca, a gravata branca e, se me não falha a memória, uma comenda.[1396]

301

Tão de perto seguiu a este jantar de quinhentos talheres a parede dos operários de Cascadura, que não pude espantar da memória uma observação de Chamfort, a saber, que a sociedade é dividida em duas classes, uma que tem mais apetite que jantares, outra que tem mais jantares que apetite.[1397]

3 DE MARÇO DE 1895

304

Tal é a filosofia do carnaval; mas qual é a etimologia? O Sr. Dr. Castro Lopes reproduziu terça-feira a sua explicação do nome e da festa. Discordando dos que veem no carnaval uma despedida da carne para entrar no peixe e no jejum da quaresma (*caro vale*, adeus, carne), entende o nosso ilustrado patrício que o carnaval é uma imitação das *lupercais* romanas, e que o seu nome vem dali. Nota logo que as lupercais eram celebradas em 15 de fevereiro; matava-se uma cabra, os sacerdotes untavam a cara com o sangue da vítima, ou atavam uma máscara no rosto e corriam seminus pela cidade. Isto posto, como é que nasceu o nome carnaval?[1398]

10 DE MARÇO DE 1895

310

O código, como não crê na feitiçaria, faz dela um crime, mas quem diz ao código que a feiticeira não é sincera, não crê realmente nas drogas que aplica e nos bens que espalha? A psicologia do código

---

[1396] Sarmiento não impressionou Machado de Assis, que, pelo jeito, não foi até ele puxar conversa e falar da modernidade na América do Sul ou de identidade.

[1397] Uma boa tirada merece a repetição de uma citação ou uma boa citação merece duas tiradas equivalentes, assim como um grande personagem (Sarmiento) presta-se a ser lembrado mais de uma vez com termos semelhantes.

[1398] Etimologistas e arqueólogos também recorrem à imaginação.

é curiosa. Para ele, os homens só creem aquilo que ele mesmo crê; fora dele, não havendo verdade, não há quem creia outras verdades, – como se a verdade fosse uma só e tivesse trocos miúdos para a circulação moral dos homens.

[...] A cartomancia nasceu com a civilização, isto é, com a corrupção, pela doutrina de Rousseau. A feitiçaria é natural do homem; vede as tribos primitivas. Que também o é da mulher, confessá-lo-á o leitor. Se não for pessoa extremamente grave, já há de ter chamado feiticeira a alguma moça. Vão meter na cadeia uma senhora só porque fecha o corpo alheio com os seus olhos, que valem mais ainda que cabeças de frangos ou pés de galinha. Ou pés de galinha![1399]

311

Sim, eu creio na feitiçaria, como creio nos bichos de Vila Isabel, outra feitiçaria, sem sacos de feijão. São sistemas. Cada sistema tem os seus meios curativos e os seus emblemas particulares.[1400]

17 DE MARÇO DE 1895

314

Também a arqueologia é ciência, mas há de ser com a condição de estudar as coisas mortas, não ressuscitá-las. Se quereis ver a diferença de uma e outra ciência, comparai as alegrias vivas do nosso Jardim Zoológico com o projeto de ressuscitar em Atenas, após dois mil anos, os jogos olímpicos. Realmente, é preciso ter grande amor a essa ciência de farrapos para ir desenterrar tais jogos. Pois é do que trata agora uma comissão, que já dispõe de fundos e boa vontade. Está marcado o espetáculo para abril de 1896. Não há lá burros nem cavalos; há só homens e homens. Corridas a pé, luta corporal, exercícios ginásticos, corridas náuticas, natação, jogos atléticos, tudo o que possa esfalfar um homem sem nenhuma vantagem dos espectadores, porque não há apostas. Os prêmios são para os vencedores e honoríficos. Toda a metafísica de Aristóteles. Parece que há ideia de repetir tais jogos em Paris, no fim do século, e nos Estados Unidos em

---

[1399] Analogia que se repete sem ganho para o autor.
[1400] Claude Lévi-Strauss não diria melhor, mas sem ironia.

1904. Se tal acontecer, adeus, América! Não valia a pena descobri-la há quatro séculos, para fazê-la recuar vinte.[1401]

315

Os burros comem pouco, mas comem; os carros andam aos solavancos e descarrilam a miúdo, mas algum dia terão de ser concertados, não todos a um tempo, mas um ou outro; seria desumano, além de contrário aos interesses das companhias, fazer andar carros que se desfizessem na rua, ao fim de cinco minutos. Ora, se os desastres houvessem de ser pagos por elas, que ficará no cofre para as despesas necessárias?[1402]

316

Por outro lado, incumbindo aos juízes a execução da lei de 1871, e tendo esta ficado letra morta, acaso consta que algum deles a tenha indenizado da vida que perdeu? Como obrigar as companhias à indenização da vida de um homem? Em que é que o homem é superior à lei?

São duas questões melindrosas. No dia 27 deste mês, por exemplo, começará a ter execução a lei de lotação dos bondes [...] Suponhamos que não se cumpre a lei no dia 27; apostemos até alguma cousa, estou que esse burro dá. Como exigir que a lei, não cumprida a 27, venha a sê-lo a 28, ou em abril, maio, ou qualquer outro mês do ano? Também há leis do esquecimento.[1403]

24 DE MARÇO DE 1895

319

Quanto à violência, sou da família de Stendhal, que escrevia com o coração nas mãos: *Mon seul défaut est de ne pas aimer le sang.*[1404]

31 DE MARÇO DE 1895

322

O conto do vigário é o mais antigo gênero de ficção que se conhece.[1405]

[1401] E assim Machado de Assis foi contra o retorno dos jogos olímpicos. A América não sucumbiu por causa disso. Como promotor de eventos, o cronista seria um bom escritor.

[1402] Só a ironia, em existindo, salva a passagem de ser um libelo em favor das companhias.

[1403] O país das leis que não pegam. Não pegou a lei de 7 de novembro de 1831, que abolia o tráfico internacional de escravos. Foi aprovada outra em 1850.

[1404] Em outros momentos, o cronista defendeu o valor da guerra, aparentemente sem ironia.

[1405] Genial contribuição à classificação dos gêneros literários.

7 DE ABRIL DE 1895

326

Não há quem não conheça a minha desafeição à política, e, por dedução, a profunda ignorância que tenho desta arte ou ciência. Nem sequer sei se é arte ou ciência; apenas sei que as opiniões variam a tal respeito. Faltam-me os meios de achar a verdade.[1406]

14 DE ABRIL DE 1894

334

Há meia dúzia de assuntos que não envelhecem nunca; mas há um só em que se pode ser banal, sem parecê-lo, é a tragédia do Gólgota. Tão divina é ela que a simples repetição é novidade.

334-335

Entretanto, se eu adoro o belo Sermão da Montanha, as parábolas de Jesus, os duros lances da semana divina, desde a entrada em Jerusalém até à morte no Calvário, e as mulheres que se abraçaram à cruz, e cuja distinção foi tão finamente feita por Lulu Sênior, quinta-feira, se tudo isso me faz sentir e pasmar, ainda me fica espaço na alma para ver e pasmar de outras coisas.[1407]

21 DE ABRIL DE 1895

338

Meti-me, logo que eles se foram embora, a estudar o Japão, de longe e nos livros. O país tinha adotado recentemente o governo parlamentar, o ministério responsável, a fala do trono, a resposta, a interpelação, a moção de confiança e de desconfiança, os orçamentos ordinários, extraordinários e suplementares. Parte da Europa achava bom, parte ria; uma folha francesa de caricaturas deu um quadro representando a saída dos ministros do gabinete imperial com as pastas debaixo do braço. Que chapéus! Que casacos! Que sapatos! O Japão deixava rir e ia andando, ia estudando, ia pensando. Tinha uma ideia. Os povos são como os homens; quando têm uma ideia, deixam rir e vão andando. Parece que a ideia do Japão era não continuar a ser

---

[1406] Uma inverdade e uma verdade: o cronista amava a política; ao menos, falar de política, que pode ser definida como a expressão da opinião de cada um.
[1407] Lulu Sênior era o pseudônimo de Ferreira de Menezes, editor da *Gazeta de Notícias*.

um país unicamente de curiosos ou de estudiosos, de Loti e outros navegadores. Queria ser alguma coisa mais alta, coisa que até certo ponto mudasse a face da terra.

339

Eu creio no Japão. Na tragédia conjugal que houve há dias na rua do Mattoso, até aí acho o meu ilustre valente Japão. Não é só porque tais peças têm lá o mesmo desfecho, mas pelo estilo dos depoimentos das testemunhas do caso. Segundo um velho frade que narrou as viagens de S. Francisco Xavier por aquelas terras, há ali diversos vocabulários para uso das pessoas que falam, a quem falam, de que falam, que idade têm quando falam e quantos anos têm aquelas a quem falam, não sabendo unicamente se há diferença de varões ou damas; o Padre Lucena é muito conciso neste capitulo. Pois depoimentos das testemunhas de cá usaram, quando muito, dois vocabulários, sendo um deles inteiramente contrário ao de Sófocles. Pão pão, queijo queijo. É claro que a justiça, sendo cega, não vê se é vista, e então não cora.

339-340

Viva o japonismo! Dizem telegramas que a ideia secreta do Japão é japonizar a China. Acho bom, mas se é só japonizar a crosta, não era preciso fazer-lhe guerra. Não faltam aqui salas, nem gabinetes, nem adornos japônicos. Os irmãos Goncourts gabam-se de terem sido na Europa os inventores do japonismo.[1408]

28 DE ABRIL DE 1895

341-342

Há anos sem febre amarela, o cólera-mórbus aparece às vezes, o crupe também e outras enfermidades, mas todas se vão, e alguns vamos com elas; a amolação não sai nem entra; aqui mora, aqui há de morrer.[1409]

345

Qual é a semana, perguntou bufando, em que não morre alguém debaixo de um bonde elétrico? E bonde elétrico é revolução? No sen-

---

[1408] Mote retomado. O Japão e o japonismo encantavam o cronista, que, se ironizava a mudança dos costumes tradicionais e a ocidentalização, não deixava de ser simpático ao país, contrariamente aos comentários depreciativos em relação à China.
[1409] Fatalismo irônico ou filosófico?

tido científico, decerto; mas, como ação popular, não. A diferença única é que o governador de Santiago desapareceu, coisa que já não faz nenhum cocheiro de bonde, para não perder dois ou três dias de ordenado sem necessidade alguma...[1410]

12 DE MAIO DE 1895

352

No meio dos problemas que nos assoberbam e das paixões que nos agitam, era talvez ocasião de falar da escritura fonética. O fonetismo é um calmante. Há quem o defenda convencidamente, mas ninguém se apaixona a tal ponto, que chegue a perder as estribeiras.[1411]

19 DE MAIO DE 1895

357

Não faltam guias sagazes para as terras cartaginesas, sem contar Flaubert, com o gênio da ressurreição, nem Virgílio com o da invenção. Assim que, foi só o acaso que me pôs ante os olhos o trecho transcrito. Sabem que não entendo de política, nem de agronomia.[1412]

361

– É moderna; invenção do homem, naturalmente, mas uma mulher vingou-se, há dias – mulher ou pseudônimo de mulher – Délia... Não é a Délia de Tíbulo, Délia apenas, que escreveu uma pagina na *Notícia* de sexta-feira, onde diz com certa graça que o mal do mundo vem do "eterno masculino".[1413]

26 DE MAIO DE 1895

363

A gravura pode, na verdade, prestar grandes serviços a este respeito. Falo aqui, porque já em outras partes, mormente nos Estados Unidos da América, ela é a irmã natural do texto. As folhas andam

---

[1410] Acidentes de percurso.

[1411] O cronista era e é um generalista, que se especializa pelo tempo de um texto. Dos acidentes provocados por bondes, passando pelas epidemias e chegando ao fonetismo, tudo é abordado buscando efeitos de inteligência, mas também a análise crítica.

[1412] Acreditaria o leitor nessa mentira simpática?

[1413] Basta essa percepção para que não se possa absolver o machismo da época como "normal". A dominação sempre é percebida por parte dos dominados.

cheias de retratos, cenas, salas, campos, armas, máquinas, tudo o que pode, melhor ou mais prontamente que palavras, incutir a ideia no cérebro do leitor. Não há por essas outras terras notícia de casamento sem retrato dos noivos, nem decreto de nomeação sem a cara do nomeado. Nós podíamos ensaiar politicamente, e mais extensamente, essa parte do jornalismo.

Os discursos ilustrados teriam outra vida e melhor efeito. O pensamento do orador, nem sempre claro no texto, ficaria claríssimo.[1414]

365

Alguns, vendo esta minha insistência, suporão que ando com o cérebro um pouco desequilibrado. Melancolia é meia demência. Ora, eu ando melancólico, depois que li que acabou a parede dos alfaiates de Buenos Aires. A elegante Buenos Aires é um ponto da terra; mas Nazaré também o era, e de lá saiu Jesus; também o era Meca, e de lá saiu Mafamede. Comparo assim coisas tão essencialmente opostas, como a fé cristã e a peste muçulmana, para mostrar que o bem e o mal do mundo podem vir de um ponto escasso. De Buenos Aires contava eu que viesse uma religião nova.[1415]

2 DE JUNHO DE 1895

366

Quando me deram notícia da morte de Saldanha Marinho, veio-me à lembrança aquele dia de julho de 1868, em que a Câmara liberal viu entrar pela porta o Partido Conservador. Há vinte e sete anos; mas os acontecimentos foram tais e tantos, depois disso, que parece muito mais.

366-67

Jovem leitor, não sei se acabavas de nascer ou se andavas ainda na escola. Dado que sim, ouvirás falar daquele dia de julho, como os rapazes de então ouviam falar da Maioridade ou do fim da República de Piratinim, que foi a pacificação do Sul, há meio século.

Certo, não ignoras o que eram as recepções de ministérios ou de partidos, viste muitas delas, e a última há seis anos. Hás de lembrar-te que a Câmara enchia-se de gente, galerias, tribunas, recinto. Na

---

[1414] Um insight benjaminiano.
[1415] Um homem genial dominado pelos preconceitos do seu tempo?

última recepção, em 1889, ouvi que alguns espectadores, cansados de estar em pé, sentaram-se nas próprias cadeiras dos deputados.

368

Compreendi então, e notei uma virtude da galeria, é que aplaudia sempre e não pateava nunca.[1416]

16 DE JUNHO DE 1895

376

Guimarães chama-se ele; ela Cristina. Tinham um filho, a quem puseram o nome de Abílio. Cansados de lhe dar maus tratos, pegaram do filho, meteram-no dentro de um caixão e foram pô-lo em uma estrebaria, onde o pequeno passou três dias, sem comer nem beber, coberto de chagas, recebendo bicadas de galinhas, até que veio a falecer. Contava dois anos de idade. Sucedeu este caso em Porto Alegre, segundo as últimas folhas, que acrescentam terem sido os pais recolhidos à cadeia, e aberto o inquérito.

[...]

Se não fosse Schopenhauer, é provável que eu não tratasse deste caso diminuto, simples notícia de gazetilha. Mas há na principal das obras daquele filósofo um capítulo destinado a explicar as causas transcendentes do amor. Ele, que não era modesto, afirma que esse estudo é uma pérola. A explicação é que dois namorados não se escolhem um ao outro pelas causas individuais que presumem, mas porque um ser, que só pode vir deles, os incita e conjuga.[1417]

23 DE JUNHO DE 1895

381

Durante muitos anos acreditei que as "moças distintas, de boa educação" que pedem pelos jornais "a proteção de um senhor viúvo", eram vítimas de ódios de família ou da fatalidade, que buscavam um resto de sentimento medieval neste século de guarda-chuvas. Como supor que eram damas nobremente desocupadas que procuravam emprego honesto? Um anúncio é um mundo de mistérios.[1418]

[1416] Nostalgia do paraíso monárquico perdido.
[1417] Atração perversa.
[1418] Seria o casamento por interesse um modo de prostituição socialmente aceito?

7 DE JULHO DE 1895

390

Os mortos não vão tão depressa, como quer o adágio; mas que eles governam os vivos, é coisa dita, sabida e certa. Não me cabe narrar o que esta cidade viu ontem, por ocasião de ser conduzido ao cemitério o cadáver de Floriano Peixoto, nem o que vira antes, ao ser ele transportado para a Cruz dos Militares. Quando, há sete dias, falei de Saldanha da Gama e dos funerais de Coriolano que lhe deram, estava longe de supor que, poucas horas depois, teríamos notícia do óbito do marechal. O destino pôs assim, a curta distância, uma de outra, a morte de um dos chefes da rebelião de 6 de setembro e a do chefe de Estado que tenazmente a combateu e debelou.

A história é isto.[1419]

14 DE JULHO DE 1895

398

Vaca e riso. Agora é o riso que se anuncia, por meio da pacificação do Sul. A guerra é boa, e, dado que seja exato, como pensa um filósofo, que ela é a mãe de todas as coisas, preciso é que haja guerras, como há casamentos. A leitura de batalhas é agradável ao espírito. As proclamações napoleônicas, as descrições homéricas, as oitavas camonianas, lidas no gabinete, dão ideia do que será o próprio espetáculo no campo. A mais de um combatente ouvi contar as belezas trágicas da luta entre homens armados, e tenho acompanhado muita vez o jovem Fabrício del Dongo na batalha de Waterloo, levados ambos nós pela mão de Stendhal. O destino trouxe-me a este campo quieto do gabinete, com saída para a Rua do Ouvidor, de maneira que, se adoeci de um olho, não o perdi em combate, como sucedeu a Camões. Talvez por isso não componha iguais versos. Homero, que os perdeu ambos, deixou um grande modelo de arte.[1420]

[1419] Mais uma vez a marca do positivismo de Comte. Por outro lado, a arte de ficar em cima do muro quando parecia conveniente. Por quem batia o coração do cronista? No caso, era sabido.

[1420] Elogio sinuoso da guerra, que produz acontecimentos, irrigando a arte. O cronista parece não se decidir. No entanto, mais vezes encontra boas razões para aceitar a guerra.

399-400

Outro parêntesis. A *Gazeta* noticiou que alguns habitantes da estação de Lima Duarte pediram ao presidente da Companhia Leopoldina a mudança do nome da localidade para o de Lindóia, agora que é o centenário de Basílio da Gama. Pela carta que me deram a ler, vejo que põem assim em andamento a ideia que me ocorreu há sete dias. Eu falei ao governo de Minas Gerais; mas os habitantes de Lima Duarte deram-se pressa em pedir para si a designação, e é de crer que sejam servidos. Ao que suponho, o presidente da Companhia é o Sr. conselheiro Paulino de Sousa, lido em coisas pátrias, que não negará tão pequeno favor a tão grande brasileiro. Demais, a história tem encontros: o filho do Visconde de Uruguai honrará assim o cantor do *Uruguai*. É quase honrar-se a si próprio.[1421]

21 DE JULHO DE 1895

401

Ontem, sábado, fez-se a eleição de um senador pelo Distrito Federal. Votei; estou bem com a lei e a minha consciência. Enquanto se apuravam os votos, vim escrever estas linhas, que provavelmente ninguém hoje lerá. Não me perguntem a quem dei o voto; ao eleitor cabe também o direito de ser discreto. É até certo ponto um segredo profissional.

402-403

Não aconselho às damas deste país o beijo aos açougueiros, nem a outros quaisquer eleitores. Sei que há muito Fox que mereceria o sacrifício: mas nem todos os sacrifícios se fazem. Entretanto, as moças podiam cabalar modestamente. Um aperto de mão, um requebro de olhos, quatro palavrinhas doces, valem mais que os rudes pedidos masculinos.

Uma coisa que as moças podiam alcançar, era o comparecimento de todos os mesários às respectivas seções, para que os eleitores votassem certos e descansados.[1422]

[1421] O homem que rotulou a Lei Áurea de "inconstitucional, antieconômica e desumana". Ver Silva (2017, p. 27).

[1422] Seria esse o "bom uso" político das qualidades femininas para o autor?

28 DE JULHO DE 1895

405

Raramente leio as notícias policiais, e não sei se faço bem. São monótonas, vulgares, a língua não é boa; em compensação, podem achar-se pérolas nesse esterco. Foi o que me sucedeu esta semana, deixando cair os olhos na notícia do assassinato de João Ferreira da Silva.

406

Quando os médicos examinaram este homem fizeram-no com Lombroso na mão, e acharam nele os sinais que o célebre italiano dá para se conhecer um criminoso nato; daí a veemente suposição de ser ele o assassino de João Ferreira. Eu, para completar o juízo científico, mandaria ao mestre Lombroso cópia das tatuagens, pedindo-lhe que dissesse se um homem tão dado a amores, que os escrevia em si mesmo, pode ser verdadeiramente criminoso.[1423]

4 DE AGOSTO DE 1895

412

Uma dessas festas foi o regresso do Sr. Rui Barbosa.

413

A recepção do Sr. Rui Barbosa foi mais entusiástica e ruidosa que a de Basílio da Gama; diferença natural, não por causa dos talentos que são incomparáveis entre si, mas porque a vida fala mais ao ânimo dos homens, porque o Sr. Rui Barbosa teve grande parte na história dos últimos anos, finalmente porque é alguém que vem dizer ou fazer alguma coisa.[1424]

413-14

Outra festa, não propriamente a primeira em data ou lustre, mas em interesse cá da casa, foi o aniversário da *Gazeta de Notícias.* Completou os seus vinte anos. Vinte anos é alguma coisa na vida de um jornal qualquer, mas na da *Gazeta* é uma longa página da história do Jornalismo. O *Jornal do Comércio* lembrou ontem que ela fez uma transformação na imprensa. Em verdade, quando a *Gazeta* apareceu, a dois vinténs, pequena, feita de notícias, de anedotas, de ditos pican-

---

[1423] O racismo apresentava-se como científico. Lombroso reinou por longo tempo.
[1424] Não são muitas as referências a Rui Barbosa.

tes, apregoada pelas ruas, houve no público o sentimento de alguma coisa nova, adequada ao espírito da cidade. Há vinte anos. As moças desta idade não se lembraram de fazer agora um gracioso mimo à *Gazeta*, bordando por suas mãos uma bandeira, ou, em seda o número de 2 de agosto de 1875. São duas boas ideias que em 1896 podem realizar as moças de vinte e um anos, e depressa, depressa antes que a *Gazeta* chegue aos trinta. Aos trinta, por mais amor que haja a esta folha, não é fácil que as senhoras da mesma idade lhe façam mimos. Se lessem Balzac, fá-los-iam grandes, e achariam mãos amigas que os recebessem; mas as moças deixaram Balzac, pai das mulheres de trinta anos.[1425]

18 DE AGOSTO DE 1895

420

O Sr. Herrera y Obes, ex-presidente da República Oriental do Uruguai, foi vítima esta semana de um desastre. Felizmente, os últimos telegramas o dão restabelecido, ou quase restabelecido; notícia agradável aos que querem bem à nossa vizinha e aos seus homens notáveis e patriotas.

S. Exa. assistia a um concerto musical em Montevidéu, quando o revólver que trazia no bolso das calças, engatilhado, disparou repentinamente e a bala foi ferir-lhe o pé. O perigo do revólver é a facilidade de o meter no bolso já engatilhado, ou por descuido, ou para mais pronto emprego, em caso de agressão. Sendo esse o perigo do revólver, é também a sua grande superioridade. Uma metralhadora exigiria a presença de um regimento; a carabina não se pode trazer na mão, e provavelmente seria mandada pôr na sala das bengalas. A velha pistola figura só nos duelos de hoje e nos *vaudevilles* de 1854. Alguns romances ainda a conservam.[1426]

421-422

Tempo houve em que esta boa cidade dormia com as janelas abertas e as portas apenas encostadas. Não se andava na rua, à noite. O painel do nosso Firmino Monteiro mostra-nos o famoso Vidigal e dois soldados interrogando um tocador de viola. As noites eram para

---

[1425] Jornalistas e jornais de uma época pertencente ao impresso.
[1426] Argumento que ainda não ocorreu aos armamentistas atuais.

as serenatas, e ainda assim até certa hora. O capoeira ia surgindo; multiplicou-se; fez-se ofício, arte ou distração... De passagem, lembrarei aos nossos legisladores que andaram buscando e rebuscando circunlóquios para definir o capoeira, que um ato expedido no princípio do século, não sei se ainda por vice-rei ou se já por ministro de D. João VI, tendo de ordenar vigilância e repressão contra o capoeira, escreveu simplesmente capoeira, e todos entenderam o que era. Às vezes, não é mau legislar assim. Que se evitem palavras de moda, destinadas à vida das rosas... Oh! Malherbe![1427] Não; tornemos à nossa história.

Mais tarde veio o costume salutar de apalpar as pessoas que eram encontradas na rua, depois da hora de recolher, a ver se traziam navalha ou faca. Simultaneamente, entrou o uso de apalpar as pessoas que levavam carteira no bolso, e por esta via se foi criando a classe dos gatunos. Não me tachem de espírito vil. Este assunto, se não é grande, também não é mínimo e baixo, como alguns poderão crer. Nem sempre se há de tratar das ideias de Platão. O assunto é grave e do dia. Os jornais escrevem artigos, em que dizem que a cidade está uma verdadeira espelunca de ladrões. Casas e pessoas são salteadas, carteiras levadas, cabeças quebradas, vidas arriscadas ou arrebatadas. Dizem que falta à autoridade a força precisa. Um dos artigos de anteontem afirma que metade do corpo de segurança é composto de indivíduos que já conheciam a polícia por ações menos úteis. Ora, posto que um adágio diga que "o diabo depois de velho, fez-se ermitão", outro há que diz, pela língua francesa: *qui a bu, boira*.[1428]

25 DE AGOSTO DE 1895

423

Pombos-correios, vulgarmente chamados telegramas, vieram anteontem do Sul para comunicar que a paz está feita. Tanto bastou para que a cidade se alegrasse, se embandeirasse e iluminasse.

424

Natural é que razões políticas e patrióticas determinassem esse ato, para mim bastava que fossem humanas. *Homo sum, et nihil hu-*

[1427] Olha a rosa aí!
[1428] Problema resolvido? Não parece.

manum, etc. Bem sei que a guerra também é humana, por mais desumana que nos pareça; nem nós estamos aqui só para cortar, entre amigos, o pão da cordialidade.[1429]

424-425

De resto, a semana começou bem para letras e artes. O Sr. Senador Ramiro Barcelos achou, entre os seus cuidados políticos, um momento para pedir que entrasse na ordem do dia o projeto dos direitos autorais. O Sr. presidente do Senado, de pronto acordo, incluiu o projeto na ordem do dia. Resta que o Senado, correspondendo à iniciativa de um e à boa vontade de outro, vote e conclua a lei.[1430]

426-427

Este outro Magalhães – Magalhães de Azeredo – é dos que nasceram para as letras, governando Deodoro; pertence à geração que, mal chegou à maioridade, toda se desfaz em versos e contos. Compõe-se destes o livro que acaba de publicar com o título de *Alma Primitiva*.

427-428

Tal é o primeiro conto; o último, *Uma escrava,* é também um quadro da roça, e a meu ver, ainda melhor que o primeiro. É menos um quadro da roça que da escravidão. Aquela D. Belarmina, que manda vergalhar até sangrar uma mucama de estimação, por ciúmes do marido, cujo filho a escrava trazia nas entranhas, deve ser neta daquela outra mulher que, pelo mesmo motivo, castigava as escravas, com tições acesos pessoalmente aplicados. Di-lo não sei que cronista nosso, frade naturalmente; mais recatado que o frade, fiquemos aqui. São horrores, que a bondade de muitas haverá compensado;[1431] mas um povo forte pinta e narra tudo.

Não é o conto único da roça e da escravidão, nem só dele se compõe este livro variado. Creio que a melhor página de todas é a do *Ahasverus,* quadro terrível de um navio levando o cólera-mórbus, pelo oceano fora, rejeitado dos portos, rejeitado da vida. É daqueles em que o estilo é mais condensado e vibrante.

Não cuides, porém, que todas as páginas deste livro são cheias de sangue e de morte. Outras são estudos tranquilos de um senti-

---

[1429] A humanidade nem sempre é humanista.
[1430] A ideia de direitos autorais volta e meia passa a ser ameaçada.
[1431] Mais uma relativização dos horrores da escravidão.

mento ou de um estado, quadros de costumes ou desenvolvimento de uma ideia. *De Além-Túmulo* tem o elemento fantástico, tratado com fina significação e sem abuso.[1432]

1 DE SETEMBRO DE 1895

428

Aquilo que Lulu Sênior disse anteontem a respeito do professor inglês que enforcaram na Guiné trouxe naturalmente a cor alegre que ele empresta a todos os assuntos. As pessoas que não leem telegramas não viram a notícia; ele, que os lê, fez da execução do inglês e dos autores do ato uma bonita caçoada. Nada há, entretanto, mais temeroso nem mais lúgubre.[1433]

8 DE SETEMBRO DE 1895

437

Conhecemos todas essas fábulas. São inventos que adornam a obra ou dão maior liberdade ao autor. Aqui, nada tiram nem trocam ao estilo de Coelho Neto, nem afrouxam a viveza da sua imaginação. A imaginação é necessária nesta casta de obras. A de Flaubert deu realce e vida a *Salambô*, sem desarmar o grande escritor da erudição precisa para defender-se, no dia em que o acusaram de haver falseado *Cartago*.[1434]

15 DE SETEMBRO DE 1895

438-439

Um dia destes, indo a passar pela guarda policial da rua Sete de setembro, fronteira à antiga capela imperial, dei com algumas pessoas paradas e um carro de polícia. De dentro da casa saía um preto, em camisa, pernas nuas, trazido por duas praças. Abriram a portinhola do carro e o preto entrou sem resistência, sentou-se e olhou placidamente para fora. Uma das praças recebeu o ofício de comunicação, e o carro partiu.

– Que crime cometeu este preto? perguntei a um oficial.

[1432] Todos os gêneros nasceram cedo. O cronista parecia mais ocupado com os formatos.
[1433] A vida de jornalista transforma quase tudo em anedota.
[1434] Profissão de fé na imaginação.

– É um alienado.

Grande foi o abalo que me deu esta simples resposta. Esperava um maníaco ou gatuno, que tivesse lutado e perdido as calças. Sempre era alguém. Mas um pobre homem doido, que daí a pouco estaria no hospício, era um desgraçado sem personalidade, um organismo sem consciência. E fiquei triste, fiquei arrependido de haver passado por ali, quando a cidade é assaz grande e todos os caminhos levam a Roma.

439

De repente, bradou-me uma voz de dentro: "Mas, desgraçado, examinaste bem aquele preto? Sabes qual é a sua loucura?" A princípio não dei atenção a esta pergunta, que me pareceu tola, porquanto bastava que as ideias dele não fossem reais para serem a maior desgraça deste mundo; a curiosidade de saber o que efetivamente pensava o alienado, fez-me entrar no cérebro do infeliz.

440

Lembrou-me que o preto, posto que sem calças, não era precisamente um *sans-culotte*. Tinha um ar mesclado de sobranceria e melancolia. Não se opusera à entrada no carro, nem tentou sair, não falou, não resmungou. Os olhos que deitou para fora eram, como acima disse, plácidos. Suponhamos que ele acreditava ser o grão-duque da Toscana. Tanto melhor se já não há os ducados; era a maior prova da força imaginativa do homem.

Assim, em vez de ser levado em carro de polícia, ia metido no esplêndido coche ducal, tirado por duas parelhas de cavalos negros. A rua da Assembleia, por onde subiu, apareceu-lhe larga e limpa, com vastas calçadas, e muitas senhoras nas janelas dando vivas a Ernesto XXIV; era provavelmente o nome deste grão-duque póstumo. No largo da Carioca fizeram-lhe parar o coche, diante da bela estação da companhia de Carris do Jardim Botânico. Uma porção de senhoras, abrigadas da chuva, à espera dos bondes, saudaram respeitosamente a Sua Alteza. Sem sair do coche, Ernesto XXIV admirou o edifício, não só pelo estilo arquitetônico, como pelo conforto interior.[1435]

[1435] A loucura humanizadora. O autor parece nunca relativizar o ilícito pela condição social e pela história de vida de alguém. Se o preto fosse um bandido, tudo estaria terminado. A lei aparece como uma entidade objetiva e indiscutível. Faz pensar na decisão dos escravos

22 DE SETEMBRO DE 1895

447-448

Refiro-me às árvores do mesmo bairro do Cosme Velho, que, segundo li, já foram e têm de ser derrubadas pela *Botanical Garden*. *A Gazeta* por si, e o *Jornal do Comércio,* por si e por alguém que lhe escreveu, chamaram a atenção da autoridade municipal para a destruição de tais árvores, mas a *Botanical Garden* explicou que se trata de levar o bonde elétrico ao alto do bairro, não havendo mais que umas cinco árvores destinadas à morte. Achei a explicação aceitável. Os bondes de que se trata não passam até aqui do Largo do Machado. *As* viagens são mais longas do que antes, é certo, mas não é por causa da eletricidade; são mais longas por causa dos comboios de dois e três carros, que param com frequência. A incapacidade de um ou outro dos chamados motorneiros é absolutamente alheia à demora. Pode dar lugar a algum desastre, mas a própria companhia já provou, com estatísticas, que os bondes elétricos fazem morrer muito menos gente que o total dos outros carros.

Demais, é natural que nas terras onde a vegetação é pouca, haja mais avareza com ela, e que em Paris se trate de salvar o *Bois de Boulogne* e outros jardins. Nos países em que a vegetação é de sobra, como aqui, podem despir-se dela as cidades. Uma simples viagem ao sertão leva-nos a ver o que nunca hão de ver os parisienses. Assim respondo à *Gazeta,* não que seja acionista da companhia, mas por ter um amigo que o é. Nem sempre os burros hão de dominar. Se os do Ceará nos deram o exemplo de jornadear ao lado da estrada de ferro, concorrendo com ela no transporte da carga, foi com o único fito de defender o carrancismo. Burro é atrasado e teimoso; mas os do Ceará acabaram por ser vencidos. O mesmo há de acontecer aos nossos. Agora, que a vitória da eletricidade no Cosme Velho e nas Laranjeiras devesse ser alcançada poupando as árvores, é possível; mas sobre este ponto não conversei com autoridade profissional.[1436]

---

no parecer dado como funcionário do Ministério da Agricultura visto anteriormente. Um olhar que se pretende técnico antes de tudo.

[1436] O ponto de vista do cronista repetidas vezes faz eco aos argumentos do progresso, das companhias e dos patrões. Era cedo para ser ecologista.

29 DE SETEMBRO DE 1895

450

Não nego que o dever comum é padecer comumente, e atacarem-se uns aos outros, para dar razão ao bom Renan, que pôs esta sentença na boca de um latino: "O mundo não anda senão pelo ódio de dois irmãos inimigos". Mas, se o mesmo Renan afirma, pela boca do mesmo latino que "este mundo é feito para desconcertar o cérebro humano", irei para onde se recolhem os desconcertados, antes que me desconcertem a mim.

452

De todas as coisas humanas, dizia alguém com outro sentido por diverso objeto, – a única que tem o seu fim em si mesma é a arte.[1437]

453

Balzac estudou a questão do leito único, dos leitos unidos, e dos quartos separados.

454

Napoleão disse um dia, ante os redatores do código civil, que o casamento (entenda-se monogamia) não derivava da natureza, e citou o contraste do ocidente com o oriente. Balzac confessa que foram essas palavras que lhe deram a ideia da *Fisiologia*. Mas o primeiro faria um código, e o segundo enchia um volume de observações soltas e estudos analíticos.[1438]

[1437] A verdadeira religião do autor.
[1438] Ao leitor o trabalho de fazer alguma observação. Pode ser curta.

Volume 28
A Semana
(1895-1900)

6 DE OUTUBRO DE 1895

5

A agência Havas é melancólica. Todos os dias enche os jornais, seus assinantes, de uma torrente de notícias que, se não matam, afligem profundamente.[1439]

6

Eu, que não sou francês, nem fui a Paris...[1440]

[...] Mas tornemos ao presente e à Agência Havas. São rebeliões sobre rebeliões, Constantinopla e Cuba, matança sobre matanças, China e Armênia.

7

Pior é o cólera-mórbus; mais rápido que um tiro, tomou de assalto a Moldávia, a Coreia, a Rússia, o Japão e vai matando como as simples guerras.

8

Nem reis agora são precisos, pobre Granada, nem poetas te cantam s desgraças; basta a Agência Havas. Os jornais que chegarem dirão as cousas pelo miúdo, com aquele amor da atração que fazem as boas notícias.[1441]

8

Parece que a grande miséria, filha das colheitas perdidas, cresce ao lado do banditismo e do imposto.[1442]

9

Mas a razão do meu receio é a crença que me devora de que o mal estava acabado, a paz sólida, e as próprias tempestades e molés-

---

[1439] O cronista parecia querer uma agenda jornalística positiva.
[1440] O cronista viajou em torno do seu mundo carioca.
[1441] Parece haver algo de cíclico na história da humanidade. Ilusão. Nada retorna. Tudo acontece outra vez por diferentes circunstâncias.
[1442] Liberal, o cronista podia associar a cobrança de impostos pelo Estado a banditismo.

tias não seriam mais que mitos, lendas, histórias para meter medo às crianças.[1443]

13 DE OUTUBRO DE 1895

10

Por exemplo, a declaração que fez o Sr. Deputado Erico Coelho, esta semana, ao apresentar o projeto de monopólio do café. Declarou S. Ex., incidentemente, que já na véspera fora solicitado para, no caso de passar o monopólio, arranjar alguns empregos. Os deputados riram, mas deviam chorar, pois naturalmente não lhes acontece outra cousa com ou sem projetos.[1444]

11

Ninguém sabe o que ele disse, por falar na língua materna, e nós só entendermos italiano por música.[1445]

20 DE OUTUBRO DE 1895

15-16

Vamos ter, no ano próximo, uma visita de grande importância. Não é Leão XIII, nem Bismarck, nem Crispi, nem a rainha de Madagáscar, nem o imperador da Alemanha, nem Verdi, nem o Marquês Ito, nem o Marechal Iamagata. Não é terremoto nem peste. Não é golpe de Estado nem câmbio a 27. Para que mais delongas? É Luísa Michel.[1446]

17

Luísa Michel ficará admirada da correção com que o representante da *Gazeta de Notícias* fala francês. Perguntar-lhe-á se nasceu em França.

17

Acabada a entrevista, chegará um empresário de teatro, que vem oferecer a Luísa Michel um camarote para a noite seguinte. Um poeta irá apresentar-lhe o último livro de versos: *Dilúvios Sociais*. Três moças pedirão à diva o favor de lhe declarar se vencerá o carneiro ou o leão.

[1443] Era também o que se esperava em 2020.
[1444] Para uma genealogia do clientelismo no Brasil.
[1445] Uma tirada cara ao cronista.
[1446] Celebridade anarquista.

18

Logo depois virá uma comissão do Instituto Histórico, dizendo-lhe francamente que não aceita os princípios que ela defende, mas, desejando recolher documentos e depoimentos para a história pátria, precisa saber até que ponto o anarquismo e o comunismo estão relacionados com esta parte da América. A diva responderá que por ora, além do caso Amapá, não há nada que se possa dizer verdadeiro comunismo aqui.

19

– Ideias bastam. Desde que pregue as boas ideias revolucionárias podemos considerar tudo feito. Madama, nós vimos pedir-lhe socorro contra os opressores que nos governam, que nos logram, que nos dominam, que nos empobrecem: os locatários. Somos representantes da União dos Proprietários. V. Exa. há de ter visto algumas casas ainda que poucas, com uma placa em que está o nome da associação que nos manda aqui.

Luísa Michel, com os olhos acesos, cheia de comoção, dirá que, tendo chegado agora mesmo, não teve tempo de olhar para as casas; pede à comissão que lhe conte tudo. Com que então os locatários?...

– São os senhores deste país, madama. Nós somos os servos; daí a nossa

União.

20

– Então os locatários são tudo?

– Tudo e mais alguma cousa.

Luísa Michel, dando um salto:

– Mas então a anarquia está feita, o comunismo está feito justamente madama. É a anarquia...

21

Luísa Michel aproveita uma pausa da comissão para soltar três vivas à anarquia e declarar ao empresário americano que embarcará no dia seguinte para ir pregar a outra parte. Não há que propagar neste país, onde os proprietários se acham em tão miserável e justa condição que já se unem contra os inquilinos; a obra aqui não precisava discursos. O empresário, indignado, saca do bolso o contrato e mostra-lho. Luísa Michel fuzila impropérios. Que são contratos? pergunta. O mesmo que aluguéis, – uma espoliação. Irrita-se o empresário e ameaça. A comissão procura aquietá-lo com palavras inglesas: *Time is money, five o'clock...* O intérprete perde-se nas traduções. Eu, mais feliz que todos, acabo a semana.[1447]

27 DE OUTUBRO DE 1895

25

Desde que a porta fica assim aberta a todos, em que me hei de fundar para meter na cadeia o espiritismo? Responder-me-ás que é uma burla; mas onde está o critério para distinguir entre o Evangelho lido pelo presidente Abalo, e o lido pelo vigário da minha freguesia? Evangelho por evangelho, o do meu vigário do meu vigário é mais velho, mas uma religião não é obrigada a ter cabelos brancos.[1448]

3 DE NOVEMBRO DE 1895

31

Parece que o teatro é um bom lugar de distração.

[...] Quando eu ia ao teatro, os atores não representavam mais de um papel em cada peça; às vezes, menos.

32

Aqui temos agora uma peça em que a atriz Palmira, que nunca vi nem ouvi, representa não menos de vinte e quatro papéis.[1449]

10 DE NOVEMBRO DE 1895

33

Uma revista célebre (vá por conta de Stendhal) opinou no princípio deste século que "há um só título de nobreza, é o de duque; marquês é ridículo..."

[...] Lendo uma correspondência de Breslau, acerca do congresso socialista, dei com a notícia de fazer parte da assembleia, entre outras

---

[1447] Vê-se o quanto a espetacularização de celebridades já funcionava. Vê-se também o quanto as temáticas sociais chamavam a atenção do cronista, que, protegido pela ironia, destilava boas doses de conservadorismo.

[1448] Fórmula sagaz para uma preocupação constante: o espiritismo.

[1449] Não é de hoje a acumulação de funções gerando espoliação.

senhoras, uma de quarenta anos, que, aos vinte e cinco, em 1880, renunciou o título de duquesa para se fazer pastora de cabras.[1450]

24 DE NOVEMBRO DE 1895

44

Nos anais da Terpsícore carioca não há outro exemplo.[1451]

45

Que se dance, é a nossa alma, a nossa paixão social e política. A própria moça que esta semana enlouqueceu, dizem que por efeito do espiritismo, é um caso antes de coreografia que de patologia.

46

Não se podem atribuir tais efeitos ao espiritismo. A prova de que não foi ele que fez enlouquecer a moça, é que, não há dois meses, morreu outra moça em plena sessão espírita.

[...] Muçulmanos e cristãos dançam agora ao som da Bíblia e do Corão, com tal viveza, que não só as potências da Europa estão para tirar pares, mas os próprios Estados Unidos da América atam a gravata branca e calçam as luvas. É o que nos diz o cabo, e eu creio no cabo, não menos que na Agência Havas, que a toda notícia grave põe este natural acréscimo: "O sucesso está sendo muito comentado".

47

Haverá então um Cassino, maior que o Cassino Brasileiro, inaugurado nas Laranjeiras, um grande Cassino Americano, onde estaremos com as nossas fortes espáduas nuas, e a tabela das valsas e quadrilhas.

48

O pai de Gasparina correu ao convento, viu de longe a filha, pediu-lhe que tornasse a casa.[1452]

[1450] Permitido o exercício irônico dos anacronismos, o cronista parece antecipar motes conservadores sobre a esquerda caviar ou o socialista de i-phone. No caso, a ironia saúda uma suposta coerência e parece indicar que essa seria a postura esperada.

[1451] A musa nunca tarda a aparecer.

[1452] Nota do organizador: Nota 1: "Na *Gazeta de Notícias* o *a* vem acentuado, em desacordo com a boa norma comumente seguida pelo autor". Essa observação dá uma ideia da grandeza atingida por Machado de Assis.

1 DE DEZEMBRO DE 1895

49

Imagino o que se terá passado em Paris, quando Dumas Filho morreu. Uma das quarenta... Não cuideis que falo das cadeiras da Academia. Este mundo não se compõe só de cadeiras acadêmicas.

50

A moda passará como passou a de Dumas pai, a de Lamartine, a de Musset, a de Stendhal, a de tantos outros, para tornar mais tarde e definitivamente. Às vezes, o eclipse chega a ser esquecimento e ingratidão. Musset, – que Heine dizia ser o primeiro poeta lírico da França, – pedia aos amigos, em belos versos, que lhe plantassem um salgueiro ao pé da cova. Possuo umas lascas e folhas do salgueiro que está plantado na sepultura do autor das *Noites,* e que Artur Azevedo

me trouxe em 1883; mas não foram amigos que o plantaram, não foram sequer franceses, foi um inglês.

51

A glória veio depois da moda, e pôs Dumas pai no lugar que lhe cabe neste século, como fez aos outros seus rivais. Cada gênio recebeu a sua palma. Se a moda fizer a Dumas filho o mesmo que aos outros, o tempo operará igual resgate, e os dous Dumas encherão juntos o mesmo século.

53

Naquela quadra cada peça nova de Dumas Filho ou de Augier, para só falar de dous mestres, vinha logo impressa no primeiro paquete, os rapazes corriam a lê-la, a traduzi-la, a levá-la ao teatro, onde os atores a estudavam e a representavam ante um público atento e entusiasta, que a ouvia dez, vinte, trinta vezes. E adverti que não eram, como agora, teatros de verão, com jardim, mesas, cerveja e mulheres com um edifício de madeira ao fundo. Eram teatros fechados, alguns tinham as célebres e incômodas travessas, que aumentavam na plateia o número dos assentos. Noites de festas; os rapazes corriam a ver a *Dama das Camélias* e o *Filho de Giboyer,* como seus pais tinham corrido a ver o *Kean* e *Lucrécia Bórgia.* Bons rapazes, onde vão eles? Uns seguiram o caminho dos autores mortos, outros envelhecem, outros foram para a política, que é a velhice precoce, outros conservam-se como este que morreu tão moço.[1453]

8 DE DEZEMBRO DE 1895

54

Nada entendendo de política nem de finanças, não estou no caso de citar um nem outro, o primitivo e o consertado.[1454]

56-57

Um operoso deputado, o Sr. Dr. Nilo Peçanha, – acaba de apresentar um projeto de lei destinado a impedir a fraude e as violências nas eleições. Não pode haver mais nobre intuito. Não há serviço mais relevante que este de restituir ao voto popular a liberdade e a sinceridade. É o que eu diria na Câmara se fosse deputado; e, quanto ao projeto, acrescentaria que é combinação mui própria para alcançar aqueles fins tão úteis. Onde, à hora marcada, não houver funcionários, o eleitor vai a um tabelião e registra o seu voto. Assim que, podem os capangas tolher a reunião das mesas eleitorais, podem os mesários corruptos (é uma suposição) não se reunirem de propósito: o eleitor abala para o tabelião e o voto está salvo

57-58

Havemos de ler que um tabelião, com violência dos princípios e das leis, com afronta da verdade das classificações, sem nenhuma espécie de pudor, aceitou os votos nulos de menores, de estrangeiros e de mulheres.

[...] Deixemos os tabeliães onde eles devem ficar, – nos romances de Balzac, nas comédias de Scribe e na Rua do Rosário. Mas, que remédio dou então para fazer todas as eleições puras? Nenhum, não entendo de política. Sou um homem que, por ler jornais e haver ido em criança às galerias das câmaras, tem visto muita reforma, muito esforço sincero para alcançar a verdade eleitoral, evitando a fraude e a violência, mas por não saber de política, ficou sem conhecer as causas do malogro de tantas tentativas.[1455]

[1453] Não são muitos os escritores chamados de gênios pelo cronista. De resto, os lamentos contra o avanço do entretenimento sobre a arte ainda se repetem.

[1454] Uma muleta.

[1455] Nilo Peçanha deve ter sofrido com essa ironia. Em poucas linhas, o cronista repetiu sua ideia fixa sobre não entender de política. Seria estratégia ou quase um tique?

22 DE DEZEMBRO DE 1895

67

Quando o cólera-mórbus aqui apareceu, não sei se de primeira, se de segunda vez, morreu muita gente. Era eu criança, e nunca me esqueceu um farmacêutico de grandes barbas, que inventou um remédio líquido e escuro contra a epidemia. Se curativo ou preservativo, não me lembro. O que me lembra, é que a farmácia e a rua estavam cheias de pessoas armadas de garrafas vazias, que saiam cheias e pagas.

68

Mas os anos não têm feito mais que desenvolver os efeitos da invenção. Ayer chega a servir naquilo mesmo que não cura: a angina diftérica.

[...] "...Depois da angina diftérica, tome-se a salsaparrilha do Dr. Ayer para remover da circulação o vírus da doença e reconstituir o sistema"[1456]

29 DE DEZEMBRO DE 1895

71

A questão do suicídio não vem agora à tela. Este velho tema renasce como esse pobre Raul Pompéia, que deixou a vida inesperadamente, aos trinta e dous anos de idade. Sobravam-lhe talentos, não lhe faltavam aplausos nem justiça aos seus notáveis méritos. Estava na idade em que se pode e se trabalha muito.

[...] Tal morte fez grande impressão. Daqueles mesmos que não comungavam com as suas ideias políticas, nenhum deixou de lhe fazer justiça à sinceridade. Eu conheci-o ainda no tempo das puras letras. Não o vi nas lutas abolicionistas de S. Paulo.[1457]

74

O próprio espiritismo, que se ocupa de altos problemas, fez do Sr. Abalo um cheque vivo, e ninguém ali entra sem a certeza de que

---

[1456] Manual da Saúde de 1869. A cloroquina e a ivermectina inscrevem-se numa longa tradição de charlatanismo.
[1457] O cronista foi visto nas lutas abolicionistas do Rio de Janeiro? Perguntar assim pode parecer desrespeitoso, mas é simplesmente um questionamento.

verá a eternidade, ou definitivamente pela morte, ou provisoriamente pela loucura.[1458]

5 DE JANEIRO DE 1896

78

Napoleão III tinha efetivamente a Europa pendente dos lábios no dia 1 de janeiro; mas esse, pela Constituição imperial, era o único responsável do governo, e, se prometia paz, todos cantavam a paz, sem deixar de espiar para os lados da França, creio eu. Um dia, declarou ele que os tratados de 1815 tinham deixado de existir, e tal foi o tumulto por aquele mundo todo, que ainda cá nos chegou o eco. Um socialista, Proudhon, respondeu-lhe perguntando, em folheto, se os tratados de 1815 podiam deixar de existir, sem tirar à Europa o direito público. Nesse dia, tive um vislumbre de política, porque entendi o rumor e as suas causas, sem negar, entretanto, que os anos trazem, com o seu horário, o seu roteiro.[1459]

79

Isto ou aquilo, o velho sino merece as simpatias públicas. Em primeiro lugar, é sino, é não devemos esquecer o delicioso capítulo que sobre este instrumento da igreja escreveu Chateaubriand.[1460]

12 DE JANEIRO DE 1896

82

Quando li o relatório da polícia acerca do Jardim Zoológico, tive uma comoção tão grande, que ainda mal posso pegar na pena. Vou dizer porquê. Sabeis que o jogo dos bichos acabou ali há muito tempo. Carneiro, macaco, elefante, porco, tudo fugiu do Jardim Zoológico e espalhou-se pelas ruas.[1461]

[1458] Uma boa dose de racionalismo irônico.
[1459] A política é humana, miseravelmente humana.
[1460] A memória afetiva badala na vida dos cronistas.
[1461] Somos ainda uma fauna.

19 DE JANEIRO DE 1896

89

O guarda-chuva não era só desnecessário, mas até pernicioso, visto que a única medicina e a única farmácia baratas passam a ser (como eu dizia a uma amiga minha) o Padre Kneipp e a água pura.

90

Conheço alguns que vão trocar a alopatia pela homeopatia, a ver se acham simultaneamente alívio à dor e às algibeiras. A homeopatia é o protestantismo da medicina; o kneippismo é uma nova seita, que ainda não tem comparação na história das religiões, mas que pode vir a triunfar pela simplicidade.[1462]

90-91

Mas nem só de café vive o homem, caso em que se acha também a mulher. Assim que duas paulistas ilustres tratam de abrir carreira às moças pobres para que disputem aos homens alguns misteres, até agora exclusivos deles. Eis aí outro cuidado prático. Estou que verão a flor e o fruto da árvore que plantarem. Quando à vida espiritual das mulheres, basta citar as duas moças poetisas que ultimamente se revelaram, uma das quais, D. Zalina Rolim, acaba de perder o pai. A outra, D. Júlia Francisca da Silva, tem a poesia doce e por vezes triste como a desta rival que cá temos e se chama Júlia Cortines; todas três publicaram há um ano os seus livros.[1463]

92

Vede Zola. A notícia de sexta-feira traz um telegrama contando o resumo da entrevista de um repórter com o célebre romancista, acerca da chantagem que apareceu nos jornais franceses. Zola deu as razões do mal e conclui que "há excesso de liberdade e falta de *ideais cristãos*". Deus meu! e por que não uma cadeira na Academia francesa?[1464]

[1462] O cronista ironizava a instabilidade da política, as modas de todos os tipos, espirituais ou médicas, os inventos milagrosos e amparava-se em suas referências, Chateaubriand sobre os sinos, Proudhon como exemplo do socialismo que o assustava.

[1463] Duríssimo era o caminho intelectual e artístico das mulheres num mundo em que mesmo o crítico aparentemente simpático olha para elas com condescendência.

[1464] Profissão de fé.

26 DE JANEIRO DE 1896

92-93

Três vezes escrevi o nome do Dr. Abel Parente, três vezes o risquei, tal é a minha aversão às questões pessoais.[1465]

93-94

Ultimamente (quinta-feira) escreveu aquele distinto prático uma carta ao *Jornal do Comércio*, contestando que o eucaliptus pudesse curar a febre amarela (...) Crê na *serumpatia*.[1466]

16 DE FEVEREIRO DE 1896

107

Ninguém hoje quer ler crônicas.

108

O carnaval é o momento histórico do ano.[1467]

23 DE FEVEREIRO DE 1896

117

O que importa notar é que todas essas multidões de mortos, – por uma causa justa ou injusta, – são os figurantes anônimos da tragédia universal e humana. As primeiras partes sobrevivem, e dessas celebrou-se justamente ontem a melhor e maior de todas, Washington. Singular raça esta que produziu os dous varões mais incomparáveis da história política e do engenho humano. O segundo não é preciso dizer que é Shakespeare.[1468]

[1465] Postura que parece comprovada pela quase invisibilidade da vida do cronista em seus textos, especialmente em termos mais concretos e biográficos.

[1466] A busca por remédios ineficazes e a *serumpatia* voltariam com a Covid-19.

[1467] A crônica e o carnaval tornaram-se o evento de cada dia e de cada ano.

[1468] Homem do seu tempo, Machado de Assis não via no escravismo de Washington um ponto negativo capaz de arrancar-lhe a condição de varão incomparável. O primeiro presidente dos Estados Unidos era grande proprietário de escravos, sentia-se superior a africanos e indígenas, queria a integração dos nativos à cultura do colonizador e garantia o mínimo para a sobrevivência dos escravizados, que libertou, em 1799, sob certas condições, depois de uma lenta evolução sobre a questão escravista. Ver André Kaspi, *Washington, héros d'un nouveau monde*, Paris, Gallimard, 2001.

1 DE MARÇO DE 1896

118

Lulu Sênior disse quinta-feira que Petrópolis está deitando as manguinhas de fora.

119

Um dia acabou a revolta – ramal ou prolongamento da revolução do Rio Grande do Sul, que também acabou. Petrópolis, lá de cima, espiou cá para baixo e, vendo tudo em paz segura, sarou de repente. Achou-se, é certo, convertida em capital de um Estado, único prêmio (salvo alguns discursos e artigos) que a triste Praia Grande colheu do combate de 9 de fevereiro.[1469]

120

La republique manque de femmes, disse consigo a nova capital, e cuidou de lhe dar esta costela [...] A Suíça, Esparta e outros Estados de instituições mais ou menos parecidas, dispensam mulheres. A razão penso ser que a sociedade francesa não vai sem conversação, e os franceses não acreditam que haja conversação sem damas.

Ninguém há que aprecie mais as mulheres do que nós; mas aqui é difícil vê-las juntas sem fazê-las dançar e dançar com elas. Uma só que seja, podemos dizer-lhes cousas bonitas, enquanto não ouvimos uma valsa; em ouvindo a valsa, deitamo-lhes o braço à roda da cintura e fazemos dois ou três giros.[1470]

121

A esta renascença de Petrópolis é que Lulu Sênior chama deitar as manguinhas de fora.

123

Também não falo do relatório com que fechou o inquérito acerca daquela Ambrosina que se matou por causa de outra moça, que a amava.[1471]

[1469] De como falar de tudo fingindo se ocupar de quase nada.
[1470] Um olhar bem masculino.
[1471] Dramas que furavam o bloqueio do dispositivo do silêncio.

8 DE MARÇO DE 1896

123

A Itália era um composto de Estados minúsculos, convidando ao amor e à poesia, sem embargo da prisão em que pudessem cair alguns liberais. Há livros que se não escreveriam sem essa divisão política, a *Chartreuse de Parme*, por exemplo; mal se pode conceber aquele Conde Mosca senão sendo ministro de Ernesto IV de Parma.[1472]

126

Um economista apareceu esta semana lastimando a sucessiva queda de câmbio e acusando por ela o Ministro da Fazenda. Não lhe contesta a inteligência, nem probidade, nem zelo, mas nega-lhe tino e, em prova disto, pergunta-lhe à queima-roupa. Por que não vende a estrada Central do Brasil? A pergunta é tal que nem dá tempo ao ministro para responder que tais matérias pendem de estudo, em primeiro lugar, e, em segundo lugar, que ao Congresso Nacional cabe resolver por último.

Felizmente, não é esse o único remédio lembrado pelo dito economista. Há outro, e porventura mais certo: é auxiliar a venda da Leopoldina e suas estradas. Desde que auxilie esta venda, o ministro mostrará que não lhe falta tino administrativo. Infelizmente, porém, se o segundo remédio pode consertar as finanças federais, não faz a mesma causa às do Estado do Rio de Janeiro, tanto que este, em vez de auxiliar a venda das estradas da Leopoldina, trata de as comprar para si.

127

Não havendo capitalistas que comprem a Leopoldina, cabe ao Estado do Rio de Janeiro comprá-la, atender aos credores, e não devendo administrar as estradas, "porque o Estado é péssimo administrador", venderá depois a Leopoldina a particulares. Foi então que entendi que a verdade é só uma, *au-deçà* e *au-delà*, a diferença é transitória, é só o tempo de comprar e vender, ainda com algum sacrifício, diz o economista! No intervalo mete-se uma rolha na boca dos credores. Sabe-se onde é que os alfaiates põem a boca dos credores. Talvez algum americanista, exaltado ou não, ainda se lembre da palavra de Cleveland quando pela segunda vez assumiu o governo

---

[1472] Não se faz grande arte sem situações extraordinárias.

dos Estados Unidos. A palavra é paternalismo e foi empregada para definir o sistema dos que querem fazer do governo um pai. Cleveland condena fortemente esse sistema, mas ele nada pode contra a natureza. O Estado não é mais que uma grande família, cujo chefe deve ser pai de todos.[1473]

15 DE MARÇO DE 1896

130

É um círculo de Popílio.[1474]

134

Nas Alagoas pode haver, como aqui no Rio de Janeiro, a *ortografia da casa*. Outra imprensa comporá *chefança*, outra *chefação*, outra *chefado*.[1475]

22 DE MARÇO DE 1896

138

Outro que também está revivendo matéria do passado, na *Revista Brasileira*, é Joaquim Nabuco. Conta a vida de seu ilustre pai, não à maneira seca das biografias de almanaque, mas pelo estilo dos ensaios ingleses. Deixe-me dizer-lhe, pois que trato da semana, que o seu juízo da Revolução Praieira, vindo no último número, me pareceu excelente. Não traz aquele cheiro partidário, que sufoca os leitores meramente curiosos, como eu.[1476]

29 DE MARÇO DE 1896

144

Flos sanctorum[1477]

[1473] Velhas propostas que ainda hoje se apresentam como novas: privatizar. Mas para isso seria necessário "sanear" as empresas. O Estado, já na época considerado mau administrador, devia ficar com a parte podre dos problemas. O neoliberalismo tem cabelos brancos. O cronista não escondia essa sua posição.

[1474] Quantos leitores, sem o Google, saberiam de quem se tratava? Mandado por Roma ao Egito para fazer o invasor sírio Antíoco IV renunciar, Popílio traça um círculo em torno do rei, que pedia tempo para algumas consultas, e manda-o decidir-se antes de ultrapassar a circunferência.

[1475] Cada veículo ainda hoje tem as suas preferências. Uns adotam itálico, outros preferem aspas, para títulos de livros. E assim vai. Editoras fazem o mesmo.

[1476] O cronista detestava militância. Por isso não militou pela abolição?

[1477] Efeito de erudição. Referência às traduções da *Lenda Sanctorum*, ou *Lenda Áurea*, de

5 DE ABRIL DE 1896

148

Faço igual reflexão relativamente ao juiz da comarca do Rio Grande, que, segundo telegramas desta semana, vai ser metido em processo. A causa sabe-se qual é. Não consentiu o juiz em que os jurados votem a descoberto, como dispõe a reforma judiciária do Estado; afirma ele que a Constituição Federal é contrária a semelhante cláusula. Não sou jurista, não posso dizer que sim nem que não. O que vagamente me parece, é que se o estatuto político do Estado difere em alguma parte do da União, é impertinência não cumprir o que os poderes do Estado mandam. Mas, de um ou de outro modo, creio que não foi oportuno mandar falar agora sobre processo nem censurar o magistrado antes de amanhã.[1478]

19 DE ABRIL DE 1896

155-156

Tenho ideia de haver lido em um velho publicista (mas há muitos anos e não posso agora cotejar a memória com o texto), que os jornais, fechadas as câmaras e calada a política, atiram-se aos grandes crimes e processos extraordinários.[1479]

157

O mal verdadeiro é que, se os homens podem descrer de tudo, sem grande perda ou com pouca, uma cousa há em que é necessário crer totalmente e sempre, é na farmácia.[1480]

26 DE ABRIL DE 1896

164

A doutrina de Monroe, que é boa, como lei americana, é cousa nenhuma contra esse abraço das almas inglesas sobre a memória do seu extraordinário e universal representante. Um dia, quando já não houver império britânico nem república norte-americana, haverá Shakespeare; quando se não falar inglês, falar-se-á Shakespeare. Que

---

Jacobus de Voragine, sobre a vida dos santos.
[1478] Conflitos de federação e de jurisdição.
[1479] Sem má notícia não há jornal.
[1480] E na crença na cura.

valerão então todas as atuais discórdias? O mesmo que as dos gregos, que deixaram Homero e os trágicos.[1481]

3 DE MAIO DE 1896

168

Ora, tendo-se acabado com a pena de morte, é justo estender este benefício aos médicos e seus colaboradores, ficando a pena limitada à vítima, cujo silêncio eterno pede igualmente eterno retorno.

169

Este último leito, em que se perde até o nome e não se tem o favor de apodrecer sozinho, destinava-se antigamente aos pobres e aos escravos, e deixou os pobres consigo mesmos.[1482]

10 DE MAIO DE 1896

171

Então o governo, considerando que eles deviam até lá subsistir com decência, mandou abonar a cada um, desde que chegasse, a quantia mensal de cem mil-réis.[1483]

172

"...todas as pessoas que gozam do tratamento de Excelência possam andar em carruagem de quatro bestas". Ora, os deputados tinham o tratamento de Excelência.

[...] Não esqueçamos que a independência datava de 1822, e a Constituição de 1824. No título VIII desta achavam-se inscritos os direitos civis e políticos dos cidadãos. Não estava lá o direito às quatro bestas. Podia entender-se que este direito era contido nos outros? Teoricamente, sim; praticamente, não. Não dou em prova disto o ato do ano anterior, 1824, mandando que às pessoas de primeira consideração se não concedesse mais que três criados de porta acima, e às de segunda, somente um.

[1481] O cronista não podia prever o surgimento das redes sociais.

[1482] Razão suficiente para militar contra a escravidão. A insistência pode parecer obstinação. No entanto, supõe-se que era uma questão de sobrevivência.

[1483] Sobre a origem dos altos ganhos de políticos. Subsídio para deputados da primeira assembleia legislativa, de 3 de maio de 1826.

173

O tratamento de Excelência era claro; tinha-se pelo cargo ou por decreto.[1484]

17 DE MAIO DE 1896

O cardápio (como se diz em língua bárbara) vinha encabeçado por duas epígrafes, nunca escritas pelos autores, mas tão ajustadas ao modo de dizer e sentir, que eles as incluiriam nos seus livros.

180

E todos se toleravam uns aos outros. Não se falou de política, a não ser alguma palavra sobre a fundação dos Estados, mas curta e leve. Também se não falou de mulheres. O mais do tempo foi dado às letras, às artes, à poesia, à filosofia. Comeu-se quase sem atenção. A comida era um pretexto. Assim voaram as horas, duas horas deleitosas e breves. Uma das obrigações do jantar era não haver brindes: não os houve. Ao deixar a mesa tornei a lembrar-me de Platão, que acaba o livro proclamando a imortalidade da alma; nós acabávamos de proclamar a imortalidade da Revista.[1485]

24 DE MAIO DE 1896

184

Não sei se me entendem. Eu não me entendo. Digo estas cousas assim, à laia de tocado engenhoso, para tapar o buraco de uma ideia.[1486]

7 DE JUNHO DE 1896

193

A questão da capital, – ou a questão capital, como se dizia na República Argentina, quando se tratou de dar à província de Buenos Aires uma cabeça nova, própria, luxuosa e inútil, – a nossa questão capital teve esta semana um impulso. Discutiu-se na Câmara dos Deputados um projeto de lei, que o Dr. Belisário Augusto propõe substituir por outro. Este outro declara a cidade de S. Sebastião do

---

[1484] Dos privilégios pelo Decreto de 2 de outubro de 1825.
[1485] Jantar da *Revista Brasileira*. O cronista era um ser bastante social.
[1486] Efeitos de criatividade.

Rio de Janeiro capital da República. Não é preciso acrescentar que o fundamentou eloquentemente; este advérbio acompanha os seus discursos. Foi combatido naturalmente, sem paixão, sem acrimônia, com desejo de acertar, visto que a Constituição determina que no planalto de Goiás, seja demarcado o território da nova capital, e já lá trabalha uma comissão de engenheiros; mas, estipulando a mesma Constituição, art. 34, que ao Congresso Federal compete privativamente mudar a capital da União, entendeu o Dr. Belisário Augusto que esta cláusula, se dá competência para a mudança, também a dá para a conservação; argumento que o Dr. Paulino de Sousa Júnior declarou irrespondível.

195

Não estranheis ver-me assim metido em política, matéria alheia à minha esfera de ação. Tampouco imagineis que falo pela tristeza de ver decapitada a minha boa cidade carioca. Tristeza tenho em verdade; mas tristezas não valem razões de Estado.[1487]

197

Cá ficará o gigante de pedra, memória da quadra romântica, a bela Tijuca, descrita por Alencar em uma carta célebre, a Lagoa de Rodrigo de Freitas, a Enseada de Botafogo, se até lá não estiver aterrada, mas é possível que não; salvo se alguma companhia quiser introduzir (com melhoramentos) os jogos olímpicos, agora ressuscitados pela jovem Atenas...

197

Tudo pode acontecer. Um dia, quem sabe? Lançaremos uma ponte entre esta cidade e Niterói, uma ponte política, entenda-se, nada impedindo que também se faça uma ponte de ferro. A ponte política ligará os dous Estados, pois que somos todos fluminenses e esta cidade passará de capital de si mesma a capital de um grande Estado único, a que se dará o nome de Guanabara. Os fluminenses do outro lado da água restituirão Petrópolis aos veranistas e seus recreios. Unidos, seremos alguma cousa mais que separados, e, sem desfazer nas outras, a nossa capital será forte e soberba. Se, por esse

---

[1487] Nunca uma ideia pareceu tão absurda nem tão inexequível.

tempo a febre amarela houver sacudido as sandálias às nossas portas, perderemos a má fama que prejudica a todo o Brasil.[1488]

14 DE JUNHO DE 1896

200

As aparências enganam; foi a primeira banalidade que aprendi na vida, e nunca me dei mal com ela. Daquela disposição nasceu em mim esse tal ou qual espírito de contradição que alguns me acham, certa repugnância em execrar sem exame vícios que todos execram, como em adorar sem análise virtudes que todos adoram. Interrogo a uns e a outros, dispo-os, palpo-os, e se me engano, não é por falta de diligência em buscar a verdade. O erro é deste mundo.[1489]

21 DE JUNHO DE 1896

206

A astrologia não é ciência morta, como alguns supõem; eu a creio viva, mais viva que nunca, embora a tenham por sociologia ou outra cousa.[1490]

28 DE JUNHO DE 1896

208-209

Tenho tudo. O meu velho criado José Rodrigues... (Lembram-se de José Rodrigues?)... não anda bom, padece de tonteiras, dores de peito, ânsias; para mim, está cardíaco. Se não temesse que a farmácia aviasse um veneno por outro, como ainda esta semana sucedeu, há muito que o teria feito examinar. Mas, se o médico receitar alguma droga, terei a fortuna de já a achar expedida para Ouro Preto e outras partes? Não sei... Pobre José Rodrigues! É um grande exemplo das vicissitudes humanas. Mal sabendo assinar o nome, ganhou um milhão no encilhamento, e quando começava a aprender ortografia, achou-se com três mil-réis.[1491]

[1488] Do amor pela cidade do Rio de Janeiro.

[1489] Paul Feyerabend não poderia definir melhor o que chamou de "anarquismo epistemológico". Teria essa postura levado o escritor a não militar na luta abolicionista ou pesar tantos prós e contras que preferiu ser discreto?

[1490] Uma bela ironia sobre o lado esotérico das ditas ciências humanas.

[1491] Uma ironia desumana? Não, uma ironia sobre a desumanidade.

5 DE JULHO DE 1896

213

Não quero saber de farmácias, nem de outras instituições suspeitas. Quero saber de música. O *Jornal do Comércio* deu um brado esta semana contra as casas que vendem drogas para curar a gente, acusando-as de as vender para outros fins menos humanos.[1492]

12 DE JULHO DE 1896

221

A bomba do Eldorado durou o espaço de uma manhã, tal qual a rosa de Malherbe.[1493]

223

O ato do farmacêutico é que foi outra rosa de Malherbe.

[...] Medidas há (força é dizê-lo) que se não expedem logo pelo receio de que a imprensa as condene ou critique, o serviço fique malvisto, e a ação se afrouxe.

225

Um dos comunistas, o famoso Raul Rigault, encarregado da polícia da cidade, expediu um decreto, que podeis ler nas *Memórias de Rochefort*, tomo II, pág. 366. Esse decreto, depois de dous considerandos, tinha este único artigo: 'O jogo de azar é formalmente proibido".[1494]

226

Digo que é preciso mais tempo que a manhã da rosa de Malherbe.

19 DE JULHO DE 1896

228

O segundo jantar foi o do Dr. Assis Brasil.

[...] Um banquete a que convidaram outras dezenas de homens da política, das letras, da ciência, da indústria e do comércio. O salão do Cassino tinha um magnífico aspecto, embaixo pelo arranjo da

---

[1492] Drogas legalizadas.

[1493] Ela sempre desabrocha.

[1494] O comunismo sempre sonhou em abolir o acaso e em regrar tudo. O capitalismo, simulando tudo permitir, tem tido mais êxito no controle das mentes.

mesa, em cima pela agremiação das senhoras que a comissão graciosamente convidou para ouvir os brindes.[1495]

229

As pessoas que me são íntimas sabem que estou padecendo de um ouvido, e sabem também que na noite do banquete fiquei pior. Atribuí à umidade o que tinha a sua causa em uma igreja de Porto Alegre.[1496]

231

Adeus, leitor. Mal tenho tempo de dizer que, pela segunda vez, acabo de ler em Cleveland a palavra *paternalismo*. Não sei se é de invenção dele, se de outro americano, se dos ingleses. Sei que temos a cousa, mas não temos o nome, e seria bom tomá-lo, que é bonito e justo. A cousa é aquele vício de fazer depender tudo do governo, seja uma ponte, uma estrada, um aterro, uma carroça, umas botas. Tudo se quer pago por ele com favores do Estado, e, se não paga, que o faça à sua custa.[1497]

232

"A economia privada e a despesa medida são virtudes sólidas que conduzem à poupança e ao conforto".[1498]

2 DE AGOSTO DE 1896

240

Repito, os tempos se avizinham. Agora o amor precoce; vai chegar o amor livre, se é verdade o que me anunciou, há dias, um espírita (...) o amor livre acompanha os estados da alma.

[...] O divórcio, que o senado fez cair agora, será remédio desnecessário. Nem o divórcio nem o consórcio.

Mas a maior prova de que os tempos se avizinham é a que me deu o espírita de que trato. Vai acabar o dinheiro.

[1495] A vida tinha suas grandezas.
[1496] O cronista estava atento aos sons de outras cidades.
[1497] Seria hoje o cronista um neoliberal militante?
[1498] Cleveland.

244

Make Money. E depressa, depressa, antes que o dinheiro acabe como quer o espiritismo, a não ser que o espírita Torterolli acabe primeiro que ele, o que é quase certo.[1499]

9 DE AGOSTO DE 1896

246

Nos primeiros anos os jurados eram recebidos a pau, à porta do antigo aljube, por um meirinho: as sentenças produziam sempre contra eles alguma cousa, porque, se absolviam o réu ou minoravam a pena, os magistrados quebravam-lhes a cara; se, ao contrário, condenavam o réu, os advogados davam-lhos pontapés e murros.

247

Um velho promotor tinha de costume, quando adivinhava o voto de algum deles, apontá-lo com o dedo, no meio do discurso, "Será isto entendido por aquela besta de óculos que olha para mim?" Muitas vezes o juiz lia primeiramente para si as respostas do conselho de jurados e, se elas eram favoráveis ao réu, dizia antes de começar a lê-las em voz alta: "Vou ler agora a lista das patadas que deram os Srs. Juízes de fato." No meio da polidez geral do povo, esta exceção do juiz enchia a muita gente de piedade e de indignação; mas ninguém ousava propor uma reforma nos costumes...

249

Em setembro de 1893 apenas se ouviu a um daqueles dizer a um jurado que lhe perguntava pela saúde: "Passa fora!" Mas, pouco a pouco, as palavras grosseiras e gestos atrevidos foram acabando. Em 1895, havia apenas indiferença; em 1896, os jurados da 7ª sessão reconheceram que a polidez reinava enfim no tribunal popular. O entusiasmo desta vitória, alcançada por uma longa paciência, explica os presentes de ouro e prata. Eles marcam na civilização judiciária daquele país uma data memorável.

Por isso é que me encho de orgulho.[1500]

– [...] E há grandes mortos?

[1499] O amor livre andou na moda. O dinheiro está em vias de total desmaterialização. Todas as questões e temas candentes já eram discutidos.
[1500] Para uma história do júri popular: da grosseria aos presentes inimagináveis.

– Não tive nenhum. Um só morto, não grande, mas digno de apreço, de afeto e de pesar, um pobre jornalista que acabou com a pena na mão. Quem o conheceu na mocidade não podia antever a triste vida nem triste morte. O pai, diretor do *Jornal do Comércio*, do Rio de Janeiro, foi uma grande força no seu tempo. Conta-se que podia quanto queria; mas a morte acabou com a força, e o filho teve de buscar em si mesmo, não no nome, o trabalho necessário. Não fez outra cousa durante a vida inteira; trabalhou no jornal e no teatro, fez rir, e de quantas risadas provocou, muitas acabaram antes pela careta da morte, outras esqueceram talvez o autor delas; pobre Augusto de Castro! Era em seu tempo um dândi.[1501]

16 DE AGOSTO DE 1896

252

A Câmara tem tantas bancadas quantos Estados.[1502]

253

A demais poesia da semana consistiu em três aniversários natalícios de poetas: o de Gonçalves Dias a 10, o de Magalhães e Carlos a 13. O único popular destes poetas é ainda o autor da *Canção do Exílio*.

254

Justamente anteontem conversávamos alguns acerca da sobrevivência de livros e de autores franceses deste século. Entrávamos, em bom sentido, naquela falange de Musset:

Electeurs brevetés des morts et des vivants.

E não foi pequeno o nosso trabalho abatendo cabeças altivas. Nem Renan escapou, nem Taine.

255

Mas no ano 2000 os contos de Mérimée terão século e meio. Que é século e meio![1503]

[1501] Esboço para uma biografia cultural.
[1502] Raros são os partidos nacionais unitários ainda hoje.
[1503] Taine previa que Mérimée ainda seria muito lido no ano 2000.

23 DE AGOSTO DE 1896

258

Se bem me lembro, acrescentou o gesto de abrir os braços com as mãos espalmadas, que é a mesma ignorância em itálico.[1504]

6 DE SETEMBRO DE 1896

268

Qualquer de nós teria organizado este mundo melhor do que saiu.[1505]

272

Não nos dizem, é verdade, se na morte ao menos foram irmanados cristãos e maometanos, mas é provável que não. Ódio que acaba com a vida não é ódio, é sombra de ódio, é simples e reles antipatia.[1506]

13 DE SETEMBRO DE 1896

274

Há muito que os espíritas afirmam que os mortos escrevem pelos dedos dos vivos. Tudo é possível neste mundo e neste final de um grande século.

274

O telégrafo é uma invenção econômica, deve ser conciso e até obscuro.[1507]

276

Ora, pergunto eu: a liberdade de profetar não é igual à de escrever, imprimir, orar, gravar?

[...] Lá porque o profeta é pequeno e obscuro, não é razão para recolhê-lo à enxovia. Os pequenos crescem, e a obscuridade é inferior à fama unicamente em contar menor número de pessoas que saibam da profecia e do profeta. Talvez esta explicação esteja em La Palisse, mas esse nobre autor tem já direito a ser citado sem se lhe pôr o nome adiante.[1508]

[1504] Simplesmente genial.
[1505] O cronista não podia imaginar Jair Bolsonaro e Paulo Guedes.
[1506] Ainda não o foram.
[1507] O telégrafo mudou a linguagem do jornalismo.
[1508] O cronista não economizou citações a La Palisse.

277-278

Quanto à doutrina em si mesma, não diz o telegrama qual seja; limita-se a lembrar outro profeta por nome Antônio Conselheiro. Sim, creio recordar-me que andou por ali um oráculo de tal nome; mas não me ocorre mais nada. Ocupado em aprender a minha vida, não tenho tempo de estudar a dos outros; mas, ainda que esse Antônio Conselheiro fosse um salteador, por onde se há de atribuir igual vocação a Benta Hora? E, dado que seja a mesma, quem nos diz que, praticado com um fim moral e metafísico, saltear e roubar não é uma simples doutrina? Se a propriedade é um roubo, como queria um publicista célebre, por que é que o roubo não há de ser uma propriedade?[1509]

278

Fantasia, dirás tu. Pois fiquemos na realidade, que é o aparecimento do profeta de Orobó Grande e o clamor contra ele. Defendamos a liberdade e o direito. Enquanto esse homem não constituir partido político com seus discípulos, e não vier pleitear uma eleição, devemos deixá-lo na rua e no campo, livre de andar, falar, alistar crentes ou crédulos, não devemos encarcerá-lo nem depô-lo.[1510]

20 DE SETEMBRO DE 1896

279

Toda esta semana foi feita pelo telégrafo. Sem essa invenção, que põe o nosso século tão longe daqueles em que as notícias tinham de correr os riscos das tormentas e vir devagar como o tempo anda para os curiosos, sem essa invenção esta semana viveria do que lhe desse a cidade. Certamente, uma boa cidade como a nossa não deixa os filhos sem pão; fato ou boato, eles teriam algo que debicar. Mas, enfim, o telégrafo incumbiu-se do banquete.

A maior das notícias para nós, a única nacional, não preciso dizer que é a morte de Carlos Gomes.

280

Caipira de gênio.

[1509] Ironia, pura ironia, nada mais do que ironia.
[1510] O cronista, pelo jeito, teria posição clara ainda hoje.

282

Também nós ríamos muito dos que então recordavam o tempo em que foram Cavalos de Candiani...[1511]

284

Enfim, melhor que atentados, deposições e desmembramentos, é a notícia que nos trouxe o telégrafo, ainda o telégrafo, sempre o telégrafo. Porfírio Diaz abriu o congresso mexicano, apresentando-lhe a mensagem em que anunciava a redução dos impostos. Estas duas palavras raramente andam juntas; saudemos tão doce consórcio. Só um amor verdadeiro as poderia unir. Que tenham muitos filhos é o meu mais ardente desejo.[1512]

27 DE SETEMBRO DE 1896

287

Quanto aos braços, era eu pequeno, e apesar da vasta escravatura que havia, já se chorava por eles.

[...] Os alemães enchiam o sul; os italianos estão chegando aos magotes.

[...] Que há já muitos italianos, é verdade; mas esta raça é fácil de ser assimilada, e trabalha e prospera.

[...] Lulu Júnior acha que a música desta segunda casta é melhor que a daquela.[1513]

289

Rodrigo Silva, que foi aqui ministro da agricultura (...) tinha por muito recomendado aos encarregados da colonização que intervalassem as raças, não só umas com as outras, mas todas com a do país, a fim de impedir o predomínio exclusivo de nenhuma.[1514]

[1511] Caipira de gênio, uma definição cheia de admiração, tanto quanto "cavalos de Candiani", a diva que encantava o cronista.

[1512] Um defensor do Estado mínimo *avant la lettre*.

[1513] A imigração ocupou mais o cronista do que a escravidão.

[1514] O discurso "racialista" poupava pouca gente.

4 DE OUTUBRO DE 1896

291

Enquanto eu cuido da semana, S. Paulo cuida dos séculos, que é mais alguma cousa. Comemora-se ali a figura de José de Anchieta, tendo já havido três discursos, dos quais dous foram impressos, e em boa hora impressos.

292

É preciso remontar às cabeceiras da nossa história para ver bem que nenhum prêmio imediato e terreno se oferecia àquele homem e seus companheiros. Cuidavam só de espalhar a palavra cristã e civilizar bárbaros.[1515]

11 DE OUTUBRO DE 1896

301

O que é curioso é que nós, que não fazemos política, estejamos ocupados, eu em falar dela, tu em ouvi-la.

[...] A Companhia Ferro Carril do Jardim Botânico oferecer-te-á um bonde especial para percorreres as suas linhas, com as tuas damas e escudeiros. Esta companhia completou anteontem vinte e oito anos de existência. Ainda me recordo da experiência dos carros na véspera da inauguração. Ninguém vira nunca semelhantes veículos. Toda gente correu a eles, e a linha, aberta até o Largo do Machado, continuou apressadamente aos seus limites. Nos primeiros dias os carros eram fechados; apareceram abertos para os fumantes, mas dentro de pouco estavam estes sós em campo; as senhoras preferiram ir entre dous charutos, a ir cara a cara com pessoas que não fumassem. Outras companhias vieram a servir outros bairros. Ônibus e diligências foram aposentados nas cocheiras e vendidos para o fogo. Que mudança em vinte e oito anos![1516]

[1515] Nenhum centímetro adiante do seu tempo.
[1516] Tecnologias convivem com outras ou expulsam as superadas.

18 DE OUTUBRO DE 1896

305

Quando aqui apareceu o cólera, há muitos anos? (...)o destroço foi terrível, e a doença teria feito a lei da abolição por um processo radical (...) A amarela é caseira, gosta de cômodos próprios e não exige que sejam limpos, nem largos; a questão é que a deixem ficar.

306

Os italianos não creem no mal. Assim o dizem as estatísticas (...) Portugueses e alemães vêm depois deles, muito abaixo, e ainda mais abaixo franceses, russos, belgas, ingleses e outros. Quem crê deveras na febre é o chim.[1517]

25 DE OUTUBRO DE 1896

313-314

Já estou cansado de tanto juiz em Berlim. Algemas, ainda que as doure o nome de origens legais, sempre são vínculos da escravidão.[1518]

1º DE NOVEMBRO DE 1896

Não conheci essa multidão de gazetas e gazetinhas, cujos títulos hão de interessar os Taines do próximo século. Dão eles a nota dos costumes e da polêmica. Quanto ao número, quase que era uma folha para cada rua.[1519]

8 DE NOVEMBRO DE 1896

325

Nós temos uns *meetings* ligeiros e não dispendiosos...[1520]
[...] Vá a gente crer nos jornais que lê.[1521]

[1517] Para uma história do negacionismo e do bode expiatório.
[1518] Uma verdade inquestionável.
[1519] Paradoxos da era do impresso. Depois, haveria concentração. As redes sociais vieram interromper a dominação de um emissor cada vez mais monopolizador.
[1520] Sobre campanhas políticas com debates nos Estados Unidos.
[1521] Pensa nisso, leitor.

15 DE NOVEMBRO DE 1896

327-328

Quem nos dá a mais viva imagem do contraste entre a mocidade dos homens no meio da imutabilidade da natureza é Chateaubriand. Lembrai-vos do *Itinerário*; recordai aquelas cegonhas que ele viu irem do Ilisso às ribas africanas. Também eu vi as cegonhas da Hélade, e peço me desculpeis esta erupção poética; nem tudo há de ser prosa na vida, alguma vez é bom mirar as cousas que ficam e perduram entre as que passam rápidas e leves... Creio que até me escapou aí um verso: "entre as que passam rápidas e leves..." A boa regra da prosa manda tirar a essa frase a forma métrica, mas seria perder tempo e encurtar o escrito; vá como saiu, e passemos adiante.

330

(...) adjetivos vadios.[1522]

22 DE NOVEMBRO DE 1896

334

Propter vitam.

[...] Tivemos agora um caso mais particular: um fazendeiro rio-grandense deu um tiro na cabeça e desapareceu do número dos vivos. O telegrama nota que era homem de idade, – o que exclui qualquer paixão amorosa, conquanto as cãs não sejam inimigas das moças; podem ser invejosas, mas inveja não é inimizade. E há vários modos de amar as moças, – o modo conjuntivo e o modo extático; ora, o segundo é de todas as fases deste mundo.[1523]

339

O povo, que diz as cousas por modo simples e expressivo, inventou aquele adágio: Quem o feio ama, bonito lhe parece. Logo, qual é a verdade estética? É a que ele vê, não a que lhe demonstrais.[1524]

[1522] O escritor militou contra os adjetivos.
[1523] O amor foi o grande tema do autor.
[1524] Machado de Assis, porém, acreditava em ciência da arte.

6 DE DEZEMBRO DE 1896

346

Quem tem outros merecimentos, pode claudicar uma vez ou duas. Ao Duque de Caxias ouvi eu dizer – *míster*; mas o duque tinha uma grande vida militar atrás de si.[1525]

347

Hoje é doença nacional. Quando deram por ela, tinha abrangido tudo. Ninguém advertiu na conveniência de sufocá-la nos primeiros focos.

O mesmo sucedeu com Antonio Conselheiro.[1526]

352

O boato é leve, rápido, transparente, pouco menos que invisível. Eu, se tivesse voz no conselho municipal, antes de cuidar do saneamento da cidade, propunha o alargamento da rua do Ouvidor. Quando este beco for uma avenida larga em que as pessoas mal se conheçam de um lado para outro, terão cessado mil dificuldades políticas. Talvez então se popularizem os artigos sobre finanças, impostos e outras necessidades do século.[1527]

13 DE DEZEMBRO DE 1896

355

Como ia dizendo, não tenho certeza do que é a lei municipal restaurada; mas para o que eu vou dizer é indiferente. O que deduzi do debate é que há duas opiniões: uma que entende deverem ser as companhias estrangeiras fortemente taxadas, ao contrário das nacionais, outra que quer a igualdade dos impostos. A primeira funda-se na conveniência de desenvolver a arte brasileira, animando os artistas nacionais que aqui labutam todo ano, seja de inverno, seja de verão. A segunda, entendendo que a arte não tem pátria, alega que as companhias estrangeiras, além de nos dar o que as outras não dão, têm de fazer grandes despesas de transporte, pagar ordenados altos e não convém carregar mais as respectivas taxas. Tal é o conflito que ficou suspenso.

[1525] Uma vida militar que seria questionada pela violência aplicada.

[1526] Caxias tinha crédito; Conselheiro podia ser comparado a uma doença.

[1527] Cronista tem direito a contradições. O leitor lembrará que o autor era contra alargar a rua do Ouvidor para que ela não perdesse a proximidade que proporcionava.

355

Posto não frequente teatros há muito tempo, sei que há aí uma arte especial; que eu já deixei em botão. Essa arte (salvo alguns esforços louváveis) não é propriamente brasileira, nem estritamente francesa; é o que podemos chamar, por um vocábulo composto, a arte franco-brasileira. A língua de que usa dizem-me que não se pode atribuir exclusivamente a Voltaire, nem inteiramente a Alencar; é uma língua feita com partes de ambas, formando um terceiro organismo, em que a polidez de uma e o mimo de outra produzem nova e não menos doce prosódia.

356

[...] mas se as escolas das antigas colônias continuam a só ensinar alemão, é provável que domine esta língua. Nisto estou com La Palisse.[1528]

20 DE DEZEMBRO DE 1896

359

Ó tempos! Tempos! Os escravos corriam para casa dos senhores, e todo o cidadão, por mais livre que fosse, tinha obrigação de se deixar apalpar, a ver se trazia navalha na algibeira. Era primitivo, mas tiradas as navalhas aos malfeitores, poupava-se a vida à gente pacífica.

Não se deve dizer mal da polícia.[1529]

359

Quem se não lembra daquele famoso assassinato da Rua Uruguaiana, há anos, cujo autor fugia perseguido por pessoas do povo que bradavam: "Pega! é secreta!"[1530]

361

Eu não peço às verdades que usem sempre cabelos brancos, todas servem, ainda que os tragam brancos ou grisalhos.[1531]

[1528] Liberalismo cultural ou proteção estatal para a arte? Uma exceção?
[1529] Nostalgia de tempos de segurança e repressão.
[1530] Um tempo de vigilância total e de expressão sincera e ingênua.
[1531] Torna-se mais respeitável para uma verdade ser, ao menos, grisalha. Machado de Assis talvez se chocasse com um mundo de verdades juvenis.

362

A boa regra para quem empunha uma pena é só tratar do que pode dar de si algum suco, – uma ideia, uma descoberta, uma conclusão. Não dando nada, não vale a pena gastar papel e tinta.[1532]

365

Ergo bigamus.

27 DE DEZEMBRO DE 1896

366

A verdadeira teoria política é que não há eleitores, há títulos. Um eleitor que é? Um simples homem, não diverso de outro homem que não seja eleitor; a mesma figura, os mesmos órgãos, as mesmas necessidades, a mesma origem, o mesmo destino; às vezes, o mesmo alfaiate; outras, a mesma dama. Que é que os faz diferentes? Esse pedaço de papel que leva em si um pedaço de soberania. O homem pode ser banqueiro, agricultor, operário, comerciante, advogado, médico, pode ser tudo; eleitoralmente é como se não existisse: sem título de eleitor, não é eleitor.[1533]

368

Mas deixemos criminologias e venhamos aos dous livros da quinzena. A *Flor de Sangue* pode-se dizer que é o sucesso do dia. Ninguém ignora que Valentim Magalhães é dos mais ativos espíritos da sua geração. Tem sido jornalista, cronista, contista, crítico, poeta, e, quando preciso, orador. Há vinte anos que escreve dispersando-se por vários gêneros, com igual ardor e curiosidade. Quem sabe? Pode ser que a política o atraia também, e iremos vê-lo na tribuna, como no jornalismo, em atitude de combate, que é um dos característicos do seu estilo. Naturalmente nem tudo o que escreveu terá o mesmo valor. Quem compõe muito e sempre, deixa páginas somenos; mas é já grande vantagem dispor da facilidade de produção e do gosto de produzir.[1534]

[1532] Eis o que não compreendem muitos dos exploradores do mundo virtual, talvez por ser ele destituído de papel e tinta.
[1533] O título valia o voto.
[1534] Sempre sinceramente implacável.

369

Clarisse Harlowe tem um fôlego de oito volumes. Taine crê que poucos suportam hoje esse romance. Poucos é muito: eu acho que raros. Mas o mesmo Taine prevê que no ano 2000 ainda se lerá *Partida de Gamão*, uma novelinha de trinta páginas.[1535]

370

Que Valentim Magalhães pode compor obras de maior fôlego, é certo. Na *Flor de Sangue* o que o prejudicou foi querer fazer longo e depressa. A ação, alias vulgar, não dava para tanto; mal chegaria a metade. Há muita cousa parasita, muita repetida, e muita que não valia a pena trazer da vida ao livro. Quanto à pressa, a que o autor nobremente atribui os defeitos de estilo e linguagem, é causa ainda de outras imperfeições.[1536]

371

Cada concepção traz virtualmente as proporções devidas; não se porá *Mme. Bovary* nas cem páginas de *Adolfo*, nem um conto do Voltaire nos volumes compactos de George Eliot.[1537]

10 DE JANEIRO DE 1897

384

Falemos de doenças, de mortes, de epidemias.

385

Deem-nos bons debates, alguns escândalos, meia dúzia de anedotas e o resto virá. Ninguém se há de negar a pagar os impostos.

386

Arteriosclerose.[1538]

387

Ora, é sabido que os nomes valem muito. Casos há em que valem tudo.[1539]

[1535] Da arte de errar nas profecias.
[1536] Implacável e direto.
[1537] Nota do organizador: "É possível que, em vez de 'do Voltaire, como se lê na *Gazeta de Notícias*, o Autor tenha escrito 'de Voltaire', como está na ed. de Mário de Alencar e nas ed. Jackson de *A Semana* anterior a esta". Mais uma ressalva que dá a dimensão da grandeza do escritor.
[1538] Um novo nome.
[1539] Especialmente os novos e estrangeiros.

17 DE JANEIRO DE 1897

393

Sim, a guerra há de extinguir-se; natural é que comece a fazê-lo, e o caminho mais pronto é achar um processo que a substitua (...) eu aprendi com La Palisse que o caráter do milagre é ser súbito.

[...] Sim, venha a paz; a guerra será no campo da venda e da compra.

[...] Os exércitos serão principalmente os do imposto...[1540]

395

Aquela cativa

Que me tem cativo.[1541]

24 DE JANEIRO DE 1897

397

Não sucedeu o mesmo ao digno arcebispo do Rio de Janeiro. Posto que muito mais moço, foi mais depressa tocado pela hora da morte. D. João era um lutador; as folhas do dia lembram ou nomeiam os livros e opúsculos que escreveu, não contando o trabalho de jornalista, obra que desaparece todos os dias com o sol, para recomeçar com o mesmo sol, e não deixar nada na memória dos homens, a não ser o vago sulco de um nome, que se apaga (para os melhores) com a segunda geração.[1542]

400

Este ponto prende com outro bispo, o do Rio Grande, que pregou agora em uma igreja de Santa Maria da Boca do Monte contra o casamento civil e contra os que se não confessam. Diz uma carta aqui publicada que foi tão violento em sua linguagem que o povo que enchia a igreja veio esperá-lo a porta e fez-1he uma demonstração de desagrado.

[...] O correspondente chama-1he – "charivari medonho". Eu posso não entender bem nem mal a violência do bispo; mas o que

---

[1540] Uma profecia quase realizada: as guerras se dão no campo de batalha do consumismo.
[1541] Sobre uma reimpressão de *Endechas a Bárbara*. Sempre houve uma romantização do termo "cativo", como se ele pudesse descrever uma escolha.
[1542] Matéria de jornal é como folhinha de calendário. Imagem antiga.

ainda menos entendo é a dos fiéis. Que foram então os fiéis fazer ao templo onde pregava o bispo? Foram lá, porque são fiéis, porque estão na mesma comunhão de sentimentos religiosos.[1543]

31 DE JANEIRO DE 1897

401

Os direitos da imaginação e da poesia hão de sempre achar inimiga uma sociedade industrial e burguesa. Em nome deles protesto contra a perseguição que se está fazendo à gente de Antônio Conselheiro. Este homem fundou uma seita a que se não sabe o nome nem a doutrina. Já este mistério é poesia.

404

Nenhum jornal mandou ninguém aos Canudos. Um repórter paciente e sagaz, meio fotógrafo ou desenhista, para trazer as feições do Conselheiro e dos principais subchefes, podia ir ao centro da seita nova e colher a verdade inteira sobre ela. Seria uma proeza americana.[1544]

[...] Que vínculo é este, repito, que prende tão fortemente os fanáticos ao Conselheiro?

406

Aquele homem que reforça as trincheiras, envenenando os rios, é um Maomé forrado de um Bórgia.

[...] Estou a vê-lo erguer-se e propor indenização para os seus dez mil homens dos Canudos.[1545]

7 DE FEVEREIRO DE 1897

407

A semana é de mulheres. Não falo daquelas finas damas elegantes que dançaram em Petrópolis por amor de uma obra de caridade. Para falar delas não faltarão nunca penas excelentes.[1546]

[1543] Uma posição conservadora que se recusa a examinar o fato de outro modo.
[1544] Euclides da Cunha e *O Estado de São Paulo* abraçaram a sugestão. O cronista oscila entre rejeição pura e simples ao fanático Conselheiro e um interesse romântico pela sua saga, uma espécie de mitologia irônica.
[1545] Feita a ironia, vem a lápide.
[1546] A mulher é quase sempre descrita como adorno.

14 DE FEVEREIRO DE 1897

416

Ora bem, quando acabar esta seita dos Canudos, talvez haja nela um livro sobre o fanatismo sertanejo e a figura do Messias. Outro Coelho Neto, se tiver igual talento, pode dar-nos daqui a um século um capítulo interessante, estudando o fervor dos bárbaros e a preguiça dos civilizados, que os deixaram crescer tanto, quando era mais fácil tê-los dissolvido com uma patrulha, desde que o simples frade não fez nada. Quem sabe? Talvez então algum devoto, relíquia dos Canudos, celebre o centenário desta finada seita.[1547]

21 DE FEVEREIRO DE 1897

422

Ao concerto universal daquele tempo não faltaram liras nem poetas. Cada língua teve o seu Píndaro. Lembra-te de Lamartine; lembra-te de José Bonifácio, cuja célebre ode clamava aos gregos, com entusiasmo: Sois helenos! sois homens! Compara ontem com hoje. Talvez o ardor do Romantismo ajudou a incendiar as almas.

[...] Esta Vênus era agora a própria Grécia convertida, como a heroína de Chateaubriand, e conquistada ao turco depois de muito sangue.[1548]

28 DE FEVEREIRO DE 1897

425

Deus não podia prever que os homens não se limitassem a falsificar eleições e fizessem o mesmo ao vinho.

[...] Antes de cochilar, podia fazer um exame de consciência e uma confissão pública, a maneira de Sarah Bernhardt ou de Santo Agostinho. Oh! perdoa-me, santo da minha devoção, perdoa esta união do teu nome com o da ilustre trágica; mas este século acabou por deitar todos os nomes no mesmo cesto, misturá-los, tirá-los sem ordem e cosê-los sem escolha.

[1547] *Os Sertões*, de Euclides da Cunha, estão aí para lembrar a finada seita.
[1548] As almas em fogo eram as dos miseráveis sertanejos do Conselheiro.

426-427

Imitar uma das duas, acho que a mais difícil seria a de Sarah. Não li ainda as confissões desta senhora, mas pela nota que nos deu dela Eça de Queirós, com aquela graça viva e cintilante dos seus três últimos "Bilhetes Postais", não sei como é que uma criatura possa dizer tanta cousa de si mesma. Em particular, vá. Há pessoas que, não receando indiscretos, escancaram os corações, e os amigos reconhecem que, por mais que se pense bem de outro, pensa-se menos bem que ele próprio. Mas, em público, em letra de forma, no *Fígaro*, que é o Diário Oficial do universo, custa crer, mas é verdade.

428

Adeus, leitor. Força é deitar aqui o ponto final. A mim, se não fora a conveniência de ir para a rede, custar-me-ia muito pinear o dito ponto, pelas saudades que levo de ti. Não há nada como falar a uma pessoa que não interrompe.[1549]

4 DE NOVEMBRO DE 1900

432

O sineiro da Glória é que não era moço. Era um escravo, doado em 1853 àquela igreja, com a condição de a servir dous anos. Os dous anos acabaram em 1855, e o escravo ficou livre, mas continuou o ofício. Contem bem os anos, quarenta e cinco, quase meio século, durante os quais este homem governou uma torre. A torre era dele, dali regia a paróquia e contemplava o mundo.

433

Quando se fez a abolição completa, quem repicou foi João. Um dia proclamou-se a República, João repicou por ela, e repicaria pelo Império, se o Império tornasse.[1550]

11 DE DEZEMBRO DE 1900

437

Eu gosto de catar o mínimo e o escondido. Onde ninguém mete o nariz, aí entra o meu com a curiosidade estreita e aguda que descobre o encoberto. Daí vem que, enquanto o telégrafo nos dava notícias

---

[1549] Viriam as redes sociais e os *haters*. A superexposição do eu já era realidade. O leitor do impresso não interrompia. O cronista podia descansar.
[1550] Quase um apêndice do sino.

tão graves como a taxa francesa sobre a falta de filhos e o suicídio do chefe de polícia paraguaio, cousas que entram pelos olhos, eu apertei os meus para ver cousas miúdas, cousas que escapam ao maior número, cousas de míopes. A vantagem dos míopes é enxergar onde as grandes vistas não pegam.[1551]

Volume 29
Crítica literária

"Ideal do crítico"[1552]

11

Exercer a crítica, afigura-se a alguns que é uma fácil tarefa, como a outros parece igualmente fácil a tarefa do legislador; mas, para a representação literária, como para a representação política, é preciso ter alguma coisa mais que um simples desejo de falar à multidão. Infelizmente é a opinião contrária que domina, e a crítica, desamparada pelos esclarecidos, é exercida pelos incompetentes.[1553]

12

Chegamos já a estas tristes consequências? Não quero proferir juízo, que seria temerário, mas qualquer pode notar com que largos intervalos aparecem as boas obras, e como são raras as publicações seladas por um talento verdadeiro.

Quereis mudar esta situação aflitiva? Estabelecei a crítica, mas a crítica fecunda, e não a estéril, que nos aborrece e nos mata, que não reflete nem discute, que abate por capricho ou levanta por vaidade; estabelecei a crítica pensadora, sincera, perseverante, elevada, – será esse o meio de reerguer os ânimos, promover os estímulos, guiar os estreantes, corrigir os talentos feitos; condenai o ódio, a camaradagem e a indiferença, – essas três chagas da crítica de hoje, – ponde

---

[1551] Uma metodologia que encontraria em Martin Heidegger um teórico: fazer vir à tona o encoberto. A crônica nunca deixaria de ser a arte do mínimo.
[1552] *Diário do Rio de Janeiro*, 8/10/1865.
[1553] Um raro olhar positivo sobre a política.

em lugar deles, a sinceridade, a solicitude e a justiça, – é só assim que teremos uma grande literatura.

[...] O crítico atualmente aceito não prima pela ciência literária.[1554]

13

Não compreendo o crítico sem consciência. A ciência e a consciência, eis as duas condições principais para exercer a crítica. A crítica útil e verdadeira será aquela que, em vez de modelar as suas sentenças por um interesse, quer seja o interesse do ódio, quer o da adulação ou da simpatia, procure produzir unicamente os juízos da sua consciência. Ela deve ser sincera, sob pena de ser nula. Não lhe é dado defender nem os seus interesses pessoais, nem os alheios, mas somente a sua convicção, e a sua convicção, deve formar-se tão pura e tão alta, que não sofra a ação das circunstâncias externas.[1555]

14

Pouco lhe deve importar as simpatias ou antipatias dos outros; um sorriso complacente, se pode ser recebido e retribuído com outro, não deve determinar, como a espada de Breno, o peso da balança; acima de tudo, dos sorrisos e das desatenções, está o dever de dizer a verdade, e em caso de dúvida, antes calá-la, que negá-la.[1556]

15

O crítico deve ser independente, – independente em tudo e de tudo, – independente da vaidade dos autores e da vaidade própria.[1557]

16

É preciso que o crítico seja tolerante, mesmo no terreno das diferenças de escola: se as preferências do crítico são pela escola romântica, cumpre não condenar, só por isso, as obras-primas que a tradição clássica nos legou, nem as obras meditadas que a musa moderna inspira; do mesmo modo devem os clássicos fazer justiça às boas obras dos românticos e dos realistas, tão inteira justiça, como

---

[1554] Como já se viu até aqui, Machado de Assis, embora não se apresentando como crítico profissional e sempre relativizando retoricamente seus julgamentos, era direto, frontal e impiedoso nas suas análises. Além disso, pressupunha uma ciência da composição literária. Em função disso, podia falar em correção ou incorreção das obras.

[1555] Crítica desinteressada.

[1556] Fiel às imagens que lhe eram caras, o crítico invoca a espada de Breno. Postula uma crítica que não busque aplausos nem ceda ao compadrismo. O que diria ele deste tempo dominado pelo marketing das grandes editoras?

[1557] Eis um ideal legítimo, mas praticável por humanos? Terá ele mesmo conseguido?

estes devem fazer às boas obras daqueles. Pode haver um homem de bem no corpo de um maometano, pode haver uma verdade na obra de um realista.[1558]

21

Compêndio da Gramática Portuguesa, por Vergueiro e Pertence. – À *memória de Pedro V*, por Castilho, Antônio e José – *Memória acerca da 2ª égloga de Virgílio*, por Castilho José – *Mãe*, drama do sr. conselheiro José de Alencar. – Desgosto pela política"[1559]

24

Não há na parte da metrificação muito que dizer, mas falta à poesia do Sr. Castilho Antônio o alento poético, a espontaneidade, a alma, a poesia, enfim. O pensamento em geral é pobre e procurado, e na primeira parte da poesia, a das quadras esdrúxulas, a custo encontramos uma ou outra ideia realmente bela como esta:

> "Limpa o suor da púrpura
> Ao fúnebre lençol;
> Vai receber a féria;
> Descansa; é posto o sol".

[...] Nem só o pensamento é pobre, como às vezes pouco admissível, sob o duplo ponto de vista poético e religioso. A descrição do paraíso feita pela alma do príncipe irmão parece mais um capítulo das promessas maométicas do que uma página cristã.[1560]

27

A parte do livro que pertence ao Sr. Castilho José é uma biografia do rei falecido. Louvando o ponto de vista patriótico e a firmeza do juízo do biógrafo, quisera eu que, em estilo mais simples, menos amaneirado, nos fosse contada a vida do rei. Estou certo de que seria mais apreciada.

[1558] Na busca da independência e da neutralidade aparece o cristão ainda não convertido ao realismo irônico. Os gostos literários, inclusive dos críticos profissionais, parecem, em geral, ainda hoje, guerras de religião.

[1559] *Diário do Rio de Janeiro*, 22/2/1862.

[1560] O metro do crítico não é tão independente quanto ele gostaria. Tem por parâmetro o cristianismo. Os versos escolhidos permitem ver o gosto do avaliador.

27

Outro trabalho do Sr. Castilho José é uma *Memória* publicada há dias, para provar que não havia em Virgílio hábitos pederastas. A *Memória* é escrita com erudição e proficiência; o Sr. Castilho José é induzido a negar a crença geral por ser a 2ª égloga do Mantuano uma imitação de Teócrito, por nada ter de pessoal e por parecer uma alegoria, personificando Córidon o gênio da poesia e Alexis a mocidade. Diante desta questão confesso-me incompetente.[1561]

28

Acaba de publicar-se o drama do sr. conselheiro José de Alencar intitulado *Mãe*, já representado no teatro Ginásio.

Por este meio está facilitada a apreciação, a frio e no gabinete, das incontestáveis belezas dessa composição. O autor das *Asas de um anjo* é um dos que melhor reúnem os requisitos necessários a um autor dramático.[1562]

A Constituinte perante a história, pelo sr. Homem de Mello. – *Sombras e Luz*, do sr. B. Pinheiro"[1563]

47

É o sr. Homem de Melo de natural frio e meditativo. Parece que tem medo à precipitação e à involuntariedade, medo que sempre foi uma das primeiras virtudes do historiador.[1564]

51

O autor das *Sombras e Luz*[1565], *quero acreditá-lo, há de convir comigo, que esta glorificação dos instintos, a despeito da vitória que lhe dê o favor público, nada tem com a arte elevada e delicada. É inteiramente uma aberração, que, como tal, não merece os cuidados do poeta e as tintas da poesia.*[1566]

[1561] Vê-se a preferência do crítico por estilos mais fluentes e menos formais ou amaneirados. Constata-se também a sua erudição. Resta saber o que significa proficiência em relação ao objetivo do autor: provar que Virgílio não era homossexual?

[1562] O drama recebeu exaustiva análise de Machado de Assis em outro momento.

[1563] *Diário do Rio de Janeiro*, 24/8/1863.

[1564] Não fica sustentada essa ideia. Supõe-se que o historiador espere o tempo passar para não cometer os erros da precipitação.

[1565] Romance histórico de B. Pinheiro.

[1566] A moralidade também aparece como critério de avaliação de uma obra.

53

Resta-me falar da estreia do sr. César de Lacerda, ator português, que estreou no Teatro Lírico, no papel de Carlos do *Cinismo, ceticismo e crença.*

[...] Pertence o Sr. César de Lacerda a uma boa escola. O gesto natural, sóbrio, elegante; a fisionomia insinuante e móbil; a dicção correta; a gravidade, a naturalidade, eis o que faz ver no Sr. César de Lacerda um minucioso e aproveitado estudo dos princípios e recursos da arte.[1567]

"O culto do dever"

Por J. M. de Macedo[1568]

60

O autor da *Nebulosa* e da *Moreninha* tem jus ao nosso respeito, já por seus talentos, já por sua reputação. Nem a crítica deve destinar-se a derrocar tudo quanto a mão do tempo construiu, e assenta em bases sólidas. Todavia, respeito não quer dizer adoração estrepitosa e intolerante; o respeito neste caso é uma nobre franqueza, que honra tanto a consciência do crítico, como o talento do poeta; a maior injúria que se pode fazer a um autor é ocultar-lhe a verdade, porque faz supor que ele não teria coragem de ouvi-la.[1569]

61

Não se cuide que é fácil apreciar o *Culto do Dever*. A primeira dúvida que se apresenta ao espírito do leitor é sobre quem seja o autor deste livro. O Sr. Dr. Macedo declara num preâmbulo que recebeu o manuscrito das mãos de um velho desconhecido, há cinco ou seis meses. Se a palavra de um autor é sagrada, como harmonizá-la, neste caso, com o estilo da obra?[1570]

62

Aos que não tiverem lido o *Culto do Dever* parecerá excessivo este nosso escrúpulo; todavia, o escrúpulo é legítimo à vista de uma cir-

---

[1567] Critérios de qualidade interpretativa.

[1568] *Diário do Rio de Janeiro*, 16/1/1866.

[1569] Muitos não têm coragem de ouvir uma crítica nem querem. O argumento, porém, é ótimo em defesa da franqueza, correndo o risco de fazer inimigos.

[1570] O crítico mostra ainda certa ingenuidade em relação a um procedimento narrativo.

cunstância: há no romance uma cena, a bordo do vapor Santa Maria, na qual o autor faz intervir a pessoa de Sua Alteza o Sr. Conde d'Eu, companheiro de viagem de uma das personagens, cuja mão o príncipe aperta cordialmente. Não é crível que a liberdade da ficção vá tão longe[1571]; e nós cremos sinceramente na realidade do fato que serve de assunto ao *Culto do Dever*.

63

Angelina tem uma expressão idêntica para convencer o noivo. É à força da sua palavra, imperiosa mas serena, que Teófilo vai assentar praça de voluntário, e parte para a guerra. Angelina faz tudo isso por uma razão que o autor repete a cada página do livro; é que ela foi educada por um pai austero e rígido; Domiciano influiu no coração de sua filha o sentimento do dever, como pedra de toque para todas as suas ações; o próprio Domiciano morre vítima da austeridade da sua consciência.[1572]

64

Demais, o autor podia, sem alterar os fatos, fazer obra de artista, criar em vez de repetir; é isso que não encontramos no *Culto do Dever*.

64

Debalde se procura o homem no *Culto do Dever*; a pessoa que narra os acontecimentos daquele romance, e que se diz testemunha dos fatos, será escrupulosa na exposição de todas as circunstâncias, mas está longe de ter uma alma, e o leitor chega à última página com o espírito frio e o coração indiferente.

65

Ora, o leitor não sente de modo nenhum o grande amor de Angelina por Teófilo; depois de assistir à declaração na noite de Reis, à confissão de Angelina a seu pai, e à partida de Teófilo, para Portugal, o leitor é solicitado a ver o episódio da morte de Domiciano, e outros, e o amor de Angelina, palidamente descrito nos primeiros capítulos,

---

[1571] O tempo tornaria o crítico, como romancista, menos rigorista. Por mais chocante que pareça, contudo, a afirmação pode fazer sentido: pode a ficção fazer um personagem histórico dizer o oposto daquilo que sempre defendeu? Um Nabuco escravista? Se não há proibição, há o limite da aceitação pelo público de uma época e, para usar uma expressão atual, a possibilidade do cancelamento do autor. No caso, o crítico parecia exagerar nos escrúpulos.

[1572] Não é disparatado dizer que algo semelhante se dá em *Iaiá Garcia*.

não aparece senão na boca do narrador; a resolução da moça para que Teófilo vá para o Sul, é-lhe inspirada sem luta alguma.[1573]

67-68

O certo é que, não podendo alcançar outra resposta, Teófilo resolve-se a partir, o que dá lugar à cena dos bilhetes escritos, entre os dois noivos; Angelina escreve ocultamente uma ordem de partir, ao passo que Teófilo escreve em outro papel, ao mesmo tempo, a sua resolução de obedecer; os dois bilhetes são lidos na mesma ocasião. A ideia será original, mas a cena não tem gravidade; e se foi trazida para salvar Teófilo, o intento é inútil, porque aos leitores perspicazes, Teófilo transige com a obstinação de Angelina, não se converte.[1574]

69

Se a noiva está pedida, se os dois noivos se amam, se nem a mãe, nem o irmão do rapaz lhe impõem o dever de partir, não havia um meio simples, um recurso forense, para remediar a situação? Um advogado não fazia as vezes do herdeiro?

70

O *Culto do Dever* é um mau livro, como a *Nebulosa* é um belo Poema.

71

Pelo que diz respeito às letras, o nosso intuito é ver cultivado, pelas musas brasileiras, o romance literário, o romance que reúne o estudo das paixões humanas aos toques delicados e originais da poesia, – meio único de fazer com que uma obra de imaginação, zombando do açoite do tempo, chegue, inalterável e pura, aos olhos severos da posteridade.[1575]

[1573] A falta de alma foi o que Quintino Bocaiúva sentiu no teatro de Machado de Assis.

[1574] Faz, mais uma vez, pensar no que se passará no romance de Machado de Assis, *Iaiá Garcia*, publicado doze anos depois. Terá o crítico, como romancista, buscado uma solução melhor para questão parecida, embora sendo a mãe que exigia do filho a partida para a guerra?

[1575] Sobrou algo? Não chocará saber, da pena do próprio Machado, quando da morte de Garnier, que não conviveu muito com Macedo.

"Iracema"

Por José de Alencar[1576]

75

Estudando profundamente a língua e os costumes dos selvagens, obrigou-nos o autor a entrar mais ao fundo da poesia americana; entendia ele, e entendia bem, que a poesia americana não estava completamente achada; que era preciso prevenir-se contra um anacronismo moral, que consiste em dar ideias modernas e civilizadas aos filhos incultos da floresta.[1577]

76

A pena do cantor do *Guarani* é feliz nas criações femininas; as mulheres dos seus livros trazem sempre um cunho de originalidade, de delicadeza, e de graça, que se nos gravam logo na memória e no coração. Iracema é da mesma família. Em poucas palavras descreve o poeta a beleza física daquela Diana selvagem.

77

Não se vê na figura de Iracema, uma perfeita combinação do sentimento humano com a educação selvagem? Eis o que é Iracema, criatura copiada da natureza, idealizada pela arte, mostrando através da rusticidade dos costumes, uma alma própria para amar e para sentir.

81

A aliança os uniu; o contato fundiu-lhes as almas; todavia, a afeição de Poti difere da de Martim, como o estado selvagem do estado civilizado.[1578]

82

O estilo do livro é como a linguagem daqueles povos: imagens e ideias, agrestes e pitorescas, respirando ainda as auras da montanha, cintilam nas cento e cinquenta páginas da *Iracema*. Há, sem dúvida, superabundância de imagens, e o autor com uma rara consciência literária, é o primeiro a reconhecer esse defeito.

[1576] *Diário do Rio de Janeiro*, 23/1/1866.
[1577] Considerá-los "selvagens" não é também medi-los pelos valores da época?
[1578] Nesse ponto não há relativismo, mas a hierarquia do evolucionismo então dominante.

83

Poema lhe chamamos a este, sem curar de saber se é antes uma lenda, se um romance: o futuro chamar-lhe-á obra-prima.[1579]

"Inspirações do claustro"

Por Junqueira Freire[1580]

86

Compreende-se que um livro escrito em condições tais, devia atrair a atenção pública; o poeta vinha falar da vida monástica, não como filósofo, mas como testemunha, como o observador, como vítima.

93

Tivesse ele o cuidado de aperfeiçoar os seus versos, e o livro ficaria completo pelo lado da forma. O que lhe dá sobretudo um sabor especial é a sua grande originalidade, que deriva não só das circunstâncias pessoais do autor, mas também da feição própria do seu talento; Junqueira Freire não imita ninguém; rude embora, aquela poesia é propriamente dele.[1581]

"Cantos e fantasias"

Por Fagundes Varela[1582]

96

Houve um dia em que a poesia brasileira adoeceu do mal *byronico*; foi grande a sedução das imaginações juvenis pelo poeta inglês; tudo concorria nele para essa influência dominadora: a originalidade da poesia, a sua doença moral[1583], o prodigioso do seu gênio, o romanesco da sua vida, as noites de Itália, as aventuras de Inglaterra, os amores de Guiccioli, e até a morte na terra de Homero e de Tibulo. Era, por assim dizer, o último poeta; deitou fora um belo dia as insíg-

---

[1579] Assim foi. Um Montaigne, quatro séculos antes, parecia à frente de José de Alencar e de Machado de Assis quanto aos habitantes do "Novo Mundo": "Acho que não há nada de bárbaro ou de selvagem nessa nação, a não ser que cada um chama de barbárie o que não é seu costume" (2010, p. 143).

[1580] *Diário do Rio de Janeiro*, 30/1/1866.

[1581] Valeria como depoimento e pela espontaneidade.

[1582] *Diário do Rio de Janeiro*, 6/2/1866.

[1583] Um argumento a contrassenso. Se revela o homem do seu tempo, faz o mesmo com atração produzida sobre muitos.

nias de *noble lord*, desquitou-se das normas prosaicas da vida, fez-se romance, fez-se lenda, e foi imprimindo o seu gênio e a sua individualidade em criações singulares e imorredouras.[1584]

99

É o Sr. Varela uma vocação real, um poeta espontâneo de verdadeira e amena inspiração. Diz o autor do prefácio que os descuidos de forma são filhos da sua própria vontade e do desprezo das regras. Se assim é, o sistema é antipoético; a boa versificação é uma condição indispensável à poesia; e não podemos deixar de chamar a atenção do autor para esse ponto. Com o talento que tem, corre-lhe o dever de apurar aqueles versos, a minoria deles, onde o estudo da forma não acompanha a beleza e o viço do pensamento. Desde já lhe notamos aqui os versos alexandrinos, que realmente não são alexandrinos, pois que lhes falta a cesura dos hemistíquios; outros descuidos aparecem ainda no volume dos *Cantos e Fantasias*; vocábulos mal cabidos, às vezes, rimas imperfeitas, descuidos todos que não avultam muito no meio das belezas, mas que o nosso dever obriga-nos a indicar conscienciosamente.[1585]

100

A primeira parte, como o título indica, compõe-se das expansões da juventude, dos devaneios do amor, dos palpites do coração, tema eterno que nenhum poeta esgotou ainda, e que há de inspirar ainda o último poeta. Toda essa primeira parte do livro, à exceção de algumas estrofes, feitas em hora menos propícia, é cheia de sentimento e de suavidade; a saudade é, em geral, a musa de todos esses versos; o poeta quer *rêver* et *non pleurer*, como Lamartine.

103

Desperta-nos as mesmas considerações um volume que acabamos de receber do Rio Grande do Sul. Intitula-se *Um Livro de Rimas*, e é escrito pelo Sr. J. de Vasconcelos Ferreira. Tem o poeta rio-grandense talento natural e vocação fácil; falta-lhe estudo e talvez gosto[1586]; alguns anos mais, e podemos esperar dele um livro aperfeiçoado e completo. O que lhe aconselhamos, porém, é que, além do extremo

---

[1584] Sedução da diferença.
[1585] Do enquadramento da rebeldia.
[1586] Numa linguagem coloquial: nocaute.

cuidado na escolha das imagens, que as há comuns e nem sempre belas, no livro das *Rimas*, procure o Sr. Ferreira tratar da sua forma, que em geral é pobre e imperfeita. Faça das musas, não uma distração, mas um culto; é o meio de atingir à bela, à grande, à verdadeira poesia.

"Lira dos vinte anos"

Por Álvares de Azevedo[1587]

109

Álvares de Azevedo era realmente um grande talento: só lhe faltou o tempo, como disse um dos seus necrólogos.

110

Cita-se sempre, a propósito do autor da *Lira dos Vinte Anos*, o nome de *Lord* Byron, como para indicar as predileções poéticas de Azevedo. É justo, mas não basta. O poeta fazia uma frequente leitura de Shakespeare, e pode-se afirmar que a cena de Hamlet e Horário, diante da caveira de Yorick, inspirou-lhe mais de uma página de versos. Amava Shakespeare, e daí vem que nunca perdoou a tosquia que lhe fez Ducis. Em torno desses dois gênios, Shakespeare e Byron, juntavam-se outros, sem esquecer Musset, com quem Azevedo tinha mais de um ponto de contato. De cada um desses caíram reflexos e raios nas obras de Azevedo. Os *Boêmios* e *O Poema de Frade*, um fragmento acabado, e um borrão, por emendar, explicarão melhor este pensamento.

112

Azevedo metrificava às vezes mal, tem versos incorretos, que havia de emendar sem dúvida; mas em geral tinha um verso cheio de harmonia, e naturalidade, muitas vezes numeroso, muitíssimas eloquente.

Ensaiou-se na prosa, e escreveu muito; mas a sua prosa não é igual ao seu verso. Era frequentemente difuso e confuso; faltava-lhe precisão e concisão. Tinha os defeitos próprios das estreias, mesmo brilhantes como eram as dele. Procurava a abundância e caía no ex-

---

[1587] *Diário do Rio de Janeiro*, 26/6/1866.

cesso. A ideia lutava-lhe com a pena, e a erudição dominava a reflexão.[1588]

"Un cuento endemoniado" e "La mujer misteriosa"

Por Guilherme Malta[1589]

124

Vê-se que conhece o segredo de condensar uma ideia numa forma ligeira e concisa que surpreenda agradavelmente o leitor.[1590]

Literatura brasileira

Instinto de nacionalidade[1591]

131-132

A aparição de Gonçalves Dias chamou a atenção das musas brasileiras para a história e os costumes indianos. *Os Timbiras, I-Juca Pirama, Tabira* e outros poemas do egrégio poeta acenderam as imaginações; a vida das tribos, vencidas há muito pela civilização, foi estudada nas memórias que nos deixaram os cronistas, e interrogadas dos poetas, tirando-lhes todos alguma coisa, qual um idílio, qual um canto épico.

Houve depois uma espécie de reação. Entrou a prevalecer a opinião de que não estava toda a poesia nos costumes semibárbaros anteriores à nossa civilização, o que era verdade, – e não tardou o conceito de que nada tinha a poesia com a existência da raça extinta, tão diferente da raça triunfante, – o que parece um erro.[1592]

136

De todas as formas várias as mais cultivadas atualmente no Brasil são o romance e a poesia lírica; a mais apreciada é o romance, como aliás acontece em toda a parte, creio eu. São fáceis de perceber as causas desta preferência da opinião, e por isso não me demoro em apontá-las. Não se fazem aqui (falo sempre genericamente) livros de

---

[1588] O crítico tinha uma concepção cristalina de estilo. Na prosa, suas ideias continuam sendo adotadas: evitar a digressão, ser preciso e conciso, fugir da racionalidade excessiva, dos efeitos gratuitos de erudição e das explicações supérfluas.

[1589] "Carta ao Senhor Conselheiro Lopes Ne". *Jornal do Comércio* em 2/7/1872.

[1590] A busca pela fórmula que o próprio Machado de Assis praticou com maestria.

[1591] O Novo Mundo (Nova York), 24/3/1873.

[1592] Nos termos de hoje, uma visão marcada pelo colonialismo eurocêntrico.

filosofia, de linguística, de crítica histórica, de alta política, e outros assim, que em alheios países acham fácil acolhimento e boa extração; raras são aqui essas obras e escasso o mercado delas. O romance pode-se dizer que domina quase exclusivamente.[1593]

138

O romance brasileiro recomenda-se especialmente pelos toques do sentimento, quadros da natureza e de costumes, e certa viveza de estilo muito adequada ao espírito do nosso povo.

[...] Pelo que respeita à análise de paixões e caracteres são muito menos comuns os exemplos que podem satisfazer à crítica; alguns há, porém, de merecimento incontestável. Esta é, na verdade, uma das partes mais difíceis do romance, e ao mesmo tempo das mais superiores. Naturalmente exige da parte do escritor dotes não vulgares de observação[1594], que, ainda em literaturas mais adiantadas, não andam a rodo nem são a partilha do maior número.

139

As tendências morais do romance brasileiro são geralmente boas. Nem todos eles serão de princípio a fim irrepreensíveis; alguma coisa haverá que uma crítica austera poderia apontar e corrigir. Mas o tom geral é bom. Os livros de certa escola francesa, ainda que muito lidos entre nós, não contaminaram a literatura brasileira, nem sinto nela tendências para adotar as suas doutrinas, o que é já notável mérito. As obras de que falo, foram aqui bem-vindas e festejadas, como hóspedes, mas não se aliaram à família nem tomaram o governo da casa. Os nomes que principalmente seduzem a nossa mocidade são os do período romântico; os escritores que se vão buscar para fazer comparações com os nossos, – porque há aqui muito amor a essas comparações – são ainda aqueles com que o nosso espírito se educou, os Vítor Hugos, os Gautiers, os Mussets, os Gozlans, os Nervals.[1595]

[1593] Muita polêmica se fez e faz sobre a falta de originalidade brasileira em filosofia.

[1594] Impossível fazer romance "bom" sem observação e imaginação. Mas o que é "bom" atualmente? Aquilo que encontra um público, maior ou menor, que assim pense sobre a obra. Parafraseando Guy Debord, o leitor não diz nada além: bom é o que eu gosto; o que eu gosto é bom.

[1595] Mesmo francófilo, Machado de Assis não queria a dominação da influência francesa na literatura brasileira. Outros seriam os franceses a permanecer no imaginário dos brasileiros junto com Victor Hugo. O crítico já poderia ter citado Flaubert, Balzac, Baudelaire, Stendhal. O romantismo, porém, ainda brilhava no céu da pátria e do crítico.

139

Isento por esse lado o romance brasileiro, não menos o está de tendências políticas, e geralmente de todas as questões sociais, – o que não digo por fazer elogio, nem ainda censura, mas unicamente para atestar o fato. Esta casta de obras conserva-se aqui no puro domínio de imaginação, desinteressada dos problemas do dia e do século, alheia às crises sociais e filosóficas. Seus principais elementos são, como disse, a pintura dos costumes, a luta das paixões, os quadros da natureza, alguma vez o estudo dos sentimentos e dos caracteres; com esses elementos, que são fecundíssimos, possuímos já uma galeria numerosa e a muitos respeitos notável.[1596]

141-142

Competindo-me dizer o que acho da atual poesia, atenho-me só aos poetas de recentíssima data, melhor direi a uma escola agora dominante, cujos defeitos me parecem graves, cujos dotes – valiosos, e que poderá dar muito de si, no caso de adotar a necessária emenda.

142

Acrescentarei que também não falta à poesia atual o sentimento da harmonia exterior. Que precisa ela então? Em que peca a geração presente? Falta-lhe um pouco mais de correção e gosto.

143

Nada mais oportuno nem mais singelo do que isto. A escola a que aludo não exprimiria a ideia com tão simples meios, e faria mal, porque o sublime é simples.[1597]

145

Hoje, que o gosto público tocou o último grau da decadência e perversão, nenhuma esperança teria quem se sentisse com vocação para compor obras severas de arte. Quem lhas receberia, se o que domina é a cantiga burlesca ou obscena, o cancã, a mágica aparatosa, tudo o que fala aos sentidos e aos instintos inferiores?

[1596] Elogio negado, mas subentendido, de uma arte descomprometida com o social por questão de compromisso único com a forma e com suas leis internas. Recusa, como se viu, da militância, mas também omissão em relação aos grandes problemas da época. Sempre foi possível fazer arte e, ao mesmo tempo, falar dos dramas sociais. Não há necessária incompatibilidade.

[1597] Crítica dura em relação à falta de gosto e profissão de fé na simplicidade.

E todavia a continuar o teatro, teriam as vocações novas alguns exemplos não remotos, que muito as haviam de animar. Não falo das comédias do Pena, talento sincero e original, a quem só faltou viver mais para aperfeiçoar-se e empreender obras de maior vulto; nem também das tragédias de Magalhães e dos dramas de Gonçalves Dias, Porto-Alegre e Agrário. Mais recentemente, nestes últimos doze ou catorze anos, houve tal ou qual movimento. Apareceram então os dramas e comédias do Sr. J. de Alencar, que ocupou o primeiro lugar na nossa escola realista e cujas obras *Demônio Familiar* e *Mãe* são de notável merecimento.[1598]

146

Entre os muitos méritos dos nossos livros nem sempre figura o da pureza da linguagem. Não é raro ver intercalado em bom estilo os solecismos da linguagem comum, defeito grave, a que se junta o da excessiva influência da língua francesa.

Este ponto é objeto de divergência entre os nossos escritores. Divergência digo, porque, se alguns caem naqueles defeitos por ignorância ou preguiça, outros há que os adotam por princípio, ou antes por uma exageração de princípio.[1599]

"O Primo Basílio"

Por Eça de Queirós[1600]

155-156

O Crime do Padre Amaro revelou desde logo as tendências literárias do Sr. Eça de Queirós e a escola a que abertamente se filiava. O Sr. Eça de Queirós é um fiel e aspérrimo discípulo do realismo propagado pelo autor do *Assommoir*. Se fora simples copista, o dever da crítica era deixá-lo, sem defesa, nas mãos do entusiasmo cego, que acabaria por matá-lo; mas é homem de talento, transpôs ainda há pouco as portas da oficina literária; e eu, que lhe não nego a minha admiração, tomo a peito dizer-lhe francamente o que penso, já da

---

[1598] O crítico já lamentava o avanço do entretenimento sobre a arte. Nada se cria nem se copia. Tudo se dissemina e acelera como um vírus.
[1599] Crítica à afetação e defesa de certo purismo.
[1600] *O Cruzeiro*, 16 e 30/4/1878.

obra em si, já das doutrinas e práticas, cujo iniciador é, na pátria de Alexandre Herculano e no idioma de Gonçalves Dias.

Que o Sr. Eça de Queirós é discípulo do autor do *Assommoir*, ninguém há que o não conheça. O próprio *O Crime do Padre Amaro* é imitação do romance de Zola, *La Faute de l'Abbé Mouret*. Situação análoga, iguais tendências; diferença do meio; diferença do desenlace; idêntico estilo; algumas reminiscências, como no capítulo da missa, e outras; enfim, o mesmo título. Quem os leu a ambos, não contestou decerto a originalidade do Sr. Eça de Queirós, porque ele tinha, e tem, e a manifesta de modo afirmativo; creio até que essa mesma originalidade deu motivo ao maior defeito na concepção do *Crime do Padre Amaro*. O Sr. Eça de Queirós alterou naturalmente as circunstâncias que rodeavam o Padre Mouret, administrador espiritual de uma paróquia rústica, flanqueado de um padre austero e ríspido; o Padre Amaro vive numa cidade de província, no meio de mulheres, ao lado de outros que do sacerdócio só têm a batina e as propinas; vê-os concupiscentes e maritalmente estabelecidos, sem perderem um só átomo de influência e consideração.[1601]

156

Sendo assim, não se compreende o terror do Padre Amaro, no dia em que do seu erro lhe nasce um filho, e muito menos se compreende que o mate. Das duas forças que lutam na alma do Padre Amaro, uma é real e efetiva – o sentimento da paternidade; a outra é quimérica e impossível – o terror da opinião, que ele tem visto tolerante e cúmplice no desvio dos seus confrades; e não obstante, é esta a força que triunfa. Haverá aí alguma verdade moral?[1602]

157

Não se conhecia no nosso idioma aquela reprodução fotográfica e servil das coisas mínimas e ignóbeis. Pela primeira vez, aparecia um livro em que o escuso e o – digamos o próprio termo, pois tratamos de repelir a doutrina, não o talento, e menos o homem, – em que o escuso e o torpe eram tratados com um carinho minucioso e relacionados com uma exação de inventário. A gente de gosto leu com

---

[1601] O crítico Machado de Assis desencava o realismo de Eça de Queirós e o acusava de ser um imitador de Zola.
[1602] Erro de verossimilhança?

prazer alguns quadros, excelentemente acabados, em que o Sr. Eça de Queirós esquecia por minutos as preocupações da escola; e, ainda nos quadros que lhe destoavam, achou mais de um rasgo feliz, mais de uma expressão verdadeira; a maioria, porém, atirou-se ao inventário. Pois que havia de fazer a maioria, senão admirar a fidelidade de um autor, que não esquece nada, e não oculta nada? Porque a nova poética é isto, e só chegará à perfeição no dia em que nos disser o número exato dos fios de que se compõe um lenço de cambraia ou um esfregão de cozinha.[1603]

157-158

Certo da vitória, o Sr. Eça de Queirós reincidiu no gênero, e trouxe-nos *O Primo Basílio*, cujo êxito é evidentemente maior que o do primeiro romance, sem que, aliás, a ação seja mais intensa, mais interessante ou vivaz nem mais perfeito o estilo. A que atribuir a maior aceitação deste livro? Ao próprio fato da reincidência, e, outrossim, ao requinte de certos lances, que não destoaram do paladar público. Talvez o autor se enganou em um ponto. Uma das passagens que maior impressão fizeram, no *Crime do Padre Amaro*, foi a palavra de calculado cinismo, dita pelo herói. O herói do *Primo Basílio* remata o livro com um dito análogo; e, se no primeiro romance é ele característico e novo, no segundo é já rebuscado, tem um ar de cliché; enfastia. Excluído esse lugar, a reprodução dos lances e do estilo é feita com o artifício necessário, para lhes dar novo aspecto e igual impressão.[1604]

158

Vejamos o que é *O Primo Basílio* e comecemos por uma palavra que há nele. Um dos personagens, Sebastião, conta a outro o caso de Basílio, que, tendo namorado Luísa em solteira, estivera para casar com ela; mas falindo o pai, veio para o Brasil, donde escreveu desfazendo o casamento. – Mas é a *Eugênia Grandet*! exclama o outro. O Sr. Eça de Queirós incumbiu-se de nos dar o fio da sua concepção. Disse talvez consigo: – Balzac separa os dois primos, depois de um beijo (aliás, o mais casto dos beijos). Carlos vai para a América; a outra fica, e fica solteira. Se a casássemos com outro, qual seria o resultado

---

[1603] Uma recusa frontal do detalhismo realista que viria, mais tarde, a praticar com o acréscimo da ironia.
[1604] Ataque ao uso de uma fórmula bem-sucedida.

do encontro dos dois na Europa? – Se tal foi a reflexão do autor, devo dizer, desde já que de nenhum modo plagiou os personagens de Balzac. A Eugênia deste, a provinciana singela e boa, cujo corpo, aliás robusto, encerra uma alma apaixonada e sublime, nada tem com a Luísa do Sr. Eça de Queirós.[1605]

160

Basílio não faz mais do que empuxá-la, como matéria inerte, que é. Uma vez rolada ao erro, como nenhuma flama espiritual a alenta, não acha ali a saciedade das grandes paixões criminosas: rebolca-se simplesmente.

Assim, essa ligação de algumas semanas, que é o fato inicial e essencial da ação, não passa de um incidente erótico, sem relevo, repugnante, vulgar. Que tem o leitor do livro com essas duas criaturas sem ocupação nem sentimentos?

Positivamente nada.[1606]

161

Luísa resolve fugir com o primo; prepara um saco de viagem, mete dentro alguns objetos, entre eles um retrato do marido. Ignoro inteiramente a razão fisiológica ou psicológica desta precaução de ternura conjugal: deve haver alguma; em todo caso, não é aparente.[1607]

161

Um dia Luísa não se contém; confia tudo a um amigo de casa, que ameaça a criada com a polícia e a prisão, e obtém assim as fatais letras. Juliana sucumbe a um aneurisma; Luísa, que já padecia com a longa ameaça e perpétua humilhação, expira alguns dias depois.

Um leitor perspicaz terá já visto a incongruência da concepção do Sr. Eça de Queirós, e a inanidade do caráter da heroína. Suponha-

---

[1605] A crítica de Machado de Assis será de cunho moralista.

[1606] O mesmo poderia perguntar-se o leitor, então, sobre Virgília, em *Memórias póstumas de Brás Cubas*. O crítico romântico, convertido em romancista realista, praticaria exatamente o que condenava em Eça de Queirós. Virgília revolca-se. O despeitado Romero (1897, p. 139) veria nela uma Luíza "muito reles" e no romance de brasileiro uma "imitação sem necessidade" da obra do português. Seria uma influência. Ou uma correção? No melhor estilo do crítico Machado de Assis, Romero alegava ter "a obrigação de ser sincero e não abrir luta com verdade" (1897, p. 42).

[1607] Não poderia ter algum afeto por ele, estar dividida?

mos que tais cartas não eram descobertas, ou que Juliana não tinha a malícia de as procurar, ou enfim que não havia semelhante fâmula em casa, nem outra da mesma índole. Estava acabado o romance, porque o primo enfastiado seguiria para França, e Jorge regressaria do Alentejo; os dois esposos voltavam à vida anterior.[1608]

162

Para obviar a esse inconveniente, o autor inventou a criada e o episódio das cartas, as ameaças, as humilhações, as angústias e logo a doença, e a morte da heroína. Como é que um espírito tão esclarecido, como o do autor, não viu que semelhante concepção era a coisa menos congruente e interessante do mundo? Que temos nós com essa luta intestina entre a ama e a criada, e em que nos pode interessar a doença de uma e a morte de ambas?[1609]

163

Se o autor, visto que o Realismo também inculca vocação social e apostólica[1610], intentou dar no seu romance algum ensinamento ou demonstrar com ele alguma tese, força é confessar que o não conseguiu, a menos de supor que a tese ou ensinamento seja isto: – A boa escolha dos fâmulos é uma condição de paz no adultério.[1611] A um escritor esclarecido e de boa fé, como o Sr. Eça de Queirós, não seria lícito contestar que, por mais singular que pareça a conclusão, não há outra no seu livro. Mas o autor poderia retorquir: – Não, não quis formular nenhuma lição social ou moral; quis somente escrever uma hipótese; adoto o realismo, porque é a verdadeira forma da arte e a única própria do nosso tempo e adiantamento mental; mas não me proponho a lecionar ou curar; exerço a patologia, não a terapêutica. A isso responderia eu com vantagem: – Se escreveis uma hipótese dai-me a hipótese lógica, humana, verdadeira.[1612]

[1608] O expediente das cartas reveladoras ou comprometedoras foi muito usado por Machado de Assis, como já se viu fartamente; o das mortes súbitas também.

[1609] Cronista das classes ociosas e dos seus amores e golpes, Machado de Assis ainda não conseguia ver legitimidade num conflito entre a patroa e a empregada.

[1610] Frase que revela muito sobre o ficcionista Machado de Assis. Talvez por isso tenha evitado qualquer posicionamento contundente em relação à abolição.

[1611] Ideia que Brás Cubas parece adotar ao comprar a cumplicidade de Dona Plácida quando monta casa para se encontrar com a amante, que não se mostra muito culpada.

[1612] Eça de Queirós poderia ter respondido, assim como o Machado de Assis realista: dou-lhe a força do desejo e estamos logicamente conversados.

164

E passemos agora ao mais grave, ao gravíssimo.

Parece que o Sr. Eça de Queirós quis dar-nos na heroína um produto da educação frívola e da vida ociosa; não obstante, há aí traços que fazem supor, à primeira vista, uma vocação sensual. A razão disso é a fatalidade das obras do Sr. Eça de Queirós – ou, noutros termos, do seu realismo sem condescendência: é a sensação física.[1613]

165

Com tais preocupações de escola, não admira que a pena do autor chegue ao extremo de correr o reposteiro conjugal; que nos talhe as suas mulheres pelos aspectos e trejeitos da concupiscência; que escreva reminiscências e alusões de um erotismo, que Proudhon chamaria onissexual e onímodo; que no meio das tribulações que assaltam a heroína, não lhe infunda no coração, em relação ao esposo, as esperanças de um sentimento superior, mas somente os cálculos da sensualidade e os "ímpetos de concubina"; que nos dê as cenas repugnantes do Paraíso; que não esqueça sequer os desenhos torpes de um corredor de teatro.[1614]

165-166

Quanto à preocupação constante do acessório, bastará citar as confidências de Sebastião a Juliana, feitas casualmente à porta e dentro de uma confeitaria, para termos ocasião de ver reproduzidos o mostrador e as suas pirâmides de doces, os bancos, as mesas, um sujeito que lê um jornal e cospe a miúdo, o choque das bolas de bilhar, uma rixa interior, e outro sujeito que sai a vociferar contra o parceiro; bastará citar o longo jantar do Conselheiro Acácio (transcrição do personagem de Henri Monnier); finalmente, o capítulo do Teatro de São Carlos, quase no fim do livro. Quando todo o interesse se concentra em casa de Luísa, onde Sebastião trata de reaver as cartas subtraídas pela criada, descreve-nos o autor uma noite inteira de espetáculos, a plateia, os camarotes, a cena, uma altercação de espectadores.[1615]

[1613] Aqui se vê que Machado de Assis teria nesse livro o seu ponto de virada.

[1614] Tudo aquilo que se pode dizer de Virgília e de outras personagens de contos de Machado de Assis. O crítico desse sensualismo imoral tornar-se-ia o romancista do adultério e o analista dos desejos amorais.

[1615] Quantos personagens de Machado de Assis vão ao teatro em meio aos dramas do adultério e quanto se fica sabendo desses cenários!

Que os três quadros estão acabados com muita arte, sobretudo o primeiro, é coisa que a crítica imparcial deve reconhecer; mas por que avolumar tais acessórios até o ponto de abafar o principal?

166-167

O Sr. Eça de Queirós não quer ser realista mitigado, mas intenso e completo; e daí vem que o tom carregado das tintas, que nos assusta, para ele é simplesmente o tom próprio. Dado, porém, que a doutrina do Sr. Eça de Queirós fosse verdadeira, ainda assim cumpria não acumular tanto as cores, nem acentuar tanto as linhas; e quem o diz é o próprio chefe da escola, de quem li, há pouco, e não sem pasmo, que o perigo do momento realista é haver quem suponha que o traço grosso é o traço exato. Digo isto no interesse do talento do Sr. Eça de Queirós, não no da doutrina que lhe é adversa; porque a esta o que mais importa é que o Sr. Eça de Queirós escreva outros livros como *O Primo Basílio*. Se tal suceder, o Realismo na nossa língua será estrangulado no berço; e a arte pura, apropriando-se do que ele contiver aproveitável (porque o há, quando se não despenha no excessivo, no tedioso, no obsceno, e até no ridículo), a arte pura, digo eu, voltará a beber aquelas águas sadia do *Monge de Cister*, do *Arco de Sant'Ana* e do *Guarani*.[1616]

167-168

Há quinze dias, escrevi nestas colunas uma apreciação crítica do segundo romance do Sr. Eça de Queirós, *O Primo Basílio*, e daí para cá apareceram dois artigos em resposta ao meu, e porventura algum mais em defesa do romance. Parece que a certa porção de leitores desagradou a severidade da crítica. Não admira; nem a severidade está muito nos hábitos da terra, nem a doutrina realista é tão nova que não conte já, entre nós, mais de um férvido religionário. Criticar o livro, era muito; refutar a doutrina, era demais. Urgia, portanto, destruir as objeções e aquietar os ânimos assustados; foi o que se pretendeu fazer e foi o que se não fez.

Pela minha parte, podia dispensar-me de voltar ao assunto. Volto (e pela última vez) porque assim o merece a cortesia dos meus

---

[1616] Quando terá Machado de Assis percebido o teor moralista da sua crítica a Eça de Queirós e decidido adotar o realismo, dando-lhe como contribuição um forte tom irônico, para salvar sua literatura de um romantismo inverossímil, açucarado e superado?

contendores; e, outrossim, porque não fui entendido em uma das minhas objeções. E antes de ir adiante, convém retificar um ponto. Um dos meus contendores acusa-me de nada achar bom no *Primo Basílio*. Não advertiu que, além de proclamar o talento do autor (seria pueril negar-lho) e de lhe reconhecer o dom da observação, notei o esmero de algumas páginas e a perfeição de um dos seus caracteres. Não me parece que isto seja negar tudo a um livro, e a um segundo livro. Disse comigo: – Este homem tem faculdades de artista, dispõe de um estilo de boa têmpera, tem observação; mas o seu livro traz defeitos que me parecem graves, uns de concepção, outros da escola em que o autor é aluno, e onde aspira a tornar-se mestre; digamos-lhe isto mesmo, com a clareza e franqueza a que têm jus os espíritos de certa esfera. – E foi o que fiz, preferindo às generalidades do diletantismo literário a análise sincera e a reflexão paciente e longa. Censurei e louvei, crendo haver assim provado duas coisas: a lealdade da minha crítica e a sinceridade da minha admiração.[1617]

169-170

Venhamos agora à concepção do Sr. Eça de Queirós, e tomemos a liberdade de mostrar aos seus defensores como se deve ler e entender uma objeção. Tendo eu dito que, se não houvesse o extravio das cartas, ou se Juliana fosse mulher de outra índole, acabava o romance em meio, porque Basílio, enfastiado, segue para a França, Jorge volta do Alentejo, e os dois esposos tornariam à vida antiga, replicam-me os meus contendores de um modo, na verdade, singular. Um achou a objeção fútil e até cômica; outro evocou os manes de Judas Macabeu, de Antíoco, e do elefante de Antíoco. Sobre o elefante foi construída uma série de hipóteses destinadas a provar a futilidade do meu argumento. Por que Herculano fez Eurico um presbítero? Se Hermengarda tem casado com o gardingo logo no começo, haveria romance? Se o Sr. Eça de Queirós não houvesse escrito *O Primo Basílio*, estaríamos agora a analisá-lo? Tais são as hipóteses, as perguntas, as deduções do meu argumento; e foi-me precisa toda a confiança que tenho na

---

[1617] O próprio Machado de Assis se tornaria aluno da escola do mestre Eça de Queirós. Terá feito uma autoanálise e percebido que o grande lance não era negar Eça, mas levá-lo ao extremo, ser mais realista do que o realista, hiper-realista *avant la lettre*? Ou, caso valha o mau trocadilho, depois de tantas cartas?

boa fé dos defensores do livro, para não supor que estavam a mofar de mim e do público.

Que não entendessem, vá; não era um desastre irreparável. Mas uma vez que não entendiam, podiam lançar mão de um destes dois meios: reler-me ou calar. Preferiram atribuir-me um argumento de simplório; involuntariamente, creio; mas, em suma, não me atribuíram outra coisa.[1618]

171

Que o Sr. Eça de Queirós podia lançar mão do extravio das cartas, não serei eu que o conteste; era seu direito. No modo de exercer é que a crítica lhe toma contas. O lenço de Desdêmona tem larga parte na sua morte; mas a alma ciosa e ardente de Otelo, a perfídia de Iago e a inocência de Desdêmona, eis os elementos principais da ação. O drama existe, porque está nos caracteres, nas paixões, na situação moral dos personagens: o acessório não domina o absoluto; é como a rima de Boileau: *il ne doit qu'obéir*. Extraviem-se as cartas, faça uso delas Juliana; é um episódio como qualquer outro. Mas o que, a meu ver, constitui o defeito da concepção do Sr. Eça de Queirós, é que a ação, já despida de todo o interesse anedótico, adquire um interesse de curiosidade. Luísa resgatará cartas? Eis o problema que o leitor tem diante de si.[1619]

173

Nem basta ler; é preciso comparar, deduzir, aferir a verdade do autor. Assim é que, estando Jorge de regresso e extinta a aventura do primo, Luísa cerca o marido de todos os cuidados – "cuidados de mãe e ímpetos de concubina". Que nos diz o autor nessa página? Que Luísa se envergonhava um pouco da maneira "por que amava o marido; sentia vagamente que naquela violência amorosa havia pouca dignidade conjugal. Parecia-lhe que tinha apenas um capricho".

Que horror! Um capricho por um marido! Que lhe importaria, de resto? "Aquilo fazia-a feliz". Não há absolutamente nenhum meio de atribuir a Luísa esse escrúpulo de dignidade conjugal; está ali porque

---

[1618] O crítico sabia reagir com ferocidade. No popular, bateu, levou.

[1619] O leitor viu até agora quantas vezes Machado de Assis atrelou as suas intrigas a episódios de cartas. Os amores de Virgília e Brás serão denunciados por carta anônima. Em Eça as cartas também eram acessórias.

o autor no-lo diz; mas não basta; toda a composição do caráter de Luísa é antinômica com semelhante sentimento.[1620]

176

Que há, pois, comum entre exemplos dessa ordem e a escola de que tratamos?

Em que pode um drama de Israel, uma comédia de Atenas, uma locução de Shakespeare ou de Gil Vicente justificar a obscenidade sistemática do realismo?

Diferente coisa é a indecência relativa de uma locução, e a constância de um sistema que, usando aliás de relativa decência nas palavras, acumula e mescla toda a sorte de ideias e sensações lascivas; que, no desenho e colorido de uma mulher, por exemplo, vai direito às indicações sensuais.

Não peço, decerto, os estafados retratos do romantismo decadente; pelo contrário, alguma coisa há no realismo que pode ser colhido, em proveito da imaginação e da arte. Mas sair de um excesso para cair em outro, não é regenerar nada; é trocar o agente da corrupção.[1621]

177

Se eu tivesse de julgar o livro pelo lado da influência moral, diria que, qualquer que seja o ensinamento, se algum tem, qualquer que seja a extensão da catástrofe, uma e outra coisa são inteiramente destruídas pela viva pintura dos fatos viciosos: essa pintura, esse aroma de alcova, essa descrição minuciosa, quase técnica, das relações adúlteras, eis o mal. A castidade inadvertida que ler o livro chegará à última página, sem fechá-lo, e tornará atrás para reler outras.

Mas não trato disso agora; não posso sequer tratar mais nada; foge-me o espaço. Resta-me concluir, e concluir aconselhando aos jovens talentos de ambas as terras da nossa língua, que não se deixem seduzir por uma doutrina caduca, embora no verdor dos anos. Este messianismo literário não tem a força da universalidade nem da vitalidade; traz consigo a decrepitude. Influi, decerto, em bom sentido

---

[1620] O que dizer de Virgília jantando em casa com o amante e com o marido? Ou planejando levar o amante como secretário do marido nomeado presidente de província? Ou se regalando sexualmente sob a proteção de Dona Plácida, que deixou de sentir "nojo" da situação pela recompensa recebida?

[1621] O crítico não era independente como pretendia: submetia o seu julgamento à moral dominante, cujas vísceras a literatura de Eça de Queirós expunha ao leitor.

e até certo ponto, não para substituir as doutrinas aceitas, mas corrigir o excesso de sua aplicação. Nada mais. Voltemos os olhos para a realidade, mas excluamos o realismo, assim não sacrificaremos a verdade estética.[1622]

178

Um dos meus contendores louva o livro do Sr. Eça de Queirós, por dizer a verdade, e atribui a algum hipócrita a máxima de que nem todas as verdades se dizem. Vejo que confunde a arte com a moral[1623]; vejo mais que se combate a si próprio. Se todas as verdades se dizem, por que excluir algumas?

Ora, o realismo dos Srs. Zola e Eça de Queirós, apesar de tudo, ainda não esgotou todos os aspectos da realidade.

[...] Quanto ao Sr. Eça de Queirós e aos seus amigos deste lado do Atlântico, repetirei que o autor do *Primo Basílio* tem em mim um admirador de seus talentos, adversário de suas doutrinas, desejoso de o ver aplicar, por modo diferente, as fortes qualidades que possui; que, se admiro também muitos dotes do seu estilo, faço restrições à linguagem; que o seu dom de observação, aliás pujante, é complacente em demasia; sobretudo, é exterior, é superficial. O fervor dos amigos pode estranhar este modo de sentir e a franqueza de o dizer. Mas então o que seria a crítica?[1624]

"A nova geração"[1625]

180

Há entre nós uma nova geração poética, geração viçosa e galharda, e, cheia de fervor e convicção.

[1622] Ainda bem que o crítico moralista não seguiu o conselho que deu aos jovens escritores do seu tempo. Sucumbiu ao realismo para bem da literatura.

[1623] Ideologia é sempre o pensamento do outro. O crítico não se via como moralista, mas apenas como defensor da arte, que para ser arte teria de ser moral e não transpirar odores de alcova. Em menos de três anos, a conversão se daria. O criticado venceria o crítico para bem dos leitores de ambos.

[1624] Cabe esperar que esse ponto de vista do crítico seja considerado por aqueles que lerão estas críticas ao genial escritor brasileiro Machado de Assis. Eça de Queirós tomou a crítica com diplomacia. Chegou a escrever ao algoz dizendo que se sentia honrado e que esperava conhecer todos os artigos para debater sobre realismo. A segunda edição de *O primo Basílio* teria Machado de Assis como representante editorial, detentor da "propriedade literária" da obra. Lucia Miguel Pereira (1936, p. 198), tão crítica, em geral, acha que Machado de Assis desmontou o livro de Eça de Queirós fazendo restrições "com o tato costumeiro".

[1625] *Revista Brasileira*, vol. II, dezembro de 1879.

[...] Nem tudo é ouro nessa produção recente; e o mesmo ouro nem sempre se revela de bom quilate; não há um fôlego igual e constante; mas o essencial é que um espírito novo parece animar a geração que alvorece, o essencial é que esta geração não se quer dar ao trabalho de prolongar o ocaso de um dia que verdadeiramente acabou.

Já é alguma coisa. Esse dia, que foi o romantismo, teve as suas horas de arrebatamento, de cansaço e por fim de sonolência, até que sobreveio a tarde e negrejou[1626] a noite. A nova geração chasqueia às vezes do romantismo. Não se pode exigir da extrema juventude a exata ponderação das coisas; não há impor a reflexão ao entusiasmo.

181

"As teorias passam, mas as verdades necessárias devem subsistir". Isto que Renan dizia há poucos meses da religião e da ciência, podemos aplicá-lo à poesia e à arte. A poesia não é, não pode ser eterna repetição; está dito e redito que ao período espontâneo e original sucede a fase da convenção e do processo técnico, e é então que a poesia, necessidade virtual do homem, forceja por quebrar o molde e substituí-lo. Tal é o destino da musa romântica. Mas não há só inadvertência naquele desdém dos moços; vejo aí também um pouco de ingratidão. A alguns deles, se é a musa nova que o amamenta, foi aquela grande moribunda que os gerou; e até os há que ainda cheiram ao puro leite romântico.[1627]

182

Já o é às vezes; a nossa mocidade manifesta certamente o desejo de ver alguma coisa por terra, uma instituição, um credo, algum uso, algum abuso; mas a ordem geral do universo parece-lhe a perfeição mesma. A humanidade que ela canta em seus versos está bem longe de ser aquele *monde avorté* de Vigny – é mais sublime, é um deus, como lhe chama um poeta ultramarino, o Sr. Teixeira Bastos.[1628]

[1626] O termo hoje choca, ainda mais na pena de um negro. O romantismo morria, mas o crítico ainda não lhe dera a extrema-unção, o que faria em dois anos.

[1627] O próprio crítico.

[1628] O maior carrasco do romantismo seria o talento de Machado de Assis como realista irônico. Uma forma, quem sabe, de aderir ao antes odiado realismo sem se ajoelhar.

184

Ao próprio Baudelaire repugnava a classificação de realista – *cette grossière épithète*, escreveu ele em uma nota. Como objeção, e aliás não foi esse o intuito do autor, a definição é excelente, o que veremos mais abaixo.

Não falta quem conjugue o ideal poético e o ideal político, e faça de ambos um só intuito, a saber, a nova musa terá de cantar o Estado republicano.[1629]

186

Outro, o Sr. Teixeira Bastos, nos *Rumores vulcânicos*, diz que os seus versos cantam um deus sagrado – a Humanidade – e o "coruscante vulto da Justiça". Mas essa aspiração ao reinado da Justiça (que é afinal uma simples transcrição de Proudhon) não pode ser uma doutrina literária; é uma aspiração e nada mais. Pode ser também uma cruzada, e não me desagradam as cruzadas em verso. Garrett, ingênuo às vezes, como um grande poeta que era, atribui aos versos uma porção de grandes coisas sociais que eles não fizeram, os pobres versos; mas em suma, venham eles e cantem alguma coisa nova, – essa justiça, por exemplo, que oxalá desminta algum dia o conceito de Pascal. Mas entre uma aspiração social e um conceito estético vai diferença; o que se precisa é uma definição estética.[1630]

186-187

Achá-la-emos no prefácio que o Sr. Sílvio Romero pôs aos seus *Cantos do fim do século*? "Os que têm procurado dar nova direção à arte, – diz ele, – não se acham de acordo. A bandeira de uns é a revolução, de outros o positivismo; o socialismo e o romantismo transformado têm também os seus adeptos. São doutrinas que se exageram, ao lado da metafísica idealista. Nada disto é verdade".

Não se contentando em apontar a divergência, o Sr. Sílvio Romero examina uma por uma as bandeiras hasteadas, e prontamente as derruba; nenhuma pode satisfazer as aspirações novas. A revolução foi parca de ideias, o positivismo está acabado como sistema, o socialismo não tem sequer o sentido altamente filosófico do positivismo, o

---

[1629] Um obstáculo de monta.

[1630] Nos termos atuais, Machado de Assis seria um "isentão" ou um conservador sempre às voltas com seu inimigo de esquerda, Proudhon.

romantismo transformado é uma fórmula vã, finalmente o idealismo metafísico equivale aos sonhos de um histérico; eis aí o extrato de três páginas. Convém acrescentar que este autor, ao invés dos outros, ressalva com boas palavras o lirismo, confundido geralmente com a "melancolia romântica".

Perfeitamente dito e integralmente aceito. Entretanto, o lirismo não pode satisfazer as necessidades modernas da poesia, ou como diz o autor, – "não pode por si só encher todo o ambiente literário; há mister uma nova intuição mais vasta e mais segura". Qual? Não é outro o ponto controverso, e depois de ter refutado todas as teorias, o Sr. Sílvio Romero conclui que a nova intuição literária nada conterá dogmático, – será um resultado do espírito geral de *crítica* contemporânea. Esta definição, que tem a desvantagem de não ser uma definição estética, traz em si uma ideia compreensível, assaz vasta, flexível, e adaptável a um tempo em que o espírito recua os seus horizontes.[1631]

188

Ia-me esquecendo uma bandeira hasteada por alguns, o realismo, a mais frágil de todas, porque é a negação mesma do princípio da arte.[1632] Importa dizer que tal doutrina é aqui defendida, menos como a doutrina que é, do que como expressão de certa nota violenta, por exemplo, os sonetos do Sr. Carvalho Júnior. Todavia, creio que de todas as que possam atrair a nossa mocidade, esta é a que menos

---

[1631] Em 1897, Sílvio Romero lançaria *Machado de Assis, estudo comparativo de literatura brasileira*. Estaria declarada a guerra. Romero, discípulo de Tobias Barreto, integrante da chamada Escola do Recife, destacou-se pelo racismo escancarado. Pensava assim: "Povo que descendemos de um estragado e corrupto ramo da velha raça latina, a que juntaram-se o concurso de duas das raças mais degradadas do globo, os negros da costa e os peles vermelhas da América [...] resultaram o servilismo do negro, a preguiça do índio e o gênio autoritário e tacanho do português [...] produziram uma nação informe e sem qualidades fecundas e originais". Romero negaria ser discípulo de Barreto: "Nunca foi nosso mestre" (1897, p. XXIX), alegando até ter se antecipado em alguns conceitos. Achava *Brás Cubas* e *Quincas Borba* dois "cartapácios de sensaboria". Mesmo fazendo o elogio a Tobias Barreto, "um mestiçado", referia-se a "moléstia da cor" e "esse mal não definido ainda, que ainda não tem nome, e deve ser uma espécie de nostalgia da alvura, envolta em certa dose de despeito contra os que gozam da superioridade da branquidade"(1897, p. 164). Machado de Assis seria "um genuíno representante da sub-raça brasileira cruzada" (p. 18). O crítico era um genuíno produto do ressentimento e do despeito.
[1632] Em defesa de Machado de Assis pode-se alegar que a sua rejeição era mais em relação a uma vertente realista: o naturalismo. Justamente o realismo mais radical e interessado nas questões sociais e na vida das classes "subalternas".

subsistirá, e com razão; não há nela nada que possa seduzir longamente uma vocação poética.

189-190

A atual geração, quaisquer que sejam os seus talentos, não pode esquivar-se às condições do meio; afirmar-se-á pela inspiração pessoal, pela caracterização do produto, mas o influxo externo é que determina a direção do movimento; não há por ora no nosso ambiente a força necessária à invenção de doutrinas novas. Creio que isto chega a ser uma verdade de La Palisse.[1633]

190

E aqui toco eu o ponto em que a definição do escritor, que prefaciou o opúsculo do Sr. Fontoura Xavier, é uma verdadeira objeção. Reina em certa região da poesia nova um reflexo muito direto de V. Hugo e Baudelaire; é verdade. V. Hugo produziu já entre nós, principalmente no Norte, certo movimento de imitação, que começou em Pernambuco, a escola hugoísta, como dizem alguns, ou a escola condoreira, expressão que li há algumas semanas num artigo bibliográfico do Sr. Capistrano de Abreu, um dos nossos bons talentos modernos. Daí vieram os versos dos Srs. Castro Alves, Tobias Barreto, Castro Rebelo Júnior, Vitoriano Palhares e outros engenhos mais ou menos vívidos. Esse movimento, porém, creio ter acabado com o poeta das *Vozes d'África*. Distinguia-o certa pompa, às vezes excessiva, certo intumescimento de ideia e de frase, um grande arrojo de metáforas, coisas todas que nunca jamais poderiam constituir virtudes de uma escola; por isso mesmo é que o movimento acabou. Agora, a imitação de V. Hugo é antes da forma conceituosa que da forma explosiva; o jeito axiomático, a expressão antitética, a imagem viva e rebuscada, o ar olímpico do adjetivo, enfim o contorno da metrificação, são muita vez reproduzidos, e não sem felicidade.[1634]

191

A influência francesa é ainda visível na parte métrica, na exclusão ou decadência do verso solto, e no uso frequente ou constante do alexandrino.[1635]

[1633] A antropofagia apareceria como salvação.
[1634] Veredicto: talentosos imitadores pomposos.
[1635] Cada época com sua moda e com seus dogmas.

211

Republicano é talvez pouco. O Sr. Fontoura Xavier há de tomar à boa parte uma confissão que lhe faço; creio que seus versos avermelham-se[1636] de um tal ou qual jacobinismo; não é impossível que a Convenção lhe desse lugar entre Hebert e Billaut.

213

Não digo ao Sr. Fontoura Xavier que rejeite as suas opiniões políticas, por menos arraigadas que lhas julgue, respeito-as. Digo-lhe que não deixe abafar as qualidades poéticas, que exerça a imaginação, alteie e aprimore o estilo, e não empregue o seu belo verso em dar vida nova a metáforas caducas; fique isso aos que não tiverem outro meio de convocar a atenção dos leitores.

Não está nesse caso o Sr. Fontoura Xavier. Entre os modernos é ele um dos que melhormente trabalham o alexandrino; creio que às vezes sacrifica a perspicuidade à harmonia, mas não é único nesse defeito, e aliás não é defeito comum nos seus versos, nos poucos versos que me foi dado ler.[1637]

213

Isso que aí fica acerca do Sr. Fontoura Xavier, bem o posso aplicar, em parte, ao Sr. Valentim Magalhães, poeta ainda assim menos exclusivo que o outro. Os *Cantos e Lutas*, impressos há dois ou três meses, creio serem o seu primeiro livro.

214

Pode-se imaginar o tom e as promessas de todas essas composições. Numa delas o poeta afiança alívio às almas que padecem, pão aos operários, liberdade aos escravos, porque o reinado da justiça está próximo.

Noutra parte, anunciando que pegou da espada e vem juntar-se aos combatentes, diz que as legiões do passado estão sendo dizimadas, e que o dogma, o privilégio, o despotismo, a dor vacilam à voz da justiça. Vemos que, não é só o pão que o operário há de ter, a

---

[1636] Julgamento ideológico cuja coloração sempre aflora em críticas.

[1637] Fica dado como certo que defender ideias políticas ou sociais contrasta com a possibilidade de uma expressão estética original. A obra seria ruim por ser política.

liberdade que há de ter o escravo; é a própria dor que tem de ceder à justiça.[1638]

216

Para conhecer bem a origem das ideias deste livro, melhor direi a atmosfera intelectual do autor, basta ler os *Dois edifícios*. É quase meio-dia; encostado ao gradil de uma cadeia está um velho assassino, a olhar para fora; há uma escola defronte. Ao bater a sineta da escola saem as crianças alegres e saltando confusamente; o velho assassino contempla-as e murmura com voz amargurada: "Eu nunca soube ler!" Quer o Sr. Valentim Magalhães que lhe diga? Essa ideia, a que emprestou alguns belos versos, não tem por si nem a verdade nem a verossimilhança; é um lugar-comum, que já a escola hugoísta nos metrificava há muitos anos. Hoje está bastante desacreditada. Não a aceita Littré, como panaceia infalível e universal; Spencer reconhece na instrução um papel concomitante na moralidade, e nada mais. Se não é rigorosamente verdadeira, é de todo o ponto inverossímil a ideia do poeta.[1639]

217

Não ilude a ninguém o Sr. Alberto de Oliveira. Ao seu livro de versos pôs francamente um título condenado entre muitos de seus colegas; chamou-lhe *Canções românticas*. Na verdade, é audacioso.

218

O livro não traz nenhuma prova da veracidade do poeta.

[...] O verso do Sr. Alberto de Oliveira tem a estatura média, o tom brando, o colorido azul, enfim um ar gracioso e não épico.

Os gigantes querem o tom másculo. O autor da *Luz Nova* e do *Primeiro Beijo* tem muito onde ir buscar a matéria a seus versos.

Que lhe importa o guerreiro que lá vai à Palestina? Deixe-se ficar no castelo, com a filha dele, não digo para dedilharem ambos um

---

[1638] Victor Hugo fez literatura de alto nível com evidente cunho social. O crítico parecia confundir a sua postura ideológica com uma grade estética neutra.
[1639] Os ressentimentos sociais, alimentados como traumas, não poderiam justificar crimes. Nem a falta de instrução. Tradicional perspectiva que isenta a sociedade pelos crimes individuais.

bandolim desafinado, mas para lerem juntos alguma página da história doméstica.[1640]

219

Creio que o estilo precisa obter da parte do autor um pouco mais de cuidado.[1641]

220

O realismo não conhece relações necessárias, nem acessórias, sua estética é o inventário.[1642] Dir-se-á, entretanto, que o Sr. Alberto de Oliveira tende ao realismo? De nenhuma maneira; dobra-se-lhe o espírito momentaneamente, a uma ou outra brisa, mas retoma logo a atitude anterior.

221

Pouco direi do Sr. Mariano de Oliveira; é escasso o livro, e não pude coligir outras composições posteriores, que me afirmam andar em jornais. É um livro incorreto aquele[1643]; o Sr. Mariano de Oliveira não possui ainda o verso alexandrino, ou não o possuía quando deu ao prelo aquelas páginas; fato tanto mais lastimoso, quanto que o verso lhe sai com muita espontaneidade e vida, e bastaria corrigi-los, – e bem assim o estilo, – para os fazer completos.

222

Nessa página que não é única, – e eu poderia citar outras, como a *Nau e o homem* e *Mãe,* – nessa página sente-se que palpita um poeta, mas as incorreções vêm sobremodo afetá-las. Já me não refiro às de forma métrica; o poeta é geralmente descurado. Poderia citar passagens obscuras, locuções ambíguas, outras empregadas em sentido espúrio, e até rimas que o não são.

224

Não direi a mesma coisa ao Sr. Sílvio Romero, e por especial motivo. O autor dos *Cantos do fim do século* é um dos mais estudiosos representantes da geração nova; é laborioso e hábil.

[1640] Para refletir como escolha.
[1641] O crítico julga, distribui pontos, condena, orienta, define, não hesita.
[1642] Crítica feita a Eça de Queirós.
[1643] A análise julga objetivamente em termos de correção e incorreção.

224

Os *Cantos do fim do século* podem ser também documento de aplicação, mas não dão a conhecer um poeta; e para tudo dizer numa só palavra, o Sr. Romero não possui a forma poética.[1644]

225

No livro do Sr. Romero achamos essa luta entre pensamento que busca romper do cérebro, e a forma que não lhe acode ou só lhe acode reversa e obscura: o que dá a impressão de um estrangeiro que apenas balbucia a língua nacional.[1645]

227

Realmente, criticados que se desforçam de críticas literárias com impropérios dão logo ideia de uma imensa mediocridade, – ou de uma fatuidade sem freio, – ou de ambas as coisas; e para lances tais é que o talento, quando verdadeiro e modesto, deve reservar o silêncio do desdém: *Non ragionar de lor, ma guarda, e passa.*

Não é comum suportar a análise literária; e raríssimo suportá-la com gentileza.

Daí vem a satisfação da crítica quando encontra essa qualidade em talentos que apenas estreiam.[1646]

227

Dois nomes me estão agora no espírito, – o Sr. Lúcio de Mendonça e o Sr. Francisco de Castro, – poetas, que me deram o gos-

---

[1644] Quase vinte anos depois, o criticado viraria crítico e mostraria não ter assimilado tão duro golpe. A mágoa é um poderoso fermento cultural.

[1645] A arte não suportaria o cérebro; oposição entre o intelectual e o artista. Essa tese ainda se mostra vitoriosa no Brasil, embora não convença muitos europeus.

[1646] Sílvio Romero não digeriu as críticas feitas por Machado de Assis. Este, como se viu na polêmica em torno de Eça de Queirós, também não gostou das ressalvas feitas ao seu ponto de vista. Quem mais gosta da crítica é o próprio crítico. No livro que dedicaria a Machado de Assis, Romero daria o troco em termos semelhantes. Analisando o conto "Miss Dollar", denunciaria a repetição de palavras: "Miss Dollar – doze vezes; leitor – sete; deve – seis..." (1897, p. 125). Erraria ao alvo, mas analisando o texto: "Com um punhado de ideias pouco extensas, com um vocabulário que não é dos mais ricos, com uma imaginação sem altos voos, faz muitas e repetidas voltas em torno dos fatos e das noções que eles lhe deixam na inteligência, orientada por um imperturbável bom senso, que lhe supre a observação, que não é muito variada, nem muito rigorosa" (p. 126). Machado de Assis seria um "chove não molha", sinuoso, hesitante. O troco de Romero seria direto: "Não retruquei e o faço agora"; "antes de mais nada é preciso adiantar que Machado de Assis não é um poeta" (1897, p. 20). Todo o esforço de Romero seria para provar, por comparação a superioridade de Tobias Barreto sobre Machado de Assis, da poesia (pertinente) à prosa e ao humorismo (derrota total).

to de os apresentar ao público, por meio de prefácio em obras suas. Não lhes ocultei nem a um, nem a outro, nem ao público os senões e lacunas, que havia em tais obras; e tanto o autor das *Névoas matutinas* como o das *Estrelas errantes* aceitaram francamente, graciosamente, os reparos que lhes fiz. Não era já isso dar prova de talento?[1647]

229

A realidade é boa, o realismo é que não presta para nada.[1648]

230

Certas demasias há de perdê-las com o tempo; a melhor lição crítica é a experiência própria. Confesso, entretanto, um receio. A ciência é má vizinha; e a ciência tem no Sr. Francisco de Castro um cultor assíduo e valente.[1649]

233

A poesia do Sr. Ezequiel Freire não tem só o lirismo pessoal, – traz uma nota de humorismo e de sátira; e é por essa última parte que o podemos ligar ao Sr. Artur Azevedo. *As Flores do Campo*, volume de versos dado em 1874, tiveram a boa fortuna de trazer um prefácio devido à pena delicada e fina de D. Narcisa Amália, essa jovem e bela poetisa, que há anos aguçou a nossa curiosidade com um livro de versos, e recolheu-se depois à *turris eburnea* da vida doméstica. Resende é a pátria de ambos; além dessa afinidade, temos a da poesia, que em suas partes mais íntimas e do coração, é a mesma. Naturalmente, a simpatia da escritora vai de preferência às composições que mais lhe quadram à própria índole[1650], e, no nosso caso, basta conhecer a que lhe arranca maior aplauso, para adivinhar todas as delicadezas da mulher. Dona Narcisa Amália aprova sem reserva os *Escravos no eito*, página da roça, quadro em que o poeta lança a piedade de seus versos sobre o padecimento dos cativos. Não se limita a aplaudi-lo, subscreve a composição. Eu, pela minha parte, subscrevo o louvor; creio também que essa composição resume o quadro. A pintura é viva e crua; o verso cheio e enérgico. A invectiva que forma

---

[1647] Prefácios de fato interessantíssimos nos quais os prefaciados foram triturados.

[1648] Belíssima fórmula que seria enterrada com *Memórias Póstumas de Brás Cubas*.

[1649] Cientista (intelectual) ou artista: eis a escolha que deveria ser feita.

[1650] Não seria assim com todo crítico?

a segunda parte seria, porém, mais enérgica, se o poeta no-la desse menos extensa; mas há ali um sentimento real de comiseração.[1651]

236

Se no Sr. Ezequiel Freire não há vestígio de tendência nova, menos a iremos achar no Sr. Artur Azevedo, que é puramente satírico. Conheço deste autor o *Dia de Finados*, *A Rua do Ouvidor* e *Sonetos*; três opúsculos. Não darei nenhuma novidade ao autor, dizendo-lhe que o estilo de tais opúsculos é incorreto, que a versificação não tem o apuro necessário, e aliás cabido em suas forças. Sente-se naquelas páginas o descuido voluntário do poeta; respira-se a aragem do improviso, descobre-se o inacabado do amador.[1652]

237

A viúva que repreende em altos brados o escravo, o credor que vai cobrar uma dívida, o *rendez-vous* dos namorados, as chacotas, os risos, tudo isso não parece que excede a realidade? Mas dado que seja a realidade pura, a ficção poética não podia admiti-la sem restrição.[1653]

239

Múcio Teixeira cedeu principalmente ao influxo da chamada escola hugoísta. *O Trono e a Igreja*, *Gutenberg*, a *Posteridade*, e outras composições dão ideia cabal dessa poesia, que buscava os efeitos em certos meios puramente mecânicos.

Vemos aí o condor, aquele condor que à força de voar em tantas estrofes, há doze anos, acabou por cair no chão, onde foi apanhado e empalhado[1654]; vemos as epopeias, os Prometeus, os gigantes, as Babéis, todo esse vocabulário de palavras grandes destinadas a preencher o vácuo das ideias justas. O Sr. Múcio Teixeira cedeu à torrente, como tantos outros; não há que censurá-lo; mas resiste afinal e o seu novo livro será outro.[1655]

[1651] Há sempre uma nota condescendente quando se trata de uma mulher.
[1652] Mais um nocauteado.
[1653] O cotidiano não seria poético em si.
[1654] O crítico podia ser retoricamente cruel e debochado. Pode-se imaginar o efeito provocado num tempo de contendas e polêmicas impiedosas.
[1655] Machado de Assis, nesse quesito, venceu: a poesia que não morreu, sussurra.

243-244

Um escritor de ultramar, Sainte-Beuve, disse um dia, que o talento pode embrenhar-se num mau sistema, mas se for verdadeiro e original, depressa se emancipará e achará a verdadeira poética. Estas palavras de um crítico que também foi poeta, repete-as agora alguém que, na crítica e na poesia, despendeu alguns anos de trabalho, não fecundo nem grande mas assíduo e sincero; alguém que para os recém-chegados há de ter sempre a advertência amiga e o aplauso oportuno.[1656]

"Eça de Queirós"[1657]

258

Meu caro H. Chaves. – Que hei de dizer que valha esta calamidade? Para os romancistas é como se perdêssemos o melhor da família, o mais esbelto e o mais válido. E tal família não se compõe só dos que entraram com ele na vida do espírito, mas também das relíquias da outra geração, e, finalmente, da flor da nova. Tal que começou pela estranheza acabou pela admiração. Os mesmos que ele haverá ferido, quando exercia a crítica direta e cotidiana, perdoaram-lhe o mal da dor pelo mel da língua, pelas novas graças que lhe deu, pelas tradições velhas que conservou, e mais a força que as uniu umas e outras, como só as une a grande arte. A arte existia, a língua existia, nem podíamos os dois povos, sem elas, guardar o patrimônio de Vieira e de Camões; mas cada passo do século renova o anterior e a cada geração cabem os seus profetas.[1658]

259

Por mais esperado que fosse esse óbito, veio como repentino. Domício da Gama, ao transmitir-me há poucos meses um abraço de Eça, já o cria agonizante. Não sei se chegou a tempo de lhe dar o meu. Nem ele, nem Eduardo Prado, seus amigos, terão visto apagar-se de todo aquele rijo e fino espírito, mas um e outro devem contá-lo aos

---

[1656] Assim como a crítica implacável.

[1657] *Gazeta de Notícias*, em 24/8/1900.

[1658] Na morte de Eça de Queirós, Machado de Assis ata as pontas e como que se justifica pelas críticas de outrora lembrando que também o morto havia sido crítico com outros. O português tornou-se correspondente da Academia Brasileira de Letras.

que deste lado falam a mesma língua, admiram os mesmos livros e estimavam o mesmo homem.[1659]

"Eduardo Prado"[1660]

261

Principalmente artista e pensador, possuía o divino horror à vulgaridade, ao lugar comum e à declamação. Se entrasse na vida política, que apenas atravessou com a pena, em dias de luta, levaria para ela qualidades de primeira ordem, não contando o *humour*, tão diverso da chalaça e tão original nele.[1661]

262

Sterne escreveu que "um dia, conversando com Voltaire..." e imagina-se o que diriam eles. Imagina-se o que diriam, todas as noites, Stendhal e Byron, passeando no solitário *foyer* do teatro Scala. Quando Montaigne ouvia as histórias que Amyot lhe ia contar, podemos ver a delícia de ambos e admitir que as visitas continuam no outro mundo. Assim se podia dizer do Eça e do Eduardo, por um texto que exprimisse o talento, o amor das coisas finas e belas, e, enfim, a grande simpatia que um inspirava ao outro.[1662]

"Henriqueta Renan"

275

Enfim, chega a conclusão inesperada em um seminarista: "ainda que o cristianismo não passasse de um devaneio, o sacerdócio seria divino".

Mais uma vez lastima que o sacerdócio seja exercido por pessoas que o rebaixam, e que o mundo superficial confunda o homem com o ministério; mas logo reduz isto a uma opinião, "e, graças a Deus, creio estar acima da opinião".[1663]

[1659] Unidos no realismo.

[1660] *O Comércio de São Paulo*, 1901.

[1661] Humor e chacota ou deboche eram registros diferentes.

[1662] Que mudança em relação ao furor do crítico de *O primo Basílio*.

[1663] Sobre a correspondência de Henriqueta com o irmão. Espírito de uma época epistolar e cristã.

"Pensées détachées et souvenirs"

Por Joaquim Nabuco[1664]

290

Desde cedo, li muito Pascal, para não citar mais que este, e afirmo-lhe que não foi por distração.

293

Efetivamente, ainda me lembra o tempo em que um gesto seu, de pura fascinação, me mostrou todo o alcance da influência que Chateaubriand exercia então em seu espírito.[1665]

"Prefácios"

"Névoas matutinas"

Por Lúcio de Mendonça[1666]

310

Aperto-lhe primeiramente a mão. Conhecia já há tempo o seu nome ainda agora nascente, e duas ou três composições avulsas; nada mais. Este seu livro, que daqui a pouco será do público, vem mostrar-me mais amplamente o seu talento, que o tem, bem como os seus defeitos, que não podia deixar de os ter. Defeitos não fazem mal, quando há vontade e poder de os corrigir. A sua idade os explica, e não até se os pede; são por assim dizer estranhezas de menina, quase moça: a compostura de mulher virá com o tempo.[1667]

310

E para liquidar de uma vez este ponto dos senões, permita-me dizer-lhe que o principal deles é realizar o livro a ideia do título. Chamou-lhe acertadamente *Névoas Matutinas*. Mas por que névoas? Não as tem a sua idade, que é antes de céu limpo e azul, de entusiasmo e arrebatamento e de fé. É isso geralmente o que se espera ver num livro de rapaz. Imagina o leitor e com razão, que de envolta com algumas perpétuas, virão muitas rosas de boa cor, e acha que estas são

---

[1664] Carta a Joaquim Nabuco, de 19/8/1906.
[1665] Duas imensas admirações.
[1666] Carta utilizada como prefácio a *Névoas marítimas*. Rio de Janeiro: Frederico Thompson, 1872. Talvez por ser uma carta a franqueza seja escancarada.
[1667] Marcas de época.

raras. Há aqui mais saudades que esperanças, e ainda mais desesperanças que saudades

311

O estudo constante de alguns poetas talvez influísse na feição geral do seu livro.

311

Sentimento, versos cadentes e naturais, ideias poéticas, ainda que pouco variadas, são qualidades que a crítica lhe achará neste livro. Se ela disser, e deve dizer-lho, que a forma nem sempre é correta, e que a linguagem não tem ainda o conveniente alinho, pode responder-lhe que tais senões o estudo se incumbirá de os apagar.[1668]

"Harmonias errantes"

Por Francisco de Castro[1669]

313-314

Meu caro poeta, – Pede-me a mais fácil e a mais inútil das tarefas literárias: apresentar um poeta ao público. Custa pouco dizer em algumas linhas ou em algumas páginas, de um modo simpático e benévolo, – porque a benevolência é necessária aos talentos sinceros, como o seu, – custa pouco dizer que impressões nos deixaram os primeiros produtos de uma vocação juvenil. Mas não é, ao mesmo tempo, uma tarefa inútil? Um livro é um livro; vale o que efetivamente é. O leitor quer julgá-lo por si mesmo; e, se não acha no escrito que o precede, – ou a autoridade do nome, – ou a perfeição do estilo e a justeza das ideias, – mal se pode furtar a um tal ou qual sentimento de enfado. O estilo e as ideias dar-lhe-iam a ler uma boa página, – um regalo de sobra; a autoridade do nome enchê-lo-ia de orgulho; se a impressão da crítica coincidira com a dele. Suponho ter ideias justas: mas onde estão as outras duas vantagens? Seu livro vai ter uma página inútil.

Sei que o senhor supõe o contrário; ilusão de poeta e de moço, filha de uma afeição antes instintiva que experimentada, e, em todo caso, recente e generosa.[1670]

[1668] O jovem poeta de calças curtas foi humilde e aceitou o que leu.

[1669] Carta usada como prefácio a *Harmonias errantes*. Rio de Janeiro: Tipografia Moreira, 1878. O prestígio do prefaciador já era grande, o que se verifica pelos pedidos de avaliação dos jovens autores e pela publicação nos seus livros desses prefácios corrosivos.

[1670] Modéstia generosa para não deixar ilusões.

315-316

Venhamos depressa ao seu livro, que o leitor tem ânsia de folhear e conhecer.

Estou que se o ler com ânimo repousado, com vista simpática, justa, reconhecerá que é um livro de estreia, incerto em partes, com as imperfeições naturais de uma primeira produção. Não se envergonhe de imperfeições, nem se vexe de as ver apontadas; agradeça-o antes. A modéstia é um merecimento. Poderia lastimar-se se não sentisse em si a força necessária para emendar os senões inerentes aos trabalhos de primeira mão. Mas será esse o seu caso? Há nos seus versos uma espontaneidade de bom agouro, uma natural simpleza, que a arte guiará melhor e a ação do tempo aperfeiçoará.

Alguns pedirão à sua poesia maior originalidade; também eu lha peço. Este seu primeiro livro não pode dar ainda todos os traços de sua fisionomia poética.[1671]

"Miragens"[1672]

Por Enéias Galvão

324

Que há nele alguns leves descuidos, uma ou outra impropriedade, é certo.

"O Guarani"

Por José de Alencar[1673]

327

O mundo ainda não nos falava todos os dias pelo telégrafo, nem a Europa nos mandava duas e três vezes por semana, às braçadas, os seus jornais. A chácara de 1853 não estava, como a de hoje, contígua à Rua do Ouvidor por muitas linhas de *tramways*, mas em arrabaldes verdadeiramente remotos, ligados ao centro por tardos ônibus e carruagens particulares ou públicas.

[1671] Como se viu, também Machado de Assis pediu uma avaliação franca de suas peças a Quintino Bocaiúva.

[1672] Livro publicado em 1885. O autor viria a ser ministro do STF.

[1673] Prefácio, sem ressalvas, a uma edição de *O Guarani*, da qual saíram apenas os primeiros fascículos, em 1887.

328

Em verdade, Alencar não vinha conquistar uma ilha deserta. Quando se aparelhava para o combate e a produção literária, mais de um engenho vivia e dominava, além do próprio autor da *Confederação*, como Gonçalves Dias, Varnhagen, Macedo, Porto Alegre, Bernardo Guimarães; e entre esses, posto que já então finado, aquele cujo livro acabava de revelar ao Brasil um poeta genial: Álvares de Azevedo. Não importa; ele chegou, impaciente e ousado, criticou, inventou, compôs. As duas primeiras narrativas trouxeram logo a nota pessoal e nova; foram lidas como uma revelação. Era o bater das asas do espírito, que iria pouco depois arrojar voo até às margens do Paquequer.

328-29

Aqui vem este livro, que foi o primeiro alicerce da reputação de romancista do nosso autor. É a obra pujante da mocidade. Escreve-a à medida da publicação, ajustando-se a matéria ao espaço da folha, condições adversas à arte, excelentes para granjear a atenção pública. Vencer estas condições no que elas eram opostas, e utilizá-las no que eram propícias, foi a grande vitória de Alencar, como tinha sido a do autor dos *Três Mosqueteiros*.

331

Descontada a vida íntima, os seus últimos tempos foram de misantropo. Era o que ressumbrava dos escritos e do aspecto do homem. Lembram-me ainda algumas manhãs, quando ia achá-lo nas alamedas solitárias do Passeio Público, andando e meditando, e punha-me a andar com ele, e a escutar-lhe a palavra doente, sem vibração de esperanças, nem já de saudades. Sentia o pior que pode sentir o orgulho de um grande engenho: a indiferença pública, depois da aclamação pública. Começara como Voltaire para acabar como Rousseau. E baste um só cotejo. A primeira de suas comédias, *Verso e Reverso*, obrazinha em dois atos, representada no antigo Ginásio, em 1857, excitou a curiosidade do Rio de Janeiro, a literária e a elegante; era uma simples estreia.

332

Dezoito anos depois, em 1875, foram pedir-lhe um drama, escrito desde muito, e guardado inédito. Chamava-se *O Jesuíta*, e ajustava-se fortuitamente, pelo título, às preocupações maçônico-eclesiásticas da ocasião; nem creio que lho fossem pedir por outro motivo. Pois nem o nome do autor, se faltasse outra excitação, conseguiu encher o teatro, na primeira, e creio que única, representação da peça.

Esses e outros sinais dos tempos tinham-lhe azedado a alma. O eco da quadra ruidosa vinha contrastar com o atual silêncio; não achava a fidelidade da admiração. Acrescia a política, em que tão rápido se elevou como caiu, e donde trouxe a primeira gota de amargor. Quando um ministro de Estado, interpelado por ele, retorquiu-lhe com palavras que traziam, mais ou menos, este sentido – que a vida partidária exige a graduação dos postos e a submissão aos chefes, – usou de uma linguagem exata e clara para toda a Câmara, mas ininteligível para Alencar, cujo sentimento não se acomodava às disciplinas menores dos partidos.

Entretanto, é certo que a política foi uma de suas ambições, se não por si mesma, ao menos pelo relevo que dão as altas funções do Estado. A política tomou-o em sua nave de ouro; fê-lo polemista ardente e brilhante, e levantou-o logo ao leme do governo. Não faltava a Alencar mais que uma qualidade parlamentar, – a eloquência. Não possuía a eloquência, antes parecia ter em si todas as qualidades que lhe eram contrárias; mas, fez-se orador parlamentar, com esforço, desde que viu que era preciso.

333

Jamais me esqueceu a impressão que recebi quando dei com o cadáver de Alencar no alto da essa, prestes a ser transferido para o cemitério. O homem estava ligado aos anos das minhas estreias. Tinha-lhe afeto, conhecia-o desde o tempo em que ele ria, não me podia acostumar à ideia de que a trivialidade da morte houvesse desfeito esse artista fadado para distribuir a vida.[1674]

[1674] Uma admiração sem ressalvas. Nem a da defesa da escravidão.

Volume 30
Crítica teatral

Ary de Mesquita: "Nos mais antigos trabalhos deparam-se-nos erros de vernaculidade, de sintaxe e de erudição. Por tais incorreções não me poderei responsabilizar; contento-me de me declarar responsável pela fidelidade do texto: – aí cessa a minha responsabilidade".[1675]

"Ideias sobre o teatro"
O ESPELHO, 25 DE SETEMBRO DE 1859

9

Não sendo, pois, a arte um culto, a ideia desapareceu do teatro e ele reduziu-se ao simples foro de uma secretaria de estado. Desceu para lá o oficial com todos os seus atavios: a pêndula marcou a hora do trabalho, e o talento prendeu-se no monótono emprego de copiar as formas comuns, cedidas e fatigantes de um aviso sobre a regularidade da limpeza pública.[1676]

11

A iniciativa em arte dramática não se limita ao estreito círculo do tablado – vai além da rampa, vai ao povo. As plateias estão aqui perfeitamente educadas? A resposta é negativa.

[1675] Aurélio Buarque de Hollanda, organizador do volume 27, atribui todos os erros aos revisores. Lucia Miguel Pereira (1936, p. 130) afirma que Machado de Assis aprendeu o uso dos pronomes com a esposa: "Machado, se teve, desde o inicio, o senso do estilo, foi, a principio, um escritor incorreto. O tom da frase era bom, coeso e corrente, mas quantos deslizes nas minucias. Nunca se entendeu bem com a ortografia, craseava os a de maneira fantasista, e os pronomes então eram uma lastima". Um escritor genial não precisa ser um gramático. A incansável Carolina emendava os erros tipográficos. Pereira (1936, p. 206) destaca que, aos 44 anos de idade, o "grande escritor" já seria notado pela "pureza da língua e finura intelectual". Os invejosos cobravam-lhe erros capitais, como escrever falar com um único "l", e outras gramatiquices. Romero (1897, p. 25) achava que Machado de Assis tinha "linguagem gramaticalmente correta, mas o estilo é detestável". A poesia do escritor carioca seria "chata". A prosa, insossa: "Suas qualidades mais eminentes são a correção gramatical, a propriedade dos termos, a singela da forma" (1897, p. 82). Romero seria nocauteado pelo tempo. Tudo o que ele abominava em Machado triunfaria como qualidade. O seu ídolo Tobias Barreto virou documento.
[1676] Uma entrada de jogo para dizer a que vinha.

Uma plateia avançada, com um tablado balbuciante e errado, é um anacronismo, uma impossibilidade. Há uma interna relação entre uma e outro. Sófocles hoje faria rir ou enjoaria as massas; e as plateias gregas pateariam de boa vontade uma cena de Dumas ou Barrière.

A iniciativa, pois, deve ter uma mira única: a educação. Demonstrar aos iniciados as verdades e as concepções da arte; e conduzir os espíritos flutuantes e contraídos da plateia à esfera dessas concepções e dessas verdades. Desta harmonia recíproca de direções que a plateia e o talento se acham arredados no caminho da civilização. Aqui há um completo deslocamento: a arte divorciou-se do público. Há entre a rampa e a plateia um vácuo imenso de que nem uma nem outra se apercebe.[1677]

O ESPELHO

2 DE OUTUBRO DE 1859

19

Não só o teatro é um meio de propaganda, como também o meio mais eficaz, mais firme, mais insinuante.

É justamente o que não temos.

As massas que necessitam de verdades, não as encontrarão no teatro destinado à reprodução material e improdutiva de concepções deslocadas da nossa civilização, – e que trazem em si o cunho de sociedades afastadas.[1678]

REVISTA DOS TEATROS

11 DE SETEMBRO DE 1859

26

Ésquilo já no seu tempo perguntava se o que chamamos morte não seria antes a vida. É provável que a esta hora tenha tido resposta. São reflexões filosóficas de muito peso e que me fervem cá no cérebro a propósito de um asno... morto, minhas leitoras. Foi sábado passado, no querido Ginásio, onde é provável que estivessem as cabeças galantes que me cumprimentam agora nestas páginas.

[1677] Um Guy Debord teria aprendido muito com esses recursos da crítica ao entretenimento.
[1678] Por um teatro "revolucionário" em relação ao praticado no Brasil.

Asno morto é um drama em cinco atos, um prólogo e um epílogo, tirado do romance de Jules Janin, do mesmo título.[1679]

32

Estou ainda debaixo da impressão do excelente drama do nosso autor dramático o Dr. Joaquim Manuel de Macedo, – *Cobé*. – Foi ali representado, no dia 7 de setembro, grande página da nossa primeira independência.

É um belo drama como verso, como ação, como desenvolvimento. Todos já sabem que o autor da *Moreninha* faz lindíssimos versos. Os do drama são de mestre. Um pincel adequado traçou com talento os caracteres, desenhou a situação, e no meio de grandes belezas chegou a um desfecho sanguinolento, nada conforme com o gosto dramático moderno, mas decerto o único, que reclamava a situação. É um escravo que ama à senhora, e que se sacrifica por ela – matando o noivo que lhe estava destinado, mas a quem ela não amava decerto. Essa moça, Branca, ama entretanto a um outro, e Cobé, o pobre escravo – a quem uma sociedade de demônios tirara o direito de amar, quando reconhecia (ainda hoje) o direito de torcer a consciência e as faculdades de um homem, Cobé sabe morrer por ela.[1680]

33

Por agora vou dar o ponto final. Descanse os seus lindos olhos; e se gostou da minha prosa espere-me domingo.

Não é bom cansar as cabeças loiras.[1681]

18 DE SETEMBRO DE 1858

34

No teatro de S. Pedro houve, domingo passado, duas comédias novas cuja representação deixou a desejar em parte.

34-35

Mostrar os defeitos, em matéria de arte, é aperfeiçoar, e estou certo que os olhos que me leem agora aprofundarão toda a profundeza de minha alma, e toda a castidade das minhas intenções.

[1679] O crítico teatral, assim como o cronista, refletia filosoficamente sobre asnos, talvez por influência de Sterne, assim como sobre a estupidez dos humanos.

[1680] Nenhum amor assim aparece nas páginas de Machado de Assis.

[1681] O desinteresse pelos amores e pela subjetividade dos negros teria a ver com esse público de "cabeças loiras"?

[...] Todas as observações, pois, feitas aqui levam em mira o bem do teatro, e o bem público. Deve-se entender assim.

Não faço análise profunda; nem pretendo especializar defeitos. Os Srs. Martinho, Barbosa e Pedro Joaquim, disseram bem o seu papel; e o sr. Montani, nos *Cabelos de minha mulher*, foi também sofrível.

[...] A plateia ficou completamente incomodada, e eu, na minha imparcialidade de cronista, devo relatá-lo por amor à verdade.[1682]

36

As decorações merecem também duas palavras. Em vez de acomodar o cenário às situações e circunstâncias, a pessoa encarregada disso confunde totalmente, – e comete anacronismos de tirar o chapéu.

36

Minha sobrinha e meu urso, a primeira comédia do espetáculo, é uma dessas produções sem ideia, nem tese, que só tem o mérito de fazer rir.[1683]

37

No dueto final não se podia ir além do que foram Mirate e Medori. Foi uma bela noite; oxalá que sempre tenhamos dessas no meio da monotonia em que vegetamos neste país sensaborão.[1684]

37-38

Não passarei porém sem uma observação. Por que o imperador, depois de atravessar a praça no meio do seu triunfo, tira o chapéu para arengar ao povo? Duas razões se opõem a isso. A primeira é que um imperador *severo* não tinha essa dose de polidez com o povo – que o levasse a descobrir-se diante da canalha de Roma; a segunda é que o ar constipa e o sol faz sezões. Ora, o imperador Severo sempre teria bom senso para não se pôr ali na rua de calva à mostra.[1685]

[1682] O crítico tinha então 20 anos de idade e pavimentava o seu caminho.

[1683] Jovem, o crítico já tinha uma hierarquia: o riso era inferior.

[1684] Nelson Rodrigues veria nisso uma manifestação precoce do complexo de vira-latas?

[1685] Velha questão: pode a arte tomar liberdades com a história e com a realidade? O crítico cobrava um conhecimento histórico escolar e uma disposição realista.

25 DE SETEMBRO DE 1859

38

A semana que terminou deu-nos três noites amáveis no querido Ginásio. O pequeno teatro, o primeiro da capital, esteve efetivamente arraiado de novas galas e custosas louçanias.[1686]

39

É um livro para escrever, e eu o lembro aqui a qualquer pena em disponibilidade, as noites do Ginásio.

[...] Em sua vida laboriosa ele nos tem dado horas aprazíveis, acontecimentos notáveis para a arte. Iniciou ao público da capital, então sufocado na poeira do romantismo, a nova transformação da arte – que invadia então a esfera social.[1687]

41

O Sr. Heller, no papel de *Chennevieres*, revelou muito talento que andava encoberto quando errava lá pelas constelações do romântico.[1688]

41-41

Há talvez ainda uns laivos de uma educação artística viciosa; a fala ressente-se de uma gravidade própria do romantismo.

43

Ora, isto importa uma revolução; e eu estou sempre ao lado das reformas.[1689]

45

2 DE OUTUBRO DE 1859

Luís é um drama em três atos do Sr. Ernesto Cibrão; deu-nos o Ginásio essa estreia dramática de uma vocação larga ainda nas primeiras revelações.

[1686] Um amor de juventude.
[1687] Ele mesmo teria sido o grande autor desse livro.
[1688] Clara indicação de que o autor jamais comprou inteiramente o pacote do romantismo.
[1689] Os seus primeiros livros, contudo, não se livrariam de "certas constelações românticas", de uma "gravidade própria ao romantismo". A reforma viria mais tarde como revolução: o realismo irônico.

46

Como social, o drama respira um grande sentimento democrático; a luta do peão e do nobre; o antagonismo do coração e da sociedade.[1690]

49

Se eu tiver tempo um dia, minhas leitoras, hei de escrever um livro curioso – Os fastos do teatro Lírico. Não é má lembrança, e eu peço que me não antecipem.

[...] A Srª Teresa Soares nem correspondeu ao menos pelo vestuário ao papel que lhe estava confiado. Esta moça, que pode adiantar-se, creio que não tem muito amor à arte. Nas emoções então parece que pede um copo um copo d'água; não se lhe contrai nem uma fibra. Se chegarem aos seus olhos estas páginas, peço-lhe que medite e estude seriamente para alcançar alguma coisa na carreira que tomou. Se arrancar aplausos na linha em que está, poderá ser uma homenagem aos seus dotes naturais, mas um culto à sua feição artística nunca.[1691]

9 DE OUTUBRO DE 1859

53

Só me faltava uma lanterna para ser Diógenes.

[...] "Depois de muito procurar encontrei-me com Jorge que me disse estares no Ginásio. Quis ir lá, mas uma cabeça loira como a estrela da tarde mo impediu. Fiquei.

[...] A Medori foi aplaudida estrondosamente; e merecia-o! Não sou medorista, e já vês que sou insuspeito."[1692]

55

Aprecio o Sr. João Caetano, conheço a sua posição brilhante na galeria dramática de nossa terra [...] que debaixo de sua mão poderosa a plateia de seu teatro se eduque e tome uma outra face, uma nova direção; ela se converteria decerto às suas ideias e não oscilaria entre composições-múmias que desfilam simultâneas em procissão no seu tablado.[1693]

[1690] Sentimento democrático e social que não impregnou o crítico como ficcionista.

[1691] Atriz em O Jocelin, no teatro S. Pedro. O crítico mostrava-se implacável. A observação que faz aos "dotes naturais" da moça expressa o machismo contundente da época.

[1692] Suposto bilhete de um amigo. Pequeno instantâneo das fulgurâncias da época.

[1693] Sobre a montagem, no S. Pedro, de A nova Castro. O crítico aplaudiria e criticaria João

16 DE OUTUBRO DE 1859

56

Decididamente, leitora, a época é de estreias; um dramaturgo o mês passado, um ator no dia 10; duas artistas brevemente; tudo no Ginásio.

O jovem teatro tem crescido em pessoal e em mérito, e incontestavelmente em estima no espírito de sua plateia ilustrada.

62

O drama era uma tradução de francês, *Susana*. Má escolha fez a Srª Ludovina, se é que a fez, o que podia deixar de acontecer, graças à oficiosidade e mau gosto dos nossos tradutores.

[...] São oito quadros de um amontoado de disparates, e lugares-comuns.

63

Não me ocuparei com a análise dessa composição. Unicamente aconselho a quem competir melhor escolha de peças, quando se tratar de dar, ao menos, um passatempo ao público.

Continuo a pedir ao Sr. Barbosa menos exageração. No seu papel de *Lagouacha* foi perfeitamente mal.

[...] Anunciam-se grandes novidades (...) e *Abel e Caim* para a estreia da jovem atriz portuguesa, a Srª D. Eugenia Câmara.[1694]

23 DE OUTUBRO DE 1859

64

Não se podia aplicar o *rari nantes in gurgite vasto*.[1695]

66

O que digo como fecho, é que dessas noites não temos muitas. O charlatanismo nos tem muitas vezes embaído, e nós, pobres cidadãos inexperientes, caímos como patinhos.

O concerto não foi tão completo como o anúncio. Já o esperava. Depois do violinista foram aplaudidas as Sras. Medori e De Lagrange.

Caetano numa relação de admiração e firmeza na análise.

[1694] O crítico teatrol mostra-se mais impiedoso ainda do que seria o literário. Eugenia Câmara será objeto de suas avaliações.

[1695] Poucos nadando no imenso abismo (*Eneida*, I, 118).

Não farei aqui paralelo sobre os talentos tão diversos dessas duas senhoras. Não sou Vieirinha de Camarim para incensar vaidades e sancionar na imprensa caprichos de entidades parasitas. Aprecio a virilidade enérgica, mas seca do talento da Srª Medori; assim como a facilidade melodiosa e esplêndida da Srª De Lagrange.[1696]

68

O Sr. João Caetano esteve eminente nos últimos quatro atos.

69-70

Ao Sr. Murtinho, artista de estro cômico bem pronunciado, acontece uma coisa. É sempre o mesmo; o mesmo semblante toma diversas formas.

[...] É porque conheço o seu merecimento que lhe faço esta observação.[1697]

30 DE OUTUBRO DE 1859

71

Imaginem contudo que corro para um *rendez-vous*, um serão em frase mais lata: falo de *Abel e Caim* que se dá hoje no Ginásio como estreia da Srª Eugênia Infanta da Câmara, mandada contratar a Portugal, pela empresa daquele teatro.[1698]

[...] Algumas apreensões levantadas há algum tempo acerca da decadência daquele pequeno teatro, creio que estão completamente destruídas com as frequentes aquisições, de que se enriquece aquela jovem e inteligente corporação.

Sábado passado houve uma estreia também, a da Srª Isabel, do Rio Grande.

75

Abre-se segunda-feira a Ópera Nacional com o *Pipelet*, ópera em 3 atos, música de Ferrari, e poesia do Sr. Machado de Assis, meu íntimo amigo, meu *alter ego*, a quem tenho muito afeto, mas sobre quem não posso dar opinião nenhuma.[1699]

[1696] Diz-se que a juventude sempre fez a crítica mais virulenta.

[1697] Fórmula de cortesia para diminuir estragos.

[1698] O crítico estava desconfiado: "Nada avanço, porque nada sei a respeito, exceto uma reputação ultramar que a mesma senhora traz, como senha de entrada".

[1699] O jovem não resistiu a falar de si, o que, com o tempo, ironizaria.

6 DE NOVEMBRO DE 1859

84

A Srª Eugênia Câmara é um talento que não contesto, decerto. Tem disposição pronunciadas para a cena, onde um estudo acurado pode dar-lhe uma posição regular.

85

É perfeita aí? A imparcialidade da crítica dá uma negativa. Há que estudar ainda, como talento jovem que é.

86

Depois, uma outra coisa concorre ainda, a modulação habitual da voz, proveniente de um vício nacional, a que não está afeita a nossa plateia delicadamente suscetível.

86

Mas, do que digo aqui, resultam axiomas que me parecem justificados já. São eles: não é o espaldar do drama, mas a poltrona da comédia que a Srª Eugênia deve ocupar. Não está ainda acomodada nela...[1700]

13 DE NOVEMBRO DE 1859

91

Assim, reprovei inteiramente aquela exumação. *O Sineiro de S. Paulo* não podia satisfazer às necessidades do povo, nem justificava um longo estudo de desempenho.

São fáceis de conceber estas asserções; e eu que as escrevo conto com os espíritos que veem na arte, não uma carreira pública, mas uma aspiração nobre, uma iniciativa civilizadora e um culto nacional. Tenho ainda ilusões. Creio ainda que a consciência do dever é alguma coisa; e que a fortuna pública não está só em um farto erário, mas também na acumulação e circulação de uma riqueza moral.[1701]

[1700] Para uma reputação forte, uma crítica forte em tom pausado.
[1701] Contra a mercantilização da arte. Como não ter ilusões aos 20 anos de idade?

91

Talvez seja ilusão; mas estou com o meu século.[1702] Consola-me isto. Não faço aqui uma diatribe. Estou no meio termo. Não nego, não poderei negar o talento do Sr. João Caetano; seria desmentido cruelmente pelos fatos.

Mas também não lhe calo os defeitos. Ele os tem, e devia desprender-se deles. No *Sineiro de S. Paulo*, esses defeitos se revelaram mais de uma vez. Há frases bonitas, cenas tocantes, mas há em compensação verdadeiras nódoas que mal assentam na arte e no artista.[1703]

92

Espero segunda representação para entrar detalhadamente no exame desse drama. O que deploro desde já é a tendência arqueológica de por à luz da atualidade essas composições-múmias, regalo de antepassados infantes que mediam o mérito dramático de uma peça pelo número dos abalos nervosos.

94

A Sra. Eugênia Câmara, colocada na comédia, sua especialidade, fez a aldeã, segundo os conhecedores do tipo, perfeitamente. Não sou do número desses conhecedores, mas posso, pela tradição que tenho, sancionar a opinião geral.[1704]

20 DE NOVEMBRO DE 1859

97

Se há mãos que valem reinos, há gargantas que valem mundos. A Srª De Lagrange revela efetivamente naquela frase de melodias, mais que um direito de realeza, um direito de adoração.[1705]

100

A aparição do menino afogado, quando os dois esposos estavam em luta íntima de paixão, é de mestre: o filho vem reconciliar duas almas que se desprendiam.[1706]

[1702] Literariamente à frente do seu século brasileiro. Política e socialmente, demasiado dentre dele.

[1703] A estatura de João Caetano não o poupou das bordoadas do jovem crítico.

[1704] Não havia tabus nem intocáveis para o crítico.

[1705] Um raro elogio ditirâmbico.

[1706] Sobre a peça *Valentina*, do Sr. Graça.

101

Artista de merecimento e de largo gênio cômico, o Sr. Graça não precisava desta nova criação para constituir no éden da arte a sua página de futuro.

103

Erro e amor não é um drama, é uma galeria de cenas desconchavadas, que provam evidentemente a incapacidade do Sr. José Romano como dramaturgo. Tanto a concepção, como a forma, são um parto laborioso e exíguo de mal pensadas noites e lucubrações.

105

Que faz o marquês depois de lhe dar a pistola? Põe-se em guarda? Nada, vira-lhe as costas. O outro, mais fino que o Sr. José Romano, dispara![1707]

4 DE DEZEMBRO DE 1859

112

Nas variações de *Talberg* pôs em prática uma execução fácil e rara. Todos sabem como são difíceis as variações sobre o *Elisir d'amore*; pois bem, o pequeno Schram, lutando com a dificuldade e com o conhecimento que todos têm daquele lindo pedaço, satisfez e arrancou palmas da plateia.[1708]

11 DE DEZEMBRO DE 1859

120-121

Augusto compensa Calígula, os Gracos fazem amar essa Roma do circo, de Nero, e das proscrições. Há sempre no passado uma ideia, uma lembrança que o representa no espírito pela melhor face. A leitora sabe que o clássico não é o meu forte, aplaudo-lhes os traços bons, mas não o aceito como forma útil ao século. Digo forma útil, porque eu tenho a arte pela arte, mas a arte como a toma Hugo, missão social, missão nacional e missão humana.[1709]

Assim não foi por simples gosto que fui assistir ao *Cativo de Fez*, fantasia romântica representada em S. Pedro. Duas foram as razões

---

[1707] Depois de dois elogios condoreiros, uma crítica devastadora.
[1708] Uma paixão da época: o virtuose precoce.
[1709] A missão social da arte de Hugo não transparece na de Machado de Assis.

que lá me levaram: o meu dever de cronista, e a curiosidade de ver a Sra. Ludovina da Costa.

O primeiro motivo está provado com estas páginas: o segundo é fácil de justificar. A sra. Ludovina está no caso de Augusto, compensa os desvarios da velha escola; é a trágica eminente, na majestade do porte, da voz e do gesto, figura talhada para um quinto ato de Corneille, trágica, pelo gênio e pela arte, com as virtudes da escola e poucos dos seus vícios.

Eis o segundo motivo que me levou ao teatro de S. Pedro para ver o *Cativo de Fez*. Se assim não fosse, o que iria eu lá ver? *O Cativo*? um drama inconsciente, inverrosimilhante, com todos os defeitos da escola e sem uma só das suas belezas?[1710]

121

O desempenho não me chamaria também ao salão de S. Pedro. A Sra. Ludovina é todo drama; todo o mais pessoal, é força dizer, nem lhe apanha os voos.

Abstenho-me pois da análise; todos conhecem *o Cativo de Fez*, como drama e como desempenho; fora inútil.

A noite não foi só o *Cativo de Fez*; tivemos também uma ária pelo Sr. Martinho e a comédia *Dez contos de papelotes*.

A ária é um trecho lírico sem importância, nem valor dramático; não me ocuparei com ela. Fora tomar tempo às minhas leitoras com uma futilidade, futilmente desempenhada. A ideia do Sr. Martinho, etc., de se matar pelo pé é homérica de trivialidade.

122

Admira-se da minha franqueza querida leitora? Pois eu não. Estou acostumado com os críticos de além-mar – penas de ferro, que não torcem, estilo *tranchant* que não orna de rodeios o pensamento, como os selvagens ornavam de flores a vítima que conduziam ao suplício. Sou ousado assim? É uma arguição injusta, e que eu não creio nas minhas leitoras; como mulheres, sabem que a ousadia é a primeira virtude masculina. Desculpem a franqueza.[1711]

[1710] Uma autoimagem dissonante.
[1711] O crítico tinha excelente autoestima e definições categóricas sobre homens e mulheres. Esse ímpeto ganharia nuanças com o tempo.

Mas eu erro talvez com toda esta franqueza. É aí o ponto da questão. Estou pronto a discutir com os lábios de rosa que me leem agora; provem eles que as minhas apreensões em arte são erradas, eu tratarei de emendar-me, ou retirar-me da posição em que estou, se não for capaz de emenda.

Mas, por agora não; estou cônscio do dever. Folhetinista pobre mas honesto, prometo não dar um motivo de descontentamento aos belos espíritos encastoados em cachemira e seda, que têm a complacência de perder algumas horas comigo, antes de ir para o toucador; em compensação, estou certo que me não tomam por escritor fofo, alarve que coma pão, com perda do estômago social e do senso comum.

Adiante.[1712]

123

O Sr. Barbosa (o belchior) não esteve na altura da peça e do papel; fez de uma criação grosseira uma entidade banal. Locução laboriosa, arrastada, com os *rr* de carrinho e as frases pronunciadas gota a gota; gesto grotesco, contorções de corpo e de fisionomia, eis pouco mais ou menos o belchior dos *Dez contos de papelotes*.

124

Por que é que o Sr. Barbosa não atende aos verdadeiros conselhos dos que prezam a arte?

Não presumo que só reconheça por títulos à crítica uma prática de longos anos; deve reconhecer e compenetrar-se de uma coisa: há uma qualidade que vale a prática, é o gosto; e esse não o dão longos anos de tarefa, é faculdade do espírito, atributo da inteligência.[1713]

18 DE DEZEMBRO DE 1859

126

O elemento democrático é uma proeminência em algumas das composições de César de Lacerda.

127

Na *Probidade* é uma criatura ideal, Henrique Soares, protestando contra as superioridades obrigadas, e o talento honesto menoscabado em proveito da parvoíce.

[1712] Uma ironia agressiva.
[1713] Fica definitivamente assentado o espírito cortante e polemista do crítico.

[...] Ultimamente um novo drama: *Os filhos do trabalho* dizem trazer ainda um cunho democrático.[1714]

25 DE DEZEMBRO DE 1859

135

Não é só com estas estreias que o Ginásio se levanta gradualmente no espírito do público. Com um pessoal já numeroso, não se recusa a aumentá-lo em proveito de seu futuro.

136

Vamos ao S. Pedro.

Houve o *Escravo fiel*, drama original; e mais duas comédias do mesmo autor: – *Pedro Espanhol* e *Chins conspiradores*.

O drama foi coberto de aplausos e seu autor chamado freneticamente à cena. É quanto basta para satisfazer o trabalho de longas noites e laboriosos dias.

Todavia a espontaneidade destes aplausos só a justifica o instinto que repele a escravidão; e aquela última cena, em que o escravo aparece com os foros de homem, tocou deveras nas fibras mais íntimas de alguns espectadores sérios.[1715]

Cronista como sou dos fatos teatrais, moço e crente, com este sentimento de gosto, com este entusiasmo do belo, não posso deixar de protestar no último ato dramático do teatro normal.

Não se enxergue nestas minhas palavras guerra acintosa e sistemática.

137

Sou o primeiro s reconhecer no autor do *Escravo Fiel* inteligência e espírito; mas, os Humboldts não se encontram facilmente; e o autor do *Pedro Espanhol* pode não ser perfeito dramaturgo, sem perder por isso os dotes intelectuais que lhe reconheço.

O *Escravo fiel* não parece ter um direito à estima do corpo literário. Fundado com a ideia de fazer revelar uma beleza de alma em corpo negro, não tem desenvolvimento a par do pensamento capital.

[1714] Ponderações relativas ao viés social de uma obra.

[1715] O homem dizia não apreciar a escravidão, mas se conformava com ela.

137-138

Pouco antes de morrer, Lemos ordena a Lourenço (o escravo) que tire do oratório ou armário uma caixinha onde estão as suas últimas disposições. Ora, como disse acima, a família estava instalada na casa, não se lembraria nunca de ir ao oratório onde está essa caixinha?

138

Não é assim que a arte civiliza; em uma época de marasmo religioso e indiferença pública para os dogmas cristãos, é matar a alma, cavar o céu, derrubar o altar.

Em todo o drama o autor procurou dar ao negro uma linguagem adequada; entrecaiu em um erro visível. Muitas pessoas que falam com o escravo usam sempre de um fraseado de salão a que o negro responde com conhecimento e precisão.

Há uma frase lindíssima, entretanto, desse mesmo negro.

– Eu sou negro mas as minhas intenções eram brancas.[1716]

1º DE JANEIRO DE 1860

140

Tenho o teatro que me chama.

Vamos ao teatro.

No Ginásio nada de novo se tem dado. Repetiu-se ainda o *Romance de um moço pobre* que continua a ser bem recebido.

141

O nome ilustre de um conde que cai para dar lugar ao nome do talento obscuro que se levanta, é o pensamento do drama e constitui para mim um símbolo. É a democracia do talento que reage sobre a nobreza do brasão, um elemento poderoso que procura suplantar uma força gasta.[1717]

[1716] Como analisar a qualificação dessa frase como "lindíssima"? Como não a interpretar, mesmo no contexto da época, com teor racista? Os negros das obras de Machado de Assis nunca apresentam um desempenho verbal como o criticado por ele no texto de *O escravo fiel*. Realismo absoluto como marca da condição cruel dos escravos? Ou uniformização total dos escravizados, reduzidos a uma linguagem bastante restrita?

[1717] Escritor de gênio, Machado de Assis, como intelectual, foi um homem literalmente do seu tempo, aplicando ao seu mundo a grade ideológica do colonialismo, salvo (ou mesmo?) quanto ao poder do talento artístico.

REVISTA DRAMÁTICA

(DIÁRIO DO RIO DE JANEIRO)

29 DE MARÇO DE 1860

144

Escrever, crítica e crítica de teatro não é só uma tarefa difícil, é também uma empresa arriscada.

A razão é simples. No dia em que a pena, fiel ao preceito da censura, toca um ponto negro e olvida por momentos a estrofe laudatória, as inimizades levantam-se de envolta com as calúnias.

Então, a crítica aplaudida ontem, é hoje ludibriada, o crítico vendeu-se, ou por outra, não passa de um ignorante a quem por compaixão se deu algumas migalhas de aplauso.

Esta perspectiva poderia fazer-me recuar ao tomar a pena do folhetim dramático, se eu não colocasse acima dessas misérias humanas a minha consciência e o meu dever. Sei que vou entrar numa tarefa onerosa; sei-o, porque conheço o nosso teatro, porque o tenho estudado materialmente; mas se existe uma recompensa para a verdade, dou-me por pago das pedras que encontrar em meu caminho.

145

Protesto desde já uma severa imparcialidade, imparcialidade de que não pretendo afastar-me uma vírgula; simples revista sem pretensão a oráculo, como será este folhetim, dar-lhe-ei um caráter digno das colunas em que o estampo. Nem azorrague, nem luva de pelica; mas a censura razoável, clara e franca, feita na altura da arte crítica. [1718]

145

As minhas opiniões sobre o teatro são ecléticas em absoluto. Não subscrevo, em sua totalidade, as máximas da escola realista, nem aceito, em toda a sua plenitude, a escola das abstrações românticas; admito e aplaudo o drama como forma absoluta do teatro, mas nem por isso condeno as cenas admiráveis de Corneille e de Racine.

[1718] Crítico implacável, certo de representar uma verdade objetiva e imparcial, poucas não devem ter sido as pedradas recebidas verbalmente no dia a dia.

146

Tiro de casa uma parte, e faço o meu ideal de arte, que abraço e defendo. Entendo que o belo pode existir mais revelado em uma forma menos imperfeita, mas não é exclusivo de uma só forma dramática. Encontro-o no verso valente da tragédia, como na frase ligeira e fácil com que a comédia nos fala ao espírito.

Com estas máximas em mão – entro no teatro. É este o meu procedimento; no dia em que não me puder conservar nessa altura, os leitores terão um folhetim de menos, e eu um argumento de que – cometer empresas destas, não é uma tarefa para quem não tem o espírito de um temperamento superior.[1719]

Sirvam estas palavras de programa.

Se eu quisesse avaliar a nossa existência moral pelo movimento atual do teatro, perderíamos no paralelo.

146-147

Firme nos princípios que sempre adotou, o folhetinista que desponta, dá ao mundo, como um colega de além-mar, o espetáculo espantoso de um crítico de teatro que crê no teatro.

148

Jorge é um estudante de medicina, que mora em um segundo andar com uma escrava apenas – a quem trata carinhosamente e de quem recebe provas de um afeto inequívoco.

No primeiro andar, moram Gomes, empregado público, e sua filha Elisa. A intimidade da casa trouxe a intimidade dos dois vizinhos, Jorge e Elisa, cujas almas, ao começar o drama, ligam-se já por um fenômeno de simpatia.[1720]

149

Um dia, a doce paz, que fazia a ventura daquelas quatro existências, foi toldada por um corvo negro, por um Peixoto, usurário, que vem ameaçar a probidade de Gomes, com a maquinação de uma trama diabólico e muito comum, infelizmente, na humanidade.

[1719] Um poderoso autoelogio.
[1720] Análise do drama *A mãe*, de José de Alencar.

149

Joana, a escrava, compreende a situação, e, vendo que o usurário não dava a quantia precisa pela mobília de Jorge, propõe-se a uma hipoteca; Jorge repele ao princípio o desejo de sua escrava, mas a operação tem lugar, mudando unicamente a forma de hipoteca para a de venda, venda nulificada desde que o dinheiro emprestado voltasse a Peixoto.

150

Mas Peixoto, não encontrando Joana em casa, vem procurá-la à casa de Jorge, exigindo a escrava que havia comprado na véspera. O Dr. Lima não acreditou que se tratasse de Joana, mas Peixoto, forçado a declarar o nome, pronuncia-o. Aqui a peripécia é natural, rápida e bem conduzida; o Dr. Lima ouve o nome, dirige-se para a direita por onde acaba de entrar Jorge.

– Desgraçado, vendeste tua mãe!

Eu conheço poucas frases de igual efeito. Sente-se uma contração nervosa ao ouvir aquela revelação inesperada. O lance é calculado com maestria e revela pleno conhecimento da arte no autor. Ao conhecer sua mãe, Jorge não a repudia; aceita-a em face da sociedade, com esse orgulho sublime que só a natureza estabelece e que faz do sangue um título.[1721]

151

Esse drama, essencialmente nosso, podia, se outro fosse o entusiasmo de nossa terra, ter a mesma nomeada que o romance de Harriette Stowe – fundado no mesmo teatro da escravidão.

[...] Há frases lindas e impregnadas de um sentimento doce e profundo; o diálogo é natural e brilhante, mas desse brilho que não exclui a simplicidade, e que não respira o torneado bombástico.[1722]

152

Ainda oculto o autor, foi saudado por todos com a sua obra; feliz que é, de não encontrar patos no seu Capitólio. A Sra. Velluti e o Sr. Augusto disseram com felicidade os seus papéis; a primeira, dando relevo ao papel de escrava com essa inteligência e sutileza que com-

---

[1721] A simples hipótese do repúdio, por inversão, revela a época.
[1722] A complexidade, para Machado de Assis, sempre está na simplicidade.

pletam os artistas; o segundo, sustentando a dignidade do Dr. Lima na altura em que a colocou o autor.

A Sra. Ludovina não discrepou no caráter melancólico de Elisa; todavia, parecia-me que devia ter mais animação nas suas transcrições, que é o que define o claro-escuro.[1723]

13 DE ABRIL DE 1860

153

O maior feito de César não foi vencer Pompeu, mas atravessar o Rubicão.

Nós outros da história moderna, também temos o nosso Rubicão a atravessar; e se um ministro sua sangue e água na discussão da lei do orçamento, o folhetinista também sofre suas torturas com a apresentação do seu primeiro folhetim.[1724]

154

Ninguém calcula as incertezas e as ânsias em que luta a alma de um folhetinista novel, depois de lançada nesse mar, que se chama público, a primeira caravela que a custo construiu no estaleiro das suas opiniões.[1725]

160

Camilo Castelo Branco é um escritor português muito conhecido. Possui uma fecundidade e um talento que lhe dão já um lugar distinto na literatura portuguesa.

Tem romances lindíssimos, e conta na sua biblioteca algumas composições dramáticas.

Espinhos e flores é uma composição feliz, onde o autor mais de uma vez nos dá amostra do seu estilo vigoroso e brilhante.[1726]

[1723] Vale perguntar mais uma vez: por que uma história desse tipo não inspirou o próprio Machado de Assis? O aparente humanismo do escravista José de Alencar, que se dizia contrário à escravidão em geral, mas defensor da mesma como fato singular, seria também o ponto de vista do crítico?

[1724] Nos termos de hoje, com sua coluna.

[1725] Ânsia que enfrenta hoje aquele que se lança em busca de público na internet.

[1726] Um gigante da época.

21 DE JULHO DE 1861

164

O último drama de Quintino Bocaiúva, ao lado do mérito literário, respira uma alta moralidade, duplo ponto de vista, em que deve ser considerado e em que mereceu os sinceros aplausos dos entendidos.

[...] É sempre belo quando uma voz generosa se ergue em nome da inteligência e da probidade para protestar contra as misérias sociais, com toda a energia de um caráter e de uma convicção.

[...] O drama de que se trata, é um desses protestos. *Os mineiros da desgraça*, os que fabricam, à custa das lágrimas e da fome, o castelo da sua própria fortuna, os usurários, enfim, são a disformidade social, que o autor ataca de frente, sem curar de saber até que ponto essas entidades são aceitas pela sociedade.

166

É pela boca sentenciosa do moralista que o dramaturgo moderno lança as censuras aos vícios da sociedade.[1727]

169

1º DE SETEMBRO DE 1863

A morte de João Caetano

Está de luto a cena nacional.

Na idade de cinquenta e seis anos incompletos, depois de uma carreira de mais de trinta, faleceu o primeiro ator brasileiro, João Caetano dos Santos.

170

Seria fazer ato de deslealdade, nesta hora em que se lhe desvaneceram todas as ilusões, ocultar os pontos negros do sol da sua glória. O que se deve fazer, por um sentimento de justiça, é deixar firmado que a arte dramática no Brasil sempre brilhou pela ausência de ensino profissional. Todos os esforços individuais nada puderam plantar que subsistisse. Qualquer que fosse a latitude das suas eminentes faculdades, não era fácil a João Caetano resistir à atmosfera viciada que respira o teatro brasileiro.

[1727] Preceito de um jovem? O escritor maduro não se prenderá a esse moralismo escolar. Por outro lado, também não condenará com indignação e arroubo o maior vício da sua época: a escravidão.

171

De sucesso em sucesso, verde de anos, convencido da própria capacidade, o artista deixou-se levar por essa onda, desassombrado de êmulos, embebido no presente e descuidoso do porvir. Tal foi o seu erro ou a sua fatalidade.[1728]

177

Voltemos bruscamente os olhos para outro assunto.

Recebi de Buenos Aires uma ode escrita pelo poeta argentino Carlos Guido y Spano sobre a invasão do México. É um ardente protesto de indignação contra o ato de Sua Majestade o Imperador dos Franceses, isto é, o recurso da justiça contra a violação do direito em tempos que mais parecem de ferro que de luz.[1729]

"Os primeiros amores de Bocage"[1730]

15 DE AGOSTO DE 1865

181

A comédia é hoje um estudo descurado. Crismou-se de comédia uma forma sem sabor, sem dignidade, sem elevação; uma coisa que nem é a farsa nem a comédia, tirando um pouco ao insípido *vaudeville*, às vezes meio chulo, às vezes mais sério, é verdade, mas daquela seriedade que consiste em não contrair os músculos do rosto, e nada mais.

183

O autor, tão consciencioso e tão verdadeiro, compreendeu bem que as linhas símplices e características devem dominar os traços acidentais.

185

Nada mais simples que a ação do *Misantropo*, e contudo eu dava todos os louros juntos do complexo Dumas e do complexo Scribe para ter escrito aquela obra-prima do engenho humano.[1731]

[1728] Implacável até no obituário.

[1729] Ardente protesto de indignação que Machado de Assis não dirigiu em crônica, poesia, teatro, crítica ou romance à escravidão.

[1730] Carta ao Conselheiro J. F. de Castilho.

[1731] Para entender os parâmetros do crítico.

"O teatro nacional"
13 DE FEVEREIRO DE 1866
187

Há uns bons trinta anos o *Misantropo* e o *Tartufo* faziam as delícias da sociedade fluminense; hoje seria difícil ressuscitar as duas imortais comédias. Quererá isto dizer que, abandonando os modelos clássicos, a estima do público favorece a reforma romântica ou a reforma realista? Também não; Molière, Vítor Hugo, Dumas Filho, tudo passou de moda; não há referências nem simpatias. O que há é um resto de hábito que ainda reúne nas plateias alguns espectadores; nada mais; que os poetas dramáticos, já desiludidos da cena, contemplem atentamente este fúnebre espetáculo; não os aconselhamos, mas é talvez agora que tinha cabimento a resolução do autor das *Asas de um anjo* quebrar a pena e fazer dos pedaços uma cruz.

189

Não é preciso dizer que a principal dessas causas foi a reforma romântica; desde que a nova escola, constituída sob a direção de Vítor Hugo, pode atravessar os mares, e penetrar no Brasil, o teatro, como era natural, cedeu ao impulso e aceitou a ideia triunfante. Mas como? Todos sabem que a bandeira do romanticismo cobriu muita mercadoria deteriorada; a ideia da reforma foi levada até aos últimos limites, foi mesmo além deles, e daí nasceu essa coisa híbrida que ainda hoje se escreve, e que, por falta de mais decente designação, chama-se ultra-romanticismo. A cena brasileira, à exceção de algumas peças excelentes, apresentou aos olhos do público uma longa série de obras monstruosas, criações informes, sem nexo, sem arte, sem gosto, nuvens negras que escureceram desde logo a aurora da revolução romântica.[1732]

190

Sem haver terminado o período romântico, mas apenas amortecido o primeiro entusiasmo, aportou às nossas plagas a reforma realista, cujas primeiras obras foram logo coroadas de aplausos; como anteriormente, veio-lhes no encalço a longa série das imitações e das exagerações; e o ultra-realismo tomou o lugar do ultra-romanticis-

---

[1732] Não se pode acusar o autor de ser um romântico ingênuo ou acrítico.

mo, o que não deixava de ser monótono. Aconteceu o mesmo que com a reforma precedente; a teoria realista, como a teoria romântica, levadas até à exageração, deram o golpe de misericórdia no espírito público. Salvaram-se felizmente os autores nacionais.[1733]

190-191

Para que a literatura e a arte dramática possam renovar-se, com garantias de futuro, torna-se indispensável a criação de um teatro normal. Qualquer paliativo, neste caso, não adianta coisa nenhuma, antes atrasa, pois que é necessário ainda muito tempo para colocar a arte dramática nos seus verdadeiros eixos. A iniciativa desta medida só pode partir dos poderes do estado; o Estado, que sustenta uma academia de pintura, arquitetura e estatutária, não achará razão plausível para eximir-se de criar uma academia dramática, uma cena-escola, onde as musas achem terreno digno delas, e que possa servir para a reforma necessária no gosto público.[1734]

192

A carta do Sr. Porto Alegre ocupa-se mais detidamente das condições arquitetônicas de um edifício para servir simultaneamente de teatro dramático e teatro lírico. Os pareceres da comissão é que tratam mais minuciosamente do assunto; dizemos os pareceres, porque o Sr. Dr. Macedo separou-se da opinião dos seus colegas, e deu voto individual. O parecer da maioria da comissão estabelece de uma maneira definitiva a necessidade da construção de um edifício destinado à cena dramática e à ópera nacional. O novo teatro deve chamar-se, diz o parecer, Comédia Brasileira, e será o teatro da alta comédia. Além disso, o parecer mostra a necessidade de criar um conservatório dramático, de que seja presidente o inspetor-geral dos teatros, e que tenha por missão julgar da moralidade e das condições das peças destinadas aos teatros subvencionados, e da moralidade, decência, religião, ordem pública, dos que pertencerem aos teatros de particulares. A Comédia Brasileira seria ocupada pela melhor companhia que se organizasse com a qual o governo poderia contratar, e que receberia uma subvenção, tirada, bem como o custo do teatro, dos

---

[1733] O escritor buscou separar-se das duas escolas, mas acabou por ser parte de ambas. Se inovou no realismo, não se destacou pela originalidade no romantismo.

[1734] Se o teatro educa, o Estado deveria investir nessa pedagogia dramática.

fundos votados pelo corpo legislativo para a academia de música. Os membros do conservatório dramático, nomeados pelo governo e substituídos trienalmente, perceberiam uma gratificação e teriam a seu cargo a inspeção interna de todos os teatros.[1735]

194

Criando um conservatório dramático, assentado em bases largas e definidas, com caráter público, a comissão atentou para uma necessidade indeclinável, sobretudo quando exige para as peças da Comédia Brasileira o exame das condições literárias. Sem isso, a ideia de um teatro-modelo ficaria burlada, e não raro veríamos invadi-lo os bárbaros da literatura. No regime atual, a polícia tem a seu cargo o exame das peças no que respeita à moral e ordem pública. Não temos presente a lei, mas se ela não se exprime por outro modo, é difícil marcar o limite da moralidade de uma peça, e nesse caso as atribuições da autoridade policial, sobre incompetentes, são vagas, o que não torna muito suave a posição dos escritores.[1736]

"O teatro de Gonçalves de Magalhães"

Antônio José. – *Olgiato*

27 DE FEVEREIRO DE 1866

1999

Entretanto, o Sr. Dr. Magalhães só escreveu duas tragédias, traduziu outras, e algum tempo depois, encaminhado para funções diversas, deixou o teatro, onde lhe não faltaram aplausos. Teria ele reconhecido que não havia no seu talento as aptidões próprias para a arte dramática? Se tal foi o motivo que o levou a descalçar o coturno de Melpómene, crítica sincera e amiga não pode deixar de aplaudi-lo e estimá-lo. Poeta de elevado talento, mas puramente lírico, essencialmente elegíaco, buscando casar o fervor poético e contemplação

---

[1735] O autor não repudiava julgamento de ordem moral.

[1736] O intelectual não estava pronto para se revoltar contra a censura. A noção de moralidade que o levaria a criticar Eça de Queirós estava bastante enraizada na sua mentalidade. Via na arte, especialmente no teatro, um instrumento de educação e de evolução moral. Por isso reclamava o apoio do Estado.

filosófica, o autor de *Olgiato* não é um talento dramático na acepção restrita da expressão.[1737]

200

Isto posto, simplifica-se a tarefa de quem examina as suas obras. O que se deve procurar então nas tragédias do Sr. Dr. Magalhães não é o resultado de uma vocação, mas simplesmente o resultado de um esforço intelectual, empregado no trabalho de uma forma que não é a sua. Mesmo assim, não é possível esquecer que o Sr. Dr. Magalhães é o fundador do teatro brasileiro, e nisto parece-nos que se pode resumir o seu maior elogio.[1738]

202

Seria impróprio exigir a exclusão do elemento familiar na forma trágica ou a eterna repetição dos heróis romanos. Essa não é a nossa intenção; mas, buscando realizar a tragédia burguesa, o Sr. Dr. Magalhães, segundo nos parece, não deu bastante atenção ao elemento puramente trágico, que devia dominar a ação, e que realmente não existe senão no 5º ato.

205

A tragédia, a comédia e o drama são três formas distintas, de índole diversa; mas quando o poeta, seja trágico, dramático ou cômico, vai estudar no passado os modelos históricos, uma única lei deve guiá-lo, a mesma lei que o deve guiar no estudo da natureza, e essa lei impõe-lhe o dever de alterar, segundo os preceitos da boa arte, a realidade da natureza e da história.

206

O escritor, ainda novel e inexperiente, que assina estas linhas, balbuciou a poesia, repetindo as páginas dos *Suspiros e Saudades* e as estrofes melancólicas dos *Mistérios*; para ele, o Sr. Dr. Magalhães não vale menos, sem *Antônio José e Olgiato*.[1739]

[1737] Corrosivo aplauso a uma desistência.

[1738] Essa ideia de separação entre intuição artística e esforço intelectual prevalece até hoje. Machado de Assis, com seu talento, produziu obras que parecem vivas. A maioria dos adeptos dessa falsa oposição recebe aplausos por formas, algumas vezes, sem ideias.

[1739] Da arte de liquidar com aparente elegância.

"O teatro de José de Alencar"

13 DE MARÇO DE 1866

I

211

Verso e reverso deveu o bom acolhimento que teve, não só aos seus merecimentos, senão também à novidade da forma. Até então a comédia brasileira não procurava os modelos mais estimados; as obras do finado Pena, cheias de talento e de boa veia cômica, prendiam-se intimamente às tradições da farsa portuguesa, o que não é desmerecê-la mas defini-la; se o autor do *Noviço* vivesse, o seu talento, que era dos mais auspiciosos, teria acompanhado o tempo, e consorciaria os progressos da arte moderna às lições da arte clássica.[1740]

212

Primeiramente, Pedro é o mimo da família, o *enfant gâté*, como diria o viajante Azevedo; e nisso pode-se ver desde logo um traço característico da vida brasileira. Colocado em uma condição intermediária, que não é nem a do filho nem a do escravo, Pedro usa e abusa de todas as liberdades que lhe dá a sua posição especial; depois, como abusa ele dessas liberdades? por que serve de portador às cartinhas amorosas de Alfredo?[1741]

212-213

Com efeito, não se trata ali de dar um pequeno móvel a uma série de ações reprovadas; os motivos do procedimento de Pedro são realmente poderosos, se atendermos a que a posição sonhada pelo moleque, está de perfeito acordo com o círculo limitado das suas aspirações, e da sua condição de escravo; acrescente-lhe a isto a ignorância, a ausência de nenhum sentimento do dever, e tem-se a razão da indulgência com que recebemos as intrigas do Fígaro fluminense.[1742]

214

O Demônio familiar apresenta um quadro de família, com o verdadeiro cunho da família brasileira; reina ali um ar de convivência e de

---

[1740] O talento, para o autor, podia e devia ser aprimorado pelo estudo e com a experiência.
[1741] Sobre as relações de troca.
[1742] O escravo aceitava melhor a sua condição com sentimentos de dever.

paz doméstica, que encanta desde logo; só as intrigas de Pedro transtornam aquela superfície: corre a ação ligeira, interessante, comovente mesmo, através de quatro atos, bem deduzidos e bem terminados. No desfecho da peça, Eduardo dá a liberdade ao escravo, fazendo-lhe ver a grave responsabilidade que desse dia em diante deve pesar sobre ele, a quem só a sociedade pedirá contas. O traço é novo, a lição profunda. Não supomos que o Sr. Alencar dê às suas comédias um caráter de demonstração; outro é o destino da arte; mas a verdade é que as conclusões do *Demônio familiar*, como as conclusões de *Mãe*, têm caráter que consolam a consciência; ambas as peças, sem saírem das condições da arte, mas pela própria pintura dos sentimentos e dos fatos, são um protesto contra a instituição do cativeiro.

Em *Mãe* é a escrava que se sacrifica à sociedade, por amor do filho; no *Demônio familiar*, é a sociedade que se vê obrigada a restituir a liberdade ao escravo delinquente.[1743]

II
13 DE MARÇO DE 1866

218

O que achamos reparável na comédia *Asas de um anjo* não é o desenlace, que nos parece lógico, é a situação de que nasce o desenlace; é o assunto em si.

218-219

A teoria aceita e que presidiu antes de tudo ao gênero de peças de que tratamos, é que, pintando os costumes de uma classe parasita e especial, conseguir-se-ia melhorá-la e influir-lhe o sentimento do dever.[1744]

219

A nossa resposta é negativa; e se as obras não serviam ao fim proposto, serviriam acaso de aviso à sociedade honesta? Também não, pela razão simples de que a pintura do vício nessas peças (exceção feita das *Asas de um anjo*) é feita com todas as cores brilhantes, que

---

[1743] Ser livre vira uma grande responsabilidade. Aquele que se mostraria ferrenho escravista torna-se poderoso crítico da instituição do cativeiro. O escravo é perdoado dos seus crimes. A sociedade nada tem a condenar-se.

[1744] Terá sido essa a intenção do escritor ao pintar os costumes das classes ociosas e parasitas nos seus melhores contos e romances?

seduzem, que atenuam, que fazem quase do vício um resvalamento reparável. Isto, no ponto de vista dos chefes da escola, se há escola; mas que diremos nós, prevalecendo a doutrina contrária, a doutrina da arte pura, que isola o domínio da imaginação, e tira do poeta o caráter de tribuno?[1745]

221

Às *Asas de um anjo* sucedeu um drama, a que o autor intitulou *Mãe*. O contraste não podia ser maior; saíamos de uma comédia, que contrariava os nossos sentimentos e as nossas ideias, e assistíamos ao melhor de todos os dramas nacionais até hoje representados; estávamos diante de uma obra verdadeiramente dramática, profundamente humana, bem concebida, bem executada, bem concluída. Para quem estava acostumado a ver no Sr. José de Alencar o chefe da nossa literatura dramática, a nova peça resgatava todas as divergências anteriores.

Se ainda fosse preciso inspirar ao povo o horror pela instituição do cativeiro, cremos que a representação do novo drama do Sr. José de Alencar faria mais do que todos os discursos que se pudessem proferir no recinto do corpo legislativo, é isso sem que *Mãe* seja um drama demonstrativo e argumentador, mas pela simples impressão que produz no espírito do espectador, como convém a uma obra de arte. A maternidade na mulher escrava, a mãe cativa do próprio filho, eis a situação da peça. Achada a situação, era preciso saber apresentá-la, concluí-la; tornava-se preciso tirar dela todos os efeitos, todas as consequências, todos os lances possíveis; do contrário, seria desvirginá-la sem fecundá-la. O autor o compreendeu, como o executou com uma consciência e uma inspiração que não nos cansamos de louvar.[1746]

222

Joana guarda religiosamente o segredo e encerra-se toda na obscuridade da sua abnegação, com receio de que Jorge venha a desme-

---

[1745] Eis tudo: o escritor não se propõe a ser um Victor Hugo ou alguém que se aproxime de uma concepção de arte semelhante, não quer ser um tribuno, quer fazer arte pela arte. Pior para a escravidão. Esse ponto de vista doutrinário parece explicar tudo ainda que se apresente nuançado.

[1746] Se com a expressão "horror pela instituição do cativeiro" o autor fixa uma posição honrosa, entende que a arte se torna mais eficaz quando não faz denúncias e não se transforma em tribuna. O que dizer, porém, do cronista, do folhetinista, que não se mete em política ou só lateralmente?

recer diante da sociedade, quando se conhecer a condição e a raça de sua mãe.[1747] Ela não indaga, nem discute a justiça de semelhante preconceito; aceita-o calada e resignada, mais do que isso, feliz; porque o silêncio assegura-lhe, mais que tudo, a estima e ventura de Jorge. Até aqui já o sacrifício era grande; mas cumpria que fosse imenso. Quando Jorge, para salvar o pai da noiva, precisa de uma certa soma de dinheiro, Joana rasga a carta de liberdade dada anteriormente por Jorge e oferece-se em holocausto à necessidade do moço; é hipotecada.

223

Não pode haver dúvida de que é esta a peça capital do Sr. José de Alencar: paixão, interesse, originalidade, um estudo profundo do coração humano, mais do que isso, do coração materno, tudo se reúne nesses quatro atos, tudo faz desta peça uma verdadeira criação.[1748]

224

A extinta companhia do Ateneu Dramático representou durante algumas noites uma peça anônima, intitulada *O que é o casamento?*

226

[...] a peça do Sr. J. de Alencar é das mais dramáticas e das mais bem concebidas do nosso teatro.

[...] Há nesta peça dois escravos, Joaquim e Rita; rompidos os vínculos morais entre Miranda e Isabel, os dois escravos, educados na confiança e na intimidade de família, tornam-se os naturais confidentes de ambos, mas confidentes nulos, inspirando apenas uma meia confiança. É por eles que aquelas duas criaturas procuram saber das necessidades uma da outra, minorar quanto possam a desolação comum.

230

Como dissemos, é o Sr. J. de Alencar um dos mais fecundos e brilhantes talentos da mocidade atual; possui sobretudo duas qualidades tão raras quanto preciosas: o gosto e o discernimento, duas qualidades que completavam o gênio de Garret. Nem sempre estamos de acordo com o distinto escritor; já manifestamos as nossas di-

---

[1747] A rejeição se daria pela raça, não pela condição de ex-escrava.
[1748] Não seria o caso, quando José de Alencar engajou-se em campanha contra o Ventre Livre, de ter feito comparações e denunciado contradições?

vergências pelo que diz respeito as *Asas de um anjo*; do mesmo modo dizemos que algumas vezes a fidelidade do autor na pintura dos costumes vai além do limite que, em nossa opinião, deve estar sempre presente aos olhos do poeta; nisso segue o autor uma opinião diversa da nossa; mas, fora dessa divergência de ponto de vista, os nossos aplausos ao autor da *Mãe* e do *Demônio familiar* são completos e sem reserva. A posição que alcançou, como poeta dramático, impõe-lhe a obrigação de enriquecer com outras obras a literatura nacional.[1749]

"O Teatro de Joaquim Manuel de Macedo"

1 DE MAIO DE 1866

232

Quando parecia que os anos tinham dado ao talento dramático do autor aqueles dotes que se não alcançam sem o tempo e o estudo, apareceram as duas peças do Sr. Dr. Macedo, manifestando, em vez do progresso esperado, um regresso imprevisto. Para os que amam as letras, esse regresso foi uma triste decepção.

234

Quando o Sr. José de Alencar trouxe para a cena o grave assunto da escravidão, não fez inserir na sua peça largos e folgados raciocínios contra essa fatalidade social[1750]; imaginou uma situação, fazendo atuar nela os elementos poéticos que a natureza humana e o estado social lhe ofereciam; e concluiu esse drama comovente que toda a gente de gosto aplaudiu. Este e outros exemplos não devia esquecê-los o autor de *Luxo e Vaidade*.

238

Com franqueza, leitor imparcial, achais que isto seja a ciência dos caracteres? Uma mãe, sem um traço nobre, uma filha sem um traço virgem, conspirando friamente contra a honra de uma donzela, tal é a expressão da sociedade brasileira, tal é a intriga principal deste drama.

[1749] O escravista José de Alencar interessou-se mais pela vida dos escravizados do que o seu admirador, cronista das classes ociosas.

[1750] Evidentemente que a escravidão não era uma fatalidade social. Machado de Assis recusava a demonstração em arte. Podia, contudo, ter tratado dos dramas dos escravizados, dando-lhes protagonismo, de acordo com os seus critérios artísticos.

241

Se a invenção é pobre, se os caracteres são violentos, contraditórios e incorretos, há ao menos nesta peça a habilidade dos meios cênicos e a beleza do estilo? Os meios cênicos já vimos quais eles são; movem-se as personagens e produzem-se as situações sem nenhuma razão de ser, sem nenhum motivo alegado.

242

A análise de *Luxo e Vaidade* abrevia-nos a de *Lusbela*; como dissemos, os defeitos da primeira são comuns à segunda peça. *Lusbela* é um quadro do mundo equívoco; subsiste aqui a mesma objeção que fizemos a respeito do *Luxo e Vaidade*; entrando também no caminho encetado por outros poetas, que novos elementos pretendeu tirar o Sr. Macedo de um assunto já gasto? Lemos a peça, e não achamos resposta. A peça não oferece nada de novo, a não ser uns tons carregados e falsos, umas situações violentas, nenhum conhecimento da lei moral dos caracteres.[1751]

243

Quem estudar desprevenido a peça do Sr. Dr. Macedo verá que exprimimos a verdade; e quanto à conveniência de exprimi-la, o próprio poeta há de reconhecê-lo quando quiser meditar sobre as suas obras, e compará-las com as exigências da posteridade. A posteridade só recebe e aplaude aquilo que traz em si o cunho de belo; ao ler as peças do Sr. Dr. Macedo dá vontade de perguntar se ele não tem em conta alguma as leis da arte[1752] e os modelos conhecidos, se observa com atenção a natureza e os seus caracteres, finalmente, se não está disposto a ser positivamente um artista e um poeta. Em matéria dramática, se fizermos uma pequena exceção, a resposta é negativa.

243

Dispensamo-nos igualmente de narrar o enredo de *Lusbela*, que todos conhecem. Sofre-se este drama como um pesadelo e chega-se ao fim, não comovido, mas aturdido.[1753]

[1751] Oscilação ou complexificação do vínculo entre moralidade e arte?

[1752] Mais uma vez, um homem do seu tempo, o da fé absoluta na ciência com suas leis. Cabia ao artista identificar e pôr em cena essas invariantes.

[1753] Tome-se o modelo retórico proposto: fica-se aturdido ao não encontrar nas obras lidas de Machado de Assis página alguma de indignação escancarada contra a escravidão. Esses textos podem ter sido sonegados pelos editores. Por que o fariam? No caso de Alencar,

II
8 DE MAIO DE 1866

248

Evitemos os circunlóquios: o Sr. Dr. Macedo emprega nas suas comédias dois elementos que explicam os aplausos das plateias: a sátira e o burlesco. Nem uma nem outra exprimem a comédia.[1754]

249

Dotado de talento estimado do público, o Sr. Dr. Macedo tem o dever de educar o gosto, mediante obras de estudo e de observação.[1755]

250

O burlesco, embora suponha da parte de um autor certo esforço e certo talento, é todavia um meio fácil de fazer rir as plateias.

251

Aceitando a peça, como ela é, não há negar que as intenções políticas da *Torre em concurso* são de boa sátira. Sátira burlesca, é verdade. Nada menos cômico que aquela sucessão de cenas grotescas.

252

O burlesco é o elemento menos culto do riso.[1756]

254-255

É uma cena de apartes em que cada um deles mostra o receio de ser morto pelo outro; esbarram-se, caem, pedem desculpas mutuamente, e os espectadores riem às gargalhadas; mas o que torna esta cena forçada, impossível, sem cômico algum, é que ela destrói inteiramente o caráter dos rapazes.

257

Atenderá o Sr. Dr. Macedo para estas reflexões que nos inspira o amor da arte e o sincero desejo de vê-lo ocupar no teatro um lugar distinto?[1757]

---

como se sabe, seus textos escravistas foram suprimidos de edições das suas obras completas.

[1754] Uma rígida hierarquia de gosto, riso e gênero.

[1755] Uma concepção pedagógica da arte e do papel do artista.

[1756] Gosto educado versus gosto popular.

[1757] Deixar de ser amado pelo público para ser aplaudido pelo crítico?

258

Terminaremos hoje com duas notícias literárias. A primeira foi publicada no *Correio Mercantil*, em correspondência de Florença: traduziu-se para o italiano o belo romance *O Guarani* do Sr. J. de Alencar. O correspondente acrescenta que a obra do nosso compatriota teve grande aceitação no mundo literário. Um escritor do país, o Dr. Antônio Scalvini, tirou desse romance um poema para ópera, que vai ser posto em música pelo compositor brasileiro Carlos Gomes.[1758]

O CRUZEIRO
21 DE MAIO DE 1878

269

Insanium insanium.[1759]

279

[...] chega a ofender as leis da verossimilhança.[1760]

290

O nosso judeu era a farsa, a genuína farsa, sem outras pretensões, sem mais remotas vistas que os limites do seu bairro e do seu tempo.[1761]

Volume 31
Correspondência

12

[carta de José de Alencar]

Tijuca [Rio de Janeiro], 18 de fevereiro de 1868.

Ilmo. Sr. Machado de Assis,

Recebi ontem a visita de um poeta. O Rio de Janeiro não o conhece ainda; muito breve o há de conhecer o Brasil. Bem entendido, falo

---

[1758] O que repercutia, como ainda hoje, encontrava tradução.

[1759] Marcas de um imaginário.

[1760] Tratando da tragédia *Antônio José*. Machado de Assis jamais abriu mão do verossímil como marca da arte. A ficção não poderia ser falsa. Nem na farsa.

[1761] Tudo fazia o autor refletir com argúcia e posicionamentos fortes.

do Brasil que sente; do coração e não do resto. O senhor Castro Alves é hóspede desta grande cidade, alguns dias apenas. Vai a São Paulo concluir o curso que encetou em Olinda.[1762]

16

O senhor Castro Alves é um discípulo de Victor Hugo na arquitetura do drama, como no colorido da ideia.

17

A mocidade é uma sublime impaciência.[1763]

19-20

Nesta capital da civilização brasileira, que o é também de nossa indiferença, pouco apreço tem o verdadeiro mérito quando se apresenta modestamente. Contudo, deixar que passasse por aqui ignorado e despercebido o jovem poeta baiano, fora mais que uma descortesia. Não lhe parece? Já um poeta o saudou pela imprensa; porém, não basta a saudação; é preciso abrir-lhe o teatro, o jornalismo, a sociedade, para que a flor desse talento cheio de seiva se expanda nas auras da publicidade.

Lembrei-me do senhor. Em nenhum concorrem os mesmos títulos. Para apresentar ao público fluminense o poeta baiano é necessário não só ter foro de cidade na imprensa da corte, como haver nascido neste belo vale do Guanabara, que ainda espera um cantor. Seu melhor título, porém, é outro. O senhor foi o único de nossos modernos escritores que se dedicou sinceramente à cultura dessa difícil ciência que se chama crítica. Uma porção de talento que recebeu da natureza, em vez de aproveitá-lo em criações próprias, teve a abnegação de aplicá-lo a formar o gosto e desenvolver a literatura pátria. Do senhor, pois, do primeiro crítico brasileiro, confio a brilhante vocação literária, que se revelou com tanto vigor.

Seja o Virgílio do jovem Dante, conduza-o pelos ínvios caminhos por onde se vai à decepção, à indiferença e finalmente à glória, que são os três círculos máximos da *divina comédia* do talento.[1764]

[1762] Aquele que seria visto como grande poeta da luta contra a escravidão, fora procurar, no Rio de Janeiro, o escritor consagrado que, como político, defendia o cativeiro, não como instituição moral, mas como prática econômica e "civilizatória" eficaz.

[1763] Alencar também sabia produzir uma boa fórmula.

[1764] Mais do que apresentar Castro Alves, talvez por já não saber o que fazer com o visitante, José de Alencar consagra Machado de Assis como o "primeiro crítico brasileiro".

20

[carta de Machado de Assis a José de Alencar]

Rio de Janeiro, 29 de fevereiro de 1868.

Excelentíssimo senhor – É boa e grande fortuna conhecer um poeta; melhor e maior fortuna é recebê-lo das mãos de Vossa Excelência, com uma carta que vale um diploma, com uma recomendação que é uma sagração. A musa do senhor Castro Alves não podia ter mais feliz introito na vida literária.

21

Confesso francamente, que, encetando os meus ensaios de crítica, fui movido pela ideia de contribuir com alguma coisa para a reforma do gosto que se ia perdendo, e efetivamente se perde. Meus limitadíssimos esforços não podiam impedir o tremendo desastre.

22

Não raro se originam ódios onde era natural travarem-se afetos. Desfiguram-se os intentos da crítica, atribui-se à inveja o que vem da imparcialidade; chama-se antipatia o que é consciência.[1765]

25

Como o poeta que tomou por mestre, o Sr. Castro Alves canta simultaneamente o que é grande e o que é delicado, mas com igual inspiração e método idêntico; a pompa das figuras, a sonoridade do vocábulo, uma forma esculpida com arte, sentindo-se por baixo desses lavores o estro, a espontaneidade, o ímpeto. Não é raro andarem separadas estas duas qualidades da poesia: a forma e o estro. Os verdadeiros poetas são os que as têm ambas. Vê-se que o Sr. Castro Alves as possui; veste as suas ideias com roupas finas e trabalhadas. O receio de cair em um defeito não o levará a cair no defeito contrário? Não me parece que lhe haja acontecido isso; mas indico-lhe o mal, para que fuja dele. É possível que uma segunda leitura dos seus versos me mostrasse alguns senões fáceis de remediar; confesso que os não percebi no meio de tantas belezas.[1766]

[1765] Crítico sincero, em tempos positivistas, Machado de Assis parecia não ter consciência do papel da subjetividade na fixação de gostos e julgamento de obras.
[1766] Castro Alves leu para Machado de Assis, além de alguns poemas, o seu drama *Gonzaga*. As observações do crítico referem-se a esse material.

26

Esta exuberância, que V. Exª. com justa razão atribui à idade, concordo que o poeta há de reprimi-la com os anos. Então conseguirá separar completamente língua lírica da língua dramática; e do muito que devemos esperar temos prova e fiança no que nos dá hoje.

29-30

Nesta rápida exposição das minhas impressões, vê V. Exª. que alguma coisa me escapou. Eu não podia, por exemplo, deixar de mencionar aqui a figura do preto Luís. Em uma conspiração para a liberdade, era justo aventar a ideia da abolição. Luís representa o elemento escravo. Contudo o Sr. Castro Alves não lhe deu exclusivamente a paixão da liberdade. Achou mais dramático pôr naquele coração os desesperos do amor paterno. Quis tornar mais odiosa a situação do escravo pela luta entre a natureza e o fato social, entre a lei e o coração. Luís espera da revolução, antes da liberdade, a restituição da filha; é a primeira afirmação da personalidade humana; o cidadão virá depois. Por isso, quando no terceiro ato Luís encontra a filha já cadáver, e prorrompe em exclamações e soluços, o coração chora com ele, e a memória, se a memória pode dominar tais comoções, nos traz aos olhos a bela cena do rei Lear, carregando nos braços Cordélia morta. Quem os compara não vê nem o rei nem o escravo: vê o homem.[1767]

45

[De Joaquim Nabuco para Machado de Assis]
Paris, de dezembro de 1899.
Hoje fui a outra missa, a do Imperador, onde havia mui pouca gente, como é natural cá e lá, mas muito cabelo branco.

[1767] Na estrutura de Machado de Assis, iluminista tropical, o homem devia estar no topo, acima da singularidade do escravo. De tanto procurar o Homem, deixa-se, às vezes, de enxergar João com suas particularidades. A perda da filha, no caso, torna a falta de liberdade menos importante. De tanto querer ver a arte pura, Machado de Assis, que não colocou em cena escravizados como protagonistas, acabou por tolher quase todos aqueles que o fizeram, criticando-os por colocar engajamento acima das supostas regras da arte. Castro Alves ganhou apoio literário, mas não ideológico.

650

48

Pongues, 12 de junho de 1900.

Não deixe morrer a Academia. V. hoje tem obrigação de reuni-la e tem meios para isso, ninguém resiste a um pedido seu. Será preciso que morra mais algum acadêmico para haver outra sessão? Que papel representamos nós então? Foi para isso, para morrermos, que o Lucio e V. nos convidaram? Não, meu caro, reunamo-nos (não conte por hora comigo, esperemos pelo telefone sem fios) para conjugar o agouro, é muito melhor. Trabalhemos todos vivos.[1768]

Breve V. receberá o meu livrinho *Minha formação*.[1769] Diga ao nosso amigo José Veríssimo que lhe escreverei quando lhe mandar o volume.

50-51

52, Cornwall Gardens, Queen's Gate. S. W. 28 de janeiro de 1901.

Dê-me notícias da nossa Academia. Felicito-o por ter conseguido a casa. V. lembra-se da minha proposta que as 40 cadeiras tivessem esculpidos o nome dos primeiros Acadêmicos, que foram todos póstumos. Os chins enobreceram os antepassados, nós fizemos mais porque os criamos, ainda que nisto não fôssemos mais longe do que os nossos nobres de ocasião muitas vezes têm ido.[1770]

55-56

Londres, 12 de novembro de 1901.

Aí vai o meu voto. Dou-o ao Afonso Arinos por diversos motivos, sendo um deles ser a vaga do Eduardo Prado. Para a cadeira do Francisco de Castro eu votaria com prazer no Assis Brasil. Por que não reuniram as eleições num só dia? V. sabe que eu penso dever a Academia ter uma esfera mais lata do que a literatura exclusivamente literária para ter maior influência. Nós precisamos de um número

---

[1768] A ABL surgiu como um pequeno e vacilante clube de amigos. A carta de Nabuco dá ideia da importância adquirida por Machado de Assis no meio literário da época. Ele era a grande referência, admirado, aplaudido, ouvido, conselheiro e mestre, polo de atração dos homens de cultura literária.

[1769] O "livrinho" tornou-se um clássico incontornável.

[1770] Nabuco teve influência na definição do perfil da instituição.

de *grands Seigneurs* de todos os partidos. Não devem ser muitos, mas alguns devemos ter, mesmo porque isso populariza as letras.[1771]

63

Pau, 14 de fev. 1903.

Como vai V. e todo o seu Patriarcado? Há muito que não o leio, o que me parece indicar que V. se recolhe para alguma grande surpresa. Não sei por que tenho o pressentimento que o seu mais belo livro está ainda inédito e que o século XX está para roubar ao século XIX.[1772]

68

Challes, 18 ag. 1903.

No caso de não haver candidatura Quintino, nem Jaceguai, o meu voto será pelo Euclides da Cunha, a quem peço que então V. faça chegar a carta inclusa. Se o Jaceguai nos frequenta ainda, mostre-lhe o que digo dele nessa carta ao Euclides.[1773]

69

[De Machado de Assis a Joaquim Nabuco]

Rio de Janeiro, 7 out. 1903.

Já deve saber que o Euclides da Cunha foi escolhido, tendo o seu voto, que comuniquei à Assembleia. Não se tendo apresentado o Jaceguai nem o Quintino, o seu voto recaiu, como me disse, no Euclides.

70

A Academia parece que enfim vai ter casa. Não sei se V. se lembra do edifício começado a construir no Largo da Lapa, ao pé do mar e do Passeio. Era para a Maternidade. Como, porém, fosse resolvido adquirir outro, nas Laranjeiras, onde há pouco aquele instituto foi inaugurado, a primeira obra ficou parada e sem destino. O Gover-

---

[1771] Quando se reclama de imortais sem livros, a culpa deve ser atribuída a Joaquim Nabuco. O modelo é o da Academia Francesa. Em lugar de Academia Brasileira de Letras, mais preciso seria o nome Academia Brasileira, como se insinuou, ou Academia Brasileira de Cultura.

[1772] A previsão não se confirmou. O melhor de Machado foi publicado nas últimas duas décadas do século XIX.

[1773] Nabuco queria muito um militar na ABL. Lutou pelo almirante Jaceguai.

no resolveu concluí-lo e meter nele algumas instituições. Falei sobre isso, há tempos, com o Ministro do Interior, que me não respondeu definitivamente acerca da Academia; mas há duas semanas soube que a nossa Academia também seria alojada, e ontem fui procurado pelo engenheiro daquele Ministério. Soube por este que a nossa, a Academia de Medicina, o Instituto Histórico e o dos Advogados ficarão ali. Fui com ele ver o edifício e a ala que se nos destina, e onde há lugar para as sessões ordinárias e biblioteca. Haverá um salão para as sessões de recepção e comum às outras associações para as suas sessões solenes.[1774]

[De Nabuco a Machado]

Londres, 8 de outubro 1904.

74

V. pode cultivar a vesícula do fel para a sua filosofia social, em seus romances, mas suas cartas o traem, V. não é somente um homem feliz, vive na beatitude, como convém a um Papa, e Papa de uma época de fé, como a que hoje aí se tem na Academia. Agora não vá dizer que o ofendi e o acusei de hipocrisia, chamando-o de feliz.[1775]

76-77

E a nova eleição? Não falo da eleição do futuro presidente, da qual parece já se estar tratando aí, mas da eleição do novo Acadêmico.

[...] Agora a entrada do Quintino não tem mais razão de ser, porque pareceria que ele adquiriu título depois da fundação, quando o tinha antes de quase todos os fundadores. A exclusão dele é pois um fato consumado, como seria a do Ferreira de Araújo, se vivesse, como é a do Ramiz, a do Capistrano, que não quiseram.[1776]

[...] Eu acho bom dilatar sempre o prazo das eleições, porque no intervalo ou morre algum dos candidatos mais difíceis de preterir, ou há outra vaga. A minha teoria já lhe disse, devemos fazer entrar para a Academia as superioridades do país. A Academia formou-se de homens na maior parte novos, é preciso agora graduar o acesso.

[1774] Machado de Assis alcançou a condição de funcionário de alto escalão e tinha acesso aos grandes gestores. Fez legítimo lobby para que a ABL tivesse uma sede.

[1775] De feliz e de papa. Machado de Assis era o centro da vida literária do país.

[1776] Era preciso convencer escritores a aceitar a honraria. Que tempos!

Os novos podem esperar, ganham em esperar, entrarão depois por aclamação, em vez de entrarem agora por simpatias pessoais ou por serem de alguma *coterie*. A Marinha não está representada no nosso grêmio, nem o Exército, nem o Clero, nem as Artes, é preciso introduzir as notabilidades dessas vocações que também cultivem as letras. E as grandes individualidades também. Assim o J. C. Rodrigues, o redator do *Novo mundo*, o chefe do *Jornal do Comércio*, que nesses momentos está colecionando uma grande livraria relativa ao Brasil, e o nosso Carvalho Monteiro, de Lisboa? A este, o Mecenas, V. poderia dar o voto de Horácio. É verdade que Você é Horácio, mas que ele nada lhe deu, ainda assim V. consagrava o tipo de Mecenas. Etc., etc., etc. Com Jaceguai entrava a glória para a Academia.[1777]

[De Machado a Nabuco]

Rio, 13 dezembro 1904.

84

Ontem à noite estiveram aqui em casa o Graça e sua Senhora, falamos de V., de literatura e de viagem. Sobem daqui a dois dias para Petrópolis, onde o Graça vai funcionar na comissão do Acre. O Veríssimo está restabelecido.

Quero pedir-lhe uma coisa, se é possível, mandar-me alguma das suas fotografias últimas.

Não vi ainda o Conde Prozor, ministro da Rússia, de que falamos ontem com referência à carta de 8 de outubro. Se tivéssemos agora a recepção na Academia, eu quisera obter do conde a fineza de vir a ela com a condessa, mas o Euclides da Cunha, que devia tomar posse, fê-lo por carta ao secretário, e embarca amanhã para o alto Purus, onde vai ocupar um lugar de chefe de comissão.[1778]

[1777] Nabuco jogava a carta de realpolitik. Queria representantes do exército, da marinha, do clero, da imprensa e do dinheiro na Academia. E assim, mais tarde, Getúlio Vargas seria acadêmico. Assim como o cirurgião plástico Ivo Pitanguy. E atualmente jornalistas influentes, de muitas colunas e poucos livros, como Merval Pereira. O almirante Artur Silveira da Motta, barão de Jaceguai, lutou na Guerra do Paraguai primeiramente como ajudante de ordens do almirante Tamandaré. Comandou o couraçado *Barroso*. Destacou-se em Curupaiti e Humaitá. Entrou para a ABL em 1907. Foi diretor da Biblioteca da Marinha, Museu e Arquivo e redator da *Revista Marítima Brasileira*. Não fez o tradicional elogio ao seu antecessor, Teixeira de Melo, por "*não* haver conhecido o homem nem a sua obra". Escreveu sobre temas militares.

[1778] Ativo, Machado de Assis teve intensa vida social e contato com figuras influentes que

Rio, 24 junho 1905

87

Nós cá vamos andando. A Academia elegeu o seu escolhido, o Sousa Bandeira, que talvez seja recebido em julho ou agosto, respondendo-lhe o Graça Aranha. A cerimônia será na casa nova e própria, entre os móveis que o Ministro do Interior, o Seabra, mandou dar-nos. Vamos ter eleição nova para a vaga do Patrocínio. Até agora só há dois candidatos, o Padre Severiano de Resende e Domingos Olímpio.

Rio, 11 agosto 1905.

89

Meu caro Nabuco – Escrevo algumas horas depois do seu ato de grande amigo.[1779]

Rio, 29 agosto 1905.

90

Recebi a sua carta escrita das Montanhas Brancas. Há dias escrevi-lhe uma agradecendo a generosa e afetuosa lembrança do carvalho de Tasso. *A Renascença* reproduziu a sua carta e a do síndaco de Roma, e deu as palavras do Graça e os versos do Salvador de Mendonça e do Alberto de Oliveira. Lá verá como o nosso Graça correspondeu à indicação que lhe fez, dizendo-me coisas vindas do coração de ambos.

Os nossos amigos da Academia, ao par daquela fineza, quiseram fazer-me outra, pôr o meu retrato na sala das sessões, e confiaram obra ao pincel de Henrique Bernardelli; está pronto, e vai primeiro à exposição da Escola Nacional de Belas Artes. O artista reproduziu o galho sobre uns livros que meteu na tela. Todos me têm acostumado à benevolência. Valha esta consolação à amargura da minha velhice.

---

vinham ao Rio de Janeiro.
[1779] A edição Jackson traz nota de rodapé explicando o caso. Joaquim Nabuco escrevera a Graça Aranha: "0 que vai nessa caixa é um ramo de carvalho de Tasso, que lhe mando para oferecer ao Machado de Assis do modo que lhe parecer mais simbólico. Devemos tratá-lo com o carinho e a veneração com que no Oriente tratam as caravanas a palmeira às vezes solitária do oásis". A homenagem dá ideia da reverência a Machado de Assis. Graça Aranha foi um fiel servidor. Quem poderia acreditar que se tornaria iconoclasta depois da Semana de 1922!

91

Ainda agora achei um bilhete seu convidando-me à reunião da Rua da Princesa para fundar a Sociedade Abolicionista; é de 6 setembro de 1880. Quanta coisa passada! Quanta gente morta! Sobrevivem corações que, como o seu, sabem amar e merecem o amor.[1780]

92

Rio, 30 setembro 1905.

A carta dá-me a indicação do seu voto no Jaceguai para a vaga do Patrocínio. O Jaceguai merece bem a escolha da Academia, mas ele não se apresentou e, segundo lhe ouvi, não quer apresentar-se. Creio até que lhe escreveu nesse sentido.

93

Já há de saber do meu retrato que amigos da Academia mandaram pintar pelo Henrique Bernardelli e está agora na exposição anual da Escola de Belas Artes. O artista, para perpetuar a sua generosa lembrança, copiou na tela, sobre uns livros, o galho do carvalho de Tasso. O próprio galho, com a sua carta ao Graça, já os tenho na minha sala, em caixa, abaixo do retrato que V. me mandou de Londres o ano passado. Não falta nada, a não serem os olhos da minha velha e boa esposa que, tanto como eu, seria agradecida a esta dupla lembrança do amigo.[1781]

[...] A Academia vai continuar os seus trabalhos, agora mais assídua, desde que tem casa e móveis. Quando cá vier tomar um banho da pátria, será recebido nela como merece de todos nós que lhe queremos. Adeus, meu caro Nabuco, continue a lembrar-se de mim, onde quer que o nosso lustre nacional peça a sua presença. Eu não esqueço o amigo que vi adolescente, e de quem ainda agora achei uma carta que me avisava do dia em que devia fundar a Sociedade Abolicionista, na Rua da Princesa. Lá se vão vinte e tantos anos! Era o princípio da campanha vencida pouco depois com tanta glória e tão pacificamente.[1782]

[1780] Um elemento em favor do interesse de Machado de Assis pelo abolicionismo.

[1781] Machado de Assis não se refez da morte da esposa, em 20 de outubro de 1904.

[1782] Por um lado, vê-se a alegria de Machado de Assis com a abolição. Por outro lado, uma idealização do processo que levou ao fim da escravidão.

Rio, 7 fevereiro 1907.

101

Esta carta é breve, o bastante para lhe dizer que todos nós lembramos de V., notícia ociosa. O Veríssimo escreveu, a propósito do seu livro das *Pensées Détachées*, os dois excelentes artigos que V. terá visto no *Jornal do Comércio*, para onde voltou brilhantemente com a Revista literária. Fez-lhe a devida justiça que nós todos assinamos de coração. A minha carta, aquela que tive a fortuna de escrever antes de ninguém, era melhor que lá tivesse também saído.[1783]

103-104

Rio, 14 maio 1907.

Dei conta aos colegas da Academia de seu voto na vaga do Loreto em favor do Artur Orlando. Para tudo dizer, dei notícia também do voto que daria ao Assis Brasil ou ao Jaceguai. A este contei também o texto da sua carta, e instei com ele para que se apresente candidato à vaga do Teixeira de Melo (a outra está encerrada e esta foi aberta), mas insistiu em recusar. A razão é não ser homem de letras. Citei-lhe, ainda uma vez, o seu modo de ver que outrora me foi dito, já verbalmente, já por carta; apesar de tudo declarou que não. Quanto ao Assis Brasil, foi instado pelo Euclides da Cunha e recusou também. A carta dele, que Euclides me leu, parece-me mostrar que o Assis Brasil estimaria ser Acadêmico; não obstante, recusa sempre; creio que por causa da *non réussite*.[1784] *Sinto isto muito, meu querido Nabuco.*

Para a vaga do Teixeira de Melo apresentaram-se já dois candidatos, o Virgílio Várzea e o Paulo Barreto, que assina João do Rio. O Secretário Medeiros já lhe há de ter escrito sobre isto. Sabe que o Rodrigo Otávio está agora na Europa.

Estas são as notícias eleitorais. Dos trabalhos acadêmicos já há de ter notícia que, por proposta do Medeiros, estamos discutindo se convém proceder à reforma da ortografia. Ao projeto deste (tendente ao fonetismo) opôs-se logo o Salvador de Mendonça, que apresentou um contraprojeto assinado

---

[1783] Na verdade, Veríssimo criticou o livro de Nabuco, que não gostou e reclamou.

[1784] Candidato em 1901, perdera para Afonso Arinos. O relato mostra o quanto Nabuco de fato influenciou na definição de um escopo mais amplo para a Academia. Nota da edição: "o almirante Jaceguai foi eleito em 27 de setembro de 1907. Virgílio Várzea e Paulo Barreto retiraram a candidatura".

por ele e pelo Rui Barbosa, Mário de Alencar, Sílvio Romero, Euclides da Cunha, Lúcio de Mendonça.[1785]

[De Nabuco a Machado]

Brazilian Embassy Washington, maio, 27-1907.

106

O meu livro tem sido bem acolhido em França. Aí suponho que o Veríssimo o matou. Quando se diz de um livro que fora melhor não ter sido publicado, tem-se-lhe rezado o *resquiescat*.[1786] Entre nós dois lhe direi que o deputado Paul Deschanel o propôs para um prêmio da Academia Francesa. Segundo o Regimento da Academia não há prêmio senão para as obras inscritas para o concurso e assim tive que inscrever-me! A responsabilidade da iniciativa, porém, não é minha. O Barão de Courcel também fez o elogio dele na Academia de Ciências Morais e Políticas. Estou muito grato a tão generoso acolhimento. Sei que a crítica do Veríssimo aí fez muito mal ao livro, porque me repetiram um dito de um dos rapazes da divisão naval: que o meu livro não tinha atualidade. Atualidade um livro de pensamentos! E um livro escrito há treze anos que deixei dormir por não me preocupar de "atualidade". Ora, isso é do Veríssimo.[1787]

[De Machado a Nabuco]

Rio, 7 julho 1907.

108-109

Não lhe falo das festas do Guilherme Ferrero, porque os jornais lhas terão contado. Foram só horas, mas vivas. Quatro da Academia fomos recebê-lo a bordo e mostrar-lhe e à senhora uma parte da cidade, e o Rio Branco ofereceu-lhes um jantar em Itamarati. Quando Ferrero tornar de Buenos Aires, lá para setembro, ficará aqui um mês, e as festas serão provavelmente maiores. Li as notícias que me dá do acolhimento que encontra em França o seu livro das *Pensées*, e não é preciso dizer o gosto que me trouxeram. Não creia que a crítica o ma-

---

[1785] ABL assumia um papel legiferante sobre a língua.

[1786] A tentativa de Machado de Assis de dourar a pílula não funcionou. Veríssimo pesava a mão e colhia desafetos, o que se verá no que diz nas suas cartas.

[1787] A "imparcialidade" do crítico, tão cara a Machado de Assis, aparece como quimera.

tasse aqui; ele é dos que sobrenadam. O tempo ajudará o tempo, e o que há nele profundo, fino e bem dito conservará o seu grande valor. Sabe como eu sempre apreciei essa espécie de escritos, e o que pensei deste livro antes dele sair do prelo. O prêmio da Academia Francesa virá dar-lhe nova consagração.[1788]

Rio, 19 agosto 1907.

109

Há um ano tive o prazer de jantar com V. neste dia e brindar com amigos seus pela sua saúde e prosperidade. Não quero calar a data e daqui lhe mando lembranças minhas, lembranças de amigo velho e sincero. Talvez seja a última saudação; sinto que não vou longe, por mais que amigos me achem bom aspecto; esse mesmo achado me parece simples consolação.[1789]

Rio, 14 janeiro 1908.

111

Há de ter tido notícia das duas recepções acadêmicas, a do Orlando e a do Augusto de Lima. A do Orlando foi pouco depois da eleição. Apesar do calor intenso e da chuva que caiu à tarde, a concorrência foi grande, e lá estavam muitas senhoras. O Presidente da República não pôde ir por incômodo, mas fez-se representar.[1790]

[Nabuco a Machado]

Washington, junho 8, 1908.

Acabo de receber sua boa carta, cheia do seu coração, trazendo-me a notícia de um próximo livro, que V. supõe será seu último, mas que eu recebi como o antepenúltimo. A homenagem que o Ferreiro lhe prestou é digna dele e da Itália. V., graças à nova geração dos Veríssimos e Graças, que explicaram a admiração inconsciente que V. inspirou à geração anterior, ou à nossa, goza hoje de uma reputação que forçará a posteridade a lê-lo e estudá-lo para compreender a fascinação exercida por V. sobre o seu tempo.[1791]

[1788] Havia espaço para escrever, festejar e consolar amigos.
[1789] O grande escritor entrava no último ano de vida.
[1790] O pequeno clube de amigos ganhara estatura e legitimação.
[1791] Nabuco referia-se a *Memorial de Aires*. Machado de Assis vivia o auge da influência e da glória, embora doente e sem jamais se ter recuperado da morte da esposa. Seria, como sabemos, recebido de abraços abertos pela posteridade.

[De Machado a Nabuco]

Rio, 28 junho 1908.

121-122

Há dias o Vítor [Nabuco] falou-me de um retrato seu, recente. Eu cá tenho o que V. me mandou de Londres, há três anos, que é soberbo; pende da parede por cima da caixa que encerra o ramo de carvalho de Tasso. Já dispus as coisas em maneira que a caixa e o ramo, com as duas cartas que os acompanham, passem a ser depositados na Academia, quando eu morrer; confiei isto ao Mário de Alencar.

123-124

Rio, 1 agosto 1908.

Lá vai o meu *Memorial de Aires*. Você me dirá o que lhe parece. Insisto em dizer que é o meu último livro; além de fraco e enfermo, vou adiantado em anos, entrei na casa dos setenta, meu querido amigo. Há dois meses estou repousando dos trabalhos da Secretaria, com licença do Ministro, e não sei quando voltarei a eles. Junte a isto a solidão em que vivo. Depois que minha mulher faleceu soube por algumas amigas dela de uma confidência que ela lhes fazia; dizia-lhes que preferia ver-me morrer primeiro por saber a falta que me faria. A realidade foi talvez maior que ela cuidava; a falta é enorme. Tudo isso me abafa e entristece. Acabei. Uma vez que o livro não desagradou, basta como ponto final.[1792]

[De Nabuco a Machado]

Hamilton, Mass. setembro 3, 1908.

Escravizados de Deus, mulheres que podiam ser fortes, jantar às duas da tarde, notícias das rebeliões nas províncias, reviravoltas amorosas: o ficcionista foi um cronista do seu tempo, especialmente das classes ociosas. Ligado aos liberais, tido até, em algum momento por jornalista engajado, Machado de Assis foi um liberal-conservador, radical da cautela, num tempo em que a maior diferença entre liberais e conservadores era um estar no poder. Machado de Assis trabalhava no Ministério da Agricultura. Talvez aí esteja a explica-

---

[1792] Machado de Assis seria sucedido na ABL por Lafaiete Rodrigues, Labieno, que o defendera anos antes das críticas de Sílvio Romero.

660

ção para grande parte da sua discrição durante as lutas abolicionistas. Não seria fácil expor-se atuando na engrenagem dos interesses do escravismo. Em 17 de maio de 1888, contudo, foi escolhido para saudar o ministro da Agricultura, Rodrigo Silva, que assinara a Lei Áurea: "Todos os vossos empregados, que eram já vossos amigos, vossos admiradores, pela elevação e confiança com que hão sido acolhidos, tornaram-se agradecidos pelo imorredouro padrão de glórias a que ligastes o vosso nome, referendando a lei que de uma vez para sempre declarou extinta a escravidão no Brasil". Nesse momento já não havia risco, algo que o escritor e funcionário parecia abominar. Na certidão de óbito de Machado de Assis consta "branco". Não era costume inscrever esse tipo de dado na época em tais documentos. A glória o embranquecera. Ele teria se afastado da madrasta negra. Joaquim Nabuco, em carta a José Veríssimo, diz que o via como branco e ele teria sofrido se fosse chamado de "mulato": "Seu artigo no Jornal está belíssimo, mas esta frase causou-me arrepio: 'Mulato, foi de fato um grego da melhor época'. Eu não o teria chamado mulato e penso que nada lhe doeria mais do que essa síntese. Rogo-lhe que tire isso, quando reduzir os artigos a páginas permanentes. A palavra não é literária e é pejorativa. O Machado para mim era branco, e creio que por tal se tomava: quando houvesse sangue estranho, isso em nada afetava sua perfeita caracterização caucásica. Eu pelo menos só vi nele o grego" (Nabuco apud Massa, 1971, p. 46). Conclusão: Machado de Assis foi branqueado pela elite para ser aceito como o maior escritor brasileiro, mas ele colaborou para esse branqueamento e até o buscou. Lucia Miguel Pereira (1936, p. 97) escreveu: "Mulato, ele o era sem disfarce, a raça gritando na vasta e rebelde cabeleira que lhe caía sobre as orelhas, nos labios grossos encimados pelo bigode ralo e duro, nas narinas achatadas". Aleijadinho, Machado de Assis, Pelé: o Brasil deve tudo a eles.

126

Quanto ao seu livro li-o letra por letra com verdadeira delícia por ser mais um retrato de V. mesmo, dos seus gostos, da sua maneira de tomar a vida e de considerar tudo. É um livro que dá saudade de V., mas também que a mata. E que frescura de espírito![1793]

[1793] Um livro que revela muito do autor. O abolicionista Joaquim Nabuco jamais cobrou de

[De Machado de Assis a José Veríssimo]

Rio, 19 abril 1883.

128

Há alguns dias, escrevendo de um livro, e referindo-me à *Revista Brasileira*, tão malograda, disse esta verdade de La Palisse – "que não há revistas sem um público de revistas".[1794]

Rio, 18 de novembro 1898.

135

Meu caro José Veríssimo – Esta carta, além do que lhe é pessoal, vale por urna circular aos amigos da *Revista*, a quem não vejo há mais de dois anos ou quarenta e oito horas. Como é possível que me suceda hoje a mesma coisa, peço-lhe a fineza de dividir com eles as saudades que vão inclusas, mas o papel não dá para todas.

Peço-lhe mais que me diga:

1.º, Se o nosso Graça Aranha já falou ao Ministro do Interior, e se podemos contar com o salão no dia 30; 2.º, Se já está completa a lista começada por ele para a distribuição dos convites; 3.º, Se o Inglês de Sousa aí esteve para tratar dos cartões, segundo havíamos combinado; 4.º, Se o João Ribeiro está disposto a ser apresentado ao Presidente da República em qualquer dia que, para isso, nos seja fixado; 5.º, Se tenho provas da notícia bibliográfica sobre as *Procelárias*; 6.º, Como vão o chá e o Paulo. Quisera ir pessoalmente, mas é provável que não possa. O tempo voa e o dia 30 está a pingar.[1795]

Rio, 3.12.98.

137-138

Vigésima quinta aos Coríntios. – A minha ideia era lá dar um pulo agora, mas não posso, e provavelmente não poderei fazê-lo hoje. – O objeto da ida e da carta é dizer ao nosso João Ribeiro que, segundo me comunicou ontem o Dr. Cockrane, o Presidente da República receber-nos-á no dia 6, ao meio-dia. Peço o favor de ser isto

---

Machado de Assis qualquer engajamento público mais robusto sobre a escravidão, talvez por conhecer as suas discretas ações.

[1794] Nem há Machado de Assis sem La Palisse e seus personagens recorrentes.

[1795] O presidente da ABL precisava ocupar-se de detalhes ao mesmo tempo que circulava nas altas esferas. João Ribeiro, como novo acadêmico, receberia a bênção do presidente da República.

comunicado ao dito João Ribeiro, se aí estiver, e o favor ainda maior de informar-me aonde poderei escrever-lhe. O dia 6 é terça-feira; cumpre-nos estar a postos. Como sabem, já estive com o Epitácio, por apresentação do Rodrigo Otávio. Adeus e até breve.[1796]

139

[De Veríssimo a Machado]

Rio, 26-12-98

Meu Caro Machado [...] Outro é pedir-lhe interponha os seus bons serviços perante quem competir para que nós, pobres moradores da Boca do Mato, no Meier, tenhamos água em maior abundância e em horas menos impróprias. Imagino V. que eu, que moro à rua Lins de Vasconcelos, 30, apenas tenho água nas terças, sextas e domingos – mas, que essa água, mais escassa que a de Orebe, apenas começa a correr às 10 h. da noite, obrigando a ter um criado acordado às vezes até 1 h. para aproveitá-la, conduzindo-a para vários depósitos.[1797]

[De Machado a Veríssimo]

140

Rio, 31.12.98.

Sobre a água falei anteontem ao Floresta de Miranda, que tomou nota de tudo e ficou de providenciar logo. Vejo que não fez nada. Vou escrever-lhe agora, não sei se com melhor fortuna, mas com igual obstinação.[1798]

[1796] O presidente era Campos Sales; Epitácio Pessoa era ministro da Justiça; Cockrane era o secretário do presidente da República.

[1797] Funcionário dedicado, Machado de Assis galgou degraus. Diz Raymundo Magalhães Jr. (1981, p. 244): Em 1881, "foi então designado para responder pela pasta [Agricultura, Comércio e Obras Públicas] vaga o deputado-geral fluminense Pedro Luís Pereira de Sousa, que era em caráter efetivo ministro dos estrangeiros. Assoberbado com o trabalho de duas pastas – a segunda ainda mais trabalhosa que a primeira –, Pedro Luís Pereira de Sousa confiou a Machado de Assis grande parte de suas tarefas na última. Durante os meses que se seguiram, Machado de Assis foi praticamente um vice-ministro. Era quem recebia, em nome do ministro, as pessoas brasileiras e estrangeiras que tinham interesse a tratar no seu Ministério. Quando o senador José Antônio Saraiva passou a ocupar a pasta, em caráter efetivo, Machado retornou a seu posto de chefe de seção." Ao longo da vida, ele receberia pedidos de amigos necessitados de algum favor público. Veríssimo seria um dos mais frequentes.

[1798] A resposta era imediata. Se o resultado não era garantido, o esforço, sim. Floresta de

Rio, 16 jan. 1899.

141

Meu caro Veríssimo – Antes de tudo, água. Deus lhe dê água, e o Floresta, seu profeta, também. Novamente escrevi e falei a este. O mais que alcancei é que as obras necessárias darão o mesmo mal a outros, e assim o remédio será que Você tenha coisa maior para depósito. Não sei se será realmente assim. Você diga-me o que pode ser.

Sobre a nomeação recaiu em outro que não o seu candidato. O nomeado tem perto de 40 anos de serviço e começou em carteiro, e com tais qualidades que levaram o Vitório a propô-lo e o ministro a adotá-lo. Este disse que lhe expusesse isto mesmo. – Escrevo ao Paulo sobre a aposentação do pai. Peço a Você que inste com ele para fazer o que lhe digo. Peça-lhe também que trabalhe com os nossos amigos para fazer uma reunião próxima da Academia. Quero ver se escrevo também ao Rodrigo Otávio, e há dias falei ao Nabuco. Não sei se ainda vivo.

Você vive e bem.[1799]

25 fev. 1899.

142

Meu caro J. Veríssimo – E água? Como vamos de água? Depois da nossa última conversa, esteve comigo o Floresta que, em resposta à minha carta, trouxe uma nota, que aqui lhe mando inclusa. Disse-lhe que isto sabíamos nós, mais ou menos, e novamente lhe recomendei que abrisse as cataratas do céu; não sei se o fez, não tenho carta de um lado nem de outro.

[De Veríssimo a Machado]

Rio, 10-4-99.

145

Está aqui o Mario e pouco antes de chegar a sua cartinha, falamos de V. sentindo ambos vê-lo tão raramente. Quando viajará de novo o seu ministro?[1800]

Miranda era diretor da Divisão de Águas.
[1799] Veríssimo pedia um emprego. Paulo Tavares era secretário da ABL.
[1800] Os amigos lamentavam que a burocracia tomasse tanto tempo de Machado de Assis.

[De Machado a Veríssimo]

Rio, 14 junho 1899.

149

Há de ter visto que o meu artigo trouxe erros tipográficos. *Pará* em vez de *Parú*, por exemplo. Há mais dois ou três; e há também um parágrafo desarticulado, que é das coisas que mais me afligem na impressão, não pelo aspecto, mas porque me quebra as pernas ao pensamento.[1801]

Rio, 16 junho 1899.

150

Meu caro J. Veríssimo – Agora falo só da Academia. Resolvi convocar uma sessão para terça-feira próxima, 21, às três horas da tarde, na sala da *Revista*. Você concordou em continuar a alojar a Academia, e não vejo outro recurso depois do que me disse o Rodrigo Otávio. Vou escrever a este para mandar a notícia, e entender-me-ei com o Ministro para que me dispense o tempo necessário.[1802]

Gabinete, 1-2-1900.

156

Meu caro Veríssimo – Anteontem saí daqui doente, antes da hora, e ontem não me foi possível falar ao Severino. Disseram-me que ele vinha hoje, mas até agora não apareceu. Se não vier, irei eu à casa dele.[1803]

[...] Obrigado pelo seu cuidado, mas como é que soube que estive doente? As más notícias voam. Venhamos ao mais interessante. Aqui esteve e está o Dr. Severino. Disse-me que (em resumo) falara ao Epitácio ontem. Soube dele que não tinha candidato seu, e que o Presidente, a primeira vez que falaram disso, não tinha nenhum e aceitava o que o Ministro lhe apresentasse. Posteriormente, estando juntos, dis-

---

[1801] Uma boa fórmula em tom coloquial.

[1802] O funcionário tinha margem de negociação com o ministro ao qual se subordinava, mas não podia abandonar o posto a bel-prazer.

[1803] Nota da edição: "Severino Vieira, ministro da Viação e Obras Públicas". A relação entre chefe e funcionário era de proximidade. Severino convidara Machado de Assis para ser seu secretário depois que este amargara um período posto em disponibilidade. O cargo se manteria com outros ministros. Voltaria a ser diretor-geral da contabilidade. Cuidava do orçamento do ministério.

se-lhe o Presidente que tinha um candidato, sem lhe dizer quem era, e o Epitácio está esperando a indicação. Será Você? É a pergunta que me fez o Severino e a que eu lhe faço, sem nada podermos decidir. Em todo caso, tal é o estado do negócio; resta ir pela via conhecida.[1804]

Rio, 21 março 1900.

158

Penso que ontem, ao sairmos daí, esqueceu-me, em cima da mesa do chá o primeiro tomo da *Ressurreição* de Tolstoi que o Tasso Fragoso me emprestou. Caso assim seja, peço-lhe o favor de mandar-mo pelo portador.

Vai junto um folheto do Tasso que ontem deixei de levar-lhe; peço-lhe também que lho dê, quando aí for. Eu não sei quando irei.[1805]

Rio, 25 agosto 1900.

160

A Academia foi convidada pelos Estudantes da Faculdade Livre de Direito para a sessão de segunda-feira, em honra ao Eça de Queirós. Mandei a carta ao Rodrigo Otávio. Escrevo-lhe este para avisá-lo em tempo, a fim de comparecer se puder, como eu e outros colegas.[1806]

[De Veríssimo a Machado]

28 jan. 901.

162

Que me diz V. do livro do nosso confrade F..., de que ontem, no detestável *Sem rumo*, nos falou o nosso Duarte? Que futilidade, que mau gosto, digamos, que tolice! E é isto, aqui entre nós, esta nossa pobre literatura – e esse um dos mais afamados dela. Eu não direi do livro, porque nem o meio, nem as minhas boas relações com o amável autor me permitiriam a liberdade de dizer como penso, que é um livro *besta*.[1807]

[1804] Veríssimo queria ser diretor da Biblioteca Nacional.
[1805] Em 1930, Tasso Fragoso integraria a junta governativa que assumiu o poder entre a saída de Washington Luís e a chegada de Getúlio Vargas.
[1806] Falecido em 16 de agosto de 1900, membro honorário da ABL.
[1807] Ardia a fogueira das vaidades. Veríssimo sabia ser venenoso.

163

Sinto, sinto deveras, porque, ao cabo, o B... era uma esperança de todos os espíritos liberais. Para mim é hoje um patrocínio branco, acaso pior, porque não tem a paixão do outro e não tinha contra si a péssima educação dele.[1808]

[De Machado a Veríssimo]

Rio, 1 fev. 1901.

164

Pelo que Você me diz na carta, vai passando bem. Nova Friburgo é terra abençoada. Foi aí que, depois de longa moléstia me refiz das carnes perdidas e do ânimo abatido. E note que não tinha casa, nem parque, nem biblioteca de amigo, como Você; mas a terra é tão boa que ainda sem eles, consegui engordar como nunca, antes nem depois.[1809]

[De Veríssimo a Machado]

Friburgo, 12 de fev. 901.

168

A Você lhe conviria muito passar aqui um ou dois meses; mas V. é o carioca por excelência a quem o ar, a rua, tudo do Rio de Janeiro é absolutamente indispensável.

169

12.2.901.

Meu caro Machado. Esta é só para importuná-lo. Peço-lhe leia a carta junta e faça-a chegar ao seu destino com uma recomendação sua, ou sem ela, como entender.[1810]

[1808] Eis a prova da língua viperina de Veríssimo. Mestiço, como Machado de Assis, José do Patrocínio foi um dos jornalistas mais engajados na luta pela abolição.

[1809] Grande leitor e escritor, Machado de Assis viajou mais dentro do seu gabinete do que para outras terras.

[1810] Reclamação ao diretor dos Correios, vinculado ao Ministério da Viação, sobre os maus serviços. Lúcio de Mendonça também reclama e pede ajuda a Machado.

[De Machado a Veríssimo]

Rio, 16 fev. 1901.

170

Esta carta é apertada para caber, não no papel, mas no tempo de que posso dispor. E desde já lhe digo que cumpri as suas ordens, mandando a carta ao Diretor dos Correios. Este respondeu-me logo, e infelizmente não tenho aqui a carta para lhe remeter com esta; mas como ele me disse que lhe escreveu diretamente, é natural que saiba já das explicações e das providências.[1811]

[De Veríssimo a Machado]

9 julho 901.

173

Por que eu não hei de ser, ao menos uma hora, ditador? Você era logo aposentado com vencimentos por inteiro, uma pensão no valor do dobro, e a recomendação de nos dar um livro por ano, as suas memórias, contos, romances, versos, e, se pudesse ser, a tradução completa do Dante.[1812]

174

Dentro V. encontrará um pedido, por cuja satisfação realmente me interesso. O meu protegido, que faço seu, é digno de favor como V. pode informar-se. Não vá Brás Cubas pensar que só por este motivo lhe escrevo; erraria redondamente, o que seria uma vergonha para um sujeito tão perspicaz.[1813]

[De Machado a Veríssimo]

Rio, 21 abril 1902.

176-177

Recebi sábado o seu recado, e respondo que sim, que estou zangado com Você, como Você esteve comigo. A sua zanga veio de o não haver felicitado pelos 45 anos, a minha vem de os ter feito sem me propor antes uma troca. Eu a aceitaria de muito boa vontade.

[1811] Instado, Machado de Assis não deixava de tentar atender aos pedidos.
[1812] A vida de funcionário, que aborrecia os amigos, não impediu Machado de Assis de ser um escritor prolífico, criativo e disciplinado.
[1813] Veríssimo fazia pedidos frequentes com vago constrangimento.

Já recebi e já li *Canaã*; é realmente um livro soberbo e uma estreia de mestre. Tem ideias, verdade e poesia; paira alto. Os caracteres são originais e firmes, as descrições admiráveis. Em particular, – de viva voz, quero dizer, – falaremos longamente. Vou escrever ao nosso querido Aranha.[1814]

[De Veríssimo a Machado]

16 julho 1902.

178

Eis o que é: que V. me obtenha uma passagem de 1ª classe daqui para Manaus no vapor da Lóide que sai a 24 do corrente, para o meu jovem e muito estimado amigo Luís Rodolfo Cavalcanti de Albuquerque Filho. Imagine que é uma mulher bonita que lhe pede, o que será o maior esforço jamais feito pela sua imaginação.[1815]

[De Machado a Veríssimo]

Rio, 17 julho 1902.

179

Aí vai cumprida a sua ordem, expressa na carta de ontem. A carta veio em boa hora, por me dar certeza de que ainda vive o caro Veríssimo, apesar de o ler nos *Prosadores* desta semana e nos artigos de outras.[1816]

[De Veríssimo a Machado]

31-12-1902

179

O meu José vai levar-lhe os meus e os seus cumprimentos de boas-festas e pedir-lhe as dele na renovação de seu passe na Estrada Central, que termina hoje. Está claro, nem admite hesitação, que V. só lhe dará se o puder fazer sem o mínimo vexame.[1817]

[1814] Graça Aranha surgia literariamente com a bênção de Machado de Assis.
[1815] Muitas eram as encomendas ao influente amigo.
[1816] Rápidas eram as respostas e quase sempre prontos os atendimentos.
[1817] Novas demandas surgiam. Veríssimo era um pedinte incansável.

[De Machado a Veríssimo]

Rio, 17 março 1903.

181

Repita comigo: última quinzena do trimestre adicional.[1818]

[De Veríssimo a Machado]

Rio, 12 janeiro 904.

183

Imagino que V. leu o Deiró outro dia [...] verifiquei que é sempre muito ruim, pois não é?[1819]

Rio, 22 janeiro 904.

188

Tanto que V. já vai à missa e à prédica do padre Miranda. Vou, para desacreditá-lo, espalhar aqui que V. está se fazendo carola.[1820]

Rio, 13 fevereiro 1904.

194

Aqui todas as preocupações vão ao carnaval. Já mais de uma vez lhe disse, o Carnaval é a coisa mais importante do e para o Rio de Janeiro.[1821]

[1818] Bela fórmula de Machado de Assis para explicar a sua ausência em momentos de atribulação burocrática.

[1819] Ácido, Veríssimo era um juiz implacável e algo maledicente.

[1820] Crítico da mediocridade e das hipocrisias do clero, Machado de Assis foi culturalmente um bom cristão ainda que se possa imaginar ou dizer o contrário. Lucia Miguel Pereira (1936, p. 89) diz que "foi anticlerical porque foi ateu". Sem crença, "os grandes movimentos da sua época, a Abolição e a Republica, que se processaram num ambiente de fé, fé na liberdade e na igualdade humana, fé nas instituições, o deixaram indiferente" (1936, p. 90). No leito de morte, teria recusado um padre para não ser hipócrita, afirmando não crer.

[1821] Juízo não desmentido por Machado de Assis, que, como se viu, sempre defendeu o carnaval e os folguedos populares. Lucia Miguel Pereira (1936, p. 116), com base em duas passagens, sendo uma delas o fato de que Machado de Assis recebeu Castro Alves durante carnaval, diz que ele não gostava da festa: "Traço distintivo desse mestiço de espírito bem nascido: não gostava do carnaval".

[De Machado a Veríssimo]

Rio, 4 outubro 1904.

197

Parece-me que a nossa Academia Brasileira de Letras vai ser completada no que concerne ao prédio e à mobília. Esta, que ainda falta, será dada por meio da emenda que os deputados Eduardo Ramos e Medeiros e Albuquerque acabam de propor ao orçamento do Ministério do Interior. Resta o estudo da comissão, que não parece lhe seja contrário, por se tratar de fazer cumprir o art. 1º da Lei de 8 de dezembro de 1900.[1822]

Rio, 4 fevereiro 1905.

198-199

Foi certamente o último volume que a minha companheira folheou e leu trechos, esperando fazê-lo mais tarde, como aos outros que ela me viu escrever. Cá vai o volume para o pequeno móvel onde guardo uma parte das lembranças dela.[1823]

[De Veríssimo a Machado]

S/d

200

Sinto deveras não vê-lo, porque V. é um dos raros cujo comércio me dá prazer, mas o Garnier tornou-se um lugar de má companhia, que eu evito.[1824]

[1822] Lento e persistente foi o trabalho para institucionalizar a ABL.

[1823] Carolina morreu em 20 de outubro de 1904. O livro era *Esaú e Jacó*. Portuguesa, irmã de Faustino Novais, amigo de Machado de Assis, ela enfrentou resistência familiar ao casamento com o mestiço brasileiro. Em carta a Carolina, de 2 de março de 1869, Machado de Assis reconsiderava, o que não deixa de ser uma pista: "Para imaginares a minha aflição, basta ver que cheguei a suspeitar oposição do Faustino, como te referi numa das minhas últimas cartas. Era mais do que uma injustiça, era uma tolice. Vê lá; justamente quando eu estava a criar estes castelos no ar, o bom Faustino conversava a meu respeito com a Adelaide e parecia aprovar as minhas intenções (perdão, as nossas intenções!) Não era de esperar outra coisa do Faustino; foi sempre amigo meu, amigo verdadeiro, dos poucos que, no meu coração, têm sobrevivido às circunstâncias e ao tempo. Deus lhe conserve os dias e lhe restitua a saúde para assistir à minha e à tua felicidade". Lucia Miguel Pereira (1936, p. 125) garante que houve preconceito: "Não podiam os Novaes se conformar em ver a irmã unir-se a um mulato. Foi a côr de Machado a unica alegação que contra ele fizeram, mostrando dest'arte ignorar completamente a sua doença, sem *o* que teriam lançado mão de mais esse argumento".

[1824] Dissabores produzidos certamente pela sua acidez crítica em relação a autores que fre-

19 fevereiro 1906.

201

Li-o ou reli-o já quase todo, e do que li ou reli dou a primazia, se é possível sair do embaraço da escolha, a *Pai contra mãe*, um modelo raro de sobriedade, ironia discreta e um pessimismo que, por amargo, não deixa de ser delicioso.[1825]

11.1.907.

203

Caríssimo (o superlativo é para lhe bulir com os nervos) Machado – Mais uma maçada de que o informará a nota junta, em favor do meu amigo Alcides Medrado, por quem realmente me empenho. Como sabe, não lhe peço senão o que for razoável, embora com a benevolência possível.

[...] Estou criticando Nabuco. É um prazer porque o homem é efetivamente forte.[1826]

204

6 abril 1908.

Meu caro mestre e Bom Amigo. Não me foi possível esperá-lo hoje no desagradável Garnier, para lhe dizer de viva voz o muito que, mais uma vez, me penhorou, com sua benéfica intervenção (não cirúrgica) em favor do meu filho Carlos – Não me conteste, que me não convence não tenha sido ela que principalmente determinou o Ministro a atender ao meu pedido.[1827]

---

quentavam a Garnier.

[1825] Conto já analisado no qual Machado de Assis põe em confronto uma mãe escravizada e um caçador de escravos fugidos.

[1826] Defensor de uma língua pura, Machado de Assis abominava os superlativos, que transformou em marca humorística do agregado José Dias, em *Dom Casmurro*. Veríssimo, como sempre, pedia alguma coisa e mal se justificava. A crítica a Nabuco, como se viu, desagradou o atacado. Machado tentou amenizar, mas fracassou.

[1827] Influente, Machado de Assis usava sua força para ajudar os bons amigos necessitados de favores do serviço público.

[De Machado a Veríssimo]

206

Cosme Velho, 21 abril 1908.

Meu caro J. Verissimo – Não me parece que de tantas cartas que escrevi a amigos e a estranhos se possa apurar nada interessante, salvo as recordações pessoais que conservarem para alguns.[1828]

[De Veríssimo a Machado]

208

24 abril 1908.

A mim, que conheço quanto literariamente, e ainda como documento psicológico e testemunho do seu tempo, valem as suas cartas, me pesava a ideia de que elas se viessem a perder para a nossa literatura e para a nossa alma, às quais, de fato, pertencem.

[De Machado a Veríssimo]

210

Domingo, 19 julho 1908.

Acabo de receber a sua carta com o seu abraço pelo livro, e venho agradecer-lha cordialmente. Sabendo que foi sempre sincero comigo, senti-me pago do esforço empregado; muito obrigado, meu amigo. O livro é derradeiro; já não estou em idade de folias literárias nem outras.[1829]

[De Mário de Alencar a Machado]

Rio, 1 de janeiro de 1898.

214

Agora de manhã vejo confirmada no *Jornal do Comércio* a notícia – até incrível para mim – de que o Sr. Fica adido à Secretaria da Indústria. Dizer-lhe o meu espanto indignado...[1830]

[1828] Veríssimo queria publicar a correspondência daquele que chamava de mestre. Como se está vendo, o material mostra muito sobre Machado de Assis e seu tempo.

[1829] Tratava-se de *Memorial de Aires*.

[1830] Machado de Assis, diretor de uma das seções do Ministério da Viação, fora posto em disponibilidade. A relação com Mário de Alencar, filho de José de Alencar, foi estreita. Correu o boato de que Mário seria filho de Machado de Assis, sendo essa traição a suposta base de *Dom Casmurro*.

214

Faltava-lhe isso para que o Sr. não fizesse exceção à lei das compensações humanas. A sua glória literária avultava muito. O seu prestígio firmava-se mais e mais.[1831]

218

Rio, 7 de dezembro de 1902.

Os seus conselhos são ordens que lisonjeiam e me impõem uma grande responsabilidade. Hei de trabalhar para ser digno da sua bondade.[1832]

220

Rio de Janeiro, 6 de abril de 1903.

Não me esqueci da Academia, porque não me esqueço nunca do Presidente dela. Dos prédios ocupados por este Ministério nenhum presta para o fim que desejamos. O Ministério da Fazenda é que os tem, melhores e em maior número, mas ainda não consegui a relação.[1833]

[De Machado de Assis para Mário de Alencar]

Rio de Janeiro, 26 de dezembro de 1906.

225-226

A Academia pegou, como dizem alguns, e parece que sim.[1834]

[De Mário de Alencar para Machado de Assis]

8 de janeiro de 1907.

228

Outra coisa que também lhe peço para não esquecer é o mal que pode trazer-lhe a bebida frequente do café, sobretudo à tarde, em que o costuma tomar ao sair da secretaria.[1835]

[1831] Em vida, Machado de Assis conheceu a glória.

[1832] Teve seguidores, discípulos, admiradores, até inimigos.

[1833] Não se constrói do nada uma instituição sem conhecer os meandros do poder.

[1834] Foram quase dez anos de operações incansáveis.

[1835] Mário de Alencar acompanhou a deterioração da saúde do amigo e protetor.

232

14 de março de 1907.
Não sei qual mais prezo no Sr., se o prosador, se o poeta?[1836] [...]
por que não pede ao Miguel Couto um remédio, ao menos um paliativo para quando seja mais intensa?[1837]

237

27 de março de 1907.
O meu, sim, é que está cansado e pobre e já não dá mais nada,
tendo dado tão pouco.[1838]

240

[De Machado de Assis a Mário de Alencar]

28 de março de 1907.
Amanhã, – não, – depois de amanhã, sábado, hei de estar com
Miguel Couto.

242

11 de abril de 1907.
Em França há muito quem ataque a Academia, mas são os que estão fora dela; os que a compõem sabem amá-la e prezá-la.[1839]

243

[De Mário de Alencar a Machado de Assis]

4 de agosto de 1907.
Minha sogra manda pedir-lhe que venha jantar hoje aqui.

243

s/d.
Vim pessoalmente responder ao seu bilhete, mas acabo de saber
que está com o Ministro e não poderá falar tão cedo a ninguém.[1840]

[1836] A posteridade escolheu o prosador.
[1837] Gripado, Machado queixara-se em carta. Ele recebia atendimento de Miguel Couto.
[1838] Escritor, Mário de Alencar não podia medir-se com o pai nem com o amigo a quem
escrevia. Além disso, sofria do que hoje seria diagnosticado como ansiedade. Tentava ali-
viar-se pela escrita, mas padecia ao sentir que o texto não brilhava como queria.
[1839] Surgiam insatisfeitos. A instituição consagrava-se.
[1840] Na agenda de Machado de Assis não faltavam compromissos.

249

[De Machado de Assis a Mário de Alencar]

Confiando-lhe a leitura do meu próximo livro, antes de ninguém, correspondi ao sentimento de simpatia que sempre me manifestou, e em mim sempre existiu, sem quebra nem interrupção de um dia; não há que agradecer este ato.

[...] Mário, creio que este esse será o meu último livro; faltam-me forças e olhos outros; além disso o tempo é escasso e o trabalho é lento.[1841]

250

[De Mário de Alencar a Machado de Assis]

17 de janeiro de 1908.

Escrevi ao 1º secretário da Câmara pedindo-lhe um mês de descanso, e caso não o obtenha, pedirei por dois meses.[1842]

251

Sei que não há cinquenta pessoas que se disponham a ler um longo trabalho em verso solto.[1843]

252

[De Machado de Assis a Mário de Alencar]

21 de janeiro de 1908.

Sobre o verso solto, em que pretende fazê-lo, não pode ter senão os meus aplausos. Sabe como aprecio este verso nosso, que o gosto da rima tornou desusado.

253

De mim, vou bem, apenas com os achaques da velhice, mas suportando sem novidade o pecado original.[1844]

[1841] Uma deferência enorme, pois Machado de Assis não era de mostrar seus originais.
[1842] A doença fustigava Mário de Alencar, que era bibliotecário da Câmara.
[1843] Dilema de todo poeta: encontrar um leitor de originais.
[1844] Modas literárias passam e voltam. A epilepsia não passou para Machado de Assis.

255

[De Mário de Alencar para Machado de Assis]

6 de fevereiro de 1908.

Falta-me o que ele [Heitor, amigo que morrera] teve e eu quisera ter, a fé religiosa.

257

Não se esqueça que a sua saúde vale mais que os papéis da Secretaria e de todas as secretarias. Calmon sabe disso e será o primeiro a dar-lhe a razão da sua ausência.[1845]

261

20 de fevereiro de 1908.

Quando estivemos juntos o outro dia, não lhe falei do que era assunto principal, a parte de sua carta última relativa ao *Memorial de Aires*. Asseguro-lhe que, se alguém sabe ou desconfia de seu livro, não o soube por comunicação minha; guardei sobre ele e sobre a impressão, completo segredo. Não se esqueça que o Sr. Mesmo, em um jantar há coisa de um ano, respondendo a uma pergunta do senador Pinheiro Machado, lhe disse ter um novo livro em via de publicação.[1846]

[De Machado de Assis a Mário de Alencar]

263

23 de fevereiro de 1908.

A arte é o remédio e o melhor deles.[1847]

[1845] Miguel Calmon, ministro da Viação, um dos tantos admiradores de Machado de Assis no topo do poder.

[1846] O autor era cioso de seus segredos, mas um novo livro seu despertava curiosidade mesmo num prócer da política como o senador Pinheiro Machado.

[1847] Machado de Assis aconselhava Mário a se desligar de tudo, uma cura pela arte, focando-se no livro que tentava escrever, o seu *Prometeu*.

267

[De Mário de Alencar a Machado de Assis]

17 de abril de 1908.

À tarde, porém, comecei a sentir aquele estado indefinível dos nervos, e inquieto, com o medo do medo, faltou-me o ânimo de chegar à Secretaria, onde eu receava ter o mesmo mal-estar da outra vez.

268

Veja a que estado moral me reduziram os nervos; sob a ação mórbida deles fico egoísta e covarde.[1848]

[De Machado de Assis a Mário de Alencar]

20 de abril de 1908

270

O que faço é não me mostrar a todos tal qual ando. Muitos me acharão alegre a ainda bem.[1849]

[De Mário de Alencar a Machado de Assis]

Rio, 4-7-908.

274

Hoje fui ao enterro do Conselheiro Araripe.

Rio, 8-7-908.

275

Ontem, ao sair de casa, encontrei próximo dela, o Dr. Miguel Couto, o qual me disse que ia visitá-lo.

276

Esses últimos dias tenho sofrido a angústia do medo, na rua e no bonde.

278

21 de julho de 1908.

Ontem fui visitá-lo e aí lhe deixei um abraço [...] As duas criadas disseram-me que o Sr. estava passando bem.

[1848] O medo do medo é a ansiedade, até o pânico.
[1849] O fim estava próximo.

279

29 de julho de 1908.

Hoje à tarde conversamos a respeito de sua obra recente, e antiga. Éramos quatro, João Ribeiro, Nestor Vítor, Albano e eu, e tive a grande alegria de ouvir a todos louvor ardente e na altura do seu merecimento.

280

30 de julho de 1908.

A sua glória é incontestada e incontestável; só não o admiram os que não o leram.[1850]

283

[De Machado de Assis a Mário de Alencar]

6 de agosto (1908).

Estou passando a noite a jogar paciências; o dia, passei-o a *Oração sobre a Acrópole*, e um livro sobre Schopenhauer.[1851]

[De Mário de Alencar a Machado de Assis]

286

Rio, 22-8-908.

Falei a Afrânio para pedir ao Carlo Peixoto que obtenha a remoção urgente do Major. Afrânio prometeu tudo fazer e eu creio nele.[1852]

287

Fui à Academia. Éramos poucos e não houve sessão. Bandeira, Araripe, Euclides, Rodrigo e eu. Falei-lhes na proposta de consultar-se a cada acadêmico se quer ser da Academia, para eliminarem-se os que se dizem contrariados por pertencerem a ela.[1853]

[1850] Entre enterros e médicos, os amigos trocavam cartas. A fama de Machado de Assis, mais do que merecida, estava no auge e assim permaneceria.

[1851] Entre Renan e Schopenhauer nos últimos dias.

[1852] Depois general, Bonifácio da Costa, casado com Sara, sobrinha de Machado de Assis. Mário empenhou-se nessa transferência para dar ao amigo uma companhia da família nos seus últimos dias.

[1853] Não havia, porém, eleições compulsórias.

Rio, 24-8-908.

288

Falta-me coragem de sentir o medo.

[...] O Carlos Peixoto escreveu ao marechal Câmara, ministro da Guerra, solicitando a remoção do major Bonifácio.

[De Machado de Assis a Mário de Alencar]

290

(29 agosto 1908).

Meu querido amigo, hoje à tarde, reli uma página da biografia do Flaubert; achei a mesma solidão e tristeza e até o mesmo mal, como sabe, o outro [epilepsia].[1854]

297

[De Machado de Assis a Lúcio de Mendonça]

Corte, 4 março 86.

O Faro e o Garnier não podem tomar a edição; disse-me este último que cessara inteiramente com as edições que dava de obras traduzidas, por ter visto que não eram esgotadas, ou por concorrência

das de Lisboa, ou porque, em geral, o público preferia ler as obras em francês.[1855]

299

[De Lúcio de Mendonça a Machado de Assis]

Alto de Teresópolis, 7 abril 1900.

Aqui, na alegria e na luz desse maravilhoso Alto Teresópolis, li, relendo e admirando muitas frases, o seu adorável *Dom Casmurro*, de uma psicologia tão fina e penetrante, de tão precioso lavor literário. Que achado de estilo, meu querido Mestre! Que pureza cristalina de forma! Que singeleza desesperadora – para quem ousasse pensar em imitá-la. Não receio que me acoime de mau gosto este louvor sem

---

[1854] Eram os últimos dias.
[1855] Um perfil instrutivo do público leitor da época e do mundo editorial.

medida; sei quanto é perigoso dirigi-lo ao sumo sacerdote da nossa escrita...[1856]

[De Machado de Assis a Lúcio de Mendonça]

301

11 de julho de 1900.

Todos os outros almoços da "Panelinha" hão de ser bons, mas eu não queria faltar ao primeiro.[1857]

Ao Ramos falei sobre o projeto da Câmara.[1858]

[De Lúcio de Mendonça a Machado de Assis]

305

Alto de Teresópolis, 15 março 1901.

Peço-lhe que chame as vistas do seu ministro para a triste mala de Teresópolis, que está mesmo reclamando um bom foguete ao diretor geral dos Correios; é um perder de cartas que já passa dos limites dos desaforos toleráveis.[1859]

308

Rio, 3 janeiro 1902.

Ia hoje procurá-lo, mas aproveito o portador para a má notícia de que ficamos sem instalação para a Academia no edifício novo das Belas Artes, cujo plano foi aprovado, apesar disso; de viva voz, lhe comunicarei as explicações, que ontem me deu o ministro – promete agora dar-nos instalações na casa que a Escola de Belas Artes vai deixar. Uhn![1860]

[1856] Esse já era o lugar de Machado de Assis na época.

[1857] Grupo gastronômico que se reunia em almoço ou jantar uma vez por mês. O nome provinha de uma panelinha de prata que passava mensalmente às mãos do organizador do encontro seguinte.

[1858] Eduardo Ramos, futuro acadêmico, autor do projeto, que virou Decreto 716, de 8 de dezembro de 1900, autorizando o governo a abrigar a Academia em prédio público e a imprimir na Imprensa Nacional.

[1859] Mais um que recorria aos serviços do influente burocrata.

[1860] Em 1905 o ministro J.J Seabra instalou a ABL numa das alas do Silogeu Brasileiro.

[De Guilherme Blest Gana a Machado de Assis]

Nova York, 7 de março 1876.

321

Ao despedir-nos a moça disse-me que, se eu não seguisse muito cedo viagem, iria visitar-me na manhã seguinte...

325

Durante a guerra civil ninguém trabalhou mais do que Mary nos clubes de Boston contra os escravocratas.

326

Sabes que ela toma excelentes pontos nas meias, repondo-as como novas, ao conversar junto da lareira?[1861]

[De Machado de Assis a Salvador de Mendonça]

Rio de Janeiro, 8 out. 1877.

333

Vai aparecer no 1º do ano de 78 um novo jornal, *O Cruzeiro*, fundado com capitais de alguns comerciantes, uns brasileiros e outros portugueses. O diretor será o Dr. Henrique Correia Moreira, teu colega, que deves conhecer.

[...] Incumbiu-me este de te propor o seguinte: 1º Escreveres duas correspondências mensais. 2º Remeteres cotações dos gêneros que interessem ao Brasil, principalmente banha, farinha de trigo, querosene e café, e mais, notícias do câmbio sobre Londres, Paris etc., e ágio do ouro. 3º Obteres anúncios de casas industriais e outras. – Como remuneração: – Pelas correspondências, 50 dólares mensais. – Pelos anúncios, uma porcentagem de 20%.

[...] Os industriais que quiserem mandar os anúncios poderão também remeter se lhes convier, os clichês e gravuras. Quanto ao preço dos anúncios, não está ainda marcado, mas regulará o do *Jornal do Comércio*, ou ainda alguma coisa menos.

Esta carta vai por via de Europa.[1862]

[1861] Confissões de um homem apaixonado sobre seu amor e seu tempo.
[1862] Vê-se uma estrutura profissional de fazer inveja.

339

Rio de Janeiro, 9 fevereiro 1896, *aliás* 1897.
Aqui está uma carta que vai duas vezes retardada; mas como acerta de levar uma notícia agradável aos teus amigos, como que me desculparás a demora das suas outras partes. A notícia é que foste, como de justiça, eleito pela Academia Brasileira de Letras, que aqui fundou o nosso Lúcio. Poucos creram a princípio que a obra fosse a cabo; mas sabes como o Lúcio é tenaz, e a coisa fez-se. A sua amizade cabalou em favor da minha presidência. Resta agora que não esmoreçamos, e que o Congresso faça alguma pela instituição. Cá estás entre nós. O Lúcio te dirá (além da comunicação oficial que tens de receber) que cada cadeira, por proposta de Nabuco, tem um patrono, um dos grandes mortos da literatura nacional.[1863]

[De Salvador de Mendonça a Machado de Assis]

Itaboraí, 8 de junho, 1900.

341

Meu prezado Machado de Assis – Há um mês saí tão cheio de esperanças no modo que fui acolhido pelo Dr. Alfredo Maia, quando lhe pedi a remoção de meu sobrinho Paulo de Mendonça, de Praça para Itaboraí como telegrafista, que julguei desnecessário pedir-te lembrar ao Ministro meu recomendado [...] Teu engenho, e principalmente tua amizade, hão de descobrir o meio de acertar a contradança telegráfica e as temperanças e temperamentos do Norte e do Sul.

342

Itaboraí, 27 de junho, 1900.

Agradeço tua carta de anteontem e os passos que deste para a realização do desejo que nutria de ver removido para aqui como telegrafista meu sobrinho Paulo de Mendonça. – Esta, porém, é escrita, não só para agradecer o interesse que tomou o Ministro, e que tomaste no meu pedido, como também para dizer-te que desisto do pedido que fiz e comunicar esta minha desistência ao Dr. Alfredo Maia e ao Sr. Vilhena.

[1863] Machado de Assis destaca o papel de Lúcio de Mendonça na criação da ABL e o de Joaquim Nabuco na sua organização.

343

A razão deste meu proceder, deixa-me dizer-te com a velha franqueza que entre nós cultivamos, é evitar que nas minhas costas se cometa clamorosa injustiça, clamorosa injustiça.

[...] Hoje fui informado aqui que a telegrafista de 3ª classe. D. Maria Bezerra Antunes, mulher do telegrafista de 2ª classe, Alonso Antunes, e ambos com exercício aqui, havia sido posta em disponibilidade. Este é evidentemente o primeiro passo para a demissão do marido ou sua remoção para alguma estação em que não se possa manter. É preciso evitar isto, pois o casal Antunes tem muitos filhos, e se o marido é doente, a mulher supre tão bem suas faltas que nenhuma queixa justa pode ter chegado ao Sr. Diretor dos Telégrafos. Quando pedi a remoção do Paulo, pedi também a de Antunes para Rio Bonito. Se o diretor não quer fazer esta, o pedido para a primeira fica prejudicado. Alguém tinha de sair, é verdade, mas no caso do pedido seria o empregado de Rio Bonito, que o próprio diretor disse uma vez ao meu irmão João que era desonesto e estava subsidiado pelos jogadores de bicho daquela localidade.[1864]

[De Machado de Assis a Salvador de Mendonça]

Rio de Janeiro, 11 de agosto 1900.

344

Vai só uma palavra, por falta de tempo e necessidade de não adiar para amanhã. O Vilhena esteve comigo e disse-me que o negócio da transferência de teu sobrinho está concluído; creio que é só esperar alguns dias...

346

Rio, 14 de março de 1901.

A saúde como vai? Eu, na semana passada, tive dois dias de molho, mas aqui me acho outra vez no gabinete. Não vejo há muito o Lúcio; mandei-lhe ontem um cartão de cumprimentos ao Procurador Geral da República.[1865]

[1864] Mais um que pedia favores ao funcionário Machado de Assis. Velhos hábitos, inclusive a força do jogo do bicho. Um prurido ético fez o demandante recuar.

[1865] Cargo ao qual acabava de ser nomeado Lúcio de Mendonça. Machado de Assis atuou no topo da elite intelectual, burocrática e política da sua época.

348

[De Salvador de Mendonça a Machado de Assis]

Petrópolis, 15 de março de 1901.

Recomendei-lhe que inquirisse cuidadosamente da saúde d'el--rei Café, que já tendo matado no Brasil a monarquia, quando lhe tiraram os escravos, ficando-lhe os cafezais, as terras e os bons preços, é muito capaz de matar a república, quando os cafezais e as terras forem sepultados nas carteiras apodrecidas dos bancos, e o melhor dos preços ficar nas carteiras recheadas dos compradores americanos e europeus.[1866]

[De Machado de Assis a Salvador de Mendonça]

Rio, 6 de março 1904.

351

Meu querido Salvador – Estive ontem com o Campos. Ouvi-lhe que não podia responder logo, mas que em dois dias me mandaria recado à Secretaria. Não havendo objeção fará a transferência do Paulo. Até depois de amanhã. Nossos respeitos e muitas lembranças...[1867]

351-352

Rio, 9 de março 1904.

Meu querido Salvador de Mendonça – Estive com o César de Campos, que me mostrou a nota recolhida acerca das duas agências. Disse-me que já houvera pedido de transferência, e alegou que o serventuário do Rio Bonito já ali está há muitos anos. Propôs-me vir o Paulo para a Estação Central; disse-me que esperava a resposta. Não adiantei nada acerca da aposentação do outro, nem respondi afirmativamente acerca da vinda para cá. Fiquei de lhe dar resposta.

A meu ver, é melhor que Você escreva ao Lúcio, como me disse. Irá assim mais direta e prontamente. Mande-me o que lhe parecer.[1868]

[1866] A República Velha morreria em 1930 com o café sendo queimado.
[1867] Lançada a engrenagem parece que não havia como pará-la.
[1868] O que dizer? Machado de Assis empenhava-se pelos amigos.

[De Machado de Assis para Enéias Galvão]

30 de julho 1885.

369

Que há nele alguns leves descuidos, uma ou outra impropriedade, é certo; contudo vê-se que a composição do verso acha da sua parte a atenção que é hoje indispensável na poesia, e uma vez que enriqueça o vocabulário, ele lhe sairá perfeito. Vê-se também que é sincero, que exprime os sentimentos próprios, que estes são bons, que há no poeta um homem, e no homem um coração.[1869]

[De Machado de Assis ao Lafaiete Rodrigues Pereira]

372

Rio, 19 fevereiro 1898.

Soube ontem (não direi por quem) que era V. Ex. o autor dos artigos assinados *Labieno* e publicados no *Jornal do Comércio* de 25 e 30 de janeiro e 7 e 11 do corrente, em refutação ao livro que o Sr. Dr. Sílvio Romero pôs por título o meu nome.[1870]

[De Machado de Assis ao Dr. Alfredo Ellis]

10-6-1899.

373

Acabo de escrever para Paris ao Sr. H. Garnier, pedindo-lhe que diretamente dê autorização à senhora, de quem V. Ex.ª me fala no seu bilhete, para a tradução dos meus livros em alemão. A razão disto é,

---

[1869] Trecho de carta que serviu de prefácio a *Miragens*.

[1870] Nascido pobre, Machado de Assis ascendeu socialmente e conquistou amigos e admiradores que figurariam nos altos escalações da sociedade. Lafaiete Rodrigues Pereira foi primeiro-ministro do Brasil entre 1883 e 1884. Dá nome ao município mineiro de Conselheiro Lafaiete. Entrou para a ABL na cadeira de Machado de Assis. Destruiu Romero, que era membro da ABL desde a sua fundação, com um sarcasmo cruel: "Queimam-lhe a alma despeitos porque Atenas olha com certo olhar de desdém para os bárbaros..." (1899, p. 5). Machado de Assis nunca respondeu a Romero. Amigos para defendê-lo não faltavam. Eles são parte da história do Brasil. Não é preciso falar das glórias públicas de um Quintino Bocaiúva ou de um Joaquim Nabuco. Outros são hoje menos conhecidos. Lúcio de Mendonça, militante republicano, entraria para o Supremo Tribunal Federal em 1895. Por fim, em 1897, passaria a ser Procurador-Geral da República. Outro era o circuito. Salvador de Mendonça, irmão de Lúcio, foi cônsul-geral do Brasil nos Estados Unidos, no Império, e ministro plenipotenciário de 1ª classe em Washington, na República. Alguns subiram degrau a degrau. Outros já partiram de mais alto.

conforme já disse a V. Exª·, haver eu transferido àquele editor a propriedade de todos eles, até agora publicados.[1871]

[De Machado de Assis a Rodrigo Otávio]

374

Rio, 7 agosto 1899.

Estive hoje com o Cesário Alvim, na Prefeitura, aonde fui para falar do Pedagogium.[1872]

[De Machado de Assis a H. Chaves]

23 de agosto de 1900.

379

Que hei de eu dizer que valha esta calamidade? Para os romancistas é como se perdêssemos o melhor da família, o mais esbelto e o mais válido. E tal família não se compõe só dos que entraram com ele na vida do espírito, mas também das relíquias da outra geração, e, finalmente, da flor da nova. Tal que começou pela estranheza acabou pela admiração.

380

A antiguidade consolava-se dos que morriam cedo considerando que era a sorte daqueles a quem os deuses amavam. Quando a morte encontra um Goethe ou um Voltaire, parece que esses grandes homens, na idade extrema a que chegaram, precisam de entrar na eternidade e no infinito, sem nada mais dever à terra que os ouviu e admirou. Onde ela é sem compensação é no ponto da vida em que o engenho subido ao grau sumo, como aquele Eça de Queirós, – e como o nosso querido Ferreira de Araújo que ontem fomos levar ao cemitério, – tem ainda muito que dar e perfazer. Em plena força da idade o mal os toma e lhes tira da mão a pena que trabalha e evoca, pinta, canta, faz todos os ofícios da criação espiritual.[1873]

[1871] A obra de Machado de Assis despertava interesse internacional.

[1872] Rua do Passeio, 82, onde se realizou a sessão inaugural da Academia, em 20 de julho de 1897.

[1873] Um lamento doído por grandes perdas, uma geograficamente distante, outra muito próxima.

[De Machado de Assis a Figueiredo Pimentel]

31 de março de 1901.

382

Respondo à sua carta, agradecendo as notícias que me dá relativamente a Phileas Lebesgue, e à solicitude de V. Ex.ª em fazer com que este traduza os meus livros. Entretanto, não posso ordenar que o editor lhos envie, como V. Ex.ª me pede, nem sequer autorizar a tradução, porquanto a propriedade das minhas obras está transferida ao Sr. Garnier, de Paris, com todos os respectivos direitos. Só ele poderá resolver sob esse ponto.[1874]

[De Machado de Assis a Alcides Maia]

10 de outubro de 1904.

382

Meu jovem colega – Deixe-me agradecer-lhe cordialmente as boas e finas palavras que fez publicar no *País* acerca do meu livro *Esaú e Jacó*. Quando se conclui algum trabalho dá sempre grande prazer achar quem o entenda e explique com sincera benevolência e aguda penetração.[1875]

[De Machado de Assis a Camilo Cresta]

Rio, 18 de maio 1907.

383

Aproveitando a sua viagem à Itália, peço-lhe o obséquio de levar a carta junta e entregá-la ao Sr. Guglielmo Ferrero. Pelo que ela diz verá que a Academia Brasileira de que é membro correspondente aquele escritor, sabe que ele vem brevemente a Buenos Aires; nela lhe pede que se demore alguns dias no Rio de Janeiro, onde nos poderá fazer duas ou três conferências. Naturalmente esta interrupção da viagem lhe trará algum transtorno, e para compensá-lo e acudir às despesas de estadia pode oferecer-lhe a soma de dez mil liras, que lhe serão entregues pelo modo que parecer melhor.[1876]

[1874] Um excelente grau de profissionalização.

[1875] Sempre atento aos que contribuíam para a sua fortuna crítica.

[1876] Um autor em ação: procurado por agentes estrangeiros, resenhado na imprensa, solicitado para prefácios e avaliações, amigo de grandes escritores europeus como Eça de

Fora da caixa

Casa Velha[1877]

– Lá verá na biblioteca o retrato dele, disse-me. Começaram a entrar na igreja algumas pessoas da vizinhança, em geral pobres, de todas as idades e cores. Dos homens alguns, depois de persignados e rezados, saíam, outra vez, para esperar fora, conversando, a hora da missa. Vinham também escravos da casa. Um destes era o próprio sacristão; tinha a seu cargo, não só a guarda e asseio da capela, mas também ajudava a missa, e, salvo a prosódia latina, com muita perfeição.[1878]

*

Pretas e moleques espiavam-me, curiosos, e creio que sem espanto, porque naturalmente a minha visita era desde alguns dias a preocupação de todos.

*

Falávamos das coisas do dia, e poucos minutos depois, nunca mais de meia hora, recolhia-me à biblioteca com o filho do ex-ministro. Às duas horas, em ponto, era o jantar.

*

– Digo, digo. E não só para descansar, mas até para refletir. Doente, que não lê nem conversa, nem faz nada, pensa. Eu vivo só, com o

preto que o senhor viu. Vem aqui um ou outro amigo, raro; passo as horas solitárias, olhando para as paredes, e a cabeça...

*

Ouvi passos e vozes na sala; era o meu preto que trazia um padre a visitar-me.

Queirós, cuja morte lamentava, lembrando ter começado a relação com uma "estranheza", a dura crítica que fizera a *O Primo Basílio*.

[1877] Publicado em *A Estação*, de 15/1/1885 a 28/2/1886. Recuperado em 1943 por Lúcia Miguel Pereira. Feito possivelmente com lembranças de infância do autor. A história é narrada por um padre anos depois dos acontecimentos. Mas Pereira (1936, p. 181) afirma que "nesse pequeno romance, que não é aliás das boas paginas de Machado, não ha nenhum toque auto-biografico. A libertação fôra completa". A morte de José de Alencar, em 1877, teria ajudado a libertar Machado de Assis do medo de ser livre e de romper com certos enquadramentos.

[1878] Construção que remete a um passado rememorado.

*

Naquela sala achamos Lalau e o sineiro, este sentado, ela de pé.

O sineiro era um preto velho e doido. Não fazia mais que tocar o sino da capela, para a missa, aos domingos. O resto do tempo vivia calado ou resmungando. Ninguém lhe falava, embora fosse manso. Lalau era a única, entre todos, parentes, agregados ou fâmulos, que ia conversar com ele, interrogá-lo, escutá-lo, pedir-lhe histórias. E ele contava-lhe histórias – muito compridas, sem sentido algumas, outras quase sem nexo, reminiscências vagas e embrulhadas, ou sugestões do delírio.

Era curioso vê-los. Lalau perdia a inquietação; ficava séria e tranquila, durante dez, quinze, vinte minutos, a escutá-lo. O Gira (nunca lhe conheci outro nome) alegrava-se ao vê-la. Com a razão, perdera a convivência dos demais. Vivia entregue aos pensamentos solitários, mergulhado na inconsciência e na solidão.

*

– Gavião? Uê, gente! Gavião cantou: Calunga, mussanga, monandenguê... Calunga, mussanga, monandenguê... Calunga...[1879]

E o preto dava ao corpo umas sacudidelas para acompanhar a toada africana. Olhei para Lalau. Ela, que ria de tudo, não se ria daquilo, parecia ter no rosto uma expressão de grande piedade. Voltei-me para D. Antônia; esta, depois de hesitar um pouco, deliberou entrar na sacristia, cuja porta estava aberta. Lalau tinha-nos visto, sorriu para nós e continuou a falar com o Gira. D. Antônia e eu entramos.

Sobre a cômoda da sacristia estavam as tais alfaias. D. Antônia disse ao preto sacristão, que fosse ajudar a descarregar o carro que chegara da roça, e lá a esperasse.[1880]

*

Era a mesma novela que lera quando ali esteve um ano antes, e queria reler agora: era o *Saint Clair das Ilhas* ou os *Desterrados da Ilha da Barra*. Meteu a mão no bolso e tirou os óculos, depois a caixa de rapé, e pôs tudo no regaço.[1881]

*

[1879] Uma escuta nem sempre comum.
[1880] Formulações comuns envolvendo pretos.
[1881] Um livro recorrente no imaginário de Machado de Assis.

Sinhazinha escutava com atenção, cheia de riso, pescoço teso, segurando as rédeas na mão esquerda, e dando com a ponta do chicotinho, ao de leve, na cabeça do cavalo.

– Reverendíssimo, bradou parando embaixo da janela o coronel, os farrapos invadiram Santa Catarina, entraram na Laguna, e os legais fugiram. Eu, se fosse o governo, mandava fuzilar a todos estes para escarmento...

Já os pajens estavam ali, à porta, com bancos para as moças, apearam-se todos e subiram. Daí a alguns minutos Raimundo e Félix entravam-me pela sala, arrastando as esporas. Raimundo creio que ainda trazia o chicote; não me lembra. Lembra-me que disse ali mesmo, agarrando-me nos ombros, uma multidão de coisas duras contra Bento Gonçalves, e principalmente contra os ministros, que não prestavam para nada, e deviam sair. O melhor de tudo era logo aclamar o imperador.[1882]

[1882] Escravizados de Deus, mulheres que podiam ser fortes, jantar às duas da tarde, notícias das rebeliões nas províncias, reviravoltas amorosas: o ficcionista foi um cronista do seu tempo, especialmente das classes ociosas. Ligado aos liberais, tido até, em algum momento, por jornalista engajado, Machado de Assis foi um liberal-conservador, radical da cautela, num tempo em que a maior diferença entre liberais e conservadores era um estar no poder. Machado de Assis trabalhava no Ministério da Agricultura. Talvez aí esteja a explicação para grande parte da sua discrição durante as lutas abolicionistas. Não seria fácil expor-se atuando na engrenagem dos interesses do escravismo. Em 17 de maio de 1888, contudo, foi escolhido para saudar o ministro da Agricultura, Rodrigo Silva, que assinara a Lei Áurea: "Todos os vossos empregados, que eram já vossos amigos, vossos admiradores, pela elevação e confiança com que hão sido acolhidos, tornaram-se agradecidos pelo imorredouro padrão de glórias a que ligastes o vosso nome, referendando a lei que de uma vez para sempre declarou extinta a escravidão no Brasil". Nesse momento já não havia risco, algo que o escritor e funcionário parecia abominar. Na certidão de óbito de Machado de Assis consta "branco". Não era costume inscrever esse tipo de dado na época em tais documentos. A glória o embranquecera. Ele teria se afastado da madrasta negra. Joaquim Nabuco, em carta a José Veríssimo, diz que o via como branco e ele teria sofrido se fosse chamado de "mulato": "Seu artigo no Jornal está belíssimo, mas esta frase causou-me arrepio: 'Mulato, foi de fato um grego da melhor época'. Eu não o teria chamado mulato e penso que nada lhe doeria mais do que essa síntese. Rogo-lhe que tire isso, quando reduzir os artigos a páginas permanentes. A palavra não é literária e é pejorativa. O Machado para mim era branco, e creio que por tal se tomava: quando houvesse sangue estranho, isso em nada afetava sua perfeita caracterização caucásica. Eu pelo menos só vi nele o grego" (Nabuco apud Massa, 1971, p. 46). Conclusão: Machado de Assis foi branqueado pela elite para ser aceito como o maior escritor brasileiro, mas ele colaborou para esse branqueamento e até o buscou. Lucia Miguel Pereira (1936, p. 97) escreveu: "Mulato, ele o era sem disfarce, a raça gritando na vasta e rebelde cabeleira que lhe caía sobre as orelhas, nos labios grossos encimados pelo bigode ralo e duro, nas narinas achatadas". Aleijadinho, Machado de Assis, Pelé: o Brasil deve tudo a eles.

REFERÊNCIAS

ALENCAR, José de. *Cartas a favor da escravidão*. São Paulo: Hedra, 2008.

ASSIS, Joaquim Maria Machado de. *Obras completas*. W. M. Jackson Editores: Rio de Janeiro, São Paulo, Porto Alegre, 1957.

ASSIS, Joaquim Maria Machado de. *Do Teatro. Textos Críticos e Escritos Diversos*. Org. João Roberto Faria. São Paulo: Perspectiva, 2008.

BORGES, Jorge Luís. *Obras completas*. Buenos Aires: Emecê, 1974.

BOURDIEU, Pierre. *Sobre a televisão*. Rio de Janeiro: Zahar, 1997.

ECO, Umberto. *Viagem na irrealidade cotidiana*. Rio de Janeiro: Nova Fronteira, 1984.

FINKIELKRAUT, Alain. *A derrota do pensamento*. Rio de Janeiro: Paz e Terra, 2008.

GLEDSON, John. *Machado de Assis – Bons Dias!* São Paulo: Hucitec/ Unicamp, 1990.

LABIENO. *Vindicae, o Sr. Sylvio Romero, crítico e philosopho*. Rio de Janeiro: Livraria Cruz Coutinho, 1899.

MAGALHÃES JR., Raymundo. Machado de Assis funcionário público, *Revista do Servidor Público*, Ano 38, v. 109, n. 4, p. 237-244, out./ dez. 1981.

MASSA, Jean-Michel. *A juventude de Machado de Assis*. Rio de Janeiro: Civilização Brasileira, 1971.

MATOS, Miguel. *Código Machado de Assis*. Ribeirão Preto: Migalhas, 2021.

MONTAIGNE, Michel. *Ensaios*. São Paulo: Companhia das Letras, 2010.

NABUCO, Joaquim. *O abolicionismo*. Rio de Janeiro: Nova Fronteira: 2000.

PEREIRA, Lucia Miguel. *Machado de Assis (estudo crítico e biográfico)*. São Paulo: Companhia Editoria Nacional, 1936.

ROMERO, Sílvio. *Machado de Assis. Estudo comparativo de literatura brasileira*. Rio de Janeiro: Laemmert & C. editores, 1897.

SILVA, Juremir Machado da. *Raízes do conservadorismo brasileiro. A abolição na imprensa e no imaginário social*. Rio de Janeiro: Civilização Brasileira, 2017.

TOLSTÓI, Leon. *Guerra e Paz*. Belo Horizonte: Itatiaia, 1957 (quatro volumes).

Fone: 51 99859.6690

Este livro foi confeccionado especialmente para a
Editora Meridional Ltda.,
em Palatino Linotype, 10,5/14,5 e
impresso na Gráfica Odisséia.